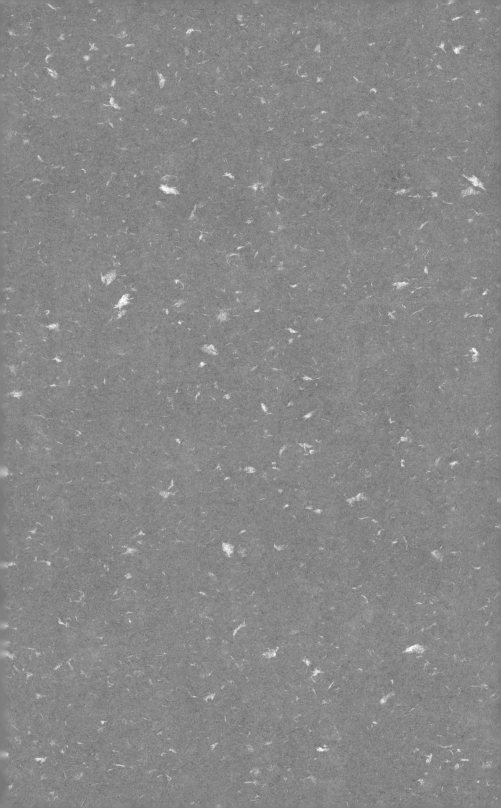

碌碌集

陈思和 著

复旦大学出版社

目　录

学术是我安身立命的基本立场(代序)
　　——答《中华读书报》记者问 …………………… 1

第一辑　文史杂论

本辑小记 ………………………………………………… 3
久别的未曾失去的笔
　　——谈复出后的贾植芳先生 …………………… 5
巴金晚年著述中的信仰初探 …………………………… 37
士的精神·先锋文化·百年"五四" …………………… 60
试谈《野草》的先锋意识 ………………………………… 67
试论1950年代两岸文学中土改题材书写 …………… 73
都市文学中人性探索的两个维度 …………………… 101
儿童文学：尽可能地接近儿童本然的状态 ………… 109
好的科幻文学具有真正的先锋精神 ………………… 117

第二辑　艺文随谈

本辑小记 ……………………………………………… 127
论《山本》中的决绝与茫然、自我救赎和破碎意象 … 128
孤独和寻找，逃亡和呼救 …………………………… 143

海派文学的另一种叙事记忆 …… 148
读李勇的诗画集《花开见佛》 …… 152
医艺承扬,生命至上
　　——读"景在平生命然象画展"有感 …… 158
试论表演艺术的经典形象创造 …… 163
命运·尾声 …… 177
豪放舞台婉约声 …… 185
秦腔《易俗社》观后 …… 192
同声相应,同气相求
　　——致毛时安的一封信 …… 195
序《选本编纂与八十年代文学生产》 …… 200
序《自然灾害与当代文学书写研究》 …… 205
序《来自二次元的网络小说及其类型分析》 …… 210
《复旦大学中文系"高山流水"文丛》总序 …… 215

第三辑　激情回忆

本辑小记 …… 223
贾府师门范居长 …… 224
陈映真先生 …… 229
夜对星空思富仁 …… 234
读王富仁的《樊骏论》 …… 240
怀念丁景唐先生 …… 250
为父辈立传
　　——《播种者的足迹——丁景唐传》序 …… 257
怀念沈善增 …… 261

忆钟扬 266

第四辑 文学课堂

本辑小记 275
《中国文学课》序言 277
文学为什么要从生命开始讲起
　　——讲徐志摩的散文诗《婴儿》 280
生命刚到尘世间,就面临考验
　　——讲冰心的短篇小说《分》 285
他做了一个金色的梦
　　——讲莫言的中篇小说《透明的红萝卜》 290
谁能代表中国的未来?
　　——讲食指的诗歌《相信未来》 295
论周朴园的三个女人
　　——讲曹禺的剧本《雷雨》 302
扶桑:她像土地那样卑贱与丰饶
　　——讲严歌苓的长篇小说《扶桑》 319
冯婉喻:等待的力量
　　——讲严歌苓的长篇小说《陆犯焉识》 327
爱的缺失比钱的缺失更可怕
　　——讲张爱玲的中篇小说《金锁记》 335

第五辑 语文别解

本辑小记 347
与中学语文教师谈文本细读(代前言) 348

《土地的誓言》：誓言的仪式与战斗的渴望……………… 358
《台阶》：在高一级与低一级之间……………………… 368
《白杨礼赞》的经典意义在哪里？………………………… 378
《壶口瀑布》："瞬间"的"力"与"美"………………… 386
《孤独之旅》：在自然的教养中丰富心灵世界…………… 393
《蒲柳人家》："自由"是民间文化最核心的要义………… 404
《天下第一楼》：卢孟实为什么会失败？………………… 417
《初中语文现代文选讲》后记……………………………… 428
【附录】 略谈语文课的文学性…………………………… 432

第六辑 邺架故事

本辑小记……………………………………………………… 439
《复旦大学图书馆百年纪事(1918—2018)》序言………… 440
高校图书馆传统功能外延的三个拓展方向………………… 445
试论高校图书馆特藏建设的意义…………………………… 457
人文学科需有新的评价标准………………………………… 468
《2018复旦·木版水印版画艺术展作品集》前言………… 472
《复旦大学藏王朝宾书法作品集》序……………………… 475
《新时期文学第一潮》展览前言…………………………… 477
《泛在知识环境下图书馆知识发现技术及应用研究》序…… 479
【附录】 我与图书馆是很有些缘分的…………………… 482

编后记………………………………………………………… 493

学术是我安身立命的基本立场(代序)
——答《中华读书报》记者问

记者采访手记：上海书展期间约访陈思和的时候，我还没有想到某种巧合。事后才发现，四十年前的8月22日，他的第一篇评论文章发表在《文汇报》。

至2018年8月，陈思和走过了评论生涯四十年。巴金无政府主义的理想道路，贾植芳的苦难而高贵的人生道路，鲁迅、胡风、巴金一路的知识分子道路，都对陈思和有着强烈的吸引力，周作人、沈从文、老舍一路风格也让他心生欢喜。既有先贤为榜样，又不为世俗潮流所动；最重要的，还是身边有贾植芳先生直接的人格榜样。陈思和的学术道路走得踏实而稳健，"知识分子"在他心里重如泰山。

但陈思和也不是一个来者不拒、任何作品都能够解读的评论家。只有与自己的兴趣或者某种隐秘的生命要素吻合的作品，才会激起他的阐释兴奋。他曾经把批评与创作比作一条道路两边的树，从小树到大树，到枝叶繁茂，相看两不厌，一起慢慢生长，不离不弃。

他在借助批评诉说自己内心的某种激情。

他说，作为批评家，这是一种局限。我却恍若觉得，他并不止于批评家，他才是真正的作家，而那些被评论的作品，只不过是为他的思想和表达做注脚。

"我仿佛是一只深埋在土中的蛹，生命被裹在天地自然之中，拼命吸吮土里的营养、树根的汁液以及承受阳光雨露的照拂滋润。"陈思和以诗意的描写回顾了他在复旦大学的学习岁月,他的学术人生在自由的空气中起步。

《中华读书报》:您和卢新华是大学同学,又最早发表《伤痕》的评论。可否谈谈你们的交往和当时的文化背景?

陈思和:新华和我同列复旦大学中文七七级,而且是同年同月同日生人。他的《伤痕》刊于宿舍壁报,引发热烈争论。有支持也有批评,我是支持《伤痕》的,这篇作品感动了我,突然觉得以前盘踞在头脑里的条条框框被打破了——文学还可以有另一种写法。我觉得文学批评也可以有新的追求,虽然追求什么讲不清楚。我写了《艺术地再现生活的真实——论〈伤痕〉》,发表于1978年8月22日的《文汇报》。

《中华读书报》:在此之前,您写过评论文章吗?

陈思和:进大学前,我在卢湾区图书馆初学写书评,教材就是以群主编的《文学的基本原理》,还是教条主义的一套。进复旦以后,自由讨论的学术空气才让我慢慢摆脱意识形态话语,走上了独立思考、自由写作的道路。1979年,我参加了《光明日报》副刊发起的关于刘心武的小说《醒来吧,弟弟》的讨论,指出刘心武小说的概念化,试图分清《伤痕》表达的"伤痕文学"的真实观与《班主任》开始的"反思文学"的真实观之间的差异。这些差异,我当时只是朦胧意识到,并没有清楚地给予理论阐释。二十年后,我主编的《中国当代文学史教程》里,才把"伤痕文学"与"反思文学"之间的差别从理论上分清了。我的学术起点正是大学最初两年的基础学习,决定了我后来的学术追求,从那时候开始,我在学术思想上没有太多的条条框框,思想是自由的。

《中华读书报》:您是高考恢复后第一批进复旦大学的学生,大学带给您什么?

陈思和:可以说,复旦大学重新塑造了我。大学给了我很多方面的资源,最宝贵的就是一种大气象的彰显。也许并不是所有复旦人都能感受到这种气象,但如果不进复旦,我可能走的是另外一条道路。首先是复旦校园的思想解放运动,中文系产生了"伤痕文学",直接把我引向当代文学批评的道路;其次是复旦大学拥有贾植芳这样的人生导师,直接引导我对现代知识分子道路的自觉实践;三是复旦大学的学术气氛鼓励我与李辉合作研究巴金,开始了新的人格理想培养。我的人生学步阶段就是这样在复旦大学的人文学术空气中完成的。大学一年级下半年,我感觉整个人都变了。

《中华读书报》:您也曾多次提到过导师贾植芳对您的影响,能回忆一下你们的交往吗?

陈思和:贾植芳先生受到过胡风案牵连,后来经历"文革"劫难,受迫害长达二十多年。但他是个坦荡的人,能够通达地放下自己所经受的苦难,从来不会在一些文人擅长纠缠的小节上计较是非。贾植芳为我树立了一个活生生的榜样,他是受难的知识分子的代表,九死一生,仍然不断地追求精神理想。先生一生最重视的是"知识分子"的称号,这是他自觉履行"五四"新文学精神使命的最根本的动力。

我们几个学生经常在他的小屋里喝酒聊天。贾先生对我们讲了很多现代文学的历史掌故。胡风在上世纪30年代坚持鲁迅精神,通过编辑文艺杂志来培养年轻作者,贾植芳通过投稿结识了胡风,胡风对他有过提携。胡风和鲁迅是亦师亦友的关系。当时我听贾先生讲到胡风,他说"我那朋友如何如何"。你能感到他在讲胡风事件时,不是在讲书本上的历史知识,而是活生生的故事;他说起鲁迅,总是称"老先生",因为鲁迅对他来说,也不是书本上的鲁迅,这和隔代读鲁迅的感觉很不同。贾先生讲给我的现代文学,是人和事血肉相连的。这本身就是一种学习过程,我常会出现一种幻觉,鲁迅、巴金对我来说更像是前辈,不是研究对象。新文学像一条磅礴大河,把我淹没过去,我是水底的一个生物,河水淹没我,也把我带到远方。我把自己纳入到知识分子的传统谱系,也在奉献自己的力量。有些学者把研究和学习分得很清楚,对我来说不是这样,向研究对象学习,要了解他们是怎么想的,把我的学习体会放进去。

贾植芳不是一个随风倒或跟着风向走的人,他始终有自己的思想和自己的立场、自己的风格。在他身边,我开始知道应该怎么选择自己的道路。我研究巴金,巴金有遥远的、高尚的人生理想。这个理想达不到,所以巴金很痛苦;贾植芳是通达的人,但有风骨、有立场。他们对我都有影响。

《中华读书报》:为什么研究巴金成为您的学术起步?

陈思和:我当时的动机是想探讨,巴金作为一个信仰无政府主义的作家,为什么能够在现代中国社会急剧变化中走到思想的前列,成为当代知识分子的杰出代表?这涉及一个与正统的文学史叙述不一样的另类叙述系统,从巴金的激进自由主义创作进入文学史,再整合到鲁迅-胡风的左翼文艺传统,再带动整个知识分子的道路研究,是我后来研究文学史的一个基本思路和方法。安那其乌托邦理想以及打破国家机器的学说,站在弱势群体一边的边缘立场,以及培养人性化伦理的个人修身理念,都给我深刻影响。巴金称克鲁泡特金的《我的自传》为"一个人格的发展",我后来写巴金传时,也用了"人格的发展"为题。同样,我的人格发展中也吸收了无政府主义学说的许多营养,这是我必须要感激的。我和李辉的合作研究得到了贾植芳先生的具体指导和支持,第一篇讨论巴金的无政府主义思想是否有进步性的论文,由贾先生推荐给《文学评论》编辑部的王信老师,又经陈骏涛老师的编辑,建议我们改成读者来信,在 1980 年第 3 期刊出。巴金先生读了这篇文章,明确支持我们的观点。这是我们追随贾先生与巴金先生的道路的起点,也是我的学术道路的起点。

记者采访手记：从性格上来说，陈思和并非是一个赶潮流的人。但是在当时火热的文学研究氛围中，他被裹挟着往前，和当时国内一批新锐批评家一道，开创了那个时代的文学黄金期。

《中华读书报》：您在学术上刚刚起步时，遇到了思想解放运动。能谈谈当时的情况吗？

陈思和：恢复高考是改革开放的先声，把年轻人的积极性调动起来了，转向了追求知识。我本性不喜欢赶潮流，可这是唯一的一次赶上了，对我的思想、世界观的形成，包括对后来的人生道路都有很大的影响。学术新人的大胆探索得到了时代风气的鼓励。

那时学术界有两个圈子对我影响比较大。一个是《上海文学》，常务副主编、评论家李子云培养了一支年轻的文艺评论队伍，我们每隔几个星期就会聚在一起开会，周介人老师主持会议和张罗一切，参加者先后有吴亮、蔡翔、程德培、许子东、王晓明、李劼、宋耀良、夏中义……吴亮是从读哲学开始走上批评的道路，没有经过学院的训练，他的充满辩证的思维特征给我很大影响。评论家们形成了一个圈子，这个圈子是有标准的，譬如我们当时对张承志的小说就非常推崇。另外还有一个是北京的学术圈子，如北大的黄子平、陈平原、钱理群等，还有王富仁、吴福辉、赵园等，他们的文章当时我都非常关注。那主要是现代文学研究领域。《巴金论稿》之后，我的研究目标转向了20世纪中国文学史。

《中华读书报》：这一转变有何机缘？

陈思和：受李泽厚先生的影响。他在《中国近代思想史论》的后记中，描绘了中国20世纪六代知识分子发展轨迹，给了我全新的视角。我想把它引入文学史研究，这样必然要把现代文学与当代文学打通，把20世纪文学史视为一个整体。自上世纪50年代始，现代文学学科已经初具规模，各高校中文系不仅开设相关课程,编写文学史教材,还建立了现代文学教研室,现代文学学科里又派生出当代文学。1984年的杭州会议促使了文学寻根的创作思潮,1985年的厦门会议、扬州会议等,都推动了文艺界的思想解放,鼓励文学研究者冲破思想牢笼。1985年5月,现代文学学会在北京万寿寺举行现代文学青年学者创新座谈会,我的发言和北大的黄子平、陈平原、钱理群的联合发言《论20世纪中国文学》不谋而合,我们都主张打通现当代文学,把20世纪中国文学视为一个整体,完整地寻找和发现20世纪文学发展的规律和教训。我的文章题目是"中国新文学研究的整体观",杭州会议上我的发言题目是"中国文学发展中的现代主义",两个会议引出了我的两篇文章,都是以"五四"新文学传统为参照来论述当代文学的经验教训,由此逐渐形成我第二个研究系列,后来陆续写出《中国新文学发展中的忏悔意识》等七篇系列论文,编成第二本著作《中国新文学整体观》。

《中华读书报》:这本书也是您探索文学史理论的代表著作。

陈思和:现在看来是很粗糙的、很不成熟的,所以后来一直想重写或者做重要修改。但《中国新文学整体观》决定了我的学术研究的基本经纬。一是把20世纪中国文学史作为整体来研究,不断发现文学史上的新问题,并努力通过理论探索给予新的解释;二是关注当下文学的新现象,关注中国新文学传统与现实结合发展的最大可能性。20世纪中国文学史是我的学术研究的经,当下文学的批评和研究是我的学术视野的纬,在纬度上我尽力扩大研究领域,对台湾香港文学、世界华文文学、中外文学比较,甚至外国文学等等,我都尽可能去学习,逐渐扩大自己的研究领域。在继续开拓的思考中,我越来越感觉到原来作为中文二级学科的现代文学的基本框架与文学史理论都存在严重的局限。摆在我们面前的只有"重写文学史"。

《中华读书报》:"重写文学史"的原则是什么?

陈思和：以审美标准来重新评价过去的名家名作以及各种文学现象。在中国新文学史上，许多真诚的作家和一度影响重大的作品，因为没有处理好审美中介这一环节，随着社会变迁和价值标准的转变，他们在文学史上的地位已经变得不再重要了，他们的作品也无人问津。这是一个非常严峻的问题，我们每一个从事新文学史教学的大学教师都会碰到这样的事情，在课堂上讲到有些文学史上的著名作品时，不管你是极力称赞还是批评，当代大学生的反应都极其冷漠，他们不关心你的具体结论，因为他们对这类作品根本就失去了阅读兴趣。这是我们必须正视，并给以解答的问题。我这里说的审美标准，不是纯美标准，文学作品的审美当然是包含了重大思想与时代信息的。

记者采访手记：和贾植芳先生一脉相承，陈思和同样把"知识分子"看得很重，也一直在尝试知识分子在当代社会生活中的担当。1980年代以后，陈思和主动地尝试各种各样的工作，包括学术、社会活动和出版工作，主推"火凤凰丛书"，担任学校的人文学院副院长和中文系主任。

《中华读书报》：在您的学术经历中，学术思想和学术道路发生过怎样的变化？

陈思和：我在1989年写的《"五四"与当代——对一种学术萎缩现象的断想》一文中，开始对"五四"的启蒙思潮进行反思，这是我的学术思想的一个变化。那时候我开始意识到，一个知识分子应该分清自己的社会责任与学术责任。社会责任驱使我们对社会上发生的事件表明自己的态度，以人类的良心来抨击不义现象，促使社会进步；学术责任则要求我们在本职工作上成为佼佼者，坚持学术高于政治、文化大于社会的原则，维护学术的独立性与科学性，这是并存不悖的两种使命。根据这个想法，在上世纪

90年代,我进一步提出了知识分子的岗位意识。当时我意识到"五四"时代的许多急功近利的思想精神都束缚了我们的眼界,这样下去的话,当代学术的萎缩是自然的事。这里涉及很多问题,包括对于传统的重新认识、对于知识分子广场意识的反思、对于西方思潮的消化与批判接受,等等。唯有认识了它的局限,并超越它,才有可能使知识分子摆脱历史的怪圈,走上新的路。但是后来因为学术风气发生逆转,上世纪90年代保守主义思潮、国学思潮、新左派等等都合力围剿"五四"精神传统,我就有意不再反思"五四"精神了,我觉得"五四"精神缺点再多也是战斗的、健康的精神,是前进中的缺点,可以克服的,而那些批判"五四"的言论,很多都是复古倒退不健康的,或者趋时趋"左",我不想再去添乱。于是我转向了社会实践。

1994年,我与王晓明合作筹办了"火凤凰新批评文丛",产生了另外一些影响。我的学术道路也大致形成了三个方向:从巴金、胡风等人物传记研究进入以鲁迅为核心的新文学传统的研究,着眼于现代知识分子人文精神和实践道路的探索;从新文学整体观进入重写文学史的尝试,对民间理论、战争文化心理、潜在写作等一系列文学史理论创新进行探索,梳理我们的学术传统和学科建设;从当下文学的批评实践出发,尝试去参与和推动文学创作。如果说,第一个方向是作为现代知识分子追求安身立命的价值所在和行为立场,第二个方向是建立知识分子的工作岗位和学术目标,那么,第三个方向则是对于文学批评的事功的可能性探索,它既是我们对社会生活的理解和描述,也是试图改变当下处境。

《中华读书报》:20世纪90年代,您和王晓明等人发起的人文精神寻思的大讨论,在社会上引起很大反响。现在您怎么看待当年的讨论,那场讨论对知识界有何意义?

陈思和:人文精神寻思的讨论,是王晓明提出来的,他邀请我一起参与讨论,后来沈昌文先生也加入了,在《读书》杂志上进行延续性的讨论。因为引起很多反对的声音,才产生了社会影响。这场讨论,后来王晓明编过一本资料集,可能更能够说明当时的情况。我当时发现,参加讨论者对"人文精神"的理解都不一样,总的来看,是知识界对于中国刚刚掀起的市场经济大潮不适应,对于商品经济导致的社会效果表示了忧虑。这些看法,虽然在当时的情况下有些超前和敏感,也引起了很多反对的意见,却没有人真正地重视它。其实,从实践检验真理标准的角度看,人文精神寻思讨论中被提出来的问题,后来都被不幸而言中。新世纪以来中国社会道德底线几近崩溃,资本勾结权力几乎占领了社会经济各个角落,破坏了社会正常运作秩序,目前大量舆情所发生的问题,正是人文精神严重缺失造成的。但在当时这些声音不合时宜,也比较微弱,很快就被边缘化了。但毕竟留下了一些清醒、理性的声音,作为一种思想资料,以后会被人一再提起的。

《中华读书报》:人文精神大讨论二十年后,曾有媒体试图以纪念的形式再掀起新一轮的讨论,但结果不如人意。您怎么看这一状况?

陈思和:好像没有这么夸张。当时只是编《文汇学人》的陆灏个人的一点兴趣,他把我们几个人召集起来,做个座谈,想做点回顾和纪念而已。座谈纪要发表以后,好像还是有很多人看到并有所反响的。不过媒体没有继续往下做。

《中华读书报》:"重写文学史"之后,您还主编了《中国当代文学史教程》,并主持国家社科项目"20世纪文学史理论创新探索",做了很多颇有影响的学术工作。您也做过很多选本,在当时引起过较大反响。

陈思和:我在上世纪90年代与张新颖、郜元宝和李振声三位一起策划编过一套《逼近世纪末小说选》,那是颇有影响的。新世纪以后,又策划编过一套九卷本的《新世纪小说大系》。当初的想法,就是想改变以往的评选模式。大系里有武侠小说、科幻小说、校园小说……网络上流行的类型都有。第一是这些作品质量不错,不是我们想象得那么差;第二是我认为类型小说需要和主流文学沟通,否则不能体现文学选本的全面性。我编选本,就是希望瓦解当下的文学秩序。今天的时代是大变化的时代,如果对网络小说、类型小说这个大潮流视而不见,也会以偏概全。在编完小说大系后,我故意把编入作品的一百六十位作家的名字全部列上去,发现一半是以往文学史上不见的,一方是王安忆、莫言、余华、方方等传统作家,一方是南派三叔、天下霸唱等等,两个系列名单放在一起,完全是分裂的。我感觉非常兴奋,像1949年开文代会一样,两路人马都汇合在一起了,能看到今天的文学局面与上世纪的新文学完全不同。

记者采访手记:陈思和的专业是现当代文学,他的学术主要探讨"五四"以来知识分子的道路。在文学史的梳理之外,他通过对莫言、贾平凹、王安忆、余华、严歌苓等作家的作品的研究和评论,支持作家们的创作。

《中华读书报》:您认为自己的批评是怎样的风格?
陈思和:我在长期的批评实践中逐渐养成了一种自己的倾向:批评者与批评对象完全是平等的对话,批评者不是居高临下的指导者,而是作品的阐释者与解读者。批评者首先是在作品里找到了真正的"知音",通过阐释和解读,表达批评者对生活的看法。所以,我的评论主观性比较强,有时候甚至会出现研究主客体不分的问题,我很难说自己是在做研究,而是自己的学习、研究、探索饱满地交错在一起。理论色彩在我不是很突出,我的评论带有一点感情色彩,有人文的追求。这里有一个很重要的理由,我觉得评论者首先是社会生活中的人,是有感情、有观点、有生命力的人,批评家不能脱离生活环境,他的评论工作只是依托了作家的文学创作来表达自己对生活的看法、对时代的看法、对文学的看法,是用自己的观点来解读生活。所以,我觉得批评家也是直面人生的。

《中华读书报》:如果请您概括一下自己的治学方法呢?

陈思和:我个人对学术的认知,从来不是"纯学术",我自己在寻找一种人生道路,这是价值观的问题。一个人必须要有自己的价值观,就是:你怎么生活?如何面对这个世界?你的立场在哪里?对我来说,学术是我安身立命的基本场域,是基本的生活行为。这样的立场,使我活得像一个知识分子。当时贾先生就是这样教我的:做资料,读文本,然后就是思考自己的价值观。首先,理论观点要从研究中完成,要学会发现问题,在研究实践中发现问题。比如研究当代文学,学者就要有前瞻性,你要知道讨论这个问题可能会对以后的文学产生什么影响。只有自己发现了问题的价值所在,才能去全力以赴地解决问题。其次,在我看来,所谓学术问题其实都是你自己的问题。你所提出的问题都是要解答你自己的困惑,这是你对人生的态度、对社会的态度,都不是与你无关的、只是为写论文而设计的问题。我现在非常鼓励学生研究同辈作家,要做同代人的批评家。因为上代人的问题往往是在一个你所不熟悉的环境下产生的,你不一定能够从中找到你自己的问题。但是同代人的困惑你是理解的,他们的痛苦、他们的追求也可能是你的痛苦、你的追求,他们为什么这么写,你是了解的。如果你只关心前辈的问题,你就只能跟着前人的思路走。

从来没有孤立的文学,文学就是与现实生活的矛盾、困惑联系在一起、混杂在一起的,批评家的困惑应该与文学的困惑联系在一起。

《中华读书报》:您怎样把学问和人生紧密联在一起?

陈思和:我们这个专业——我说的是中国现当代文学这个专

业,只有时间上限,但没有时间下限。上限没有什么好讨论的,现在学者们把精力放在上限——晚清、民国之交的讨论,他们觉得这个学科离当下太近,没有办法做出具体的判断。很多导师为了显示自己研究与当代没有关系,有意引导学生去研究晚清、民国时期的文学,把自己的学术研究和当下划清界限。我是明确反对学生这么做的。

我认为我们这个学科是没有什么故纸堆的,我们的希望就在当下,了解当下,推动当下。研究现当代文学,就是为了解决当下的问题。"当代"的概念包括了未来,联系着未来。我们要关心的是,未来的文学会是什么样的?再过五年的文学将是什么?再过十年的文学又是什么?对这个方向要有预期性。否则出来一个好作家,我们还是后知后觉,不能及时发现和推动。

《中华读书报》:所以我们注意到,从1980年代开始,您就一直密切关注几个作家,几乎贯穿了近四十年的评论。但也有一些作家,您几乎没有评论过。

陈思和:我没有评论的同代作家,不是我不喜欢他们的作品,而是在读作品时没有产生我想说话的激情。但是有几个作家,我一直跟踪了大概有二三十年。莫言从《透明的红萝卜》一直到现在的创作,我基本上一本都不会落下,还有像贾平凹、阎连科、余华、张炜、张承志、王安忆、严歌苓的创作也是这样。这些作家给我的心灵感受非常强烈,我知道他们在字里行间要讲什么,想讲什么。比如读贾平凹的小说,我会有把握,他写出来的东西我能感受,他没有明确写出来的东西我也能感受。一个作家并不是对他的作品里所有的元素都想明白了才写作,有时候作家通过细节描写、形象塑造或者叙述故事,把自己可能不甚清晰的朦胧意图描述出来——这个时候对我这样一个评论家来说,阅读快感就特别强烈,因为我能从中解读出自己的人生感受。我对当下生活以及相关历史的看法,在贾平凹小说里能够得到很多回应。但是他早年的作品我研究不多,新世纪以后,贾平凹的小说跟我对当代生活的感受、我的艺术观契合最多,我就有话要说。

记者采访手记:作家的创作在变化,陈思和的评论也在变化。鲁迅式的对自我的反思、怀疑和批判的精神,在他的批评生涯中也有明显的体现。

《中华读书报》:2012年,您曾陪莫言前往瑞典领奖。作为持续关注他创作的评论家,可否谈谈您对莫言的理解?

陈思和:"五四"新文学的主体是知识分子,具有比较强的启蒙性,包括鲁迅在内的"五四"一代知识分子,都把农民看得很低,知识分子是站在农民之上进行启蒙,要唤醒他们的革命意识。而莫言不在那样的传统里,他对中国的民间社会文化、农村农民都有着非常深刻的理解。他本身就是农民当中的一个,把农民的缺点和优点和盘托出。我对莫言笔下的农村很感兴趣,他提供了一个我所不知道的农村,那是自然状态的人和农村,是不完善的,每个人都贪婪、自私、满腔委屈、粗糙不堪,但是这些人的身体里有强烈的、内在的情感力量涌现出来。莫言在农民的粗鄙生活中看到了他们的力量,他对农民的理解,远远超过"五四"一代知识分子对农民的理解。鲁迅笔下的农民是沉默的,是被嘲笑的,而莫言笔下的农民是鲜活的,满腔的委屈、痛苦都要像火山爆发似的喷出来。

我是读了莫言的小说后,才反思鲁迅的启蒙小说,都是通过非常具体化的细节描写对比出来的。譬如,阿Q是小人物,他也需要被承认、被尊重,但是未庄社会没有人愿意倾听他的内心要求。临刑时,他还希望把圆画得好一点,游街时,他也希望戏文唱得好一些,希望得到人家的赞扬。但是,阿Q的人格在小说里没有被大家理解,更不要说尊重了。我们老是喜欢说,哀其不幸,怒其不争,我们总是高高在上,把"哀"与"争"施舍给农民。然而我读莫言的小说,关于农民的观念全部被颠覆了。在莫言的小说里,没有我们通常理解的农民。如他写农民对压迫的反抗,不一定就是揭竿而起,却可能是以我们不喜欢的方式表现出来:偷盗、怠工、破坏、污染……《天堂蒜薹之歌》里的农民就是这样。再比如他描写女人生孩子时那种不堪、肮脏,但正是那种无休止的生育、那种肮脏野蛮的生活方式,让人感到生命的庄严与生命力的赞美。这种对生命的感受与知识分子的感受很不一样。我原来觉得,文学是干净的、高雅的,莫言所写的是低俗的、不干净的,我以前也批评过莫言的小说,但后来我发现是我不懂莫言,也不懂中国的农村和农民,甚至可以说,也不懂真正的中国。

《中华读书报》:您那时批评莫言,主要是针对什么?

陈思和:之前莫言有一部小说叫《玫瑰玫瑰香气扑鼻》,小说中对农民的粗鄙化描写,我当时不太能接受。但是后来我自己改变了,我提出一个审美概念叫"藏污纳垢"。"藏污纳垢"不一定是负面的,也会转化为一种生命活力。比如沼泽地里什么肮脏的东西(动物尸体、腐烂的植物、人类的排泄物……)都可能有,所有肮脏的东西都被土地吸收进去,所有腐烂腐朽因素都会在大地生命运动中转化为活力。我原来批评莫言的时候,也有知识分子的传统观念在里面。后来慢慢认识到莫言的重要性。我反思过自己的批评。

《中华读书报》:您和莫言有过交流吗?

陈思和:没有交流。我很少与作家一起讨论他们的创作,也很少去采访作家。对于莫言的创作,起先是欣赏他早期的先锋小说,后来他写了食草家族系列等,我有一点不喜欢,我不否认莫言小说里有农民文化的粗糙性,我以前是不喜欢的。到了上世纪90年代,我自己形成了民间理论之后,对莫言风格又有了新的理解。对他有过辩护。莫言自己也有转变。他说过自己原来学习马尔克斯、福克纳,获得某种近乎神谕的启示,后来意识到要远离他们的影响,大踏步撤退到民间,用一种比较自觉的民间立场来写作。

这说明莫言也在寻找新的创作风格。最明显的是《檀香刑》。《檀香刑》是通过三种人讲述同一个故事。一是刽子手讲的,一是孙眉娘,还有一个是知县,这三个人同样在讲述一个残酷的故事。知县讲的是知识分子的言说,孙眉娘是民间叙事,刽子手讲的是庙堂语言。我读了那部小说的后记,觉得莫言与我的思考是不谋而合的。我通过他的小说,阐释的是我的美学观念。我写过一篇评论文章,专门分析莫言小说的民间叙事。那篇文章可惜没有写完,只完成了原计划的三分之一。莫言写作的各个阶段,我都发表过文章,包括对《生死疲劳》的评论。那时候我对莫言已经采取了欣赏的立场。

所以说,我的评论,其实是与我的学习、思考、探索混在一起。我不是有意探索什么,有意去评论什么,学习、体现都在探索过程中。对余华、对贾平凹的创作,我也有过批评的,都经历过类似的变化。作家在变化,我也在变化。

《中华读书报》:您能谈谈您对余华小说的看法吗?

陈思和:我对余华的小说也有过批评。我最早喜欢余华的先锋小说,对余华早期小说做过很认真的研究,那时还不认识余华。后来余华从《在细雨中呼喊》开始向民间立场转化。民间立场并没有减弱知识分子批判的深刻性,也没有削弱知识分子的精神力量,相反是表达得更加含蓄和宽阔。但是起初我对余华的种种变化还不太理解,他的转变也有一个过程,我和张新颖、郜元宝他们有过一次对话,批评余华的退步。

余华是上世纪80年代先锋文学的代表性作家,到90年代开拓民间立场,其创作的每一步发展都是对自己前一阶段创作的扬弃,他传承了批判性的文学内在核心,却改变了审美的外在形态。他朝着民间文化形态一步步地深入地走下去。他的先锋小说主要是集中对"文革"时代的残酷现象与反人性现象的痛切揭示,这一点是其他先锋作家无法企及的;同样,他的民间性很强的小说,在温情故事的外在形式下依然包裹着与现实处境尖锐冲突的立场,而不是一般的庸俗的小人物故事。余华的创作走了一条与现实环境切切相关的道路。这是余华创作最可贵的地方。纵观他的创作历程,凡是他稍微离开现实环境的尝试,都是不成功的,但他总是能够凭着艺术敏感及时调整过来,回到现实的大地之上。《兄弟》是当代的一部奇书,对余华来说,似乎也是意想不到的从天而降的创作奇迹。

《中华读书报》:贾平凹的《山本》和莫言的《檀香型》都写得很残酷。您一直关注这两位作家,能谈谈对这一点的理解吗?

陈思和:贾平凹的创作道路比较复杂。他新世纪以来的写作,不是从《鸡窝注人家》的风格一路下来,而是从"商州系列"传承下来的。《废都》是贾平凹的一个拐点,他开始有了自己的言说,把心中纠结的东西,包括环境压力、生命痛苦全部抒发出来。《废都》不是清流文学,是"浊"的文学,《废都》里表现了当代文学所没有的东西,比如那种表面颓废、内心特别的绝望。

新世纪以后,从《秦腔》开始,贾平凹思想真正成熟了,艺术风格也成熟了,包括他对民族文化、对生命、对农村的看法,也都成熟了。他把一般的小说元素如故事情节、典型人物等等全部解构掉,整个小说没有一个中心故事,而是通过一个又一个的生活细节,把时代的气氛、生活场景都贯穿起来,这是他的小说最精华的部分。中国小说喜欢说书,喜欢讲一些动人的故事,而在贾平凹的笔下,一切都是轻描淡写。包括《山本》,在描写残酷的细节时,没有夸饰,没有渲染,仿佛是不经意的,却达到了令人战栗的效果,让你感到惊心动魄。他写残酷是有内涵的,是讲权力的形成过程,保留了那个残酷时代的信息。

《中华读书报》:作家创作和评论家评论的关系,真所谓"鸟之双翼、车之两轮",在您这里体现得特别充分。

陈思和：作家的创作有时候也是无意识的,反过来,对我来说,他的创作能够符合我的阐释,也经得起我的阐释,对我才有意义。如果没有他们的创作,我就无法做解读。文本解读不是用概念,而是包含了很大的文化内容,我不仅仅是为了完成评论家的工作,我更是要表达我的思想感受。我更尊重作家们对生命的感受。文学评论只是我的工作,有时候,作家的创作激发了我的想象力,但也可能,是我的评论激发作家的想象力。这是我所追求的评论家与作家之间的理想关系。

访谈记者：舒晋瑜

访谈时间：2018年8月22日

初刊《中华读书报》2018年10月17日

7

第一辑　文史杂论

本 辑 小 记

第一辑收录文史杂论八篇。之所以称之为"杂论",是觉得文章写得不够规范。这八篇文章中,当作学术论文写的,只有《试论1950年代两岸文学土改题材书写》一篇,写得颇费力气,但最终还是没有能把我搜集的材料以及研究成果全部写出来。这篇论文是接着2009年《六十年文学话土改》的后续研究,接下来从这篇论文又可以派生出另一个新题目,即当代文学中知识分子思想改造与土改运动的关系,这个题目吸引着我,希望以后有时间继续研究下去。另一篇《巴金晚年著述中的信仰初探》是根据讲稿修改的论文,这个题目我过去在各种场合做过讲座,根据录音整理的不同版本在网络杂志上有过刊发,但我一直没有认真修改定稿,因为里面涉及一些难以表述的地方。去年在喜马拉雅音频课程里,我把《随想录》作为最后一讲,重新起草了一份讲稿;在这份讲稿基础上又做了很大修改,才形成现在的定稿本。我很感谢《武汉科技大学学报》和《南方文坛》两家刊物能够及时刊发这两篇论文。《论语》有言:岁寒,然后知松柏之后凋也。对此我更有感受。

《士的精神·先锋文化·百年"五四"》,是应王德威、宋明炜两位教授之邀而写,收入他们为"五四"百年祭编辑的论文集《五四@100:文化·思想·历史》,由台湾联经2019年出版。本来还可以写得充分些,但限于编者约稿的字数要求,只能当作文史随笔来写,点到则止。

其他几篇大多是根据我的会议发言录音整理的。其中《试谈

〈野草〉的先锋意识》是 2017 年 11 月 20 日在复旦大学举办的纪念《野草》出版九十周年研讨会上的发言;《都市文学中人性探索的两个维度》是 2019 年 6 月 29 日在华东师范大学举办的城市研究论坛上的发言;《儿童文学:尽可能地接近儿童本然的生命状态》是 2019 年 5 月 12 日应复旦大学出版社邀请在方卫平《儿童文学教程》大师班上做的发言;《好的科幻文学具有真正的先锋精神》比较特殊,是一篇讲演的速记稿,这是 2015 年我应学校教务处安排的"科学与人文"核心课程做的讲座,当时题目叫作《两个世纪的科幻》,没有讲稿,《文汇报》记者姜澎整理了录音稿,以现在的题目发表在《文汇报》的网络版上。特此说明。

2020 年 1 月 30 日

久别的未曾失去的笔
——谈复出后的贾植芳先生

吴天舟按：2008年，贾植芳先生去世；2009年，我考入复旦大学。在这个时间开下的玩笑里，无缘像先前代代的师兄师姐一样亲自领受贾先生睿智的言传身教，已成为我不可挽回的遗憾。而将历史的镜头拉向更远的纵深，我所出生、成长的20世纪90年代恐怕亦是一段让先生当年无数渗透着忧虑的预言不断落实的岁月。不论秉承何等坚定的信念，我们或许都得无奈地接受，历史的风向变了，错位、误读与变革亦随即成为我们后来人必须直面的现实挑战。在复旦中文系的资料室里，悬挂着一张先生生前的像，先生的神色飞扬，似乎仍在笑谈后学迷津。自大二文学史课上陈思和老师告知这张相片的存在以来，在它之下的案头，我已度过了五年的学习时光。偶尔看书困乏时，我亦不禁抬头胡思乱想，对于我眼下置身的现实生活，对于我方今关切的学术问题，先生会作何议论？可先生是不会给我任何直接的应答了。这像里像外的距离，较之当年狱里狱外的天翻地覆，恐怕亦未必逊色吧？然而，距离从不意味着传统的失效，更不应是关于文学和历史对话的终结。相反，它具备着激活与拓展传统力量的无限可能。只是，倘若想要跨越时间的壁垒，所要做的不仅有重返先生当初生活思考的历史现场，更应将自身的关怀与问题意识融汇其中，在生命能量的彼此冲撞间再度审量过去之于当下和未来的无尽意义，而这无疑离不开在阅读和思考的磨砺间不断地自我精进。今年时值贾先生的百年诞辰，河西学院举办"贾植芳与中国新文学传承"国际研讨会以为纪念。借此东风，我以贾先生日记为中心兼及其他,阅读了一批材料。之所以选取日记作为阅读的基础,诚如先生自己所言:"日记是一个人灵魂的展览馆,尤其是一个内心生活丰富和复杂的诗人或作家,又处于历史激变社会转型期的时代,他的精神世界的骚动,更其剧烈和纷繁。又因为作者写作的目的,是留给自己查看的,因此,它真实而纯净,像一个没有浓妆艳抹的妇女,倒显出她的天然风韵和她的'缺陷美'——她的真实的自我。它是真正的写实文学,不仅是一个诗人或作家的生活记录,也是他的成长史、人格史和创作史的自然形态。至于当时的社会动态、文场风习,这里当然也有其事实的反映和清晰的折射。因此,它又是一个特定历史时代的聚光镜。"①我想通过日记走进当年贾先生生活思考的一小段场景,并借由先生这扇窗口,以点带面地打开对于一个时代的观照与理解,或许亦能算作是承续传统这一漫长过程的起点吧。不过,一己之见终难脱褊狭之嫌,因此,在阅读的基础上,我向陈思和老师提出进行一次对谈,希望能以陈老师长年在先生身边工作的鲜活经验与他自身对于历史的独到体会弥补我在感性经验上的匮乏与缺陷。陈老师欣然答应。这次对谈主要集中于先生复出后的学术活动,这也同先前对于先生的理解主要偏向于他四度身陷囹圄的苦难事迹有关。牢狱生涯固然是先生高贵精神的集中体现,但我想,在变动不居又风云诡谲的20世纪80年代,先生对于苦难过往的超克,对于知识分子岗位的坚守,也具有同等重要甚至更为深远的意义。访谈的题目化用自先生复出后的诗歌创作《笔颂》。对先生而言,这支笔引领着他走过掀翻旧世界的战斗,也以它的沉默记录了先生黑暗时节的人性光辉。而对我们而言,贾先生的这支笔或许已久别,但它从未曾失去。

---

① 贾植芳《一个跨代诗人的历史命运——〈勃留索夫日记钞〉中译本前记》,《贾植芳全集》第2卷,北岳文艺出版社,2020年,第84页。

吴天舟(以下简称吴)：陈老师好,很高兴能和您谈谈贾先生。虽然在课上已多次听您讲过先生,但真正接触先生的文字、相对完整地走进先生的一段生活还是第一次。读完贾先生的日记,我非常感慨,觉得先生就像历史中的一座灯塔,通过他所照亮的道路,对于我们这个学科的把握也好,对于现实的种种判断也好,我想我们都能看得更加透彻,也更能明白知识分子的身份究竟意味着什么。不过,毕竟我没有亲身参与到那段历史中,在对那个复杂时代的感受上,我可能存在不少错位之处,因此我很想听听陈老师是怎么看的。

陈思和(以下简称陈)：你的提纲我看了,几个问题提得挺好,有一些我之前也没有想过的角度。不过,你主要是根据贾先生的日记提供的线索来提出问题。先生的日记我以前虽然也翻过一些,但我基本是后来在主编先生《文集》的时候看的,所以我对先生的感觉不一定以日记为准。我跟着贾先生工作的时间比较长,有些问题我也是从我自己的角度来谈,我有自己的一些想法。另外,在谈的时候,我希望你能把你自己的视角和体会放进去,你没有见过贾先生,在经验上又隔了一层,我们相当于是三代人在进行对话。我就希望我们能有我们各自不同的感受和关心,这样我们讨论的层次会变得更为丰富。

吴：好的。我们就从贾先生的复出谈起吧。您留校后很快就担任了贾先生的助手,对贾先生复出后的工作,包括对当时整个现当代文学学科的重建,您应该是最了解的,所以想请您先介绍一下。另外,那时候陈老师还是青年教师,之前在给我们上课的时候,您就反复提到老一辈知识分子对新进学人的一种薪传式的影响,像北京就是王瑶、唐弢和李何林三家,而我们复旦就是贾先生,还有像华东师大的钱谷融先生,等等。那么作为距离贾先生最近的学生,您觉得跟随先生工作,最大的收获和启发是什么?这对您以后的学术生涯有怎样的影响?

陈：我是1978年下半年认识贾先生的。那时候他刚刚从监督劳动的印刷厂回到中文系资料室。贾先生来了的事是资料室一位叫周春东的老师跟我说的。虽然那时候上面已经给贾先生从宽处理，但因为胡风问题的平反比较晚，他那时还没有平反，"胡风分子"的帽子还戴着。那时候受迫害的教授通常都很沉默，在公众场合不会主动发出声音，但贾先生很不一样，他每到一个地方都非常引人关注，不停地说话，声音也很高，对学生也非常热情，后来我和李辉就慢慢地和他熟悉了。

贾先生当时已经开始学术工作了。他在资料室没有具体任务，基本就是体力劳动。那时候政治气氛已经缓和，当代文学作为一个学科刚刚起步，从事当代文学教学的教师普遍感到资料搜集的困难，知识也没有积累，南方一些高校就让复旦牵头，联合编辑一套《中国当代文学研究资料丛书》，帮助这个学科的建设。复旦中文系研究当代文学的都是年轻教师，具体领导是陆士清老师，比较活跃的是唐金海老师。编撰这套丛书，主要是唐老师牵头做，陆士清老师还负责另外一个大项目，编写三卷本的当代文学史。中文系里拿到这个课题后，就请贾先生出来担任这套丛书的编委，负责审稿，资料室的几位工作人员也集体参与了这个工作。从这件事可以看出，中文系领导对贾先生不抱敌意。那时除了一些老教师，大多数青年教师都不认识贾先生，贾先生1955年被逮捕入狱，青年教师都是以后逐年留校任教的，他们和历史上的案子已经没有关系了。因此，尽管贾先生的政治冤案没有解决，但大家都知道先生的学问很好，外语也很好，觉得先生是可以发挥作用的。贾先生的工作主要是编三本资料集，即赵树理专集、闻捷专集和巴金专集，具体工作有资料室的周春东、李玉珍等几个老师在做，唐金海老师也有参加，不过唐老师自己还另有任务，《茅盾专集》是他自己编，所以赵树理、闻捷、巴金这三本资料集主要是贾先生在负责。这套书编好以后，贾先生还去北京请茅盾写序题词。这套资料丛书最初是民间学术活动,用的是很简陋的白色封面,我们叫作"白皮书",内部发行,不是正式出版物,是给参编大学的教师作教学参考用的。丛书包括《茅盾专集》《巴金专集》等大家的研究资料,更多的是1949年以后在文学史上起过重要作用的作家,像赵树理、马锋、西戎等人的资料专集,也有一些作品为主题的,如《豹子湾战斗》《霓虹灯下的哨兵》《红岩》等等都有专集,主要是搜集有关研究、评论资料。"文革"后的文学几乎没有涉及。

再往后就有了国家"六五"社科项目。中国社科院文学所已经在重整旗鼓,还是由周扬领导。文学所负责人陈荒煤和现代文学研究室组织编撰《中国现代文学史资料汇编》,被列入国家"六五"社科重点项目。这套资料汇编分甲辑《中国现代文学运动·论争·社团资料丛书》、乙辑《中国现代作家作品研究资料丛书》、丙辑《中国现代文学书刊资料丛书》共三种。这套丛书也是由全国各个高校的教师组成团队,编辑了近百名现代作家的资料集。那时候贾先生已经独立工作了,他代表复旦中文系去北京开会。复旦好像拿到两个项目,一个是文学研究会资料选编,另一个是"外来思潮、流派、理论在现代文学史上的影响",后一个项目是分给两个学校去做,复旦负责1927年以前的相关资料的搜集整理,1927—1949年部分由吉林大学负责。贾先生还是这套丛书的编委,所以也参与了整套丛书的审稿工作。大概过了若干年以后,社科院获悉当代文学那套资料集已经编出来了,就主动提出把那套书也收入到他们的"六五"规划里去,等于是把"六五"规划扩大成现代文学和当代文学两套。社科院文学所好像是陈荒煤、许觉民、徐迺翔等人参与负责,贾先生也是编委。贾先生复出以后最早的学术活动,大概主要就是参加了这两套资料汇编的工作。

贾先生着手做现代文学资料汇编的两个项目时,我还在中文系读书,中文系除了资料室的工作人员以外,还有两个老师和贾先生一起参加项目,苏兴良老师帮他编文学研究会资料,何佩刚老师帮他编外来思潮资料。文学研究会资料集很快完成出版了,而外来思潮那本难度比较大,没有及时完成。我留校以后,贾先生就提出让我担任他的助手。那已经是1982年了,章培恒老师是系主任,他提出给系里每一位老先生配备一个助手,之前贾先生编《巴金专集》时,我帮他翻译过奥尔格·朗关于巴金的论文等,于是系里就把我安排给贾先生,理由是我可以帮他翻译一点外文资料,能帮他编这套书。当时还有一个硕士研究生孙乃修,是我本科的同班同学,这套书后来主要就是我和孙乃修在搜集整理。不过,我们的思路全部是贾先生提供的,与其说是我们在帮他编,还不如说是他指导我们在编。让我印象最深的是他让我翻译了好多东西,包括叔本华等一批欧洲理论家的论文。我们当时的外文水平不高,翻译错误很多,贾先生就帮我们校对,这是贾先生对学生的一个很重要的训练,他强调外文一定要会读会译。另外一个就是在编这套丛书的时候,他的要求是,编浪漫主义思潮在中国的资料,就一定要弄懂西方浪漫主义是怎么回事,编现代主义在中国的资料,就必须弄懂现代主义是怎么回事。我当时就读了英文版的李欧梵的《中国现代作家的浪漫一代》,我还翻译过几个章节,就是为了了解浪漫主义在中国的有关线索。然后,贾先生就安排我和乃修去北京图书馆(现在的国家图书馆)查阅资料,让我们一定要查到一篇落实一篇,一定要眼睛看到才能作数。外来思潮这个课题的大事记是我做的,同时还和孙乃修一起编辑选文。那时不像现在有数据库,都没有现成的目录,我们就是一张一张翻看报纸和刊物,看到有关内容就记下来,有什么观点就做笔记,方法很原始。等到做完这个项目,已经是1986、1987年前后了。孙乃修已经调到北京工作,就留下我和资料室另外两个老师继续做,贾先生也离开资料室,学校恢复了他的教授身份,一度还担任了校图书馆馆长。可惜的是,这套资料集编完后一直没

第一辑 文史杂论

有出版。那时,社科院的那个项目已经结束,本来他们是把这套书安排在广西的一家出版社出版,可是那边怕赔本,一直拖着不肯出,后来就在几个出版社之间推来推去,拖了很久也没能出版。一直到贾先生九十大寿的时候,我的学生郑纳新才在广西师大出版社把这套书出版了。但因为有些内容已经过时,出版的时候经过了大量删节,大事记也删掉了,压缩成两卷本。另外,吉林大学负责主编的那部分(1927年以后部分)也没有出书,贾先生看过以后提过很多意见,可后来还是没能出版。所以我们在重新编辑这套资料集时,又加了一部分 1927—1949 年外来影响的内容。现在看到的两卷本的资料集,其实少了很多东西,不过贾先生定下来的大致面貌还是可以看到的。

虽然如此,编辑这本资料集对我的影响实在很大,它一下子打开了我的眼界。我那时候尽管留在现代文学专业,可我的兴趣仅仅在当代文学批评。我原来在上海一家地区图书馆工作,是写书评的,我发表的文章主要是书评方面,偶然地因为对古代文学感兴趣,也写过一两篇文章。外国文学我也喜欢,但没有什么实质性的深入接触,何况外语程度也做不到深入研究,我原来以为现代文学和外国文学没有什么关系。但因为协助贾先生编这套外来思潮的资料集,一下就打开了一条研究中国文学和世界文学关系的道路。在这条路上,贾先生是领路人,他做了很多的工作,后来中外文学关系能成为比较文学领域的一个组成部分,和贾先生的许多设想都有关系。那时候"文革"才刚刚结束,人们对现代文学的基本状况都还摸不清楚。而我在研究巴金时,贾先生就给我提供过奥尔格·朗研究巴金的外文版书籍。通过读这些书,我和李辉写了《巴金与欧美恐怖主义》《巴金与西欧文学》《巴金和俄国文学》等文章。这些文章的主要思路和方法都是从西方汉学家那里学来的,国内当时根本就没有这种比较的研究方法,也没人会这么写。我们撰写研究巴金的这些文章,贾先生比较满意,他叫我去做中外文学关系的研究，也是因为看了这些文章。搜集了中外文学关系资料，更加开阔了我的眼界，我几乎对浪漫主义、现实主义、现代主义都摸了一遍，当然不是很精细，我的缺点是没有深入进去细致地去考察某个现象，但从好处来说，宏观的东西我都把握住了。后来我写《中国新文学整体观》，就是以这套资料集为基础。我不喜欢那种堆砌资料的烦琐做法，但我的学术视野基本定型了。对于我来说，现代文学就是一个整体，这个整体还不只是从现代文学到当代文学，更主要的是现代文学和世界格局的整体关系。所以从时空的角度来说，在那个时代，我和同代人相比，学术视野宽了一点，这可以说是贾先生对我的一个很重要的提升或教育。

吴： 贾先生去北京开的那个会很意味深长，记得有人说贾植芳你怎么跑到周扬那伙人里去了，说的就是这一次吧？我感觉当时表面上似乎是一个百废待兴的新时期来临了，但底下其实仍旧暗流涌动，过去的阴影依然笼罩在每一个文坛中人的身上，这成为理解这段历史的一个非常重要的因素。

陈： 你说的那个会，是1979年年底在北京中国社会科学院文研所举办的，主要是讨论"六五"规划的那个项目。这是贾先生复出后第一次以学者身份到北京参加公开的学术会议，是中国社科院文学所请他去的，邀请信上恢复称呼他为"贾植芳同志"，说你什么时候到北京了我们来接。这对贾先生的触动很深，这就意味着胡风问题开始在解决了，尽管还没有完全平反，但能够称他为"同志"，就说明他的问题已经不大了。于是贾先生就去了，但不是一个人去的，系里请了苏兴良老师陪同。苏老师人很正派，和贾先生的关系也非常好，帮贾先生做了很多工作，文学研究会资料集主要是苏老师参与编辑的。但当时的环境下，苏老师是党员，贾先生开始对他有点不信任，怀疑他是中文系安排来观察自己表现的。那个时候党员与非党员一起外出公干，可能也有类似

第一辑 文史杂论

使命,这也是很普遍的现象。所以先生到了北京以后,他去看路翎、胡风这些朋友的时候,都是一个人独自去的。后来他们互相有了很深的了解,先生对苏老师就信任了。他们的关系很好。贾先生毕竟是从那个时代过来的,他对人还是会有警惕的一面。

你说的事情就发生在那个时候。那时,周扬为代表的一派,如陈荒煤、张光年、冯牧等等,贾芝先生原先也是与他们一起的。他们的领域主要是作家协会、社科院文学所。我听贾先生说过好多次,说周扬是个白衣秀士,气量还是很小的。所以,他对于胡风冤案的彻底平反是不很乐观的。但另一方面,周扬对立面有丁玲、胡风、李何林这一个圈子,也是当年围绕在鲁迅身边的那些人,李何林是代表。李何林的阵地在鲁迅博物馆、北师大等。丁玲、胡风都遍体鳞伤,自顾不暇了,但他们还是咬住"两个口号"之争等问题不放,站在鲁迅批"四条汉子"的立场上,不肯原谅周扬一伙曾经对他们的迫害。所以,贾先生去社科院开会,李何林见了面就问他,你跑到周扬那里去干嘛?意思是你应该是我们这里的人。后来胡风冤案平反,上面还给贾先生留了一个尾巴,没有彻底平反,丁玲知道了,就愤怒地斥责:他们还想整贾植芳啊!这个"他们"也是包括了周扬一伙。当时,胡风分子,包括像丁玲这样一些受过周扬迫害的人都是不原谅周扬的。周扬的姿态做得很高,到处道歉,流着眼泪。但他也知道这些人是不原谅他的,他们之间的矛盾没有消除,只是他先走出一步,摆了一个很高的姿态,大家就比较同情周扬。关于这个会,贾先生回来后很认真地和我说过一件事。说他们在安排小组会讨论的时候,有一场是讨论胡风问题,让贾先生主持。这件事,我从局外人的立场看,觉得没有那么复杂,以我的理解,贾先生是胡风集团成员,比较了解胡风冤案的复杂情况,请他主持会议比较顺理成章。而且那时讨论的也不是学术问题,只是关于怎么编书的技术问题。但贾先生的反应非常强烈,他认为这是社科院周扬那帮人在试探他到底"改造"好了没有。他们很客气地请他主持这个会,但贾先生在会上一句话都没有多说,只说了这个题目,然后让大家发言。发言的过程中,有很多人为胡风冤案鸣不平。可从头到尾,贾先生没有说一句话,他没有说在胡风问题上确实有错误之类的。别人可能是希望他能讲两句,或者介绍一下当时的情况,可是他一句话也没说。我觉得贾先生长期处在冤案阴影下,他有些方面比较敏感。当然也可能我不是从那个时代走过来的,对政治斗争的复杂性理解不深。后来胡风问题平反的时候,所有的人都摘帽了,唯有贾先生还拖了一个尾巴,说他虽然不是反革命,但历史上仍然有问题。贾先生怀疑和这件事有关,是周扬他们看到他还在坚持自己的立场,就在背后整他。当然,这是贾先生的个人看法。

  我们从这件事可以看出,周扬、胡风两派之间的矛盾没有解决。如果深入地说下去,贾先生不是这个矛盾漩涡中的人,他对"两个口号"之争,对胡风的文艺理论问题等等,是不关心的。他的一个身份是作家,另一个身份是胡风的朋友,除了这两点以外,胡风的理论对不对,他其实不怎么关心,不怎么热衷。这一点与耿庸、何满子不一样。我在他身边一直听到他对胡风有所批评,他跟我说过几件事。一件是关于范泉。1940年代,贾先生和范泉也不是很熟,他只是在胡风家里见过范泉。范泉是《文艺春秋》的编辑,他去胡风那边组稿,所以他们认识。贾先生和我说过,胡风但凡认为一个人不可靠,就不向自己的朋友做介绍,所以胡风从来不向贾先生介绍范泉,贾先生就知道胡风对范泉有看法。后来胡风在"三十万言书"里说范泉是南京派来的暗探。范泉在1949年以后政治上追求进步,还在争取入党,但因为胡风的检举,在胡风被逮捕的时候,范泉也被审查,后来又被打成右派分子,被送到青海劳改。范泉晚年才从青海回上海,担任上海书店总编辑,他与贾先生的关系非常好。但是他对胡风检举这件事一直耿耿于怀。"文革"后,胡风的"三十万言书"没有删节公开发表了,范泉看到了很生气,是贾先生及时与梅志沟通,梅志知道后公开向范泉道歉,这件事才算过去了。第二件事是关于唐湜。唐湜有一次写了一篇文章叫《我观胡风》。他认为胡风当年很"左",得罪的人非常多,等等。言下之意,胡风被打成反革命,倒是让他们都觉得松了一口气。贾先生劝唐湜不要发表这样的文章,意思当年的这些纠纷已经过去了,胡风也受了很多罪,现在大家吸取教训就算了,后来唐湜也修改了自己的文章。唐湜、范泉和贾先生的关系都很好,贾先生是站在他们一边的。在这些事情上他一再说过,"我们"那些"朋友"也很"左",包括传言中说的"要是胡风掌权了恐怕会比周扬还厉害"的说法。这个话贾先生也说过的。后来有人传说王元化也说过类似的话,彭小莲不相信,但我是相信的。当时对胡风阵营有反思自觉的,大约就是王元化和贾先生。但元化先生的情况还不一样,他长期从事地下党工作,中共对胡风的批判态度他早就了解,他和贾先生还是有不同。贾先生是站在民间知识分子的立场上认识这个问题的,他在"文革"以后对整个"左"的思想路线的反思非常彻底。尽管他与胡风、梅志都是生死与共的朋友,感情之深非我们所能理解,不过他在私下对我和李辉(可能还有其他人)确实都说过,胡风有忠君的一面,对当时的最高领导人始终抱着迷信。所以在1980年代思想解放运动中,贾先生一直是站在思想解放立场上,反对倒退,反对保守,更警惕极"左"路线可能复辟。

所以说,贾先生在"文革"以后,第一,不是胡风派,他不是坚定不移地站在胡风立场上的,他对胡风问题有反思;第二,他当然更不是周扬派,他是回到"五四"知识分子的传统里,跳出了宗派的立场,这是贾先生非常明显的一个特征。这个特征发展到后来就发生了1985年向周扬致敬的事件。这件事是李陀、李辉他们搞起来的,那时候周扬因为在"清污"运动时受到批判,脑子已经不行了。李辉他们在开文代会的京西宾馆门口贴了向周扬致敬的公开信,很多人都自愿签名,表示向周扬致敬。贾先生的签名,我估计是李辉的关系,李辉签了他也就签了。签了以后,很多反周扬的朋友就批评他,说你怎么去凑这个热闹。贾先生后来有过解释,但我认为贾先生签名就是为了表明自己是和李辉他们一起站在反对搞"清污"运动、反对批判人道主义的立场上的。实际上,贾先生和周扬那伙人当初并没有直接矛盾,他只是被动地被卷到文坛纷争里去,他不像李何林他们对宗派矛盾特别敏感激烈。而且"文革"以后,周扬摆出来的姿态就是支持思想解放运动的,周扬手下的张光年、冯牧、陈荒煤这些人也都是坚持思想解放的代表人物。吊诡的是,反过来那些曾经受周扬迫害、坚持反对周扬的人却变成保守派了。当时的年轻人对丁玲他们反而比较疏离,觉得丁玲他们很"左",很保守,两派的位置完全颠倒过来了。在新一轮的博弈中,周扬居然还是站在正确的一方。在这个过程中,从私人关系上讲,贾先生和胡风、丁玲等关系非常密切,但是在原则上,他没有感情用事,至少没有参与到两个派系的争斗中去。感情上他毫无疑问支持胡风,讨厌周扬,但在讨论刘再复的文学主体性问题、戴厚英的人道主义问题等思想解放运动中的具体问题的时候,贾先生对文坛形势的看法和他的朋友是不一样的。

对待舒芜也是这样。因为整个胡风冤案都和舒芜有关,胡风分子极其痛恨舒芜,尤其是何满子,骂舒芜的文章都可以凑一本集子了。贾先生当然也恨舒芜的出卖行为,但是从私人交往来说,他和舒芜没有太大的怨恨,他还说过,舒芜在他困难的时候(被国民党逮捕)帮助过他,他一度还和舒芜恢复联系了。但是后来他们之间又出了问题,还被媒体穿凿附会很多东西。其实事实很简单,先生是从那个时代走过来的,他对生活中的有些现象很敏感。那时先生去北京开会,舒芜请先生和师母吃饭,请了牛汉、绿原作陪。贾先生事先还征求牛汉的意见,牛汉说去啊,吃归吃,骂归骂,于是他就去了。吃完饭,他们到琉璃厂逛书店,舒芜买了一本周作人的《中国新文学的源流》,当着他们的面在书上写了一个题记:某月某日在何处宴请植芳兄嫂,有哪些人参加,等等。贾先生回上海后就和我说,舒芜这个人不好,他这么做就是为了留一条后路,好让以后的人知道我和他早就和解了,还一起吃饭了。舒芜到底是不是这样想,我们到今天也不好说,但贾先生对这种事情非常警惕。结果在媒体炒作他们之间关系的时候,这件事还果真被舒芜拿出来作为证据,证明大家的关系原来是很好的。所以在这件事情上,贾先生的敏感不能说完全没道理,他毕竟是从那个环境过来的,他和我们局外人看问题的方式不一样。但对待年轻人,他一直比较宽容,对刘再复他们,一直持支持态度。

贾先生在管制劳动结束后回到资料室工作,他把1950年代反胡风的有关资料全都看了一遍。看完以后他曾经和我说,有一个作家没写过批判胡风的文章,那是孙犁。孙犁是从解放区出来的,但他没有写过批判胡风的文章,贾先生就一直认可孙犁的人品。赵树理写过批胡风的文章,但贾先生说,赵树理的批判文章一看就是敷衍的。胡风不喜欢赵树理,他对中国农民的旧意识一向很警惕,他喜欢的是柳青这样有理论深度的作家。因为胡风不喜欢,胡风周围的人也不喜欢,好像还发生过有人公开辱骂赵树理事件。所以,贾先生接手编《赵树理专集》,参加赵树理研究的学术会议,表明了贾先生对赵树理真是一腔热忱,他非常喜欢赵树理,说赵树理人品好,这样的话和我说过好几次。按理来讲,赵树理和胡风也算是有隙的,但赵树理批胡风只是表态,看得出是个厚道人。后来贾先生主编《巴金专集》。巴金当年也写过批判胡风的文章,贾先生起先对巴金也是有看法的,巴金对贾先生主编他的资料专集也有点警惕。但后来巴金认可了贾先生编的《巴金专集》,"文革"时期两个工人作家批判巴金的文章、巴金早期无政府主义思想的资料,都被贾先生编进了资料专集,巴金对这些都认可了。这时候贾先生也改变了看法,他觉得巴金真有勇气面对历史。巴金最早发表对胡风冤案的看法是20世纪80年代初,那时胡风冤案初步平反不久,但还没有正式平反,日本《朝日新闻》驻上海的一个特派记者采访巴金,巴金就开始自我反省。之前,胡风在上海的一家学术刊物上发表一篇关于鲁迅葬礼的文章,文中说到,他保存的一笔用来丧葬的钱在葬礼的时候被小偷偷了,后来是通过巴金让吴朗西把钱先垫出来。刊物编辑找巴金核实这件事,巴金写了一个注释,说明了事情经过。从这件事开始,巴金和胡风算是恢复了交往,但那个注释完全是公事公办的口气。后来巴金写《怀念胡风》,文章写了很久,一直到胡风正式平反文章才写完,写得极有感情。贾先生对这些细节都很关注,他对巴金晚年的《随想录》是充满敬意的。

类似的情况还有王瑶。王瑶先生以前在文学史里写过胡风,后来胡风冤案发生后,王瑶就写了批判胡风的文章,好像还写过批判贾先生的文章。贾先生有点记仇,他对周扬一伙或者官方的批判没有太多的意外,但凡是和周扬没有关系的人,或者一般的自由知识分子参与批判胡风,他特别记得住,他把这种行为称为"皇协军",说他们又不是真正的皇军,只是伪军,干嘛还要穷凶极恶?后来王瑶去山西参加赵树理研讨会,与贾先生相遇,他们是山西老乡,王瑶主动提出,要和贾先生单独见一面,见面的时候贾先生的态度非常冷淡。王瑶又提出要拍一张合影,我听贾先生描绘说,他和王瑶两个人冷冷地坐着,王瑶边上站了个黄修己,贾先生边上站了个唐金海,拍出来的画面完全是对称的。这张照片我看到过,没有先生说得那么夸张,但他对王瑶确实有看法,一直到1989年底他们之间的心结真的解开了。王瑶先生当时受到很大伤害,他抱病到上海来参加巴金研讨会,贾先生在家里设宴招待,王瑶吃了一半就感到不舒服,但休息了一会儿,还是坚持去青浦参加会议,最后病亡于上海华东医院。那时,贾先生与王瑶之间真正流露出知识分子相濡以沫的感情。他写了一篇悼念文章,题目就叫"怀念我的老乡",很有感情。我们从这些事情上可以看出来,贾先生是一个爱憎分明、坚决支持思想解放、坚持讲真话的知识分子。

吴:这点我认为特别关键。先前我们理解贾先生,强调的主要是从鲁迅到胡风再到贾先生的这样一条"五四"传统,但这往往也容易导致将传统同质化、简单化误读的趋向。我想重要的除了需要一个总的概观之外,还应该有更为细致的辨析,在相似性当中把每个人不同的面向呈现出来,然后分别去检讨他们各自的得失。具体在贾先生身上,我觉得让人特别感动的一点就在这里。他尽管和胡风、和胡风分子是患难与共的朋友,尽管他们一同从最苦难的时期一起走过来了,但他并不将苦难视作绝对正确的标识,跨越苦难也并不意味着从此以后他就有天然的说话高点了,他是依然可以甚至是必须对过去走过的道路理性地加以检讨,是不是在他们的思想里面也有着与将他们拖入苦难的"敌人"共同的错误?如果说"五四"传统是真正地希望将个人性的因素发挥出来,如果说我们真的是希望去做一个有独立思想和判断的知识分子,那么除了对我们所谓的"敌人"以外,对我们的同志朋友,包括对我们自己,也应该有一视同仁的反思态度。我想对鲁迅也好,对胡风也好,包括对贾先生本人也好,站在后来者的立场上,这些都是必须不断反复地加以打开的。另一方面,作为一个还不太有经验的后辈,这也同时给我提个醒。说实话,之前我可能把胡风分子甚至把"五四"传统这样的标签看得太僵化了,在人事和学术观点这两个层次,还是要分开来做不同的处理,不然读出来的东西还是会很小。

陈:从传统上说,贾先生站在胡风的立场上当然毫无疑问,而且"文革"以后,随着胡风的复出,尽管对"两个口号"之争也有不同的理解,但学界大多数人都认同胡风不认同周扬,基本是站在胡风这边的。不过,贾先生和胡风的关系主要还是在朋友层面,他和胡风的人生经验不一样,对问题的看法也不一样。1948年胡风写《论现实主义的路》的时候,贾先生就在胡风家里。他说胡风坐在他对面,一边抽烟一边写作,抽烟抽得嘴唇都发白了。胡风写完一张他看一张,看完以后,贾先生就不主张胡风用尖锐的口气进行论争。他认为当时共产党就要解放全中国了,在这个时候,突然在香港有这么一帮人集中火力批判胡风,背后一定是有来头的。他就对胡风说,你应该要警惕,不能再继续和他们对立,而且批判你的人像乔冠华、邵荃麟等都是搞政治的,他们背后是有组织背景的,你不能这样去和他们斗。胡风听了这话就很不高兴。后来胡风把这篇文章拿到文协办的《中国作家》杂志上发表,杂志由开明书店出版,开明书店的总编辑是叶圣陶,文章都已经排好了,但叶圣陶还是很为难。后来开明书店找了个借口,把杂志给停掉了。文章就没有发出来,是胡风自己出钱印了个小册子。这篇文章也没写完,胡风就到香港去了。由此可以看出来,贾先生和胡风在许多地方看问题是不一致的。但不管怎么说,他们之间仍然把朋友的伦理关系看得很重,贾先生对胡风很尊重,也很真诚。贾先生和王元化还是有些不一样。王元化和胡风也有距离。王元化的理论素养比较好,他和胡风在理论上有共鸣;但王元化是地下党成员,在1948年胡风写《论现实主义的路》的时候,中共地下党已经把胡风当作敌人批判了。对此王元化不理解,他说胡风最多是有错误,怎么会是反党呢?我听王元化亲口讲过,说他一直坚持自己的观点,在党内也受到批判,后来有人告诉他,批判胡风是上级指示的,那他就觉得不好说了。所以王元化一直和胡风保持着若即若离的关系。不过贾先生也好,王元化也好,他们对鲁迅都是极其尊重的。他们也都承认胡风是继承鲁迅传统最好的一个人,胡风和鲁迅一样,独立办刊物,团结年轻人,帮助年轻人走上文坛,胡风的理论也是从鲁迅思想发展来的。

在对鲁迅精神的理解和发展上,胡风可以说是做得最好的继承者,他们这个圈子里的人,像耿庸、王元化,鲁迅研究都很出色。如果从传统的传承意义上说,贾先生属于这个圈子,属于这个系统的。但他一直在说,我们没法和鲁迅比,鲁迅既懂政治又懂中国,所以他在政治派系里游刃有余。贾先生觉得胡风玩政治是玩不转的,就劝胡风不要卷进政治漩涡里去,但胡风认为自己玩得过来,胡风是不爱听贾先生这个话的。

吴: 我刚才说读小了还有另外一层意思,就是在理解贾先生这样从"五四"那个思想爆炸的年代走过来的知识分子的时候,如果我们将他们的思想资源视作单一源头的话,那得出的结论一定会是片面的。从贾先生的日记里可以看到,马克思主义经典当然对他影响很深,但他同时也喜欢尼采,喜欢陀思妥耶夫斯基,等等,他对于西方思想有着浓厚且多元的兴味。那么,这些外来思想资源究竟是怎样具体地影响先生的呢?

陈: 贾先生年轻时受到西方思想和文学的影响是当然的。他上世纪50年代在复旦大学开课,除了开写作和新文学课程外,主要讲西方文学、苏联文学,他主要的精力放在了讲授外国文学上。曾华鹏先生说贾先生上课经常是拿了一堆外文书,一面讲解一面翻译。贾先生早年留学日本,但他的英语是从中学就把底子打好了,当时能像这样跨几种语言上课的老师很少,所以曾华鹏先生说贾先生上课非常迷人。不过奇怪的是,贾先生虽然是英文和日文比较好,但他的兴趣主要在俄罗斯文学。贾先生喜欢俄国革命前后那些有点倾向革命但又有点颓废虚无的作品,安德烈耶夫、阿尔志跋绥夫、陀思妥耶夫斯基对他的影响是挺大的,这从他的小说创作也能看得出来,他自己的创作写的也多是较为颓废虚无的人,正面的故事他写得不多。我觉得贾先生对外国文学的兴趣基本同他的性格有关,他不是一个待在书斋里的学者,当年甚至也没想过以后会成为一个学者。他虽然读社会学方面的书,但他读社会学也是为了研究社会改造社会,并不是为了纯学术。因为他的这种性格,我觉得先生对西方古典文学这些高大上的东西是不大看得上的,我们讲到歌德之类,他都不感兴趣,不过但丁的《神曲》他倒是说过喜欢。我没有具体研究过贾先生所受到的影响,但我认为贾先生受西方思潮的影响和他追求革命、关怀现实生活是一回事,他从西方接受的也是批判社会、追求社会进步的那些东西,不是像乔伊斯那样高蹈的现代主义。他喜欢尼采也是因为尼采批判社会。而且我觉得,他早年追求那种否定的、虚无的文化很正常,那个时代的知识分子,像贾先生这样的人很多,他们就是比较激进,有什么社会运动就去参加的那种人,所以,他对西方文学的理解和我们现在理解的西方文学史上的传统不太一样。对于像贾先生这样的人来说,我觉得马克思主义也好,尼采也好,其实更多的是一个符号,他们未必真的对马克思主义做过很多研究,也未必对尼采做过很多研究,他们的兴趣在哪里?就在于对社会的一种批判和反抗的态度,希望社会能赶快改变,而且在改变过程中他们往往会比较倾向极端。像贾先生这样的知识分子在抗战爆发以后大量产生出来,路翎写的《财主底儿女们》里的主人公大都是这类人。他们大都比较边缘,尽管家庭出身可能是地主或者商人,但在社会上都处在进不了主流的边缘位置,属于流浪型的知识分子。不过到了1950年代,贾先生因为机缘进了大学,我觉得这给贾先生带来了一些变化,朝学院派发展了。

吴:我觉得这是贾先生特殊但又特别有意思的地方。一方面,贾先生是个江湖人,这在他的性格,在他的种种人生选择上都表现得相当明显,而且他也不写什么学术著作,《贾植芳文集》里的理论卷大部分都是序,当然从这些序可以看出贾先生的学问很好,包括他写的几篇论文既有见地,条理也清楚。另一方面,他又是学院中人,从他的日记里可以看到,复出后的贾先生特别繁忙,既要担任校图书馆馆长、校务委员这样的行政工作,又在现代文学和比较文学两个学科都投入了大量的心力,而且他还不忘继续从事创作,对于这些工作的分配,贾先生是怎么考虑的呢?贾先生又是怎么开始从事比较文学研究的呢?

陈:我先讲图书馆吧。贾先生担任校图书馆馆长,其实是有点落实政策的意思。因为他吃了二十多年的苦,而且在50年代的时候,贾先生又属于参加革命的,他和那些传统的学院派知识分子是不一样的。在被抓起来以前,贾先生是复旦大学中文系的工会组长,类似于现在的工会主席。在1950年代的学院建制里,复旦大学中文系主任是郭绍虞,党支部书记是章培恒,然后就是贾先生,他是工会组长,所以他那时的政治地位是高的。

吴:但他不是党员啊,不是党员也可以当红色教授?

陈:当然可以,陈望道那时也不是党员。那时候复旦大学翻译过马克思主义著作的也就是贾先生和陈望道,他们都被当作红色教授。贾先生平反之后,学校对贾先生也很重视,他的教授身份恢复了,校务委员、校学术委员等职务都担任了,但学校总觉得还要给他安排一个具体职务。那个时候,图书馆馆长级别比较高,所以这个职务安排好后,贾先生的房子也马上落实安排了。贾先生原来住在第六宿舍,后来给他安排到十一宿舍,在他上面住的是校党委书记,还有当时的校长华中一,这等于是给他一种特别的待遇了。好像那时也曾经动员他入党,朱东润教授就是在那个时候入党的。贾先生说,他一生都在追求进步,现在已经老了快退休了,再入党也没有用了,所以他就没有入党。那时很多人都劝贾先生,说年纪大了,就不要去担任具体工作了。大家因为对贾先生很同情,相对来说,对学校官方就多少有点抵触情绪,觉得贾先生受了那么多苦,现在再落实政策也没什么意义了。但贾先生非常通达,他也知道学校领导是在落实政策,就答应去上任了。不过也是荣誉性的。但是在一些关键时候,他还是很认真地履职。那时正好在兴建文科图书馆,等到大楼造完,他就退休了。

贾先生是我们复旦中文系现代文学学科的创始人。以前没有现代文学这个学科的,1950年代才专门成立了现代文学教研室,然后才有这个学科。复旦中文系现代文学学科除了贾先生领衔,还有方令孺、靳以、余上沅,他们都是作家,还有研究近代文学的讲师鲍正鹄,还有一个青年助教王永生。大概更早的时候还有唐弢,不过唐弢很快就调到北京去了,靳以也调走了,剩下的人里面,余上沅教戏剧,方令孺教创作,鲍正鹄讲近代文学,贾先生讲文学史、外国文学和写作,一直到1955年贾先生被逮捕之前,就是这么一个规模。贾先生被抓以后,教研室就是鲍正鹄当家,我们系里现代文学教研室的潘旭澜、王继权等一批老师都是他留下来的。后来鲍正鹄去了北京,方令孺和余上沅也早已经调走,教研室就是潘旭澜老师负责。"文革"后我进大学的时候,潘老师也刚刚恢复上课,那时他是权威,其他老师还有陆士清、苏兴良、邓逸群、鄂基瑞等,都是后来陆续留校或调入的老师,唐金海、沈永宝还是青年教师,复旦中文系的现代文学实力那时候也非常强,比很多学校要强很多。

贾先生复出以后,先是回到现代文学组,但很快教育部开始试着建立比较文学专业,因为贾先生懂日语、英语两种语言,又教过外国文学,中文系就请贾先生在现代文学组开设比较文学学科方向。所以,贾先生从事比较文学学科建设不是他的主动选择,是中文系组织安排的。当时想出国的人很多,比较文学学科与国外联络比较频繁,很多学生出国都是通过比较文学这个渠道出去的。所以,比较文学就成为一门显学。比较文学当时没有学科点,它挂靠在现代文学学科下面。北大最早提倡比较文学学科的乐黛云教授也是从现代文学出来的,她当时就拉了北大外文系的杨周翰和季羡林两位先生一起提倡比较文学,因为这个原因,比较文学学科就一直挂在现代文学学科下面。我们复旦大学倒是有一位正宗的法国比较文学专业出身的林秀清教授,复旦建设比较文学学科,外文系由林老师牵头,中文系就由贾植芳先生出来牵头,他在教育部挂了个比较文学专家的名,很多人就通过贾先生这个比较文学专业考研出国。后来比较文学这个学科慢慢发展起来,上海外国语大学的廖鸿钧、谢天振他们组建了一个上海比较文学学会,因为贾先生有这样一个特殊的工作岗位,再加上他德高望重,就把他推为会长。那时候属于草创时期,上海就是两位老先生当了领军人物,一个是华东师大的施蛰存先生,另一个就是贾先生。后来复旦大学也请贾先生当比较文学学科的带头人,那时候,先生是花了很多时间做了很多工作的。

但我感觉先生其实并不喜欢做这个事,他很少去参加比较文学的会,只是因为学校派给他任务,他认认真真去完成而已。先生精力投入比较多的,是翻译工作。先生的翻译在当时也算是成就比较大的。有一本书叫《中国现代文学的主潮》,就是他指导研究生的时候做出的成果。还有一本叫《文学风格论》,是西方人编的论文集,内容都是讲文学风格的。王元化翻译过其中四篇,这四篇译文单独出过一本小册子,贾先生就想把剩下的几篇论文也翻译出来,于是就组织学生做这件事,不过很可惜,这本书后来没出版。另外,先生那时当了图书馆馆长,可以大量订阅海外研究中国的书,他就叫我每年把和中国有关的书都勾出来,然后订阅并组织大家进行翻译,他想按照国别做一套海外汉学史。这项工作都已经规划好,也拿到了一个课题,但因为已经有别的学者在做,他们和贾先生沟通,希望合作,先生说既然已经有人在做,那我们就不要重复劳动了,然后他就把我们已经译好的一些文章给了对方,没有继续做下去。不过当时我们这边的力量也确实不够,懂法语的只有图书馆的王祥,他还找了《萌芽》杂志的编辑曾小逸,还有外文系的张廷琛,后来他们都出国了。另外就是懂俄文的谢天振,但谢主要负责比较文学学会工作。当时先生周围大概就这些人。虽然先生有很多想法,但因为身边没有那么多人一起做,比较文学的人力资源也没有配备好,很多事情最终就没能实现。

那个时候的贾先生又重新开始学习。先生很用功,虽然快七十了,但他从头开始读比较文学的著作,把从王国维、吴宓开始,一直到后来戴望舒、傅东华他们翻译的比较文学著作全都读了。那时他认识了香港中文大学的李达三博士,李达三是美国人,在香港中文大学开始提倡比较文学,当时有一批比较文学学者聚集在香港大学和香港中文大学,有袁鹤翔、周英雄、黄德伟等。李达三对中国很友好,到中国来过好几次,普及这个学科。他和贾先生关系很好,先生也就是通过李达三、袁鹤翔等人,对比较文学学科有了比较完整的想法,发过一些文章,现在都收在《文集》的理论卷里。先生一直认为比较是一种研究文学方法,比较文学不仅可以是横向的跨学科比较,还应该有纵向的维度,像古代文学对现代文学的影响这样纵向的研究,也应该列入比较文学领域,贾先生自己写过传统与现代关系的文章。他那个时期的论文比较多,包括写留学生与新文学关系的文章,都是在那时候写的,这一组应该也是贾先生在比较文学这个学科里较重要的文章。但贾先生对这些论文并不看重,他曾经和我说过,他最想做的事还是创作。他写了一篇短篇小说《歌声》,被退稿好几次,以后他就不想写了,他就准备写写随笔散文,还一直想写一本回忆录。我帮他做了《狱里狱外》的整理工作,他很感兴趣。退休以后,我觉得他的主要心血都集中在写随笔和整理回忆录上面。

吴:当时比较文学成为一门显学,想出国的人很多。面对这样一股出国热,我想贾先生也会有自己的想法,因为他自己就是个老留学生,对身在他乡的个中滋味和得失是最清楚的。我看他写留学生的那篇文章,感觉先生在出国留学这个问题上的态度比较矛盾,一方面他在回顾历史的同时也在展望新一代的突破,但另一方面,他也隐隐约约地提到有些人并没有读书,而是忙着赚钱等等。不过写文章毕竟可能还有些顾虑,您觉得先生的真实态度是怎样的?

陈:很多学生出国,是以贾先生为导师的名义出去的,他对学生有很多鼓励。但我觉得贾先生其实不是很赞成这么多年轻人出国。先生周围有好几个青年人出国以后,境况都不太好,先生老惦记他们。有一次密西根大学的梅仪慈请高晓声到美国去,先生就特地跟高晓声说,让高晓声聘用他的在美国的学生做他的翻译,他就这么老惦记着在国外的学生。因为那个时候出国不像现在,很艰苦的。所以在出国问题上,先生有些忧虑,他不认为出国一定是非常好的选择,当然,他是愿意为学生出国提供帮助的,可他一直担心学生出国以后经济没有保证,有些本来在国内可以做点事情的人,出去之后反而什么都做不了。事实证明先生的忧虑是有道理的。

吴:随着政治气氛的松动,贾先生复出后也逐渐开始了同海外汉学家之间的交往,在日记里记到的就有夏志清、白先勇、李欧梵等人,可以说先生算是当时和海外交流最频繁的学者了。不过中间毕竟有那么长时间的隔阂,当时的海外交流同现在环境大不相同,我也想通过先生这个点来对此了解一下。另外,贾先生自己也带过不少留学生和进修生,对于他们,先生又是怎么看的呢?

陈:那时候来复旦的外国学者有两类。一类是学校或者教育部安排的。当时的外事接待不像现在,因为和西方的接触还很少,对于来访的西方学者,学校里还是有考虑的。贾先生算是他们比较信得过的人,很多外国人来了以后,学校就安排贾先生参与接待,或者把他们安排在贾先生门下。这都不是先生主动要求的,而是上面事先安排好,然后就以贾先生的名义出来接待,贾先生只是作为一个偶像被放在那里。你看贾先生日记里记载夏志清来复旦的那段,他写得很清楚,其实贾先生和夏志清是没法有更多接触的,他们想谈下去的时候就有人不让他们谈了,非常微妙。但因为贾先生受过苦,是个著名的政治犯。海外很多学者都想来见见他,想和他谈谈胡风问题。当时也有好几个外国人没有通过外办,直接就找来了。我记得有一对美国夫妇就是这样,他们在1950年代就研究胡风问题,但那时候没有具体的资料,等到中国开放后他们就来找贾先生,要了解第一手资料,直接找先生讨论胡风问题,这种人会直接到贾先生家里去。由外办接待的都是官方性质的会见,像白先勇、杜国清他们到复旦来访问都属于这种。

贾先生是个有独立思想的人,有些官方安排的学者与贾先生接触后,关系很好,实际交往也比较多,李欧梵就是其中一个。他是到复旦来做访问学者的。他来复旦的时候,他的那本《中国现代作家中的浪漫一代》已经很红了,贾先生很认真地借来看过,还叫我们翻译成中文。李欧梵来复旦大学是以高级进修生的名义,贾先生名义上是他的联系导师,他们一见如故,更像是好朋友。那时交流比较多的访问学者里还有一个叫铃木正夫,横滨私立大学的教授,是个很认真的学者。他有一个重大发现,他确证郁达夫是被日本人杀死的。当时铃木和另外两个日本学者合作做这个研究,他们到新加坡、印尼去寻访参加过二战的日本军人,最后找到了当年下命令害死郁达夫的人。他和贾先生比较谈得来。贾先生去世后,铃木还专门到先生的墓地去祭扫。山口守当时在复旦大学留学,同时还担任了日语系的外籍教师,他和铃木不一样,是搞学生运动出身的。他是左派,有点信仰无政府主义,对于中国的社会主义革命也有过向往。他在复旦外文系一边教日语,一边从无政府主义的角度研究巴金,写过一篇论《寒夜》的文章,后来收在贾先生编的《巴金专集》里,他们就这样认识了,我也是在贾先生的家里认识他的。他和贾先生有比较密切的师生关系,贾先生去世的时候,山口专程来上海吊唁,很伤心,说贾先生就像他的父亲一样。山口回国以后在日本大学工作,也是贾先生当年留学的学校。后来贾先生访日的事情包括翻译等等,都是山口安排的。坂井洋史是1990年代到复旦来进修,也是因为研究巴金认识贾先生的。他经常在贾先生家里喝酒。贾先生喜欢交朋友,因为他自己留学日本,对日本人还是有些亲切感,像山口、坂井,都是他的比较年轻的日本朋友。贾先生真正有一个日本学生叫今富正巳,是他在上世纪50年代教过的学生。"文革"结束时,贾先生还没有完全平反,今富就来复旦访问,还带来了他一直保留着的贾先生的著作,连贾师母当时编的一本《北方土语字典》,他都带来了。他一见贾先生就跪下来向先生磕头,对贾先生的遭遇表示同情。今富和范伯群老师他们是一届的,和贾先生感情非常好,不过我没见过他,只听贾先生说起过。贾先生是这样的人,他看得上的人,只要见过一次面,他就会完全把你当成好朋友,非常亲密地对待。有些人他不喜欢,就一直很警惕很排斥。日本人里面也有他不喜欢的人,不过这些我觉得和学术没什么关系。

吴:贾先生对香港的访问很有趣,既是学术活动,但又远比现在一般意义上的学术活动复杂,能感觉到那个时代的一种紧张氛围。感觉先生就像一个政治符号,出去转一下就是在释放政治信息,说明我们这里也思想解放了,连贾植芳这样在政治上有问题的人也可以恢复工作了。对此,贾先生自己心里也是相当清楚的吧。

陈:贾先生到香港去过两次,第一次是去参加香港中文大学举办的比较文学的学术会议,那是先生复出后的第一次出访。当时出境办理手续极其麻烦,到他出境日的前几天,签证还没拿到。那时候签证要先送英国政府批,英国政府批完送教育部,教育部再送到复旦大学,过程非常烦琐。当时等教育部拿到签证再寄过来已经来不及了,贾先生没办法,就派我坐飞机到教育部等着,签证下来了就立刻飞回上海。那是我第一次坐飞机去北京。后来总算是拿到了签证,我当场就直奔机场,赶上一班飞机飞回来,第二天先生就走了,时间非常紧张。那次出去对贾先生的影响很大,形成了他复出以后对香港、对海外的认识。先生有一批朋友在香港定居,就是那些当年不愿拿日本文凭、与他一起从日本回国的留日学生。先生回国后,到国民党军队里去打仗,另外有一些人从日本回来就留在了香港,这些人晚年经常来往,每周五都聚在一起打牌、聊天、吃饭。贾先生一去,他们就聚会,欢迎贾植芳同学到访香港,这是个人的层面。但确实也有从统战目的出发,把贾先生给宣传出去的意思,新华社好像在香港《文汇报》上还发了一篇文章,介绍贾先生四次坐牢等等,对此,贾先生是比较警惕的。贾先生第二次去香港是在1988年,香港中文大学的袁鹤翔请他去小住半月,住在新亚书院的宾馆。那次就比较轻松,没有什么政治性的任务。那次是我陪先生师母去的,半个月以后贾先生回来,我就留在那里做了四个月的访问学者。那次我也陪先生和师母参加了那帮留日学生的聚会。我问贾先生,如果历史从头再来,你还会像过去一样选择回国参加抗战吗?先生就说会的,他说他不喜欢那些留日同学现在的这种生活方式。总的来说,贾先生在思想上很解放,但在外事活动中他是比较谨慎的,他的政治头脑很清楚,处理事情也非常有分寸。

吴:既然谈到香港,我们也谈谈台湾吧。贾先生和台湾方面的关系如何?我看日记里面他说,和王元化他们一起商量要引进台湾方面的书等等,可见是做了一些工作的。他们那时与台湾方面就有直接交往了吗?另外,对于1949年从大陆跨海赴台的那批文人,我觉得两岸学界在认识上都有问题,我们这里往往将他们说成是台湾作家,而台湾的学者强调的则大多是他们在1949年以后的文学活动,这其实都颇为褊狭。但对于贾先生这样的过来人来说,情况就完全不同了,譬如他在日记里多次写到覃子豪,就像是说自己的一位故人一样,语气很亲近,完全没有现在人为设定出来的那些边界。

陈：王元化他们当时搞了个海峡两岸学术促进会，是代表官方的。那个时候也没有台湾文学研究，对台湾主要是搞统战。后来两岸关系松弛之后，台湾方面直接有人过来，就相对比较自由，统战功能也相应减少。因为王元化他们那边没有台湾方面的书籍，复旦图书馆有不少，都是通过贾先生买来的。那时我帮他挑了关于西方现代派的一些翻译，主要是外来思潮方面，像弗洛伊德、叔本华、尼采，还有西方现代主义的很多著作，那时大陆还没有翻译过来，我挑了以后，图书馆就买进来，主要也是为了研究外来影响。

贾先生和台湾方面没有直接的联系，只是因为我的关系，他有了一些朋友。我与台湾文学界来往比较早，1988年去香港，我就认识了李瑞腾、林燿德等一批台湾文坛的新锐。1990年代初的时候，林燿德、罗门来上海找我，我在课堂上请他们做了一次演讲，引起轰动。他们很多人来上海都是我接待，然后我把他们带到贾先生家里去，介绍他们认识，如龚鹏程、林燿德、罗门，等等。后来林燿德去世了，罗门一直对贾先生非常尊重。还有无名氏，虽然无名氏和贾先生都在《扫荡报》工作过，但当时并不相识，后来无名氏来上海，我请他吃饭时也请了先生参加，他们才认识的。不过这都是后来的事了。孙乃修写的《苦难的超度——贾植芳传》在台湾出版也是我牵的线，通过一些出版人，贾先生的传记在台湾出版，也产生了一定的影响。贾先生1996年到台湾参加"中央日报"副刊举办的百年中国文学研讨会，"中央日报"副刊主编、诗人梅新邀请的，那次我陪他去了。台湾那时办会已经按国际会议的程序，有规定的发言时间，有讲评人。但贾先生耳聋听不见，发言时间到了，他还自顾自在台上讲，讲评人是尉天骢，他当场拿出先生的传记，赞美先生苦难而高贵的人生，全场掌声雷动。先生什么也听不见，不知发生了什么，后来我告诉他，大家在向你致敬呢。诗人罗门就很激动,跑到先生下榻的宾馆去向先生表示敬意,我记得先生很淡定,就说一句:知识分子就像耶稣一样,总是要一代一代背十字架的。

覃子豪的事情是这样。贾先生和覃子豪是留日时期的同学。覃子豪本来是他哥哥贾芝先生的朋友,贾芝先生年轻时是个诗人,周围有一群写诗的朋友。后来贾芝参加革命,那帮人也散掉了,其中覃子豪就选择留日。他比贾先生的年纪稍大,贾先生到日本以后经常跟他在一起。那时候与贾先生关系比较好的一个叫李春潮,还有一个叫雷石榆,雷石榆的诗在日本很有名,写一些印在明信片上的诗歌,很流行。他们这几个人是一个小圈子。他们那批诗人都是比较浪漫、在社会上也比较动荡的人,贾先生和他们有点关系,但也不算是特别密切。

吴:但贾先生后来回忆覃子豪的散文,我读了之后非常感动,文章的情感极其丰沛,如果不是在写交往很深的朋友,感觉很难写出这样的文字来。

陈:这篇散文的情况是这样。当时覃子豪的弟弟要为覃子豪出一本诗集,好像是在香港三联书店出版。因为覃子豪去了台湾,是蓝星社的著名诗人,在台湾又发表了许多"战斗文学"的作品,当时就没有人敢给覃子豪的诗集写序。他弟弟就找到贾先生,希望贾先生能出来为覃子豪说几句话,贾先生就写了。你看先生的日记里写过这件事,他其实是和雷石榆、李春潮的关系比较密切,与覃子豪倒是没什么太多的联系。但贾先生喜欢打抱不平,他不仅对覃子豪是这样,对很多人都是这样的。比如余上沅,余上沅是南京国立戏剧专科学校的,吴祖光、曹禺都在那里学习工作过,他们和余上沅的关系比较密切;贾先生是到了复旦教书以后,余上沅是他的同事和邻居,他们之间才有了一点来往,总的来说,余上沅是属于新月派的,与贾先生没有太多的交集。"文革"结束后,余上沅的夫人陈衡粹要给余上沅出一本论文集,她找曹禺、吴祖光写序,他们都没有写,最后余太太找贾先生,贾先生二话没说就写了。范希衡也是这样,范希衡也是贾芝的朋友。其实贾先生和他们的关系都很一般,但是与他们关系更熟的人都不肯写,都往贾先生身上推。因为像余上沅、覃子豪,都是属于或者受过委屈或者在政治上还不明朗的人,他们的家属都找到贾先生。贾先生的文章也确实写得好,这一组文章是他写得最好的文章,他是当成散文来写的,序文不过是个形式。

吴:关于覃子豪还有一个很有意思的细节。贾先生在日记里写到,在没读到覃子豪那些反共诗的时候,他觉得覃子豪很好,是个非常追求艺术的人,可在读到那组反共诗后,贾先生的评价就完全变了,他说我们尽管曾经是朋友,但我们再也不可能继续做朋友了。但后来覃子豪的事,贾先生还是很用心地在帮忙,文章也写得很好,这总让人有些不可思议。

陈:贾先生的日记里有很多东西都是在提防被别人看到,那时候的人没有安全感,他担心日记被别人看到以后可能会惹上麻烦。我和李辉最早认识他的时候,他在日记里都不写我们的名字,只写学生小陈、小李。他有一次就和李辉说,这么做就是怕万一再出事情,这样写还能抵挡一阵,只要你们不承认就行。你想他连与学生交往都那么谨慎,遑论其他。所以,贾先生还是很警惕的。他自己写文章也怕万一有人上纲上线,他要在日记里再说一下:以前这个人不错,他后来那些反共的东西我没看到过,等等。所以,他写在日记里的有些内容也不是真心的,只是为了掩人耳目。贾先生有时候会这样,记录一些材料时会正话反说,反话正说。他毕竟是经历过胡风冤案中把普通书信上纲上线、罗列为罪证的惨痛经验。

吴:那贾先生留下的材料就太复杂了,我本来以为他可能会把公开发表的部分和私人写作的部分分开,在私人写作的部分里是比较自由的。可现在看来,两方面的内容也可能搅和在一起,而且又根据时事的变化有反复,那想要通过这些来重返历史现场就非常困难了。像贾先生这样具有强烈的批判精神,而且敢于直言的人尚且如此,那他的同时代人留下的材料就更扑朔迷离了。

陈:不仅那个时候的文献材料是这样,现在也一样,所有的日记、书信你都不能完全看成是作者心声的表达。因为这种知识分子日记和一般老百姓的日记不一样,比方说现在年轻人谈恋爱,他写日记是为了把自己的心绪记下来。但贾先生是一个作家,他写日记是非常有目的性的。很多作家都是这样,他们写任何东西都会想着这个东西以后是会发表的。当然有时候他们也要发泄自己的情绪,但更重要的是,他想要通过这个来记录一个时代的真实面貌。贾先生为什么有的时候要把道听途说的东西也记下来,他就是想要留下这个时代的各种痕迹。他是有目的的,不是纯粹的私人话语。倒是他和贾师母写的信里有很多私人的东西,像布票多少、粮票多少之类的,这些倒是偏向私人性质。不过那里面也有公开的成分,因为那时候所有的信件都是公开的,寄出去的时候都要被人看、被人查的,有许多事情他也不能写,只能写这些。

吴:贾先生和贾师母的通信给我印象很深。先生说在牢里收到一个寄来的无名包裹,看了里面的东西就知道贾师母还活着,而且已经到达他的家乡,这让我既感动又诧异,他们之间似乎共享了一种可以直接沟通的密码,不用解释就能相互明白。信里的话都是那个时代的公开话语,都是好好学习努力改造这样的场面文章,但他们却能将自己真实想说的内容嵌入其中,也不知道他们是怎样在不曾事先约定的情形下做到的。

陈:他们那个时代的人都会这样做,就是鲁迅所说的,奴隶的时代只能用奴隶的语言来表达,而且胡风分子也都喜欢这样写,很多事情他们喜欢绕来绕去地说,打暗语,起绰号,等等,所谓"胡风反革命案"的证据之一,就是那些写得含含糊糊的信件惹出来的麻烦。被打成反革命之后,他们对书信日记特别敏感,都是很警惕的,当然里面也有很真实的东西。胡适、郁达夫他们那时候也这样,胡适从一开始就觉得自己的日记以后要留下来,郁达夫的日记很多都是他的创作,其实根本就不是那么回事。最有意思的是郁达夫与王映霞的事件,当时王映霞是偷偷离开郁达夫的,她拿了钱包、车票就跑了,但郁达夫在日记里却写自己怎样在南洋的南天酒家宴送王映霞,还赋诗一首,等等,全是编出来的,王映霞后来说,她当时就是偷偷逃走的,完全没有郁达夫日记里描写的那些故事。所以,我们做研究千万不能把书信、日记太过当真。当然也有的人,比如鲁迅,他的日记里几乎都是到哪里吃饭,碰见了哪个人,买了什么书,等等,都是类似这样的流水账。鲁迅有很高的警惕性,他故意不记很多东西,譬如关于冯雪峰陪鲁迅去见李立三的事,在他的日记里是没有的。冯雪峰后来回忆的许多事情,鲁迅日记里都没有的。

吴: 最后请陈老师做个小结吧。对贾先生复出后的学术贡献,您觉得应该怎么评价?

陈: 总体上说,贾先生复出以后的贡献,一方面是在现代文学和比较文学两个学科的建设上。他为青年作者写了大量的序,在序里他就把自己对于现代文学学科的基本想法写下来了。那时我是他的助手,很多时候都是他口述一个大概的意思,然后我起草,写好之后他再修改成文。记得有一次,教研室的老师编了一本《中国现代文学词典》,请先生写序。先生和我说,现代文学和新文学内涵是不一样的,现在说的现代文学,他们在"五四"的时候都叫"新文学";真正的现代文学应该包括现代所有的文学,包括通俗文学、国民党文学、沦陷区文学,等等,这些我们现在都研究得很不够,所以这本词典不应该叫作《中国现代文学词典》,而应该叫"新文学词典",新文学是"五四"传统这一条线下来的。这样的观点,他很早就和我说了,我觉得先生的有些想法是很宝贵的,他对整个学科的建设有自己的看法。比较文学也是,他觉得要有比较文学的中国学派。当然,这也不是他一个人在提倡,那时候很多人都这么说。但贾先生的想法和别人不同,他提出来要关注研究钱锺书的《管锥编》,他认为中国的比较文学应该从钱锺书的研究开始,这好像是他在1990年贵阳召开的第3届比较文学年会的闭幕词里特别提到的。我认为贾先生的很多想法都是闪光型的,虽然不是系统的论文,但因为他知识面广见解宽,很多问题都讲在点子上,对学科建设很有意义。所以不能只看文章,文章有的时候都是宣传,先生有他自己的观点。除了奠定学科基础以外,我觉得先生最重要的另一件事就是培养了很多学生,因为有了先生的培养,我们学科的队伍才慢慢地建立起来。

吴:谢谢陈老师,我今天学到了很多东西。因为时间有限,这次主要集中在贾先生的1980年代,不过我发现很多东西的源头还是要回到更久远的历史中去追寻。被打上"胡风分子"标签之前的贾先生,其个人性的部分和整个时代话语之间的张力,尤其是从他到日本留学到战争爆发那一段,我觉得还隐藏着很丰富的问题,还有一些很有价值的素材有待挖掘,这可能和我之后的研究有点关系,希望以后还能和您再接着谈。把前半生的部分补上,其实也是对现有的认识版图再打开的过程,我想作为后学理解文学史也好,作为继承先生传统的一部分也好,这样的过程肯定要不断地进行下去,还请陈老师以后多加指点。

对谈者:吴天舟

对谈时间:2016年6月6日

初刊《南方文坛》2016年第6期

巴金晚年著述中的信仰初探

巴金先生曾经是一个有信仰的人①。但是在他的晚年,这个"信仰"是否还在悄悄地起着作用?这个问题巴金生前没有给以准确的回应。在他晚年著述中,取而代之的是一再出现的"理想"、"理想主义"、"理想主义者"等说法,核心词是"理想"。那么,巴金早年的"信仰"与晚年的"理想"是否可以重叠?"理想"在巴金晚年构成什么样的意义?

要清晰地回答这个问题并不容易。巴金生前几乎拒绝回答研究者有关信仰的询问,有意识地规避了任何可能引起质疑的话题。但是,这种有意识的规避,似乎又透露出巴金并没有真的把这个在"文革"中曾给他带来过灾难的话题轻松放下,反而成为他越来越沉重的精神负担。弥漫在他晚年著述的字里行间挥之不去的精神痛苦,假如仅仅在世俗层面上以所谓的反思"文革"的教训、家破人亡的灾难、痛定思痛的忏悔等理由来解释,无论是出于何种目的,都无法真正还原这份精神现象的沉重性。因为巴金在他晚年著述里所努力表达的,不是社会上普遍认同的现象,而是属于他个人的"这一个"所面对的精神困扰和危机。

巴金晚年著述是一个特殊存在,是当代思想文化领域难得的一份精神自白、忏悔和呼喊的文本。作家在写作中面对种种困

---

① 有关巴金的信仰,可以参读巴金的回忆录《忆》、《短简》(《巴金全集》第12、13卷)、报告文学《断头台上》(《全集》第20卷),以及未收录第一版《全集》的理论著作《从资本主义到安那其主义》。本注释里出现的《巴金全集》(简称《全集》),是指人民文学出版社自1986年起陆续出版的26卷本。也是第一版《巴金全集》。

难,使他无法用卢梭式的坦率来表述自己内心痛苦。这里有很多障碍:首先作家是一个无神论者,他的忏悔没有明确的倾诉对象,他常常把对象内化为对自身的谴责和惩罚[1];其次是作家对这种越来越汹涌地浮现出来的忏悔之情或许没有足够准备,因此《随想录》文本内涵前后是有变化的[2],前面部分主要还是回应社会上各种引起争议的文化现象,而越到后面,他的关注点越接近自己的内心,尤其在完成《随想录》以后的各种文字里,与他早年信仰有关的话题越来越多。也就是说,越接近生命的终点,巴金越想把埋藏在内心深处的话倾吐出来,这也就是他为什么一再说要把《随想录》当作"遗嘱"的深层含义;其三,巴金晚年经历了"文革"时期的精神危机和"文革"以后的觉醒,另一方面,他又理性地意识到自己身处的文化生态远没有可能自由讨论其信仰,这是他在态度上犹犹豫豫、修辞上吞吞吐吐的主要原因[3]。其实,巴金对信仰问题的真正想法,我们并不是很清楚,作家本人也很暧昧,或许

---

[1] 关于信仰的对象,巴金有很多论述,都明确把自己的信仰与宗教信仰划清界限。如:"我愿意受苦,是因为我愿意通过受苦来净化心灵,却不需要谁赐给我幸福。……我有我的主,那就是人民,那就是人类。"(《致许粤华女士》,1989年12月4日,收入《再思录》,上海远东出版社,1995年,第29页)巴金似乎在回应他在1927年时所写的:"我现在的信条是,忠实地生活,正当地奋斗,爱那需要爱的,恨那摧残爱的,我的上帝只有一个,就是人类,为了他我准备献出我的一切……"(《海行杂记·两封信》,《巴金全集》第12卷,第52页)

[2] 巴金不止一次吐露过他写作《随想录》过程中的心情变化:"写第一篇'随想',我拿着笔并不觉得沉重。我在写作中不断探索,在探索中逐渐认识自己。为了认识自己才不得不解剖自己。本来想减轻痛苦,以为解剖自己是轻而易举的事情,可是把笔当作手术刀一下一下地割自己的心,我却显得十分笨拙。我下不了手,因为我感到剧痛。"(《〈随想录〉合订本新记》,收入《再思录》,第123页)

[3] 关于这一点,笔者在与巴金先生的个人交往中有强烈的印象。巴金先生不愿意讨论自己的信仰问题,每次触及信仰问题,他总是说:这个问题现在讨论还太早,以后再说。在编纂《巴金全集》过程中,我多次建议收入他早期有关无政府主义的著述,他总是很犹豫,直白地说,他担心有人会借此机会攻击他宣传无政府主义。这些情况,我在有关文章里有所记录(《我心中的巴金先生》,《陈思和文集》第七卷《星空遥远》,广东人民出版社,2017年)。

他心里很明白,在信仰问题上他是极为孤立的,在现实社会几乎找不到真正的共鸣者,他不愿意自己的信仰再次被庸俗化,更不愿意信仰再次遭到世俗误解与戮辱。归纳种种迹象,《随想录》是一个未最后完成的文本,它并没有把巴金想说的话毫无保留地表达出来。与其说巴金在犹豫,还不如说他是在等待和寻找。在这个类似等待戈多的漫长过程里,巴金一再祭出"讲真话"的旗帜,不仅向人们提倡要讲真话,更可能是作家对自我信心的一种鞭策。巴金晚年著述更大的动力来自他内心倾诉的需要,希望通过向读者倾诉来化解自己心理上的沉重压力。

一、巴金晚年著述中最隐秘的激情是什么?

"巴金晚年著述",是本文所拟的一个概念。包括巴金先生在"文革"后的所有著述以及编辑活动,如他翻译赫尔岑的《往事与随想》,写作五卷本的《随想录》以及《再思录》《创作回忆录》,编辑《巴金全集》《巴金译文全集》等工作。其中《随想录》和《再思录》最为重要。

《随想录》是一部思想内容极为丰富的著作。它既是对刚过去不久的民族灾难的深刻反思,提醒人们不要忘记历史的惨痛教训;同时也真实记录了作家本人直接参与1980年代思想解放运动中各种论争的全过程,成为一部真实保留时代信息的百科全书式的文献。此外,还有更加隐秘的含义。那就是《随想录》的书写,是巴金重塑自己的人格、重新呼唤已经失落的理想的努力;写作过程也是巴金的主体不断提升和超越的过程。《随想录》要表达这层含义,远比揭开前两层意义更为艰难。巴金开始写《随想录》的时候,已经是一个七十多岁的老人,人生七十古来稀,在政治迫害中坚持到高龄已属不易,但是在七十多岁以后还要重新反省自己的人生道路,还要追求一种对自我的否定之否定,应该说,这是他所面对的最大挑战。

在写作《随想录》过程中,巴金还遇到另一个挑战:生命渐渐老去。他在此期间多次生病住院,越来越严重的帕金森氏症让他的手无法轻易捏住笔杆挥洒写字。他既不会用电脑写作,也不愿意口述录音,就这样独自一人拿着一支笔,一个字一个字地写出来。如他所说:"的确我写字十分吃力,连一管圆珠笔也几乎移动(的确是移动)不了,但思想不肯停,一直等着笔动。我坐在书桌前干着急,慢慢将笔往前后移,有时纸上不出现字迹,便用力重写,这样终于写出一张一张的稿子,有时一天还写不上两百字,就感觉快到了心力衰竭的地步。"①

读到这里,我们不禁要问:巴金为什么要选择这样痛苦的写作生活?他晚年究竟是被怎样的一种激情所支配?

巴金晚年著述的真正动机,即便是他的同时代人也不太了解,很多人,包括巴金的亲朋好友,都发出过这样的疑问:"他为什么活得这么痛苦?"②社会一般舆论都认为这种痛苦来自巴金对历史浩劫念念不忘,然而本文试图从另外一个角度来解释:外在磨难以及对磨难的抗衡,都不可能是巴金晚年写作最根本的动力;只有来自他内心的巨大冲动,他自己觉得有些深藏在心底里的话不得不要说出来,同时又不能让深藏在心底的话随随便便地说出来而受到误解,这才是巴金晚年的最大困境。巴金在晚年著述里反复地宣告:"我有话要说。"在《随想录》最后一卷《无题集》的"后

---

① 《巴金全集》第16卷,人民文学出版社,1991年,第757页。
② 关于"巴金为什么活得这样痛苦"的问题,我曾当面听冰心老人这么说过。汪曾祺在读了《随想录》以后,也说:"我看他的书,很痛苦,好多年没有这种感觉了,他始终是一个流血的灵魂。"(见《文艺报》1986年9月27日)有着共同苦难经历的老一辈作家对此都无法理解,更何况没有经历过浩劫或者虽然经历过但感受不深的年轻人,就更难以理解。

记"里,他动情地说:

> ……我的"随想"真是一字一字地拼凑起来的。我不是为了病中消遣才写出它们;我发表它们也并不是在装饰自己。我写因为我有话要说,我发表因为我欠债要还。十年浩劫教会一些人习惯于沉默,但十年的血债又压得平时沉默的人发出连声的呼喊。我有一肚皮的话,也有一肚皮的火,还有在油锅里反复煎了十年的一身骨头。火不熄灭,话被烧成灰,在心头越积越多,我不把它们倾吐出来,清除干净,就无法不做噩梦,就不能平静地度过我晚年的最后日子,甚至可以说我永远闭不了眼睛。①

这段话清清楚楚地表明,写作《随想录》的真正驱动力来自作家内心,巴金的心里有许许多多难以言说的话需要倾吐。为什么说是"难以言说的话"？因为如果这些话很容易说出来,那就用不着这么吞吞吐吐,完全可以直截了当地说出来,巴金早年文风一向是爱憎分明、简洁明白,可是到了晚年反而变得含糊委婉,这一定是有其真正"难以言说"的困难所在。他把这种言说解释成"欠债要还",既然欠债,那么我们就要了解,他究竟欠了什么债？谁的债？又如何还债？他用"十年浩劫"来影射自己内心变化,"十年浩劫"在这里应该是泛指极"左"路线对作家心理产生的压迫感,他不得不保持沉默,但是当"浩劫"被推向极致,成为全民族灾难的时候,他却觉醒了,有了发出声音的勇气。这里所说的"一些人"或沉默或发声,都是作家自我的指代。再接下来他直接形容内心的挣扎,形容自己要说出真话还是不说真话的纠结,他用了一系列形象的词——话、火、灰、油锅、骨头,等等,描述他内心斗争的复杂性。"话"是指作家要讲真话,"火"则代表了理性,常言

---

① 《巴金全集》第16卷,人民文学出版社,1991年,第757页。

道"洞若观火",火是一种对世道的通达、透彻的理解。人的理性来自对社会生活的认知,理性会对人要"讲真话"的欲望实行管控,指令他把要说的"话"吞咽下去,藏到肚子里不要说出来。于是"话"就成了"灰"沉积在心底里。可是作为理性的"火"继续在他的内心发酵,因为理性还有另外一面,那就是良知。良知在不断地提醒他:你必须要讲真话,你必须要把藏在心里的话大胆说出来。这样一种思想的自我斗争,理性和良知的斗争,对巴金来说非常之痛苦。他用"油锅的煎熬"来形容内心挣扎,而"煎熬"的结果,就是这部提倡讲真话的《随想录》。最后一个形容词是"骨头",不仅指代他被煎熬的身体和内心,更隐含了"风骨"和"勇气"的意义。

那么,在这一系列被艰难挑选出来的词语所形容的内心斗争过程,指向了巴金最终要表达的意思。他心中有一个最宝贵的东西,想说出来,但又不想轻易说出来,这个东西肯定不是一般的反思"文革",也不是一般的思想文化斗争,因为这些都是思想解放运动中必须解决的问题,是当时推行改革开放路线的中共中央坚定不移的意志,如果没有这些前提,要推行经济改革路线是不可能的。巴金在《随想录》中许多言论看似尖锐,其实是当时政治生活转轨的信号,被巴金敏锐地捕捉到了。在今天的环境下来看就是一般的常识。正因为如此,关于巴金在晚年著述中最隐秘的写作激情,我们还要从另外的维度去找,那就是他曾经失落的"理想",这与他的一生的奋斗与信仰有关。

二、巴金无政府主义信仰的浮沉

限于篇幅,本文不打算详细讨论巴金与无政府主义信仰的全部关系,仅就几个具体的问题做一点简单说明。

现在学界已经有了定论:巴金早年是一个无政府主义者。这个结论既是对的,又不完全准确。"巴金早年是一个无政府主义者"这个定义的依据:无政府主义没有具体的政党组织,也没有约束个人的纪律,仅就他和信仰的关系而言,主要体现在思想接受和个人道德修养,并不是特指某组织系统的成员。但巴金的特殊性在于他是一位作家,在他的自述性文字里,他把自己与无政府主义的关系描写得很有戏剧性。如他对阅读克鲁泡特金的《告少年》与廖抗夫的《夜未央》后的心情描写①,以及1927年他收到凡宰特写给他的信以后,发生过一次自觉的"立誓献身"的行为,后来他把这个片段写进了小说《灭亡》②。正因为有过这样一些仪式感的描写,我们似乎可以确定巴金早年是一位无政府主义者。

但是从中国无政府主义运动的发展史来看,巴金作为一个"无政府主义者"又是不够完整的。从他在1920年阅读《告少年》《夜未央》,参加成都的"半月"、"均社"等小团体,到1929年

---

① 巴金这样描写他阅读了《夜未央》后的心情:"它给我打开了一个新的眼界。我第一次在另一个国家的青年为人民争自由谋幸福的斗争里找到了我的梦景中的英雄,找到了我的终身的事业。"很显然,这个"终身事业",指的就是实现无政府主义的社会理想。他接着就参与了成都的几个无政府主义小团体的工作,并说:"我自称为'安那其主义者',就是从那时候开始的。"(《我的幼年》,《巴金全集》第13卷,人民文学出版社,1990年,第9、10页)

② 1927年7月10日的前几天,巴金在巴黎收到凡宰特从美国监狱寄给他的回信。他这样描写自己的激动情绪:"我把这封信连读了几遍,我的感动是可以想象到的。我马上写了回信去,这几天里面我兴奋得没有办法的时候,又在练习本上写了一点东西,那就是《立誓献身的一瞬间》(第十一章)了。"(《谈〈灭亡〉》,《巴金全集》第20卷,人民文学出版社,1993年,第382页)这里提到的《立誓献身的一瞬间》,后来成为《灭亡》的第11章,里面写到李冷兄妹为理想而"立誓献身":"一道光辉出现在李冷底脸上,一线希望在绝望中闪耀起来。'我们宣誓我们这一家底罪恶应该由我们来救赎。从今后我们就应该牺牲一切幸福和享乐,来为我们这一家,为我们自己向人民赎罪,来帮助人民。'……这样一瞬间在那般甘愿牺牲一切为人民谋幸福的青年,便是唯一的幸福的时候了。虽然这一瞬间就是贫困、监禁、死亡底开端,但他们却能以安静的笑容来接受。因为他们深切地明白从这时候起,他们便是做了人,而且尽了人底责任了。"(《灭亡》,《巴金全集》第4卷,人民文学出版社,1987年,第89—90页)

他从法国回国,大约十年左右(即从十五岁到二十五岁)。晚清民国期间,中国无政府主义运动有几个影响较大的派系,如参加同盟会从事暗杀活动的师复一系,偏重于社会政治实践与个人道德修养;与法国勤工俭学运动密切相关的吴稚晖、李石曾一系,偏重于走上层政治路线;有北京大学等高校背景的黄凌霜等人,偏重于无政府主义理论研究;还有一些分散在广东、湖南、汉口等工人集中区域从事工运的无政府主义者,如区声白、黄爱、庞人铨、施洋等。后三派系的无政府主义者后来在实践中逐渐被分化,其中有许多人转变为早期共产党人,牺牲了生命。然而巴金不属于这四个派系的成员,他与他的同志们从成都到上海、南京积极办刊和从事宣传等工作,都属于边缘性的自发活动,一直没有进入无政府主义运动的核心层[①]。唯师复是他最尊敬的前辈,也是他服膺无政府主义的楷模,但是师复早逝,没有与他发生实际的联系,倒是师复一生献给理想以及严于律己的自我道德约束,后来成为巴金精神的榜样。

事实上,我们在判断"巴金早年是一个无政府主义者"时,已经排除了巴金与无政府主义运动实际构成的关系。巴金个人的无政府主义经历有几个明显的特点:第一,他是通过与国际无政府主义大师的思想交流,建构起自己的理想世界。他从阅读克鲁泡特金、巴枯宁、蒲鲁东等著名无政府主义理论家的著述,阅读廖抗夫、斯捷普尼雅克、赫尔岑、妃格念尔等作家的创作与回忆录等,直接从西方接受了无政府主义的理想及其理论;第二,他是通过与国际无政府主义活动家如高德曼、柏克曼、凡宰特等人的私人通信,直接感受到他们的人格魅力,从而在精神品格上得到提

[①] 这一点,巴金与另一个留法的无政府主义者毕修勺不一样。毕修勺有勤工俭学的背景,一回来就参与了主编《革命周报》、筹建劳动大学等工作,属于吴稚晖、李石曾的派系范围(参见吴念圣《毕修勺年谱》,《讲真话——巴金研究集刊》卷七,上海三联书店,2012年)。

升;第三,鉴于前两个特点,巴金作为无政府主义者从一开始就有相当高的精神站位,他的无政府主义理论思想基本上来自西方,他是通过与西方大师们、偶像们、先烈们的精神对话来武装自己,而不是从中国政治运动的实际状况出发来总结经验教训,提升自己的理论,因此,他对于中国实际的无政府主义运动是生疏的,也是脱节脱离的;第四,即便如此,并不表明巴金不关心或拒绝无政府主义的实际运动。1928年年底,已经获得成熟理论装备的巴金回到中国,他是有心在无政府主义运动实践中发挥指导作用的①,但在1929年,国民党政权已经建立了一党专制的社会体制,无政府主义运动风流云散,难起波澜。1930年10月,国内残存的无政府主义者聚集在杭州游湖开会,讨论无政府主义运动的工作②。但这个会的实际结果,只是策划一个宣传理论的刊物《时代前》(月刊),只办了六期。从此中国再也没有政治意义上的无政府主义运动。严酷的现实给了巴金当头一棒,他原来规划的人生道路全部改变了。

上世纪20年代末,中国的无政府主义运动发生分化。一些

---

① 在1930年出版的《从资本主义到安那其主义》的序文中,巴金这样说:"我在安那其主义的阵营中经历了十年以上的生活。运动的经验常常使我感觉到理论之不统一,行动之无组织,乃是中国安那其主义运动之致命伤。……我们安那其主义者没有教主,也不是某一个人的信徒,因为安那其主义的理想不是由某一个人创造出来的。不过大体上我愿意做一个克鲁泡特金主义者,这就是说我信奉克鲁泡特金所阐明出来的安那其主义的原理。"(《巴金全集》第17卷,人民文学出版社,1991年,第5、7页)《从资本主义到安那其主义》是巴金学习柏克曼而写的一本阐述无政府主义理论的小册子,从序文的口气看得出,他显然是想用以来指导中国国内的无政府主义运动。

② 无政府主义者、师复的妹夫郑佩刚曾经回忆:"1931年夏天,有几位从各省来的同志,齐集杭州。在一个月色皎洁的夏夜,我们在西湖雇一画舫叙会,讨论加强宣传工作,出席约四十人,我记得有巴金、惠林、少陵、志伊、绍先、剑波等人。结果:产生《时代前》月报,由惠林、巴金主编。我任发行。"郑佩刚回忆会议日期有误,应该是1930年10月(郑佩刚《无政府主义在中国的若干事实》,《无政府主义思想资料》,北京大学出版社,1984年,第970页)。

头面人物采取了与国民党政权合作途径,实际上已经放弃了无政府理想;一部分激进的青年无政府主义者转向了共产党领导的革命实践;更有大部分怀有无政府主义理想的人转向了民间岗位,他们办教育,办农场,组织工会,从事出版,不再空谈无政府主义,而是把无政府的社会理想转化为一种伦理情感,熔铸于具体的工作热情,成为岗位型的知识分子。巴金后来多有接触的,主要就是这样一批无政府主义者。在转型过程中,巴金的生活道路也开始发生变化,他走上了文学写作的道路。

巴金具有写作天才,他的写作很快就取得了成功。他想做一个政治革命家没有做成,却无意间成就为一名优秀的小说家。但是巴金以文学事业来取代理想主义的革命事业,与大多数无政府主义者——他们将理想激情转化为伦理情感与道德修养,落实在具体的岗位上,努力把工作做得尽善尽美——还是不一样的[①]。后者有许多成功的事例,如福建泉州的黎明高中与平民中学、上海的立达学园与文化生活出版社,最杰出的代表是匡互生与叶非英。然而巴金的理想主义的文学创作并不如此,他的写作目标仍然是通过文学来宣传自己的理想,鼓动读者接受他的文学煽情,间接达到献身理想的目的。他对文学艺术本身的价值并没有太多考量,更没有因为自己创作获得市场成功而沾沾自喜,反而文学事业的成功对他构成了一种精神压力。巴金本能地意识到,他似乎离开自己的理想越来越远了。在1933年巴金给自己的精神导师爱玛·高德曼的一封信里,如此痛苦地倾诉:

[①] 有关这个区别,不仅仅发生在巴金身上。一部分无政府主义者转型后企图利用民间岗位继续服务于无政府主义的革命理想事业,但大部分无政府主义者在转型后仅仅坚持献身服务于民间岗位本身,像匡互生、叶非英等。梁燕丽在《梁披云评传》里写到吴克刚与梁披云围绕黎明高中的冲突,大致就属于这两类无政府主义者的矛盾。巴金在《电》里描写的无政府主义者群像,也都是属于前一类。这也是巴金虽然多次南下去考察泉州、新会等地无政府主义者的教育、农会等事业,但终究没有下决心参与其间的主要原因。

第一辑 文史杂论

> E.G,我没有死,但是我违背了当初的约定,我不曾做了一件当初应允你们的事情。我一回国就给种种奇异的环境拘囚着,我没有反抗,却让一些无益的事情来消磨我的精力和生命……这五年是多么痛苦的长时间啊!我到现在还不明白我是怎样度过它们的。然而这一切终于远远地退去了,就像一场噩梦。剩下的只有十几本小说,这十几本小说不知道吸吮了我多少的血和泪……①

这既是对自己回国以后五年写作生活的否定和忏悔,也隐含了对自己日趋平庸的未来日常生活的恐惧。当初在巴黎"立誓献身的一瞬间"似乎已经越来越遥远了。于是他在这封信里再次向高德曼起誓,许诺自己将会放下写作生活,奔赴西班牙去参加实际的革命工作。由此可见,巴金心目中的"对人类更有好处"的实际事业,就是实现无政府主义理想,而不是匡互生他们从事的教育工作或者其他民间的岗位。1930年代如火如荼的写作生活,在别人看来是巴金创作的黄金时期,而对作为无政府主义者的巴金本人来说,却似乎是一场炼狱式的煎熬。二十多年前,我曾经在《人格的发展——巴金传》里这样说:"巴金的魅力不是来自生命的圆满,恰恰是来自人格的分裂:他想做的事业已无法做成,不想做的事业却一步步诱得他功成名就,他的痛苦、矛盾、焦虑……这种情绪用文学语言宣泄出来以后,唤醒了因为各种缘故陷入同样感情困境的中国知识青年枯寂的心灵,这才成为青年的偶像。巴金的痛苦就是巴金的魅力,巴金的失败就是巴金的成功。"②即使到了晚年,巴金心间仍然被这样一种

---

① 《〈将军〉序(给E.G)》,《巴金全集》第10卷,第314页。我在这封信里发现一个有趣的现象,巴金在信里又一次提到了"约定"、"应允你们"等比较严肃的词,似乎又一次回到了"立誓献身"的原点。
② 陈思和《人格的发展——巴金传》,台湾业强出版社,1991年,第137页。

失败感苦苦缠绕得难以排遣①。

巴金后来并没有去西班牙参加实际革命,仍然是用出版小册子的形式向中国读者介绍西班牙革命。巴金最终摆脱理想主义的焦虑和困扰,是在1935年担任了文化生活出版社总编辑以后,他渐渐适应了新的工作岗位,这期间他接近了以鲁迅为核心的左翼文坛,顺利进入中国新文学的核心层面,认识到自己的写作与出版事业价值所在。鲁迅去世以后,新文学传统的接力棒传到了巴金等人的手里,他坚持在文学创作和出版领域工作,完成了一个无政府主义理想战士向民间岗位型知识分子的转型。但是,尽管我本人竭力提倡知识分子民间岗位的价值取向,还是应该指出,民间岗位的价值取向与一般市民阶层所持的中产阶级的生活理想之间的分界,必须是以精神理想为标志的。但是这种精神理想又很难在日常生活的琐碎细节中处处体现出来。尤其像巴金那样以明确的政治社会理想为奋斗目标的知识分子,一旦转移了工作岗位和生活激情,本来就很遥远的政治理想也就变得越来越虚无缥缈了。让人热血沸腾的理想总是与年轻人在一起的,1940年代的巴金年近不惑,进入了常态的名流生活,无政府主义理想就在不知不觉中离他而去。1940年,被他称为"精神上的母亲"的爱玛·高德曼在加拿大去世,巴金没有发表任何悼念文字。

第二年,巴金写了一篇散文《寻梦》,诉说他曾经有过一个"能

---

① 上世纪90年代,我对巴金先生做过一次专访,那次他是做了准备的,他一开口就对我说:"我说过我不是个文学家,也不懂艺术,这是说真话。""我希望搞实际事业,对人类更有好处。"我就问他:"巴老,您一生的成就主要就是写作,如果不写作,您还能做什么呢?"巴金就笑了,他说:"我常说自己是一个充满矛盾的人。我对自己所走的道路,一直不满意。我在年轻的时候,常常想搞社会革命,希望对人类有比较大的好处。"我觉得巴金先生这句话是他的心里话。他本质上是一个热心于社会革命的人,他有自己的理想、政治信仰,但是这些理想的政治运动都已经失败了,他无可奈何才成为一个作家(《巴老如是说》,《陈思和文集》第5卷《巴金的魅力》,广东人民出版社,2017年,第375、378页)。

飞的梦",现在已经失去了,他还想把它寻找回来,可是再也找不回来了。这以后,巴金的创作风格变了,英雄主义的张扬转变为小人物失败的哀鸣,理想主义激情化作了普通人的琐碎感情。巴金在1940年代后半期写的小说,都是描写失去了理想的善良人所遭遇的悲惨命运。最有代表性的是《寒夜》,他描写一对因为共同理想而自由结合的青年夫妇,后来在贫病交困中逐渐丧失了作为精神支撑的生活理想,他们变得越来越琐碎、自私、可怜,最后男主人公患肺结核去世,妻子随他人弃家出走,留下的孩子和老人也不知所终,真是一点希望都不存在了。巴金在小说的结尾处悲伤地写道:"夜,的确太冷了。"但就是这部《寒夜》以及他同时期创作的《憩园》,被认为是巴金最优秀的小说。就是说,巴金离开了理想主义激情以后,他的小说创作最终回到了小说艺术的价值本位。

三、理想主义者的沉沦

上节所讨论的是巴金与信仰的关系,这种关系是从什么时候开始发生变化的? 是突变还是渐变? 我得出的结论是,巴金从一个理想型的无政府主义战士(1920—1930)到一个充满失败感的作家(1930—1935)再转而成为民间岗位知识分子(1935—1949),是三个时间节点,他的转变是在日常生活环境的影响下逐渐发生的。巴金与信仰的浮沉关系非常隐秘。正如本文开始时说的:巴金早年曾经是一个无政府主义者,但不是一个完整的无政府主义者。说他不够"完整",一是指他仅仅在理论层面上接受了西方的无政府主义,但并没有与中国实际的无政府主义运动发生太多的联系(国内环境使然);二是指巴金在1940年代很快转型为一个作家,一个出版家,在民间岗位上做出了许多贡献,但是在日常生活的消磨中,巴金逐渐离开早年信仰所带来的激情,无政府主义理想就像一个失去的梦,再也寻不回来了。

这样我们就能理解巴金在1949年为什么顺理成章地留在大陆,并且很快就参与了新政权的建构。从巴金与当时中国政治环境的关系来看:第一,他对国民党政权一向采取不合作态度,与吴稚晖、李石曾等无政府主义头面人物也保持了若即若离的冷淡关系;第二,除了与一些极端的左翼作家发生过口水战外,他是坚定站在鲁迅为核心的左翼文学立场上进行文学活动的;第三,更重要的是,巴金与其他作为第三种力量出现的民主党派人士不同,他既无具体的政治主张和政治行为,也没有参与新政权分一杯羹的野心,作为一个民间岗位型的知识分子,巴金始终把自己的理想与热情局限在民间的岗位,就像张元济、张伯苓等社会贤达一样,对新政权来说非但没有威胁,反而是一种团结、统战的资源;第四,即使从无政府主义立场而言,对于经历革命而建立的新型国家政权,他有理由亲眼看一下工农联盟的新政权如何实践其理想蓝图,这也是克鲁泡特金、高德曼、柏克曼等无政府主义者对待十月革命的态度。巴金的无政府主义社会理想主要来自克鲁泡特金①,所以,他有较充分的理由超越具体的党派政治偏见,从建设层面上关注并有限度地参与新政权的建构。

日本学者坂井洋史著文指出:巴金在1949年7月参加全国第一次文代会时的发言题目"我是来学习的",此语出自无政府主义者柏克曼在1920年踏上十月革命以后的俄罗斯故土时,在群众欢迎大会上所说的一句话。巴金翻译介绍过柏克曼的这句话②。从这句话的典故里,我们似乎看到巴金的真诚与戒备:一方面他要表明,此刻他所面对的新政权及其建立过程中的历史洪

---

① 克氏关于无政府主义理想蓝图的代表作《面包与自由》,由巴金两次译为中文,在中国出版。
② 坂井洋史《读巴金——"违背夙愿的批判者"的六十年》,《巴金论集》,复旦大学出版社,2013年,第30—31页。

流,他是疏离的,他是来向他们"学习"的,而不是他们其中的一个成员;另一方面,他确实在他们的实践中看到了文学的战斗性的希望①。既然他提出自己作为学习者的立场,那么在他面前就存在着两种可能:一种是通过"学习"来改变自己的原来立场,让自己也成为这个集体洪流中的一个成员;另一种可能就是他的学习(自我改造)失败了,就像柏克曼一样,最终离开自己的故土。当然后一种可能,即使在巴金当时的主观愿望里,也是不愿意它发生的。

于是他就开始朝着第一种可能去努力。他在1950年代初期的一段时期,一直在小心翼翼地寻找自己的政治理想与新的政权之间可能存在的契合点,如在《奥斯维辛集中营的故事》里,他找到了反法西斯的共同立场;在一系列抗美援朝的作品里,他也暗暗地沟通了以前支持韩国流亡者追求民族独立的斗争。但同时他也越来越意识到,他早期那些充满政治激情的无政府主义理论文章将会成为他的历史包袱,甚至带来麻烦。尤其在肃反以后,他的无政府主义的朋友中有好些人被捕入狱,如毕修勺、叶非英等;而且叶非英被戴上了连肃反条例里也没有罗列的罪名:"无政

---

① 巴金《我是来学习的——参加"文代大会"的一点感想》,发表在《人民日报》1949年7月23日,收《巴金全集》第14卷,第3—4页。文章很短,主要内容如下:"好些年来我一直是用笔写文章,我常常叹息我的作品软弱无力,我不断地诉苦说,我要放下我的笔。现在我发现确实有不少人,他们不仅用笔,并且还用行动、用血、用生命完成他的作品。那些作品鼓舞过无数的人,唤起他们去参加革命的事业,他们教育而且还要不断地教育更多的年轻的灵魂。"这段话里包含三层意思,第一层意思是重复了他在1930年代写作《灵魂的呼号》所发出的呼喊,这与他以前作为一个失败的无政府主义者的立场是一致的。第二层意思是指他在另外一支为革命理想写作的人群中看到了他们的成功。第三层意思比较复杂,我们从很多材料上已经看到,巴金虽然信仰无政府主义,但确有很多青年读者因为读了他的作品受到影响,直接投入到共产党领导的革命事业。所以这里表层的意思是:他从另外一支文艺大军中看到了这种发挥着积极影响力的文学事业。另外一层隐含的意思是:巴金虽然不属于这支文艺大军,他的创作也同样达到了这样的实际效果——虽然与他的创作初心存在着距离。

府主义反革命分子"。虽然这些威胁暂时还没有给巴金的人生道路带来阴影,但是在心理上的压力一定是存在的[①]。1949年以后,巴金在政治上获得很高的礼遇,他被安排在文艺界的领导岗位上,直接参与了很多国事活动。他顺应时代的发展,再也不提无政府主义的社会理想。在人民文学出版社出版14卷本的《巴金文集》时,巴金主动修改了自己旧作,不仅把宣传无政府主义理论的文字全部排除在外,还把他的小说里涉及无政府主义的任何痕迹也都删得干干净净,部分作品的内容也做了修改。在越来越加剧的严峻形势下,巴金不做这些修改已经不可能了。许多作家在这个时候采取了回避的态度,如老舍,就拒绝再出版自己的旧作;还有更多的作家对自己的旧作进行重写或者做重大修改,如李劼人和曹禺。平心而论,巴金与他们相比,修改旧作还不算太多,但他在自己旧作中所否定的,不是艺术技巧问题或者一般的思想问题,而是他曾经心心念念要立誓献身的信仰。为此,他还写了类似检讨的说明,表示与曾经的信仰划清界限[②]。

但尽管如此,巴金的作品依然受到了一次又一次的批判,巴金为此不得不多次做了违心的检讨。一个人,对自己曾经为之立誓献身的政治理想公开否定,且不讨论这个理想本身是否正确,对于信仰者来说,内心是痛苦的,时间久了就成为一种自我折磨。

---

① 据《怀念叶非英兄》里所说,巴金的无政府主义朋友叶非英、陈洪有等被打成"右派"劳改时,巴金并不知道,可见在1950年代,巴金与他以前的同志已经没有什么来往。直到1962年,巴金在广州遇到陈洪有,才知道叶非英已经在劳改中死去。但他也没有办法为死去的朋友做点什么事。

② 这篇文章是1959年人民文学出版社出版的《巴金选集》的后记,但他的朋友曹禺和邵荃麟看了"觉得很像检讨,而且写的时候作者不是心平气和,总之他们认为不大妥当",他们劝巴金不要发表。巴金听从了朋友们的劝告,没有作为《选集》的后记发表。但他还是将其中一部分关于"五四"时期接受无政府主义的内容作为注释加进了《巴金文集》第10卷。"文革"后,这篇文章经过修改,又作为人民文学出版社1980年版的《巴金选集》的《后记》发表了。这说明在1980年,巴金对于自己的无政府主义信仰的表述还是相当有顾虑的。

这种痛苦局外人也很难体会。巴金是一个真诚的人,他对自己的内心痛苦,既能直面相对,又苦于无法准确表达,为此他一直忍受着内心煎熬。这就是他说的"油锅反复煎了十年"的隐喻所在①。《随想录》和《再思录》里一再重复的忏悔话题,其实最重要的部分,是巴金一直没有能够明白说出来的他对信仰的忏悔。

四、巴金晚年著述:面对暮云,仍然不忘理想

接下来我们就可以讨论巴金的晚年著述如何完成了他对无政府主义信仰的表述。如我前面所说,巴金在《随想录》里并没有真正说出他心里最想说的话。《随想录》里主要贯穿了三条线索。第一条线索是参与上世纪80年代思想解放运动中发生的思想文化、文学领域的各种论争,包括对于"十年浩劫"的反思和批判。从《总序》和第1篇谈《望乡》开始,到第149篇《老化》收官,是最完整的一条线索。第二条线索是反思自己在历次政治运动中的软弱表现,进行自我批判。这条线索从第29篇《纪念雪峰》开始,到最后一篇(第150篇)《怀念胡风》收官,也是比较完整地清算了自己屈服于权势、对受难者落井下石的行为,对此进行忏悔。第三条线索则是巴金对信仰问题的表述。如果说,第一、二条线索是巴金重塑自己外在形象的过程,那么第三条线索则是他重塑自己的灵魂,这是从第147篇《怀念叶非英兄》开始的,也就是说,

---

① 我在前面分析过,巴金这里所说的"十年浩劫"是一种隐喻,用来影射自己的内心变化。巴金对信仰的自我否定应该是在1959年出版《巴金文集》与《巴金选集》的时候,但那时他可能也是真诚希望摆脱这一政治阴影。但在"十年浩劫"中他仍然被公开批判,无政府主义是他的罪名之一。他终于发现之前所有回避信仰问题的努力都是徒劳的。他逐渐后悔自己对信仰的否定。我觉得,只有当他真正意识到关于信仰问题的自我否定是徒劳的,他才会感到痛心和煎熬。

《随想录》将近结束的时候,巴金才涉及这个难以启齿的话题①。

《怀念叶非英兄》这篇文章,巴金写得异常艰难。也许这本来不在他所计划写作的题目之内。但是随着巴金在《随想录》里高举起"讲真话"的旗帜,就有读者追问:你究竟如何看待你的信仰?还有人就巴金的"忏悔"提出怎么看待叶非英的冤案?巴金迟迟疑疑地回答:

> 我只写成我打算写的文章的一部分,朋友们读到的更少。因此这三四年中常有人来信谈我的文章,他们希望我多写,多替一些人讲话,他们指的是那些默默无闻的亡友,其中就有在福建和广东办教育的人。我感谢他们提醒我还欠着那几笔应当偿还的债。只是我担心要把心里多年的积累全挖出来,我已经没有这样的精力了。那么我能够原封不动地带着块垒离开人世吗?不,我也不能。我又在拖与不拖之间徘徊了半年,甚至一年。②

这段话里透露出很多重要信息。一是写叶非英本不在巴金

---

① 本文把《怀念叶非英兄》作为巴金晚年著述的第三条线索的开始,是就巴金重新公开面对信仰问题而言的。其实关于无政府主义信仰,在晚年巴金的著述中已经隐约地有所表达。限于篇幅,这个问题我将在另文讨论。这里举一个例子:巴金晚年特别喜欢杭州,在他完全住院治疗前,他几乎每年都去杭州疗养。巴金在《随想录》里几次写到西湖,抒发他对西湖的赞美。在这些文章里他有意无意地回忆到1930年第一次去杭州游湖开会的情景,心情是美好而温馨的。其中在《又到西湖》里他这么写:"三十年代每年春天我和朋友们游西湖,住湖滨小旅馆,常常披着雨衣登山,过烟霞洞,上烟雨楼,站在窗前望湖上,烟雨迷茫,有一种说不出的美。烟霞洞旁有一块用世界语写的墓碑,清明时节我也去扫过墓,后来就找不到它了。这次我只到过烟霞洞下面的石屋洞,步履艰难,我再也无法登山。洞壁上不少佛像全给敲掉了,不用说这是'文化大革命'的成绩。石像毁了,影子还在。"这段话的意思写得很委婉,他提到的墓碑,正是中国无政府主义的先驱者刘师复葬身之处。这里不仅暗示了对师复的纪念,还表达了对理想的追怀(《全集》第16卷,第508页)。

② 《怀念叶非英兄》,《巴金全集》第16卷,第706页。

的《随想录》写作计划中,也就是说,巴金并没有打算在《随想录》里公开谈他的信仰问题。二是外界有很多朋友与读者在催促他写,希望他谈谈他与那些无政府主义朋友的关系。但是一旦巴金谈他与无政府主义朋友的关系,就势必涉及他的信仰,无法回避。三是巴金的那些无政府主义朋友都不是文学圈里的人,巴金也没有在他们受迫害的时候落井下石,因此谈不上要"偿还的债"。但是在巴金的叙述里,这份"欠着的债"分量还不轻,他已经担心自己没有精力来偿还了。这个答案只能往深里追究:巴金与这些朋友毕竟不一样。这些朋友把无政府理想转换为民间岗位的工作伦理,默默无闻地工作和奉献,他们没有违背无政府主义的理想和精神,而巴金却因为特殊的身份不得不公开表态,为无政府主义理想而检讨,而划清界限,因此,真正要偿还的"债",就是清理他与无政府主义信仰的关系。四是本来巴金可以把这份自我忏悔悄悄地闷在肚子里,尽管很痛苦,但没有人知道。而现在他毅然地选择说"不,我也不能",他不能带着一肚子的忏悔离开人世。

第三条线索在《随想录》里仅仅才开了一个头,虽然《随想录》已经完工,评论界对《随想录》的解读也就定格在第一、二条线索,但巴金要说的话还是没有全部说完。他还要写作《再思录》,还要用自己的"行动"来证明自己究竟"是一个怎样的人"[①],这也是本文要完整地提出"巴金晚年著述"这个概念的依据。只有把包括《随想录》、《再思录》以及巴金编辑的《巴金全集》、《巴金译文全集》等综合起来,才能把握一个伟大而丰富的心灵所达到的境界。

既然决心要谈他的信仰,巴金就开始考虑选择一个什么样的词,既不犯禁忌又能够让他的信仰被当下时代所接受。一年半以后,他在编辑《全集》的第六卷时重新审读了《爱情的三部曲》以及写于1935年的《〈爱情的三部曲〉总序》和《〈爱情的三部曲〉作者

---

① 《我要用行动来补写》,《再思录》,第34页。

的自白》,这是巴金创作中与无政府主义理想最接近的作品以及作者关于信仰的最直接的自白。巴金在这一卷的《代跋》里写道:

> 有一件小事给了我以启发。多少年(四五十年吧)过去了,那些熟人中还有少数留在原地,虽然退休了,仍在做一点教育工作。去年我女儿女婿到南方出差经过那里,代我去看望了那几位老友,他们回来对我说,很少见到这样真诚、这样纯朴、这样不自私的人。真是"理想主义者"!
>
> 对,理想主义者。他们替我解答了问题。我所写的只是有理想的人……

当初巴金在《电》里描写的那些无政府主义者的原型,不一定就是现实世界里在泉州办教育的朋友,但是巴金通过他女儿的理解,把他们定位于"理想主义者",实际上是替换了对象,把"理想主义者"这个概念与《爱情的三部曲》里所描写的无政府主义者形象叠合起来。"理想"这个词是巴金以前在文章里经常使用的,但是直到这一篇代跋,"理想"与"信仰"两个词被正式叠合在一起了。巴金接着就重申:

> 今天的读者大概很难了解我这些梦话了。其实当时就有人怀疑我所说的"我有信仰"是句空话。经过五十几年的风风雨雨,我也不是当初写这《三部曲》的我了,可能这是我最后一次翻看《自白》,那么让我掏出心来,做个明确的解释:
>
> "一直到最后我并没有失去我对生活的信仰,对人民的信仰。"①

尽管对"信仰"加上了含义模糊的定语修辞,但从理论上来说,这也不违反无政府主义者的初心。重要的是巴金又一次重新举起了《爱情的三部曲》里的人物的关键词:"我不怕……我有信仰。"半年后,沈从文去世,巴金在写作《怀念从文》时又一次提到

---

① 《〈巴金全集〉第六卷代跋》,《再思录》,第 64—65 页。

了信仰。他回忆1966年"文革"初期的情景:

> 在灵魂受到熬煎的漫漫长夜里,我偶尔也想到几个老朋友,希望从友情那里得到一点安慰。可是关于他们,一点消息也没有。我想到了从文,他的温和的笑容明明在我眼前。我对他讲过的那句话"我不怕……我有信仰"像铁槌在我头上敲打,我哪里有信仰?我只有害怕。我还有脸去见他?这种想法在当时也是很古怪的,一会儿就过去了。过些日子它又在我脑子里闪亮一下,然后又熄灭了。①

这段话里透露出一个重要的信息:巴金在《随想录》里没有一句提到无政府主义信仰,但是在这里,他不仅要告诉读者,虽然无政府主义信仰给他带来了杀身之祸,但是在受迫害的漫漫长夜里,"我不怕……我有信仰"仍然给了他抵御迫害的希望与力量。巴金用了"很古怪"、"闪亮一下"等文学笔法,表达的却是信仰的正能量。在那个时候,他的脑子里一定会闪过克鲁泡特金、妃格念尔、柏克曼、门槛上的少女等形象。

在《再思录》的短小篇幅里,巴金对于信仰的表达几乎是火山爆发式的。他连续写了对他的无政府主义朋友吴克刚和卫惠林的回忆,他直接以柏克曼的名言为题写下了《没有神》的短文,他第三次写西湖,文章里深情地写道:

> ……那么我就在这里做我的西湖之梦吧。68年过去了,好像快,又好像慢。我还不曾忘记1930年10月的一个月夜,我坐了小船到"三潭印月",那是我第一次游西湖。我离开小船走了一圈,的确似梦非梦。②

---

① 《怀念从文》,《再思录》,第25页。
② 《西湖之梦》,《再思录》,第46页。这篇文章是巴金给外孙女端端的一封信,两千多字,分别写在《巴金全集》第23、24卷的扉页上。时间是1994年,巴金九十岁。

这里巴金明确说到第一次游杭州西湖、参加无政府主义者聚会的具体时间(1930年到1994年,应该是六十四年)。他又继续写道:"我今天还在怀念我的老友卫惠林伉俪,三十年代他们在俞楼住过一个时期。"那次聚会很可能是卫惠林发起的,当时他就住在杭州俞楼,邀请巴金等一班朋友到杭州开会,顺便旅游。这也是巴金在《春》里写到的觉慧去杭州旅游的故事。巴金说他在西湖做了一个梦,似梦非梦,也就是他在1941年写的散文《寻梦》里那个已经失去的"梦"。当年让他热血沸腾的无政府社会理想,已经是一个遥远的梦了。但是也不完全是梦,而是确实发生过的真实事情。所以他说"似梦非梦"。

《西湖的梦》的结尾部分,巴金意味深长地讲了一个据说是从日本报上看来的故事:两个好友被迫分离,临行时相约十年后某日某时在一个地方会见。十年后,那一天到了,那个留在东京的朋友在相约的地方等了一整天,最后有个送电报的人来了,交给他一份电报,上面写道:"我生病,不能来东京践约。请原谅。请写信来,告诉我你的地址,我仍是孤零零的一个人。"收报人的地址是:某年某月某时在东京某桥头徘徊的人。

作为文学家的巴金来说,这个徘徊的收报人正是他晚年的自我写照。如他自己所说:

> 第三次的西湖之梦①开始的时候,我已精疲力竭、劳累不堪。……我不是拄着木拐在宾馆门前徘徊,就是坐在阳台上

---

① 巴金在这里提出"第三次西湖之梦"的说法值得注意。这里说的"第三次",是指20世纪80年代后他多次在杭州修养。以此推理,第一次是30年代,第二次是50年代,那两个时间段,巴金都是多次去杭州小住、旅游和疗养。这里"次"的概念,不是指"某一次",而是一个复数,指某个时间段里曾经多次去杭州。巴金把这些杭州之行都说成是"西湖之梦",除了第一次与1930年的无政府主义会议有直接关系,后面的第二次、第三次,都应该是暗指他对于他心中的无政府主义的信仰和理想始终念念不忘,魂有所系。

静静地遥望白堤、苏堤的花树。第三次的梦是一种完全不同的梦,每次我都怀着告别的心情来到这里,每次我带着希望离开,但是我时时感觉到我要躺下来休息了。①

对巴金来说,西湖的梦是做不完的。

2019 年 11 月 10 日完成修订

初刊《南方文坛》2020 年第 1 期

---

① 《西湖之梦》,《再思录》,第 47 页。

士的精神·先锋文化·
百年"五四"

据胡适说,"五四运动"的提法,最早出现于1919年5月26日的《每周评论》第23期上刊登的《五四运动的精神》一文①。但在学生运动的发生过程中,学生团体的各种言论中更早就提到这个概念②。然而,在往后的学术讨论中,"五四"概念渐渐变得宽泛,它可以与很多名词搭配在一起,构成一种"五四"+"某某"的语言模式。如"五四新文化运动"、"五四新文学"、"五四新思潮"、"五四传统",等等,而"五四运动",仅仅作为其中一项内容,还必须在中间加上定语"学生"或者"爱国",才能够特指发生于1919年5月4日的社会事件。在一般的情况下,"五四"成为一个含义混乱、相互矛盾的概念。尤其在上世纪80年代学术界提出了"启蒙与救亡双重变奏"的观点③以后,推导出这样一种看法:起始于1915年到1917年前后的思想革命,旨在批判和扬弃中国传统思想文化和语言形式,引进西方思想和文学,同时为了更好地向国人宣传以及帮助国人了解世界新潮,更准确地表达现代人的思想感情,又必须在语言上作进一步的改革:推广白话。这是一个完

---

① 《五四运动的精神》,署名"毅",为罗家伦的笔名。载《每周评论》第23期(1919年5月26日)。胡适的文章见《回忆五四》,载《独立评论》第149期(1935年5月5日)。
② 周策纵认为,"五四运动"这个名词,是由北京中等以上学校学生联合会于1919年5月18日发布的《罢课宣言》电文中首先使用。见周策纵《五四运动:现代中国的思想革命》,周子平等译,江苏人民出版社,1996年,第17、190页。
③ 李泽厚《中国现代思想史论》,东方出版社,1987年。

整的逻辑发展过程;然而1919年发生的学生爱国运动,则是在国际列强(尤其是日本对华的侵略政策)刺激下激发起来的民族主义的学生运动,它在中国的实际影响引发了大众革命元素介入现代政治,由此催生国民党的改组和共产党的崛起,改变了中国社会的命运。——"救亡"压倒"启蒙"的"变奏",在这里找到了一个典型的例子。但是,我们似乎也可以反过来理解:思想启蒙和语言改革的目的,不就是要唤起民众来改变中国的落后现状吗?启蒙不可能对民众教育毕其功于一役,但很可能在社会精英中间率先达到这个目的,因此,当时在北京的大学生就顺理成章地成为启蒙运动的第一批觉醒者。从思想启蒙到文学革命再到社会革命,也同样是顺其逻辑的一个完整的发展。

1915—1919年间发生的围绕"五四"多重概念的一系列事件,对以后的中国命运产生了巨大影响,把它理解为中国自晚清开始的现代化进程由量变到质变的飞跃期也不为过。一般来说,学界对于"五四"系列事件的发生原因的探讨,都集中在西方思潮对中国知识分子的影响,或者是世界列强对华的不平等外交政策的刺激,尽管这两个方面有很大相异性,但从外部对中国施加影响这一点来说,还是如出一辙。然而,本文打算从另一个角度来思考"五四"发生的成因,即从中国历史传统内部的某些基因来探讨,为什么在中国的现代化进程的关键时刻,会发生影响如此深刻的"五四"系列事件。

首先应该明确,"五四"系列事件是文化事件:"五四"新潮的发起者,是几个具有革命民主主义思想的知识分子和大学教授,响应者是一帮手无寸铁、唯有热血的学生,鼓吹新思想的场所就是大学校园和课堂,传播新思想的媒介就是《新青年》等几种杂志。伴随着爱国学生的外交政治诉求的,还有新思想的传播、新文学的创造、新语言的普及……这是中国现代史上很少发生的由文化运动带出政治运动,进而导致中国革命走向的转变——由中国文化来决定中国的未来命运。周策纵教授和余英时教授都把"五四"学生运动与中国古代太学生干涉内政的传统联系起来讨论,有一定的道理,但是还不够,因为"五四"不仅仅是学生参与的运动。从更广泛的范围看,成熟的中国古代政治体制本身就具备了君主与士大夫共同执政的模式。在这个"明君贤臣"的理想模式下,士大夫集团尽管派系林立,互相倾轧,常常屈服于君权专制,但从体制上说,它与君主皇权并驾齐驱,构成政坛上的权力平衡。

这个被称为"士"的统治集团,其精神传统可以追溯到春秋诸子的活跃期,从孔子高度评价为西周王朝制定礼乐制度的周公旦的言辞里,也可以把这一精神传统追溯到西周时代。孔子自称"述而不作",其实是以古代先人的名义来梳理一系列的学术文献,为后世确立了精神文化的传统,即所谓儒道。很显然,从周武王的封建君主系统和周公旦的贤臣系统一开始就做出了权力分野,孔子自觉地把自己的学术与抱负绑定在周公系统进行传承,梳理出一个不同于贵族血缘政治的文化传统。春秋列国的诸侯们鼠目寸光只顾家天下的利益,而孔子与同时代其他卓越的思想家们都已经放眼天下纵横中原了。参照系不一样,历代文人在社会政治的实践中逐渐形成了精神上独立于君主专制的道统与学统,所谓"明君贤臣共治天下"的乌托邦,正是权力博弈的产物。这样一种古代士的统治集团的文化传统,在君主专制鼎盛时期往往难以显现出高贵的一面,君权高于一切的时候,儒家文化表现出特别自私、冷漠和无耻的一面;然而奇怪的是,一旦天下失范,王纲解纽,儒家文化立刻就显现出自觉的担当意识。这样的时期,思想文化的创造力也特别活跃,思想专制让位给百家争鸣。周衰而诸子蜂起,汉衰而竹林长啸,唐在安史之乱后,诗歌风骨毕现,宋在亡国南渡后,理学应时盛行,明末思想界更是空前活跃,顾炎武明确分出了一姓之亡与天下兴亡的区别,显露出真正的儒家本色。稍稍回顾历史，君主专制一旦崩坏，思想文化大放异彩，这已成为规律，颠扑不破。

中国古代史上君主政统与文化传统之间的关系，不是本文要讨论的题目。之所以要回顾历史，只是想说明，这样一种士的精神传统即使到了现代中国依然在发挥作用。"五四"新潮的兴起，表面上看，是对传统文化尤其是对儒家文化的否定和批判，批判武器主要也是来自西方的思想。但我们还是要考虑以下两个事实：首先是中国自鸦片战争以后，被迫进入现代化的历程，这时候一部分汉族士大夫的"天下"观发生了变化：他们发现有一个叫作"世界"的空间，不但比大清王朝大得多，而且还直接制约了天朝的命运。这个"世界"丰富而复杂，不但有邪恶的洋枪洋炮欺负中国，更有焕然一新的思想文化强有力地吸引着中国的读书人，于是就有了洋务、改良、变法、留学、革命，最终形成一个由现代知识分子领导的思想文化启蒙运动。因此，"五四"一代知识分子猛烈地批判传统文化，倡导民主与科学，从本质上说，仍然是儒家文人的"天下兴亡，匹夫有责"的精神传统再生。他们与时俱进，研究新的天下观（世界大势），并以此为参照，批判君权专制以及后来的复辟梦，批判闭关锁国、夜郎自大的愚昧政策，强调只有打破落后之国的一切文化藩篱，才可能让中国容纳到"世界"这一新的"天下"的格局里去。其次是两千年的中国历史，分久必合合久必分，经历过四分五裂和异族入侵的惨剧，而维系着大中华统一的，唯有汉文化的优秀传统。异族统治者如满族，原来也是有自己的宗教和文化，但在长期统治与被统治的磨合中，汉文化传统反而占了上风。为此，中国知识分子一向有文化高于政权的认知。晚清以来，清朝统治风雨飘摇，但汉族士大夫对文化传承没有丧失信心。严复在戊戌变法失败时，写信给朋友说："仰观天时，俯察人事，但觉一无可为。然终谓民智不开，则守旧维新两无一可。即使朝廷今日不行一事，抑所为皆非，但令在野之人与夫后生英俊洞识中西实情者日多一日,则炎黄种类未必遂至沦胥;即不幸暂被羁縻,亦将有复苏之一日也。"这段话很值得细读:所谓"开民智",就是一种文化更新和普及运动,严复意识到中国传统文化在新的世界格局里要发生变化,唯有与时俱进,唯有容纳新知,才能救国保种;万一国家"被羁縻",只要文化能够更新发展,仍有重见天日的机会。所谓"守旧"、"维新"无非是政策路线之争,如文化不能更新发展,政治上则是"两无一可"。而"五四"启蒙运动,正是严复"开民智"主张的必然结果。——鉴于这样两个事实,我们似乎不难认识到:中国历史自身的特点,在长期发展中形成了一个致命的诱惑——文化(可以称作"道"或者"圣")至高至上的传统;文化高于政权,天下大于一姓。每当君主集权统治处于土崩瓦解之际,一定会有以文化顾命臣自居的士大夫(现代被称作知识分子)挺身而出,他们未必能挽救末世颓运,但在思想文化传承上却往往有大突破,文化传统由此更进一个台阶。因此,我觉得可以把"五四"新文化运动看作是中国古代史的一个自然延续阶段,犹如南宋、南明时代的读书人面对异族入侵、国破家亡之际激起的一场场新的思想革命,而西方新思潮的东渐只是为这一场思想文化运动提供了强有力的武器。这是一场中国文化传统进行自我涅槃的文艺复兴,在中国由古代君主专制向现代民主体制转型过程中,发挥了极其重要的作用。

在中国古代,文化传承与王朝更替一般没有直接关系,文化传承是在相对封闭的学术圈里进行;可是这一次新旧文化的更替则不一样,面对着三千年未有之变局,两千年君主专制体制迅速崩溃,两次帝制复辟都遭到全国舆论的反对而垮台,可见维护民主共和是民心所向,所以,"五四"作为一场顺应了民心民意而发起的文化运动,它与社会的发展趋势密切相关,它在思想上、理论上、能力上都培训了一大批为新时代准备的中坚骨干力量。没有"五四"对青年学生的影响,很难设想在以后短短几年里会涌现出这么多的精英分子参与了大革命和新兴的共产主义的运动。

我曾经把"五四"新文化运动界定为一场先锋运动,这是与国际现象同步的。在世界大战前后欧洲各国都出现过中小规模的先锋文化运动,它以猛烈批判资本主义文化传统、批判市民社会平庸和异化的姿态,以惊世骇俗的艺术方法,表达自己的政治文化诉求。"五四"的文化形态非常接近西方这类先锋文化,但是"五四"新文化运动并不是直接接受了世界性先锋文化而发生的,它几乎是与世界性先锋运动同期发生,但又具有独立而鲜明的中国文化传统的特点,换句话说,它具有一种世界性因素。欧洲的先锋运动是在资本主义物质文明和民主政治充分发展以后,人性异化的对立物,它是在任何反对资本主义的文化力量都失去了效应以后出现的极端反叛形式,而中国的"五四"显然不是。"五四"是在中国君主专制崩溃、新的民主政治体制还没有健全形成之际的一个政治真空地带产生的文化运动,与"五四"系列事件同时发生的,是第一次世界大战,欧洲各国资本主义体制的黄金时期已经过去,俄罗斯在革命中又建立起新的苏维埃政治体制——所以,传统君主专制体制的残余、资本主义政治体制的衰败以及新的社会主义体制的尝试,构成了极其复杂混乱的文化思想,以极端形式引导了"五四"系列事件——"五四"在思想上的不成熟与它以批判的形式对中国社会产生巨大影响,构成了作为先锋运动的两大文化特征。

但是,思想的不成熟和反叛精神的彻底性,决定了任何先锋运动都是爆发性、短暂的运动,它不可能持久下去。"五四"也不例外。先锋运动的失败来自两个方面:一个是足够强大的资产阶级政府有能力包容先锋运动的反叛性,使反叛者最终成为受到主流社会欢迎的明星,这样,被资产阶级宠爱的浪子,就不再是先锋了;另一个是作为小团体的先锋运动,本来就不足以与强大的国家机器和社会主流抗衡,所以它要坚持自己的反抗使命,只能被吸收或融汇到更强大的实际的政治力量中去。在这个意义上认识"五四"系列事件,也就不难明白为什么会出现胡适之与陈独秀的分道扬镳;也就不难明白为什么"五四"精神培养出来的学生精英基本上都走上了从政道路,在以后的国共两党恩仇史上有声有色地表现了自己;也就不难明白,1949年大陆政权易帜,大多数知识分子尽管对未来社会并不了解,也未必认同,但他们还是心甘情愿地把身体留在大陆,准备随时听从召唤,为新政权服务。如要探究这些原因,从浅表层次上说,是先锋文化的必然趋势;从纵深里说,就是其背后有传统士的道统力量起着制约作用。

如果放眼世界现代化进程的范围来看,在欧洲各国发展过程中,大约没有像德国的现代史那么接近中国的:这两个国家在不同的时间维度上都成为现代化的后发国家。在历史上,这两个国家都曾经有过辉煌的荣耀时刻,也都蒙受过巨大耻辱,最不可思议的是,德国与中国都是在国家权力涣散、政治落后的历史时期,非常相似地产生了足以傲世的灿烂文化——而从贫乏环境中诞生的灿烂文化,一方面总是表现出文化高于政权的乌托邦理想,但实质上又都是极度渴望有强大的政治权力来帮助它填补先天的虚空。德国知识分子在两次世界大战中一边倒地支持威廉二世发动战争,一边倒地摧毁魏玛民主体制,一边倒地渴望迅速崛起,称霸世界,最后不得不从战争失败中承担无与伦比的耻辱的教训。这对于"五四"以来经历了内战、侵略、内乱、浩劫……终于走上了改革开放道路的中国人,尤其是中国的知识分子,是值得严肃思考的。

写于2019年8月7日

初刊《杭州师范大学学报》2019年第1期

试谈《野草》的先锋意识

《野草》是鲁迅研究中的一个永恒性题目，是鲁迅研究领域中被不断阐释的问题。近来更明显地出现了带有索隐、考据风格的研究，题目小又非常具体实在，很吸引人。这里我想结合近期对现代文学史的理解来谈自己对《野草》的一点想法。

说是"近期"，也不算近——大约十多年前，我着手主编《中国现代文学史教程》，编来编去总是有点讲不通。为什么讲不通？因为中国现代文学在近二十年尤其是新世纪以来，一直受到挑战。"五四"的意义一直在被贬低、被质疑，而近代小说被抬得越来越高。这好像是个趋势，现在很多博士论文都是研究近代小说，却很少研究"五四"，似乎这个题目已经被讲完了。我一直想认真解释，"五四"新文学的意义究竟如何理解？但是，简单地说我要捍卫"五四"新文学，也不对。对"五四"新文学评价很高，把晚清小说压得很低，这也不符合事实。所以，从19世纪向20世纪转型过程中，"五四"新文化运动、新文学兴起究竟起了什么作用？它对我们今天还有什么意义？这是我思考的切入点，也是今天谈论《野草》的一个切口。

2005年，我在《复旦学报》第6期发表了《试论五四新文学的先锋性》一文，提出了一个观念——第一次世界大战前后，在意大利和俄罗斯都出现了政治倾向不同的未来主义，在法国出现了超现实主义，德国也有表现主义，等等，当时在欧洲各个地方都相应地出现了先锋文学思潮。对先锋文学我们有不同的理解，但一个比较明显的特征，先锋文学的第一原则就是非常激烈地批判社会现状，反对文化传统，它是双重反对的。一般的反传统运动比较简单，就是站在今天的立场上反对以前的文化传统。但是先锋文化是一种彻底的反叛文化，它不仅反对传统，对当下的文化现状、政治现状它也是全盘否定的。在这样一个双重的否定当中，它把自己逼到了一个绝境上去。它不是依靠某一种力量去反对另外一种力量，它是仗着自己的反叛立场与勇气，以个人为主体，既反对传统，也反对现状。这样一种文化现象，在"五四"前后的新文化运动中表达得特别明显，陈独秀、鲁迅、周作人、钱玄同、郭沫若等等，都是以这样一种面目出现在"五四"文坛上的。所以那个时候进化论特别流行，进化论是把希望建筑到未来的维度，对现状与传统都是持批判立场的。"五四"新文化运动也是非常复杂，各种思想文化流派都容纳在里面，但其中有一种思想意识起到最重要的作用，而且在晚清小说与诗歌里面都是不具备的，我把它界定为先锋意识。这样一种先锋意识是"五四"新文化最核心的元素。我把晚清一直到民国的文学发展分为两种形态。一种属于常态的变化发展。所谓的常态，就是文学变化是随着社会变化而发生的。社会发生新问题、新现象，文学中会自然而然地反映出来，然后在形式上、审美上它都会相应地慢慢表现出来。这样一种变化，是常态的变化。常态变化是所有古今中外在正常情况下文学发展的模式，文学跟随社会的主流发展而发展，与生活变化结合在一起。唯独先锋文学是一个异端，它是在一个社会的正常发展过程中，社会内在矛盾突然爆发中产生的，先锋文学把自己与社会完全割断联系，与历史也完全切断联系，就像上世纪90年代朱文、韩东提出来的一个词："断裂"。因为它把自己与前面的历史和现实中的社会环境都断裂了，自身的力量就一下子被夸张得非常强烈。先锋意识总是以历史超前的姿态来表达战斗性。这样一种意识在正常社会发展中很少出现，但在特殊的历史情况下它会发挥出很强大的作用。我不知道是幸还是不幸，在中国，在20世纪中国特殊的现代化过程中,这样一种先锋文化现象一再出现。不仅是一再出现,而且每一次出现都伴随着社会动荡,与政治思潮结合在一起,然后会导致整个社会政治发生变化。它成为20世纪文化思潮中带有核心力量的文化思潮。

回过来讲文学,我一直把鲁迅看作是这个先锋文化的代表者。为什么?因为鲁迅在同时期的社会改革运动中总是超前的,代表了一种超前的社会立场。比如说《狂人日记》,现在有很多人说,比《狂人日记》更早的白话小说都有啊,也有人说,以前有比鲁迅写得更好的白话小说啊,各种说法都有。那么,我们应当如何界定鲁迅的伟大呢?我觉得在鲁迅的身上有一种非常强烈的自觉的先锋意识。这种先锋意识使鲁迅不仅对传统持彻底的否定态度——我们现在也在讨论鲁迅的这种否定对不对,比如说他认为中国青年最好不读中国书,他还认为所有历史记载的都是吃人的历史,等等,就是这种非常夸张的先锋意识,这种夸张表达了一种与传统彻底断裂的先锋立场。对鲁迅而言,我觉得特别有意思,他不仅否定历史,也不仅否定现状,他连自我也放到了否定的范畴里,这就着重体现了他对人本身的怀疑。这是个非常有意思的事。周作人强调"人的文学",我们今天谈的"五四"精神,就是个性解放、人道主义,人是最美好的,人是至高无上的,所以周作人的《人的文学》能够成为一个纲领性的文章。可是在鲁迅的《狂人日记》里,他反反复复证明人就是要吃人的,而且所有的人都要吃人,包括狂人自己也吃过人。《狂人日记》这种彻底否定人自身的意识,接近了卡夫卡那样的作品。按理说,"五四"新文化运动是对人的肯定、人的自我发现,可是在鲁迅的作品里恰恰不仅对抽象的人否定,而且对具体的自我也是否定的。他就是自己都觉得自己有问题。所以,《狂人日记》最后几段说:"没有吃过人的孩子,或许还有?救救孩子!"他的意思不是说要保护弱者,不要让孩子被人吃掉,他是在证明礼教社会的人每一代都有吃人的习惯,没有吃过人的只有孩子,也不是说孩子比今天的人好,而是说孩子还太幼小,还来不及吃人,所以我们要赶快救救孩子,让他们不要再去吃人了。当然,你可以说鲁迅对未来还是有希望的,希望下一代希望孩子不要吃人,可是这个大前提是孩子也会吃人。他这种彻底的否定是让人感到震撼,鲁迅为什么会有这样一个极端的否定态度? 如果不用先锋的概念界定它,就很难把鲁迅当年的文学创作与别的人(比如说胡适)拉开距离,鲁迅创作体现了非常独特的意识,那就是先锋意识。这个先锋意识在《野草》的创作中,我认为是达到了完美的标杆,在鲁迅的其他小说里面——比如《阿Q正传》里也有,但是《野草》是鲁迅的先锋意识最有代表性的作品。

在《野草》里面,我们很难看到鲁迅平时说的"为人生"啊,什么遵命于先驱者的将令啊,甚至连保护弱小者的普通的人道主义思想也是不存在的。《野草》里出现的是对人的绝望,连对孩子也一起感到绝望。《野草》里是没有希望的,但是也不是简单的绝望,而是对绝望、悲观也超越了,那也就是学者们所说的"反抗绝望"。但是"反抗绝望"不是说他就倒退到希望那里,不是的。比如《死火》,死火被遗弃在冰窟里要被"冻灭",但是逃到冰谷外也要被"烧完",然后也要死的。《影的告别》里,那个影子到了黎明要消失,但留在黑暗中也要消失——"然而黑暗又会吞没我,然而光明又会使我消失。"就是说你无处可走,无地可走,就是说,你唯有在此时此地存在着,是独立的,之前之后你都是要消失的,你这个处境是没有出路的,往前看吧,往前看是一片黑暗,往后看也是一片黑暗。他把一个人的可能性的状况全部否定了。那么,全部否定以后又变成什么呢? 是不是就是此时此刻的我是存在着呢?但鲁迅又说,此时此刻的存在,也是虚假的,其实是不存在的。在《墓碣文》里,"抉心自食,欲知本味",但"创痛酷烈,本味何能知"?而如果稍微过了一段时间,虽然创伤不那么痛了,但这个心又被风干了,当时是什么滋味也是不知道了,这就是"心已陈旧,本味又何由知"。这个意象体现了鲁迅意识中非常极端的痛苦,就是最后连自己是什么,此时此刻的自己是什么也是无法知道的,所知道的永远是假象。他就这样否定的否定,最后连自己也给否定了。然而就是在这样的一种双重否定中,鲁迅塑造了一个伟大的自我形象。我们在《野草》中没有因为鲁迅的自我否定而觉得鲁迅的软弱与虚无,恰恰相反,鲁迅的生命,就是在这样一种反抗绝望中存在而且永生了。

其实这样一种自觉的先锋意识,在中国"五四"新文学中是有一定普遍性的。比如郭沫若写《凤凰涅槃》,也是这样的,凤凰先把客观世界否定了,最后又把自己也否定了(自焚)。《天狗》里天狗把外界的月亮、太阳、星星都吞吃了,最后连自己的神经骨头都吃掉了,最后一的一切、一切的一切,都没有了,都消散了。在这个意义上,我觉得像郭沫若的《凤凰涅槃》,鲁迅的《狂人日记》、《野草》,包括郁达夫的很多小说,等等,构成了"五四"新文学最核心的先锋意识。这种核心力量,我们今天还能讨论它,就是因为它至今没有完成自己的历史使命。直到今天,我们也没有人能够这么彻底地把自己否定,把自己完全解构,今天还没有人真正做到这个程度的。所以,"五四"新文学传统的核心——先锋意识——在今天仍然能够给我们一种震撼。

如此,在整个20世纪文化发展过程当中,"五四"先锋精神就成为一个革命的文化核心力量。这个内核从"五四"到"四五",它是一波一波地爆发的,包括1927年前后的大革命失败后爆发的"革命文学"、1930年代的左翼文艺运动,等等,一直到1949年以后,甚至在"文革"中,都有这种爆发性的先锋精神。它整个过程就是通过不断地否定前人的世界,又不断否定自我的内在世界,自己把自己的外衣剥开,把自己的内在消解掉,就像郭沫若笔下的天狗意象。它不断地用一个力量否定另外一个力量,否定完这个力量,自己又被一个新的力量所否定,它永远是在革命与被革命中自我膨胀和自我消解。"五四"带来的就是这样一种先锋精神,它让人的生命中始终存在一种深刻的不安。这样一种精神,我把它界定为先锋精神。它到今天为止仍然是一个从天而降的谜,一个到今天仍然没有被识破和谈透的文化现象。

如果把这种先锋意识与中国20世纪整个革命文化思潮联系起来看的话,我们就可能会接近20世纪中国文化发展中的某些核心的元素,就可能会理解为什么我们老是处在一种激烈的文化冲撞过程中。世界各国的先锋文化都是很短暂的,先锋文化一般兴起几年以后就会消失,会与主流的常态文化融汇在一起。可是中国的情况很特殊,在我们整整一个世纪的文化发展过程中,我们对常态的文化现象往往采取排斥态度,总觉得那是不重要的,是属于大众的,然后对先锋文化现象则充满了迷恋,这就构成了我们文化追求的核心。这种核心的文化力量,被鲁迅通过《野草》表达得淋漓尽致。鲁迅的《野草》作为世界先锋文化丛中的奇葩也当之无愧。一般的先锋文学是缺乏艺术性的,先锋文学主要是要把一个最尖锐、最前卫的思想讲出来,来不及在艺术上臻于成熟和完美,所以我们通常认为,像马雅可夫斯基的那种先锋诗歌,往往语言非常粗俗,意象也很简单。而鲁迅《野草》的先锋性,恰恰是创造了一个非常美的抒情形式。它的形式怪诞特异,却又异常完美。恰恰在这个非常美的抒情形式中,寄托了极端虚无的先锋意识。

2017年12月19日根据录音整理

初刊《学术月刊》2018年第2期

试论1950年代两岸
文学中土改题材书写

缘　　起

2009年,我应香港岭南大学邀请,担任该校首届由香港赛马会赞助的杰出现代文学访问教授。在访学期间,我协助岭南大学中文系举办了"当代文学六十年"国际学术研讨会,并在会上发表论文《六十年文学话土改》①。在该论文中,我探讨了当代文学史上的一个现象——土改题材的文学创作,集中在1940年代末与1980年以后两个时段;而在1950年代初,中国共产党建立了全国政权,土地改革迅速推向全国,这是一场由新民主主义革命向社会主义革命转换的稳操胜券的革命,但奇怪的是,从1942年延安文艺座谈会召开以来,一向与政治运动保持同步发展的"解放区文学-当代中国文学",关于这个时段的土改题材创作却乏善可陈,尤其是与不久后的农村合作化题材的繁荣创作形成了明显反差。我就此提出的看法是:1950年代初的全国土改运动时间太短,在全国土改运动将近尾声的1952年,农村已经开始了互助合

---

① 《六十年文学话土改》,初刊于香港《岭南大学学报》第9卷第2期(2010年),收入会议论文集《一九四九年以后——当代文学六十年》(王德威、陈思和、许子东主编),由香港牛津出版社(2010年)与上海文艺出版社(2011年)分别出版。《南京大学学报》2010年第4期发表过根据本文所作的演讲稿,改题为《土改中的小说与小说中的土改——六十年文学话土改》,并由《新华文摘》2010年第22期转摘,该文收入我的编年体文集《萍水文字》,上海文艺出版社,2011年。

作化的尝试,第二年(1953年)合作化运动已经被提上了国家的议事日程。土改运动中最重要的主题即农民获得土地当家作主,很快就变得不合时宜。我举了张爱玲在《秧歌》里的一个细节来证明我的观点①。然而如果深究下去,不难发现还有第二个原因,那就是暴力书写的问题。大多数作家在描写土改运动中的群众暴力时都望而却步,直到1980年代张炜的《古船》出版,暴力书写才有了重要突破,才推动了土改题材创作的第二波浪潮。论文发表后,引起了一些读者的关注,最让我感动的是,我收到几位朋友来信,他们主动给我寄来我在论文中没有提到的土改作品,有的希望我进一步研究下去,有的是与我商榷,以证明1950年代的土改题材创作还是有重要突破的。我看了朋友们寄来的作品,一直想找个机会来补充《六十年文学话土改》存在的不足,以回报朋友们的关爱。为此,我特意从朋友们提供的作品中选出了陈学昭创作的长篇小说《土地》②与萧乾创作的特写集《土地回老家》③,加上秦兆阳的短篇小说《改造》④以及沈从文在土改背景下的家书⑤,构成一组相同主题的不同书写文本——长篇小说、短篇小说、报告文学与私人通信,来探讨1950年代大陆文学中的土改题材创作。同时,我还选了一组台湾1950年代有关"三七五减租"、"耕者有其田"题材的文学创作⑥,针对两岸文学对于土改题材的书写做进一步深入的讨论。本文与《六十年文学话土改》形成姊妹篇。凡

---

① 张爱玲《秧歌》,台北皇冠出版社,1986年。有关论述可参阅《六十年文学话土改》。
② 陈学昭《土地》,人民文学出版社,1953年2月初版。该本由钟桂松先生所赠,特此感谢。
③ 萧乾《土地回老家》,平明出版社,1951年11月初版。该本由范若恩先生所赠,特此感谢。
④ 秦兆阳《改造》,发表于《人民文学》第1卷第3期,1950年1月。
⑤ 沈从文土改家书,从1951年10月25日到1952年2月27日,致张兆和、沈龙朱、沈虎雏等,收入北岳文艺出版社2002年出版的《沈从文全集》第19卷。
⑥ 本文主要讨论台湾《文艺创作》1953年第27期"耕者有其田"专号的作品。有关台湾文学的土改材料,均由台湾师范大学许俊雅教授提供,特此感谢。

《六十年文学话土改》中已经讨论到的内容,本文不予重复。

上篇:大陆文学在1950年代的"后土改书写"

一、"后土改书写"的背景及其书写特征

中国现代史上的1940年代到1950年代是一个转折的时代。在文学史上,1949年标志文学版图发生了巨变,但许多文学现象与创作主题,在海峡两岸的文学发展中依然有所传承与延续[①]。就土改题材的创作而言,1940年代末期已经产生了文学史上的重要收获,如丁玲的《太阳照在桑干河上》、周立波的《暴风骤雨》以及赵树理的《邪不压正》等。这些作品在表现中国土地革命的必然性与正义性以及对土改运动出现的偏颇,都有恰如其分的描写。它们不仅受到官方与批评界的高度关注,还获得了国际荣誉[②]。以这些作品所达到的艺术高度为标杆,紧接着的1950年代的土改题材创作没有超过它们。虽然萧乾写的土改文章受到毛泽东赞扬而被广泛传播,虽然沈从文在家书里对之前的土改小说不屑一顾,但事实上,1950年代的土改书写文本无论从社会影响还是艺术达到的可能高度,都无法与1940年代末的创作相比。作为新民主主义革命的最后一场大风暴,1950年代全国推行的土地改革在形式的惨烈性与内容的深刻性上,也都无法与之前战争环境下的土改相比。因此,本文把1940年代的土改小说与1950年代的相关题材

---

① 关于20世纪文学史的划分,请参阅拙作《中国现代文学学科发展概述》,载《同济大学学报》2015年第5期。
② 丁玲《太阳照在桑干河上》、周立波《暴风骤雨》分别获得1951年度斯大林文学奖二等奖和三等奖,并被译成多种语言出版。

创作加以区分，特意把1950年代土改书写称为"后土改书写"。

"后土改书写"不仅是指时间上后于1940年代的土改题材创作，更重要的是指在新的历史环境下的土改书写。1950年开始的土改运动，是中国共产党在全中国（台湾地区除外）建立了新政权以后，从上而下推行的一场政治革命，它既是在1940年代解放区土改的基础上向华东、中南、西南以及部分西北地区农村继续推进，又是在吸取了前期土改的经验教训后，对前期土改政策有意识的纠偏。《建国以来毛泽东文稿》第1册收录了1950年全年毛泽东发表的十多篇关于土改的批示，其中最重要的内容包括：一是对前期土改的纠偏①，

---

① 1950年2月17日《毛泽东、周恩来关于发表新区土改征粮指示给刘少奇的电报》里明确地说："江南土改的法令必须和北方土改有些不同，对于一九三三年文件及一九四七年土地法等，亦必须有所修改。"（《建国以来毛泽东文稿》第1册，中央文献出版社，1987年初版，第264页）1950年6月14日，刘少奇代表中共中央在政协一届二次会议上所作的《关于土地改革问题的报告》，毛泽东对此曾提出重要修改意见，其中关于历史经验部分这样修改："在一九四六年七月至一九四七年十月这一时期内，华北、山东及东北许多地区的农民群众和我们的农村工作人员，在实施土地改革中，没有能够按照中共中央在一九四六年五月四日颁发的基本上不动富农土地财产的指示，而按照他们自己的意志行动，将富农的土地财产和地主一样地没收了，这是可以理解的。因为这一时期，是中国人民和国民党反动派双方斗争最紧张最残酷的时期。土地改革中发生偏差，也以这一时期为最多，侵犯了一部分中农的利益，破坏了一部分农村中的工商业，并在一些地方发生了乱打乱杀的现象。发生这些现象的原因，主要是由于当时紧张的政治形势和军事形势，同时，也由于我们的大多数农村工作人员没有土地改革的经验，他们不知道正确地划分农村阶级成分的方法，划错了一部分人的阶级成分，将某些富农当成了地主，将某些中农当成了富农。鉴于此种情况，中共中央乃于一九四七年十月十日颁发了土地法大纲，将富农和地主加以区别，但允许征收富农多余的土地财产。同年冬季，中共中央颁发了划分农村阶级成分的文件，毛主席发表了《关于目前形势与任务》的文告，任弼时同志也发表了关于土地改革的演说。从这时起，农村中发生的某些混乱现象就停止了，土地改革走上了正轨。为了使我们的同志今后在各新解放区进行土地改革工作中不要重复过去的错误，指出过去的经验是有必要的。我们现在是处在完全新的情况下，我们建议的土地改革法，采取了消灭封建制度保存富农经济的方针，也是完全必要的。"（《建国以来毛泽东文稿》第1册，第386—387页）毛泽东这段话明确总结了1940年代土改的问题所在，并且指出1950年后的土改将是在完全新的情况下实施的，必须要实行保存富农经济的方针。

二是对富农政策的调整①。由于全国大部分地区已经解放,后期土改不再有紧迫的战争刺激,也没有还乡团卷土重来的威胁,大规模的疾风暴雨式的军事冲突已经结束,地主阶级丧失了反抗能力,后土改书写不可能出现像《暴风骤雨》那样战争阴影笼罩下的血腥场面。再进而论之,当时以毛泽东为首的中国共产党领导集团还没有形成社会主义时期阶级斗争将会长期存在的指导思想,面对土改可能出现的暴力行为,一般都理解为是最后阶段的阶级斗争②。所以,乐观主义与歌颂胜利成为1950年代土改书写的基本调子。前土改题材创作中试图迫切解决的三大难题——富农(包括部分错划富农的中农)政策、民间暴力以及农会

---

① 关于中共土地改革中富农政策的调整,将原先《土地法大纲》(1947年10月10日颁发)里"将富农和地主加以区别,但允许征收富农多余的土地财产"改为"保存富农经济",起初是来自斯大林的意见。斯大林根据苏联经验,建议中国共产党在打倒地主阶级时,中立富农并使生产不受影响。中共领导接受了斯大林的意见,并且根据江南民族资产阶级的特点,暂缓对富农阶级的剥夺(参见《建国以来毛泽东文稿》第1册,第264页)。毛泽东在多次关于土改的批示里都提到了保存富农经济,除了对《关于土地改革问题的报告》的修改外,他在中共七届三中全会上的书面报告里明确论述这一政策:"我们对待富农的政策应有所改变,即由征收富农多余土地财产的政策改变为保存富农经济的政策,以利于早日恢复农村生产,又利于孤立地主,保护中农和保护小土地出租者。"(《建国以来毛泽东文稿》第1册,第394页)

② 杜润生(时任中共中央中南局秘书长、中南区军政委员会土改委员会副主任)在《中南第二次文艺工作会议上关于土改问题的报告》里,明确地分析了当时土改与解放区土改的不同:"由于中国革命形势的胜利发展,国内情况已经起了根本的变化。这就使得今天的土地改革政策有了新的变更,和过去土地革命时期、抗日时期与解放战争时期的土地改革政策相比有若干方面的不同,这种变更就是由征收富农多余土地财产改为保存富农经济,就是对地主予以比较宽大的待遇,除土地及耕畜、农具、多余的粮食及其在农村中多余的房屋外,不没收其工商业和其他浮财;就是对一些因从事其他职业因缺乏劳动力而出租小量土地者加以照顾,不以地主论。但是虽然有这些变更,而'废除地主阶级封建剥削土地所有制,实行农民的土地所有制'这一反封建的基本任务和基本目的是丝毫没有变动的。"(见《文艺工作者怎样参加土改》,湖南省文联筹委会编,1950年,第9页)杜润生这段论述的内容基本重述了中央政府1950年6月30日公布的《中华人民共和国土地改革法》,这或许可以看作后期土改的特点。

中混进了坏人①,在后土改书写中基本上都是作淡化处理或者采取回避态度。

既然淡化了阶级斗争的尖锐性,1950年代的土改工作又是在共产党政权拥有绝对把握下进行的,所以,土改的政策代替了土改实践的探索,使后土改书写失去了那种与实践密切相连的紧张感,而是偏重于宣传功能、示范功能甚至是知识分子的自我教育功能。1950年代初的土改是与巩固新政权、知识分子思想改造、肃清反革命等运动联系在一起的。后土改书写者虽然也可能到土改一线体验生活,但他们与解放区作家直接参与土改全过程是不一样的,尤其是1951年秋冬以后,政府有意识地组织民主人士和知识分子参加土改工作,其实是带有促使知识分子思想改造的目的。萧乾是1950年底到1951年初在湖南岳阳县筻口乡参加了十来天的土改,走马观花回来写了一篇短文《在土地改革中学习》,发表在1951年3月1日的《人民日报》上,第二天毛泽东就写信给时任中共中央宣传部副部长、中央人民政府新闻总署署长的胡乔木,赞扬这篇文章"写得很好,请为广发各地登载。并为出单行本",并且指示"叫新华社组织这类文章,各土改区每省有一篇或几篇"②,语气甚为迫切,于是就有了萧乾的特写集《土地回老家》。估计这类宣传品当时发行量很大,也有的被编成图书出版。如光明日报社印行的《土地改革与思想改造》,参与写作者有吴景超、杨人梗、雷海宗、潘光旦、贺麟、朱光潜等十七人,大部分作者都属于"资产阶级知识分子",部分人员在几年后的反右运动中被划为"资产阶级右派分子"。显然这些人都是被有意安排去参加土改,更准确地说是"参观"土改,并接受思想改造。这些人(包括

---

① 关于土改书写中的这三大难题,笔者在《六十年文学话土改》里有比较详细的论述。可供参考。

② 毛泽东1951年3月2日《给胡乔木的信》收入《建国以来毛泽东文稿》第2册,中央文献出版社,1988年初版,第154页。

第一辑　文史杂论

萧乾、沈从文在内)都不是左派知识分子,也不是解放区作家,他们没有以前的土改经验,甚至还可能对土改有一定的误解①。因此,这时期被安排去参加土改的作家们的思想感情、立场与解放区作家如周立波、丁玲、赵树理等有很大的不同,他们不大可能写出像《太阳照在桑干河上》、《暴风骤雨》那样生气勃勃的作品。

后期土改的政策性强,与前期土改边实践边摸索和总结经验教训、不断纠正偏差不同,后土改书写几乎没有涉及土改实践中的纠偏问题②,作家们的土改书写基本上就是按照政策描绘土改全过程。正如萧乾在《土地回老家》的附言所说:"《土地回老家》的意图是通过农村几个典型人物和几件典型事件,来说明土地改革的基本过程。它不是文艺作品,因为在这里创作必须服从报道,人物发展必须服从过程环节。这只是土地改革文件的一种例证。"③《土地回老家》是长篇报道,连续发表在《人民中国》杂志上,

---

① 毛泽东继肯定、推荐萧乾的《在土地改革中学习》以后,于1951年3月18日又在致饶漱石、邓子恢、邓小平、习仲勋等各大局领导干部的电报中特意指出:"民主人士及大学教授愿意去看土改的,应放手让他们去看,不要事先布置,让他们随意去看,不要只让他们看好的,也要让他们看些坏的,这样来教育他们。吴景超、朱光潜等去西安附近看土改,影响很好。要将这样的事例教育我们的干部,打破关门主义的思想。"(见《建国以来毛泽东文稿》第2册,第173页)《土地改革与思想改造》应该就是落实毛泽东指示的产物。
② 后土改书写中没有涉及土改政策的纠偏,但在实际的土改运动中,1950年代的土改过程仍然存在着政策上的纠偏。毛泽东在1951年1月22日《关于编印土改材料给彭真的信》中建议,将江西省委1月7日指示及其他材料要编印成文件发给党内和民主人士,提供学习,而1月7日指示内容正是关于纠正土改中的缺点。同一信件还提到浙江省委1951年1月13日的指示,也是为了纠正土改中错划阶级成分的现象,指示中列举了一些地区普遍存在的将中农、小土地出租者错划成富农,将任过伪职的人员错划为地主的现象,并且分析了发生提升阶级的错误原因,主要是干部思想上及工作上存在各种偏向(见《建国以来毛泽东文稿》第2册,第54—55页)。这些情况在反映浙江省农村土改的长篇小说《土地》里,似乎也留下了一些痕迹。如对待富农的土改政策,小说里还是在强调征收富农多余土地财产。笔者无法确定作家是否在暗示土改的实际状况并不像中央文件里所讲的政策调整,还是作家根本不了解政策的变化,或者是有关内容在作家定稿时被删去。
③ 萧乾《土地回老家》,第223—224页。

同时又被译成英文、俄文,作为政治任务对外刊登宣传土改,所以,政策性压倒真实性是必然的结果。

二、"后土改书写"中微弱的主体性

这里首先需要讨论的是:后土改书写中如何体现主体性。如果真如萧乾所说,他写的《土地回老家》"只是土地改革文件的一种例证",那么,究竟在何种层面上表达其主体性呢?萧乾谈自己参加土改的体会,在描述土改实践过程中不断自我批判,不能说不由衷;沈从文的土改家书,与妻子、孩子恳谈自己在土改中的感受以及身在巴山蜀水中感悟天地自然的心得体会,也不能说不真诚。但如果与丁玲、周立波创作土改小说的立场与感情相比,两者的差异就显现出来。后者是全身心地投入土改实践中去观察、体验、感受火热的生活的冲击,这并不是说,他们对于土改中的残酷与暴力没有觉察或者全部认同,但他们是真诚地认同土改的斗争实践,不但从理性也从感情上认同苦大仇深的农民。因此,当丁玲亲眼看到一个富裕中农衣衫褴褛地在农民大会上被迫献地时,她忍不住同情这个农民,她认同农民连同他们的缺点,于是就创造了顾涌这么一个至今仍然让人不忘的艺术形象。她不是从理性上先给对象进行阶级定性,而是从有血有肉有感情的实际生活出发,用自己的主观感受来判断生活中出现的问题,并且深入到问题的内核,抓住它分析它,让活生生的生活经验来纠正自己主观上的偏见,从而也纠正土改政策上的偏颇。而这一切主客体的互相运动中所产生的热烈而深刻的斗争与升华,才是真正的主体性的力量,成为创作的主要精神动力。而前者,像萧乾、沈从文的文本,无论是公开发表还是潜在写作,其实都是努力地响应土改文件的精神,努力寻找自己与时代的差距,并且表示自己接受改造。表面上看,他们是认同土改的,但没有带着自己血肉的感

第一辑　文史杂论

情去认同,他们的主观态度是谨慎的,他们的主体与土改的实践始终保持着距离。因此,在他们的文本里,主体性表现得非常微弱。我们不妨做一个比较:

> 有一天,我到一个村子去,看见他们把一个实际上是富裕中农(兼做点生意)的地拿出来了,还让他上台讲话。……那富裕中农没讲什么话,他一上台就把一条腰带解下来,这哪里还是什么带子,只是一些烂布条,脚上穿着两只两样的鞋。他劳动了一辈子,腰已经直不起来了。他往台上这一站,不必讲什么话,很多农民都会同情他,嫌我们做的太过了。①

> 我们这次去是打一群吃了人民三千年的老蝗虫,相当厉害的。早经过减租、退押、反霸,搞了一阵子,大地主小地主都在家中不能随便外出,有了个数目,要用三个月时间去清理扫除。比起你们工作来,困难得多的。特别是农村干部,直接面对大蝗虫,艰苦得很。但是人民力量已经起来了,就和你们工作情形一样,必然打得倒。帮同农民打,我们不过只是打打杂而已,知识分子是不中用的,不大中用的。②

前一段是丁玲回忆一次农民大会逼迫富裕中农"献地"的场景,作家在描写这个"劳动了一辈子,腰已经直不起来了"的农民时充满了感情,寥寥几笔,已经渗透了深刻的同情,这才达到"他往台上一站,不必讲什么话,很多农民都会同情他"的效果,进而就转入自责"嫌我们做的太过了"。语气是平和的,可是能感到丁玲与这个被描写的农民情感上已经是血肉相连了。"嫌我们"的

---

① 丁玲《生活、思想与人物——在电影剧作讲习会上的讲话》,载《人民文学》1955年第3期,见《丁玲全集》第7卷,河北人民出版社,2001年,第436页。
② 沈从文1951年11月13日致沈龙朱、沈虎雏的信,见《沈从文全集》第19卷,北岳文艺出版社,2002年,第163页。

"我们"中也包括了作家的自我斗争。这是客观世界直接教训、纠正主体偏颇、引起互动的一个例子。这里的主体性是饱满的、有战斗力的。后一段是沈从文对他的两个孩子描绘他去参加土改的意义,用孩子们经常下乡捕蝗虫的比喻,来描写对地主的斗争,但是作为参加土改的一个成员,沈从文的态度完全是游离的、隔膜的,不仅对于自己能否胜任这项工作缺乏信心,而且在整个叙述中,语言非常空洞。我想,作为收信人的两个孩子读着父亲这样的语言和描述,似乎很难想象土改的真实情况,也很难理解父亲作为一个知识分子去参加这一场政治运动的真实态度。这样一种主体性的疲软,也可能直接影响了后土改书写的艺术力量。

但是,说后土改书写的主体性不强大,并不是说书写者完全没有独立思考;后土改书写中仍然保存了书写者的个人感受与思考,也出现了一些新的空间。但这种主体性只是不自觉地流露出来,作家在有意书写政治的斗争故事时,无意透露出隐形的伦理思考。

《土地回老家》是一部特写集,除了长篇报道《土地回老家》外,还包括几篇短篇特写与类似散文的议论文章。那些短文是急就章,用速写的方式写了农村的几个人物形象与一些场景,有些人物与场景同时经过作者的改编被写进长篇报道,但人物名字与一些场景的描写都被改动过。也有一些场景故事没有被写进报道,可能是考虑到报道要被翻译成外文对外进行宣传,审查要求更高。《在土地改革中学习》里,萧乾写了两个故事以说明农民具有政策水平,这两个故事都很特殊。一个故事是:在地主余子强被斗争的会场里,余子强的儿子(十一岁)也在人群中,胸前挎了一个簸箩,里面放了一些香烟糖果在叫卖。有个二流子为了买香烟和孩子吵起来,骂道:"你这个地主崽,你老子为了剥削,在这里被斗,你还敢在这里剥削!"孩子吓哭了。这时一些农民出来仲裁说:"他是个细娃子,还不能划他做地主。他卖得贵,你可以不买。

这是工商业哒!"另外一个故事是：一个地主婆,她的地主丈夫是白痴,她另有一个情夫。她和情夫平时住在楼上,把白痴搁在楼下,处处虐待他。所以,农会决定斗争这个掌握家里大权的地主婆,不斗白痴地主。斗争会上,有个知识分子出身的干部在旁挖她"偷汉"的事情。斗争会后,大部分农民提意见了,认为斗争应该集中在政治反动与经济剥削上,不应该集中到私人感情上去。于是,萧乾热烈地赞扬农民："这是多么明快、细腻、冷静的政策思想!"[①]很显然,在阶级斗争非常激烈地进行时,萧乾作为知识分子的关注点,无意间流露出对地主的同情。这两个场景都是发生在斗争会上,在斗争激烈的情况下,一个场景是农民出来保护地主的孩子,另一个场景是农民出来保护地主的隐私,这大约都是知识分子萧乾心底里希望看到的场面。当然,我不否认这两个例子可能的真实性,但是经过萧乾的语言加工,突出地赞扬了农民具有把握政策的能力,作者在定位错误一方时,强调那个欺侮孩子的人的身份是"二流子",另一个对地主男女隐私有兴趣的是"知识分子出身的干部",正面体现政策水平的则是"农民"。但萧乾在处理这两个故事时,明显倾注了他个人的感情,他尽可能地在书写中提出土改中被遮蔽的伦理问题。这两个例子丝毫也不涉及土改中的政治问题,对地主阶级也没有同情,但是在伦理上提出了一系列疑问：如何对待地主家属子女(孩子),如何对待地主的个人隐私,如何对待非正常人心智(残障人、白痴)的地主阶级成员,等等,并表达了他的态度。这些伦理问题可能也没有被列入土改政策,但是覆巢之下无完卵,萧乾面对了这样尴尬的场面,还是尽其所能地表达了他的潜在的愿望。

在陈学昭的长篇小说《土地》里,也隐约让人联想到同样的土改伦理。陈学昭是"五四"新文化运动中成长起来的新女性,曾经

[①] 萧乾《土地回老家》,第13—14页。

留学法国,接受过世界先进文化。抗战后她到了延安,成为解放区作家。她走的道路与丁玲有点相似,但《土地》作为一部土改题材的长篇小说,远没有像《太阳照在桑干河上》那样获得成功。据说这部小说原来有三十万字,后来删改到十余万字才得以出版,可以肯定小说文本有许多疏漏与缝隙,存在让人联想的空间。小说是一种虚构的文体,作家的意图(准确地说是作者的无意识)通过具体的艺术形象更加含糊暧昧地得以传达。《土地》里也写了一个地主孩子的角色。在第4章写土改工作队进入黄墩乡,先穿过一片土匪横行的混乱地带,在进村路上遇见一丛茂密的竹林,竹林边有一座气势非凡的大楼,楼边还有一个凉亭。工作队员们走过去,于是就见到了这样一幕——

> "汪!汪!"快近大楼的时候,突然一只灰毛的小叭狗从边门里直奔出来,叫着,张着嘴直奔到林队长的脚跟前,林队长俯下身做着一个捡泥块的姿势,那狗便后退了几步,凶凶地叫着。这时候,从边门里走出来一个约莫十五六岁的男孩,一脸黑色,一只手牵着一只灰糟糟的猢狲,那猢狲边跳边走,男孩在边门外的凉亭当中一立,也不让土改工作队员们的路。在男孩的后边慢慢地踱出来一个高大个子的男人,约有五十多岁,穿着一套青灰色的棉绸丝棉襖裤,鸭舌头绒帽下边露出黑色的头发。黝黑的面孔,浓黑的眉毛,八字胡须翘起两边。他安闲地在凉亭边的长凳上坐下,眉头稍稍紧皱,一眼不眨地板着面孔看土改工作队员们从他跟前走过。①

这个片段写得非常有层次感,是土改工作队与恶霸地主俞有升的初次接触。从环境描写开始,接着写狗叫,接着写孩子出现,然后是猢狲出现,最后地主本人出现。阴气重重。而工作队员似

---

① 陈学昭《土地》,第12—13页。

乎是穿过凉亭,否则不会有孩子挡路的可能。两个阶级、两种势力几乎是短兵交接,擦肩而过,此时无声胜有声。而这里引起我注意的是那个孩子,按照故事的线索,应该是俞有升的孙子、俞士奎的儿子,十五六岁,自然还是一个未成年孩子,但从其描写上似乎是站在地主阶级一边。"挡路"的细节预示后面还有故事在继续。可是这个孩子在以后的小说情节里再没有出现过,仿佛是被作家遗忘了。俞有升被清算枪毙后,他儿子俞士奎逃亡上海,企图搞武装反抗,碰壁后偷偷回到家乡被捕,也被枪毙。那么,这个反革命地主家庭的孩子呢?他的命运如何?小说到最后也没有交代。但是,小说里有一处闲笔似乎涉及了这个孩子,作家写俞士奎被抓捕的时候,幽幽地写道:

> 他(俞士奎——引者)没有反抗,对于这突然到来的事情,他似乎还不大相信,不大弄得清楚,他的眼睛望着他自己手里提着的一包糖果,这包糖果是他在上海动身之前,在大西路口一家糖果店里买来带给他小儿子的,现在这包糖果跟着他一道到乡人民政府,到区人民政府,到县人民法院去了。①

这段描写有点奇怪,也不合理。一个反革命逃亡地主偷偷回乡来,被发现而逃窜而躲藏而被捕,整个过程生死一线,怎么会手里紧紧地提着一包糖果不放?如果我们姑且愿意相信这样的艺术处理,那么只能说,作家在塑造这个反面人物的形象时,还是顾及到了人性的一面,俞士奎之冒险回乡,就是太想念自己的儿子。小说里有一处,俞有升说自己有孙儿孙女了,但他的小儿子结婚才几个月痨病而亡,没有孩子,那么,俞有升的孙子,就是俞士奎不顾性命回乡来探视的儿子,只能是那个开篇时"挡"了土改工作

---

① 陈学昭《土地》,第103—104页。

队员的路、牵着猁猁的黑脸少年。因此，根据文本细读来推理，在这部小说原有的三十万字内容里，应该有这个少年人的下一步的命运，现在被删去了，但留下了这点线索，似乎还是值得读者去联想。

由此可见，陈学昭关于土改伦理问题的思考，虽然比萧乾模糊，但仍然留下了让人联想的空间。小说里，恶霸地主俞有升有两个老婆，大老婆生了大儿子俞士奎，也是个恶霸地主；小老婆原是出身摊贩的寡妇，是被俞有升霸占过来的，所以，小老婆与她所生的小儿子、后来再加上小媳妇，都受大老婆和俞士奎的欺压，成为地主家族里的弱势群体。为了体现对这个群体的同情，作家让俞有升的小儿子在土改前几个月就患肺病吐血死亡，留下了小寡妇阿娥。未出场的小儿子也让人联想到萧乾笔下的白痴地主。从阶级属性上说，不管是白痴地主还是肺痨病患者的小儿子，都是属于剥削阶级家族成员；但是因为病残智障，他们没有直接欺压贫苦农民的罪恶行为。对于这样一些没有具体罪恶的地主家庭成员，萧乾笔下的农会不但没有批斗他，还采取了同情的态度，而在陈学昭的笔下，干脆就让这个地主儿子在土改前几个月患病死去。小说还通过对阿娥这个形象的塑造，间接地表达了作家的同情。

阿娥这个形象自然让人联想到丁玲在《太阳照在桑干河上》塑造的黑妮，既是地主家族成员，又比较疏离。从成分上说，阿娥是地主的儿媳妇，但是作家为她设置了许多前提：她本人是农民出身，被迫嫁到地主家里仍然是受欺负的弱势群体，她嫁过来才几个月丈夫就患病去世，她丈夫生前也没有什么罪恶；更主要的是，她的性格里一直向往着新的社会新的生活（埋藏在她心里的对民兵队长的爱）。但是从故事情节来看，阿娥也并非是地主家庭里自觉的对立面，而且在一定情况下还参与了地主家庭转移财产、打探消息等对抗土改的活动，她的公公俞有升一度还想利用

第一辑 文史杂论

她的美色去引诱民兵队长。奇怪的是,在小说文本里,作家对阿娥的负面行为一概既往不咎,这个形象始终有一种亮色,在阴暗的地主家庭里时有闪烁发光。土改结束了,阿娥与她的婆婆(俞有升的小老婆)分别被农民家庭接回娘家,与地主反革命家庭脱离了关系,重获新生。这是一个具有模糊性的人物形象,似乎很难用阶级标准去解释,土改政策里对这一类人也没有清晰的评定,她的命运只能取决于乡里的农会(包括农民)对她的态度①。陈学昭与萧乾一样,虽然作家主体性非常微弱,但还是(几乎是无意识地)通过描写农民在土改过程中的公正性与政策水平,寄予知识分子对土改伦理的思考。

三、土改伦理的前沿性尝试:《改造》

从土改伦理的角度来分析后土改书写,我不能不提出秦兆阳的短篇小说《改造》。这是后土改书写中最为奇特的文本。我曾经在《六十年文学话土改》里分析说,秦兆阳希望土改中消灭地主阶级的方式由暴风骤雨变为和风细雨,对于如何把地主从剥削阶级改造成自食其力的劳动者,他设想出一套与人为善的方案,体现了知识分子参加革命后对革命实践的独特理解与善良愿望。如果从土改伦理出发,秦兆阳达到的思考是前沿的,同时也是最符合后期土改的宗旨的。《中华人民共和国土地改革法》(下文简称《土改法》)明确规定:对地主亦分给同样的一份土地,使地主也能自食其力,并在劳动中改造自己。《土改法》公布于1950年6月30日,秦兆阳的小说发表于1950年1月出版的《人民文学》上。

---

① 在《土地》里,阿娥与乡亲们的关系一直很好。如有一段描写:"这女孩一进俞家,人们就替她抱屈呼冤,及至她那生痨病的男人死了,人们倒为她透了一口气,可是她到底进了俞家的门,虽然有人同情她,也都另眼相看了。"(第21页)

作家根据解放区土改的经验与教训,设计了一套如何改造地主的方案。这个方案的核心是劳动,通过强迫地主分子进行体力劳动,来改变地主原来的生活习惯,进而改造他的思想与人生观。作家在小说里把地主王有德界定为"吸血虫"、"废物蛋",不仅没有劳动能力,也没有生活能力,等同于一个"废人"。小说情节是围绕强迫地主参加体力劳动、改造"废人"展开的。当王有德无奈去做小生意卖馃子(油条)被农会主任批评时,王有德不服气地狡辩:卖馃子也是劳动!农会主任范老梗一时语塞,只能学赵树理笔下的李有才,唆使孩子编了儿歌骂地主。其实范老梗没有说出来的道理是:对于地主来说,剥夺其财产是为了消灭不劳而获的生活方式,带有强迫性的体力劳动是为了使其彻底与传统的剥削阶级生活方式决裂,体力劳动的艰难性(苦行)同时含有改造思想、改变生活习惯的作用,这是以劳动为核心的新的人生观,也是社会主义人生观的最核心的部分。所以,消灭地主阶级的个体成员是不必要的,劳动对于他们的意义,不仅仅是生存,更重要的是改造。地主卖馃子当然也是一种自食其力的生活方式,但是从改造的意义上说,不及体力劳动那样强烈,更不具有宗教性质的仪式感(苦行)。由于作家顾及农民的思想理论水平,他没有让这些道理从农会主任的嘴巴里说出来,却让农民采用一些土办法来"逼宫"。小说没有低估地主分子对于改造的抗拒,甚至发生了王有德企图放火烧庄稼的行为。这个细节几乎在所有描写阶级斗争的小说里都是导致地主与农民的矛盾转化为暴力对抗的例证,唯独这篇小说,村农会捕获了犯罪的王有德以后,照旧逼他从事体力劳动,最后在不得不接受的情况下,王有德的生活态度终于有了变化,朝着自食其力的劳动者转化了。在改造地主王有德的整个过程中,一没有诉诸法律,二没有诉诸暴力,三没有毁其家庭(反而撮合其夫妻和好),一切都是在和风细雨的形态下有条不紊地进行,最终达到了改造人的目的。在这些近似荒诞的情节里,至高无上的劳动乌托邦被鲜明地突出了,这是土改伦理价值中最有意义的部分[①]。

土改伦理与土地伦理属于不同的范畴。土地伦理主要思考的是关于人与自然的关系,土改伦理是围绕土改这一特定革命语境的有关人性、道德的思考。在战争环境下,阶级斗争异常激烈,敌我双方的胜负进退随时有可能发生变局,不太可能更多地思考伦理问题;但是到了和平环境下的土地改革,要从毫无抵抗力的地主手中夺取土地与其他财产,就不能不思考伦理问题,即便从巩固政权的需要出发,也不可以在伦理价值的普适性上失分。我们从毛泽东在1950年多次有关土改的指示中都可以看出这种顾忌[②]。而对于文艺工作者,在体现文学是人学的基本原则上,土改伦理是绕不过去的领域。土改伦理的核心是探讨人在特定环境下如何尽可能地活得更有尊严,文字里如果渗透了这个核心因素,即使是宣传品(如萧乾的作品)也能够感动人;离开了这个核心因素,即使是文学作品也不能真正地感动人。从土改伦理角度

[①] 《改造》发表后立刻受到批判。批判者责问:"写消极人物的转变,英雄人物的成长,都会给我们以教育的力量,写地主阶级的改造,能给我们什么呢?"(参见徐国纶《评〈改造〉》,载《人民文学》第2卷第2期,1950年,第85—86页)另一个批判者接着指出:这样写只能是"掩盖了阶级矛盾的本质和敌我分明的阶级立场"(参见罗溟《掩盖了阶级矛盾的本质》,载《人民文学》第2卷第2期,1950年,第86—87页)。

[②] 在1950年3月12日《关于征询对富农策略问题的意见的电报》里,毛泽东对邓子恢等各大局负责人解释土改政策"不但不动资本主义富农,而且不动半封建富农"时谈了三点理由:"第一是土改规模空前伟大,容易发生过左偏向,如果我们只动地主不动富农,则更能孤立地主,保护中农,并防止乱打乱杀,否则很难防止;第二是过去北方土改是在战争中进行的,战争空气掩盖了土改空气,现在基本上已无战争,土改就显得特别突出,给予社会的震动特别显得重大,地主叫唤的声音将特别显得尖锐……第三是我们和民族资产阶级的统一战线,现在已经在政治上、经济上和组织上都形成了,而民族资产阶级是与土地问题密切联系的,为了稳定民族资产阶级起见,暂时不动半封建富农似较妥当的。"(《建国以来毛泽东文稿》第1册,第272—273页)

去思考土改和描写土改,在1980年代以后的文学创作中达到了前所未有的高度与深度,不仅成为土改题材小说的主要特征,也成为批判暴力的主要武器;但退回到1950年代与土改同步出现的后土改书写,要达到这一点,显然是勉为其难。当时的环境下,土改伦理不可能被提出来讨论,这也是后土改书写无法产生真正有震撼力作品的原因之一。在现代文学艺术长廊里,有各种各样的农民形象,也有各种各样的资本家形象,知识分子形象更为丰富多元,唯独在土改书写中地主的形象,基本上是概念化的,其实,即使按照《土改法》的划定,地主阶级也是由多种地主类型构成的,有恶霸地主、中小地主、开明地主、工商地主等,还有围绕着地主阶级周围寄生的地主家庭各种成员、富农以及小土地出租者等。但是在文学创作中,几乎没有人能创造出一个丰富多元的地主阶级的艺术群像,这当然是与作家对土改中的地主阶级命运缺乏深刻的、伦理的思考有关。萧乾、陈学昭、秦兆阳的作品里关于土改伦理的思考,还只是非常薄弱、模糊、不自觉的点点火星,不足以改变1950年代后土改书写整体贫乏的面貌。

下篇:台湾文学在1950年代的土改题材创作

笔者把1950年代大陆文学中土改题材的创作定义为"后土改书写",是指1950年中共在全国各大行政区推行1946—1947年在解放区开展的土地改革,但是在实施政策与策略上有了很大的变化:客观上,战争已经结束,大规模的疾风暴雨式的阶级斗争也已经结束,地主阶级失去了反抗的能力;主观上,中共领导人也希望在消灭地主阶级、建立农民土地所有制等既定目标不变的情况下,尽可能采取保护富农经济与工商地主的方针,来维护农村经济与工商业经济的持续发展。可以说,1950年以后大陆土改是在吸取解放区土改的经验教训的基础上才完成的。表现这一阶段土改的文学书写，描写农村阶级斗争、民众暴力等内容都有所减弱，文艺作品作为政治宣传工具，政策性上升为第一原则，政策宣传掩盖了对问题的发现。后土改写作整体上是宣传土改政策的写作，文艺性不强，思想性也不强，与1980年代以后中国文学对土改的深刻反思不可同日而语。

当笔者将研究范围扩大到海峡对岸，考察台湾国民党政府推行土改政策及其在文学上的书写，笔者发现，两岸文学对于土改的理解与书写，有许多相似之处。如果我们超越党派政治与意识形态的对立，把海峡两岸的华语文学创作视为一个具有内在矛盾冲突的统一体，那么，尽管两者所持的政治倾向截然对立，"后土改书写"这个概念似乎也可以涵盖台湾的土改题材的创作。理由如下。

其一，国共两党尽管你死我活恶斗数十年，但是在对土地改革的态度上，两党的主流意见是一致的。土地改革源于"耕者有其田"的思想纲领，即孙中山先生提出的三民主义纲领的一部分内容。中国近代民主革命由民族革命发展而来，当国家土地大部分被掌握在异族统治者手里的时候，"耕者有其田"是民生主义切实可行的革命目标，但是当国民党掌握了国家政权以后，大部分党内高层与地主阶级的土地所有制度具有千丝万缕的关系，平均地权就成为一个不切实际的理想。共产党在与国民党两次合作期间，喊出的口号均为"减租减息"，一旦分裂对抗，立刻就打出"打土豪分田地"的旗帜，用暴力来变相实施"耕者有其田"政策。这说明了国民党主流也承认"减租减息"的合理性与必要性。抗战期间，国民党内的一部分有识之士如陈诚，曾在1940年战争环境下主持湖北省的"二五减租"，开启了台湾"三七五减租"之先河①。更早时候如

---

① 邓文仪编《台湾实施耕者有其田纪实》记载："所谓'二五减租'，即就正产（转下页）

1929年,国民党左派在浙江省也进行过土地改革的尝试①。1946年国共两党全面展开军事冲突,共产党在解放区强力推行土地改革,让广大农民获得土地,共产党政权也从根本上得到了稳固和发展。这一重大成效在国民党内部也引起震动,1947年6月,在地政部政务次长汤惠荪等人的推动下,国民党行政院通令各省实行"三七五减租",但"各省置若罔闻"②。在兵荒马乱、江山易色之际,国民党各省长官不敢得罪地主阶级,或者说,无心去做这一类触动其本身利益的改革之举。1948年10月,在美国强大的经济援助下,国民党政府建立了中国农村复兴联合委员会,原北大校长蒋梦麟主其事,积极推动南方各省土地改革,但效果仍然不彰③。紧接着就是1949年的军事大溃退。国民党在大陆已是自顾不暇,遑论土改。然而就在国民党政府退守台湾前夕,陈诚在台湾大力推行土地改革,终获成功,促进了台湾社会的稳定发展与经济起飞。换句话说,国民党政府在台湾推行的土改,正是共产党政权先在解放区后在整个大陆推行土改的延续。黄树仁文

(接上页)物总收获量,先提二成五归佃农,余七成五由主佃对分。与今之'三七五'减租,名异而实同,最初实施于鄂西八县,后复推广至鄂北六县,先后三年。农民负担减轻,农业生产增加,农民生活大为改善。素被视为盗匪渊薮之鄂西,治安竟趋于良好。"(邓文仪《台湾实施耕者有其田纪实》,台湾"中央"文物供应社,1955年,第30页)蒋梦麟在《新潮》一书里也说到:"抗战期间,陈辞修先生任湖北省主席。因战时有安定社会的需要,他就在湖北推行减租。"(蒋梦麟《新潮》,台湾致良出版社,1990年,第35页)国民党湖北省政府在1941年4月颁订《湖北省减租实施办法》并推行,以减轻佃农之负担。

① 蒋梦麟在《新潮》里总结了国民党并不成功的土改史,其中提到:"我国第一次试验此一政策是北伐成功以后,在浙江开始的,那是民国十八年。当年试行二五减租,由省党部和省政府联合推行。"(蒋梦麟《新潮》,第34页)这次土改获得过一些成效,但不久,"二五减租"的领袖沈玄庐被暗杀,整个计划也归于失败。

② 参见黄树仁《台湾农村土地改革再省思》,载《台湾社会研究季刊》第47期(2002年),第195—247页。黄树仁文章对本文写作有很大启发与帮助,特此说明并感谢。

③ 蒋梦麟在回忆录《新潮》第一章里记载了农复会在1940年代末试图在福建、广东、四川推行土地改革的情况,基本上都失败了。

章中有这样一段记载:"事实上,在失去大陆前,蒋中正已经认定共党以土地改革号召农民,国民党必须以耕者有其田政策来反号召,甚至在1948年8月7日指示行政院,对于收复区已被共党分配给农民的土地,承认农民所有权,以争取农民。"① 这虽然是蒋介石的权宜策略,但也毕竟有民生主义的理论纲领作为支撑。国民党政府把在大陆没有能力实践的"耕者有其田"理念,移到了台湾来实现。1949年1月,陈诚就任台湾省主席,他走马上任就捡拾起在大陆已经流产的行政院推行的"三七五减租"通令,竟然跳过法律程序,真枪实弹地实施起来②。1949年4月,他颁布《台湾省私有耕地租用办法》,拉开台湾土改的序幕。"三七五减租"是台湾土改的第一步,第二步是"公地放领",即把"国有"及"省有"耕地的所有权转为农民所有,使耕者成为自耕农。1952年7月,国民党"中央"改造委员会召开会议,确定下一年度的施政中心是实施"耕者有其田",并提出三条基本原则:(1)采取温和手段;(2)在不增加农民负担的基础上使其获得土地,并兼顾地主利益;(3)地主所获地价需由政府引导转向工业。台湾当局征收地主土地是有偿的,以债券和股票相结合的方式向地主偿付地价。其中70%是土地债券,由台湾土地银行发放,年利率4%,分10年兑

---

① 参见黄树仁《台湾农村土地改革再省思》,第213页。此材料来自《为奉总统手令,指示土地政策,希拟具方案实施(由国防部代电)》,载侯坤宏编《中华民国农业史料(一)·土地改革史料(民国十六年至四十九年)》上编,台湾"国史馆",1988年,第185页。另据邓文仪编《台湾实施耕者有其田纪实》所载,1952年10月,国民党第七次代表大会通过新政纲,其十六条更确定:"实施限田政策,扶植自耕农,实现'耕者有其田',大陆收复地区,农地归现耕农民所有,对原业主政府酬予补偿。"(第30页)这意味着国民党高层已经有准备,即便是"反攻大陆"成功,也将承认中共土改的既成事实。

② 据黄树仁《台湾农村土地改革再省思》载,从陈诚接掌台湾至三七五减租实施,正值省议会休会期。因此这重大政策根本未经过省议会讨论。陈诚事后也私下坦诚这不是合法工作(此材料来自徐世荣《土地政策之政治经济分析——地政学术之补充论述》,台湾正阳出版社,2001年,第96—100页)。

付;另外30%是股票,将工矿、农林、水泥、纸业四大公营事业的股票作价给地主,迫使地主把卖地所得转为工业投资[①]。国民党以工业建设股票来补偿地主的土地地价,促使地主将土地出让资金转入工业股份投资,台湾土改成为台湾现代经济腾飞的起点[②]。

把土地从少数地主手里夺过来,均分给广大农民,实现耕者有其田,这是国共两党在两岸推行土改的共同主张。《中华人民共和国土地改革法》表述为:"废除地主阶级封建剥削的土地所有制,实行农民的土地所有制,藉以解放农村生产力,发展农业生产,为新中国的工业化开辟道路。"国民党第七次全国代表大会通过的新政纲第十六条表述为:"实施限田政策,扶持自耕农,实现'耕者有其田'。"两者差异不大。一般人看来,两党实施土改政策的最大不同,是共产党实行了阶级斗争的暴力手段,而国民党采取了非暴力手段。其实这只是在不同环境下各自相应采取的不同措施。共产党政权在解放区土改之初,也曾考虑过和平土改的方案,也曾计划采用从地主那里赎买土地、发行土地公债等方式,但随着战争形势紧迫,民间暴力骤然爆发,出现一发不可收拾之势,才顺应采取暴力手段[③];而在1950年以后的全国土改中,暴力事件相应收敛,因为国家机器已经齐备,可以通过法律审判程序来完成。国民党政权在台湾实行土改之初,如果台湾地主不配合或者反抗的话,也曾盘算过采取暴力手段。但是台湾地主在"二二八"起义被血腥镇压以后,早就丧失了反抗的锐气,尽管百般不

---

① 参见王侃《略论1949—1953年的台湾土地改革》,载《中共浙江省委党校学报》2005年第3期,第99—103页。
② 关于台湾土改成为台湾现代经济腾飞起点之说,长期以来代表了国民党主流的观点。近年来台湾学界也有人对台湾土改伤害台湾地主利益提出反思,对土改是否真的促成了台湾现代工业经济的繁荣也提出质疑。参见马凯《解开台湾土地改革神话的面纱》,载台湾《历史》月刊,第210期。
③ 关于中共采取和平土改的可能性,可参见杨奎松《关于战后和平土改的尝试与可能问题》,载《南京大学学报》2007年第5期,第70—81页。

情愿,也只得束手就范,才免却了一场血光之灾①。因此,不能孤立地比较两岸土改手段的善恶,应该从整体环境来考察其千秋功罪。再进而论之,国民党向来无施仁政的传统,血腥镇压倒是罄竹难书,台湾土改之所以能采取和平手段,不会是独独怜悯台湾本省地主,多半倒是看到了解放区暴力土改对地主们造成的残酷命运,兔死狐悲才使得他们切身感受到暴力土改的严重后果,才坚持对台湾地主采取温和的剥夺政策,这正是他们从解放区土改中获得的教训之正面运用②。

总之,在20世纪革命语境里,"耕者有其田"是具有正能量的概念,为落实这一理想的目标,在异常残酷的阶级斗争环境下,各党派政权可能采取了不同的措施与手段,尤其是暴力手段,在土改伦理上付出了巨大代价。这个教训启示了国共两党在1949年以后再次发起土地改革时,都注意到了纠偏(虽然程度上各有不同)。这也是后土改书写所具有的共同的特点。

其二,由于台湾土改的时间相当短促,与大陆的后土改书写

---

① 赵文山编著的《台湾"三七五"地租运动的透视》记载了陈诚主持台湾土改时的强硬态度:"据说,正当地方工作人员,因为地主不来盖章的问题(指三七五减租需要地主与佃农签署新契约——引者)感到困难的时候,陈(诚)主席出巡了台中,召集地方首长与士绅谈话,主席很剀切地说:'三七五减租工作一定要确实施行,我相信困难是有的,刁皮捣蛋不要脸的人也许有,但是,我相信,不要命的人总不会有。'就这句话,解决了地主不愿盖章的问题。……后来,主席又下了一个命令,违抗或阻扰减租工作的送警备部,这一来地主们不敢再观望,换订契约的工作,便因此很顺利地展开,并且各县都如期完成了。"(台湾自由出版社,1949年,第52页)
② 黄树仁《台湾农村土地改革再省思》第210—211页阐述的一种观点可供参考,他认为,在台湾土地改革立法过程中,"行政院和立法院内的部分国民党高层,或者反对剥夺台湾地主的土地,或者努力降低台湾地主的损失。原因显然是他们并不认为土地改革的实施范围将只限于台湾,受害者只是台湾地主。相反,他们(错误地)认定国民党政府会反攻大陆,在台湾实施的政策会推广到全中国,因此将来他们自己也会成为土地改革的受害者,以至于有必要降低地主所受的伤害。换言之,行政院和立法院部分高层出手维护台湾地主,正是他们(错误地)认为他们与台湾地主阶级的利益一致"。

一样,有关土改的台湾文学书写乏善可陈。台湾在 1950 年代的文学创作基本上被纳入国民党政府"反共抗俄"的政治宣传之下,但是在"反共"的历史小说领域依然有姜贵、陈纪滢等少数作家贡献出力作,文学史上犹可一提,然而在后土改书写领域的作品,仅仅停留在宣传品上。1953 年 7 月,国民党官方文艺刊物《文艺创作》第 27 期推出"耕者有其田"文艺征文专号,应该是最集中表现土改宣传的创作成果①。这期专号包括歌曲三首、歌词六首、太平歌词一首、鼓词两首、抒情诗和叙事诗各一首、短篇小说两篇、广播剧一篇、三幕话剧一篇。作者也不乏名家高手,如广播剧《散金台》作者寇节,就是后来大名鼎鼎的王鼎钧。在编后记里,编者一再鼓励读者传播和使用刊出的作品,期待不少,如"歌曲'走向三民主义的大道'、'耕者有其田之歌'、'耕者有其田歌',为台湾省党部征稿得第一二三等奖的作品,有了简谱,很易于歌唱,希望各级学校,各地农会采做唱歌教材,予以普遍的宣传","黔音先生的'限田',为太平歌词,极便于说唱","本期刊出他俩的'田家乐'和'林老太太的金项链'两篇鼓词,希望对鼓词有兴趣的朋友,利用书场和广播电台演说出来","丁衣先生为名剧作家,本期刊出他的'耕者有其田'三幕喜剧,希望各地剧团予以公演,以扩大宣传"之类②。可以看出这类作品所重视的仅仅是宣传功能。唯有短篇小说与戏剧作品,虽然艺术性不高,但毕竟是借助故事来传达宣传目的,文本中还是能反映一点当时台湾土改的真实情况。

譬如前面提到,在台湾土改过程中,国民党政府起初也准备使用暴力来对付台湾地主中的顽固抗拒者,但似乎不见诸 1949 年国民党退守台湾以后的各家报道。然而在《文艺创作》上发表

---

① 《文艺创作》各期中偶尔还有其他宣传土改的作品,大多数是诗歌之类,也有短篇小说。本文不予讨论。
② 参见《编后》,《文艺创作》第 27 期,第 152 页。

的短篇小说《牛的自传》有所透露。小说里写到一个叫林保堂的大地主,拒不在"三七五减租"的新租约上签字,还诱导别的地主一起来抗拒政令,最后林保堂被法院以"顽抗法令"的罪名提起公诉,其他地主看着风色不对,才转向签约了①。这个细节似乎透露了暴力参与台湾土改的信息,不过暴力主要是指法院、公安、检察院等对不合作者的镇压与恫吓,与民间暴力还是不一样。在这些作品中,还可以看到大陆土改对于他们的威胁与影响。几乎所有的作品写土改都不忘反共,都要渲染大陆土改的暴力惨烈,而这又成为台湾当局吓唬台湾地主的有力武器②。

《文艺创作》"耕者有其田"征文专号上的四篇虚构性的作品中,两篇是短篇小说。虽然是宣传品,但在叙事结构上还是动了一些脑筋。《牛的自传》(楚军著)通过一头牛的一生自述,讲述了它的主人贫苦农民一家的翻身故事。《乡土恋情》(彭树楷著)则是以第一人称叙述了一个台湾地主家庭的故事,祖父一辈因犯罪从大陆迁移到台湾,日治时期父亲加入日本国籍,娶了日本妇人,但仍然遭受歧视。光复以后,他们拥护"三七五减租",又拥护"耕者有其田",分了自己的土地,还带动了其他台湾地主分田地。作

---

① 参见《牛的自传》,《文艺创作》第 27 期,第 69 页。
② 如短篇小说《乡土恋情》里,主人公用美国《生活》杂志里刊登的大陆土改照片来吓唬地主父母和其他地主,做反共宣传,第二天,台湾地主们就自觉登报拥护土改了。在话剧《耕者有其田》里,代表官方的黄镇长做地主的工作,也是用大陆土改的例子:"你想,他们(指佃农)一年辛劳,换来的不够温饱,而地主不劳而获,坐享其成。他们风吹日晒雨打,贫病交加,谁去管他们? 造成重重剥削,以致贫富不均,农村破产,人口只好放下锄头到都市来谋生,找不到吃饭的地方,只好去做小偷,民不聊生……大陆上的失败就是因为这个原因。"(《文艺创作》第 27 期,第 131 页)国民党当局也承认,他们在大陆失去政权首先在于失去人心,而失去人心的主要原因是没有解决好农民问题。因此,他们才下决心在台湾搞土改,实现耕者有其田。如陈诚所说:"台湾土地改革就是我们收复大陆的保证。"(陈诚于 1954 年 11 月对中国土地改革协会的演讲题目,转引自黄树仁《台湾农村土地改革再省思》)

家把这样的正面地主形象定位在外省移民、日治顺民又拥护光复这三个阶段,也成为近代台湾民族命运的象征。另外两个剧本的宣传意味更加浓厚,都是通过台湾地主家庭的内部人事冲突,反映出台湾土改的大势所趋、势不可挡。寇节的广播剧《散金台》里,地主老太爷是个开明人士,拥护土改政策,倒是子女辈各怀鬼胎,暗地里争夺家产。老地主责备子女说:"你们也要觉悟,再想躺在黄土上做蟋蚰,是不行的了!这是天理、国法、人情都走到这一步,理压泰山倒!"说得铿锵有力,他强调的"理"是什么呢?剧中的"散金台"本身另有故事,讲的是地主先人发了财以后,觉得应该让穷人分享他的财产,于是就筑台分田,散尽家产而远走他乡。老地主说,他今天拥护"耕者有其田"政策其实也是一种"散金",不肖子孙做了一件能与祖先媲美之事[①]。台湾土改不用阶级斗争理论来指导,便强调了土地伦理:土地属于大自然,它给人类带来的财富不应该由少数人占有,而应该由这块土地上的所有劳动者来共享,这也是"耕者有其田"的原始正义思想。所以在这类作品中,不从事耕种劳动的地主都主动退田,连官方允许保留的三甲田也都交出去,转换为工业的股份,彻底脱离地主阶级。

由于不强调阶级和阶级斗争的理论,没有宣传仇恨与报复,台湾土改作品除了正面歌功颂德外,主要矛盾还是集中在地主家庭内部而展开,或者是长者教育子女,或者是子女教育长者,无不带有喜剧色彩。土改伦理在台湾文学作品里主要表现为平均地权、耕者有其田实现过程中人与人之间的关系调整,包括地主与佃农之间、本土人与外省人之间、地主家长与子女之间、青年男女之间等,进而推至政治伦理:台湾与大陆之间政治军事的博弈。除了前述几个作品外,三幕话剧《耕者有其田》完整地表现了这种伦理喜剧的风格。故事围绕一个开明地主家庭展开,老地主有三

---

① 参见《散金台》,《文艺创作》第27期,第54页。

个儿女,大儿子爱上佃户的女儿,二女儿爱上一个外省人士,小儿子还在成长期,性格和身体都由软弱向强壮发展,其最高理想是参军,可以象征这个家庭的希望所在。儿女们都支持土地改革,因为在土改以后,地主与佃农之间的差距就消失了,本土与外省的隔阂也泯灭了,青年人都为了自己的幸福未来不断地与父亲的保守思想做斗争,包括女儿出走、夫人造反等喜剧手段,最终让父亲(地主)愿意把地交出去分配给穷人,于是花好月圆,皆大欢喜。这样的作品风格让人想起了大陆流行的农业合作化题材,因为抽去了阶级仇恨与冲突的中间环节,斗争题材就成为伦理题材,赵树理的《三里湾》所描写的富裕中农是否愿意把土地交给合作社、参加集体劳动的情形,同样也是围绕着家庭内部的子女婚恋、新旧观念等几对矛盾次第展开,展示的是家庭伦理问题。从这个角度来考察,台湾的后土改书写虽然以台湾土改为题,但与大陆的后土改书写相比,更加远离暴力书写而接近伦理书写,更加接近大陆的合作化题材的创作风格[1]。我们从"40年代的解放区土改题材创作—50年代大陆后土改书写—50年代台湾地区后土改书写—大陆地区农业合作化题材书写"的两岸文学整体性发展来看,就能看出其中某些相互呼应、影响的规律,既是两岸政治现实的反映,也是文学自觉的体现。

当然,1950年代台湾土改书写仍然是政治宣传的产物,这一属性也是可以断定的。我们从台湾土改书写中,不难看到作品中的人物嘴里说出的有关土改政策的长篇大论,几乎是在背诵文件。农民获得土地以后,一定有青年男子积极报名参军,自然是加入"反攻"的"大业"。这个结构与创作思路,与大陆的土改题材

---

[1] 大陆地区的合作化题材创作发展到上世纪60年代,因为官方重提阶级斗争的长期性,合作化题材创作里又加入了阶级斗争元素,如《艳阳天》等作品,从历史观上更加倒退。这又是另外一个可以讨论的题目,本文不予论述。

书写最后一定有青年农民参军保家卫国如出一辙。这些作品,在今天看来已经时过境迁,但从文艺透视生活真实的角度来看,还是能够看到当年台湾土改的时代氛围及其生活真实场景。如果把海峡两岸的土改运动以及书写做些深入比较,还是能够提供研究者一定的思考空间①。

台湾土改在当时被认为是国民党成功治理台湾的政绩,这一点从主观动机上说,大约没有问题。农民不再受地主的剥削,能够耕种属于自己的土地,耕者有其田,是两岸两党都有的共同认知。但问题是农民获得了土地,以小农经济的弱小力量与落后的耕种设施,究竟能够为农业经济带来什么辉煌的前途?这恐怕不是仅仅依靠农民的劳动积极性所能解决的。所以,大陆农业政策方面紧接着就出台了互助合作化运动,鼓励农民走集体化道路,实现社会主义农业改造;而台湾土改以后,是否农业发展就一帆风顺?现在台湾学界也有越来越多的讨论。这一点,在台湾的文学创作中,也有作家通过叙事艺术慢慢地透露出许多信息。这将涉及台湾文学中更加广泛的创作范围,本文暂不讨论,将作为另外一个话题去做深入研究②。

  2017 年 8 月 29 日完成初稿
  2019 年 5 月第三次修订
  初刊《武汉科技大学学报》2019 年第 2 期

---

① 本论文的研究范围,限制在 1950 年代与台湾土改同步的文艺创作,主要是《文艺创作》第 27 期"耕者有其田"专号上的作品。其后台湾文学中陆续有农村题材的作品,涉及对土改后续的描写、评价、反思等,如黄春明的《看海的日子》、吴浊流的《狡猿》、郑焕的《余辉》等,本文不予讨论,以后有机会再撰文研究。
② 关于这个问题,台湾花莲教育大学郭泽宽的论文《乡土小说中的"土地改革"——两种语境、两种视角》(载《人文研究学报》第 42 卷第 2 期)中已经有所涉及,对本文有一定的参考意义。特此感谢。

都市文学中人性探索的两个维度

我们的论坛主题是"城市研究"。这个"城市"是指具体的现代城市,上海就是现代城市的范本,因此,今天许多学者的话题都是特别实在的社会研究。然而,我们要讨论文学意义上的城市,就不能不虚一点,否则我们只能讨论"文学作品中如何描写城市场景"这类没意思的题目。所以,为了区别今天讨论的"城市",我特意用"都市"来取代,标题是:都市文学中人性探索的两个维度。我说的都市文学,与传统意义的"乡村文学"、"城市文学"不一样,传统意义的"乡村"、"城市"都是指创作题材,或者是故事发生的场景。而我们要讨论的都市文学,无关乎具体的城市发展故事,它指的是一种新的文学维度,指人性探索领域新的生命形态。这种区分在台湾很早就出现了,大约上世纪90年代,我读过一套台湾希代版的《新世代小说大系》,共十二卷,编者有意把"乡野"、"工商"、"都市"并列为三种类型。也许在这套丛书的编者看来,在资讯发达的现代社会,"都市"代表了一种新的文学精神,至于它的故事是否发生在都市并不重要。然而具体的城市故事,譬如工业啊、商战啊,类似《子夜》这样的故事,可以称作"工商小说"。这个分类给了我很深的印象。那时候中国内地改革开放刚刚启动不久,还没有出现国际大都市的文化精神,我们对都市的文学想象,还停留在上海石库门的小天地,像《亭子间嫂嫂》那样,很难感受到困扰现代人的各种精神问题。传统表现城市的文学方法,除了题材、场景不一样外,其他与传统的乡土文学是差不多的。但是随着中国现代化进程的迅猛发展,新兴的国际大都市模式迅速崛起,先是深圳,然后是上海的浦东开发,全国沿海地区形成了一种新的大都市文化圈,人口大规模的流动迁徙,国际化元素越来越普及,直接逼迫着都市人的精神面貌和文化内质发生巨大变化。

今天我们讨论的都市文学,是指后一种国际大都市模式对文学创作产生的影响,是一种大都市文化环境下的新的人性探索。它所展示的人性现象,可能是我们还不熟悉的,也可能让我们略感不适,但它确是被日常生活所遮蔽的更加真实的人性所在。它也许更加深刻地存在于我们的身体内部,存在于人性深处,更加本质地制约现代都市人的精神现象。我试图从以下两个方面来讨论这个问题。

都市文学人性探索的第一个维度,是人的生命形态的不完整性导致了破碎化的人物表现方法。传统文学中,我们强调文学是人学,强调要刻画大写的人,这个被刻画的"人",具有完整的成长故事和人格发展史。人物是通过有目的的行为来塑造自己,同时也完成他的精神历程。譬如老舍的《骆驼祥子》就是一个典范。还有像《创业史》那样的,把两代人的创业故事完整地呈现出来,最后不仅先进人物得到成长,原来比较落后的人物(梁三老汉)的精神境界也得到了庄严提升——这些作品无论写的是城市题材还是农村题材,也无论人物精神是向上的,还是堕落的,它们所展示的人物的生命形态都是完整的,人物的人生历程也是有序而完整的,甚至人物行为背后所呈现的社会背景也是完整的。这样的艺术表现方法来自传统的现实主义文学观念,更是建立在传统社会形态之上的文学表达形式——这种文学表达形式在今天写城市的长篇小说里,仍然占着主流的地位。可以举个例子,最近任晓雯创作的长篇小说《好人宋没用》,是上海青年作家中颇获好评的作品。小说描写了一个苏北人的家庭的演变史,仍然用了一个人的完整历史来表现上海近半个世纪来的历史演变。因此,"上海"作为一种城市因素在这部小说中呈现的,依然是故事发生的场景,而没有突出现代都市人的精神所在。同样的例子在表现北京城市生活的年代戏里尤其突出,如最近何冰主演的两部电视剧《芝麻胡同》和《情满四合院》,都是非常好的作品,但从中看到的依然是老舍时代的生活氛围,而不是我所说的都市文学精神。

　　在传统社会环境下,人们世世代代生活、繁衍在一块小小的土地上,人所呈现的生命形态,在周围人看来是完整的、全面的,而且也是被公开展示的。以上所说的传统意义的城市文学,就是表达了这样一种生命生存状态。但是在今天的现代大都市,人的处境和生存状态完全不同。大都市的庞杂人流来自四面八方,他们交集在一起,互相并不认识,认识的也不知情,知情者也不了解其所有。每个人原有的社会关系都隐没在历史阴影里,被有意识地遮蔽。每个人所呈现出来的都是一个碎片,或者几个碎片,总是以不完整形态出现在一小部分人群面前。譬如我们现在相聚在这里讨论城市问题,大家都是以学者的面貌出现。可是到下一刻,有的回到办公室,扮演了领导的角色;有的回到课堂里,扮演了教师的角色;如果他走在马路上,就扮演了一个游荡者的角色;回到家里,可能又扮演了丈夫、妻子或者情人的角色,等等。每时每刻面对不同的人群,人的角色身份是互相分离的,不相一致,很多角色的另一种生活场景,周围人群是不知道的,也无须知道。尤其是网络时代,这种隐身或者半隐身的角色比比皆是,构成了不完整的人生形态。我说一个发生在上海的故事:一对老父母突然获知儿子从外面带来一个女人,比儿子大十来岁,两人宣布已经登记结婚了。父母只能接受事实。过了不久,女人又从外面带来一个儿子,说是前夫所生,按照法律也报进了户口。再接下去就发生了一系列的家庭纠纷,最后通过司法部门调解,律师询问儿子:你太太是从哪里来的?做什么工作?以前的婚姻状况如何？儿子除了知道那女人是外省来的，其他一问三不知。可是他振振有词地回答律师说：我爱的是她这个人，她也爱我，我们已经分不开了，至于她做什么工作、婚姻情况如何，与我有什么关系呢？我们也许会对这个90后的儿子感到啼笑皆非，但仔细想，其实这个故事里包含了现代都市的真实人际关系，我们面对的都市人其实都是破碎的，不是完整的。父母并不知道儿女的所有一切，妻子不知道丈夫所有的一切，单位里的同事、朋友或者上下级之间，有谁觉得有必要知道对方的一切呢？如果从主体的立场来观察这类现象，文学所要处理的就是不完整的生命形态。在人物表现上，就形成了碎片化的表现方法，不再是传统文学中所谓的典型人物，也不再是完整的人生故事和完整的生命形态。

什么叫碎片化的表现方法？就是通过不完整的生命形态来揭示都市生活的本相。这样一种新兴的都市文学似乎还没有产生足以让读者信服的作品。但是在台湾新世代作家的创作实验中，如林燿德《恶地形》、张大春《公寓导游》、东年的《大火》等小说，都堪称现代都市文学的杰作。内地作家叶兆言在上世纪80年代也尝试过先锋意味的现代都市小说，如《绿色咖啡馆》。但是随着90年代市场经济的冲击，通俗文学再度泛滥，都市文学的先锋精神被边缘化了，取而代之的依然是从通俗到庸俗的市民小说。这一点两岸的情况也差不多。但是文学是最敏感的，许多作家已经尝试着把新的美学感受熔铸到艺术形象的创造中去。精神碎片，当然不是指把人物的精神现象任意割裂，而是作家力图在文学中表现更为复杂的、内在多元、分裂的精神现象。

我举一个例子，就是长篇小说《匿名》，发表以后没有得到很好的解读，因为这部小说超出了评论界的一般阅读经验。小说描写了一个正常退休又被返聘工作的公司职员，平时循规蹈矩，过着刻板的日常生活，可是在一次意外的绑架案里，他被带到荒无人烟的林区。那时他患了失忆症，还丧失了说话能力，一切都只能从零开始,从最基本的文化形态——如记忆、认字、烧火、取食、游戏等做起,慢慢恢复自己的生活能力与文明人的本能。后来他被人从林区送到一个小镇,依靠国家机器以及现代科技手段被辨识出真实身份。就在他一步步接近正常状态、即将回上海的时候,不小心掉进河里意外死亡,没有人知道他的下落。他的这段奇异的生活经历和扮演的角色,永远无人知道。《匿名》的人物故事有一半场景发生在上海以外的偏僻山区,可是它表现的恰恰是现代都市文学的碎片化现象。小说的场景分裂为上海都市和荒村小镇两大空间。在都市场景下,主人公(没有名字)毫无理由地失踪了,家人艰难地寻找线索,由此牵连出一个个人物——吴宝宝、萧小姐、老葛……一连串的人物都是面目不清,形迹可疑,他们分布在都市各种社会角落,呼之即来,挥之即去,所呈现的生命形态都是幽灵似的。其中吴宝宝就是那个公司的负责人,也是一个失踪人,他的来历完全不清楚,小说里有一段描写:

> 吴宝宝——"吴宝宝"比"吴总"更像这个人,"吴总"是时代潮流,"吴宝宝"则是潮流里的一个人,爸爸妈妈的儿子,一点一点长大,读书,升学,就业,下海,做生意,越做越大,然后——人间蒸发。

"吴宝宝"、"吴总"原来是一个人,但"吴总"更像是现代大都市汹涌潮流中的一个符号,"吴宝宝"则像一个活生生的人。这已经是一重分裂了;其次是"吴宝宝"所呈现的"一个人",原来是一个完整的人,但是随着生意越做越大,就"突然蒸发",正常的人生链中断了,完整的人生形态突然破碎了。这是第二重分裂;因为吴宝宝的突然蒸发,才让绑架者误以为主人公就是"吴宝宝"而绑架他,荒谬地改变了主人公的人生轨迹。这是第三重分裂。不仅吴宝宝成了碎片,主人公也随之成为碎片。

与之相对照的是:小说所设置的另一个场景,是由绑架者把主人公带入一个近似黑道的江湖社会,这个江湖,一头联系着荒野的林窟,一头联系着庙堂的基层组织九丈镇。在这个破败不堪的生存环境下,人物——黑道麻和尚、哑子、傻子二点、野骨的男人、派出所所长,等等,几乎都有完整的人生行状,交代了他们生命的来龙去脉、家庭背景,本来这些人都是主人公历险过程中的陪衬人物,结果过客倒也成了次要的主人公。所以说,在《匿名》中作家使用了两副笔墨,用江湖的林窟和九丈,来衬托现代大都市人物生命形态的不完整。这部得风气之先的小说虽然没有得到很好的阐释,但随着现代都市精神逐渐被人们普遍认识,会愈来愈显示出它在都市文学创作领域的重要意义。

都市文学人性探索的第二个维度,是新都市人的精神破碎导致家庭伦理的解构。这个问题在社会现实领域的严重性,我们可能还没有充分意识到,但是在文学创作中早已经被关注和描写了。传统文学创作中,无论农村题材还是城市题材,人和人之间的关系是维系这个社会的基本关系。在传统的农村社会,主要是靠血缘来维系家族伦理,中国传统封建社会的基本结构就是家庭结构。所以,"五四"新文学要推动中国社会进步和演变,首先就批判封建家庭制度,巴金的小说是最典型的,他从封建大家庭的崩溃一直写到城市小家庭的瓦解,体现了一个无政府主义理想的作家对待家庭的批判态度。但是在传统的城市文学里,以家庭为小说结构的方法仍然是普遍的创作方法,最典型的是苏联作家柯切托夫创作的《茹尔宾一家》《叶尔绍夫兄弟》等长篇小说,都是以家庭来结构城市社会冲突的。但是随着现代大都市模式的崛起,新都市人迁居大都市都是缺乏各自家庭背景的,而核心家庭、婚姻危机、独生子女、出国潮等现象都在强烈冲击传统家庭的文化伦理。刚才谈到的《匿名》里,失踪的主人公千辛万苦地回到正常人间社会,可是就在回上海前夕意外死亡,暗示了一种家庭伦理的破碎。这部作品按照传统逻辑,最后回到家庭团聚是必然的期待,但是作家却及时堵住了他的回城之路,让他近于荒诞地死去。这样的结局不是作家的主观先行,而是更加逼真地表现了现代都市人的精神倾向。

如果文学还在努力表现人物的完整性,那么,家庭伦理必然是维系人物完整人生的重要元素;由于人物精神的破碎,人对于家庭伦理的依赖就越来越少,大量的城市小说都不回避离异家庭以及家庭破裂给人物带来的精神痛苦,但是痛苦归痛苦,家庭伦理的危机仍然是现代都市文学必须面对的社会现象。早在资本主义初期阶段,马克思、恩格斯在《共产党宣言》里已经预言过西方传统家庭伦理正在被资本瓦解,法国作家左拉是19世纪最杰出的现实主义作家,他创作的《鲁贡-马卡尔家族》系列小说里,无情撕碎了笼罩在法国贵族、资产阶级家庭伦理上的温情脉脉的面纱。在中国当代文学中,上世纪90年代中期卫慧、棉棉等一代女作家在现代大都市崛起,曾经也是以离异家庭子女、失踪的中学生的精神痛苦来表达对上一代的反叛和控诉。而新世纪以来,则有更多的作家在尝试着表达这一精神困境。我再举一个例子,如王宏图最近出版的长篇小说《迷阳》,以资本家和教授身份的季氏父子对同一个女性的争夺为线索,彻底颠覆都市家庭的伦理。这类家庭题材,以往无论中外文学,都会把这样的伦理丑闻归结为金钱欲望所致,家庭冲突不外是为了争夺家产而勾心斗角。这在巴尔扎克开始就形成了一种传统和思维惯性。但是这部小说颠覆了金钱为万恶之源的传统观念,轻易地跳过了经济作为家庭冲突根源的层面,朝着更高的精神追求去展示,传统的家庭伦理观念都将在新的都市文化背景下面临挑战和重新检验。

从上世纪80年代开始,中国现代都市的经济模式发生了飞跃性的三级跳,从城镇经济到现代化城市经济再到国际大都市

(上海)经济模式,几乎在短短几十年里相继完成,它对于新都市人的生活形态和精神形态产生巨大刺激,促使传统人际关系和家庭关系相应发生魔术般的变幻,这一切,将成为新一轮的都市文学写作的主题。作家是最敏感的,很可能社会学家还沉湎在大数据的统计学意义上寻找城市规律的时候,作家已经通过复杂而新颖的艺术形象达到了某种深度的真实性。这也对作家们提出了更高的要求,要求我们努力摆脱津津乐道的四合院和石库门的题材阴影,摆脱过度怀旧带来的慵懒情调和田园牧歌式的梦幻,投入到真正的生活潮流中,去观察时代究竟发生了什么变化,我们生活其间的都市究竟发生了什么变化。在新世纪文学的发展史上,应该有现代都市文学的巨著的重要地位。

本文根据录音整理,2019年7月15日定稿
初刊《华东师范大学学报》2019年第5期

儿童文学：尽可能地接近儿童本然的状态

儿童是人的生命历程的一个特殊阶段，每个人都有过自己的儿童时代。按理说，只要有儿童就会有儿童文学，但是儿童文学的特殊性，就在于儿童与儿童文学的写作是分离的。譬如说，女性文学，多半是由女性作者自己来写女性；女性的生命内在痛苦、女性人生中很多问题，她自己可以直接感受，把它写出来。这是女性文学的特点。同样，青春文学，作者多半也是在读的中学生和大学生，或者是青年作家，他们对青年的生命骚动、身体欲望、朦胧理想都能够感同身受。儿童文学却不行，儿童文学是由成年人来写的，年龄上隔了一代，甚至隔了两代，老爷爷也经常写儿童文学。年龄跨界来表达儿童生命感受，准确不准确？这个难度就比较大。成年作家为儿童写作，脑子里经常想的是：我要给儿童提供什么？而不是儿童本来就具备了什么。所以，儿童文学创作只能接近儿童本然的状态，但很难与儿童的精神世界完全叠合，浑然一体。儿童文学的这一特点，决定了它一定会含有非儿童的功能。比如教育功能，教育的内容可能不是儿童自己需要的，而是长辈觉得应该让儿童知道的；再有社会认知功能，我们在儿童文学里讲"益虫和害虫"："瓢虫是害虫"，"蜜蜂是益虫"，其实这些都是成年人的标准。儿童可能有另外一个标准，哪个孩子不小心被蜜蜂刺了一下，他可能就会认为蜜蜂才是害虫。在这一点上，作为一个儿童文学创作者，或者儿童文学研究者，都要有这个自觉。对于儿童文学中含有的非儿童功能，要有一个"度"，这个

"度"到底该怎么表达？太多了不好，太多就超过了儿童承受的能力，使儿童文学发生异化。但完全没有非儿童功能也做不到，也是乌托邦。这是儿童文学自身的特点所致。

成年人创作儿童文学，如何能够达到写作文本的儿童性？——尽可能地接近儿童本然的状态。当然，观察生活、接近儿童都是重要途径。我今天想谈的是另一个方面，也就是从作者自身的生命感受出发，通过童年记忆来再现儿童性的问题。我说的"童年"，不是宽泛意义上的童年，而是指特定的年龄阶段，大约是从人的出生到小学一二年级，七八岁左右，刚刚开始识字不久。这是人的生命的初期阶段。我们一般所说的童年记忆，大约就是指这个阶段的记忆。它是对生命意识的一些模糊感受。在我看来，人的本质就是人的生命形态在社会实践中形成的带普遍性的特点，儿童处在生命的初级阶段，还带有不完整的生命形态。但是不完整不等于不存在，孩子的生命形态里还是孕育了成年人的生命特点。譬如，我们一般理解生命两大特征：一要生存，二要繁衍。儿童生命阶段只有生存的需要（吃喝），没有繁衍的自觉，但是在孩子的自然游戏中，往往有模拟繁衍的行为。譬如喜爱宠物，宠爱娃娃，喜欢过家家，等等。在这里，宠物、玩具、游戏……都是儿童对生命繁衍本质的象征性模拟。再往下就涉及儿童文学的范围了，如童话故事里的王子、公主的题材。

那么，儿童文学与儿童的生命特征构成什么样的关系呢？一般来说，儿童的生命阶段具有这样几个特征：（1）从无独立生存能力到能够独立生存的身体发育过程；（2）从母亲子宫到家庭社会的环境视域界定；（3）从生命原始状态到开始接受文明规范的教育自觉。这三大特征其实也是制约儿童文学的母题所在。优秀的儿童文学作家一般不会有意把自己禁锢在成年人的立场上创作儿童文学，他一定会努力接近儿童的本质，模仿儿童的思维，努力让自己的作品得到儿童的喜爱。我这里用的"模仿"和"接近"都是外部的行为,其实创作是一种内心行为,那就是通过童年记忆来挖掘和激发自身具有的儿童生命因素,也许这种因素早已被成年人的种种生命征象所遮蔽,但是仍然具有活力。通过记忆把自身的童年生命因素激发出来并且复活,通过创作活动把它转化为文学形象,那是儿童文学中最上乘的意象。从这个意义上说,儿童文学的创作离不开上述的儿童生命阶段的三大特征。

简而言之,第一个生命特征表明:人类是所有哺乳动物中最脆弱、最需要帮助的种类,哺乳动物一般脱离母体就本能地从母体寻找乳汁,具有独立行动能力,而人却不会,初生婴儿无法独立行动,需要被人呵护,需要得到他人帮助,从无独立生存能力到能够独立生存,譬如饿了会自己取食物吃,冷了会自己选择衣服穿,这需要好几年的时间。所以,人类特别需要群体的关爱和帮助,需要母爱、家庭成员的爱以及社会成员的爱。这就构成儿童文学的一大母题——爱和互相帮助,引申意义为团结。

第二个生命特征表明:人类的环境视域是逐步扩大的。人从母亲子宫里脱离出来,最初的文学意象就是床和房子。孩子躺在小床上,用枕头围在身体四周,就有了安全感。低幼故事的场景一般离不开房子,房子坚固,就给了生命以安全保障。我在童年时候读过一个低幼故事,故事很简单,写一个老婆婆坐在小屋里缝补衣服,窗外下着大雨,刮着大风,一会儿一只鸽子飞进来避风,一会儿一只猫进来躲雨,这样一次一次,鸡啊猪啊牛啊都进来了,每一样动物的敲门声都是不同的,老婆婆都收留了它们。故事结尾时,那许多动物都围着老婆婆,听她讲故事。六十多年过去了,我现在还记得故事,为什么?因为这个故事很典型地表达出孩子的内心空间感,每个孩子读了这个故事都会感到温馨,这是他所需要的。在这个基础上才能加上各种非儿童本然的主题,譬如,教育孩子要勤劳,把小屋造得很坚固,不让外面的威胁侵犯小屋(见低幼故事《三个小猪》),等等。但是人的生命慢慢会成长,逐渐向外拓展开去。于是儿童文学就出现了离家外出旅行的主题,或者身体突然掉进另外一个空间,由此开始了历险记。这也是儿童文学的重要母题。西方有名的儿童文学,像《小红帽》《木偶奇遇记》等都是这个主题延伸出来的。

第三个生命特征表明:孩子的生命是赤裸裸诞生的,是一种无拘无束的原始形态,也可以说这是一种野蛮形态。"五四"时期学术界经常把儿童的这个生命特点说成是"野蛮人"的特点,但这里说的"野蛮"不带有贬义,它揭示出生命形态中有很多非文明规范的因素,它是自然产生的,是孩子生命形态的本然。这个特征与文学的关系比较复杂,既强调了教育在儿童文学中的地位——人自身从"小野蛮"逐步向着"小文明"的形态发展;但同时,也肯定了某种儿童生命的野蛮特点。我可以举一个不太雅观的例子:儿童拉便便,在成年人看来是脏的,但是儿童并不这么认为,小孩子坐在尿盆上拉便便会很长时间,他会有一种身体快感。有时候这类细节也会出现在文学作品里。"文革"前有一部电影《地雷战》,是一部主旋律电影,表现游击队用地雷为武器消灭侵略者。有一个细节,日本工兵起地雷的时候,起到了一个假地雷,里面放的竟然是大便,日本工兵气得嗷嗷直叫;电影镜头马上切换到两个孩子在哈哈大笑,一个悄悄告诉另一个:是臭粑粑!如果镜头里表现的是成年人这么做,就会让人感到恶心,然而孩子的恶作剧反而让人解颐一笑。为什么?因为在这个细节里突然爆发一种儿童生命的野蛮性特征,用在战争环境下特别恰当。再说《半夜鸡叫》,假如——仅仅是假如——现在的孩子完全没有受过"地主剥削长工"这样的阶级教育,他看到一群壮汉故意设计好圈套,在半夜里集体殴打一个骨瘦如柴学鸡叫(也许在孩子眼中这种行为很好玩)的老汉,会有什么想法?但就这个剧情来说,小观众还是会自我释放地哈哈一笑。为什么?因为打架是孩子生命的野蛮性因素,在人的童年时代,打架会产生一种游戏般的快感。有很多孩子的游戏——斗蟋蟀、斗鸡（人体的独脚相撞），等等，都是这种"打架"快感的延伸。如果再被赋予某种正义性，快感就会更大地释放出来。这就需要教育。不经过教育，人是不会自我文明起来的。但这个教育，如何使"小野蛮"的本性不断在受教育过程中淡化稀释，不断朝着"小文明"过渡。这是我们今天的儿童文学需要关注的问题。

上述儿童生命阶段的三大特征，每一个特征都构成儿童文学创作的重要内容，都值得我们深入地去研究。但我更强调第一个生命特征：儿童的生命是需要被帮助、被呵护，儿童的生命是不可能独立成长的，一个人的成长过程必须在群体互助的状态下才能完成。最近有部黎巴嫩电影《何以为家》正在影院上映，非常之好。这是一部表现中东难民的现实主义的艺术电影，如果从生命的意义去品味，它描写了两个孩子在艰难环境中的挣扎，一个十二岁的孩子努力保护着一个两岁的孩子，喂他吃，为他御寒，强烈体现出儿童的生命意识：没有互相帮助就没有人的生命。《何以为家》不是儿童文学，但涉及儿童的许多问题。美国经典儿童文学《夏洛的网》故事也很简单，但是风靡了全世界的儿童，它讲述的是一只老蜘蛛夏洛用智慧挽救它的朋友猪的生命。圣诞节主人要杀猪做菜，可怜的猪无法逃避这一厄运，但最后被一只老蜘蛛所拯救，创造了奇迹。我想多数儿童读者在阅读这篇童话故事时，都会在潜意识里把自己幼小无助的生命感受融汇到对小猪命运的理解上，这才是这篇儿童文学作品获得成功的原因所在。我常常在想：儿童文学里不缺少爱的主题，但在此基础上写好生命与生命之间的互相帮助、团结，这才是儿童文学最贴近生命本然的基本主题。中国古典文学名著《西游记》虽然不算儿童文学，但它是中国的儿童接触最多的古代文学作品。唐僧师徒四人一路互相扶持、互相帮助去西天取经，是最感人的生命互助的经典故事。我们向儿童讲述《西游记》的故事，多半着眼于孙悟空的神通广大,降妖灭魔,但这只是符合了孩子喜欢顽皮打斗的小野蛮的本性,却忽略了《西游记》里最伟大的故事是取经途上的互相帮助的故事。小读者看到唐僧被妖怪捉去的时候,就会急切希望孙悟空的出现,这就是生命互助的本能在起作用。我们可以想象,唐僧就像刚出生的婴孩,单纯得像一张白纸,手无缚鸡之力,在妖怪面前毫无自我保护能力,然而他之所以能够完成取经大业,靠的就是三个徒弟的帮助。那三个徒弟也都不是完美无缺、战无不胜的,他们之间就是靠互助的力量,才完成了生命成长的故事。所以,生命的团结互助本能,才是爱本能的前提。

还有两个主题与爱的主题是相辅相成的,也不能忽略。一个是善恶的主题,这涉及儿童文学中的正义因素。爱的主题在西方文化背景下,往往被理解为人与神之间的关系,爱是无条件的,爱的对立物、破坏爱的力量,往往出现在上帝的对立面,所以,魔鬼或者女巫代表了恶的力量;而在中国现代文化的语境,爱被理解为人与人之间的关系,人总是有善恶之分别的。一般来说,幼儿童话里是不存在善恶概念的,像"老鼠与猫"、"米老鼠与唐老鸭",基本上不存在孰善孰恶的问题;儿童稍微成长以后,文学里才会出现"女巫"、"妖怪"、"大灰狼"之类"恶"的形象。像《狮子王》这样模拟成人世界的政治斗争的故事,大奸大恶,要到年龄段更高阶段才能被领悟。"惩罚邪恶"的主题之所以构成儿童文学的正义因素,是对儿童文学里爱的主题的补充,如果没有正义因素的介入,爱的主题会显得空泛。但是我们特别要警惕的是,在儿童文学中,"惩罚邪恶"的主题只能表现到适可而止,不要在弘扬正义的同时,宣扬人性邪恶的因素。其实人性邪恶也是小野蛮之一种。在以前儿童自发的顽皮中,就会出现肢解昆虫、水浇蚂蚁、虐待动物等野蛮行为,这是不可取的。相应地出现在儿童文学里,就会有表现人性残忍的细节。我总是举《一千零一夜》里的著名故事《阿里巴巴和四十大盗》为例,故事设计了聪敏机智的女仆马尔基娜用热油灌进油瓮,把三十几个躲在油瓮里的强盗都烫死了。这个故事很残酷,充满了谋财害命的元素,作为一个中世纪阿拉伯的民间故事,这也很正常,但移植到儿童文学领域就很不合适,就算谋杀强盗属于"惩罚邪恶"的主题,也不能用邪恶的手段来制止邪恶本身。我在网上看到这个故事被列入儿童文学的"睡前故事",真不知道如果是一个敏感的孩子听了这样的故事,是否还睡得着觉?是否会做噩梦?至少我到现在回想起童年时期听这个故事的感受,还会浑身起鸡皮疙瘩。

另外一个主题,儿童文学的研究者不太关注,其实很重要,就是分享的主题。人的生命在发展过程中需要互助,也需要被分享,这也是人类生命伦理学的重要组成部分。这种生命形态在西方的儿童文学中渲染得比较多,比如王尔德童话《快乐王子》,那个王子的铜像愿意把自己身上所有金光闪闪的东西都奉献给穷人;《夜莺与玫瑰》,那个夜莺用玫瑰枝干刺着自己的心脏,一边唱歌,一边把鲜血通过枝干流入玫瑰,让玫瑰花一夜之间在寒冷中怒放。夜莺、玫瑰花、血,都象征了美好的爱情。这些故事里都有生命的分享和自我牺牲,都是非常高尚的道德情操。周作人不太喜欢王尔德的童话,但我很喜欢,王尔德的童话达到了一种很高的精神境界。孩子可能还不能完全理解王尔德童话的真谛,但是这些美丽的思想境界,对儿童们的精神成长——脱离小野蛮,走向小文明,是有非常大的提升作用的。

我之所以要这样说,因为我隐隐约约地感觉到,我们儿童文学理论工作者都似乎非常希望儿童文学能够还儿童的纯洁本性,都觉得儿童文学里最好不要添加教训的成分,要原汁原味地体现儿童本性,其实这是一个美好的乌托邦幻想。当年周作人出于批判封建传统道德文化的战斗需要,提倡过这种儿童文学的观点,但周作人自身没有创作实践。因为我们不可能绝对地还原儿童的本然,我们是做不到的,与其做不到,我们还是应该通过童年记忆,把儿童生命特征中某些本质性的健康因素,用儿童文学的形象把它发扬出来。我认为这才是儿童文学创作和研究中应该提倡的。既然儿童文学只是尽可能地接近儿童本然的状态,而不是完全等同于儿童本然的状态,儿童文学就不可避免地含有非儿童性的部分。如果说,儿童性的部分更多地是从文学审美的功能上来呈现儿童文学,那么,非儿童性的部分,则要从知识传播、成长教育等功能上来发挥儿童文学的特点,儿童性与非儿童性的完美结合,才是优秀的儿童文学的最高境界。

本文根据录音整理,2019年5月12日定稿

初刊《文汇读书周报》2019年9月23日

好的科幻文学具有真正的先锋精神

一

科幻是一种精神,它为人创造一个崭新的世界。科幻的魅力不在于它好玩或者好看,而是引导读者对社会发展与人文精神之间的关系进入更为深刻的理解,这种理解在其他的现实主义作品中很少可能达到。好的科幻可以给我们展示一个全新的艺术世界。中国古代文学中有幻想但没有科幻,科幻在中国文学史上可说是外来客。

从晚清形成的中国现代小说,各种类型都有历史可循。比如历史小说可以追溯到《三国演义》,武侠小说可以追溯到《水浒传》。中国文学史上有神魔小说,但科幻是没有的。我们不能把武侠小说里的剑仙看作是科幻。即便是香港一度很流行的倪匡,他的科幻,并非真正的科幻,而是神魔文学的变种。我们还是应该以西方科幻小说作为中国科幻的源头,不能什么都往老祖宗那里寻找。

但科幻又是接地气的类型文学。它是属于中国老百姓喜闻乐见的小说类型。它所含的严肃性、科学性和批判性都寄寓在看似通俗的故事形式里。上世纪 90 年代,我记得科幻杂志《科幻海洋》的发行量是几十万,而我曾经主编的《上海文学》杂志发行量最多也就是几千份,其中有一半还是赠送的。我当时就认为科幻在未来会很有发展前途。但遗憾的是,直到刘慈欣获奖,科幻一直没有进入学院派的研究视野。

新世纪以来,依靠网络的力量,科幻在中国大陆开始走红。大量年轻人、科幻爱好者都在网上自由创作。去年上海文艺出版社出版了我策划的《新世纪小说大系(2001—2010)》丛书,一共有九卷,其中严锋和宋明炜主编科幻卷,姚晓雷主编武侠卷,据说最受欢迎的也就是科幻卷和武侠卷。这一现象也迫使我们思考,科幻这样一个文学类别在未来的中国文学史上究竟会发展到什么样的程度?会产生什么样的作用?

二

前面说过,科幻是舶来品。我们不妨对科幻在中国的简史匆匆回顾一下。

直到晚清,我们才引入西方科幻,比如法国孺勒·凡尔纳的科幻小说。当时人们(像鲁迅)把它称作"科学小说",目的是要通过引进西方科学小说来开拓民众的眼界,开拓新知。这也是晚清直到"五四"时期启蒙文化的重要内容之一。从"科学小说"的认知出发,渐渐地中国开始流行通俗的科普小说,一直到上世纪80年代。但科学小说、科普小说都不是科幻,科幻文学还是无从发展。

所以,晚清的小说中有科普小说,也有幻想小说,但真正的科幻小说并不多。比如梁启超的《新中国未来记》,他想象了上海在六十年以后(1962年)开世博会,这是政治幻想小说,没有科学的成分。他也会想象中国有地铁、火车,仍然只是一个幻想。科幻是现代科学的产物,但是在"五四"新文学的德先生赛先生的传统里仍然被忽略。有很多人认为老舍的《猫城记》是科幻小说。这个作品写的是飞机在天上发生事故,降落到火星上去以后演绎出的故事。火星上都是猫而不是人,但整个火星就是一个猫组成的旧中国的缩影。这个故事只是一个寓言,只不过借助火星猫国来演绎地球的故事,除了"火星"这个意象有点宇宙的意味,其他没有一点科学成分,与科幻也毫无关系。像张天翼的《鬼土日记》,也都是寓言,不是科幻。可以说,我们的现代文学史没有科幻的位置。

台湾文学自上世纪60年代以后出现科幻文学,基本上是模仿星球大战,直到1970年代,台湾才出现了一批优秀的青年科幻作家。虽然此时台湾主流的科幻小说中仍然有很多传统小说因素(如张系国的科幻小说),但已经有了新的变化。台湾的新生代科幻作家们把人文因素(就是我们所说的批判精神)与科学巧妙地结合在一起,始终围绕着对未来科技发展的大焦虑、大反思,这就形成了台湾先锋小说的一个流派,以科幻为基础的先锋小说,比大陆上世纪80年代出现的先锋文学要早得多。

三

经过梳理中国两岸的科幻小说史,我们可以发现,科幻文学都是出现在中国政治社会发生剧烈变化、经济开始起飞的时期。晚清是中国社会发生剧烈变化、资本主义经济开始崛起的时候,上世纪70年代的台湾也是如此,新世纪以后的中国正在飞速发展。

每次在社会政治、经济、科学、文化发生急剧变化的时候,就会出现科幻,我觉得这可能是社会刺激人们加剧对未来生活的想象。新世纪以后,中国大陆的科幻文学开始真正崛起,从王晋康开始,他们的作品相比世界上大牌的科幻作家的作品,毫不逊色。

好的科幻,从某种意义上来说,是一种具有先锋意识的文学。

反观中国的先锋文学。先锋文学总是短暂地爆发,又瞬间消失,就像天上的彗星一样。进入新世纪以后,作为思潮的先锋文学已经消失,作为个别的先锋文学作品,暂时还看不出对社会冲击的力量,今天我们要找中国当代文学中的先锋,或者说,新世纪文学中最具有先锋意识的文学,那么,科幻文学才是。

四

为什么?好的科幻文学对社会发展的正常秩序具有强烈的批判性、颠覆性。科学和幻想是两种完全不一样的认知方法,不一样的思维形态。因为科学首先讲的是逻辑、常识、理性;但是幻想则相反,可能是对真实存在、具有逻辑性的认识世界方法的消解。科幻文学正好把这两者结合起来。这种结合也是激烈的碰撞,它对于人们未来的认知,可能会带来革命意义的变化。

科幻的特点之一,颠覆了对科学至上、科学代表进步的传统理解。它突出人的因素,尖锐地提出科学掌握在什么人手里的问题。王晋康的《蚁生》写一个插队知青的故事。这个插队知青通过蚂蚁这一"大公无私"的动物身上的元素制成了一种药。这种药被人体吸收了,人就变得非常完美。然后他通过这个来制造了很多"活雷锋",他所在的大队变成了先进大队。但最后导致了严重恶果。这是一个反乌托邦的作品,却有超前的先锋意识。让人感到震撼的,就是科幻颠覆了科学本身。这就是科幻文学的先锋性。它不断地解构传统、现在和未来。也许我们不能称其为反科学,而是反思科学,对于科学技术在缺乏人文精神的人们手里,可能产生的恶果。

反思科学的偏至,一直都是科幻作品的重要精神。上世纪90年代我读台湾作家张大春的一篇科幻小说《伤逝者》,留下了很深刻的印象,可以说是可怕的刺激。小说是写未来社会的一个侦探破案故事。作家的想象力集中体现在一种生物"畸人"形象的创造上。这种"畸人"是在三次核战争以后残存的人的变种,却整日与蟑螂、垃圾为伍,怪模怪样,百般痛苦却独独不能死去,只能被用来作射击靶子。他们唯一的愿望是求死,退求其次是得到一次暂时的"假死"……"畸人"身上寄寓作家可怕的艺术想象,而这种想象又是以今天人类科技与政治活动的现实做合理推理的:"畸人"正是人类末日的写照。这种"畸人"陷入不能自拔的可怕处境,正是今天人类拼命竞争和扩大使用核武器的结果。这样的小说,真是让人眼前漆黑一片,因为人类最终成了科学的异化物,欲生不能生,欲死不能死,令人在战栗中深思。在台湾上世纪70年代的科幻小说中,曾经有过大量这样的作品,反思环境污染问题:汽车高度发达后,人人都得戴着防毒面具在街道上狂奔,这其实就是现在社会的写照,但那时仅仅是在科幻小说中的出现的反思,作家是通过科幻对未来提出的警告。这是科幻小说的先锋性所在。

科幻小说的另一个特征,就是对人类的终极关怀。科普小说或者科学小说往往是对科学的赞美。可是科幻文学则通过奇异的想象,让人对世界产生一种特别的思考。在科幻文学中,人类的位置在哪里?人性表现在哪里?这个在科幻文学里有不同的回应,有的流派基本上是认为,人类在科学发展到最后阶段就会丧失生存的位置,或者说,这就是科学发展的恶果,人类会被自己制造的灾难所毁灭。以前的乌托邦文学往往都认为我们的未来会越来越好,现在很少有这样乐观的文学了,现在所流行的"反乌托邦"、"异托邦"、"恶托邦",都认为人类的未来没有出路。但是不论未来是什么样的,所有的科幻作家都绕不开一个问题,那就是在可怕的未来世界里,人的作用是什么?人的位置在哪里?

当一个科幻小说家向我们描绘未来世界的绝望时,其实他是在认真思考人类如何面对这样的噩运,如何去抗争。

刘慈欣的《三体》中有一个细节令人难忘,那就是地球人与三体星球对峙时,有个关键人物手中一直捏着两个开关。如果使劲按按钮,那么整个宇宙世界都毁灭了,所以三体人受到制约不敢进攻。地球人和三体人之间的恐怖对峙达成了一种危险的平衡。这有点像今天世界的核武器竞赛。但这不是真正的安全保证,而是通过极大的不安全来维系安全。

后来这个关键人物老了,他的接班人是一个全地球最美丽而且心灵美好的姑娘。我们读者与书中的其他人物一样,都期望这个女孩给世界对峙格局带来新的变化。但是没有。在千钧一发之时,她犹豫了,一瞬间的犹豫导致了整个地球的毁灭。我喜欢《三体》的这个结局,不是因为科学逻辑战胜了人,而是写出了人文性,写出了人的身上毕竟有比别的生物更加高贵的因素。

这个结果被指出的同时,也指出了我们人类自身的意义,我们人类发展过程还有没有自身可恃的力量?我认为还是有的。当科幻写出某种"恶"的力量战胜人类,但是人文还是有力量去抗争,可能在更高层面上超越。记得前几年有一个好莱坞科幻电影《2012》,讲世界末日什么的,这个故事也写到了连整个地球都毁灭的可怕结局,人类逃到中国西藏喜马拉雅山顶,但还是躲不过去。但是你看,灾难毁灭人类是可怕的,但人类在与这样一个恶的灾难搏斗抗争的整个过程,就体现了人能够战胜自然的决心和自信,这个过程本身就是人类搏斗的过程,哪怕失败还是一个搏斗的过程,哪怕地球毁灭了,还是会有更高层面的人类的生存和搏斗。《三体》的结局也有一个细节很美丽,很有人文性。

所以说,不管硬科幻、软科幻,科幻最终是离不开人文的,离不开我们作为人的存在的力量。文学是属于人的精神结晶,真正仇恨人类的主题是无法完成其艺术精神,也不可能写出真正的科幻文学。

五

可以说,只要有科学的存在,都会有对科学的反思。所以,我觉得真正好的科幻一定是具有先锋意识，承担了让人反思、让人不安、让人做噩梦又从噩梦中惊醒的功能，我认为，这就是我们今天要肯定科幻的出发点。

2018 年 2 月 13 日修订完稿

第二辑　艺文随谈

本 辑 小 记

第二辑收入各类评论十四篇,其中文艺评论十篇,涉及小说、诗歌、散文、戏剧、表演、绘画等多个领域。另有四篇是对学术性著作的推介。

《论〈山本〉中的决绝与茫然、自我救赎和破碎意象》是论文《试论贾平凹〈山本〉的民间性、传统性和现代性》的第三部分。这篇评论《山本》的长文由三篇既有联系又各自独立的文章组成,前两篇收入编年体文集《未完稿》。这三篇文章是不同时间完成的,完成后又合在一起,做了整体修订。这里收录的是独立发表的第三篇。

各类评论中,有若干篇是用序文的形式来写的。这已经成为我近年来主要的写作形式。之所以会这样,一来是碍于求序者的情面,二来是因为序跋形式自由,既可以当作散文来写,也可以当作书评来写,没有一定之规。渐渐就写顺手了。最近几年,这类序跋文章占据了我大部分写作时间,有点喧宾夺主。这次趁着避疫,我准备把拖欠多年的文债逐一偿还,把曾经答应的写序任务基本了却,并且决定暂时不再为别人写序了。我越来越感到精力无多,能继续工作的时间也不会太奢侈,应该集中时间和精力来做一些我自己计划中的工作。

按照本书体例,我在每篇文章后面都注明了写作时间与初刊信息,凡没有注明初刊信息的序文,均直接刊于书中出版。特此说明。

2020 年 2 月 1 日

论《山本》中的决绝与茫然、自我救赎和破碎意象

在贾平凹的小说创作中,其所呈现的现代性特征比较复杂,较之前两者——民间性与传统性,似乎更有探讨的空间。文学的现代性并不等同于西方现代主义文艺,而是指人类社会摆脱了传统农业生产关系以后,人们在现代生产方式中感受到的人性异化与精神困惑,并且把这种强烈感受熔铸于文学创作之中,以追求美学上的震撼效应。现代性包含了自身内在的分裂。与古代田园风味和小农经济生产方式之间的和谐关系不同,它是以内部尖锐冲突的不和谐性构成时代特点。在中国现代文学初期,现代性是通过作家描绘出的一系列分裂和不安的画面,传递出时代信息。最明显的是郁达夫的《春风沉醉的晚上》。他笔下的烟厂女工陈二妹,依靠出卖劳力换取薪酬,维持着低端生活标准;她对自己的劳动产品非但不爱惜,反而特别憎恨,她劝小说的叙事者,为爱惜身体最好不要抽烟,如果一定要抽,那就不要抽她所在工厂生产的烟——并不是这家厂生产的烟质量特别差,而是她痛恨自己所在的厂,连带痛恨自己的劳动产品。这就形成了现代工人阶级的早期精神特征。郁达夫也许并不自觉,但他的创作表现出劳动使人性异化的现代生产规律,这与传统农民对土地、对庄稼的深厚感情完全不一样。再讨论现代乡土题材的创作,可以说,中国古代文学很少涉及农村镜像和农民形象塑造,恰恰是现代化进程启动以后,文学创作才出现了"乡土"这个视角,用以反衬现代化的艰巨与必要。所以,中国乡土题材从一开始就呈现出在现代

性巨大压力下令人不安的艺术图像,用沈从文在《长河》里的说法,就是仿佛"无边的恐怖"压顶而来。鲁迅在为数不多的小说里描写了这种危象。如《故乡》,作家不仅仅要表现农村凋敝和农民的艰难生机,也不仅仅要为民请命、"何以为蒸黎"的发问,从小说结尾部分的艺术处理来看,鲁迅对于衰败的农村(即便是自己的故乡)以及生活在这块土地上的人们绝无眷恋,他要求人们义无反顾地摒弃旧的生产关系和旧的生活方式,同时又犹疑着未来能否走上一条目前尚不存在的新路。这种决绝与茫然,正是现代人身处急剧变化中的社会所产生的特殊感情。从精神现象上说,这也正是我们所面对的现代性。然而这种本质地反映现代人精神特征的文学现代性,随着上世纪30年代抗日战争发生以及民族主义复兴而悄然隐没,尽管现在学界有人将随后出现的社会主义进程也列入现代性进程,但是无论如何,在意识形态与审美范畴里,代表着权力意志的社会主义文艺是不提倡也不存在鲁迅式的主体的决绝与茫然。社会主义文艺对未来充满自信与乐观,所以才会描绘农民创业的"艳阳天"和"金光大道"。这样一种创作模式作为国家文艺主流,一直延续到上世纪80年代末,其余流还延续到90年代。在新世纪以后才出现了新的美学范式的嬗变,仿佛又重新回到鲁迅所发出的现代性的追问。这是以贾平凹的《秦腔》为标志的。

对于旧的生产关系及其经济制度崩溃的大量细节的真实描述,对于未来世界的发展充满茫然与怀疑,是《秦腔》所呈现的文学现代性的两个标志,缺一不可。上世纪80年代,许多农村题材作品一方面真实揭露了人民公社制度对生产积极性的破坏,同时又把农村的未来放在家庭联产承包责任制等一系列新经济政策之上,并以全力讴歌之。如高晓声、何士光等作家在当年的创作。这当然是真实反映了农村经济政策改变的情况以及作家当时的心情,是现实主义的创作,但很难说已经达到现代性的高度。包括贾平凹本人以前创作的《腊月·正月》《鸡窝洼人家》等农村题材作品,都可以作此类解读。我觉得一直到上世纪 90 年代的《浮躁》,贾平凹创作中仍然保留了五六十年代社会主义文艺传统的基因。然而《秦腔》就不一样了。关于这一点,我在《试论〈秦腔〉的现实主义艺术》一文里已经有过分析,不过在那篇文章里,我主要分析的是法自然的现实主义的创作特点,没有具体讨论现代性的问题。但是在我们读到夏天义葬身山崩之中,读到夏天智死后无人抬棺,以及白雪生育的孩子是个怪胎(学界有人把这个细节纳入文学创作中的"无后"现象)等细节,都能强烈感受到现代人面对命运的无奈与痛切。现在这种感受又一次从《山本》中弥散开去,而且更加浓烈呛鼻。我们不妨将两部小说的某些情节做个对照比较。

其一,以夏天义对照井宗秀。夏天义的理想是某种已经被实践证明失败了的社会经济制度(人民公社),井宗秀的理想则是旧式农民(城镇市民)通过武装斗争来实践自治的社会制度。两者均有乌托邦性质。夏天义固然有很多缺点,但他的人格力量、政治立场和信仰都是一贯坚定的,夏天义最后的死,显得轰轰烈烈,山崩地动,这个结局与他的形象内涵是一致的,具有古典的悲壮;井宗秀则不同,他的性格发展始终在变化中,是由小奸小坏朝着大奸大恶转化,影射了农民在追求自己理想的过程中,精神和人格都将会产生异化。井宗秀之死不但不崇高,反而有些匆忙、意外,更有些猥琐不堪(如洗脚、看内眷打牌、莫名死亡等细节)。而另一个英雄井宗丞的下场也同样如此。井氏兄弟在人生道路上充满凶险,并不像夏天义那样有所依恃、有所信仰。而无所依恃、无所信仰造成的人生价值的虚无感,正是现代人的精神特征之一。《山本》最后写到涡镇被炮火轰毁,人的生命如覆巢危卵,无枝可依、茫茫然的精神现象,正是从这种虚无的价值观延续而来。

其二,以夏天智对照麻县长。夏天智是一个传统文化熏陶下的农村文化人,他着迷于秦腔艺术,但仅止于画脸谱,说空话,并无实际作为。夏天智在传统社会中是庞然大物,空架子十足,但死后连棺材也无人抬得动。这是一个被嘲讽的形象,作家通过夏天智与白雪两人对秦腔艺术不同的承扬态度,提出了民间艺术要在民间大地上自由发展才能激活生命力的重要思想,指出了像夏天智那样仅仅满足于符号化的保护民间艺术,并不能真正促使民间艺术自然生长。作家通过这个人物,对传统文化及其在当下的保存方式,提出了批判性反思。而《山本》里麻县长的形象,则是从正面阐释了作家的文化思想。麻县长与井宗秀在艺术形象上有合二为一的功能,麻县长肥胖臃肿的外形,来自军阀井岳秀的真身。也就是说,人物原型井岳秀的某些特征,分别体现在麻县长与井宗秀两个人的身上,两个形象互为映衬。井宗秀的人生道路表现为权力对人造成的腐蚀与异化,麻县长正相反,他的人生道路是从权力阴谋的陷阱中及时抽身,以研究民间文化自遣,造福于秦岭的自然生命。这个人物身上寄托了作家的夫子自道。《山本》也可以被视为麻县长身后留下的两卷《秦岭志》的续篇。

尽管作家对两卷《秦岭志》评价很高,但是这两卷手稿的最终下落还是耐人寻味。我们不妨读下面一个段落:

> 蚯蚓抱着纸本一时不知道往哪里去。他家没有地窖,他也不晓得他家是不是被炸了,就想把纸本藏到这家门楼脑上,藏好了,又觉得不妥,看到巷子中间有一棵桐树,树上一个老鸹窝,立即跑去爬上树,就把纸本放在了老鸹窝里。桐树或许也会被炮弹击中的,可哪儿有那么准,偏偏就击中了树?蚯蚓却担心天上下雨淋湿了纸本,脱了身上的褂子把纸本包了,重新在老鸹窝里放好。[①]

[①] 贾平凹《山本》,人民文学出版社,2018年,第537—538页。

这段引文里,"桐树或许也会被炮弹击中的,可哪里有那么准,偏偏就击中了树?"是人物的心理活动,是意识流,被天衣无缝地衔接在客观描写的叙事中,看似随意,却道出了重要信息:在炮火连天的涡镇,蚯蚓竟把麻县长的两卷手稿藏于树上鸟窝里,必毁无疑。但有意思的是,这个段落里隐藏了好几处耐人寻味的符号。首先是"纸本",即麻县长长期研究著述的两卷《秦岭志》手稿,一卷《草木部》,一卷《禽兽部》。其次是"蚯蚓",即井宗秀的勤务兵。"蚯蚓"之名象征了秦岭土地,蚯蚓是低端动物,生于土,食于土,无声无息,秦岭大山中最微不足道的生命。由蚯蚓在炮火下获纸本手稿,千方百计予以保存,正适得其所。其三是"桐树",树的意象:树根深深扎入大地,树枝又不断地往上生长,不断伸向天空,树就成了天地间的连接物。蚯蚓把手稿纸本藏于树上的老鸹窝,树杈枝枝丫丫,鸟窝只能置放于树杈间,即"丫"的开叉口。"丫"字倒置便是"人"字。因此,"丫"在天地之间,构成了天地人三元素的诗学意象。《秦岭志》的手稿最终被人置于树杈鸟窝,将化入天地之间。因此,依我分析,这个段落应该是暗示了两卷《秦岭志》无论是否毁于炮火,都已经化入天地,回归秦岭土地了。这也是应验了本文前面所引陈先生说的话:"一堆尘土也就是秦岭上的一堆尘土。"

这段文本分析,是为了联系《秦腔》来说明作家对民间文化的基本观点。《秦腔》嘲讽夏天智满足于表面的、符号化的保护民间艺术,他虽然爱好秦腔艺术,对于秦腔艺术在八百里秦川劳苦农民日常生活中的精神慰藉意义,却非常漠然,甚至及不上疯子引生,所以,他始终写不出一篇像样的关于秦腔的文章。然而白雪正相反,作为秦腔剧团的当家花旦,她酷爱秦腔,宁可拒绝城里剧团的聘用,与下岗的演员们一起穿街走巷为普通人家办红白事,企图让秦腔重新回归民间大地,回归到民间日常生活中去,一切都从头开始,从生活实践中一点一点积聚精气,真正来激活已经被国家体制窒息了的秦腔艺术的生命力。于是,在疯子引生的眼里,白雪就成了救苦救难的观世音菩萨。由此来理解《山本》里麻县长的《秦岭志》手稿最终消失于天地之间,便可理解作家基本一致的文化立场。麻县长撰写的秦岭博物志,取材于秦岭,也属于秦岭,人们认识大自然,不是为了攫取自然或者统治自然,而是需要回归自然,把自己也奉献给自然。麻县长最后含笑自沉,他是意识到了这一点①。从夏天智到白雪再到麻县长,体现了贾平凹一贯的文化思想。贾平凹的文化思想是符合现代精神的,但是在实践的过程中又是充满凶险,毫无胜算的把握。在权力意志与权力资本的双重制约下,文化艺术回归民间既是走向昌盛的自然之道,又不能不是暂且无法实现的乌托之邦。作家把这种深刻的悲观非常隐晦地熔铸在独特的艺术构思之中,感知者不能不为之动容。

其三,以白雪的女儿牡丹对照陆菊人的儿子剩剩。《秦腔》中女演员白雪生有一个女儿取名牡丹,患有先天性肛门闭锁。以此疾暗喻秦腔处境,既可联想为毫无出路,或也可悟为衰运见底,一阳可生。两面均可领会。与《秦腔》里的女孩牡丹相对应的,《山本》里是陆菊人的儿子剩剩。牡丹的残疾是先天的,剩剩的残疾是后天的,牡丹的性命与秦腔有缘,剩剩的人生命运与小说的一只猫的隐喻有关。而那只仿佛不死的猫,又似乎与秦岭的某种命数相关。小说结尾写到战火中万物皆毁,唯独剩剩没死,他抱着精灵似的老猫,默默地站立在废墟上。这似乎也可以理解为作家

---

① 麻县长这个艺术人物,就其官场上不得志,转而发奋著述,研究秦岭生态,继而战争毁灭了一切,手稿失落,最后含笑自沉于水潭等元素来看,如果以古典文学的创作手法来写,就是又一个呼天抢地的三间大夫式的悲剧人物。但是现在出现在读者眼前的,是一个带有几分玩世不恭、滑稽小丑式的形象,他在整本小说里虽然贯穿始终,但其性格形象一直都是模糊不确定的,是老于世故? 是谙于官场? 是悲愤欲绝? 是大智若愚? 很难作具体推测。我以为在这个人物的塑造上,足以见出作家非常熟稔的现代艺术创作手法。

对秦岭文化精神的自信。如果作进一步思考：以上所分析的，都是建筑在象征文学手法上的认知上，即牡丹象征了什么，剩剩又象征了什么，但我们如果摆脱象征主义文本分析的思维模式，把这两个形象直观为艺术创造的世界里的两个自然人物（法自然的现实主义描写的人物，应该都是来于自然生活状态的），那么，围绕这两个生命诞生过程中出现的各种异象都可理解为目前人们还无法科学解读的神秘生活现象，但即便如此，我们直面这两个孩子的命运，将会产生怎样的联想：幼小的生命，经历了残酷的遗弃、疾病、伤残、浩劫、战争等等磨难，终将还要带着凶险的预兆，浑然无知地走向未来。这种感觉不正是现代人面对荒谬世界的决绝与茫然吗？

夏天义、井宗秀指归在政治理想，夏天智、麻县长指归在文化传承，牡丹、剩剩指归在人类命运，三者之间环环相扣。现代革命骤起，中断了传统农业社会的生产关系及其道德理想，杨掌柜、井掌柜等一代老人的死去，便是一例；农民的政治乌托邦在实践中失败，导致了传统文化的崩溃与人类未来命运的凶险莫测，夏天智、麻县长之死与牡丹残疾便是两例；但《秦岭志》寄托于天地之间，万物生命皆归于秦岭，"山本"即民间大地，而剩剩、蚯蚓等下一代决绝与茫然地崛起，又预兆了作家所期盼的现代人的自我救赎。在这一点上，《山本》比《秦腔》更加强烈，更为悲壮。我们通常理解的现代性，是意味着与传统的彻底断裂，而断裂所引起的各种强烈的反应与突变（物质的和精神的异化），由艺术家通过天才想象力给以诗学的表达，由此形成文学的现代性特点之一。关于这一点，我们在贾平凹的创作中能够深刻地感受到。

其次是关于现代人的自我救赎，这是文学的现代性的又一个特点。一般来说，救赎观念来自传统宗教，不为现代人所独有。在贾平凹以往的小说里，救赎往往与民间宗教意象联结在一起，如白雪、带灯等形象,在故事的结局里,都变形为某种民间宗教的菩萨。一边是对现实中人类困境无伪饰的描写,一边又是通过虚无缥缈的宗教想象来祈求救赎,这是中国语境下文学的现代性与民间性相妥协与融合的结果。然而在《山本》里,这一类民间宗教的救赎祈求都被严肃的现代意识所取代。《山本》里虽然有民间幻想的神道异人隐身尘世,如陈先生、哑尼姑等,但是作家用现实主义的笔触无情地写出了这些形象的虚无性,他们眼睁睁地看着世风衰败和人性堕落,竟毫无办法,于是,最后就出现了人类自我的救赎:剩剩。

剩剩的艺术形象值得我们进一步分析。首先是血缘上的传承,古道热肠的杨掌柜体现了老一代伦理代表自不用说,杨钟也是文本里难得的一个淳朴单纯的赤子形象。他恰如《水浒传》里的李逵,莽撞、粗鲁,不失童心。作家把杨钟写成一个患多动症似的成年顽童,做事毛手毛脚,说话没心没肺,甚至还有尿床宿疾。然而唯有他,直接喊出了"要背枪我也要当井宗丞"的想法,那时井宗丞已经当了红军闹革命,犯下杀头之罪,旁人(包括井宗秀)听了无不大惊失色。于是接下来有这样一段描写:

> 井宗秀一下子闭了口,眼睁得多大。杨钟却还说:你平常眯了眼,一睁这么大呀!井宗秀拧身就走,不再理他。陈皮匠说:杨钟杨钟,你狗日的信嘴胡说了!杨钟说:我说井宗丞又咋啦?他井宗秀不认了他哥,我认呀,小时候,我和井宗丞就投脾气嘛,如果他现在还在镇上,我两个呀……他翘起了大拇指,又对着井宗秀伸出小拇指,还在小拇指上呸了一口。①

杨钟对井宗秀也是忠心耿耿,最后还牺牲了生命。杨钟身上

---

① 贾平凹《山本》,第86页。

具有的革命性,本能地偏向井宗丞参加的红军革命。后来井宗秀起事当了预备团团长后,杨钟还偷偷外出寻找井宗丞的游击队,希望井氏兄弟的武装合在一起,也未尝没有投奔红军的可能。在《山本》里,杨钟与井宗秀是一个对照,就像是《水浒传》里李逵与宋江的对照,一个率真可爱,一个虚伪狠毒。杨钟所代表的社会底层的革命本能正是传统社会正统伦理最不能容忍的罪孽,连深明大义的陆菊人也瞧不上丈夫,而感情别移到井宗秀身上。也许是陆菊人本来也不相信杨钟及其后代能够做官发迹,愿意把三亩胭脂地的风水运气转让给井宗秀,使其权力、财富集于一身,结果却是给涡镇带来了毁灭。但是在无意中被剥夺了风水运气的杨钟却并非一无所有,他为涡镇人留下了最宝贵的一条命脉,那就是剩剩。剩剩继承了杨钟的血脉和基因。

  我这么分析剩剩的血缘关系,与"红色基因"无关。文学是一种象征艺术。文学作品所表现的人物血缘与人生命运有着密切的关系。我在分析《秦腔》时曾经特别分析了牡丹名为白雪与夏风所生的孩子,其实作家借用太阳光射使女人受孕的神话传说,暗示了牡丹应该是疯子引生的孩子①。这样就使现代人类自我救赎的象征与民间底层的文化力量紧密联系在一起。剩剩与杨氏父子的血缘关系同样如此,前面已经引用过的小说开篇第一句话:"陆菊人怎么能想得到啊,十三年前,就是她带来的那三分胭脂地,竟然使涡镇的世事全变了。"②这句话更应该是在小说结尾时陆菊人由衷发出的感叹,也是对十三年来涡镇历史发展发出的忏悔。但是陆菊人到最后也没有这个觉悟,她还是沉醉在世界需要有大英雄的儒家道统观念里。而剩剩的诞生和崛起,则指归在

---

① 关于《秦腔》里引生与白雪、牡丹之间的复杂关系,请参考拙文《再论〈秦腔〉:文化传统的衰落与重返民间》,收入《当代小说阅读五种》,复旦大学出版社,2010年,第113—126页。
② 贾平凹《山本》,第1页。

另外一路之上,那就是在底层的民间文化中寻求自我的救赎力量。杨钟与引生终究是这一路上的人。这也是作家贾平凹就其知识背景与认识能力所达到的最为深刻的一个境界。

除此而外,剩剩这个形象还包含了以下若干特征:(1)剩剩的出生与杨掌柜把三分胭脂地转让给井宗秀葬父,是同时发生的,井宗秀获得那三分地,亦即他发迹的开始。这也就是说,剩剩诞生于一个错误时代的开始。后来剩剩身体致残,井宗秀虽然对他视如己出,但终究没能治好他的残疾。所以,剩剩的残疾既是后天所致,也是命中注定,不可改变。(2)剩剩的命运与某种民间神秘文化力量有关,那就是猫的意象。剩剩的名字最初是叫"猫剩",即"猫吃剩下来"的意思,暗示人类劫难所剩。陆菊人出嫁,携带物中有两件东西被写出来,一件就是三分胭脂地,另一件是那只神秘的猫。这两样"嫁妆"暗示了截然相反的方向:一个是物质的、世俗的、财富权力的方向,也是灾难的方向;另一个却是精神的、神秘的、精灵古怪的方向,也是救赎的方向。财富权力的运气都给了井宗秀,而猫却属于剩剩,这样就平衡了这个世界。剩剩是从井宗秀的爱马上掉下来致残的,在骑马之前,那只精灵古怪的猫发出了唯一的一次警告,企图阻止,但终究没能挽回剩剩致残的命运;涡镇成为废墟时,炮火中那只猫陪伴着剩剩,暗示了某种来自民间神秘文化的救赎。(3)剩剩在成长道路上是受过教育的。陆菊人最后把剩剩交到陈先生的安仁堂当学徒,请陈先生培养孩子的德行。如果说,猫代表着"巫",即民间底层的神秘文化力量,那么陈先生则代表了"道",即中国古代文化的最高境界,两者的结合,指示中国语境下的现代人类自我救赎的文化力量所在。

我阅读中外文学史,一直持有这样的认识:文学作为人类精神史的审美表达,是与人类的救赎希望紧密相关,但是不同时期的文艺思潮,对于希望所在的认识是不同的。在以往的浪漫主义和批判现实主义文艺思潮里,人们的救赎希望在于不同的空间,所以,作家往往把天国、教义或者原始蛮荒之地,视为拯救灵魂的空间。雨果、夏朵勃里盎、托尔斯泰都是其代表。在社会主义现实主义文艺创作思潮里,作家在批判了旧世界的罪恶与不义之后,往往把人类社会的希望寄托于未来时间,也就是相信未来能够出现一个类似天国的救赎之地。至于中国封建时代的传统文学中,救世主则是帝王、清官或者圣人,即现世的权力集团。然而俱往矣,自从尼采以后,现代人已经感受到"上帝死了"以后无所依凭的孤独感与罪恶感,人类精神再度陷入被抛弃在旷野的巨大恐怖与无助中,依靠上帝、圣人、天国异地以及未来时间获得拯救已经绝无可能。于是,在现代主义文艺思潮中,救赎也只能是自我救赎,依靠人自己的力量来拯救自己。但是,这个"自己"不再是古典的救世主或英雄,也不是未来的超人,"自己"不仅做不到十全十美,所向披靡,而且只能是现代社会中一条带着伤残的渺小生命。张爱玲说过,她遇到真爱时,就会变得很低很低,低到尘埃里,但她心里是欢喜的,从尘埃里开出花来。这是一个比喻,但这个自我矮化到尘埃里后自由开花的比喻,可视为现代人的自我救赎的生动写照。我们对照剩剩形象里的几个重要特征,一个带着"伤残"沉沦到民间底层的"尘埃"里,依靠民间文化力量开出"花"来,实现自我救赎的形象,正是现代人自我救赎的希望所在。如果套用法国哲学家萨特的话:"存在主义是一种人道主义",那么文学中的现代性,也是一种现代的人道主义,它不是体现在对帝王将相或者现代流氓的崇拜之上,而是抛弃一切宗教迷信和神话鬼话,带着千疮百孔的肉身,依靠自己的力量,站在民间底层的文化力量之上,自己拯救自己。这,就是现代人的自我救赎。从《秦腔》到《山本》,体现了从民间文化(秦腔)到民间大地去寻求自我救赎的力量,贾平凹的自我救赎的观念越来越深入,因为文化(包括文学艺术)只是依附于人类生活之上的精神与物质的象征,文化本身不可能脱离生活实践去拯救现代人的命运,一切都只能回归普通人生活的民间大地,与这个世界的物质与精神的真正创造者结合在一起,这样,现代人才能够有望被拯救,有望再生。

我还想指出的是,《山本》的现代性不仅仅表现在具体的人物关系以及某些典型的细节描写之上,而且浸透在文本的整体叙事风格之中,整部小说就是现代风的产物。这是作家有意追求的叙事风格,也是他在强调"三性合一"的整体风格时将"现代性"置于首位的用意所在。我以往读贾平凹的小说,有一个长期未解的困惑,就是在贾平凹小说中创造的艺术世界里,描述的总是北方落后简朴的农村生活,语言也是乡土气十足的地区方言,叙事风格更是朴实无华,似乎无法与现代性连接在一起解读,所以,阐述贾氏文本,往往偏重在民间性与传统性两个方面。但是读他的文字以及由文字构筑起来的文学意象,却一点也不觉得压抑枯涩,细节密布的文本非但没有窒息气韵游动,反而使隐伏在文字意象下的一股股生气蓬勃上升,气象充沛。我以前一直没有想明白,在他的叙事作品里,这种气象究竟来自何处,是怎样一种文字才能推动艺术气流的涌动?直到解读《山本》文本时我才突然意识到,这种语言艺术的魔力正是来自他的叙事里隐含的一个大意象——破碎,这破碎正是文学现代性的关键词。

从《秦腔》起,贾平凹的叙事艺术进入到一个大象无形的境界。他解构了许多传统小说不可或缺的元素,诸如典型人物、完整故事、重要情节,等等,他的叙事几乎是细节衔接细节,细节叠加细节,细节隐藏细节,细节密密麻麻浑然不分,显现出大千世界林林总总的生命本然现象,如千百群鸟顿时密布云天,如上万条鱼同时跃江蹈海,苍茫读去,仿佛小说的无数细节描写遮蔽了生活内在本质的揭示,一切都被化解为偶然和无常,就如波德莱尔所说的:"现代性就是过渡、短暂、偶然。"然而这种过渡性、短暂性、偶然性的根本特征,就是破碎。破碎的对立面是建构,建构是从无形到有形,而破碎相反,将有形化为无形。但破碎不是空无,破碎还是有形的,是碎片式的形体,碎片与碎片之间存留了大量的空隙,开拓了形体的外延,这就使形体内部凝聚的气韵流动起来,茫然转为"无形"的境界。用一个通俗的比喻,好比我们面前有两幅画,一幅画面上是一只瓮,瓮的形体大小都清楚地呈现在我们眼前;另一幅画面上布满了瓮的碎片,这些碎片加在一起正好能够拼接起一个瓮,与前一幅画上的瓮同样大小,但因为它是碎片,而且布满画面,所以在我们的视觉里,碎片瓮的形体要比完整的瓮大得多,也许整个画面的空间都转换成瓮的空间了。

在叙事对象上,贾平凹不停描绘旧世界的破碎。《秦腔》写的是农村经济体制崩坏以后的破碎,《古炉》写的是"文革"中民间道德伦理丧失后的破碎,而《山本》里出现的是历史叙事的破碎。可以说,贾氏后期创作的主要贡献就是描绘了碎片般千姿百态的世界。我们不妨将《白鹿原》与《山本》做一比较。《白鹿原》是一部建构型的小说:在清王朝崩溃以后,北方乡绅白嘉轩、朱先生等人企图建构一个民间宗法社会的秩序,他们自立乡规,阐明理法,驱逐鬼魂,正气凛然,具有史诗般的历史建构,是一部描写从无序(形)到有序(形)的历史小说。《白鹿原》算得上一部优秀厚重的作品,但是我们也无须讳言,《白鹿原》里处处有建构,却又处处为自己的叙事设下人为之墙,艺术气韵凝重但不畅通。尤其是《白鹿原》的结构是按照官方设定的近代历史框架来演绎民间故事,民间故事就不能不受到官方历史言说体系的制约,无法自由发挥。这一点也是当代历史小说创作带有普遍性的问题。而《山本》则不同,它以民间说野史的方法,让民间言说的野马由缰奔驰,民国的涡镇社会在王纲解纽、礼崩乐坏后一直朝着无序形态恶性下滑,土匪、刀客、逛山、军阀、革命、预备队等各路武装力量交织在一起,构成了一个混乱世界,并且越来越混乱,直至毁灭。

第二辑 艺文随谈

井宗秀、麻县长、井宗丞、阮天保、陆菊人……几乎所有英雄的努力都是微不足道的。在这里,有关正邪、官匪、红白、是非等二元对立的价值评价都被超越,传统历史的英雄史观全被解构,文本以一种碎片化的开放形态,还原了秦岭的自然本相。

现在,我们终于回到了本文的起点,一起来讨论秦岭的意象。相对于秦岭孕育的千百万生命不过朝夕的破碎意象,秦岭本身的意象则是完整而永恒的。在《山本》里,唯一完整的有形本尊就是秦岭,但秦岭就是宇宙天地,所有的故事都发生在浩浩瀚瀚、郁郁葱葱的秦岭之中,所有的故事都属于秦岭,又都只是秦岭的一部分,而秦岭的本尊还是若隐若现,起到了大象无形的艺术效应。秦岭是完整的,但是呈现在我们眼前的,则永远是局部的,破碎的;秦岭是永恒的,但当它以各种生命、各种现象以及各种故事的碎片形态展示出来,它又是偶然和无常的。波德莱尔用了"过渡、短暂、偶然"这三个词来归纳现代性艺术特征以后,还继续说下去:"这就是艺术的一半,另一半是永恒和不变。"他认为在艺术创作中艺术家不应该忽略现代性,一个好的艺术家应该"从流行的东西中提取出它可能包含着的在历史中富有诗意的东西,从过渡中抽出永恒"[①]。波德莱尔的话具有天才的预见性,仿佛是针对了《山本》这一类作品而说的。《山本》当然不是纯粹意义上的现代主义作品,但是在其特色鲜明的法自然现实主义创作方法中,隐含了深刻的现代性。在《山本》中,"一半"的艺术是表现永恒和完整,秦岭就是永恒和完整的象征,它像造物主一样,创造一切,阅尽人间春色;但秦岭又是有生命的,它演化为大千世界,孕育了林林总总的生命现象,都如春草秋虫,稍纵即逝。短暂而且破碎、偶然而且无常,此乃是"另一半"的秦岭生命的故事。贾平凹在《山

[①] 波德莱尔《波德莱尔美学论文选》,郭宏安译,人民文学出版社,1987年,第485、484页。

本》里用秦岭一脉青山来默默呈现碎片似的现代性,秦岭也就包容了碎片似的现代性,现代性本身具有了中国文化特点的呈现形态。秦岭的自然荣枯与人世风雨都是短暂的,但秦岭伟大而永恒,因而也将是人类的真正归宿。"一半"与"另一半"两者达成高度的统一。

2018 年 6 月 23 日完成定稿
初刊《探索与争鸣》2018 年第 6 期

孤独和寻找，逃亡和呼救

台湾作家许台英女士的中篇集《水军海峡二重奏》[①]要在中国内地出版，台英嘱我为之写一篇序言。那个时候正放寒假，我手头已经着手在做其他的工作，于是与许女士打了招呼，说可能要拖延一些时间再写。许女士很爽快地允许了。但没有想到，我总是被杂务缠身，一拖就拖了几个月，捱到5月假期，我才抓紧时间读完了这部小说集。这里包括两部中篇小说，内容上各自独立，创作时间也非同时。《水军海峡》创作于1986年，《长崎·山口的爱与死》创作于2008年，两者都在2012年进行了修订再版，成为一曲"二重奏"。现在，作家出版社要把它介绍给内地读者，我觉得是件很好的事情，因为这部小说集的出版，对于我们当下的华语文学创作是一种有力度的提升。

我见过许台英女士一面，好像她是在大陆旅游中顺访复旦大学，那天我正在主持一个学术会议，匆匆地在宾馆大堂里聊了一会儿，给我的印象，许女士是一位热情温柔、有宗教信仰的女士。但是我阅读她的小说却有另外一种感觉：她的文字往往透过世俗生活细节的描写，把读者引向形而上的精神高度。这是非常难得的。华语小说创作，尤其在内地的文学创作，一般注重感性和生活细节，上世纪90年代以来，逐渐形成了以讲述世俗故事为主要模式的小说叙事，无论是完善故事，还是有意拆解故事突出叙事，基本上是以描述世俗生活为主要画面，然而在抽象层面上进行理

[①] 《水军海峡二重奏》，许台英著，中国作家出版社2018年出版。

性、思辨的精神探索,总是欠缺的。但是在台湾文学创作领域,始终有作家保持这样一种高贵的叙事形式。2010年香港浸会大学颁发的"世界华文文学红楼梦长篇小说奖"授予台湾作家骆以军的《西夏旅馆》就是一个典型的例子,骆以军的先锋叙事形式在内地文坛上几乎是广陵散绝唱。我读许台英的小说也有类似感觉,虽然不像骆以军那样有自觉的先锋意识,但是一种精神高度已经熔铸在文字描写里,读上去不由得让人肃然起敬。

《水军海峡》和《长崎·山口的爱与死》都有一个世俗故事作为叙事表层,前者写了一个东北籍的造船工人颜某(绰号盐巴),父亲和祖父都死于日本关东军的屠杀之下,他的妻子又被日本人诱骗,携子私奔日本四国岛。盐巴怀着对日本不共戴天的国恨家仇,来到日本四国岛一家船厂工作,但其主要目的是来寻找失踪的妻子和儿子。而另一个故事是:一个名叫奥斯定·H的男性台湾公民,本来是一个造船业的工程师,事业有成,同时也建立了美满的家庭,妻子是一位作家,但他在遭遇了一系列事业上的挫折以后,铤而走险去从事商务活动,不幸身患绝症,终于一走了之,成了一个似乎是失踪的人。我们从这两个故事的寓意来看,都涉及人的孤独处境以及为了摆脱孤独而寻找的主题,但问题在于:当作家把两个孤独和寻找的主题并置在一起构成"二重奏",她到底要告诉我们什么?

当我们开始阅读这两个有些怪诞的故事时,我们就渐渐地进入了作家的叙事圈套,然而我们会发现,其实这两个故事在文本中的设置并不重要,或者它只是作家赖以叙事的一种路径,叙事本身的丰富内涵远远超出了这两个世俗故事。在小说文本里,故事的结构似乎都没有完整地呈现出来,尤其是第二个故事,因为作家已经设定它只是"写给奥斯定·H的情书系列之一",意味着还有系列之二、系列之三来逐步展开故事的全貌,但是作为一个独立的小说文本,作家既然把与这两个主题有某种联系的作品并置在一个文本中,设定其为"二重奏",那么我们从阅读的需要出发,有权视其为一个叙述整体。只有在这样一个整体型的阅读文本里,我们才能讨论其中的深刻含义。

首先应该看到,这两个以"寻找"为主题的故事前提,都包含了一个更加意味深长的"逃亡"的故事。在前一个故事里,桂花与颜某本来是一对恩爱夫妇,但颜某茕茕独立的处世精神导致了妻子的极度不安全感,终于携子出逃;在后一个故事里,奥斯定·H与雅琴达·S原先也是一对典型的中国式夫妇,内敛而相爱,但是在命运中遭遇各种外来打击后就劳燕分飞了。因为叙事者只是寻找的一方而不是逃亡的一方,所以,我们仅仅从不明就里只顾寻找的叙事者的口中,隐隐约约地了解到人生的孤独无奈和绝望呼喊,但这终究还不是逃亡者真正"逃亡"的原因所在。或者我们可能从这里窥探出人生的某种真相:我们在主宰我们命运的造物主面前都是迷途羔羊,我们不知道自己做了什么,也不知道未来的途中会发生什么。

颜某去日本四国岛的一家造船厂当临时工,主要目的是寻找失踪的妻儿,但他根本想不到,原来破产的船厂老板就是拐骗他妻子的日本人,如果仅仅从故事的设定来阅读这个文本,那么"寻妻"的故事未免也太巧合。如果我们把这样的结局看作是一种命运暗示,那么我们不由得也要想一想,这样的故事为什么会发生?难道不应该从台湾社会环境和颜某的个性上来感悟某种因果?作家在这里呈现出一个很好的写作特点,就是视野开阔,具有深厚的历史感,她成功地把人物以及人物的命运都安置在宏大历史框架下加以表现,叙事大于故事是这个作品的主要特点。当颜某在失业、失妻,几近家破人亡的窘状下到达日本后,他眼中的日本全是恶魔镜像,家仇国恨让他的情绪高度紧张偏执,小说开始时颜某所做的那个冰山融化的噩梦,正是他踏上日本国土后充满仇恨、恐怖的心境象征。但是在日本的日常工作中,他慢慢接触到日本民族的复杂性,也结识了像寮长女儿悠子、营业部长夫妇这样充满纠结、也很可怜的普通人。小说结尾是,颜某把桂花骨灰撒进了日本水军海峡的大海中,这里曾经是他的父亲做苦力的葬身之地,也是流亡到日本的中国青年矢野的投海之地。如果说,前人之死里充满着历史悲剧和冤屈,那么,桂花受骗横死的命运,确实蕴含了更为宽广的思路,如作家在书中写道:

> 潮起潮落,宛如大亨与穷光蛋之间变幻无常,起伏不定的命运,永远在生生不息地运转着。对造物主而言,穷富又算什么?人呢?人要受多少苦才会有一样的平常心?才会慢慢懂得《圣经》的话:先求天主的国来临,其余的,天主会给。

在第二个故事里,作家的宗教情怀就更加强烈,作家拟雅琴达·S的口吻用情书的形式写了一组血泪书信。写信对象是失踪的丈夫奥斯定·H,为什么失踪?尽管写信人做了大量的猜测,但终究不是逃亡者自己的声音,无法最终坐实逃亡的真实原因。故事本身的真相是无解的,所以,写信人的倾诉,与其说是对着逃亡者,不如说是对着神,这是与神的精神对话,向着神的呼救。这个作品的题目为"长崎·山口的爱与死",起先我也不理解,似乎这两个日本的地点与故事本身关系不大,没有必然的因果。但是读到最后,我开始领悟,山口是日本鹿儿岛附近的一个地名,公元1549年8月15日,耶稣会西班牙籍神父圣方济·沙勿略(St. Francis Xavier)第一次登上日本领土,开辟了东亚传教的新大陆,从传教士的立场来看,也就是把上帝的爱传播到了东亚地区;而长崎,谁都知道1945年8月15日的前六天——8月9日,美国继向广岛投了原子弹以后的第二枚原子弹投向了长崎:"飞行员本来的目标,并不是要炸'上浦天主堂'附近的,因为飞机燃料即将用罄、必须返航时,忽然在云雾间发现一个空隙,就赶紧把原子弹匆忙扔下——造成四万人的死亡。"从而促使日本天皇在8月15日下决心投降，结束了第二次世界大战。"爱与死"在这个意义上展开了宏大的话题：天主教传到日本领土，引发了日本幕府统治者对基督徒的大规模迫害，日本二十六位圣徒受迫害殉道就发生在这里；原子弹偏偏在意外中造成了长崎的灾难，圣徒们曾经流血的地方，以四万无辜人的性命去赎罪，终止罪恶的战争。爱与死纠缠在一起难以分离，是以这样一个宏大的宗教喻象来解说一对夫妇的婚姻与感情，还是从一对愚夫愚妇的世俗故事来见证上帝的旨意？

许台英是一个虔诚的宗教徒，她的小说作品里有着宗教的情怀和精神的独白，故事在她的小说里变得不再重要。在这曲"二重奏"里，作家叙事中涉及的历史是宏大的，前一个故事里主人公（也可以理解为当前的人类）的所有困境，与百年来中国动荡的社会、阶级斗争和民族战争、海峡两岸的对峙、越南战争等都息息相关；在后一个故事里，作家把无助绝望的呼救声传达到天人之际，从四百多年来的传教文化大背景来解读人类的爱与死的大问题，让人产生惊心动魄之感。我希望这部小说在中国内地出版，能够给读者带来与我同样的感动。特此推荐。

2016年5月2日写于鱼焦了斋
初刊《文汇读书周报》2016年6月6日

海派文学的另一种叙事记忆

管新生属牛,生于1949年,长我五岁。他坐在劳动榻车上被父亲拉着,举家搬进杨浦工人新村时,我才呱呱坠地数月。我们虽然是同时代人,但这五年的差别非同小可。从学历上说,他属于老三届的初中66届,而我是69届初中生,受教育的程度不可比肩。从人生经历上说,"文革"开始时他已经在读初三,准备考高中;而我才小学毕业,连初中也没有上过,就懵懵懂懂地进入了社会。所以,作为老三届的他,对于上海"文革"初期的历史有比较切身的感性认识,而我,多半是从家长们的窃窃私语中获得间接材料。但是我们之间还是有很多相近的生活经验:我也是差不多四五岁的时候搬到虹口区广中新村居住,开始了视野开阔、生态丰富的新村生活;我们的中学生时期都是在杨浦区度过,他在双阳中学,我在靖南中学,我们所走过的是同一条柏油马路。双阳路上的杨浦公园,是我与家人经常游览的场所,靖宇南路附近的控江文化馆,新生兄也一定在那里看过电影《列宁在1918》,这个工人生活区的文化环境对我们青少年时期的精神成长都有过重要的滋养。因此,我读管新生兄写的《工人新村:上海的另一种叙事记忆》[①],感情上有一种特殊的亲切和缠绵。

那时候我俩并不认识,但是我们有共同认识的人。新生兄写到他在双阳中学时语文老师张葆英对他爱护有加,张老师后来调到靖南中学当校长。她在"文革"中受到冲击,我在1967年进校

---

① 《工人新村:上海的另一种叙事记忆》,管新生著,中国工人出版社2019年出版。

的时候,她已经不当校长了,只是一个普通教师,没有教过我,所以我在《暗淡岁月》里也没有特别写到她。但是我在写回忆靖南中学的章节时,脑子里一直盘旋着这位老师,神态非常端庄。记得有一次学校里搞教育革命,组织学生上讲台,教师们来听课。我被推荐上去讲了一次课,讲毛泽东的《中国社会各阶级的分析》。忽然课堂上有人提问:我们学生算什么阶级?这个问题很难回答,"文革"的头几年还是红卫兵无法无天的时候,谁也不敢说红卫兵是属于"小资产阶级",但是,根据毛泽东这篇文章所分析的意思,学生就应该是小资产阶级。我站在讲台上不知怎样回答,呆若木鸡。这时候,张葆英老师站起来发言了,她从容地说:"依我的理解,学生不是一个阶级,只是一个阶层……"后面说的话我全忘记了,教室又恢复了正常的秩序。当时我内心里对张老师充满感激。

还有管新生兄写到了他如何从文艺青年开始,逐渐走上写作的道路,这一路他写到了许多师友如居有松、毛炳甫、袁金康、毛时安等等,都是我所熟悉的名字。我比管新生兄起步晚,学习写作的道路在1970年搬到卢湾区以后才开始,但我与居住杨浦的发小们始终保持着联系,这些名字中,有的后来成为我的朋友,有的曾经见过几次面,也有的仅是耳闻。沪东工人文化宫的工人创作在"文革"前就有名气,"文革"期间,虽然文艺界百花凋零,但他们仗着工人创作的招牌,依然进行文艺活动,以居有松为代表的工人诗人群相当活跃。居有松带有苏北口音的激情澎湃的朗诵,当年对杨浦的文艺青年有过很大影响。命运有时候真不可捉摸,在我离开杨浦凤凰村差不多四十年后,杨浦区成立了以工人创作为主的区作家协会,上海作家协会安排我去担任会长,我与管新生兄旋即成为同事。当我们说起这一段前缘时,一切都好像发生在昨天。这种同代人的话题说明了管新生兄所写的这一切,虽然是他个人的生活经验,却写出了一个时代一个地区的集体记忆和共同感情。

　　我这里特别强调这种记忆的地区性和时代性,是有所指的。上海的怀旧文化已经在商业性的时尚风气下蜕变为一种令人厌倦的模式,意淫的耀祖光宗、符号的炫富显贵、弄堂里的琐碎隐私,构成海派文化中最俗气的底色,经被织染而变得金光闪闪。这种前殖民地文化繁华与糜烂同体并存的恶之花遗风,此刻成为潜隐在民间文化中的隐形结构,被现代媒体和某些研究者当作神话故事去渲染光大。我更看重的是海派文化中的另外一个传统——与资本主义现代性同时产生的社会批判文化,体现了来自社会底层和劳动生产第一线的工人要求自我解放与真正平等的理想。后一种海派文化传统本身带有社会主义的乌托邦色彩,也曾经在权力的影响下被夸大和扭曲,但是它展示的形态与内涵,则有着硬朗、粗犷、刚健、开放等现代文化特征。它是朴素的、民间的,更是有力量的。我曾经撰文专门讨论过海派文化的两种传统,这是客观存在的两种文化遗产,但是我们今天在新的时代要求下进行文化创新,来弘扬海派文化的光荣,就不能不对传统进行甄别和梳理,不能把黄浦江底所有泛起的沉渣都当作宝贝。鉴于这样的理解,我对于杨浦区作协主办的《杨树浦文艺》连载管新生和程小莹两位"杨浦寻踪"的文章,感到了由衷的喜欢。

　　当然,我这么说的意思,也不是说,唯有工人阶级的文化才是上海文化的代表。事实也不是这样,但是在海派文化的复杂含义里,如果少了工人的生活文化这一块,那么海派文化是不完整的;反过来说,工人文化也同样体现了海派文化的精神,它是上海市民文化的一个有机组成部分。管新生兄这部回忆性随笔集的时代性和地区性都是非常明确的。时代就是上世纪50年代到70年代,地区是特指杨浦工业区,是上海工人比较集中的生活区域。但从他笔底下呈现出来的,仍然是鲜明而丰富的上海生活场景。书中最后一篇随笔写到作者即将结婚,为了新婚住房,不得不放弃已经使用惯的卫生设备和煤气,以设备换面积,搬出了工人新村,住到又旧又差的旧式弄堂里去。当时没有商品房的概念,除了少数私房以外,所有的房子都是租赁国家公房,但是政策上又允许私人交换住房,于是民间有盛行的交换房屋场所,有点像现在民间盛行的父母代子女说亲配婚。大家自发地聚在某个固定的公共地点,互相交换着住房的信息。我的家当时从杨浦区搬到卢湾区,也是通过这样的途径,为了在我妈妈工作单位附近(淮海中路)找房子,我们的原则是放弃独门独户,交换到市中心的地段——这样一种精于计算、各有所得、互不吃亏的民间运作,正体现了上海市民精明老到又善于变通的文化特点。

这本随笔集在《杨树浦文艺》连载时,我都粗粗翻阅过,今年年初,管新生兄准备正式出书,嘱我为之写序。书稿的电子文本在我的电脑里存放了半年,我也一直牵挂着,只是杂事太多,计划中的写作一拖再拖。这次利用假期认真阅读了一遍书稿,又产生如上感受,写出来与新生兄与读者分享。是为序。

2015 年 8 月 16 日于鱼焦了斋
初刊《杨树浦文艺》2015 年第 4 期

读李勇的诗画集《花开见佛》[①]

贵州李勇的诗,我最早读到的,是他为纪念贾植芳先生而作的《黑白人生》,诗行不多却简练概括了先生狱里狱外的人生道路。于是我们成了朋友——转弯抹角地说,我们还是有一些可以连接起来的人缘关系。那还是在1990年夏天,我跟随贾先生去贵阳参加第三届比较文学学会的年会。在会上先生接待了大批旧雨新知,我在先生身边,有幸见到了贵州老诗人蹇先艾先生与时任省文化局局长的王恒富先生。在以后的日子里,先生也经常会念叨这两位远在贵州的老友。2006年先生生病住院,王恒富先生的女婿李勇来上海探望。2008年先生仙逝以后,李勇也多次来上坟拜祭和参加纪念活动,这样我们就成了朋友。如果说,先生与蹇先艾、王恒富是一代人,那么,我和李勇算是第二代的朋友,贵州还有一位蹇老的哲嗣蹇人骏先生,是一位画家,最近我还收到人骏先生特意为贾先生画的人物像。我们之间虽然交往不太多,但我很敬重这些朋友,很高兴西南大地有了这样的人文血缘。

李勇以前出版过诗集作品。这部《花开见佛》是他的新作,收集了他在2016、2017年中写的诗和作的画。其实我不懂诗画,也很少对着诗与画发言。但因为是李勇的诗集,我只是对朋友的创作,随便说一点想法,权当是外行人在聊天。

在我的印象中,贵州是个出诗人的地方。诗仙李白曾经遭政

[①] 《花开见佛:李勇诗画集》,李勇著,上海人民出版社2018年出版。

治迫害被流放,肉身遇赦回去了,但"愿得风吹到夜郎",诗的风气就留在了那里。有蹇先老为贵州文坛祭酒,一代风流山高水长,代代诗人层出不穷。早在上世纪六七十年代,此地涌现出一批民间诗人,被誉为"暗夜的举火者",在弥天黑夜中举起了寻求真理的火把,成为当代潜在写作的高标。贵州也是个出思想家的地方。哲学家王阳明曾经遭政治迫害,被谪贬贵州龙场作驿丞,在此地悟道,留下了思想的火种。当代学者乐黛云、钱理群、葛兆光等人都是从这片土地里走出来的,都不仅在学术上、更重要的是从思想建设领域发挥了重要的影响。我曾经在朋友的鼓励下去过一次贵阳做学术演讲,深感到民间思想运动在贵州有着沉甸甸的力量。正因为有这样厚重的积累,才会出现像哑默、黄翔这样的诗人,把思与诗结合得那么天衣无缝,用诗歌表达了思想的力度和深度。

李勇的诗画是在这片沃土上生长出来的奇葩。在他的诗歌里,出现了向崔健、向哑默致敬的诗句,这似乎可以表明诗意的渊源从哪里来的。在李勇的诗歌里,年、月、日、时间都成为一种密码,诗里诗外都会出现对具体日期的记载,甚至加上诗人自己的感叹词。譬如在《躺在黑夜》的最后,诗人添上"写于2016年8月19日深夜,已经是第三年了,我无法释怀"的自我陈述。那么,三年前的那一天又是象征了什么?我手边一时没有找到他的前一本诗集《经受今生》,但我想,这些密码暗号似的日期正是李勇的思想与诗歌的接缝口,都是有着生命搏动的信息。

我喜欢用编年形式来编撰自己的著述,以为这样能够让生命留痕更加清晰。李勇的诗集也是这样。"花开见佛"就是一个象征性的意象,也是2016年和2017年诗人思想感情发展变化的痕迹所指。如诗人所说,"2016、2017让我看见了光明就在前方的不远处,尽管前面的路上还有太多的暗黑"。我们可以注意到,在

2016年的诗歌里,诗人不断咏叹着"黑夜"的意象。有些精彩的句子也是过目难忘,如:

  黑天黑地黑了一片
  太阳还在明亮
  星月还在明亮
  什么也看不见什么也看不见啊
     ——《黑夜,我的心黑了》2016年6月2日

  只有,黑黑
  眼睛站在黑夜
  抚摸花香
      ——《白天鹅》2016年7月15日

  躺在黑夜
  我站不起来
      ——《躺在黑夜》2016年8月19日

  有一片秋叶从树的天
  落下来
  我的眼
  什么也看不见了
    ——《群山之心的声音·15》2016年12月
      到2017年3月之间

  如果我们沿着时间的线索慢慢地读,就会发现,诗歌里"黑"的意象是在由内而外慢慢移动,尽管诗人对黑暗的生理反应是相似的:我看不见。在所引的第一段里,诗人的心里充满了黑,所以才感受到"黑天黑地黑了一片",虽然太阳、星月

的光亮依旧,诗人却无法感受;在第二段里,黑黑眼睛与黑夜是一体的,主客观都沉浸在黑的意象里,但是感觉不恶(抚摸花香);在第三段里,黑暗是客体,诗人似乎在一场噩梦里动弹不得;而在第四段落里,黑暗不再是无边无际的,仅仅是一片落叶之障。再回到诗人"什么也看不见了"这个感受,其实对黑暗的认知已经发生了很大的变化。这不仅仅是心理变化的历程,我以为应该是精神世界发生变化的见证。因为诗人完全是无意识要表达这一变化的,他只是真实写出了自己在这一年中的精神现象。

这样,我们再回到诗人自序《有形无象　有象无形》里的一句话——"2016、2017让我看见了光明就在前方的不远处"就落到了实处。我原先有些纳闷:自序的写作日期是2016年12月31日,怎么能够预言在2017年"看见光明"呢?但是从上述的诗歌文本分析,诗人在2016年12月底已经意识到奇迹正在发生,在他的精神世界里,黑夜行将消失,光明世界将会降临。促成这一变化的节点当然是在2017年,跨年的组诗《群山之心的声音》记录了精神变化的预兆,而进一步变化是在组诗《西行向佛》十五首里,记录了诗人去尼泊尔朝圣和旅行。这以后光明的意象占据了诗人的内心世界,组诗以后的第一首《圆满的花》,出现了这样的诗句:"圆满的花/有一天在我的心里开了//你看见了吗"。也就是说,诗人不仅自己内心亮了,还试图将这种光亮的喜悦去感染别人,见证奇迹。这首诗意象简单,放在"花开见佛"的诗歌集里却很重要,见证了开花见佛的变化和喜悦。接下来的一首诗更是奇诗:《我是蒲国昌的蚊子》。一般来说,诗歌里蚊子的意象与跳蚤一样,不会有高大上的内涵,可是在这首诗里出现了向上飞寻的意象:

　　灰黑的天灰黑的地

> 臭气熏天也要追寻莺歌燕舞
> 冷眼热讽里我仍是痴心不改
> 黑天黑地黑黑的飞我是一只
> 向着光明飞舞的蚊子

请注意,这里仍然出现了"黑"的意象,但是很快就被一只内心充满光明渴望的蚊子消解了。它不再呼喊"我看不见",也不再是"站不起来",而是充满了动感和努力,在朝前奋飞。蒲国昌是一位画家,在这首诗的文字边上出现了两张画,画的都是变形的蚊子。一张画里的蚊子无精打采,脚细长而无力,透明的翅膀缩成一团;另一张画里的蚊子则有英雄气,长脚强如蜘蛛,翅膀高似蜻蜓。只有微微抬起的脑袋和尖尖的嘴上刺,才是蚊子本尊。我猜想两张画里的蚊子应该是两个人画的,表现出不同的蚊子境界。于是,诗歌里就出现了这样的吟唱:

> 我就是还在吟唱生命的蚊子

过去的贵州曾经流传过一句谚语:天无三日晴,地无三尺平。如果确切的话,贵州应该是潮湿多阴雨的天气。可是我在李勇的诗歌里,几乎看不到关于阴雨的描写,他的意象里始终充满了火红的太阳,描写黑暗、诅咒黑暗也是对光明的呼喊。所以,我冒昧断定李勇不是一个对自然景色有深刻领悟的诗人,他笔底出现的黑夜与太阳,或者其他自然景物,都是人文的象征,就像他所绘画的自然景色,也往往是人格的投射,那些努力伸张的树枝,投影在天空中,就像是开裂的石墙、崩碎的世界,于是,枯枝似的树干上绽开着暗红色的花朵,就如他的诗歌所吟唱的:

> 在黑的枯藤
> 我要花开我的

生命

即使没有沃土
也要在岩石缝里

迎接天空的阳光

2018年4月14日于上海鱼焦了斋

医艺承扬,生命至上
——读"景在平生命然象画展"有感

前年5月,景在平教授在上海朵云轩举办个人画展,曾邀请我参加开幕式,因为临时有事,我不能应时出席。等过了几天自己去看时,画展已经结束,甚是不乐。之后我认真读了《景在平爱心浓墨写意山水书画集》《景在平清墨逸笔写意山水书画集》《景在平生命书画诗文集》等资料,心里生出一种奇异的感觉。因此一直希望有个机会,能够直接面对面地欣赏景在平的作品。景在平的绘画主题有强烈的生命意识,生命是有气息的,需要观赏者的生命气息与艺术作品透露出来的生命气息发生交流,构成一个特殊的气场,我们心灵才能够获得真正的震撼。直到去年9月,朵云轩再次举办《景在平生命然象画展》时,我欣然接受邀请,观看了新展出的三十幅画作。这次新展作品给了我意外的惊喜,我发现才相隔短短的一年多时间,景在平教授绘画艺术有了更高境界的升华。画家在这三十幅画作里,不但呈现浑然天成的个人艺术风格,而且呈现出孜孜以求的生命至上的思想意蕴。本文从以下三个方面来讨论景在平艺术思想发展的某些迹象。

一、从浓墨重彩到混沌原色

读景在平教授的画集,第一印象就是浓墨重彩。景在平水墨画以黑白对比效果构成基本图案,以浓烈色彩渗透笔墨之间,造成非常绚烂的画面感,尤其是对红色的大胆运用。景在平是一位医生,血管外科专家,他的一生最重要的时光是在手术台前度过的,他的经验世界是由无数人体和内脏器官所构成,奔腾的血液和搏动的心脏,成为感官世界中最最饱满的生命征象。这是构成景在平早期画作对视觉有强烈冲击力的原因所在。但是,当我面对展厅里的新作时,我惊讶地发现,这样的浓墨重彩与黑白构成的强烈对比消失了,原来很多评论者都称道景在平画作里用留白构成的意蕴,而在他的三十幅新作里,大面积的留白似乎也不见了,充斥满幅画面的是沉重的灰黑色。当然,如果仔细品嚼,还是能发现在灰黑色的背后隐藏着色彩,构成隐约可见的底色,它提醒人们:唯有黑色是最丰富的颜色,它可以包容各种各样的色彩。如作家贾平凹在一部小说里描绘黑色土地那样:"黑乎乎的土地里似乎有着各种各样的颜色,以花草的形式表现出来了。"原来画作里,鲜红搏动的人体血管、血液、心脏都是生命的具象,而在这次展出的画作里,生命意象显然超越了红色的层面,出现了大片的鸿蒙混沌的原色调:大气磅礴的灰黑。那是初心境界。我还注意到新展的三十幅作品里,有几幅画里蓝色特别耀眼。景在平在随笔《生命画派生命创》里说:"几十年来我每天手术就是直接进到患者的血管里,直接感受动脉血液的鲜红贲张和静脉血液的蓝黛柔静。"幽蓝色调会让人在柔静中产生神秘感受。景医生在大量手术实践中对颜色的心得独特深邃,这次题为"生命然象"的新展里,他多次运用蓝色来陪衬画面,产生幽秘画意,呼唤人们不要在浮躁里感受生命,需要返回到生命初在的混沌状态,参悟体会生命至上的意义。

二、从书画两美到浑然一境

　　景在平既是书法家,又是画家,可以说是书画两美。在他的画册里,每一幅画都是书画相配,相得益彰。景在平书法走的是象形写意路,以书解画,以书导画,书法为主,绘画为辅,构成独特意趣。但是在这三十幅画作里,书法依旧,书法所书的诗意题词依旧,但就像七彩颜色隐没在灰黑墨色里一样,都被溶解在以画为主的画面里,不再是书画并举,而是寓书于画,画中有书,引导读者把注意力更加集中在体会画面的内涵和意境。我觉得这也是画家充分自信的一种表达。因为原来画作是由书和画相配的图案,一明一暗对比鲜明,欣赏者自然会先欣赏书法,了解书法的内容,然后才去领会画中深邃内涵。有了书法文字的暗示在先,磅礴气象为主画面的图案里,当然也可以寻找到相应的自然具象,诸如"山水"、"瀑布"、"云烟"等元素。然而在三十幅新作里,书法被隐藏在灰黑墨色之中隐隐约约,欣赏者把它看作隐喻性主题,但不是直击画面的解读。三十幅作品都是大写意的境界,浑然一境,无从看到具体元素,只能从整体的意境上去感受画面内涵。这样的艺术作品,只适合在一种柔静的状态下,远远地品赏,静静地用心灵去感受画面,感受笔墨,而无法去猜谜一样地寻找和图解具体元素。譬如我很喜欢的那幅《独与天地精神相往来》,它没有用一种高空宁静的世俗观念来表达精神高峰一览众山小、山登绝顶我为峰的庄严相,而是选择了充满动感的气息流图,生命气息从画面中间向四周散发,隐约其间的各种水墨痕迹都仿佛是有生命的舞者。静静读画,感受到的却是极富动感的思想内涵,再配上蓝色的标题字迹(字在画面里也是构图的一部分),增添了幽秘的艺术氛围。在这幅画里,水墨、书法、标题、笔痕、气息都是完整境界的有机构成,书法不再是外来部分,而是与画面内化为同一境界。这就是浑然一境的意思。

三、从写意山水到生命然象

前面已经说到景在平艺术思想从山水书画到抽象写意的转

变,而这里,我要讨论生命意象在景在平绘画艺术中的意义。景在平不仅仅是一位医生,他还是将星级别的军人,军人与医生从不同维度来感受生死问题。作为军人的景在平,他的救死扶伤具有战斗的意义,他的敌人就是死神与病魔,他的战场就是手术台,他的战斗形式是以高超的医术把病人从死神手里抢夺回生命。长期在这样一种战斗的氛围中形成的生命观,绝对不是超越生死,也不是宁静致远与仙风道骨般的出世态度所能概括。在他特别标出"生命然象"的艺术画展里,生命是以一种奇特的意象出现:气流。我注意到景在平非常推崇三本古籍经典,认为是中华民族最值得保留的三种:《易经》《道德经》和《黄帝内经》。三种经典正好对应景在平的三重身份:《黄帝内经》是医书,对应他的医生身份;《道德经》相传是兵书,对应他的军人身份;而《易经》作为中华民族哲学思想的起源,正好应对景在平所孜孜追求的艺术境界。作为景在平画作不可分割的部分标题题词,最多涉及的自然元素,就是天地、山水、风雷、江河,从太极两仪构成的八大元素来看,唯缺火的意象。而取代火的意象的,则是生命之火。它是以气流的形态出现在画面上,统领了其他自然生命元素。所以,我们在景在平的艺术构图里,看不到自然元素的具象,山不见山,水不见水,但是唯有气流,生生不息,散发涌动,无时无处不在流动旋转,成为画面最有张力的元素。

  艺无止境。从景在平教授的山水画册到这次新展出的三十幅"生命然象"之作,可以看到景教授的艺术境界不断追求、不断进步的痕迹,作为其动力的,正是景在平教授的大爱之心。他身为血管外科医生,把自己的艺术作品奉献给社会,所获资金再返回爱心基金,资助贫困患者进行医疗手术,从死神手里夺回病者生命。七八年来,景在平教授用这种个人奉献的形式来集资、医疗、救援,实实在在地挽救了二十多名患者生命。真可谓是医艺承扬传水墨,惟留大爱付丹青。我有感于景教授生命至上的仁爱之举,感佩其敢逆当今滔滔浊浪而独行的人文精神,冒昧作此于医于艺均为门外之文,与景教授讨教画艺,为之共勉。

2019年元月2日于鱼焦了斋

初刊《文艺报》2019年1月18日

试论表演艺术的经典形象创造

一位优秀演员,曾经穿梭于舞台、银幕与荧屏,创造了数百个不同的艺术形象,获得过各种荣誉奖项,但就在她的艺术生命日臻完美之际,轻轻一跃,就看到了黄山光明顶上的一片霞光。五彩奇幻的霞光云霓里仿佛凝聚起一个新的艺术形象,又仿佛是她自己,这个形象既是她创造的,又深深渗透了她的艺术生命之所有——真是你中有我,我中有你。这样的艺术形象,可以以这位创造者命名,而且代表了创造者本人的高度艺术成就,我称之为经典艺术形象。

奚美娟演慈禧,仿佛有一个得天独厚的优先条件:形似。在电视连续剧《那年花开月正圆》中,慈禧的镜头不过是最后两场的几个片段,总共不过几分钟;而且慈禧在这个长达七十四集的连续剧中,既不是主要角色,与剧中主要人物的性格发展也无必然关系。她仿佛是从天而降:庚子事变八国联军入侵北京,慈禧母子仓皇出逃到西安,才得以与主人公周莹相遇。但是这一偶然相遇,使电视剧的境界为之一变:慈禧的出现,使这部通俗剧获得了完美收官,好评如潮。我注意到几乎所有的点赞中,都惊叹演员塑造的慈禧形象与慈禧本人极为相像。慈禧的时代,中国已经引进了照相技术,保留了慈禧真实的面容和神态。奚美娟的外貌神态配上台湾化妆师伍哥的精湛技术,确实达到了与慈禧高度形似的程度。这也许是别的演员无法取代的先决条件之一。

但是,表演艺术的形象塑造,形似仅仅是先决条件,不是唯一起到决定性作用的。现代化妆造型技术虽然发达,但终究不是克隆，无法乱真。比如人物的眼神就无法复制，奚美娟扮演的慈禧与真人照里的慈禧在各自的眼神里还是有较大的相异之处。慈禧在真人照里双眼炯炯有神，射出来的是凌厉凶狠的眼光，而奚美娟扮演的人物剧照里则无法找到这种眼神——差异还是有很多，但这并不重要。当观众面对舞台、银幕、荧屏突然产生"太像了"的直觉时，形似仅仅是表面的、诉诸观众感官的一种刺激，观众心理反应表达了对剧中人物真实性的认同。同理，如果观众的第一个本能反应是"不像啊"，那也是反映了心理上对剧中人物真实性的拒斥。无论认同还是拒斥，都是暂时的，随着剧情发展和人物表演，观众还是会逐渐让理性思考回到正常意识中，这时候再论断其"像"与"不像"的时候，就不再仅仅依靠形似了，一定还包含了观众对于剧中人物的预期内涵。演员对角色的塑造效果与观众对角色的预期内涵高度吻合，那才是"像"的内涵，而两者不能吻合，就会产生"不像"或者"不好"的判断。这种两者高度吻合的艺术现象，即所谓神似。我注意到网络上点赞奚美娟表演艺术的言论中，出现了一个新词：神还原。这个词用得非常好，指的是"神态"（即精、气、神）回到了历史人物的真实状态，让我们从理性上相信：慈禧，就应该是这样的。

一般情况下，观众对人物角色的预期不会是很清晰的，只是潜意识中的模糊期待，这需要演员对角色的深刻理解和准确表达，才能唤醒或者填补观众的想象空间。只有当演员出色地完成剧中人物性格塑造时，观众才会恍然大悟地追认：原来所期待的人物就是这样的。所以，在"神似认同"这一层审美关系中，起决定性作用的仍然是演员的艺术创造能力。奚美娟创造慈禧形象的成功，先决条件当然是形似，但是除此以外，演员通过表演艺术创造出一个神似慈禧的奇迹，这才是关键性的。我看到网上有一则《华商报》记者的报道，采访该剧女主角孙俪谈与奚美娟的合作："孙俪还透露和奚美娟演那场戏的时候，自己唯一一次台词

'磕巴'了,'不知道为什么,那一刻我的嘴就一直不利落,可能真的是周莹看到慈禧的那张脸有点紧张。'"（新浪微博@turbosun）看了这则报道我才明白,原来在这场戏里,周莹的紧张感不完全是"被"表演出来的,而是演员内心真实感受的流露。在表演艺术研究中,演员表演的真实心理极难捕捉,能够保留下来的资料也极少,孙俪"透露"的这个真实细节对于我们研究表演艺术非常珍贵。记得该剧另有一场周莹对抗婆婆（龚慈恩饰）礼数教育的戏,她叉手叉脚地坐在地上,大声嚷嚷着：瞧我这个样子,天也不会塌下来啊！地也不会陷下去啊！……演得非常生动,让人忍俊不禁。但我们看到的是孙俪在表演。而在周莹见慈禧这场戏里,周莹的紧张感（台词"磕巴"）则是真实心理状态带来的特殊的艺术效果。这个例子说明：奚美娟塑造慈禧形象确实能够产生强大气场,形象本身散发出特殊信息,把对方情绪不由自主地带入被规定的艺术氛围,孙俪恍惚间似乎真的见到被复活了的慈禧,这时候演员的表演灵感被突然激发,真实自然的表演状态取代了刻意性的演技。如果我们把周莹见慈禧这场戏看作是一个典型案例,说明在艺术表演过程中,优秀的演员之间可能会突然产生彼此间互相吸引的特殊气场,各自的表演都会自然发挥到最高、也是最完美的艺术境界。这应该说就是表演艺术达到"神似"的最佳状态。

那么,奚美娟怎么会在短短几分钟的镜头里,让慈禧的艺术形象如此深刻地树立在观众的心里,并获得普遍认可的？换句话说,她通过怎样的艺术手法来完成对慈禧艺术形象的经典化？

当然,这几分钟的表演凝聚了演员对角色的长期揣摩、体验、实践的经验积累。奚美娟不是在《那年花开月正圆》里第一次塑造慈禧艺术形象。我最早看到的是她在上世纪90年代电视连续剧《左宗棠》里扮演的慈禧,那是年轻时期的慈禧,演员也很年轻,在几个简短的片段里,慈禧一直怀里抱着、照料着幼小的同治帝,与其说是一个善于玩弄政治权术、第一次垂帘听政的政治家,还不如说是一个精心照料小皇帝的母亲。《左宗棠》讲的是新疆平叛故事,后来没有顺利播出,慈禧作为正面形象的出现,也没有引起太多的关注。不过奚美娟在塑造这个年轻皇太后的形象中已经注入了新因素,那就是重新定义这个近代史上引起太多争议的历史人物,她用普通的人性立场来重新阐释被妖魔化了的慈禧。

中国近代史上,慈禧是一个少数民族政权的贵族女性,几度垂帘听政,实际掌控清帝国最高权力达四十七年之久。可惜的是,慈禧与吕后、武则天、萧太后等政治家最不一样的命运,就是她掌控国家权力的这段历史,正是清帝国由盛到衰、最终走向灭亡的阶段。其中辛酉政变(1861)和戊戌政变(1898)两场政坛事变均关涉国家命运沉浮,慈禧是起了重要作用的,但她并没有挽救清王朝的覆灭。正因为国运颓势一发不可收拾,后人自然把责任推到了慈禧身上;更要紧的是,慈禧在政治事变中代表了满族统治集团的保守派利益,屡屡得罪汉族士大夫和中下层知识分子,于是在往后的知识分子主流言说里她一直被塑造为反面典型。在这样的叙事传统中,大量清宫政坛秘闻里慈禧总是扮演了不光彩的反派角色。在《清宫秘史》(朱石麟导演,唐若青饰慈禧)等讲述戊戌变法的电影戏剧作品里,慈禧是一个专横、愚昧、虚荣、浅薄的女人。在《垂帘听政》、《火烧圆明园》(李翰祥导演,刘晓庆饰慈禧)等讲述辛酉政变的电影作品里,慈禧又成了一个篡夺国家权力、做女皇梦的政治野心家。甚至有些作品利用坊间流言,把慈禧描写成一个穷奢极侈、荒淫无耻的淫妇、恶妇、愚妇。正如《北京法源寺》(田沁鑫导演)里普净和尚所说:"清政府从不宣传慈禧的生活,不知道慈禧的人性,不了解慈禧的兴趣爱好,只是懿旨、慈览和讲话。所以,老佛爷的民间野史泛滥,让人浮想联翩,百姓们是非连绵。我们也不例外。"这个"我们"里就包括了知识分子叙事。历来的慈禧形象正是这种知识分子叙事与市民阶层家长里短、流言蜚语共同构筑起来的一个典型,当然也是政治概念化的产物。

为了写这篇论文,我又一次看了老电影《清宫秘史》。以剧中"梳头"一场戏为例:慈禧被一群宫女簇拥着,她问为她梳头的太监李莲英:小李子,今天为我梳个什么式样?李莲英回答:老佛爷,今天梳个新的式样:丹凤朝阳。旁边的宫女奉承说:李总管真好,每天给老佛爷梳头,式样都不一样。慈禧高兴地夸奖:是啊,别人给我梳头我都不放心,只有小李子梳头,从来不给我碰掉一根头发。李莲英慌忙说:那是老佛爷龙体康健,本来就不会掉头发。这时李莲英已经发现梳子上缠绕着慈禧被梳下来的头发,他连忙扯下来塞进袖子。但是慈禧却喜滋滋地照着镜子,没有发觉。接着又挑选插花做头饰,隆裕皇后进来请安时,她已经站起身来了,眼睛仍然盯着镜子搔首弄姿……这是上世纪 40 年代末香港市民眼中的慈禧形象,编导在鞭笞反动人物的观念下,这一场"梳头"展示的是一个作为女人的慈禧:自恋、虚荣、愚蠢、喜好奉承,对周围人的弄虚作假视而不见,太后、太监、宫女之间就像一个大户人家的女主与佣仆那样亲密无间,尤其是慈禧梳完头站立起来,还对着镜子微微扭动腰肢,自我欣赏。这样一个慈禧形象是接地气的,能够满足一般坊间市民对慈禧矮化的想象。再举一场戏为例:珍妃之死。庚子事变爆发,八国联军入侵北京,慈禧身着普通农妇服饰准备西逃,这时身着宫廷服饰的珍妃与她发生了一场唇枪舌剑,结果导致珍妃被害。在这场戏中,慈禧身上表现出顽固、专横、凶残的强悍性,这股强悍之气出现在民妇打扮的慈禧身上显得非常饱满。在慈禧与珍妃的对峙中,形象上"民间化"的慈禧比"宫廷化"的珍妃更胜一筹,强悍落到了实处。我们综合这两场唐若青版的慈禧戏,不难看到,演员是以充满内在活力的世俗女性激情演绎了政治舞台上老谋深算的皇太后,尽管也很有个性，但多少与作为女政治家的慈禧形象产生距离——我这么解读《清宫秘史》的慈禧形象，无意挑剔唐若青的表演水平，当时唐若青只有三十岁，已经有十多年的从艺经历，在话剧舞台上创造了许多脍炙人口的艺术形象，一部清宫戏的慈禧形象既不是她的代表作，也不涉及对她的整体表演艺术风格的评价。更何况她的表演与上世纪40年代时尚的表演风格、审美趣味都是相吻合的。

我之所以要举《清宫秘史》里慈禧西行的例子，是为了方便分析电视剧《那年花开月正圆》中奚美娟对慈禧艺术形象的塑造。在这部电视剧里，奚美娟演的慈禧正是庚子事变后狼狈逃亡西安、入住陕西富商周莹家中的几个片段。与唐若青版的强悍民妇形象相比，奚美娟版的慈禧两个月来过晋入秦，一路颠簸，加上受到大惊吓，身上强悍之气被消磨殆尽，虽然朝服依旧，虽然威仪依旧，但杀气已经收敛，在国破家亡面前内心反省不能不油然而生，苦苦折磨她的内心。这是把握慈禧心理的关键所在。只有在这个前提下，慈禧面对口无遮拦的周莹才能够有所容忍。奚美娟扮演的慈禧一亮相就非同凡响，她的化妆也是顶级的：一个老迈、虚浮、无力的老人，身着华贵朝服，脸上却气象全失，她开口就是抱怨："这东走两步也是墙，西走两步也是墙，连个像样的召见外臣的房间都没有，哪里有个行在的样子？"整个说话过程中，演员几乎没有小动作，只有声音空空洞洞地飘荡其间，低沉、收敛、节奏缓慢，一个字一个字地清晰吐出，听上去似很微弱，拿腔拿调，但丝毫没有轻浮感；听上去也似很威严，居高临下，语气带有责备，但仔细品嚼，声音又有点虚张声势。演员的台词功夫是一流的，这种声音与腔调里饱含了复杂的情感状态，可以让人体味到身处绝境、走投无路的逼仄感。凭着这样的台词和声音，演员缓缓地把观众带到另外一种艺术氛围的场景——顺便插一句，《那年花开月正圆》本身带有通俗剧的戏说色彩,周莹大大咧咧的表演风格隐含了对传统封建礼教的轻蔑与嘲弄,一股就是皇帝佬倌也不放在眼里的民间狂狷。如果按照这个戏说风格延续下去,慈禧形象也可以被解读成另外一种喜剧角色,可是当奚美娟饰的慈禧一出镜,通俗剧的戏说风格立马变为正剧,老迈的声音里带入了无尽的历史苍凉。艺术境界由此提升。

除了精湛的演技与厚实的基本功以外,奚美娟表演艺术还有一个显著的特点,那就是准确性。这是她能够成功塑造人物艺术形象的重要途径。奚美娟的表演风格是现实主义的,总是力求准确地表现人物此时此刻的性格特点。以往我们理解表演艺术的准确性,都是从角色的总体性格特征出发来理解和把握人物。所谓人物的总体性格特征,譬如慈禧,首先是晚清统治集团中保守势力的代表人物,那么,每一个细节都必然要围绕这一总体性格特征来刻画。以上所举《清宫秘史》的慈禧形象正是从这一总体性格特征出发的,所以她在影片中的一举一动(包括"梳头"这样的日常生活细节),都需要刻画她作为反面人物的种种性格特征。而奚美娟的人物塑造方法正相反,她是自觉放弃角色的总体性格特征,自觉换了一个角度,把人物放在此时此刻的特殊环境下,表现人物性格逻辑的必然性。她要刻画的并不是什么抽象的人性,而是人性在特殊环境下的必然流露。奚美娟创造过许多反派人物(如《红色康乃馨》里的贪官、《黑三角》里的特务、《北京法源寺》里的慈禧等),都是入木三分的反派艺术形象,但是在一般观众的心里,从不会把她列入反派演员。为什么?并不是她演的坏人不坏,而是她善于把坏人放到一个特殊环境中来表现其坏,表达的仍然是人性的正常逻辑。她在演《黑三角》里的特务时,曾经有一句名言广为流传:"面善心恶是坏人的最高境界。"但是"面善"只是坏人的某种表象特征,更重要的是，这个坏人角色是在特定的母子、母女、亲友以及各种社会关系中真实自然发生的坏，所以，角色本人并不觉得自己是坏，观众感受到的也不是这个坏人天生的坏，一切都是在特定环境、特定关系里呈现出来的。奚美娟表现人物的此时此刻性，也就是着重表现反面人物在此时此刻做坏事的性格逻辑，她要求人物即使是做坏事，也需要一个正常理由（逻辑）。这是一条表演艺术的戒律，在这条戒律下，她与一切脸谱化、概念化的表演都划清了界线。

话剧《北京法源寺》里慈禧训政一场戏，无论从历史的角度还是文艺的结构来看，慈禧都是起了反面作用。慈禧训政导致保守势力复辟、戊戌维新流产、谭嗣同等六君子血溅菜市口、历史车轮倒退以及极端狭隘的民粹主义狂潮掀起，给中国带来万劫不复的耻辱。所以，慈禧在这场戏里一般都被表现得穷凶极恶，人们的同情都是在光绪与珍妃这一边。但是经过奚美娟表演的三度创作，慈禧痛斥光绪让人们受到强烈震动：慈禧有她不得不训政的理由。她其实深深了解大清帝国已经陷于崩溃边缘，可是她作为一个皇太后，无论个人能力还是挽救积重难返的国力都力不从心，维护大清江山的责任又偏偏压在了她的肩上，她原来指望光绪能够接班中兴，光绪却偏信康有为，要把刚刚战胜中国、亡我之心不死的头号敌人伊藤博文请来当顾问；她更不能容忍的是，她一心扶植的光绪竟然会背叛她、密谋政变颠覆"祖宗之法"。慈禧在此时此刻的痛心，不仅仅是作为一个资深政治家面对无能的接班人的痛心疾首，还是一个母亲面对不争气的儿子的伤心欲绝。慈禧对着上苍呼喊列祖列宗的独白，被演员表现得肝胆俱裂，痛不欲生。这时候，整个舞台上站满角色但一片肃静，整个剧场万籁俱静，唯有一个苍老痛苦的声音在剧场里回荡，仿佛真有列祖列宗之魂在天上悲哀地注视着慈禧。我两次在剧场里听着奚美娟这段独白，都联想到双目失明的李尔王在旷野里的大声疾呼，两者足堪媲美。但奚美娟版的慈禧表达的痛苦与家国情怀紧密联系在一起,要比李尔王的痛苦深刻得多。这是一个表演人物此时此刻性格逻辑的最好例证。

我们再回到《那年花开月正圆》的剧情,那场戏中的慈禧,正是尝到了她训政导致恶果的时候了。她的华贵外表下掩饰着内在心虚,连日经受颠簸劳累又要硬撑着主子的威严,多层次互为对立的心理元素都集中反映在慈禧形象中。如果说,《北京法源寺》的舞台上慈禧被簇拥在一大群角色之间,面对的是远距离观看的观众,奚美娟在塑造慈禧形象时发挥了堪称一绝的台词状态;那么,在电视剧短短几分钟的表演中,奚美娟不仅恰到好处地发挥台词念白的声音优势,更精彩的是,她准确抓住了慈禧此时此刻的复杂心理,并通过复杂的脸部表情变化来表达。慈禧是皇太后,表现其此时此刻的正常性格逻辑,还必须兼顾到她作为政治家的霸气与特征。前文分析了慈禧抱怨住处狭小时呈现的虚弱之气,但紧接着端方建议她入住泾阳吴家东院,她颇为心动:整日关在这里,看来看去就是这几堵墙,也着实腻了。接着她侧过脸去问身边的光绪:"皇上,你觉得呢?"光绪闷了片刻:"出去走走也好。"慈禧马上正过脸,面对大臣:"那就这么定了。"语气变为命令式,脱口而出,慈禧恢复了皇家威严。这场戏中,光绪的话与慈禧的话衔接得非常紧凑,慈禧其实早已打定主意,询问光绪无非是在大臣面前做戏,表示尊重皇上,她心里迫不及待要搬出狭小的"行在所"。光绪的犹豫不决与慈禧的斩钉截铁构成鲜明对照,暗示了慈禧大权在握的真相。

接着就发生了周莹见慈禧这场戏。两者是在极不对等的情况下交集在一起,"齐家"与"治国"完全不在同一个层面上对话。吴家寡妇的故事本来是一个民间传说,但此时此刻却成为朝廷与民间围绕变法维新的一场交锋,成为戊戌变法激烈冲突的后续,使变法在民间产生了实在的影响。(从这一点看,电视剧最后一集编造吴泽行刺、沈星移牺牲等情节都是续貂。)周莹对于庙堂内情一无所知,信口开河,却无意中讲出了许多变法维新的道理,击中慈禧的软肋,而慈禧屡屡寒下脸又不便发作,这与她在庚子惨祸的教训中暗自忏悔有关,她面对的周莹毕竟是普通民妇,她无法与老百姓计较大是大非的政治原则问题。此时此刻的慈禧,外表看上去是平淡的,内心却是激烈而不平静。这样一种无可奈何的复杂心理,被奚美娟精确无误地演绎出来。应该感谢电视剧的导演和摄影,在珍贵的几分钟镜头里,特别集中表现了演员的脸部特写,周莹的茫然无知与慈禧的不怒而威都被表现得很充分。在对话中,慈禧有几次被周莹的朴素对话逗得莞尔一笑,但这个笑是皮笑肉不笑,脸皮有笑意,眼神却是冷漠的;当周莹的话无意间触痛慈禧,慈禧的脸部表情与其说是发怒,不如说是一种被触及的痛苦。她对周莹的村言既有容忍,但更多的是在为自己艰难痛苦的政治抉择暗暗伤神。我这样来阐释奚美娟塑造的慈禧形象,就是想说明在奚美娟的表演艺术风格里,她更加注重的是人物此时此刻的精神状态,而不是人物的总体性格特征,从而使《北京法源寺》里的呼天抢地的慈禧与《那年花开月正圆》里的衰老伤神的慈禧呈现出完全不同的风貌,但是观众们都会相信:这就是慈禧应该有的风貌。

  当然,也许现实世界里的慈禧并不是这样的。我前面说过,对比奚美娟与慈禧真实照片可以看到,奚美娟的眼神与慈禧的眼神并不相似,慈禧那种灼灼有神的坚定、凶悍,是老年慈禧容貌的一大特征,而奚美娟的眼神里不具备这种状态。绝对的形似是不存在的,但是在奚美娟塑造的慈禧形象里,注入了演员自身的气质神韵,使艺术中的慈禧比现实中的慈禧更加丰富。电视剧里慈禧第三次出场也是最后一次出场,是离开吴家出行。周莹经历了一夜惊魂,带伤跪伏地上送行。慈禧在太监搀扶下缓缓走到门口,看见伏在路边的周莹,若有所思地停步,问:"你守寡多少年了?"周莹回答:"回太后的话,十四年。"慈禧沉默片刻:"我三十九年了。"接着就缓缓上车,走了。这段简单对话可以用多种表演形态来体现,奚美娟在表演中明显把对话的时间拉长了:她先是把脸转向右边,眼睛看着跪在地上的周莹,居高临下地问了第一句话;周莹回答以后,慈禧身体没有动,脸却慢慢地转向左上边,默默仰头看了一眼天空,稍有停顿,又慢慢低下头来,眼神又回到周莹身上,才说了第二句话。这时慈禧的脸上也出现了微微的笑容。两个女性,一个是在九天之上的皇太后,一个是西北小镇的女富户,本来是天上地下无法沟通的,但是编剧突发异想,在"守寡"的身份上沟通了两个女性的感情。奚美娟怎样表演这个细节的呢?她此时此刻的眼睛看着遥远的天空,仿佛把自己的思绪带到了冥冥中的世界,脸部出现极为复杂的神态,既有感慨,又有欣慰,然后才从嘴里喃喃地吐露出自己的寡居岁月(也是她从咸丰帝身后开始的政治生涯)。现实世界中的慈禧当然不可能对一个民妇讲述自己的守寡年月,然而奚美娟却通过意味丰富的眼神,把剧本里的对话演绎成独白——"我三十九年了",这句话也可以理解为慈禧此时此刻内心的自言自语,一种来自沧桑岁月刺激的自我叹息。现实中强悍的老年慈禧也许不会做出这样的内心独白,但是看了奚美娟的表演以后,我宁可相信,也许慈禧是会发出这样柔软的心声。

从奚美娟的表演艺术谈起,我想以她塑造慈禧形象为例,讨论表演艺术中的经典艺术形象的塑造。对于奚美娟来说,《那年花开月正圆》中的慈禧可能仅仅是她创造的数百名艺术形象中的一个偶然,但是短短几分钟的表演竟获得广泛赞誉,无意中成了一个"网红"现象,可能是一个奇迹,但是要成就这样一个奇迹,必须具备许多先决条件:电视剧本身具有广大受众面;《那年花开月正圆》又是一个明星璀璨的连续剧,七十多集的连续播放已经吸引了大量的观众;慈禧又是一个家喻户晓,并且有过许多明星表演过的著名角色;演员形神兼备的表演优势能够被观众所接受,等等,多种原因造就了奚美娟创造这个角色的艺术高峰。对于这样形成的一个艺术形象,我想称之为"经典艺术形象",这是表演学上作为标杆的艺术形象。

正如我们在其他文学艺术样式中都可以有自己的"经典",作为表演学这一学科的核心内容,表演艺术作品也应该有自己的经典。但是在以前的时代,因为没有现代录音录像技术,表演艺术一般很难被保存下来,我们只能保留经典剧本剧目,却无法保留经典的艺术形象。但是严格地说,从经典剧本与剧目中的人物角色到表演艺术中的经典艺术形象之间,是有较大差距的。后者是融入了表演艺术家个人独特风格的艺术形象,是有生命的艺术形象,只有这样的艺术形象,才是表演艺术需要反复学习、研究、观摩的经典。

在表演艺术史上,许多熠熠辉煌的艺术形象的创造,都是与优秀演员的表演艺术紧密联系在一起,互为表里,彼此不可分离。我们赏析传统戏剧,常常是通过对优秀演员的确认来关注优秀剧目的。谈到《贵妃醉酒》,必然会谈到梅兰芳;谈到红生戏关云长,一定要讲三麻子或者李洪春;谈到武松,自然就想到"江南活武松"盖叫天;《徐策跑城》现在当然还有人在演,可是谁能取代麒麟童呢?电影表演艺术也是一样的,赵丹扮演的林则徐、许云峰大约都会被人取代,可是武训呢?谁能把这个形象与赵丹的艺术表演区分开来?那是因为人们已经认定:武训就应该是赵丹扮演的那个形象,很难再有第二个形象来取代。西方在莎剧演出史上一定也是这样,我们讨论哈姆雷特、奥赛罗、李尔王、麦克白夫人等等,一定是与西方最优秀的演员联系在一起的。为此,表演学是否可以提出一个"经典艺术形象"的概念,它的创造模式是:杨贵妃+梅兰芳、关云长+三麻子(或者:+李洪春)、武松+盖叫天、孙悟空＋六龄童（或者：＋六小龄童）、武训＋赵丹……典型角色＋优秀演员的表演艺术，构成经典艺术形象。

一般来说，任何角色都不可能为某一个演员所专擅，凡有生命力的艺术形象必然会在不同时间、环境下得到不同的阐释和演绎，而不同时代甚至同一时代不同演员都会创造出不同风貌的角色形象。但是，就像一部文学作品，从理论上说应该有许多种创作的方法，但是最后形成伟大经典的，只能是一种。研究莎士比亚的专家们可以讲出每一部莎剧的背后都有许多种类似的故事、小说或者戏剧作品，但是最后成就了以莎士比亚命名的经典戏剧，得到了学术史上公认的地位，莎剧就是西方戏剧史上的经典。表演，本来就是一种民众社会的娱乐形式，表演艺术史也是一门探究从草根到精英的蜕变进化的发展历史，在现代科学技术的条件下，人们完全有可能通过仿真的录音录像手段，把表演艺术家所创造的艺术形象保存下来，有条件在不同演员创造的艺术形象之间进行欣赏、比较和研究，这样就能够为产生经典艺术形象提供了保障。

不是所有被表演的艺术形象都可以成为经典，也不是所有优秀演员创造的角色都具有经典性。要达到经典艺术形象，必须具备许多前提：来自剧本的角色是否有经典性？观众对于演员这样一种创造角色的风格是否认可？演员创造角色的风格是否有鲜明的独特性？等等不一，但是，无论有多少种构成经典艺术形象的方法，其中演员对角色的天才领悟及其独特的表演能力，恰到好处地把角色内在的某些本质性的特征表达出来，并且获得人们对角色的预期想象力的认可，是构成经典艺术形象最根本的条件。

本文不打算全面论述如何创造经典艺术形象的问题，仅仅就表演艺术家奚美娟在舞台上和荧屏上创造的慈禧这一角色的成功案例，来探讨表演学上创造经典艺术形象的可能性。当然，这仅仅是就奚美娟的表演艺术来归纳的,而创造经典艺术形象的途径多元而且复杂,需要专家进行广泛而深入的探讨和研究。

2017 年 11 月 10 日
初刊《戏剧艺术》2018 年第 3 期

命运·尾声

美国剧作家 D. L. 柯培恩创作的话剧《洋麻将》于 1976 年在洛杉矶首演,1978 年获普利策大奖。当时中国人刚从一场噩梦中挣扎出来,自顾不暇,当然不会去关心大洋彼岸的老年人的命运问题。八年后,北京人艺首次公演卢燕翻译的这个戏,夏淳担任导演,于是之、朱琳主演,据说"并未获得社会影响意义上的成功"①。2014 年,北京人艺重新排演这个经典剧目,导演唐烨,由濮存昕与龚丽君主演。又过了五年,2019 年,上海著名导演陈薪伊重新排演《洋麻将》,担纲主演的是奚美娟与关栋天。如果不算 2010 年香港话剧团在重庆上演过的那一次,那么中国内地剧团上演《洋麻将》影响最大的,大约就是这三次。

我是在 2019 年观看了陈薪伊导演的《洋麻将》。在这之前,我一直以为这是一个适合在小剧场排演的戏,两个人,近距离,就像当年的《留守女士》那样。但是当我坐在剧场里,看到舞台上的大幕拉开时,脑子里预设的观念全部被颠覆了。舞台上呈现出一个与原剧本不同的场景:一个开放的空间,光线明亮,现代风格的车站,顶棚上挂满了时钟,时针在不停地倒转。这与原剧本设定的养老院里一个封闭小房间的氛围完全不同。舞美设计所呈现的不仅是大气磅礴,一如陈导惯有的舞台美学风格,更重要的是,通过车站与时钟等相对抽象的道具和场景,对这个批判现实主义的经典剧目进行了现代主义艺术的解读,把它改造成一部讨论人

---

① 杨道全《〈洋麻将〉——一副牌里的社会乾坤》,《艺术评论》2015 年第 3 期。

的命运的现代戏,于是整个戏剧风格也翻出了新的格局。

怀着这样的兴趣,我重新去找了北京人艺两度上演《洋麻将》的音像资料与文字评价,看了以后,更加坚定了我对这个戏的理解。本文就戏中的命运观与结尾的艺术处理两个问题,写出来就教于方家。

一、命 运 观

这个戏究竟是写老人晚景凄凉还是写人的抽象命运?这个问题没有定论。我看了相关评论,一般都认为这是一个社会问题剧,也就是讨论美国老人的困境,涉及老人孤独无助的心理、贫穷、子女冷漠、养老环境差等等,都是社会通病,进而往深里说,就是批判美国社会的人情冷酷。但于是之先生不这么看。他在排演这个戏时发表了一份演员手记《排〈洋麻将〉日记摘抄》,里面他这么分析魏勒这个角色:"'运气不好',成为他晚年唯一的精神支柱。他都不敢承认自己是生活中的弱者,是在生活的拳击场中被打败了的人。他总要在生活中发现一个强者、胜利者的自己。""然而他们是不平静的,要抗争的,甚至不知向谁去抗争。顶多知道个'命运'。有时会莫名地哭。"于是之创作角色,不是从概念诠释人物,而是牢牢地抓住了人物的精神特征。就魏勒这一个人物来说,他的精神困境来自于"运气不好",又不甘心,他还想抗争,可是如何抗争?用什么办法来证明自己还会成为一个"强者"?于是之说,魏勒"顶多知道个'命运'"。其实他已经把这个戏的旨意透露出来了。魏勒和芬西雅两人在舞台上一连打了十四把洋麻将,"洋麻将"才是这个戏的真正主角,它就是命运的征象。

从剧情上看,"洋麻将"就是打扑克,扑克之于西方文化的意义,与中国人打麻将不同,扑克在西方文化里有未卜先知、预测人生命运的功能。魏勒一生中,生意、事业、家庭、婚姻,几乎都失败了,一无所有,孤独地在养老院里生活,可以说是人生的失败者。但他又是一个"男子汉",不愿承认自己是失败者。他与养老院里其他心平气和接受失败命运的老人不同,他还要挣扎,希望自己的人生中会出现最后的奇迹,证明自己不是平庸之辈——这是魏勒这个人物的亮点。理解了这一点,就能理解他为什么刚出场就用刻毒的话语骂养老院里的那些老人,把自己与那些老人划清界限;也能理解他为什么固执地打牌。既然扑克有暗示命运的功能,他只有努力通过打牌来寻求自己命运的可能性,而养老院里其他老人早就放弃了打牌,接受了命运的安排。再者,命运这么不好,魏勒到老了还想努力与命运抗争,这就有了悲剧的意味。在西方的戏剧传统里,敢于对命运抗争而必然失败的人才是英雄。当然,这一切对魏勒来说都是下意识的,他不是自觉这样做,他不是特别爱好打牌,也不是特别擅长打牌,更不仅仅为了解闷消遣,而是朦胧中对自己的命运充满迷茫和恐惧,他想弄个明白。所以,他才会因为芬西雅的一场场赢牌感到恐惧,再由恐惧而绝望、迷乱,最后因失控而崩溃。这一切都是他对未来命运的恐惧造成的,是下意识的行为。

如果这样来理解这个戏,那么,打牌就不是养老院里老人因无聊而沉迷的游戏,而是一场场心里淌着血的灵魂的搏斗。我没有看过原作在美国的演出,于是之看过录像,是作者柯培恩自己扮演的魏勒,于是之说:"他演的是一个衰老的人,神经质的人——这两点都有可取处。"我无法揣摩柯培恩的"神经质"是怎么表现的,但我猜想,柯培恩演绎的"神经质"很可能和剧中人物与命运的搏斗有关,因为是灵魂的搏斗,人物是与一种看不见的虚无状态作战,"神经质"是必然的表现。但于是之是一位现实主义艺术大师,他是从真实角度去理解人物虚幻的精神症状,所以他把魏勒与命运的对抗理解成"幻觉"和"弄神弄鬼",并努力地要把这些细节表现得真实可信,合乎逻辑。有一场戏,魏勒与虚幻中的命运之神对话,芳西雅以为他精神出了状况,然而在于是之的表演中,他把这个场景演绎为自言自语的内心自我对话。

这场人物与虚幻的对话,不是魏勒的精神错乱,也不是他故意弄神弄鬼,其实就是表现他与命运的对抗。在这个方面,陈薪伊版《洋麻将》显得驾轻就熟,表现得比较顺畅。当然这里也有偶然性,两位演员不同背景的表演艺术在舞台上发生撞击和互补,呈现出天作之合,把这类虚实结合的现代艺术表现得恰到好处。奚美娟主演的芳西雅,与北京人艺的两版女主角都不一样,是演员独创的艺术形象。舞台上的芳西雅,既没有西式的浓妆艳抹,也没有西方女士的特色服装,奚美娟本色出演,把芳西雅塑造成一个南方女性:纤弱、天真、无辜、爱体面(也有些矫揉造作的"装")的神情,简直演活了这个形象。芳西雅不是纯粹的现实中人,她还代表了命运,是来向魏勒揭示真相的,通过打牌来告诉他:你就是一个失败者。换句话说,芳西雅是魏勒的命运之神。如果芳西雅真的是一个精于打牌的高手,那么她赢牌也不足为奇,问题是她恰恰不怎么会打牌,连自己也赢得莫名其妙。这样就充满玄机,特别有趣。芳西雅每一次宣布自己"赢了"的时候,那种一脸无辜、歉意、不知所措的神态,演得特别传神。因为芳西雅自己也不知道,她既是一个普普通通的失意老太太,又被选中了要向魏勒传达命运的意志。所以,芳西雅的出现对魏勒来说是残酷的。魏勒在一次次输牌过程中也发现了可疑之处,于是他追问芳西雅:是一股什么力量让你赢牌?你怎么能控制我的意志?……他恍惚意识到,有一种神秘力量存在。于是他因恐惧而迷乱,出现了精神幻觉。这场戏是很重要的,因为魏勒已经在形而上层面感悟到命运之神的可怕存在了。所以在最后一场戏里,他才会那么刻意去伤害芳西雅。京剧演员出身的关栋天在演魏勒这个角色时,恰到好处地表现出一种对形而上命运充满迷茫、恐惧和不甘心的状态。也许京剧是一种表现主义的艺术,演员习惯面对着舞台前的观众说话,经常会采用一种游离具体场景的表现手法,舞台上魏勒与芳西雅面对面地打牌时,芳西雅总是在现场中牢牢地把握住舞台的中心,而魏勒的精神常常是游移的、分散的,他总是头部微微仰起,眼睛对着虚无,似乎看到了芳西雅身体之外有着某种可怕的存在。这是魏勒最后崩溃的心理基础,他当然不会是因为普通输牌而崩溃。

但是在现实层面,这两个角色又都是扎扎实实、有血有肉的人。他们的性格塑造是按照生活真实的逻辑在发展,非常饱满,非常复杂。魏勒从不甘心失败出发,沉浸在洋麻将中,结果通过不断输牌,终于认识到命运的安排,进而崩溃;芳西雅在无意中代表了命运的意志,在打牌过程中一次次赢牌,她自己也身不由己,到了最后,又还原为普通人,接了地气,反而对魏勒的失败命运产生深深同情。

二、结尾构思

再谈谈这个戏的结尾。《洋麻将》在中国舞台上的几次演出,戏的结尾处理都是意味深长,含有不同的寓意。导演对这个戏的不同理解,落实到具体的艺术处理,都体现在"卒章显志"这一点。人艺夏淳版的结尾可能是出自于是之对角色的理解:"一个过了时的男子汉。"结尾场景中魏勒一度精神失控,挥起手杖敲打牌桌,芳西雅惊恐叫唤护士,魏勒慢慢清醒过来,颓然地倒在沙发上,泄了气似的,然而,他似乎又不甘心命运的打击,他还要面子,猛然地站了起来,一言不发,昂着头颅,挺起胸,迈着衰老的步子,一步一步走出储藏室。于是之绝对高超的演技把人物的复杂性格及其情绪化的极致表达,非常有层次地表现出来。就身体语言而言,演员有些僵硬的身板与一步一步往外走的动作,把全场观众的眼和心都一起带出了舞台。可惜舞台空间在这个时候显得太小,魏勒的高度艺术化的戏剧动作强烈吸引着观众的情绪,但是舞台上已经没有空间给他继续展示了,每个观众看到这个时候都会产生意犹未尽的感觉。也许是为了弥补这个遗憾,导演及时调动芳西雅的作用,在魏勒走到门口继续往外走时,芳西雅从惊恐中清醒过来,她仿佛受到魏勒的身体语言的感染,也慢慢地站起身,挪动着僵硬的身体,一步一步跟着往外走。这时候芳西雅的精神状态与魏勒是高度一致的,两人动作也是一致的,就仿佛两人精神已经合为一体,他们拼着衰朽的身体,坚强地迎着门外的命运之神走出去。芳西雅的动作延长了魏勒的动作线,使人们原先意犹未尽的感觉得到了一定的缓解。

《洋麻将》人艺唐烨版针对这个结尾做了较大改动。导演明确表示:"对于前一版的结尾,我有不满足的感觉,好像还有话要说,好像还没有宣泄,我不想让人感觉太凄凉,不想让人没有希望,所以我会在结尾加一个温暖的希望,让人们有活下去的勇气,让人们在无处可去无路可走的时候,还有一块属于自己的角落。"①有评论文章这样描绘唐烨导演设计的新结尾:"魏勒的最后一把牌以失败告终,近乎崩溃,他挥起拐杖狠狠地敲打桌上的纸牌,被吓坏的芳西雅不敢看他,而魏勒像泄了气的轮胎,他蹒跚着走出储藏室。戏没有就此结束,这时舞台旋转起来,随着魏勒移动的脚步,场景转向屋外。储藏室外白晃晃一片,空洞迷茫,刺眼的白光反衬出储藏室里的昏暗,但同样的了无生趣,魏勒颓然坐到屋前的露台上,他走不动了。舞台继续旋转,重新回到昏暗的储藏室,芳西雅还在牌桌前坐着,她无处可去。魏勒蹒跚着走回储藏室,瘫坐在沙发上,显得更加苍老,更加凄凉,他也同样无处可去。两人无语,抑或无望。这一结尾,于无声处耐人琢磨,正如唐烨导演所想,她将老年人的孤独和无助推到了极致,至此,主题

---

① 唐烨《承蒙不弃　静心以待——〈洋麻将〉导演阐述》,载《戏剧艺术》2016年第6期。

的追问和撼人的力量在这一刻得到了充分的宣泄和伸张。"①导演的设计确实充满新意,舞台场景也发生了很大改观,但从戏剧要表达的思想主题来说,人物的命运更加渺茫。夏淳版的结尾主题词是:"魏勒走出去会怎么样?"唐烨版的结尾主题词是告诉观众:"他又回来了。"这已经是一只飞不起来的鸽子。这样就把"一个过了时的男子汉"的虚假自慰给解构了,也就是导演想要"将老年人的孤独和无助推到了极致"的意图。不过在这样一个悲凉的结尾中,"一个温暖的希望"好像是不存在的,可能是艺术自身的逻辑和发展规律战胜了导演主观尚存的微弱的善意和希望。

接下来我们再来看陈薪伊导演对《洋麻将》所做的现代主义的演绎。在陈导的更为开阔的舞台场景里,不存在一个封闭空间,也不存在"走出"或者"回来"的主题。命运依然是悬挂在舞台外面的无所不在的"主宰"。但是现代人略微夸张的动作解构了命运的神圣性和不可违抗性,在这场结尾的高潮里,主导的一方悄悄转移到芳西雅的身上。魏勒在最后一场牌局中抓到了一张坏牌,精神紧张到了崩溃边缘,然而略带一点天真的芳西雅已经摆脱了前面剧情中两人激烈冲突的坏情绪,她发现自己还是赢了,但又不敢直截了当地说出来,害怕魏勒生气,她此时的动作是无语,抓着牌的手伸到魏勒的眼前晃动。应该说,奚美娟扮演的角色是三个芳西雅中最优雅的一个,她全剧始终与沉浸在打牌中的魏勒保持着一定的精神距离,略有一点高高在上地挑逗着魏勒,也引导着魏勒。当魏勒精神错乱,以为自己赢了牌而狂喜时,她用冷静的语调提醒他:"魏勒,是我赢了。"这才出现魏勒的情绪失控,举起手杖乱打的行为。她这时候边躲边喊:"魏勒别打我啊!"仿佛魏勒举起手杖真是冲着她的。——我在前面分析过,魏勒一再怀疑芳西雅来历不明,仿佛是专门来揭示他的不妙命运

---

① 杨道全《〈洋麻将〉———副牌里的社会乾坤》,《艺术评论》2015年第3期。

的,这是一种灵魂附体的灵异现象。所以,魏勒本能地举起手杖时,应该含有朝芳西雅打去的无意识冲动,但是经芳西雅一喊,魏勒从迷乱中被惊醒,于是他把手杖朝向牌桌乱打,终于颓然倒下。演员表现魏勒的这一动作有很高难度,动作背后是人物情绪的急剧变化:迷乱中举起手杖打向命运(抗争)——猛然刹住,转向打牌桌(退缩而爆发)——倒下(情绪转折太快,来不及宣泄而崩溃)。然而这时候芳西雅也在发生变化,在全剧中,她只有两个时刻呈现了自己的本来面目:一个孤独的普通老太太。一个时刻是她刚开始出场,与魏勒打牌之前;另一个时刻就是结尾,当魏勒倒下的时候,她在打牌过程中无意充当了命运女神的那一层"附身"被完全褪去了,这时候,她已经还原为普通的老太太。她本来是代表了命运之神在点拨失败者魏勒,当失败者被点醒的时候,她的立场却转移到了失败者一边,对魏勒的悲惨命运充满了深刻的同情。于是她走过去,扶起昏迷的魏勒,把他紧紧拥抱在怀里。定格,像雕塑一样。戏剧的最后一瞬间,演员的感情极为饱满,激情,悲愤,抗议,天问……短短一两分钟的时间把艺术形象的抽象性与典型性推向了绝顶高峰。

从于是之的昂然出走到濮存昕的颓然回归,再到奚美娟、关栋天的相拥而立,似乎是演绎了人与命运的三部曲,在第三种结局里,人不再对抗命运,也不会躲避命运,他们就这么相拥而立,就这么对天而泣,如果还有一丝希望,他们会这样搀扶着走向人生终点。这就是人的存在,人的生存状态。

2020 年 2 月 11 日于避疫中
初刊于《文学》,2019 年春夏卷

豪放舞台婉约声

人文新淮剧《半纸春光》在上海初演时,编剧管燕草要我写几句话,我毫不犹豫就写了以下的话:"淮剧向以金戈铁马大江东去为传统,而《半纸春光》却携带着浓浓书卷气走出了传统,别开生面,让流浪知识分子、烟厂女工、黄包车夫等城市贫民在淮剧舞台上展开一部有情有义的新式都市剧。"我当时还没有去剧场观看演出,但我读过剧本,先前也曾与燕草讨论过改编郁达夫作品的一些问题。说句心里话,我虽然鼓励她把郁达夫的作品搬上舞台,但还是在为她担心。因为我深知其中难度。郁达夫的小说擅长抒情,抒的是个人的感伤、沉沦之情;擅长描写心理冲突而缺少动作性,几乎没有戏剧冲突。这两个特点与中国传统戏曲的表演特点正好相反。这是其一。还有其二:在多元海派戏曲的艺术架构中,人们似乎已经习惯性地认同了各剧种长期形成的主要艺术倾向和主体风格,如昆剧的雅致、京剧的辉煌、越剧的缠绵、沪剧的通俗、滑稽戏的谐谑,而淮剧,则以粗犷雄风为审美特点。所以,要把郁达夫的缠绵风格搬上淮剧舞台,似乎是难上加难。

然而,《半纸春光》确实成功了。我最近看了燕草送我的碟片,虽然与在场的舞台表演还有一些距离,但大致能够领略这个作品的舞台表演实况,而且被其艺术实践所吸引。可以说,这个戏提升了淮剧的艺术精神。我对淮剧的历史传统不是很了解,大致上说,淮剧是比较接近社会底层的,尤其在进入上海以后,起初接触的观众可能比较草根,淮剧在审美艺术上借助传统的苦戏题材来宣泄观众心中的忧愁和悲愤,同时又通过铿锵的唱腔表达下层民众的抗争之心。这一传统被长期保留下来,形成淮剧在海派文化格局中独树一帜的艺术风格。改革开放以后,随着都市人口的流动与发展,淮剧观众的职业身份、知识结构都发生了很大变化,于是都市新淮剧应运而生,在艺术上有了很大的提升,如《金龙与蜉蝣》《西楚霸王》等大型作品,在人性刻画的深度和历史内容的丰富性上都达到了新的高度,在粗犷的艺术模子里注入丰富复杂的人性因素,同时也保留了大江东去式的豪放基调。在这个前提下,我想进一步探讨《半纸春光》对淮剧艺术带来的新的提升。

这个剧本是根据郁达夫的《春风沉醉的晚上》和《薄奠》两个短篇小说改编的。这两个作品都是现代文学史上的名篇。从海派文学的发展上看,《春风沉醉的晚上》是以上海产业工人为主人公的新文学开山之作,它开启了海派文学中描写现代大都市社会底层生活的新传统。《薄奠》是以北平人力车夫为题材的新文学作品中最完整也是最生动的一篇。这两篇小说都描写了底层劳动者的美好高贵的人性,郁达夫本人也自称,这两篇小说"多少也带一点社会主义的色彩"。长期以来,海派戏曲舞台上不断上演旧上海风情故事,表现的是租界、酒吧、舞场、妓院、客厅以及旧式洋房里的一幕幕阴暗的勾心斗角,这当然也是海派文化题材中的一个传统;但作为中国最早产业工人汇聚之地的上海,杨树浦的工业区、下只角的贫民窟、萌芽状态的无产阶级意识的形成、知识分子的左翼活动等等,同样是海派文化中不可缺少的传统,而且是海派传统的主导性的一面。所以,上海淮剧团把郁达夫的作品搬上舞台展示新海派的风采,不仅填补了淮剧与"五四"新文学之间的关系,也是把自身与海派文化建设更加紧密地联系在一起。

《半纸春光》的主线是《春风沉醉的晚上》男女主人公的故事,副线是《薄奠》里车夫的故事。除了陈二妹用的是小说人物的名字外,其他人如慕容望尘、车夫李三和他的妻子玉珍的名字都是添加的,人物性格和生活细节也都有了一些改变,融入了改编者的理解。如果以郁达夫的原作为标准,《半纸春光》基本上是遵照原著的风格来改编的,把原作中浓浓的人文精神注入了剧情,整个九场戏贯穿的是"同是天涯沦落人"的男女情缘,缠绵婉约的生旦对唱和连唱、轻巧抒情的独唱,抒发的都是内心感情波澜和彼此间的感情交流,这里没有大起大落的时代风云,没有大锣大鼓的豪迈唱段,也没有生旦净末丑的传统角色搭配,洋溢在舞台上的是一派书卷气。改编者为这个剧本取名"半纸春光",我觉得特别符合舞台上的氛围和感觉。"纸"既是量词,又突出了书卷气,"春光"暗示了心里的暖意与希望,而"半"字又恰到好处地提示了春光仅处于朦胧、萌芽状态,是一种克制的觉醒与情欲。乐而不淫,哀而不伤,追求着中国传统艺术的最佳境界。

这种人文气息的艺术效果,显然与传统的淮剧艺术精神是不相符合的,但是效果产生了婉约的美,非常之美。整个唱腔通过优美动人的抒情来表达主题思想——人与人之间的感情沟通以追求精神共鸣。我从未意识到,淮剧艺术可以通过如此优美的"文唱"来完成。管燕草有一个观点值得注意,她告诉我,其实淮剧唱腔里一向包含江南民歌小调的抒情性,只是我们过于从习惯性的认同出发,忽略了淮剧艺术中被健硬雄风遮蔽了的阴柔因素。她这个观点启发了我,我联想起我在淮安的漕运博物馆所看到的历史:明清两代淮扬一带是运河的中转重镇,交通发达,商业繁荣,人口流动,盐商的奢侈挥霍生活,可以想象,淮扬的文化应该是异常多元丰富,青楼美女,艺坛怪杰,风流一代人形成的文化艺术不会仅仅是金戈铁马所能概括,更不是草根文化所能代表。《半纸春光》的艺术改革可能是大胆冒险的,但也是有创意的,可能通过这样的冒险,把淮剧传统中缠绵柔情的因素重新发扬,形成新淮剧的多元丰富的追求,来满足都市青年观众的现代趣味。

郁达夫的作品本身具有现代性的丰富内涵,所以《半纸春光》的内涵超出了传统戏曲的才子佳人的言情故事,这个故事的主人公陈二妹是一个烟厂女工,这个形象具有传统女性所不具备的性格特征。我们看到,陈二妹在都市里展示了一种新的生活方式:她从家乡来到上海,父亲去世,孤身一人,靠出卖劳动力为生,做工取酬换取生活资源。虽然贫穷受气,但人格精神是独立的。戏中她表述自己的工资是每月九块,她还为邻居玉珍介绍工作,每月八块,认为有了稳定收入,夫妻间也不要为了经济吵架了。这与传统女性靠着嫁鸡随鸡嫁狗随狗的讨生活就很不一样,也为她后来选择离开慕容望尘做了铺垫。进而,正因为陈二妹是依靠出卖劳动力而生活,她既是现代产业系统的创造者和建设者,又是与这种劳动制度相对立的异化者,她不像人力车夫李三那样念想自己买一辆车,她通过劳动创造财富的同时,又非常仇恨这种劳动关系,仇恨不属于自己所有的自己的劳动财富。这是现代无产阶级革命性的最初发轫。这就决定在这个戏里,陈二妹的形象很有光彩,主动性大于慕容望尘,更大于李三夫妇。所以,在这个戏里,慕容望尘与陈二妹之间的男女情缘,还不仅仅是天涯沦落人的关系,更不是知识者对底层女性的启蒙与拯救,而是两个来自不同阶级、不同教养的男女之间的感情沟通,从隔膜、同情到彼此欣赏和理解,直到相知。

慕容望尘是一个流浪型的知识分子,他是留洋学生,喜欢俄国文学,回到上海一时找不到工作,翻译的文稿还没有出版,暂时沦落到贫民窟来栖身。他与二妹是萍水相逢,虽然可能彼此产生一些感情,但是最终两人的生活道路是不一样的。因此,戏里在描写他们之间的感情交流时既要碰触到感情的核心——爱情,又要有极好的分寸感。戏里有一段唱词写得很好,陈二妹在与慕容倾诉衷肠,但又暗示彼此即将离别时,二妹叫了一声"哥哥",然后二人对感情产生了不同的理解:

二妹:"一声哥,瞬间隔开我和你。"
慕容:"一声哥,顷刻拉近距和离。"

从二妹的角度来说,她本来希望与慕容有终身依靠,夫妻之好;但此刻用"哥"来暗示他们最终只能以兄妹相称,情绪含悲。从慕容的角度来说则相反,他本来感觉到两人之间的距离很大,现在二妹呼他"哥哥",以为是彼此距离拉近了,情绪含喜。这种差异感固然来自二妹始终是两人之间相交往的主动一方,但同时也暗示了,两人各自对对方的感情理解是不一样的。这是整个戏在艺术上强调了彼此间克制感情、强调含蓄内向的心理基础。顺便提一下,两位演员在这个戏里创造的角色都是很到位的,尤其是演二妹的邢娜。陆晓龙饰演的慕容与郁达夫小说里的原型有一定距离,但这种距离感反而更加符合戏中的情节逻辑。陆晓龙饰演的慕容性格内向,表情憨厚腼腆,感情交流中时时处于被动状态。但几分儒雅增加了在二妹心目中的分量。他不太像我们通常在传统戏曲里看到的又酸又浮的文小生角色,反而更接近老生的气质,稳重大方,刚健挺拔。我是觉得更加传神。如果舞台上表现一个风流倜傥、放浪形骸的慕容望尘,可能更接近郁达夫原作的风格,但对于淮剧艺术的特征而言,未必就很贴切。也许,这就是淮剧艺术与其他剧种(如越剧)不一样之处,即使是缠绵,也含有内在的刚性。

由于这个戏改编了郁达夫的两个作品,所以,作为叙事副线的车夫李三夫妇的故事也是值得重视的。在原作里,两者是没有任何关系的,在舞台上,主要吸引观众眼球的是陈二妹与慕容望尘的故事,因此,能否处理好车夫李三的故事,成为对编创人员的一个挑战。在我的理解中,车夫李三在这个舞台上是作为陈二妹的陪衬出现的。李三夫妇也是从农村来到大上海,但与老舍笔下的骆驼祥子一样,他的生活观念和生活方式,都没有摆脱农民个体劳动者的范畴。他向往的仍然是自己要拥有自己的生产资料（一辆车），生活方式也是一家一户的孤立状态。所以，李三出现在舞台上的形象是孤立的，演员的形象也是孱弱的。这为他以后扛不住天灾人祸的命运打击埋下伏笔。戏的第一场，德华里群像里没有李三的身影，他是在陈二妹与慕容初次交流以后才单独出场的，接下来就是夫妇吵架、拒绝陈二妹为玉珍找工作等等，李三都是作为陪衬人物，没有抢了主要人物的戏。从故事性来说，李三身上有大起大落、生生死死的成分，本来是可以浓墨重彩来表现的，但编导都放弃了，反而把李三在暴雨中丧命的悲剧移植到慕容与陈二妹在暴风雨里拉车的第六场，这是非常出彩的一场。这一场的内容是编剧添加的，而导演运用载歌载舞的戏曲形式，把男女主人公抗争命运的内心挣扎和彼此间的感情融汇处理得有情有义，有声有色。假如缺少这样一场动作戏，整个戏的连篇"文唱"就会显得有点沉闷；假如由李三之死作为这场戏的内容，当然也可以出彩，但从整体结构上，就显得有点抢戏。而现在这样处理，全剧有了二妹与慕容的感情"高潮"，接下来的"李三之死"、"薄奠"以及"分离"几场戏，由盛到衰，起落有致，结构上显现得十分完整。

  由此可见，《半纸春光》导演的手段非常干净利索，她集中力量把男女主人公推到舞台中央，而其他人物都作为陪衬的人物，不仅是李三夫妇，我更欣赏的是德华里的群像，他们没有很多戏，每次出现也是"一群人"的集体亮相，但从装束打扮到寥寥几句唱词，譬如那个拾荒的"爷叔"，那几个妇女，还有一个显得比较粗壮的汉子等，观众不一定记得住他们的角色名字，但都能留下鲜明的印象。尤其在尾声，在慕容望尘的虚幻感觉里，这一群人围在桌子边包馄饨的其乐融融的场面，特别符合戏中的怀旧情调。

  最后，我想对戏中结尾的处理提出一点想法，与编导们讨论。前面说过，这个戏的情节发展是随着人性发展自然推进的，没有刻意制造人为的矛盾来添加紧张的戏剧冲突。但是在结尾处理上,二妹与慕容两人分手的情节,处理为工头要迫害慕容望尘,二妹被迫离开上海回到乡下。这样的处理固然比较有戏剧效果,但是我大胆设想一下,如果换一下角色,让慕容离开德华里,是否更加自然呢?理由是慕容本来就是暂时借住德华里,离开也属正常;而且工头是忌恨慕容,二妹仓皇离开似乎没有解决这个矛盾。如果,以慕容望尘作为一个陌生人来到贫民窟为开幕,以慕容望尘在众邻居的保护下匆匆离开德华里为终结,叙事线索似乎更加完整,再连接尾声中的慕容重访德华里,似乎更加顺理成章。

《半纸春光》是近年来难得的一部有创新意识的淮剧作品,我希望编导们能够认真对待,艺术上精益求精,不断提升,使它成为海派戏曲舞台上的一个精品,发挥出更大的影响。

2017年2月16日于鱼焦了斋

初刊《戏聚》2017年第1期

秦腔《易俗社》观后

惠敏莉主演的秦腔《易俗社》是一出大型现代戏。我称它为"现代戏",不仅仅是指题材属于现代,更主要的是它的形式有强烈的现代意味。易俗社是一个全国知名剧社,成立于民国初年,以"辅助教育,启迪民智,移风易俗"为宗旨,曾经在中国西北地区为普及与拓展现代文化起过重要的启蒙作用。现在以"易俗社"为题材编成秦腔,又由现在的易俗社来演自己的历史,这是一奇。在形式上,这个戏又包含了两个部分,每场戏起头是由多媒体文献资料组成,由一个角色来讲说易俗社的历史,这是易俗社的真实部分;同时整个戏又讲述了刘梦芸拜师、学艺、传承、救场、圆梦等片段构成的人生故事,这是虚构部分。由真实与虚构两部分非常紧密地结合在一起,构成一个完整的作品。这又是一奇。我曾经想过,如果这个戏删掉每场起头的文献讲述,只演刘梦芸学艺圆梦故事,当然也是一部现代戏,但是在强调"易俗社"的主题方面就会变得不明显,意义也不完整。现在这两部分的结合,尤其是文献讲述作为每场起头,虽然不像传统秦腔那样原汁原味,但是因为注入新的元素,更加具有时代特点,也符合今天读者的欣赏口味。我认为这是在形式上创新的尝试,从表现易俗社的主题上说,是成功的。

易俗社延续到今天已经有一百多年的历史。它在辛亥革命后成立,强调戏曲教育启蒙的力量,为改造国民、维护民主、团结抗战都做过贡献。易俗社的历史,可以说是一部正气浩然的历史。这一点在多媒体的文献资料讲述中先入为主地给予观众深刻的印象。

只有在这样一种整体气氛下,我们对刘梦芸艺术人生故事就可能产生新的理解。刘梦芸一生追求秦腔艺术,追随易俗社,艺术上达到很高境界。但因为易俗社立有社规,不招收女演员,以免女性遭到社会恶势力的凌辱,也为了避免社团的名声被败坏。这本来也是不得已而为之的做法。碍于社规,刘梦芸几十年苦苦追随未能如愿,直到1951年才正式被吸收进社。应该说明的是,刘梦芸之所以能够如愿圆梦,是因为新社会带来社会风气清明,恶势力被铲除,女演员不再受到潜规则制约,作为以启蒙为宗旨的易俗社才愿意破除戒律接受女演员。这个道理要在戏中给以充分表现,刘梦芸苦苦追求秦腔艺术而不能进社的根本阻力是旧社会存在的黑暗势力,而不是易俗社的社规本身。这个戏的主要矛盾冲突表面上看是与易俗社的社规的冲突,其背后则是反映了艺术与社会之间的冲突。为了表现好这样的主题,我建议编剧增加若干故事线索来表现女演员当时受到社会恶势力凌辱的悲剧。戏里有一个现成的角色七里红(关母),曾经是一个从艺的女演员。可以在她的经历里增加受凌辱的悲剧命运,用来说明易俗社为什么拒绝刘梦芸入社演戏。这样可以把故事表现得更加合情合理。

  刘梦芸的故事自然会让人联想到易俗社著名女演员孟遏云,但孟遏云的命运比刘梦芸悲惨得多。孟遏云曾经在秦腔界红极一时,后来被军阀霸占为妾,历尽辛酸苦难,幸而后来参加了西北野战军,成为革命队伍里的一名艺术家。中华人民共和国成立初期被有关领导安排到易俗社,成为剧社的台柱。我不知道孟遏云是否也是第一个加入易俗社的女演员,对比两者的经历,刘梦芸之所以能够保持冰心玉洁,恰恰就是因为没有在藏污纳垢的社会里登台唱戏。刘梦芸不是孟遏云,从戏的叙事时间推算,刘梦芸应该是20世纪初生人,到她正式进入易俗社时已经年近半百,青春已逝。她一生对秦腔艺术的痴痴追随,达到了很高造诣,但在大半生中真正登台献艺、展示她辉煌艺术人生的,仅仅是一场冒名顶替的救场戏《战金山》。这才是刘梦芸的悲剧所在，这是另一种人生悲剧，同样也令人扼腕叹息。"圆梦"一场戏里，刘梦芸有一大段唱词如泣如诉非常感人，表达了她对易俗社忠贞不渝的追随，如果这段唱词里能把她的悲剧所在真正地倾诉出来，可能会引起更多人的深思。

　　前面已经说到这个戏采用了一种虚实结合的形式。有关易俗社与时代的大背景已经用文献资料的多媒体形式展示出来了，那么刘梦芸的故事就可以脱离时代背景，细腻地展示出一些个人性元素：她对艺术（以及艺术背后的爱情）的痴情追求。刘天俗病死于舞台，将衣钵传授给刘梦芸，从此人与艺术如影相伴，如梦相随。在"登台"一场戏里，刘梦芸遇到了一个千载难逢的顶替他人登台演出的机会，但是她内心过于紧张以致无法登台，这一场非常有戏。导演设计了舞台虚空处出现刘天俗的身影，刘天俗与刘梦芸有一场双重唱，激励刘梦芸继承他的遗志，勇敢登上舞台。这场戏在全剧中之所以重要，是把刘梦芸艺术人生的境界推向至高处的一个阀门，所以，我以为这场戏还可以进一步加强。既然这个剧的舞美设计使用了多媒体等现代技术手段，能否更加强化一些，在唱腔以后，刘天俗的形象能否徐徐下降、从虚而实，最后让刘天俗与刘梦芸合成一人，暗喻灵魂附体，这时候的刘梦芸已经不再是原来的刘梦芸，而是被刘天俗"附着"了的刘梦芸，双美合一，共同完成了这一出《战金山》，暗示了刘梦芸完成刘天俗的遗愿之事，也体现了真正完美的爱情。

　　对于易俗社这个戏，还有很多想法可以谈。但限于时间，就先讲这些意思。希望这个戏能够精益求精，好上更好，成为易俗社的一部真正的艺术精品。

2017 年 11 月 30 日
初刊《上海戏剧》2017 年第 12 期

同声相应,同气相求
——致毛时安的一封信

时安兄:

　　前天晚上你把三十来篇散文稿传到我的邮箱。我当晚来不及拜读,第二天白天有事,到了晚上才打开电脑逐一读来,原来也只是想浏览一遍,但读着读着,竟不想睡觉了,一口气读了下去。虽然老眼昏花,却也津津有味,虽然血压很高,却仍然浮想联翩,连带着对三四十年来的种种回忆,你,还有你所写的海上人物。除了沪上画家我不太熟悉,你所写的大多数人物,也都是我熟悉的师长朋友,于是,作者的你,所写的对象人物,还有读者的我,构成一个浓得化不开的感情圈,我沉醉在其中。

　　你说你要把这些文章编成一个散文集,要我为之作序。我没有二话就答应下来,随即把手边的事情都往后推一推,准备先完成你交给我的任务——也不是你的任务特别重要,而是我的感情特别需要,人渐渐老去,时时会感到孤独感突然袭来,莫名所以。你和我的个性不同,你热情外向,我总是落落寡合,但有些地方,我们的情绪似能相通。譬如你写纪念赵长天的文章,写到你有次请长天、福先他们吃饭,嫌环境不好,觉得没有吃好,希望再补请一次,但是长天却走了,再也没有机会了。读到这里的时候,我也自然想到,2002年,上海作家协会安排我与长天、福先还有于建明,一起去埃及访问,留下了很多美好的回忆。回来后一直说,大家聚一聚,聚一聚,但总是在这段时间谁身体欠佳,或者那段时间谁又特别忙,总是说,有机会,过段时间再聚,一晃很多年过去,谁也想不到,身体最好的长天竟突然撒手了。这当然不是一顿饭的纠结,而是我们这辈人已经到了对生命无常感受特别强烈的年龄段。还有,你写中学同学昌龙,写到同学中三个人最要好,后来一个被水淹死了,后来又一个患了绝症……这种情景,我在写我的中学回忆《1966—1970:暗淡岁月》里也有同样的情景,少年时期的好朋友,几十年过去,这个没有了,那个也没有了,不说也罢,说起来总有一种空落落的感情。自前年以来,我周围的许多尊敬的朋友和长辈纷纷谢世,数片落叶而知秋近,孤独的时候,心里总是凉飕飕的。今读你的散文,又勾起我久久缠绕于心间挥之不去的寂寞之感。

当然,这只是我个人的感受。你与我的心性不同,你要比我乐观向上,你的文字里充斥着热情。你那些记叙海上人物的文章,写作时间贯穿了三四十年,从游戏笔墨到生死与共,经历了漫长的光阴积淀,但一贯地饱含着热情洋溢的精神状态。你在描写你与徐中玉先生、罗洛先生还有赵长天等一起共事的时候,都提到那段曾经被不愉快的世事所困扰的经历,你既坦率地为时代留下见证,也用你特有的奋进态度,写出了知识分子在困境里的坚韧与挣扎。你还有一个长处是知足常乐,为平民出身感到自豪,珍惜现世人生的努力,你的文章里始终透彻一种来自民间的朴素哲学:你很少众睡独醒、愤世嫉俗,也很少怀才不遇,怨天尤人(而这两点,恰恰是当下很多知识分子的痼疾)。你喜欢在现实环境中实实在在地做事,对于现实中取得的一点成绩,都会由衷地高兴自得。你在上海社科院文学所编过刊物,后来又到上海作协、上海文化局、艺术创作中心担任一些领导工作,抓过创作,写过评论,渐渐在工作岗位上成就了一个文艺评论家的功德。人的一生就是这样,有因有果,每一步路都是用自己的脚走出来的,这样的人生就过得踏实。我读你写中学同学的那篇文章尤其喜欢,文字里就渗透了这种可贵的平民人生观。

我还喜欢读你近年写的一组文章,写程乃珊、写赵长天、写贺友直、写罗怀臻,无论写人谈文,都充满真挚情感。一般来说,记人叙事的散文出感情还是容易的,难得的是要面对文字作品发议论,表达出有情有义的态度。你评罗怀臻剧作的文章,达到了这样的境界。作为一个评论家,有时候难免会碍于人情世故,写些遵命而勉强的文字,这时候评论家的文字是没有生命力度和热度的;相反,当评论家一旦面对与自己生命信息相通、撞击出生命火花的文学作品,他自己的生命热情被激发出来,他的生命信息就会转化为一个个文字、一句句语言,强烈地喷薄而出。这样的文艺评论才是上乘的评论。你写的《为信仰而创作》,是为《罗怀臻剧作集》写的序文。你与罗怀臻,曾经一个是上海市艺术创作中心主任,一个是著名剧作家,但更重要的,如你所说,这是"两个挚爱艺术的男人之间"推心置腹的对话。你对《西楚霸王》《金龙与蜉蝣》《班昭》等一系列作品的评论,虎虎生气,笔底似有神。你从上海文化大背景来高度评价罗怀臻,说他"是一个异类、异质的文化符号,是一个带着苏北文化背景的外来人,是一个突然的闯入者。也因为这个不可捉摸无法预测的异质的文化符号,在后来岁月中像跳动的火焰般地活跃介入,上海的剧坛和文化景观有了别样的生机和活力"。这个评价非常到位。是的,上海的文化不是从先验的模式里发展而来,它本来就是一个大杂烩,是江南文化现代转型过程中变风而成。海外西方文化、南洋华侨文化、江浙社会文化、苏北底层江湖文化等四大主流,再加上五湖四海的流民文化杂交,终于形成汪洋恣肆的现代海派文化。而罗怀臻的戏曲创作,代表了当下海派文化艺术中最为强悍、最有震撼力的硬文化元素(文化艺术要分软硬之别,如评弹艺术,是软文化之最)。罗怀臻的戏曲剧本虽然雅俗共赏,但硬文化元素则是他在当下靡靡流行文化中脱颖而出、一览众山小的根本原因,然而民间大地的文化元素又是罗怀臻艺术创作的重要支撑。你老兄法眼清净,一言道破罗怀臻艺术风格的命根所在。你指出《金龙与蜉蝣》里,

"城市观众看不到自己熟悉的物欲横流的场景,看不到生命委顿、灵魂苍白的人物。蜉蝣、孑孓、玉凤、玉荞,他(她)们渺小卑微,然则他们的生命代代相传。天老地荒,扑面而来的是强悍的草莽气息,是人物顽强抗争命运的野草般旺盛的生命力"。你指出在《梅龙镇》里,罗怀臻"对传统题材'游龙戏凤'的最大改变,就是强化民间底层生活自在自足的祥和欢乐,用以置换帝王玩弄村姑的腐朽性,从根本上颠覆母题原来的趣味指向"。所有这些评论语言,都满溢了民间文化的强大生命力量,说到了罗怀臻艺术风格的根本所在,也应和了你自己激情澎湃的评论主体性。

  时安兄啊,读着你这篇《为信仰而创作》,我想得很多很多,这个题目固然是从罗怀臻那里来的,但又何尝不是说破了我们的"信仰"呢?四十年前我们意气风发走上文坛,围绕在《上海文学》杂志社的周围,从事文学批评;三十年前我们在《上海文论》上开辟"重写文学史"专栏,后来遇到一些风波,我和晓明,还有你,三人跑到南京一起编完最后一期特辑,从南京回来的火车上我们大谈文学与当下局势,旁若无人,不说我们是"书生意气,挥斥方遒",倒也真有一点"粪土当年万户侯"的气概。我提到"粪土"也是有原因的,记得你当时说了一句让我们大笑不止的话,你说:"我正准备端着大粪,朝这帮人浇呢!"——也许你已经忘了吧?但是,要说到"信仰",我们对文学、对学术、对拨乱反正的虔诚追求,何尝不是"信仰"的操守和坚持呢?上世纪90年代以后,你在作家协会、文化局等单位兢兢业业地工作,我仍然在大学里自由自在地教书,我们都是在各自岗位上默默履行自己的责任和实践,虽然交往不频繁,但肃肃赫赫,交通成和,彼此都有呼应。这种同声相应、同气相求几十年,支撑我们走下去的,也无非是那个让知识分子面对风云而从容淡定的"信仰"。

  时安兄,我很久没有写这样的文字了,老友面前难免伤感一番。现在你的海上人物特写集出版在即,我略写几句,聊以助兴。

希望新书早日问世。

在此,祈保重身体,文思旺健。

思和于血压奔腾中昏昏书写

2019年2月27日于鱼焦了斋

初刊《文汇读书周报》2019年4月15日

序《选本编纂与
八十年代文学生产》①

徐勇写了一部论著《选本编纂与八十年代文学生产》。我读着文稿,思绪不觉回到了青年时代。上世纪80年代是我求学、任教、开始学术生涯的时代。徐勇以选本编纂的新视角来解读80年代的文学生产,给了我许多启发。从文学的生成而言,社会环境与人心所向是第一性的,其他因素都是带有偶然性的因素。广义地说,文学选本属于文学传播的形式,也是社会环境的产物,正如文学创作可能对社会环境的变化有直接的推动作用,文学选本则能产生更加集中和更加强烈的效果。文学创作不仅反作用于社会环境的更新,而且对于人心所向也有直接的引导和启发,这是无可置疑的。

为了写这篇序文,我特意回到黑水斋工作室。从一大堆旧书中找出了几种曾经影响过我的文学选本,又一次翻动发黄发脆的纸张,让自己深深地陷入回忆与感恩之情。这几种选本都在徐勇的论述中被多次讨论过,但我还是愿意以我自己的学习经验来见证这一文学史的现象。

一般来说,文学作品的选本大抵有两种功能:一种是属于年度选之类的,要求从某个历史阶段挑选出被认为是优秀的或者具有代表性的作品,使之经典化;另外一种是对于某些新兴的文艺思潮,或者被忽视的文学流派、文学现象给以集中的展示,希望唤

---

① 《选本编纂与八十年代文学生产》,徐勇著,人民文学出版社2017年出版。

起人们的关注,以求改变文学史的某些因袭的既定观念。譬如,本论著多次讨论过上世纪70年代末上海文艺出版社出版的两种文学选本,一本是《建国以来短篇小说》(1978),三册,另一种是《重放的鲜花》(1979),一册。这两种选本大致上分别属于我说的两种功能,前一种《建国以来短篇小说》就是属于对1949年以来的短篇小说作了经典化的选择,也注意到了方方面面的流派、思潮的代表性,而后一种《重放的鲜花》则是旗帜鲜明地集中选了1957年反右运动中被批判、作者也因此受到迫害的一批优秀作品,事实证明,这批作品经得起历史的考验,在受到批判后二十年的环境下重新出版,仍然被读者认可,并像《组织部新来的青年人》《在桥梁工地上》《本报内部消息》《在悬崖上》《小巷深处》《红豆》等作品,至今来看仍然是文学史上的优秀作品,被经典化了。这两类功能不同的文学作品选本,都有传世的意义。但我当时在求学的过程中,更加受到后一种选本的影响,它直接改变了我原来接受的教育形态,帮助我打破了力求全面、四平八稳的学习思维,产生了某种非常强烈的倾向性。

这两套选本我都是收藏了的,但是我怎么也想不起读前一种选本的印象,可能只是配合文学史学习翻翻而已,但阅读《重放的鲜花》时产生的激动,却一直影响了我以后对当代文学史的认识和选择。只要读过我主编的《中国当代文学史教程》的读者,大约都不难理解我说这句话的意思。徐勇在论著中分析说:"相比《重放的鲜花》,可以看出《建国以来短篇小说》在编选上的谨慎和偏于保守。在这套选集中,大凡《重放的鲜花》中收录的作品,很大一部分均没有出现。"这个问题,如果深究下去真的很有意思:《建国以来短篇小说》前两册是1978年1月编辑,5月出版;《重放的鲜花》则是1979年5月出版。而《建国以来短篇小说》的第三册则是1979年4月编辑,1980年1月出版。虽然前后只相差一两年的时间,但中国思想界出现了天翻地覆的变化,由于思想解放运动的开启,人们对当代史的认知发生了改变。很显然,上海文艺出版社在出版领域是得风气之先的,当他们编辑出版《建国以来短篇小说》前两册的时候,已经在做拨乱反正的工作,可是当这套选本编完付印时,编辑们发现社会进步比他们的思想走得更远,大部分右派分子已经摘帽平反,原来被批判的作品有可能重新出版,于是就有了《重放的鲜花》这个专题的选本。换句话说,《重放的鲜花》是对《建国以来短篇小说》前两册的补充和纠偏,但是它仍然不是前者的续编,因为前者是一种经典化的工作,而后者是带有对1957年反右运动中被批判作品平反的意思,还是不足以解决这些作品的文学史地位。因此,在接着《重放的鲜花》以后编的《建国以来短篇小说》第三册,才是接续前两册的经典化的工作,在第三册里,偏重的是"文革"后的文学创作,也有限度地选入了"文革"前被批判的作品,而与《重放的鲜花》重复收入的只有王蒙的《组织部新来的青年人》(也可能是考虑两个选本出版时间太近,要避免太多重复)。我们从这两个选本的对照中大致可以了解选本的两个不同功能是怎么被区别的,但是它所产生的社会效应却又是另外一回事,事实上,《重放的鲜花》后来反倒成了文学史上的一部经典的选本。

第二种选本是关于争鸣作品的汇编集。我手里有一种是北京市文联研究部编《争鸣作品选编》,没有出版单位,出版时间是1981年12月。分上下两辑,分"关于反映我们的社会阴暗面的作品"、"关于反映十年内乱中伤痕的作品"、"关于反映爱情、婚姻伦理道德方面的作品"以及"关于艺术探索和其他方面作品"四个专题。徐勇在论著中讨论了多种文艺争鸣的选本,也包括了这个选本。但是其他的选本都是公开出版的,虽然也保留了很多当时社会和文坛的信息,但终究受到各种限制,不像这一个选本那么开放和容纳了巨大的信息量。我记得很清楚,这个选本不是公开发行的,而是将征订单寄到学校中文系,被张贴在系办公室的墙上,我是无意中看到这个证订单,按照上面的地址寄了钱去,由编辑部直接寄给我的。唯有在这个选本里能够比较集中地收录了《假如我是真的》《苦恋》《在社会档案里》《飞天》《调动》等一系列当时都因为争议性而轰动一时的作品。那是在1980年代初,思想解放运动的深入使文艺创作获得了空前的解放,伤痕文学已经发展到了极致,文学批判的锋芒从反思"文革"逐渐深化,开始关注现实社会的各种阴暗面和精神伦理的探索,在上述的作品里,对于官僚特权的警告,对于党内腐败和不正之风的揭露,对于"文革"灾难的形成缘由的探讨以及对于传统婚姻观念里的人性、女性、爱情的探索,都已经发端于青萍之末,但这些矛盾都被深深地遮蔽在控诉"文革"以及改革开放的激情之下,还没有被社会普遍认识到。这些敢为天下先的文学创作以特有的尖锐性惊动了国家上层,以至于胡耀邦出面召开剧本创作座谈会并且发表讲话。我觉得这个选本正是在这样的特殊背景下选编起来,将这些作品立此存照的意思,因为其中有许多都是没有被放映、被上演的剧本,如果当时没有及时结集出版,以后真是很难搜集研究。而这个选本却有胆有识地保留了伤痕文学的真实信息,为后来者研究1980年代的文学与社会提供了绝好的材料。毋庸回避,这个选本也是我主编文学史教程的重要的参考资料。

本论著还有一个特点,作者不仅描绘了当代文学选本的流行情况,还注意到同时期出版的大量外国文学的选本对当代文学的影响,这是非常有见地的。"文革"后文学的迅速发展和兴盛,与新一轮的外来思想和文学的影响是不可分开而论的。尤其是西方现代派文学的引进和传播,直接改变中国当代文学的审美趣味和走向,培养了新一代的作家。在这个传播中,我特别要提一个人,上海文艺出版社的编辑金子信先生,他是"文革"前的大学生,复旦中文系毕业后,又北上跟随唐弢先生攻读现代文学研究生,"文革"后回上海担任编辑,此人目光远大,性格活跃,在我读大学时期,他因为结识我的同寝室室友,经常来寝室聊天。他那时候正是风华正茂,出版了许多有影响的书籍,其中有著名的《外国现代派文学作品选》(四册八本,十一个专辑,分别介绍后期象征主义、表现主义、未来主义、意识流、超现实主义、存在主义、荒诞文学、垮掉的一代、新小说、黑色幽默,等等),是一部开风气之先的选本。因为金子信来自社科院,他与外文所的许多顶级专家都有密切来往,特别邀请了袁可嘉先生写了洋洋洒洒的长序,介绍西方现代派文学。此书第一册出版于1980年,第三册出版于1981年,都是我在读书的时期,几乎每一册出版,我都狂热地阅读学习,并且结合这个选本介绍的作家作品,再去进一步扩大阅读。我后来涉足比较文学领域,靠的就是一点对外国文学的喜爱,正是从这里起步的。在清除精神污染的运动中,西方现代派文学受到了极"左"势力的围剿,传播的势头开始减弱,这个选本的第四册拖延了一段时期,到1985年才出版,已经不像前几年那样振聋发聩了。文学创作开始朝文化寻根方向发展。我看到徐勇在论著里多次讨论这个选本的意义,就想到了金子信先生,因为他才是真正领风气的人物,也是这套文选的主要推手。

  选本与文学生产的关系极为复杂,具有个人性和私密性,要真正深入研究就会涉及具体个人的成长命运与内心经历,非短短的一篇序文所能详尽。徐勇的书,开了一个很好的头,提出了一个新的考察文学的角度。我愿意将自己的一些个人经验说出来,供读者在阅读这本书的时候作参考,也许这也会激发读者个人的阅读记忆,加深对这部书的理解。是为序。

2016年8月14日于鱼焦了斋
初刊《扬子江评论》2016年第6期

序《自然灾害与
当代文学书写研究》①

　　文艺创作中的灾难题材是一个广阔多元的领域,而且在不同的历史条件下具有不同的内涵。在中国古代,除了民间文艺外,文艺创作的作者队伍主要来自士大夫阶层,在他们的创作中,自然灾害往往被一笔带过,而反复渲染的总是来自封建专制下的政治灾难(如《红楼梦》《水浒传》)以及与此相关的战争、内乱、匪患给平民百姓带来的灾难(如杜甫的《三吏》《三别》、韦庄的《秦妇吟》等),古代戏曲表现的类似题材更是多不胜数。民国以后,新文学运动兴起,在内乱外患的社会背景下,现实主义文学主流把批判锋芒指向政治黑暗、外敌侵略,只有少数作品关注到自然灾难的危害(如丁玲的《水》)。但关注点仍然在人事,诸如灾难背景下阶级矛盾加剧之类。1949 年到"文革"结束,自然灾害与人事斗争交集在一起,常常成为高层争斗的筹码,文艺创作里自然灾害常常被严重遮蔽,宣传舆论上往往是"天大旱,人大干"的虚假报道,或者是为极"左"路线服务的政治阴谋(关于 1976 年唐山大地震以后的许多作品)。上世纪 80 年代以来,现实主义文学重新回到了写作领域,人对于自然灾难也有了新的认识。灾难题材的创作开始有比较重要的突破,尤其是关于自然灾难的书写,文学创作逐渐摆脱以往以自然反衬人事的虚假书写,直面自然灾难给人们带来的伤害,以及进一步反思人类破坏自然生态环境的责任。

---

① 《自然灾害与当代文学书写研究》,张堂会著,中国社会科学出版社 2017 年出版。

灾难题材、生态题材、环保题材开始盛行。在这个意义上,"文艺与灾难"这个话题具有了新的含义,也具有深入探讨的可能性。同时,站在现代文明的立场上对于历史上曾经给人类带来可怕经历的政治灾难和战争灾难,也有了重新认识的可能性。

  回顾起来,"文革"以后的当代文学中的自然灾难题材,大致包含了以下三个部分:第一部分描写的是历史上许多重大自然灾难,都是与政治体制或者领导决策的重大失误联系在一起的事件,给百姓群众带来毁灭性的伤害。如《大河东流去》描写的花园口黄河决堤,《犯人李铜钟的故事》《定西孤儿院纪事》写到的上世纪六十年代自然灾害,都是天灾与人祸联系在一起的,很难把两者绝然区分开来,现实主义文学的创作精神也不允许孤立地表现某一个部分。真正的现实主义文学创作,必然地要追究自然灾难背后的人事责任。这部分在近三十年的文学创作中得到了比较大的进步。第二部分是纯粹的自然灾难,其产生根源与人事基本无关,如汶川大地震、非典事件等等,这类灾难主要是表现自然灾难对人性的考验,以及种种因此而产生的人事纠结。文学作品不是媒体新闻报道,没有舆论导向责任,它必须发挥文学最擅长的优势来表现人们的各种心理反应和精神状态。我们目前学术界对这类文学的关注最多,也有意无意把这一部分的创作视为灾难文学的代表。但对于这部分文学书写如何呈现"灾难"的美学形态,还是有争议的。有人总觉得这部分文学书写在艺术审美方面力度不够,因为灾难给人类直接带来的生命毁灭太过痛苦,感情表达太过浓烈,都压倒了文艺审美,所以直至现在,我们所面对的灾难文学书写还是停留在纪实作品居多,无法进一步深入去挖掘人类面对灾难的精神世界及其伦理思考。第三部分灾难文学是与环保文学、生态文学联系在一起的"新观念"文学:从自然灾难来引申人与自然的关系,进而反思人类在开发自然界的同时破坏自然生态,造成了大自然(包括其他生物)对人类的报复。生态文学在新世纪以来的文学创作里有很大的发展,题材也越来越丰富,有可能成为灾难文学中最高层次的创作。

自然灾难总是与天灾人祸联系在一起的,所以,我的意思是在讨论灾难文学时我们不要把概念界定得太狭隘,其实,政治灾难、自然灾难和生态灾难是一个主题的三种侧面,第一种灾难偏重人祸,第二种灾难偏重自然,第三种灾难是人类从自然灾难中反思自身,只有把三者协调好了,人类才不至于犯太大的甚至祸及自身的错误。这也是灾难文学的完整的主题。其次,自然灾难、生态灾难的书写都是新近兴起的文学类别,还没有积累太多的书写经验。这类书写会涉及大量的自然现象的灾难场景描写,与传统中国文学里的田园风光和自然风光不一样,这是一种恐怖自然的书写,宏伟震撼的自然场面与怪诞艺术手法的奇异结合,会产生与传统书写截然不同的自然景观,这是一种大恐怖、大怪诞、大震撼、大悲壮的自然场面,如森林里的熊熊烈火、海洋里的滔天海啸、山摇地动的末日世界,或者在大饥荒时期的死神肆虐景象,人在极度饥饿病痛下的精神奇幻,等等,莫不需要作家放开自由的想象力,在精神层面上去深度探讨,才能建构起灾难美学的丰富内容。其三,由此又进而要注意到,灾难文学不能简单地停留在纪实文学的水平,不能满足于简单的生活真实性,而必须运用多元的艺术手法,来表现灾难以及反抗灾难的辩证关系。

谈到灾难文学,我不能不提到阎连科。这位当代最卓越的灾难书写者对灾难的理解和想象力都达到了前所未有的艺术高度。很多年以前,阎连科发表中篇小说《年月日》,写大饥荒的年代,一个老汉为种好一株玉米付出了生命的代价。小说里一个场面:饥饿之鼠成千上万磅礴而过,所到之处,声如轰雷,腥秽冲天……至今我想起这个场面,依然会产生呕吐与恐怖之感。阎连科新近出版的长篇小说《日熄》也是一部杰出的灾难小说。《日熄》让人想起了卡缪的《鼠疫》。小说以象征手法,写了小镇上的人们一夜之间集体患了梦游症,他们在梦游里互相厮杀、抢劫,陷入犯罪的大恐怖之中,究其原因,是因为太阳遭到了遮蔽,世界陷入日蚀的黑暗状态,人们在昏睡不醒中丧失理性,演绎出种种犯罪行为。但也有人在梦游中把内心深处的忏悔说了出来,并且一家一户地上门道歉,求得人们的谅解;当他意识到日熄的危险之后,毅然发动昏睡中的村民,以利作诱,指挥村民把大量尸油推到山顶,用自焚点燃了油,燃起熊熊大火,取代日头,终于唤醒梦游中的村民,迎来了新的一天。这是一个集体的噩梦书写,这是一个人性抗争自然灾难的壮烈之歌。作家在深刻批判人性的自私贪婪等丑恶因素的基础上,揭示出人是世界上自我拯救的第一要素。可以说这是一本中国版的《鼠疫》,却比《鼠疫》更加悲壮,更加强烈,对人性也有更加深刻的洞察力。在揭示天灾人祸、书写自然灾难、深刻反省人性这三位一体的灾难书写诗学上,做出了重要的探索。

张堂会的博士后报告《自然灾害与当代文学书写研究》,对于当代文学书写中的灾难题材做了比较全面的整理研究。他在中国社会科学院攻读博士学位期间,研究的是民国时期灾难文学书写,现在又将出版1949年迄今的当代灾难文学书写研究,这样花了近十年的时间研究一个课题,孜孜以恒,锲而不舍,表现了学术上的坚韧和勇气,同时也证明了灾难文学这一课题有着进一步发展的空间。张堂会在博士后工作期间,我曾经是他的联系导师,他写作过程中,我们有过多次的讨论,我也对他的研究报告提出过一些修改意见。他顺利出站已经数年。现在他来信说著作要正式出版,嘱咐我写几句话作为序文。尽管我手头事情多而且杂,已经无法再细细重读他这部经过多次修改的著作,但我非常高兴这部书的出版,并且看到在书的结论部分,堂会还写到了进一步研究的计划,还想写一部从古代到当下的灾难文学通史,我以为这是一件非常有价值也非常意义的工作,我支持他,希望他坚持研究下去并做出更大的成绩。于是,利用春节假期,写下如上一些看法,以供堂会参考。

2017 年 2 月 1 日农历正月初五

序《来自二次元的网络小说及其类型分析》[①]

首先,作为一本被反复修改、讨论、审查、答辩、再修改的博士论文,刘小源这本书稿在学术规范以及学术概念的厘清方面,大约是无可挑剔;其次,作者有多年网络写手经验,非常自觉地以"过来人"的身份、以"卧底"的眼光来打量网络小说内部纷纷沓沓的现象,别的研究者可能从学院走进网络,多少还有些理论上的隔阂,而她则是从网络世界里面走出来,走到了理论研究的前沿,所以从论述网络小说的准确性而言,大约也无可挑剔;其三,作者在2016年通过博士论文答辩以后,有整整两年时间,一面在山东大学中文博士后流动站继续深造学习,一面将主要精力都花费在修订这本博士论文上,在具体章节、论述方面较之原来书稿有了很大的补充与改写,答辩会上导师们提出的一些建议,诸如学术概念需要进一步厘清、理论分析要紧贴文本、尽可能地保存和展示网络文学的一手资料等等,显然都被作者吸收到具体的修改中,甚至连叙述文字也被打磨得干净利索。因此,虽然题目还是原来的题目,内容范围也基本没有变化,但这本书稿与原来提供答辩的博士生论文原稿之间,还是有了长足的进步。这是我深感欣慰的。

那么,我的这篇序文还能够写点什么?

[①] 《来自二次元的网络小说及其类型分析——以同人、耽美、网络游戏小说为例》,刘小源著,上海东方出版中心2019年出版。

我对于网络小说毫无研究,连刘小源自己创作的、自称拥有"总点击超过133万"的三部网络长篇小说,我也无缘过眼。我之所以同意她以网络小说研究作为博士论文题目,主要是因为她对网络小说不仅熟悉、专业,有亲身参与的经验,而且还有强烈的爱、热情以及由此带来的自觉和自信。当然,还有更为重要的原因,那就是网络文学在近二十来年的迅猛发展,以它的特殊的神秘趣味左右了一大批年轻人的阅读导向和参与热情。随着互联网时代的到来,除了年轻人以外,就连中年人、老年人的日常工作与生活,都离不开网络新媒介。在这种情况下,网络文学作为网络世界的一个带有意识形态性质的有机组成部分,研究当代文学的理论学术界是不能够对此视而不见或者给以否定的。就当代文学的发展而言,新世纪的文学将以传统书写的文学与网络书写的文学形成两大叙事空间,而网络文学,也已经远远超出了"写在网络上的文学"的意义,而是在网络形式的掩护下,形成了具有特殊世界观、人生观以及审美趣味的文学。它不仅全面复活了民国时期通俗文学的元素,也包含了上世纪90后的年轻写作者的世界观与审美爱好。

起初,我与许多学者一样,仅仅把网络文学当作新时代的通俗文学,却完全不了解,网络文学虽然呼应民国时期通俗文学的某些思潮,但从本质上说,它是西方、日本等外来流行思潮影响的产物,它是上世纪90年代初中国精英思潮受到挫败,理想主义被商品、市场、金钱的欲望大潮所淹没的大背景下,新一代人精神成长的见证。本书讨论的同人、耽美等类型小说在当代文学主流的视野里是没有位置的,可是从小源所举例的作品文本来看,如《无限恐怖》《失落大陆》等作品,生活在与我们相同的现实社会中的主人公们,因为一个偶然的过失——随手点开一个奇怪的网页,或只是不小心摔了一跤,就置身于另外一个无限恐怖的空间,经历了万劫不复的灾难。这样的叙述策略,我们在以前的经典童话故事里也经常遇到,但是在这些来自二次元的故事里,这些梦魇般的虚拟世界,又何尝不是当代青年人对世界的深度不信任和危机感的反映?他们从走向社会(或者从想象着走向社会)开始,就对这个社会极度缺乏信任感和安全感,所以,他们才会不断想象着各种各样的灾难,并且被迫思考对付灾难的态度——对他们来说,已经没有用具体的行动(办法)来消除灾难的能力,唯一能够保持人文精神和尊严的,就是心理上的自我准备。他们没有期盼救星,世界上也从来没有救世主,他们是通过自己对各种屈辱的忍受与适应,同时又极尽可能地从人性诉求出发来保持人的一点尊严和理想。如那个陷落在蜥蜴世界里被迫为蜥蜴生育的杨帆,最后她在重重的屈辱中试图理解蜥蜴的爱情表达,慢慢地让自己安身在蜥蜴世界中。但她又不甘心于命运的作弄,于是在岩壁上画下自己和蜥蜴一起生活的场景,她把自己作为人类曾经生存过的信息保留给后世:

> 那一幅全家福似的岩画,一方面象征着杨帆终于承认了蜥蜴人就是她今后生活的家人,真正融入了这个异世界;另一方面又流露出当代青年面对这个时代和这个陌生世界时感受到的孤独感,以及对适应这个世界努力求存的自己的一丝淡淡的骄傲。

这是刘小源对《失落大陆》文本的分析,分析得真是好!我觉得,刘小源的评论已经脱离了纯粹的文本分析,掺入了她作为80后同代人的特殊人生感受。这是最上流的文艺评论,不仅仅是准确分析文本各种隐含、潜在的重要信息,而且表达出最贴近生命的人生感受。似乎很难说这种感受是《失落大陆》的作者传递给我们的,还是作为评论家的刘小源传递给我们的,评论与被评论的文本完全被融为一体,散发出特殊的文字信息。这种烙下一代人精神创伤印记的普遍的人生感受,能够唤起我们对80后一代人的完全不同于一般世俗的认识。像这样的作品,我们能把它们只当作通俗文学来阅读吗?也许这些文本利用了类型小说的通俗元素,但是从内在精神上说,依然是严肃文学中最宝贵的精神元素,这是当下检查制度下生存的主流文学所无法企及的,也是一般意义上的市民趣味的通俗文学无法企及的。

于是我对刘小源在本书开始部分批评学院派研究网络文学的种种谬误,有了新的理解。刘小源所强调的学院派从理论出发来研究网络文学的错误,是指一种研究路径的错误,而非指学院派本身。因为小源本人就是在学院里训练出来的博士生,她一再强调自己的网络写手的经历和经验,但事实上,不是网络写手的经历与经验成全了这篇博士论文,而是研究者所具有的理论素养与特殊的人文眼光,使得这篇研究网络文学的博士论文不同凡响。经历和经验在这里当然很重要,是研究网络文学的基础,但并非每一个网络文学的写手都可以写好研究网络文学的博士论文。批评需要高于生活、高于创作的特殊眼光——不是说,批评家可以高高在上地举着理论教条来任意评判作品,这已经被中国当代文艺实践所证明是错误并且有害的批评方法,至今仍然留有教训——批评家的批评态度则是平等的,他是通过对作品文本的细读和细节分析,来理解和阐发作家的时代认知、生活态度与审美追求。当然,作家与批评家的认知和追求并非完全一致,有分歧可以展开正常讨论甚至争论,但这不是谁对与谁错的问题,更不能是评判谁更有资格来讨论网络文学。我常常强调批评家要学会做同代人的批评,因为同代人的立场和眼光都比较相似,从不同的角度出发,作家与批评家很可能通过同一部作品的文本创造过程(我这里把批评家的批评也看作是对文本的一种创造),使得文本更加丰富复杂,也使得同代人对时代、生活、审美的感受因为有交流而变得更加理性,也更加全面。在刘小源的自觉认同里,网络文学是他们这一代年轻人的文学,拥有他们倾注其间的交流信息、生活感受、语言密码以及表达机制,也隐藏了他们的激情、悲情、梦幻、欲望、痛感等内心机密,面对社会上一般人对于网络文学的根深蒂固的偏见,他们觉得自身的丰富存在不足为外人道。但是,网络文学毕竟是社会发展的产物,它终将要面对各个阶层和各个年龄段的读者,并且向着未来开放。网络文学丰富而良莠不齐,极需要有专业批评介入其中,从各个不同侧面来理解它和解读它,慢慢地抽取、提升它的精华,编织到文学史中。所以,像刘小源这样的网络文学研究者不是太多,而实在是太少了,我们不仅要鼓励大批的学院里受过正规学术训练的年轻人投身于这个研究领域,还要让他们充分认识到这项工作任重道远,大有可为。

现在,刘小源这本博士论文即将出版,我非常高兴,虽然我也是属于不懂网络文学的学院派之一,但还是想讲几句一般常识,与小源共勉,也希望网络文学的研究将会有更大的发展。

2018年8月26日于鱼焦了斋
初刊《文艺报》2019年3月15日

《复旦大学中文系
"高山流水"文丛》总序

"五四"新文学运动一百年来的历史证明:新文学之所以能够朝气蓬勃,所向披靡,为中国社会的进步和发展做出了那么大的贡献,一个很重要的原因,就是它始终与青年的热烈情怀紧密连在一起,青年人的热情、纯洁、勇敢、爱憎分明以及想象力,都为文学创作提供了丰厚的资源——我说的文学创作资源,并非是指创作的材料或者生活经验,而是指一种主体性因素,诸如创作热情、主观意志、爱憎态度以及对人生不那么世故的认知方法。心灵不单纯的人很难创造出真正感动人的艺术作品。青年学生在清洁的校园里获得了人生的理想和勇往直前的战斗热情,才能在走出校园以后,置身于举世滔滔的浑浊社会仍然保持一个战士的敏感心态,敢于对污秽的生存环境进行不妥协的批判和抗争。文学说到底是人类精神纯洁性的象征,文学的理想是人类追求进步、战胜黑暗的无数人生理想中最明亮的一部分。校园、青春、诗歌、梦以及笑与泪都是新文学史构成的基石。

我这么说,并非认为文学可能在校园里呈现出最美好的样态,如果从文学发生学的角度来看,校园可能是为文学创作主体性的成长提供了最好的精神准备。在复旦大学百多年的历史中,有两个时期对文学史的贡献不可忽略:一个是在抗战时期的重庆北碚,大批青年诗人在胡风主编的《七月》上发表个性鲜明的诗歌,绿原、曾卓、邹荻帆、冀汸等人形成了后来被称作"七月诗派"的核心力量;这个学校给予青年诗人们精神人格力量的凝聚与另外一个学校即西南联大对学生形成的现代诗歌风格的凝聚,构成了战时诗坛一对闪闪发光的双子星座。还有一个时期就是上世纪70年代后期,复旦大学中文系设立了文学创作与文学评论两个专业,直到1977年恢复高考的时候,依然是以这两个专业方向来进行招生,吸引了一大批怀着文学梦想的青年才俊进入复旦大学。当时校园里不仅产生了对文学史留下深刻印痕的"伤痕文学",而且在复旦诗社、校园话剧以及学生文学社团的活动中培养了一批文学积极分子,他们离开校园后,都走上了极不平凡的人生道路,无论是人海浮沉还是漂泊他乡异国,他们对文学理想的追求与实践,始终发挥着持久的正能量。74级的校友梁晓声,77级的校友卢新华、张锐、张胜友、王兆军、胡平、李辉等等,都是一时之选,直到新世纪还在孜孜履行文学的责任。他们严肃的人生道路与文学道路,与他们的前辈"七月诗派"的受难精神,正好构成不同历史背景的文学呼应。

　　接下来就可以说到复旦作家班的创办和建设了。上世纪八九十年代之交,复旦大学受教育部的委托,连续办了三届作家班。最初是从中国作协鲁迅文学院接手了第一届作家班的学员,正如《复旦大学中文系"高山流水"文丛》的策划书所说的,当时学员们见证了历史的伤痛,感受了时代的沧桑,是在痛苦和反思的主体精神驱使下,步入体制化的文学教育殿堂,传承"五四"文学的薪火。当时骆玉明、梁永安和我都是青年教师,永安是作家班的具体创办者,我和玉明只担任了若干课程,还有杨竟人等很多老师都为作家班上过课。其实我觉得上什么课不太重要,我已经完全忘记了当初的讲课情况,同学们可能也忘了课堂所学的内容,但是师生之间某种若隐若现的精神联系始终存在着。永安、玉明他们与作家班学员的联系,可能比我要多一些;我在其间,只是为他们个别学员的创作写过一些推介文字。而学员们在以后的发展道路上,也多次回报母校,为中文系学科建设提供了及时的帮助。

三十年过去了。今年是第一届作家班入校三十周年(1989—2019)。为了纪念,作家班学员与中文系一起策划了这套《"高山流水"文丛》①,向母校展示他们毕业以后的创作实绩。虽然有煌煌十六册大书,仍然是他们全部创作的一小部分。因为时间关系,我来不及细读这些出版在即的精美作品,但望着堆在书桌上一叠叠厚厚的清样,心中的感动还是油然而生。三十年对一个人的生命历程而言,不是一个短距离,他们用文字认真记录了自己的生命痕迹,脚印里渗透了浓浓的复旦精神。我想就此谈两点感动。

其一,三十年过去了,作家们几乎都踏踏实实地站在生活的前沿,在商品经济大潮的呼啸中,浮沉自有不同,但是他们都没有离开实在的中国社会生活,很多作家坚持在遥远的边远地区,有的在黑龙江、内蒙古和大西北写出了丰富的作品,有的活跃在广西、湖南等南方地区,他们的写作对当下文坛产生了强大的冲击力;即使出国在外的作家们,也没有为了生活而沉沦,不忘文学与梦想,是他们的基本生活态度。他们有些已经成为当代世界华文文学领域的优秀代表。老杜有诗:"同学少年多不贱,五陵衣马自轻肥。"这句话本来是指人生事业的亨达,而我想改其意而用之:我们所面对的复旦作家班高山流水般的文学成就,足以证明作家们的精神世界是何等的"轻裘肥马",独特而饱满。

其二,三十年过去了,当代文学的生态也发生了沧桑之变。上世纪90年代以来,文学已经从80年代的神坛上被请了下来,迅速走向边缘;紧接着新世纪的中国很快进入网络时代,各种新媒体文学应运而生,形式上更加靠拢通俗市场上的流行读物。这种文学的大趋势对"五四"新文学传统不能不构成严重挑战,对于

---

① 《复旦大学中文系"高山流水"文丛》共十六本,为复旦大学中文系策划,分由复旦大学出版社与上海文艺出版社于2019年合作出版。

文学如何保持足够的精神力量,也是一个重大考验。然而《"高山流水"文丛》的创作,无论是诗歌、散文还是小说,依然坚持了严肃的生活态度和文学道路。我读了其中的几部作品,知音之感久久缠盘在心间。我想引用已故的作家班学员东荡子(吴波)的一段遗言,祭作我们共同的文学理想:

> 人类的文明保护着人类,使人类少受各种压迫和折磨,人类就要不断创造文明,维护并完整文明,健康人类精神,不断消除人类的黑暗,寻求达到自身的完整性。它要抵抗或要消除的是人类生存环境中可能有的各种不利因素——它包括自然的、人为的、身体和精神中纠缠的各种痛苦和灾难,他们都是人类的黑暗,人类必须与黑暗作斗争,这是人类文明的要求,也是人类精神的愿望。

我曾把这位天才诗人的文章念给一个朋友听,朋友听了以后发表感想,说这文章的意思有点重复,讲人类要消除黑暗,讲一遍就可以了,用不着反复来讲。我不同意他的观点,我说,讲一遍怎么够?人类面对那么多的黑暗现象,老的黑暗还没有消除,新的黑暗又接踵而来,人类只有不停地提醒自己,反复地记住要消除黑暗,与黑暗力量做斗争,至少也不要与黑暗同流合污,尤其是来自人类自身的黑暗,稍不小心,人类就会迷失理性,陷入自身的黑暗与愚昧之中。东荡子因为看到黑暗现象太多了,他才会要反反复复地强调;只有心底如此透明的诗人,才会不甘同流合污,早早地离开了这个世界。

我之所以要引用并且推荐东荡子的话,是因为我在这段话里嗅出了我们的前辈校友"七月派"诗人高贵的精神脉搏,也感受到梁晓声等校友们始终坚持的文学创作态度,由此我似乎看到了高山流水的精神渊源,希望这种源流能够在曲折和反复中倔强、坚定地奔腾下去,作为复旦校园对当今文坛的一种特殊的贡献。

复旦大学作家班的精神还在校园里蔓延。从 2009 年起,复旦大学中文系建立了全国第一个 MFA 专业硕士学位点。到今年也已经有整整十届了,培养了一大批年轻的优秀写作人才。听说今年下半年,这个硕士点也要举办一系列的纪念活动。我想说的是,作家们的年龄可以越来越轻,我们所置身的时代生活也可以越来越新,但是作为新文学的理想及其精神源流,作为弥漫在复旦校园中的文学精神,则是不会改变也不应该改变,它将一如既往地发出战士的呐喊,为消除人类的黑暗做出自己的贡献。

讲到这里,我的这篇序文似乎也可以结束了。但是我的情绪还远远没有平息下来,我想再抄录一段东荡子的诗,作为我与亲爱的作家班学员的共勉:

> 如果人类,人类真的能够学习野地里的植物
> 守住贞操、道德和为人的品格,即便是守住
> 一生的孤独,犹如植物
> 在寂寞地生长、开花、舞蹈于风雨中
> 当它死去,也不离开它的根本
> 它的果实却被酿成美酒,得到很好的储存
> 它的芳香飘到了千里之外,永不散去
> 停留在一切美的中心
>
> 　　　　　引自《停留在一切美的中心》

2019 年 7 月 12 日于复旦大学图书馆

第三辑　激情回忆

本 辑 小 记

第三辑收录散文八篇,都与写人物有关。其中有几篇除了在报刊上发表以外,还分别收入我的散文集《星光》(东方出版中心出版)和《陈思和文集》第七卷(广东人民出版社出版)。

《星光》是应东方出版中心郑纳新邀约编的散文集,以写人物为主题。2017年编完后,没有马上出版,第二年广东人民出版社出版《陈思和文集》,编辑建议我将《星光》全部收入文集的第七卷,其中加了一篇新写的《陈映真先生》。过了一年(2018年),我接到东方出版中心的信息,说《星光》准备要出版了。为了使这本书与《文集》本不重复,我又重新编了一下,不仅体例有所变化,内容又加了几篇新写的文章,那就是《贾府师门范居长》《夜对星空思富仁》和《怀念沈善增》三篇,题目也有所改动。

这四篇文章所写的人,都是我尊敬、爱戴的前辈或者朋友,这几篇文章也都是我喜爱的文章。所以,按照编年体文集的原则,我还是把它们编入本辑。特此说明。

2020 年 1 月 31 日

贾府师门范居长

在范伯群先生突然发病前的两个月里,我连续两次接到范先生的电话。一次是嘱我为汤哲声兄的课题写推荐信,另一次是告诉我,他建立了范伯群工作室的微信公众号。两次电话都是在晚上九点以后打过来的,电话里范先生声音洪亮,笑声朗朗,传递给我强大的温暖之感。就在一周前,我去医院看望他,他身体微微有汗,右手紧紧握住我的手,手很有力量。我走出医院时还暗暗地想,范先生身体素质好,也许扛得过这一劫。所以,当12月10日早晨我获悉噩耗,依然感到震惊,悲恸无已。

范先生1951年考入复旦大学,与曾华鹏先生、章培恒先生、施昌东先生同学,贾植芳先生是他们的老师。贾先生为他们开设了现代文学、外国文学、苏联文学、写作等课程,他们在贾先生指导下研究现代作家冰心、郁达夫、王鲁彦等,当时贾先生已经通过泥土社推荐出版他们的研究成果。但是随着1955年胡风冤案的发生,贾先生被捕入狱,范先生、曾先生等学生也都受到株连,历尽艰辛磨难。但是他们在学术研究的道路上不改初心,互相勉励,精诚合作,相继完成《郁达夫论》《王鲁彦论》《冰心评传》等重要著作。他们以丰硕的学术成果回报了老师和母校。

我第一次见到范先生和曾先生,都是在贾植芳先生的家里。那时候,贾先生还不到七十岁,身体健朗,范先生刚五十出头,头发已经花白。范先生第一次见到我就语重心长地说:"我和曾华鹏都是贾先生的老学生,你是贾先生重开山门的新学生,你要好好光大师门传统。"这个话经常在我耳边响起,不敢忘记。还有一次是范先生与曾先生一起来看望贾先生,也是我第一次见到曾先生,印象中曾先生的手很温暖,一直紧紧握着我的手,很久不放开。那次谈话时,不知是谁问起为什么鲁迅与创造社的关系不好,但对郁达夫却一向很好,曾先生和范先生都做了回答,讲的是如何理解"创造气"的问题。我在他们身边有意观察了两位先生的神态,曾先生说话非常温和,而范先生说话时,在温和的语调后面,还是有一种凌厉之气。

那个时期,范伯群先生掌苏州大学中文学科。苏州大学是在江苏师范学院的基础上组建起来的,正处于百废待兴之际。范先生与复旦大学中文系有非常亲密的合作,经常来到贾先生的家里,一面是看望老师,也是向贾先生请教一些学科建设的问题,并且有力地推动了苏州大学中文学科的改革与发展。我记得他经常把一些老师和学生带到贾先生家里谈天说地,我就是在贾先生的客厅里认识了很多苏州大学的老师以及范门弟子。其实在高校里担任系主任是一件非常得罪人的工作,受到明枪暗箭的攻击是免不了的,这一点,我自己在以后当了中文系主任才有了深刻体会,但在当时却一无所知,像听故事一样,经常听着范先生向贾先生诉说着工作中的不顺和烦恼。范先生被退休以后,一度心情也不好,章培恒先生热情邀请他到复旦大学古代文学研究中心来担任研究员,为他提供了很好的研究平台与经费,使范先生可以潜心研究近现代通俗文学史。那几年里,我亲眼看见范先生以七十多岁的高龄,每天像青年人一样,背着一个包,乘地铁到上海图书馆,查阅各种资料,终于完成了十几年心血积累起来的、具有他鲜明个人特色的学术体系。

范先生晚年在学术领域奉献出他多年研究通俗文学的重要成果,提出两翼一体、多元共生的文学史理论。这是非常有活力的学术思想的表现。我在前几年写的纪念曾华鹏先生的文章里指出过,像曾先生、范先生都是现代文学研究领域的第二代学者,他们大多是在上世纪50年代的环境下接受教育、走上学术道路的,他们早期的学术活动不可避免被烙上原来以新民主主义理论观点来建构文学史的影响,到了80年代思想解放的时代背景下,必然会面临一个学术范式转型的过程,但是曾、范两位先生所受到的影响相对比较少,反而是很快就顺风顺水地完成了范式转型,在80年代井喷式地出版了一批力作。这批力作就是他们的作家论。他们所研究的作家系列,与当时主流观念下的鲁郭茅巴老曹以及赵树理的排列不一样,是另一种作家谱系,看似边缘化了的作家,恰恰是80年代以后拨乱反正、重写文学史的重要依据。而这个另类作家谱系,正是他们早年求学时由贾植芳教授传授于他们的。后来他们走得更远,曾华鹏先生晚年研究张资平,范先生则一脚踩进了通俗文学领域。

范先生研究通俗文学完全是出于偶然。当时中国社科院文学所承担了一个国家"六五"社科规划,编辑一百多种现代文学流派、社团、作家的资料集,其中有一个子项目是编辑鸳鸯蝴蝶派文学的资料。因为通俗文学的大本营在苏州,文学所就把这个编书任务交给了苏州大学,由范伯群先生主持。范先生亲口告诉过我,他起先并不想接这个任务,觉得通俗文学是新文学的批判对象,很难处理。后来编完了资料集的初稿,他寄给贾植芳先生审读,贾先生看到资料编辑体例,第一辑是批判鸳鸯蝴蝶派的文章,第二辑才是有关通俗文学的资料。那天我在贾先生身边,先生指着书稿笑着对我说,你看,还是大批判开路啊。后来他大约把这个意见与范先生说了,第二稿编成,体例次序变换过来了。这就是说,范先生是在学术实践中,对通俗文学的了解越来越多,也越来越趋向于同情的理解,渐渐地,他修正了自己原来对通俗文学的偏见,成为一个卓越的通俗文学研究大家。几乎在同时,复旦大学的章培恒先生也对通俗文学产生了浓厚兴趣,尤其是对武侠小说,他不但亲自研究,而且自己想动手写武侠小说。他多次与范先生相约,要去苏州大学住一段时期,集中时间读一批武侠小说,但最终是因工作太忙,章先生也没有完成自己的夙愿。章先生是古代文学的研究大家,他从古代禁书、明清小说的传统理解通俗文学的意义,自有其学术渊源,而范先生是从研究鲁迅、现代文学起步的,要从这个传统立场转型到研究通俗文学、肯定通俗文学甚至提升了通俗文学在文学史上的地位,进而发展成两翼一体、多元共生的文学史理论,这是一个重大的突破。他不是肯定通俗文学而否定新文学(这在当今国学热、传统热的思潮里是屡见不鲜的陋见),而是提出通俗文学与新文学双翼齐飞的学术见解。但即使如此,他的见解也遭到过质疑和反诘,我几次看到范先生与反对者的辩论实录,也当场见过他与同行们的学术辩论,一种挥之不去的印象,就是在范先生表面温和儒雅的谈风里,始终伴随着一股凌厉之气。

由这股凌厉之气,我想起了章先生有一次回忆贾先生教学影响时说的,他说他在古代文学领域做出了一些探索,常有人讥之为"邪派武功",他却以这个"邪派武功"而自豪,他公开说,那就是贾植芳先生传授给他的。我想范先生学术上的凌厉之气与曾先生学术上能够绵里藏针的风格,大约都是有一点这个"邪派武功"的基因。这正是贾植芳先生留给他的学生的极珍贵的精神财富。我记得先生经常嘲笑那些躲在书斋里点燃一支香烟也怕烧痛手指头的学术庸人,鼓励他的学生要解放思想,大胆去探索历史真相,追求学术真理,不要在所谓学院派的华盖下唯唯诺诺,甘做帮闲。我在章先生、曾先生、范先生等人的学术传统里,都看到了这样一种朗朗做人的知识分子的典范。

因此,我要说,范伯群先生早年的学术起步、晚年学术集大成的辉煌,都是与复旦大学和贾植芳先生的学统密不可分。他受教于贾植芳先生,受累于胡风冤案,在鲁迅-胡风为代表的新文化传统中获得了做学问的知识和做人的榜样,并且在实践磨难中砥砺出高贵人格。范先生平时在工作中忍辱负重,顾全大局。对老师竭诚以待,情同父子;对学生诲之不倦,爱护慈祥;但在是非原则问题上,爱憎分明,毫不苟且。这个品格,也是贾先生、章先生、曾先生继承于鲁迅的精神品格,正是我们要学习、继承和发扬的。

范先生去世后,我拟了一副挽联,综合了我对范先生的上述理解,敬献于范先生灵前:

贾师倚闾曾章念切仙界高坛又召绝顶智叟
迅翁风骨鸳蝴传奇学府何处再觅双翼巨鹏

2017年12月16日改定于鱼焦了斋
初刊《文汇读书周报》2018年1月1日

陈映真先生

我最初接触陈映真先生的作品,是在 1980 年初读大四的时候,那时复旦大学中文系在全国率先开设台湾文学的专题课程,主讲老师是陆士清老师。我认真听了这一门课,其中讲到陈映真的创作,教材里还入选了《将军族》。我当时对台湾文学一无所知,对"外省人"、"本乡人"这类概念也没有什么感性认识,但是这篇作品里弥漫的凄苦悲凉的氛围,却深深地打动了我。不像读其他台湾乡土作家的作品,在语言上、意象上总是有些隔阂,读陈映真的小说,扑面而来的是一种熟悉的气息,用略微神秘的感觉来形容,他的文字间有似曾相识的感情密码,读来非常亲切,生出一种"自己人"的文学感情。后来读了更多的陈映真的资料,才知道他在走上文学创作道路初期,曾经受到过鲁迅小说的影响,这就难怪让我产生朦朦胧胧的熟悉感。

过了若干年,香港有家出版社推出一套"台湾文丛",其中有陈映真的一本小说集《赵南栋》。那是陈映真在上世纪 80 年代创作的一组作品,其中最后一部《赵南栋》创作于 1987 年,而 1988 年就通过香港出版传入大陆了。当时复旦大学有一个台港文化研究所,编辑一本内部刊物,上面还出过专辑讨论《赵南栋》。大约是那个专辑吸引我去读了这组小说,但我读后觉得,与我之前读的陈映真的作品不一样了。那时候的台湾社会,正处于权威体制崩溃的前夜,民主运动风起云涌,陈映真已经成为台湾社会的一个标杆式的人物。他从监狱里获释出来,积极走上社会,在思想、文学、艺术、出版等多个文化层面团结了一批思想活跃的知识分子投入"社会改革"实践,他创办的人间出版社推出了他的十五卷《陈映真作品集》,海峡两岸也都推出陈映真小说选。可以说,这是陈映真人生事业的巅峰时期,如日中天。可是我在读《赵南栋》以及相关系列小说时,分明看到他的内心深处隐藏了无可回避的焦虑感。一种对未来失望的颓败心理,盘旋在蔡千惠、赵庆云等人物的灵魂里,他描写这批曾经的革命者、受难者们在弥留之际,面对着他们的后辈——碌碌无为的年轻人,发出绝望的悲苦尖叫。这是无声的尖叫,你听不到声音,却感到灵魂在发颤。

我最近读了报上悼念陈映真的文章,有一篇文章这样写道:"1988年是两岸文化交流最频繁的一年,那年映真先生在北京同全国台联、中国作协接连举办了吕赫若、黄春明和自己的作品研讨会,后又举办了杨逵作品研讨会,这些研讨会对爱国的、热爱中华民族文化的台湾作家的主要作品,进行深入剖析、解读和宣扬。"[①] 很明显,就是在这个时候,陈映真把自己的活动范围从台湾岛提升到了两岸以至东亚地区。他为了接近自己所奋斗的理想——一个对20世纪进步知识分子极有吸引力的理想,他跨出了海岛,希望从海峡对面获得支持。对于这一步,他不是没有疑虑的,从他的小说里的人物蔡千惠的嘴里,已经说出了这批老左翼心底里的忧虑,但他还是要亲自去实践,为实现英特纳雄耐尔而奋斗。自然,陈映真的主要活动还是在文学和文化领域,在这些领域里他威望日隆,左右逢源,一旦迈出了这个领域,成功就很难说了。

我最初见到陈映真是在1990年代初的日子里。那时候大陆知识分子情绪普遍低落,王安忆毅然把陈映真当作一面精神风旗,写出了《乌托邦诗篇》。我从王安忆的小说里看到陈映真对她的影响,在这种特殊的时刻,陈映真成为一种精神之塔的象征,被

---

① 何标《他一生都是英勇的斗士》,载《文艺报》2016年12月9日。

作家用来当作抵抗精神低迷的思想武器。那么,陈映真本人是怎样看待大陆知识分子当时所处的精神状态的呢?大约是这段时间中的一天,王安忆约我和王晓明去一家宾馆面谒陈映真,我们一起在宾馆大堂的咖啡吧谈了好几个小时,讲话的具体内容已经忘记了,大致的印象是他精神状态很好,兴致勃勃地给我们分析世界形势,指出资本主义全球化的危险,嘱咐我们利用当下低迷时期好好学习马克思主义,认识资本主义经济高度发展可能对人们带来的异化作用。他对美国的资本主义制度非常反感,批评现代社会的人们每天就是麻木地工作,到了周六,就开着车去超市买一大堆东西,回来塞在冰箱里,然后又周而复始地重复上一周的生活。他边说边用两只手比划了那种麻木地开车购物的动作,让我突然想起他在《山路》里批判这种追求物质享受的生活时用了一个词:"家畜化",指的是完全"被资本主义商品驯化、饲养了的,家畜般的"人们。时隔二十多年,我现在回想起那次谈话,已经懂了他当时引导我们的意思,但在那时,我觉得他谈的思想与我们遭遇的现实处境很遥远,有点不知所措。不过,他的尖锐的谈话依然给我留下了深刻印象。

这样的与青年人的思想交流,在陈映真先生的日程安排里,应该是经常性的。事后他大约忘记了这次谈话。当1997年我应《联合报》邀请去台湾访问,报社副刊的负责人安排一次饭局,在这个饭局里我见到了陈映真夫妇,他已经想不起曾与我见过面,人也明显发胖,在饭桌上他说话很少,神情有点寂寞,似乎心不在焉,与当初鼓励我学马列时的精神状态有了很大的不同。

大约是2003年,马来西亚《星洲日报》举办花踪世界华文文学大奖。花踪大奖第一届得主是王安忆,当酝酿第二届得主候选人时,王安忆、焦桐与我一起提名陈映真,经过了评委们几轮商量,陈映真成为第二届大奖的得主。那次在吉隆坡,我又一次见到了陈映真夫妇,在几天的活动中,我们都在一起,但是彼此交流还是很少。在我的眼里,他似乎更像一个慈祥的老人,笑眯眯的,很少主动说话,而且他人更胖了,动作也有些迟缓,有一次集体乘车去什么地方旅游,半途中他突然心脏不舒服,大家连忙停车送药递水,忙乱了好一阵子。在那次相处的几天里,我觉得陈映真心事重重,仿佛内心深藏着巨大的纠结。从一些知情人的嘴里隐约地知道,他在台湾的事业大约并不顺当。这次活动结束后,我们在吉隆坡分手,我回到上海,他们夫妇好像是到大陆什么地方去参加一个学术会议。但不久我收到了陈映真先生手写的一封信件,很短,大概的意思是说,他过去有些误解我,曾在一个会上批判过我,现在他向我表示道歉。我看到这封信真有些发懵,因为我从来不参与他们那个领域的活动,对陈映真始终充满敬意。我一点不知道自己已经得罪了某些人士,如果不是这封短信,我还完全蒙在鼓里。但虽然如此,我毕竟是长期在这个环境下生活,对于有些事情的发生并没有感到特别的意外,倒是隐隐地对陈映真先生有了一点感激之心,觉得我终于成为他所信任的人了。

再以后,就是陈光兴教授穿梭般的来往于新竹与上海,筹划在两地同时举办陈映真思想与创作研讨会,还准备出版陈映真的文论选与创作选。我被分配到的任务是写一篇全面评价陈映真与"五四"新文学关系的论文。于是,我又一次系统读了陈映真的小说与文论,再次直面这个高贵的灵魂。在那篇论文里,我分别讨论了陈映真的思想创作与鲁迅为代表的"五四"新文学传统、茅盾为代表的左翼文艺传统以及巴金为代表的安那其主义的关系,我描述了映真先生从继承鲁迅为代表的"五四"精神到走向左翼文艺的马克思主义社会批判,进而站在安那其的理想境界对国家形式和本质进行深刻反省,由此得出的结论是:陈映真的深刻性达到了"五四"以来新文学精神的制高点。可是,2006年,在学术研讨会即将举办之际,传来了陈映真先生在北京中风的消息。以后,再也没有机会见到陈映真先生,也没有听到陈映真真实情况的消息,想来重病的他也不会读到我的论文和这个学术研讨会的所有文献,从此再也听不到他睿智而锋利的谈话了。

2016 年 12 月 12 日于鱼焦了斋
初刊台湾《文讯》杂志第 375 期(2017 年 1 月)

夜对星空思富仁

在1980年代,现代文学学科刚刚起步的时候,有几位前辈先生起到了承前启后的重要作用。在北京,有王瑶先生、李何林先生、唐弢先生,在南京有陈瘦竹先生,在上海,有贾植芳先生和钱谷融先生,等等。他们大多是在上世纪三四十年代参与了新文学,亲炙于新文学著名人物的言传身教,对他们一辈学者来说,新文学不是教科书上定义的那种,而是活生生的有血有肉的生命传承。其中李何林先生大约年长一些,他从1920年代大革命时期就参加实际的革命活动,后来又加入未名社,走进了鲁迅的世界。李何林先生与鲁迅有没有过亲密接触我不知道,但他是比较早的从实感出发认同鲁迅、宣传鲁迅的追随者中的一个,记得大学里读书的时候读过他写的《近二十年中国文艺思潮论》,打开扉页就是鲁迅和瞿秋白的照片,那时瞿秋白的名字还不能公开,作者用了宋阳的别名来纪念他。那大约是1930年代后期,李何林先生已经用他的著述奠定了后来的现代文学的核心精神。

李何林先生在"文革"前就开始招收研究生,所以,王富仁不是李先生最早的学生。但是在1980年代我国博士研究生制度建立以后,王富仁是李先生指导博士生的开山门弟子,研究的方向又是鲁迅,他的博士论文题目为"中国反封建思想革命的一面镜子——《呐喊》《彷徨》综论",记得当时《文学评论》以连载的形式发表这篇论文的提纲,轰动一时。王富仁在现代文学研究领域的影响和地位,也由此被奠定。

在我们这辈同人的眼里，王富仁算是比较成熟的一位学者。他的年龄不一定最大，但是看上去的老相以及文章的老成，都增加了他的厚重感。那时我们刚刚写文章崭露头角，他已经出版了一本专著，研究鲁迅与俄国文学的关系。这一切都让我们看到这个名字肃然起敬。还有一件事大约也可以一提。1985年，北京万寿寺现代文学馆举办青年学者创新座谈会，那时研究现代文学的人不多，而且都是青年人，很容易见面熟，我就是在那个会上认识了钱理群、陈平原、黄子平，也是在那个会上见到了王富仁——说是见到，还没有说过什么话。在那个会上，王富仁是明星。记得有一个晚上，与我同住一个房间的许子东兴冲冲地从外面进来，兴高采烈，眉飞色舞，说是有一位权威理论家特意召见王富仁，许子东也跟着去了，他们在理论家的客厅里谈了一个多小时，王富仁侃侃而谈自己研究鲁迅的心得，理论家含笑聆听，听到紧要处，就轻轻点拨：你这个观点与胡风的观点很接近哦（当时胡风的文艺思想还没有平反）。然而富仁坦然承认：是啊，我就是吸收了胡风的理论。这样来来回回几个回合，一个点中命脉，一个从容解套，彼此也引不起争论。理论家口风里是否藏有利剑我不知道，但王富仁的朗朗风骨，倒是来自乃师真传。这个场面如果由许子东写出会更加精彩，我当时昏昏欲睡，之所以会留下这么个印象，是因为我在许子东滔滔不绝的转述中，脑子里出现了一幅画面：白齿红唇、潇洒俶傥的许子东与一身土气、满脸风霜的王富仁并坐在一个高贵的客厅里，对照鲜明，由此联想到假如鲁迅和郁达夫并坐在一起，应该是怎样一幅图像？

其实，王富仁当时解读鲁迅的观点，还是在新民主主义革命的理论框架下进行阐释的，我现在也记不清楚了，好像他的意思是，鲁迅的著作代表了反帝反封建（新民主主义革命）的思想革命，而毛泽东则是代表了政治革命。这个论断没有超出毛泽东为鲁迅定制的三个伟大的基本范畴,但是从启蒙立场还原鲁迅著作的意义,与当时主流话语把反思"文革"定位于要继续肃清封建思想流毒的舆论导向是一致的,与李泽厚研究近代思想与农民革命的封建局限性也是一致的,他们走在了那个时代话语的前列,对于正在苦苦摸索批判民族劣根性、批判封建专制残余、批判现代个人迷信等思想解放道路的青年学者来说,他们的著述思想犹如平地春雷,确有醍醐灌顶之感。所以,虽然我与王富仁那时候还没有真正建立深厚的友谊,甚至也没有做过深入的交谈,但是我已经本能地认定了王富仁是我的志同道合的朋友,我们是一路的人。在我的人生经验里,有些人可能朝夕相处,但是始终没有"朋友"的感觉,顶多说得上是一个"熟人";但有的人,可能一生也没有见过几次面,也没有什么生生死死的交往,仅仅读了他的一本书,一篇文章,你就会辨认出一种与你相通的熟悉的生命气息,就会让你觉得,这样的人可以终生为师友。王富仁就是我这样的朋友。

现在想起来,我这一生中与王富仁确实也没有见过几次面,更没有做过深入交流。我是个懒散的人,很少外出参加各种会议,也不喜欢到处参与活动,王富仁的性格里也有与我相似的地方,我们俩很少在各种集体活动中相遇,因此也少了在一起畅谈的机会。但彼此的信息还是都知道的。王富仁培养出一大批优秀的学生,自己也是著述不断,新见迭出,每有新著,都是洋洋洒洒,一马平川,读起来很过瘾。他在北师大的发展,起先很顺,听说在他评职称的时候,有一个师长辈的老先生主动让出自己参评职称的名额,坚持把王富仁推上去,这种提携后进的行为被学界传为美谈。在这样一代老师的爱护下,王富仁脱颖而出,成为我们这一代的标杆性学者。不过,木秀于林总是危险的,后来渐渐地也传出了王富仁不大如意的传闻,再后来,听说他到南方去教书,最后落户于汕头大学。他南下以后,我与他的见面机会更加少了,他在汕头举办过一些学术会议,每次都邀我前往,但我总是有各种原因没有去成,后来我好容易安排出时间去汕大住了一周,然而不巧他有事回北京了。有次我无意间听说他养了猫,心里大不以为然,在我的偏见里,鲁迅的再传弟子似乎可以乱抽烟不睡觉,断不可在媚态的猫咪神情里消磨意志[①]。隐约间我似乎感到富仁的内心很脆弱也很寂寞,这与旁人眼里风风光光、一团和气的外表是不协调的。再后来,我读到他提倡新国学的主张,并且身体力行写了长篇文章,他深深地忧虑,在即将掀起的又一场国学热潮中,"五四"传统会中断,鲁迅精神会遭到质疑,他努力要把"五四"以来形成的已经融汇了西方现代精神的新传统与古老的旧文化传统做调和,于旧道德里保存新理想。我不知道他这么努力究竟有没有意义,会不会成功,但至少他在为维护自己安身立命的"五四"新道德、新传统奋不顾身地努力工作,大声呐喊,至于会不会成功的问题,反倒不显得特别重要。

好像读过一篇富仁的文章,他感叹社会风气似乎转了一个圈子,回到了原地。他说他这一代学人是受了"五四"反叛精神的熏陶走出来的,但现在慢慢地风气又转回到传统,由此表达了他内心深深的悲凉。其实这也是典型的鲁迅的思维。从历史螺旋形上升的规律而言,社会文化的发展仿佛又转回到原地,是必然的规律,但又绝对不是简单地回到了原地,一定是掺进了新的因素,带来了新的信息,因此无法克隆原来的模样也是必然的。"五四"新文化运动从一开始就是在各种强大的反对声中发展起来的,木秀于林,风必摧之,它在中国轻而易举地获得了成功,本来就是不正常的,因此,新文化传统的后续发展必然是艰难的,不可能毕其

[①] 文章发表后,有朋友指出,王富仁的宠物是一条狗,不是猫。我记错了,特此更正说明。——陈思和注。

功于一役。只要想想法国大革命以后欧洲资产阶级社会文化的发展道路,经历过多少次断头流血的磨难,波旁王朝、拿破仑,还有拿破仑的模仿者、巴黎公社被镇压……这值得我们去悲哀吗?晚清以来,中国的文化人已经亲历过好几个圈子:从谭嗣同流血到张勋复辟、康有为成圣是一个圈子,从陈独秀办《新青年》到大革命失败成为替罪羊又是一个圈子,从鲁迅被尊为左联盟主到五十五岁英年去世也是一个圈子,从胡风高举七月大旗到1955年被整肃还是一个圈子,从红卫兵天兵天将到上山下乡接受再教育难道不是圈子?再有,就是王富仁感到悲哀的圈子了。我年轻时也有过轻狂的时候,看到前辈们划圈子的行为很警惕,后来吃了一些亏就看淡了。再进一步看,现在的国学大师(自封的)也回不到以前真大师的模样,大家都回不去了,不过是如马克思在《路易·波拿马的雾月十八》里所描绘的"笑剧"而已。这,也值得我们去认真说事吗?

  我与诗人食指有过一次交谈。他说了一个观点:中国古代文化传统融汇印度传来的佛教文化,差不多花了一千年的时间,才使佛教与儒教、道教融汇起来,成为中国文化传统的三位一体。而"五四"新文化才一百年,以德先生、赛先生为旗帜的西方文化传统怎么可能马上融入中国文化呢?他的话值得我们思考。虽然说,现代地球村越来越小,东西方文化交流沟通比古代要直接得多,但是一千年与一百年的差别还是存在的,文化的融汇不可能像流行病一样传染,各种先进的文化因素要传播、要影响、要交融都没有一帆风顺的,总是在反复、旋转甚至倒退的复杂过程中一点点进步。我们的任务只能是尽力推动,努力促进,不是倒退到古代社会去赞美封建尸骸,而是坚定不移地推动人类世界的先进文化充分交流和融汇,坚信人类文明一定会越来越进步。这才是我们需要的文化自信。

  以上这些话,本来是应该在富仁生前与他深入讨论的话题,可惜一直没有机会。现在他已经去世,我把这些闷在心里的话写出来,默默地对着宇宙星空,希望富仁能够听到。

2017 年 9 月 15 日于鱼焦了斋
初刊《书城》2017 年第 11 期

读王富仁的《樊骏论》

《樊骏论》是王富仁兄尚未完成的一部遗稿。现在要出版,他的学生宫立先生来信嘱我写一篇序。我自然没有什么理由可以推辞,而且私下里,我对樊骏先生还怀着一份很深的怀念,我确实很想读到王富仁兄对于樊骏学术成就的全面的研究和评价。记得在樊骏先生去世不久,社科院文学所要编辑樊骏先生纪念集,来信邀稿,我寄去一篇早几年发表的、阅读了樊骏先生的《我们的学科:已经不再年轻,正在走向成熟》以后生发开去、议论学科建设的文章,还特意写了附记,回顾了我与樊骏先生的一点交往,作为纪念。但我没有涉及樊骏先生的学术思想和学科贡献,而这方面,正是富仁兄所擅长论述的。

下面便是我阅读富仁兄《樊骏论》未完稿的一点体会。阅读过程也是学习过程,同时也不断产生自己的一些想法。这些想法也许与富仁兄的初衷未必相同,一并说出来,把它当作一份与老友交流心得的札记。

"学科魂",这是王富仁对樊骏先生的评价。我认为是非常精到的看法。王富仁说,"学科魂"这个词是他生造的。学科应该有它自身的魂,这是随着学科发展而出现的本质性的概念。在富仁兄的论述中,中国现代文学学科在不同阶段拥有不同的"学科魂"。在1949年到1976年间,照富仁兄的说法,是中国现代文学学科的第一个阶段,新民主主义革命理论是其史观基础,那时候的"学科魂"是以他的老师李何林先生为代表的。因为李先生带着中国现代政治革命的传统进入中国现代文学研究界,实际上起到了现代文学研究学科的精神支柱作用。而另外两个传统——王瑶先生的现代学院派的学者传统与唐弢先生的中国现代作家的传统,在当时都不可能起到与学科内在精神浑然一体的核心作用。然而到了"文革"结束,中国社会进入改革开放历程以后,中国现代文学研究学科发生了翻天覆地的变化,新民主主义革命的理论基础被现代性的理论基础所取代,中国现代文学研究学科的精神传统发生了根本性的变化,由李何林先生的现代政治革命的传统逐步向王瑶先生的现代学院派传统过渡,而樊骏先生,正是在王瑶学术传统的传承中涌现出来的第二代学人的学科之魂。——以上是我根据王富仁的理论阐释概括出来的意思。

在我看来,现代文学历史的本体发展,与现代文学研究的学科建设,并不是一回事,不能完全等同。前者是本体,后者是对前者的理解和阐释,是属于研究者的主体范畴。后者的发展建立在研究者不断努力地接近前者本相的过程中,但是,后者永远也不可能穷尽研究对象,否则学科就没有必要存在;后者也不能传声筒般地传达关于前者的某种已经定论且不可改变的历史结论,否则学科研究与宣传部门就没有任何区别,也就等于抹杀了学科存在的必要。更何况我们所从事研究的现代文学(后来被教育部命名为现当代文学)学科,研究对象是一个时间可以无限延伸的文学创作历程。在王富仁为代表的第三代学人刚刚走进这个领域的时候,现代文学只有三十年,是个非常有限的时间概念。1985年,"20世纪中国文学"这一概念提出的时候,离20世纪结束还有长长的十五年,那时候的现代文学(包括"当代文学")也只有七十年,还没有预见到之后中国发生的大变局,一切都在变。然而发展到今天,中国现代文学研究学科的研究对象,已经接触到了新世纪文学、网络文学、八零后九零后文学……研究的视域在不断地延伸,这也就是樊骏先生意识到,但还来不及做深入考察和阐述的"中国现代文学研究的当代性"问题。我想要强调的是,中国现代文学研究学科的研究对象的特殊性,决定了学科与生俱来的多变、多元、多矛盾的特点。所谓"多变"是指随着时间的无限延伸,研究对象自身处于不稳定的状态,会不断产生新鲜事物以及新的问题,不断改变人们对这一段文学史的认识;随着多变现象的涌现,文学研究也就会相应地产生不同的学术流派和学术见解,必然会产生"多元"的特点。王富仁归纳的李何林、王瑶以及唐弢为代表的三大传统,在1949年到1976年间的现代文学研究领域,是显在的。其实,在一个舆论一律的时代,始终存在着被遮蔽或者被边缘化的隐形传统,我们不能忘记贾植芳先生为代表的受难者的传统、钱谷融先生为代表的讲究人性论的传统,等等。只要承认我们这个学科具有"多变"、"多元"这一本质性的特点,那么,我们就会意识到,任何企图定于一尊、企图永恒不变的流派观点都是违反客观事实的,不管它曾经有过多大的权力或者势力,都是没有活力的。一个健全而有活力的学科,必须具备容忍"多矛盾"、有冲突、有争论的状态的能量。我们不能回避,在1949年到1976年间的中国现代文学研究学科的早期阶段里,其宗旨、其精神都是与这样一种学术民主的本质性学科特点背道而驰的。所以,要从这样的学术瓶颈中摆脱出来,与上世纪80年代思想解放、改革开放的社会发展主流取得一致的发展方向,中国现当代文学研究学科确实需要有王瑶先生为代表的现代学院派的传统来领导和完成这个历史的转折,樊骏先生就是这样被推上了学科的领军人物的地位。

樊骏先生为人平和,勤于做实际工作,在学术研究上慎于亮出自己鲜明观点。但是圈内人说起樊骏先生,几乎没有人不称赞他的学术严谨,功底扎实。那时候有人说他是"没有专著的研究员",但并没有人认为他在学术上不符合研究员的资格。于是,王富仁又"生造"了两句精辟的话,说明了这个悖反现象:

如果我们不想恭维这个不需要恭维的人，我们就得承认，他其实什么也没有做！新时期以来中国现代文学研究中的任何一个新观点都不是他首先提出来的，任何一个新方法都不是他首先应用到我们中国现代文学研究中来的，任何一个新的研究领域都不是他为我们开拓出来的。但是，当我们说出"他什么也没有做"这句话之后，紧接着就会说出另外一句相反的话："他什么也为我们做了！"新时期以来中国现代文学研究中的任何一个新观点的提出，任何一个新方法的应用，任何一个新领域的开拓，实际上都与他有着千丝万缕的联系，都是通过他而上升到整个中国现代文学学科的高度、中国现代文学研究传统的高度的。

王富仁这里讲的是樊骏先生从上世纪80年代开始，并且持之以恒地从事的一项重要工作：每年一度的有关中国现代文学研究的"研究综述"。王富仁把"研究综述"这类最没有个性彰显的文体解读得风生水起，甚至堪比鲁迅对于杂文文体的创造性运用。王富仁把中国现代文学研究分为三个层面：个性层面的研究、国家层面的研究、学科层面的研究。"个性层面的中国现代文学研究是有'我'而重'我'的"，指的是学者们富有个性的研究，我们通过这个层面的研究，"能够了解不同的研究者对中国现代文学都有哪些不同的感受和理解，起到的是相互沟通和相互启发的作用"。第二个层面的研究，即"国家社会事业层面的中国现代文学研究是有'理'而重'理'的"，这个"理"，不是指道理或者理由，而是指权力话语带来的独断性，我们通过这个层面的研究，"能够了解的是国家、集体对我们中国现代文学研究学科的希望和要求，起到的是协调中国现代文学与国家、集体事业的关系的作用"。第三个层面是学科层面的研究，"是无'我'、无'理'而有'道'（整体性）的"，通过这个层面的研究，要了解的是"中国现代文学的整体状况"。王富仁进而说,樊骏先生的学术研究工作及其价值,是属于第三个层面的研究,所以,他的研究不需要(或者不屑于)所谓的"独立的见解"(第一层面)和"有益的教诲"(第二层面),他要体现的是我们学科的"整体状况"。接下来,王富仁对樊骏先生二十年间所写的"研究综述"做了一个中肯而精彩的评述:

> 樊骏先生根本不是将这些文章当作表现自己的研究能力的学术研究成果而写的,因而他也没有必要对于"文化大革命"结束之后二十余年间中国现代文学研究仅仅以自我的感受和理解做出仅仅属于自我的主观判断,将"自我"注入到客观事实的叙述之中去;与此同时,他更不是站在高踞于全部中国现代文学研究者之上的国家的或者事业的领导者的立场上对当下的中国现代文学研究者发表的指令性意见,所以他也没有必要将"文化大革命"之后二十余年间的中国现代文学研究理出几个纲目并在此基础上提出自己的几个指令性的意见,宣示几个人人必须遵循的思想原则,将"理"注入到客观事实的叙述之中去,他只是作为中国现代文学研究者中的一员而将"文化大革命"之后二十余年间中国现代文学研究的整体状况("道")呈现出来,所以他的这类文章中是无"我"、无"理",而有"道"(整体性)的,这体现的不正是中国现代文学研究学会及其会刊《中国现代文学研究丛刊》所体现的科学研究(学术)层面的中国现代文学研究的特征吗?

王富仁对于中国现代文学研究的整体性思考是相当深入的,我从未这样想过。当我回忆起 80 年代的情景,不能不说,王富仁的观察是对的。现在的学人可能会对这类研究综述忽略不计,樊骏先生生前大约也无意把那些署名"辛宇"的文章结集出版,但是我们当年一直把樊骏先生的综述文章视为一种导向性的标志,每年《丛刊》发表樊骏先生的研究综述文章,大家都会争相传阅,樊骏先生几乎读了所有人的研究文章,他认为有价值的,都会在综述里提到。作为青年学习者,能够被樊先生提及名字或者篇目,自然是一件值得高兴的事情,会得到很大的鼓舞。反之,也有另外一种情况,在80年代思想解放的过程中,政治气候阴晴不定,舆论导向时有反复,也有些所谓学者,本来对学术信念就不坚定,时刻窥看政治风向,一有风吹草动,他们立刻就变脸,发表一些兴风作浪的文章来迎合来自第二层面的某些指令性意见,但是思想解放、改革开放的大势终究不会倒退,没过几天,一切都风平浪静,而那些投机的"浪里白条"们反倒落了个出丑露乖的下场。那个时候,我们也会看看樊骏先生究竟会将哪些人的文章归到这一类。表面上看,樊先生也只是作客观归纳,但是文字的斟酌、人物的取舍,都是赢得我们会心一笑的。在那些阴晴不定的日子里,樊先生是一个有立场、有良知的学者,一个有原则的知识分子,他不是中国社会特产的乡愿。尽管他是以他特有的温和、稳重、长者的姿态,来应对社会上的各种风波。这一点,论及樊骏先生的人品和文品,都是要特别指出的。

王富仁把樊骏先生称为"学科魂",也就是说,他是把樊骏先生的学术成就与中国现代文学研究学科的建设联系在一起的,那么,我们禁不住要想一想:是什么意义上的学者能够与学科建设联系在一起而当得起"魂"之美称?学科是一个近几十年来流行于教育界、学术界的概念,尤其在教育部资金分配的"双一流"导向下,学科的概念无比重要。但是在上世纪80年代,学科的概念仅仅限定在高校领域。照我导师贾植芳先生的说法,建设一个学科需要符合三个条件:一是有一批坚实的理论著作和学术研究成果;二是能够进入高校课堂并且在研究机构里培养专业研究人才;三是需要有专业刊物作为交流平台。樊骏先生不在高校里从事教学工作,勉强算得上与第二条有关的是他在"文革"前曾参与唐弢先生主编的现代文学史教材的编写，但是第一条和第三条则与樊骏先生的工作有密切关系。第一条指的学术成果当然不是指个别学者的著作，而是就整体的研究水平状况而言，这一点，恰恰是樊先生最关注的主要研究对象。然而他的研究成果又是与《中国现代文学研究丛刊》这本刊物紧密相关，可以这么说，作为学科魂，樊骏先生首先是这本刊物的灵魂。就中国现代文学研究领域而言，这本刊物在上世纪80年代质量之高、境界之大、影响之深，当时能够与之相提并论的刊物，大约唯有《文学评论》。今天流行的学术刊物，没有一种可以与之相比。当时它起到的对青年学人的培养功能，现在也无类似刊物可以例举。这是无可回避的事实。然而还有一点不能忘记，樊骏先生的工作，是与中国现代文学研究学会紧密联系在一起的。这个学会的会长，初创以来一直由王瑶先生担任，而具体工作主要是樊骏先生在张罗，当然还有其他的前辈学者参与其中。在我的模糊印象中，中国现代文学研究学会风清气正，活力洋溢，新人辈出，这些都是与樊骏先生的辛苦努力分不开的。我只举一个学界都知道的例子来说明：樊骏先生晚年从海外家族获得一笔遗产，他将全部遗产连同自己一生省吃俭用积累下来的两百万元人民币，分别捐给学会和社科院文学所，鼓励学术研究。其中一百万就是捐给学会的王瑶学术奖。他不愿透露自己的姓名，在很长时间里外人一直以为是王瑶先生在海外的女儿所捐。但是，当第一届王瑶奖评选结果出来后，樊骏先生认真阅读了获奖作品，表示了极大的不满，为此他给学会会长严家炎先生写了一封好几张纸的长信，坦率地提出了批评。这件事，是严家炎先生亲口告诉我的，我没有看到樊信的原件，但严先生非常重视樊先生的意见，为此多次征求各方面对王瑶奖的看法和建议。后来，王瑶学术奖果然越办越好了。这件事，我们可以从各个角度来解读：首先，在当时学会的经济状况比较差的情况下，他捐出了自己的积蓄来鼓励学术研究，并且不愿透露自己作为出资人的身份；其次，作为出资人，他不愿意参与具体的评奖工作，也不愿意干预具体的评奖工作；其三，当他发现问题将不利于评奖活动的正常发展时，毫不犹豫地提出批评，唤起大家的警觉，以保证学会的健全发展。该退隐的时候就退隐，该放弃的时候就放弃，但是遇到该尖锐的时候，他也就挺身而出了。这就是我们的樊骏先生——因为我本人一直置身于学会活动之外，所以对这些事情并不很了解，也许有些转述与事实不完全符合。不过我举出这样的事例，也许很能够说明樊骏先生对于学会的特殊贡献。可以说，樊先生是用自己的全部生命能量投入到中国现代文学学会、《中国现代文学研究丛刊》以及整个现代文学研究学科的建设工作中。

很可惜的是，王富仁没有能够最后完成这部通过研究樊骏进而达到对于中国现代文学研究学科之"魂"的阐述。中国现代文学研究学会在王瑶先生仙逝以后，选严家炎先生继任会长，严先生退休以后，王富仁也担任过一届会长，以后又把重任交给了温儒敏兄。我想王富仁在担任会长期间，一定很认真地思考过这个问题，有些委屈体会也是非在任的会长不能理解。所以，他才会对现代文学研究现状做出三个层面的区分，并且在研究者的个性研究与国家、社会事业对学术的高度控制之间，分割出一个整体性的学科研究的层面。在本书的后半部将近一半以上的篇幅里，也就是在第四章"樊骏先生的中国现代文学史观"里，王富仁用模拟樊骏的手法，浩浩瀚瀚地写出了一部综论中国现代文学史观的大文章。他深情地说：

> 我是第三代中国现代文学研究者中间的一个，因而也像我们那代中国现代文学研究者中间的所有人一样，一直停留在个性层面的中国现代文学研究中。在开始，我是完全按照自己的想法写文章的，也自觉不自觉地按照自己的想法看待

整个中国现代文学研究的现状及其命运和前途,后来才发现,我按照自己的想法写文章是一回事,而按照自己的想法看待整个中国现代文学研究的现状及其命运和前途又是另外一回事。因为仅仅从我的个性出发所能够看到的东西是极其有限的,并且仅仅是一个角度。依照我自己的个性要求表达我自己的感受和理解,是我应享的权利:自己选择,自己负责,但仅仅依照我自己的个性判断和(来)评价别的个人、别的个性,就存在一个对别的个人、别的个性尊重与不尊重、爱护与不爱护的问题了。在这时,我开始更多地想到樊骏先生和他的学术研究。我的对于中国现代文学研究学科的一些带有整体性的想法,大都是从樊骏先生其人、其文的感受中领悟出来的,并且大都与我原来的、按照我自己的个性推断出来的并不完全相同。现在,我将自己想到的几点用自己的话阐述出来,我认为,人们一眼就能够看出,这些想法并不是从我作为一个鲁迅研究者的个性追求中自然衍生出来的,而是从樊骏先生其人与其文的启发中所领悟到的,因而也理当是樊骏先生学术思想的题中之意,而不是我凭空罩在樊骏先生头上的光环。

这部分内容相当丰富,看得出是王富仁一气呵成的一篇杰作。但因为是未完成稿,我们无法看到经过作者最后斟酌、改定的文本,同时也看不到具体观点论述的引文和注释,因此我还是无法判断,这篇文学史观论究竟是王富仁根据樊骏的立场观点模拟樊骏可能拥有的学术见解,还是王富仁学习樊骏的"整体性研究"而推断出来的他自己的观点。当然,更不能说因为王富仁从樊骏先生的"其人与其文的启发中所领悟到的"一些想法,就理所当然地作为樊骏先生的学术思想和学术观点。学科层面的"整体性研究"并不是一个人的工作,各个三级学科领域、各个高校和研究机构的学科领域,都需要有学科层面的研究来规划、指导和提升整体的学术研究。樊骏先生只是其中一个杰出的代表。王富仁兄由一个研究鲁迅、推崇研究个性的第三代学者担纲起学会的负责人,自然而然在研究方法和研究思路上也相应地发生变化,因此,这本书后半部分的"中国现代文学史观"论,我觉得看成王富仁晚年的中国现代文学史观,也许更加合适一些。但这种研究方法,并且因为方法而导致了研究本体的观点之变化,也可以说,是与樊骏先生有关。或者说,是樊骏先生影响了王富仁。

2018 年 7 月 22 日于鱼焦了斋
初刊《现代中文学刊》2018 年第 4 期

怀念丁景唐先生

丁景唐先生是去年12月11日去世的。去年一年中,我的师长亲友中离世者甚多,我在辞岁诗里用了一联"忍看师友登仙列,惟剩诗文作挽联",表达我内心的沉痛。丁先生去世后,我也拟就过一副挽联,想在追悼会上献给先生,但后来听先生哲嗣言模兄说,丧事不举办追悼会了,仅做家庭成员告别,于是我没有去参加。这副挽联就一直留在我电脑里。它是这么写的:

追家璧继小峰,出版新文学传承真火种
仰秋白尊鲁翁,革命旧制度难得纯书生

别人看了会怎么想,我不知道,自以为这挽联颇能够传达出我对先生的理解。三十多年前,我与言昭合作写过一篇文章,论述丁先生的编辑生涯。通过寻查文献资料,我心目中的丁先生变得丰富起来。他不仅是一位文化领域的资深干部,更是一位终生钟情于新文学的学术前辈、出版大家,尤其在出版研究瞿秋白、鲁迅以及左翼文艺期刊资料方面,堪称独步。上世纪80年代,他是上海文艺出版社社长,之前还当过上海市出版局副局长、市委宣传部文艺处处长,作为一位忙于会山文海的行政干部,他参加学术活动的机会并不多。但是一旦进入了他的研究领域,立刻就展露出学术锋芒,犹如干将莫邪,削铁如泥。我有过两次间接的经验,现在大约也无人道及,我举出来随便说说:一次是80年代,有个档次很高的文学大辞典的编纂组举办征求意见的座谈会,丁先生参加了,他仅仅就殷夫和其他左翼文艺运动的条目,提出了十多处资料有误的地方，都是道人所未道，语惊四座。这是当时主持现代文学词目的樊骏先生告诉我的。还有一次，是在90年代，有一家出版社推出一套现代作家印象丛书，邀丁先生主编一本瞿秋白印象集，后来与策划丛书的朋友聊天时，他感叹说，到底是老一代学者，编撰资料一丝不苟，没有见过这么严谨的学者。他指的就是丁景唐先生。丁先生著述不算很多，但是他的态度认真和质量把关，是出了名的，从他手里出来的书籍，都大方古雅，正正派派，错字或者不规范的，都微乎其微。这方面他有过教训。我记得一次闲聊时，聊到了书籍出版普遍存在的错字现象，他感慨地告诉我："真是无错不成书啊，60年代初印《毛选》第四卷，层层把关，反复校对检查，总以为万无一失了。偏偏在机器开印时，一粒灰尘落进去，又偏偏落在'百万大军'的'大'字上面，变成了'犬军'，结果就是严重政治事件了。"丁先生为人拘谨，从来不会开这类政治玩笑，他所说的事情，应该是属实可信的。这也是他在工作中战战兢兢、一丝不差的习惯之来由。

丁先生在出版领域最重大的贡献是在上世纪60年代搜集出版了左翼文艺期刊资料，把一些零零星星的左翼文艺期刊小报都集中影印出来，为后人研究左翼文艺提供了最全面的第一手资料。这些期刊资料在30年代白色恐怖下都属于地下非法出版物，受到国民党政府的严厉查禁，有的只出了一两期就被查禁，有的就如街头小报，一两张纸而已。但零碎的纸张里刊印着重要的文化信息，鲁迅许多文章都是初刊于这样的小报里。随着时间推移，这类破碎纸张极容易损坏遗失。丁先生搜集左翼文艺的珍贵文献资料，主要依靠了藏书家瞿光熙和谢旦如两位先生。谢旦如在左翼文艺史上颇有名望，曾经掩护过瞿秋白，这些暂且不说；瞿光熙先生曾被称为仅次于唐弢的现代文学藏书大家，他收藏的某些孤本可能还超过唐弢。瞿光熙死于1968年，在"文革"中受到迫害。"文革"结束后，丁先生出版了瞿光熙的遗著《中国现代文学史札记》，还特意写了一篇序，纪念瞿光熙先生。三十多年前，丁先生把这本书送给我，特意说："这篇序我是很用感情写的，瞿光熙是个真有学问的人。你要好好读这本书。"果然，我从这本书里吸收了很多精辟见解，并且融化到我自己的学术研究中去。

丁先生曾经对我说过，他在以前的工作中，最尊敬的人有三个，他很想逐一写文章表达他内心的敬意。第一个就是瞿光熙先生，另外两个，是赵家璧和李小峰，这两位都是新文学史上名声显赫的出版家，晚年也都在丁先生主持的出版系统工作。李小峰先生曾被错划为右派，赵家璧先生在"文革"中作为资本家的身份也受过迫害。但是丁先生对两位前辈的敬重，显然不仅是出于对他们个人命运的同情，更是他们在年轻时代都曾经叱咤风云，为传承新文学精神做出过重要贡献。李小峰身为北大的学生，亲炙于周氏兄弟，后来创办北新书局，也是围绕着二周以及新文学名家的著作出版，可以说是鲁迅前期最信任的出版家；而赵家璧又是鲁迅晚年很信任的青年出版家之一。赵家璧以编辑新人的身份主持出版《中国新文学大系》第一套，新文学的十大元老都加盟其事，既是现代文学史上难得的盛举，也是现代出版史上的一段佳话。丁先生对此心向往之。当他主持上海文艺出版社工作后，就策划了编辑出版《中国新文学大系》续编的计划。这项计划，是将中国新文学作品分作五套书系，第一套是重印赵家璧先生主编、良友图书公司1935年出版的1917—1927年第一个十年作品集；第二套接着编辑1927—1937年的作品集；第三套编辑1937—1949年的作品集；第四套编辑1949—1976年的作品集，其中也包含了"文革"十年；第五套是1978—2000年的作品集。这套工程浩大的丛书，几乎耗费了近二十年的时间，由文艺出版社几代领导、编辑与几代作家、学人共同努力完成。丁先生是首倡者，他亲自主持了第二套大系的编辑，并且自己还负责编辑资料卷。丛书体例、编辑原则（如必须收录作品的初刊本）、编辑形式（如请名家作序并主持分卷主编等)都严格继承了第一套的原则。为此,他奔波于京沪两地,走访了叶圣陶、巴金、夏衍、聂绀弩等新文学大家,这个出版工程得到了广泛支持。正因为丁先生开了一个很好的头,为编辑出版这套丛书打下厚实的基础,才可能有二十年以后的最后辉煌。我不知道这套大型丛书后来有没有获得过国家的出版奖项,可能在厚古薄今的氛围里,出版古籍的书很容易获得国家资助或奖励,而现代文学因为其至今不衰的现实战斗精神的存在,往往被有意无意地边缘化。但是无论如何,我以为这套丛书所含有的信息量是巨大的,它的意义一定会被越来越多的研究者和读者所获识,对于新文学精神的传承功莫大焉。

从学习、研究鲁迅与瞿秋白两位新文学伟大旗手出发,从编撰作家年谱、搜集出版左翼文艺期刊文献出发,丁先生在自己的工作范围里,勤勉地劳动着、耕耘着,一点一滴地打下了新文学研究的庞大基石,推动了当代文学的创作和研究。丁先生早年从事学运,一步步走上革命的实践道路。他写过新诗,编过文艺刊物,搜集过民间歌谣,培养过青年作家,后来从事党的文化管理工作。在新民主主义的中国,革命的首要对象,就是千年封建制度及其残余文化,但反之,革命对象也会反过来对革命进行异化的作用。作为一个既忠诚于党的文化事业,又要保持知识分子清醒良知的党员干部,在工作实践中常常会经受异常复杂和艰难的考验。丁先生作为一个出版单位的主要领导干部,在上世纪80年代拨乱反正、思想解放运动中也是面对了各种考验。丁先生青年时代就参与地下党的活动,与险境不是初打交道,他在生活实践中积累了丰富经验,由他来主持思想解放运动中的出版工作,既要推动思想解放,拨乱反正,又要掌握好政策的分寸,保证不翻船,这对于别的知识分子领导干部可能会觉得很难,但对丁先生来说,虽是如履薄冰,依然从容不迫。我随便举两桩事来说明这种情况,这些事都是发生在上世纪80年代初。

一件事是南京大学许志英教授编的《周作人早期散文选》的出版,这大约是"文革"后第一次出版周作人的散文集,由上海文艺出版社推出。那是非常吸引眼球、也会引起极大争议的一本书。作为李小峰的私淑者,丁先生不会不知道周作人在文学史上的地位和价值,但是出版时遭遇到的阻力也是可以想见的。关于这本书的出版,听说是几经反复,最后是许志英教授的序文(正面评价周作人的)被删掉,但周作人早期非常有战斗力的文章还是正式与读者见面了。我那时大学毕业不久,从这本书中获得了极大的营养,打开了研究视野。但是作为编者,许教授当然是有意见的,当时文艺出版社的编辑中也有对丁先生的非议,觉得他胆小怕事,但恰恰是丁先生,采取了退一步进两步的策略,保证了周作人著作的出版。

还有一件事,我记忆犹新。也是在上世纪80年代初,胡风冤案的平反工作在陆陆续续地进行中。上海文艺出版社率先重版曹白的散文集《呼吸》,那是胡风提议的,贾植芳先生有一个以前的学生在上海文艺出版社当编辑,好像是通过这样的关系把《呼吸》正式印了出来,里面还载有胡风当年为这本书写的序言。这在外人看来,是很平常的一件事。可是圈内人知道,这是胡风冤案平反后,能否出版他们的著作的一个信号。青年木刻家曹白早年与鲁迅有过亲密接触,后来又参加了新四军,彭柏山是他的入党介绍人,曹白在抗战时期写了许多介绍江南新四军抗战的散文,主要是通过胡风主编的《七月》与读者见面的,后来这些文章结集为《呼吸》,收入《七月文丛》出版。因此,这本书与胡风有密切的关系。1949年以后,曹白既不发表文艺作品,也不创作木刻,成为一个普普通通的干部。1955年的胡风冤案没有牵连到他,历次政治运动也没有牵连到他。这次胡风他们集体推荐《呼吸》出版,并且载有胡风的序文,都是含有试探性的。这本书在上海文艺出版社顺利出版,似乎给了胡风及其朋友们一点希望。紧接着贾先生和他的学生又计划出版胡风在东北解放区写的人物特写《与新人物在一起》，但是这本书的选题就遇到了困难，最后搁浅，可能是丁先生在这个选题上采取了比较谨慎的态度。这件事曾引起过贾先生的抱怨，后来发表的贾先生与胡风来往信件上，提到过这件事。我当时也只是以为丁先生比较谨慎而已。但是最近读到丁言昭写的她父亲的传记故事，其中写到因为1955年彭柏山受到胡风冤案的牵连，丁景唐也受到停职检查和大会批判，然后，作者写道："这一年的遭遇，使他的思想和生活发生了深刻变化。首先，他本来是十分自信的人，自认为掌握党的政策，理解党的理论既快又准，吃得透，用得稳，不料一个'比较稳重'的意见却招来一场大波，被无限上纲上线，虽然有幸未及'没顶'，那一份理论自信还是平实下去了。……此后，丁景唐在处理日常事务工作时，日趋具体和慎重，一改过去那种勇于兼顾各方面的能力展现，集中于本职、本份工作。"读到这里，我才明白了前面那件事的真实原因，1955年，丁先生也是一个受牵连者，付出过惨痛代价，这才使得他处理《与新人物在一起》的选题时心有余悸，他这种谨慎态度是完全可以理解的。丁先生多次与我讲过，"文革"中，他因为搜集出版左翼文艺期刊资料，被批为30年代文艺黑线人物，那些辛苦搜集来出版的期刊都被堆放在出版局的办公楼里烧毁，火焰把办公楼的地板都烧坏了。现在，我坐在电脑前写这篇文章时，耳边还会响起丁先生讲述这些经历时，用宁波话爆出一句：活灵嚇出！

　　正因为有这样的经历，我觉得，在上世纪80年代初思想解放运动刚刚展开之时，丁先生是具有较高的掌握政策、理解政策的能力和水平的，他主持的上海文艺出版社能够有理有节地推出《呼吸》《周作人早期散文选》等作品，还有如最初结集出版青年右派作家的代表作《重放的鲜花》，都是具有开风气之先的意义，有力地推动了思想解放运动。我当时还是一个大学生，正是在这样一种学术氛围下一步步受到启发，决定了自己以后的成长道路。

这是我尊称他为"革命旧制度难得纯书生"的理由,也是表达我对丁先生以及上海文艺出版社的由衷的感恩之言。

丁先生晚年,因为病,长期住在华东医院。可能有些寂寞,每次去看望他,他总是表现出非常快乐的神态。我,还有王观泉夫妇、丁言昭、张安庆,总是相约去看望他,有时还在一起吃饭聚餐。有一次,丁先生过九四大庆,他在梅园邨酒家设宴,招待许多朋友,并且做了一个即兴的发言,略述他与几位同辈老人的交往过程。那天画家富华当场挥毫作画,其他人题词助兴,尽兴而返。后来韦泱兄作《癸巳雅集》记录盛宴经过,我写了一首《题韦泱〈癸巳雅集〉并序》如下:

> 癸巳五月十三,丁公景唐先生设宴梅园邨,邀请老友相聚。席中公为尊长九秩有四,富华老米寿,蔡耕老、观泉先生和夫人鲁秀珍女士都年过八轶,可谓寿星聚会。丁公与观泉先生订交甲子,与蔡、富两老订交四十年,可谓香泽流芳。余等均为后辈,举杯齐颂仁者长寿,情谊长存。近日读韦泱兄《癸巳雅集》记录盛宴,深感不可无诗,特作续貂之举,以娱大方。有诗为赞:
>
> 丁公蔼蔼盛华筵,南极群仙鹤鹿缘。夫子观泉弥益壮,鲁姨酣酒晚霞连。
>
> 蔡翁矍铄觩犹健,富老龙蛇腕若翩。一路风霜追理想,且留头颅念前贤。
>
> 我今献赋歌仁者,未及擎杯已忘年。

转眼四年过去,2017年,王观泉夫妇和丁先生都已经作古,半年以后,我再重新抄录这首诗,内心不胜唏嘘。

2018 年 7 月 12 日于鱼焦了斋
初刊《文汇读书周报》2018 年 7 月 30 日

为父辈立传
——《播种者的足迹——丁景唐传》序

丁言昭为她父亲立传,写出了《播种者的足迹——丁景唐传》,将由上海文艺出版社出版。她寄来了电子文稿,希望我为这部传记写一篇序言。但我在丁先生仙逝之后已经写过一篇纪念文章,谈了我对丁先生的印象、评价和怀念。现在再写,难免会有重复,所以我就不谈丁先生,先转而谈谈丁言昭和她新写的这本书稿。

我读到书稿后记,言昭回忆了她第一次在贾植芳先生家里见到我的情况,那时候我留校任教不久,应该是在上世纪 80 年代初。但我对这次见面印象不深,大约是先生家里整天接待客人,来来往往很频繁,我也记不住许多陌生人。我的印象里,与言昭相熟是在 1984 年冬天,我陪同贾先生去徐州参加瞿秋白研究的学术会议,徐州师范学院举办的,那时瞿秋白遭遇的不白之冤已经获得平反,学术界正处于思想解放的高潮中,学术气氛非常浓烈,贾先生在会上做了《瞿秋白对中国无产阶级文艺理论和文学批评开拓性的贡献》的报告,引起热烈反响。然而我是作为先生的助手陪同参会的,没有发言任务。就在这个会上,我认识了几位青年朋友,其中就有丁言昭,还有研究邹韬奋的专家陈挥,在《语文学习》当编辑的周忠麟等,后来我们几个就成了一个朋友圈。平时交往不多,但彼此的写作活动都是互相关注的。丁言昭是上海木偶剧团编剧,但她已经在父亲的指导下开始研究现代文学,利用业余时间撰写萧红和关露的传记。

后来她就沿着女作家传记一路写下去,先后完成了安娥、丁玲、林徽因等人的传记，也写了一些社会名媛如陆小曼、王映霞的文学传记，其中有两本经我推荐到台湾出版，在海外也有影响。我比较看重的是《丁玲传》，这本书原来的书名叫《在男人的世界里》，讨论了"一个中国伟大的女性如何在这个男人的世界里奋斗、受难、渴望和追求"，作者把丁玲比喻为一头矫健的花豹，"腾跃在这个男人社会的群峰之巅"。有关丁玲的传记研究很多，但从女性性别的角度来阐释丁玲一生的悲剧，丁言昭独具慧眼。这本《丁玲传》在两岸出了好几个版本，值得研究者重视。

丁先生培养了一双儿女，都活跃在学术领域。哲嗣言模从事中共党史研究、左翼文艺期刊研究，文采斐然；言昭在作家传记、木偶史研究以及散文创作也自逞风骚，为丁先生立传非她莫属。这部传记的形成过程及其书写形式都比较独特。它起先是一部自传，据作者在后记里交代，1998年就开始写作，当初的写作形式是口述自传，丁先生口述，丁言昭笔录整理，并在一家小报上连载。自传写到第七章，刚刚进入抗战岁月，丁先生的政治生涯即将拉开序幕，然而丁先生却中断了口述。根据丁言昭的解释，父亲顾虑的是有关历史的回忆，怕有忌讳。事实上也确有忌讳。但历史是绕不过去的。丁先生中断了的口述历史，在他身后由他女儿接着写了下去。但丁言昭也不是单纯写父亲的传记，她把自己在父亲指导下从事作家研究的过程也写了进去，好像是在她的自传中带出了父亲故事。所以在丁景唐传记的后半部分，叙事视角经常有变化，晚年丁景唐与朋友的交往过程，加入了女儿的直接参与和写作，整个叙述画面呈现出斑斓多彩的镜像。如关于王映霞、关露、梅娘等人的描写都是如此。这不仅丰富了丁先生晚年的生活场景，也通过这一家人血缘传承来展示更为深刻的文化传承。

我与丁先生也算是忘年交了。在丁先生的晚年，我经常去他狭小的弄堂房子和堂皇的华东医院病房，看望他，有时也在他身边吃饭。丁先生身边的朋友,我多半也认识,有的还成为我的好朋友。譬如王观泉先生。关于王观泉,这本传记里也有专章描述,读来令人唏嘘,也满足了我心中一直存在的好奇:丁先生为人拘谨,长期在文化领域担纲领导工作,我的印象里他的思想属于比较正统的一类;而王观泉先生思想尖锐,一肚皮的不合时宜,学术上充满活力,思想上处处能有碰撞火花,他潜心研究陈独秀、瞿秋白、李大钊等党史人物,在中共党史研究和国际共运研究领域独树一帜。在我眼里,他最有分量的著作《一个人和一个时代——瞿秋白传》和《被绑的普罗米修斯——陈独秀传》,可以代表这个领域里最高的思想水平和最无禁忌的学术成果。丁先生和王先生,从性格为人到思想观点,似乎是风马牛,可是他们感情非常投合。王观泉始终感恩丁先生是他的引路人,丁先生对于王先生的口无遮拦也总是抱着善意的理解。王先生作为一名探索性的战士苦斗不已,傲然独立,但在感情深处又非常需要像丁先生那样的父亲般的精神导师来呵护,所以在王先生晚年病重之时,他一再想住进华东医院,与丁先生同住一个病房。从王先生对丁先生的精神依恋上,可以感受到丁先生谦谦君子的精神魅力。我晚上在灯下读到这个章节,早已昏花的双眼里禁不住噙满泪水。

应该说,这部传记是在传主生前的主动配合下进行的,作者又是传主晚年生活的具体参与者和直系亲属,所以在细节的真实性上是没有什么问题的。从宏观的角度来看,丁先生前半生的传记故事可以为现代文学史的某些阶段补充相关史料,我指的是1940年代上海沦陷区以及胜利后的文艺活动,丁先生本来从事地下党的政治活动,但因为他喜爱文艺,又是个天才的编辑人才,他在担任中共地下党上海学委和文委工作时,自然而然把编辑刊物、撰写文章结合在一起,积极影响到社会上的文学青年,对正在追求进步的青年作者具有直接的提携作用。关于这一点,我过去与言昭合作撰写的《希望之孕——记丁景唐编辑生涯五十年(1938—1988)》一文里有过论述,现在这本传记对传主在上世纪40年代的文学活动有了更加详细的描述,值得细细品嚼。此外,丁先生在上世纪50年代主持出版工作,影印1930年代左翼文艺期刊以及他晚年倡议、推动编辑出版五套百册的《中国新文学大系》工程,都是出版史上功不可没的大壮举、造福于后人的文化建设。

总结丁景唐先生的一生,他首先是一个久经考验的老同志、老干部,其次才是一个有良知的现代知识分子、编辑出版岗位上的真正懂行的专家。他在工作实践上把这两种身份结合得很自然,很融洽,从实际意义上为国家的文化事业、为"五四"以来的新文化建设,做出过重要贡献。丁言昭为父亲写了这部传记,我想老丁在天之灵会满意的,老丁的亲朋好友也一定会满意的,但更希望,读者也能从中获得某种启发,感到真正的满意。

2019年12月21日写于鱼焦了斋

怀念沈善增

在跨年的那几天,心情黯然,打开电脑想写几句诗辞岁,盘旋脑子里的,却是新近去世的多位朋辈师长。于是写了一联:忍看师友登仙列,惟剩诗文作挽联。诗写成后,颇觉得新年之际这么写有点不祥,就没有传给朋友们看,只是在心里暗暗祈祷,愿辞岁把一切晦气都辞去。但是不祥的感觉还是挥之不去。新年以来,一月份走了刘绪源,二月份走了郑宗培,现在是三月份,沈善增又走了,难道一言成谶,真的惟剩诗文作挽联了?

我为善增拟的挽联是:

弥陀转生犹沉痛:救人可救世不可;
国学到底无是非:批判行还吾也行。

善增是一个有传奇故事的人,估计以后他的朋友们都会不断传说这些故事。我对此了解不多暂且不说。本文只想简单勾勒一下我对他的印象,当作挽联的注释。沈善增本来可以做一个很不错的小说家。他出身市井,在福州路石库门弄堂里长大,有着典型的上海男人的乐天、聪敏、善解人意等优点,一篇《黄皮果》在实验小说蜂起的 1980 年代中期问世,获得了很好的社会反响。他真正写出扛鼎之作的,是长篇小说《正常人》。小说也写得很正常,但是那个时候寻根文学迅速崛起,先锋文学伺机而动,批评界都受风气的影响,希望多看到一些稀奇古怪的实验性作品,对于老老实实的叙事兴趣不大。我在撰文讨论他的这部作品时,还自作聪明地从刚刚学来的作家和叙事人分离的角度分析文本,尽力把它分析得"不正常"一些。善增当然也笑纳。记得他在送我的书上题词,其中就赞扬我"一眼看出,两种文本"。不过也可能他在窃笑我的过度阐释,只是不说穿而已。那些日子里,我们是无话不谈的朋友。他经常在我家里聊天聊到深夜,他知道那么多有趣的事情,我听得也不累。我也曾经看好沈善增的创作,几乎讨论过他早期的所有作品。我甚至觉得他会是上海最优秀的作家之一,因为一来他懂得那么多上海市井故事;二来是他有一种出自本能的高远襟怀,而没有一般上海作家很容易犯的狭隘自恋的毛病。沈善增的创作从一开始就没有这些毛病,他是个有大襟怀的人。正因为具备这个特点,他才可能在上海作家协会举办的青年作家创作班里一下子发现和推荐许多有才华的文学青年,像孙甘露、金宇澄、阮海彪等等,后来有些作家有了更大的发展,文名远在他之上。从这里就可以看出沈善增的襟怀之大。过去有句话说上海人的性格:龙门会跳,狗洞能钻。沈善增就属于上海人中会跳龙门的人。

  但也许正是这种襟怀所决定的,小说创作渐渐就装不下他更加远大的向往了。不知道从什么时候开始,他迷上了气功,无师自通地学会了气功治病。这一点我也曾受益于他,从他那里获得许多气功知识。不过善增绝非一般的为气功而气功,他有更大的情怀,希望能够为普天下看不起病或者看不好病的病人治病。他努力练一种气功,据他自己所说,是用气功把别人身上的病吸收到他自己身上然后再甩掉。我当然无从了解他所体验的种种身体信息是否都是真实的,但至少他自己是相信的。他不断告诉我,他利用气功治疗某某人的疾病,而这时他对文学创作已经失去兴趣了。我曾经与他争论过,我希望他赶快回到文学创作中来,多写几部小说,他却认为,写小说主要还是自娱性的,仅仅为了自己的快乐,而气功治病却可以救人一命,利于大众,所以更有意思。我知道他是很认真对待这个选择的,为此他还写了一本书

《我的气功纪实》，他读了很多中医和气功的古籍，一步步接近了佛经。

这以后，因为大家都忙，我与沈善增的交往就不多了，但我始终是在他的朋友圈内。那几年主编《上海文学》，我受到许多明里暗里的攻击，朋友中只有一个人站出来公开为我辩护的，就是沈善增。不仅如此，他还影响了一位我素未谋面的作家，也出来仗义执言。为此我感念他，把他视为一辈子的朋友，在他身上丝毫没有那种令人厌烦的鸡鸡狗狗的鬼祟性格。不过那时候，沈善增对气功也不甚热心了，他被一个更大、更有吸引力的向往迷惑住了。从研读佛经开始，他又一次无师自通地研究起老庄孔孟。沈善增本来是工人出身学写小说而成为作家，没有在学院里受过系统严格的小学训练，后来他通过自学考试获得了大学中文系文凭，但是要研究古典经籍还是有一定难度。《沈善增读经系列》花了他十多年的时间，这完全是靠他的聪敏过人和勤奋过人。他以极大兴趣投入研究，说他是为了弘扬国学倒也未必，他太聪敏和太富有想象力，他对《庄子》《老子》《论语》《坛经》等古代各种学派的经典都读出了自己的独特理解，而且坚信自己是正确的。他把自己的著作称为"还我"系列，既然要"还我一个真相"，那就是说，以前各派大家的解释都有错误。他开始对前人的研究成果进行清理批判。这样的做法，如果放在以前某个特殊年代，也许会成为"工人也能学理论"或者"小人物向学术权威挑战"的典型而得到高层关注，可惜，子不遇时，善增生活在一个风清月朗的时代，学术研究需要积累而非革命，他似乎掉进了一个无物之阵。小人物敢向学术权威开炮，学术权威未必有义务来搭理小人物，自然也没有谁站出来回应他的叫板。这给沈善增带来郁闷是可以想见的。我因为不做这方面的研究，对于善增的各种观点也就姑妄听之，并没有特别留心过。但我以为善增进入国学领域，是一个聪敏人的童心大爆发，他读到了许多新鲜思想而引起了新鲜的感受,于是有了自己独特的理解。但是到了后来,他越是得不到关注,心理上就越走偏锋,滋生了较劲的念头。《还我庄子》《还我老子》《坛经摸象》等著述一本本问世,但他心内的寂寞也越来越加深。2014年他六十五岁生日,早上起来写了一首诗,其中有言:"免担孔孟丧家累,幸得老庄顺性游。福报怎求超此福,余生更为众生谋。"在这里我读到了他的焦虑。原来他的研究经典的热情背后,还是有着更大的"为众生谋"的原动力,这与他热心气功治病救人如出一辙,只是谋福的范围更大,近乎"救世"了。要说到救世,那就难了。

　　沈善增晚年多病,目力渐差,但他写作更加勤奋,常常利用博客、微信发表观点。他迷恋于此道,而且相信新媒体更有利于他把自己的研究成果公之于世。那几年他写了几部更贴近社会的论著,他自己比较看好的是《崇德论》。他认为这部著作能够在挽救世道人心中发挥一点作用,于是不遗余力地推广这本书的观点。我不想否认善增晚年的研究和写作都有点急功近利,但这种功利心是与他一以贯之的"为众生谋"以及随着身体的每况愈下而生发出时不我待的急切心情联系在一起的。他太迫切希望人们来了解他的很多想法,来倾听他的许多见解,在他晚年开设的一个题为"瓢饮"的专栏里,他谈天说地,内容广泛涉及文化、政治、经济、社会、诗词,等等,几乎无所不包,无所不谈。我在近几年与他见面的次数不多,但是他每天一篇"瓢饮"文章,我是必读的。读之后也常常为他担心,总感到他被巨大的焦虑所困扰,为此也常常劝他。甲午年阳历十月八日,读了善增的六五自寿诗后,我曾与他唱和:"人生收获在金秋,稻穗沉沉德化周。庄老还君新地界,弥陀渡世赖天酬。宅心伊甸何家丧?沉气虚中任我游。身在江湖疏问庙,鹏程走狗两非谋。"第二年(乙未)八月三日,又一次送诗与他:"弱水三千起一瓢,伏中挥汗涌文潮。谈天说地君真健,养气明心病自消。释道孔为家学问,诗书功乃国之骄。善增日日添增善,胜过磻溪老钓猫。"我在诗中对他有赞扬也有规劝,善增是理解的。他最后一次来看我,坦率地对我说:"我自己最吃亏的,就是没有在高校里工作,我没有平台,也没有经费,更没有学生助手,我有一肚皮的想法,都是好东西,可是实在来不及写出来,没有人帮我啊!"这是他与我最后一次面对面说的心里话。再后来,瓢饮文章就渐渐少了,终于不见。

  善增生前讲究佛缘,某个朋友去世,他总会来对我说,某某的灵魂到过他的家门与他告别了。复旦几位师长在弥留之际他都不请自来,穿梭于生死场间,尽了自己的招魂之力。他现在这么突然间撒手而去,我想也不能让他孤单单地远行,他毕竟是一个喜欢热闹、喜欢轰轰烈烈的人。于是写下以上文字,我想告诉亡灵,他的离去,对在世的朋友,是一个难以弥补的大悲恸。我感到了真正的人生之痛。

2018年3月28日写于鱼焦了斋
初刊《文汇读书周报》2018年4月9日

忆 钟 扬

今年9月25日,是钟扬车祸去世一周年。学校里开了一个纪念会,我被安排在会上第一个发言。因为有时间限制,我匆匆说了几句,还是觉得意犹未尽。这几天脑子里总是盘旋着钟扬的身影,他的爽朗的笑声,不时地在我耳边响起。每当这时候,就仿佛有一个声音在催促我:你快写吧,把你心中的钟扬写出来……可是,我能写他什么呢?

钟扬被赋予很多头衔:植物学家、援藏干部、优秀教师、少年天才、模范党员……这已经被钟扬的传记与纪念文章反复渲染,我不想再添加什么。我觉得钟扬还有一个身份容易被人忽略:他还是一个高校的中层干部。我对他最为感佩、也是这个时代最稀有的品质,则体现在他作为研究生院院长的工作岗位上。钟扬是一个非常难得的好干部。在当下的流行话语里,"干部"这个名词已被沾上了负面含义,在学校里,为人尊敬的是"好教师"、"好专家"、"好学生",却少有人关心"好干部"。当然,干部之"好",究竟是群众眼里的好,还是上级领导眼里的好?似乎还是一个问题。然而我说的钟扬作为干部之"好",是指工作层面的好。他在研究生院院长这个岗位上,能够明辨是非,当机立断;能够提出自己的想法,敢于负责;能够以高度的灵活性来处理工作,绝不是和稀泥。这样的品质,对于现在一线岗位上的高校部处干部来说,实在是太难得了。

已经有很多文章介绍钟扬作为科学家、作为教师的优秀事迹。其实,所有的科学家和教师,只要是认真负责的,热爱自己事业的,都会全身心地投入自己的科研,都会爱护自己的学生。钟扬是植物学家,他多次奔赴西藏高原采集植物种子,培养藏族学生,为西藏的文化科学事业做出了重要贡献,但我想,作为一个研究高原植物的科学家,他也许只能以这样的方式投入自己的事业,来实现自己的价值。然而作为一个高校部处单位的行政管理人员,他的工作态度和工作方法却是有多种选择的。高校部处单位,最多的是科级到处级之间的党政管理人员,再往上就是局级,可以算是一个"高官"了。他们置身在升迁的瓶颈口上,有可能明天就跃上龙门,也可能一辈子就在庙堂门槛上徘徊。所以,对他们仕途而言,最安全的处世哲学,就是不要犯错,不要引起领导的争议,更不要引起群众的举报,对上百依百顺,对下得过且过,宁愿尸位素餐,也要唯本本论是非,不求有功,但求无过,做好一个上通下达的简单工具。凭着这样的道行,也许能在官场混得平平安安,仕途通达。然而,钟扬不是这样的人。

坦率地说,钟扬起先担任研究生院院长的时候,我对他的某些决策有过不满。在我担任中文系主任期间,曾经与几位文科资深教授,以及哲学、历史两个系的系主任一起多次呼吁建议,终于把复旦大学人文学科博士生的学制,由三年延长到四年,主要是给以学生充分的撰写论文的时间。根据我长期指导研究生的经验,人文学科的博士生要写好一篇优秀学位论文,仅仅三年时间(包括基础课程的学习)是不够的,只有在时间上有了充分的保障,才能使学生安下心来做研究,否则,过早寻找工作的焦虑会直接影响学生的写作心境。可惜的是这项改革没能坚持几年,在钟扬担任院长期间,又被改回到三年了。当然,这里有各种客观原因,并非院长个人所能定夺。我为了此事,给钟扬写过一封长信,说明博士生四年学制的必要性,在那一年的校务会议上,我也当着校长、书记的面提出过类似意见。钟扬对我紧追不放的批评感到为难,他专门向我解释过改学制的原因,无非是学校的资金缩减造成研究生经费压力啊、研究生宿舍过于紧张啊,等等,他也向我保证,如有确实非常优秀的博士生,为了写出高水平论文而需要延长毕业时间,他一定是会支持的。我强调的是研究生制度建设,他讲的是具体个案的解决,我们谁也没有能够说服谁。但是,我在以后的工作接触中渐渐了解了钟扬,那种对一般的原则性坚持和对个案的灵活性运用的高度结合,正是钟扬院长工作思路的特征,而且这种特征确确实实在工作实践中行之有效。与他相比,反倒是我过于理想化的坚持,显得书生气十足了。

2014年,我被任命为图书馆馆长。在任上的第一个较大动作,就是在国家古籍保护中心的支持下,建立复旦大学中华古籍保护研究院。钟扬院长对研究院培养专业硕士的工作给以极大支持。复旦大学没有图书情报专业的本科建制,只在图书馆设立科学硕士学位点,每年培养学生不过三四名,无法满足古籍保护专业急需人才的要求。钟扬建议我们把科学硕士学位点改为专业硕士学位点,这样每年保证了近三十名学生入学,成规模地建设图书情报学科。现在在专硕点已经有两届学生毕业,及时地为国家提供了急需人才。我们在完善了专业硕士点以后,又进一步筹备建立古籍保护专业的博士点。杨玉良院士的团队把古籍保护与写印材料的研发结合起来,使它成为一门文理交叉学科,融汇了化学、材料、生物、文博、文献等多种学科,有多学科的导师参与其间,一时间风云际会。但是由于涉及多学科的知识背景,在如何招生的分类上产生了困难,没有先例,我也一筹莫展。于是我带着问题去找钟扬,那时候他已经是上海、西藏两头跑,忙得不可开交,我约了他几次,终于见到了他。那天他晚上好像还要出差,衣服行装都放在办公室。我对他说,你给我一个小时,今天我们得商量出一个结果。他疑惑地问:什么事情?要花一个小时来讨论?我告诉他招生工作中遇到的困难,他想了一想,爽快地说,古籍保护专业既然是多学科,那就把名额分到所涉及的学科去,名额由研究生院专门拨下去,具体招生工作就委托各学科来办,等学生招进来了,你们再进行综合教育,全面培养,不就解决了?我怔住了,这简直是《三国演义》里"耒阳县凤雏理事"啊,十来分钟,就把一件棘手的事情这么清风朗月地办妥了。这一次,我对钟扬院长真的服气了。

坦率地说,我已经很久没有遇到这样爽快的领导干部了。没有瞻前顾后,模棱两可,没有拿腔拿调,推卸责任,甚至也没有一点城府的自我防护,说话也没有留着回旋余地,钟扬院长当场就吩咐身边的副手,具体安排工作程序了。我看着他忙碌的身影,当时就忍不住赞叹:这样一个干部,只有心底里完全没有阴影,没有丝毫的倦怠、自私和庸俗,他才能这么磊落地怀着赤子之心去工作,他才能将无穷无尽的精力投入到科研、教学、赴藏、院务……因为他把生命中的所有能量都集中投放在最有价值的工作之上了。还记得,我第一次给钟扬写信,连钟扬的名字也写错了,在信封上把钟扬写成了"钟阳",经传递信件人员指出才改过来。但我现在觉得我写错的"阳"字,无意中透露出我对钟扬的一种模糊理解:"阳"就是一团火,就是旦复旦,就是一个从里到外通体透明的大写的人。什么叫旦复旦兮?就是要期盼每天升起一个鲜红的太阳。这就是复旦精神,具体就体现在钟扬的身上。

钟扬对于中华古籍保护研究院的工作,不但鼎力支持,而且身体力行,利用他的植物学知识,直接参与了研究院的科研活动。他作为杨玉良院士的重要助手,积极配合杨玉良团队其他成员的科研,组织申报教育部和文化部的实验室,做了许多实实在在的工作。在他中风病倒以后,有一次遇到他,对他说,你以后别喝酒了,也不要去西藏了。他笑着回答,酒可以少喝些,西藏还是要去的,不过不能去拉萨了,海拔3 000米的地方不行,但海拔2 000米还是可以去的,没有问题。接下来他反客为主,动员我组织图书馆人员赴藏考察,参与他的科研活动。那时我们图书馆根据学校指示正在筹办中华文明数据中心,打算把少数民族的文化遗产、语言文字都做成数据库,为此,还特意从美国哈佛大学引进了一位藏学专家来参与工作。钟扬知道了非常高兴,几次约我一起去林芝,他要在那里联合创建藏南研究院,全面调查研究藏南的自然人文资源。很可惜,这些计划都没有能够及时做下去。

钟扬不是一个工作狂。他性格开朗,豪迈,兴趣爱好也是多方面的。我与他本来是喝酒的朋友,他酒量极好,我原来酒量也不错,可惜与他喝酒的时候,我早已不提当年勇了,都是见好就收,也没有见他喝醉过。钟扬爱好文艺创作,每次见到我,都会兴致勃勃地谈他的创作计划。他构思了好几个电影剧本,其中有一个是以复旦大学著名教授为题材的,他曾对我详细讲述过一些他自己感到很得意的情节。我就泼他的冷水,告诉他这样的情节在现在的环境下也许是拍不成的。他睁大了眼睛瞪着我,天真地说,不会吧,这么精彩的情节,为什么不能拍呢?我只能默然相对。现在钟扬去世了,不知道他有没有把这些构思都写下来,如果真的留下了手稿,那可是研究钟扬内心世界的重要材料。

钟扬生于1964年,整整比我小十岁。他少年天才,1978年就从高中一年级考上中国科大少年班,成为少年大学生。我是恢复高考后第一届大学生,被称作七七级,钟扬算是七八级,我们只差半年时间先后进入高校学习,同时赶上改革开放初期的好时光。钟扬虽然读的是无线电电子学,但同样经历了思想解放运动的洗礼。钟扬富有理想,敢于行动,在科学研究中倾注了深厚的人文情怀,思想没有条条框框,性格充满阳刚气质。可以说正是那个充满理想的时代所塑造的人格典型。我完全能理解他这样的生活方式与思想行为,这里有一些时代赋予的性格密码,我与他的心是相通的。后来的岁月,时代发生了变化,在越来越朝着功利、自私、计算、猥琐下滑的社会环境里,这样丰厚敦实的人格很难再塑造出来。钟扬到了后来,我想他一定也感到内心的孤寂,所以他流连忘返于清洁的高原雪山之间,纵情陶醉于繁忙的工作节奏里,他超越了自我。钟扬意外的死,是一个现代人履行的高贵的生命涅槃仪式。我怀念钟扬。

2018 年 10 月 20 日写于鱼焦了斋

初刊《新民晚报》2018 年 11 月 4 日

第四辑　文学课堂

本辑小记

第四辑收录我在喜马拉雅音频平台上的讲稿八篇。我原来讲的内容是十篇,其中一篇解读曾卓《有赠》的讲稿是根据旧稿改的,不录。另一篇解读巴金《随想录》的讲稿,后来我又做了很大修改,作为论文发表了,现收在本书第一辑。

这里八篇讲稿都是根据初稿与录音稿综合修订定稿,已收入四川人民出版社出版的《中国文学课》。其中《论周朴园的三个女人》曾刊于《名作欣赏》2019年第5期;《扶桑:她像土地那样卑贱与丰饶》《冯婉瑜:等待的力量》曾刊于《当代文坛》2019年第5期;《爱的缺失比钱的缺失更可怕》也将刊在《名作欣赏》2020年第4期。

在编入本辑时我又一次做了文字修订。为了保持讲述的现场感,我没有添加讲解的作品引文出处和页码,但所有引文都做过校对。

引文所用版本如下:

《婴儿》,选自《徐志摩诗全集》,顾永棣编,学林出版社1992年版。

《分》,选自《冰心文集》第一集,上海文艺出版社1982年版。

《透明的红萝卜》,选自莫言著《透明的红萝卜》(文学新星丛书第一辑),作家出版社1986年版。

《相信未来》,选自食指著《相信未来:食指诗选》,江苏凤凰文艺出版社2016年版。

《雷雨》,选自曹禺著《雷雨》,文化生活出版社1936年版。

《扶桑》,选自严歌苓著《扶桑》,台湾联经1996年版。

《陆犯焉识》,选自严歌苓著《陆犯焉识》,作家出版社2011年版。

《金锁记》,选自张爱玲著《传奇(增订本)》,山河图书公司1946年版,上海书店影印。

另外一篇《〈中国文学课〉序言》,讲述了我参与喜马拉雅音频课程的起因和过程。

2020年1月28日

《中国文学课》[①]序言

事情的缘起是这样的：去年十月，孙晶来找我，希望我领衔为喜马拉雅音频平台做一个现代文学的课程，以复旦大学中文系的教师为主力，打造一个音频课程的教学团队。其实我已经年过花甲，并且前几年转岗为学校图书馆馆长，另有所忙，中文系的工作逐步卸去，连坚持了三十多年的现代文学史基础课也不上了，剩下就是指导几个博士研究生读读书而已。但是既然孙晶开口了，我一时也找不到推辞的理由，只好勉强答应下来。

接下来的具体工作都是孙晶和她的团队成员在做。郜元宝及时给予了大力的支持，他担任了其中最多、最重的教学任务。我仅仅挂了一个领衔的名义，参与主持了若干次课程。组建的教学团队，以复旦中文系现当代文学教研室部分教师为主，也吸收了其他院校的教师。复旦大学现当代文学学科在近二十年的发展中形成了自己独特的研究组合和研究风格，个人的研究与整体的组合形成了良性循环。在20世纪文学史研究、重要作家研究、当代文学批评三个方向齐头并进，不断丰富着学科的内涵。这次音频课程的上线，是对我们的教学与科研工作的一次社会性的检验。

我一向认为，高校的教育不应该局限在被围墙建筑起来的校园内，高校的资源应该在适当的条件下为社会服务。复旦大学的

[①] 《中国文学课》，陈思和、郜元宝、张新颖等著，四川人民出版社2019年第一版。内容为喜马拉雅音频课程《文学与人生》的讲稿集。

开放性办学的氛围有着悠久传统,从我自己做学生时开始,就在课堂上不断结识来自校外的听课者,他们有的是附近高校的学生,也有的是社会上热爱文学的自学者,甚至有退休的、无业的人员,他们为了求知,自己端了小凳子,悄悄地坐在教室的空余地方。我以前讲课的时候,经常听到学生抱怨他们来迟了就找不到座位。当时我就想,如果有可能通过某种方式,把高校的优质教学资源向社会开放,让更多的学习者受益,那多好啊。

现在的音频平台满足了这种社会需要。我经常在出租车上遇到司机们边开车边在收听音频节目。自从我领衔的这门课程上线以后,也经常会收到来自边远地区的听众对我表示感谢,由此我深感安慰。音频的听众有不同的文化层次,我刚开始参与的时候,有不少朋友想劝阻我,怕我被所谓的流量弄得疲惫不堪,更是担心我不能适应这类以商业为目的的文化活动。那些知我爱我者的善意提醒,我深深领情,深记在心。但我也知道,任何文化创造和精神产品,都需要放到社会实践中去接受检验,我们可以选择我们的听众,培养我们的听众,在自己学科领域内,尽可能地寻找更多知音。每年考进高校接受正规教育的人本来不多,能够考上复旦这样名校的幸运者就更少,如果我们的人文教育资源能够与他们共享,不管怎么说都是好事。这是我以前投入出版活动、编辑"火凤凰"的初衷,也是今天尝试新媒体教学的目的。

当然,面对社会听众与面对在校的学生毕竟是不一样的,后者更多的是从学术研究的角度培养人才,而前者不是。对于社会的听众,更需要的是通过文学来发生感情的作用,丰富人性内涵,鼓励人们对真善美的自觉追求,提升人们对人生百态的澄明的洞察能力。为了这个目的,我与我的团队一起设计了"文学与人生"的课程,从文学看人生,突出的是优秀文学作品的解读,从作品内涵来分析人生百态。文学是人学,好的文学作品一定是表现了人、人性、人的生命现象及其折射的人生社会现象。我们把重点落实在这个维度,希望听众通过听课能够举一反三,融入自己的人生经验,使文学丰富对人生的理解,也使人生丰富文学的解读。

现在,我们的课程已经接近尾声了。四川人民出版社要出版我们的讲稿,我觉得这份讲稿还谈不上成熟,但至少完整地呈现出我们团队的音频课程的本来面目。在社会上弥漫着国学、伪国学、心灵鸡汤、心灵鸭汤的噪音声中,我们增添一份以"五四"精神为向导的新文学、新传统、新人生的不谐之音,大概也不算多余。将鲁迅为旗帜的现代文学向社会讲解普及,本身就是一种新文化的尝试。普及性的文化产品很难做到精致和完善,但是我们会继续努力,现在交出的只是一份初步的答卷。希望以后有机会我们不断修订、不断改善,把这项工作做得更好。

2019年7月26日于海上鱼焦了斋

文学为什么要从生命开始讲起
——讲徐志摩的散文诗《婴儿》

文学与人生，为什么要从生命的诞生开始讲起？

因为文学就是人学。人的一生，所有的活动都可以归纳到生命的运动现象。生老病死固然是生命的自然现象，喜怒哀乐也是生命对外界的反应。人生三大欲望：权力的欲望、物质的欲望和性的欲望，都是来自生命的冲动。所以，人生的道路就是生命百态。人的诞生就是生命的开始，人的死亡也就是生命的结束。从生命的开始到生命的结束这一段距离，就是所谓人生。文学写的就是人生的故事。所以，我们要讲对人生百态的理解，也就是对自己生命的理解。文学与人生的故事，就是要从生命讲起。

今天我们要讲的是，生命的诞生。

文学是怎么来描写生命的诞生？这个问题看上去好像很容易解答，其实不然，这是一个很难描写的境界。我们过去从巴金的《家》里读到过瑞珏因为生孩子而死亡的故事，老舍在《骆驼祥子》里也写过虎妞生孩子难产而死，但是作家在这两个片段里描写的不是生命诞生，而是死亡。那是控诉社会制度或者愚昧风俗，而不是歌颂生命诞生。

那么，是哪一位作家真正描写了生命的诞生？现代文学史上第一个用强烈的生命意识来描写人类生命诞生的作家，是鲁迅。1922年，鲁迅创作短篇小说《不周山》，写女娲补天的神话故事。这篇小说首先描写的，不是女娲补天，而是女娲造人。鲁迅生动地描写了女娲用泥土创造人的过程，但他的笔墨不是落在造人的泥土上,而是集中描写了一种强烈的生命意识,弗洛伊德所谓的力比多,是人类强大的性意识把天地日月精华都融合在一起,这才创造了人类的生命。

继鲁迅之后,第二个直接描写人类生命诞生的作家是诗人徐志摩。这就是我们今天要重点介绍的散文诗《婴儿》。

徐志摩是一个抒情诗人,他的大多数诗歌都与他的个人的感情经历有关,他的诗歌风格以轻灵缠绵著称,都是比较甜腻。而我这次选了一首不仅在志摩的诗里非常少见,就是在整个中国现代文学史里也非常特殊的作品。在这首诗中,我们将看到一个陌生的诗人,也将读到一首陌生的诗。

《婴儿》不是一首独立的诗。诗人是通过一组散文诗来象征大时代的新旧交替,《婴儿》是其中的一首。1924年,军阀直奉战争给人民带来深重灾难,徐志摩对这个恶劣的社会环境非常厌恶,他曾经说,那个时候过的日子简直是一团漆黑。每天深更半夜他无法入睡,只能用手抱着脑袋伏在书桌上受罪。他说他就感到整个时代的沉闷压在他的头上。就是在这样的状态下,他创作了一组散文诗,共三篇,第一篇《毒药》,第二篇《白旗》,第三篇就是《婴儿》。这组诗曾经被另一位骄傲的新月派诗人朱湘称为当时流行的散文诗里"最好的一首"。

在第一篇《毒药》里,诗人对这个黑暗的时代发出最恶毒的诅咒,诗歌的节奏非常狂暴,所用的语言也非常恶毒,有点像法国诗人波特莱尔的《恶之花》,表达了诗人对这个时代绝情的否定。第二篇《白旗》主题是灵魂的忏悔。白旗就是投降,就是说我们要改变这样一个黑暗的社会环境,重要的是我们自己要忏悔,要认识到这个时代之所以会变得这样坏,我们生活其间的每个人都是有责任的,有罪恶的,我们必须要认识到这一点。那么,好,我们只有清洗了自己的灵魂,新的理想社会才会像婴儿一样,在社会的阵痛中诞生。这就是第三篇《婴儿》的主题。从诅咒时代、忏悔人性再到歌颂新的生命诞生,三个主题是连接在一起的,讲的是一个大时代的新旧替代。《婴儿》就是一个象征,婴儿的生命诞生,象征了新的理想社会的诞生,象征伟大的社会革命的到来。

但这首诗写得太好了,除了象征的意义外,诗人就是那么逼真地描写了一个女性如何在痛苦中生育婴儿,使这首诗产生了独立的诗歌意象,那就是赞美女性的伟大,歌颂生命的诞生。

《婴儿》作为一首独立的散文诗,篇幅不长。它是分两个部分,每部分的开头一句,都是——

> 母亲在她生产的床上受罪。

第一部分是描写母亲生育过程经受的巨大痛苦。诗人所用的每个词语,每个比喻,都是非常尖锐的,很刺激,很怪诞,隐隐地联系着身体的极度痛苦。如他是这么描写:

> 她那遍体的筋络都在她薄嫩的皮肤底里暴涨着,可怕的青色与紫色,像受惊的水青蛇在田沟里急泅似的,汗珠站在她的前额上像一颗颗的黄豆,她的四肢与身体猛烈的抽搐着,畸屈着,奋挺着,纠旋着,仿佛她垫着的席子是用针尖编成的,仿佛她的帐围是用火焰织成的。

他描写了身体筋络在她皮肤底下胀大了,因为疼痛,颜色是可怕的青色和紫色,而且把筋络比作一条条蛇在身体里游动。然后就描写这个女人的身体和四肢,他用了四个词:抽搐、畸屈、奋挺、纠旋,表示了四种动作:这个身体一会儿在抽筋,一会儿弯曲在那里,一会儿又挺得直直的,一会儿又在翻滚……整个都在描写女人生育过程中被疼痛折磨得不能自已的状况。然后他又描写:

> 一个安详的,镇定的,端庄的,美丽的少妇,现在在绞痛

的惨酷里变形成魔鬼似的可怕：她的眼，一时紧紧的阖着，一时巨大的睁着，她那眼，原来像冬夜池潭里反映着的明星，现在吐露着青黄色的凶焰，眼珠像是烧红的炭火，映射出她灵魂最后的奋斗，她的原来朱红色的口唇，现在像是炉底的冷灰，她的口颤着、噘着、扭着，死神的热烈的亲吻不容许她一息的平安，她的发是散披着，横在口边，漫在胸前，像揪乱的麻丝，她的手指间紧抓着几穗拧下来的乱发；这母亲在她生产的床上受罪……

前面用了安详、镇定、端庄、美丽四个形容词来形容这个孕妇，表达的是这个孕妇在生产以前是一个非常美丽端庄的女性，可在此刻这样一个生孩子的剧痛中，她像魔鬼一样的可怕。紧接着就描写这个产妇的眼睛、头发、嘴唇……都发生了什么样的变化，用女性身体各种器官都变形的状态来形容人物经受的那种剧烈痛苦。

在第二部分，诗人还是重复了一遍"母亲在她生产的床上受罪"，但是具体描写就不一样了。第二部分还是写产妇的生产过程，还是写痛苦，可是呢，诗人把关注点放到了产妇的精神领域。也就是说，第一部分要表现的是产妇在分娩过程中肉体经受的极度痛苦，而第二部分则描写了她精神的欢悦。肉体虽然是痛苦的，但是肉体的痛苦她能够忍受，因为她的精神是欢愉的。因为她用肉体痛苦的代价，"守候一个馨香的婴儿出世"。所以诗人用了好几个转折句——"但她还不曾绝望……"、"她还不曾放手……"，整个语调转变了，一种微微的暖气就升上来了：

但她还不曾绝望，她的生命挣扎着血与肉与骨与肢体的纤微，在危崖的边沿上，抵抗着，搏斗着，死神的逼迫；

她还不曾放手，因为她知道（她的灵魂知道！）这苦痛不是无因的，因为她知道她的胎宫里孕育着一点比她自己更伟

大的生命的种子,包涵着一个比一切更永久的婴儿;

　　因为她知道这苦痛是婴儿要求出世的征候,是种子在泥土里爆裂成美丽的生命的消息,是她完成她自己生命的使命的时机;

　　因为她知道这忍耐是有结果的,在她剧痛的昏瞀中,她仿佛听着上帝准许人间祈祷的声音,她仿佛听着天使们赞美未来的光明的声音;

　　因此她忍耐着、抵抗着、奋斗着……她抵拼绷断她统体的纤微,她要赎出在她那胎宫里动荡着的生命,在她一个完全、美丽的婴儿出世的盼望中,最锐利、最沉酣的痛感逼成了最锐利最沉酣的快感……

　　如果你是一位有过生育经验的女性听众,听着这段文字,也许你心里就会浮现出自己身体曾经有过的神秘而高贵的经验。生命中的每一个希望都是产生在看似绝望的征候中。有时候我们身陷在一个极其痛苦的绝望之中,但是希望可能已经不知不觉地隐藏其间了。母亲之所以伟大,因为她既是生命的受难者,同时又是生命的孕育者。

　　所以,当有人问生命是从哪里来的,当代作家朱苏进说过一句话:"生命是在血中形成的。"是的,生命是在血中形成的。我们每个人的生命都是带着母亲的痛苦,被血泊漂着送到人间。是母亲的血把婴儿的生命染成一朵通体嫣红的花。

2018 年 11 月 27 日录音

生命刚到尘世间,就面临考验
——讲冰心的短篇小说《分》

我们上一堂课讲了生命的诞生,那么,生命诞生以后会怎么样呢?

那就是人生的开端。

生命的诞生是平等的,生命都是从母亲的血泊中漂来的,都是一样的,但是生命一旦降临人世间,以后的命运就不一样了。每个人的人生道路不一样,就从生命离开母体的时候已经被决定了。

但是,人生道路的分叉不是由生命本身决定的,而是由孕育生命的父母的社会背景所决定的。人生受制于社会,命运是与人生紧紧联系在一起的。这就是冰心女士这篇小说的主题。

冰心女士是"五四"时期的著名作家,她是爱的哲学的鼓吹者。她的早期作品里充满了对母爱、情爱、人世间一切爱的歌颂。但是这篇《分》是她在1931年所写,体现了作家对社会分化、分配不公现象的深深忧虑。

这篇小说写得非常有趣,是从一个刚刚离开母体的婴儿视角,来叙说社会两极分化带来的不同的人生命运。叙述者是个婴儿,但他具有成年人的语言思维能力,可是他说出来的语言,只有同样是婴儿的小朋友听得懂,成年人都无法听见。譬如小说开始第一段是这样描写婴儿诞生的:

一个巨灵之掌,将我从忧闷痛楚的密网中打破了出来;

我呱的哭出了第一声悲哀的哭。

睁开眼,我的一只腿仍在那巨灵的掌中倒提着,我看见自己的红到玲珑的两只小手,在我头上的空中摇舞着。

另一个巨灵之掌轻轻的托住我的腰,他笑着回头,向仰卧在白色床车上的一个女人说:"大喜呵,好一个胖小子!"一面轻轻的放我在一个铺着白布的小筐里。

我挣扎着向外看:看见许多白衣白帽的护士乱哄哄的,无声的围住那个女人。她苍白着脸,脸上满了汗。她微呻着,仿佛刚从恶梦中醒来。眼皮红肿着,眼睛失神的半开着。她听了医生的话,眼珠一转,眼泪涌了出来。放下一百个心似的,疲乏的微笑的闭上眼睛,嘴里说:"真辛苦了你们了!"

我便大哭起来:"母亲呀,辛苦的是我们呀,我们刚才都从死中挣扎出来的呀!"

写得非常有意思,也很幽默。对照上堂课我们讲的徐志摩的散文诗《婴儿》来读,徐志摩写的是母亲生育过程的痛苦,而冰心写的是接下来的故事,婴儿生下来了,他与母亲(也是与人类)的对话。婴儿一出生就哇哇大哭,仿佛是要宣告世界,他来到人间也很辛苦,是从母亲的生死一线中挣扎出来的。当然,这个辛苦也意味着今后他们将在人世间经受的辛苦考验。

接下来作家写了育婴室里两个婴儿的交流,一个婴儿父亲是大学教授,经济条件比较好些,妻子生育孩子住在高级病房里,为孩子购买的衣服、礼物都是高级的,漂亮的;而另一个婴儿父亲是个杀猪的屠夫,属于社会底层,居住、衣着条件都很差。但是两个刚刚来到人世间的婴儿还是很友好地交流着彼此的信息,他们对未来世界充满了好奇。但是,当他们将要离开医院的时候,护士把婴儿在医院里穿的白衣服换下来,两个孩子都换上各自从家里带来的衣服,差别就马上出现了:

一个护士打开了我的小提箱,替我穿上小白绒紧子,套上白绒布长背心和睡衣。外面又穿戴上一色的豆青绒线褂子、帽子和袜子。穿着完了,她抱起我,笑说:"你多美呵,看你妈妈多会打扮你!"我觉得很软适,却又很热,我暴躁得想哭。

小朋友也被举了起来。我愣然,我几乎不认识他了!他外面穿着大厚蓝布棉袄,袖子很大很长,上面还有拆改补缀的线迹;底下也是洗得褪色的蓝布的围裙。他两臂直伸着,头面埋在青棉的大风帽之内,臃肿得像一只风筝!我低头看着地上堆着的,从我们身上脱下的两套同样的白衣,我忽然打了一个寒噤。我们从此分开了,我们精神上,物质上的一切都永远分开了!

这就是《分》的主题。

小说还写到了一个细节:屠夫家婴儿的母亲奶水很足,可是婴儿却无法享用母亲的奶水,他妈妈第二天就要到别人家去做奶妈赚钱,用奶水去哺育别人家的孩子,而婴儿只好被送到乡下去,由乡下的祖母用米汤水喂养。当然,米汤水也是有营养的,我要说的不是这个意思。小说里曾经有两次提到,教授家婴儿的母亲没有奶水。虽然作家没有明说,但似乎隐隐约约地在暗示,屠夫家婴儿的母亲很可能是当了教授家婴儿的奶妈,这是非常有戏剧性的细节。作家没有明确地描写这个关系,但从作家精心安排的细节暗示,这个故事所指,就是教授家的婴儿很可能是吸吮穷人的奶水长大的。

这是一个很有意思的构思。20世纪30年代左翼文化思潮弥漫社会,冰心女士显然受了左翼思潮影响。当时的知识分子,一般都出身于富裕家庭,他们接受左翼思潮,就会自觉寻找自己与劳动人民之间的某种联系。而最直接、也可能是最接近生命的联系,就是奶妈。奶妈当然是属于劳动人民,有钱人家的孩子吃了奶妈的奶水长大,就意味着他们曾经接受过劳动人民生命的直接滋养。所以,在20世纪30年代的文学创作中,几乎同时出现了很多"奶妈"的文学意象。柔石就创作了小说《为奴隶的母亲》,这个故事到现在还被改编成沪剧经常上演;艾青创作了著名的《大堰河——我的保姆》,诗人写道:

> 我是地主的儿子;
> 也是吃了大堰河的奶而长大了的
> 大堰河的儿子。
> 大堰河以养育我而养育她的家,
> 而我,是吃了你的奶而被养育了的,
> 大堰河啊,我的保姆。

这首诗写得非常有感情。还有吴组缃的小说《官官的补品》,也是写一个地主孩子吃了奶妈的奶长大的故事。如果听众有兴趣,可以找这些作品来阅读。

好。我们再回到小说文本来继续讨论。从徐志摩的《婴儿》读到冰心《分》,从散文诗到短篇小说,我们就看到了在作家的文学意象里,人的生命是如何从母体中艰难诞生,而生命一旦离开母体,就受制于社会环境,就被决定了人生的命运,就面临了严峻考验。就像那个屠夫家的婴儿,他一出生就明白了自己将来也是要杀猪的。

那么,听众也许会提出问题:照这么来理解的话,人的命运是不是从一出生就被经济环境和社会背景所决定?那么,穷人的孩子怎么改变自己的命运呢?冰心在小说里没有提供一个可行的方案。作家在小说里故意把穷人婴儿的家庭背景安排为屠夫,而不是一般的农民或者工人。屠夫是杀猪为生的,于是那个婴儿说:

"我父亲很穷,是个屠户,宰猪的。"——这时一滴硼酸水忽然洒上他的眼睛,他厌烦的喊了几声,挣扎着又睁开眼,说:"宰猪的!多痛快,白刀子进去,红刀子出来!我大了,也学我父亲,宰猪,——不但宰猪,也宰那些猪一般的尽吃不做的人!"

这句话讲得就很可怕,一个婴儿怀了一颗杀人之心来到尘世间。这完全不符合冰心女士一贯宣传爱的哲学的创作风格。但是残酷的事实是,竟然在冰心的小说也出现了这样暴戾的句子。这也可以说是当时左翼思潮影响的证据,也是客观社会环境所决定的。连冰心那样温和的作家都看到了,如果我们社会两极分化越来越严重,仇恨就会像细菌一样飞速地在人的基因蔓延开来,这是非常可怕的。

其实,冰心女士当年所面对的这些问题,在今天也未必都能够有很好的解决方法。这将是人生中的大问题。

2018 年 12 月 3 日录音

他做了一个金色的梦
——讲莫言的中篇小说《透明的红萝卜》

《透明的红萝卜》集中体现了莫言早期的创作风格。它描写了一个叫作"黑孩"的农村孩子的奇异的感觉世界。

莫言对这个作品情有独钟。2012年莫言获得诺贝尔文学奖，他在瑞典斯德哥尔摩领奖前，发表了著名的演讲《讲故事的人》。在演讲中他就提到了这部小说。他说：

> 我认为《透明的红萝卜》是我的作品中最有象征性、最意味深长的一部。那个浑身漆黑、具有超人的忍受痛苦的能力和超人的感受能力的孩子，是我全部小说的灵魂，尽管在后来的小说里，我写了很多的人物，但没有一个人物，比他更贴近我的灵魂。

莫言在这里强调了两点。第一是黑孩这个农村孩子具有承载苦难的特殊能力，第二是黑孩还具有感受大自然的特殊能力。这两种特殊能力加在一起，就会让人感到：这个孩子仿佛是有特异功能的。所以，莫言在那段话里，反复用了一个词：超人的。不是一般的人，是超人。但这个超人，不是那种力大无穷、改天换地的英雄，而是相反，他写了一个毫无自我保护能力的孩子，在忍受苦难方面具有特殊的能力。这正是莫言小说中最令人心痛、也是最引人佩服的地方，体现了莫言的早期风格。

《透明的红萝卜》是以"文革"后期（大约是1970年代中后期）农村修闸工地为背景的，写了工地上一个十岁的儿童，因为长得黑，又比较脏，大家就叫他黑孩。黑孩的母亲死了，父亲闯关东去了，家里有一个后妈和后妈生的儿子，那个后妈一直酗酒，喝醉酒了就打他骂他虐待他，这个孩子渐渐地就变傻了，变得不会说话了，像哑巴一样。深秋天还光着背脊，只穿一条大裤头，脏得不能再脏。所以作家写道："人们的目光都追着他，看着他光着背，忽然都感到身上发冷。"大家请注意，这就是典型的莫言笔法。他不是直接写一个人感到冷，而是通过别人看着他，引起的一种感觉。别人看着黑孩光脊梁、很少的衣服，看的人感到了身上发冷——用这样的方法间接地传达出黑孩的冷。

接下来作家把笔墨转换到黑孩的身上，他的描写就变得越来越神奇了：

> 小石匠吹着口哨，手指在黑孩头上轻轻地敲着鼓点，两人一起走上了九孔桥。黑孩很小心地走着，尽量使头处在最适宜小石匠敲打的位置上。小石匠的手指骨节粗大，坚硬得像小棒槌，敲在光头上很痛，黑孩忍着，一声不吭，只是把嘴角微微吊起来。小石匠的嘴非常灵巧，两片红润的嘴唇忽而噘起，忽而张开，从他唇间流出百灵鸟的婉转啼声，响、脆，直冲到云霄里。

这段话有四层意思，一是小石匠用手指骨节敲打黑孩的光头；二是黑孩非但不躲开，反而将脑袋配合那个指头的敲打，那么，是不是这样敲打很舒服呢？当然不是，所以第三层意思又在强调说，这个敲打其实是很痛的。那既然很痛，为什么黑孩非但不躲开，反而要迎合敲打呢？答案就是第四层意思：黑孩对小石匠口哨里吹出来的鸟叫声音有特殊敏感，进入了忘记疼痛的境界。这样一层一层的意思，都是在反复表达，都似乎是反过来表达的，就是要描写黑孩对来自大自然的鸟叫声音特别敏感，他宁肯把脑袋去配合小石匠的敲打，使这种敲打形成一种节奏，使这种节奏跟小石匠嘴巴里吹出来的鸟声相吻合。

那么,作家这是想说什么呢?

一个是黑孩能够忍受疼痛的能力,另一个就是他对鸟叫声音有特殊的感受能力。

这样,黑孩的形象就有了双重意义。一方面,黑孩的形象是实实在在的现实生活中的苦孩子,失爱的童年、暴力的家庭、冷酷的社会环境,使他不仅丧失了作为正常孩子的智力,也丧失了与人类社会正常交流的基本能力,他只能用动物的方式来表达对人类社会的感受。

小说接下来有很多精彩描写都是围绕这一点展开的:当一个姑娘用手抚摸黑孩的肩头和耳轮时,黑孩朦胧生出一些温暖的感觉,但这种感觉他只能用吸鼻子的方式来表达,不停地抽动鼻子,像一条小狗一样;还有,当姑娘出于同情把他拉出铁匠铺的时候,他却不知所措,不知道怎么来表达对姑娘的感觉,于是他就用牙齿咬姑娘的手,表现出兽性的冲动。又比如他经常被毒打,失去了对疼痛的敏感,这不是说他没有痛感,只是他不知道如何理解和表示痛感。作者多次写到他用听觉和嗅觉来表示痛感。比如他在挨打的时候,有这么一个细节,有人用大巴掌从他头上扇下去,莫言是这样描写的:说那个小孩只"听到头上响起一阵风,感到有一个带棱角的巴掌在自己头皮上扇过去,紧接着听到一个很脆的响,像在地上摔死一只青蛙"。还有一个细节,写小铁匠作弄黑孩,让黑孩用手去抓烧红的铁砧,黑孩不懂得铁砧很烫,当他真用手抓住铁砧时,作家这样描写:他"听到手里滋滋啦啦地响,像握着一只知了"。然后是:"鼻子里也嗅到炒猪肉的味道。"这些,都不是正常理性下的人的感觉,而是近于动物的生理反应。尤其是有一段描写黑孩用脚掌去捻带刺的蒺藜:

第四辑　文学课堂

> 黑孩正和沙地上一棵老蒺藜作战，他用脚指头把一个个六个尖或是八个尖的蒺藜撕下来，用脚掌去捻。他的脚像骡马的硬蹄一样，蒺藜尖一根根断了，蒺藜一个个碎了。

我们可以看到，在莫言的笔下，这个孩子在生理上更具有动物的特性。

但是，黑孩的意义还远不止于此，一方面他是从人倒退到动物兽类，与人类社会无法正常交流，但另一方面，他却能把所有的心智都用去理解自然，拥抱自然，与自然对话。他像小动物那样与大自然浑然一体，运用自己的各种感觉去捕获自然信息。他能够听到自然界的种种声音，譬如，麻黄地里鸟叫般的音乐和音乐般的秋虫鸣叫、雾气碰撞着麻黄叶子而发出的震耳欲聋的响声、蚂蚱剪动翅羽的声音像火车过铁桥、萝卜的细根与土壤突然分离时发出水泡分裂似的声响……他甚至能够听到姑娘的头发落地的声音。

很显然，莫言笔下的黑孩拥有超越正常人的视听能力，他更接近动物对自然的感觉，用半人半兽的感觉世界来理解人类社会。

更重要的是，这个被异化为"动物"的农村孩子依然拥有人性最美好的因素——美感和理想，他不但能够聆听大自然的各种音乐般的声音，能够分辨自然界的各种奇异的色彩，而且他还有一般动物不可能具备的绚烂极致的想象力。小说里有一段很重要的描写，写了孩子看着一个萝卜产生的幻觉：

> 黑孩的眼睛原本大而亮，这时更变得如同电光源。他看到了一幅奇异美丽的图画：光滑的铁砧子，泛着青幽幽蓝幽幽的光。泛着青蓝幽光的铁砧子上，有一个金色的红萝卜。红萝卜的形状和大小都像一个大个阳梨，还拖着一条长尾

巴,尾巴上的根根须须像金色的羊毛。红萝卜晶莹透明,玲珑剔透。透明的、金色的外壳里包孕着活泼的银色液体。红萝卜的线条流畅优美,从美丽的弧线上泛出一圈金色的光芒。光芒有长有短,长的如麦芒,短的如睫毛,全是金色……

非常漂亮。这个片段是小说描写的核心,它通篇以金色的幻觉,与小说整体笼罩的阴暗、压抑、沉重的基调抗衡,以奇特的梦想,对抗单调、黯淡的现实,昭示着生命理想的追求。

这篇小说,莫言原来取名为《金色的萝卜》,后来根据编辑的意见把它改成《透明的红萝卜》。"透明的红萝卜"这个色彩比较亮丽,它突出的是红颜色,因为这篇小说里黑孩的眼睛对红色特别敏感,很多地方都出现了"红色"的意象。但是莫言在这一段描写中突出的不是红色,而是金色,是充满精神性的象征。红色也许在动物眼睛里也可以看得出来,而金色这样一种光芒是属于人类的,所以原来的"金色的萝卜"这个名字,更能够突出这部小说的精神意象。

最后,我还是要强调一下,黑孩看上去是一个有神奇感觉的孩子,但实际上并不神秘。因为他是一个来自农村的孩子,没有经过什么科学教育,他的所有的生命信息,都是从大自然获得的。这是莫言对于苦难中的农村孩子的特殊理解和描写,也是新文学人物画廊里一个独特而深刻的艺术形象。

2018 年 2 月 14 日录音

谁能代表中国的未来？
——讲食指的诗歌《相信未来》

食指，本名叫郭路生，山东人氏。父母早年都参加革命，1948年11月21日，他的母亲在行军路上生下了他，为他取名"路生"。后来郭路生在发表诗歌时为自己取了一个笔名"食指"，因为他母亲姓"时"，为了感恩母亲，"食指"也就是"时之子"的意思。现在我们一起来读：

相信未来

当蜘蛛网无情地查封了我的炉台
当灰烬的余烟叹息着贫困的悲哀
我依然固执地铺平失望的灰烬
用美丽的雪花写下：相信未来

当我的紫葡萄化为深秋的露水
当我的鲜花依偎在别人的情怀
我依然固执地用凝霜的枯藤
在凄凉的大地上写下：相信未来

我要用手指那涌向天边的排浪
我要用手掌那托住太阳的大海
摇曳着曙光那枝温暖漂亮的笔杆
用孩子的笔体写下：相信未来

我之所以坚定地相信未来
是我相信未来人们的眼睛——
她有拨开历史风尘的睫毛
她有看透岁月篇章的瞳孔

不管人们对于我们腐烂的皮肉
那些迷途的惆怅、失败的苦痛
是寄予感动的热泪、深切的同情
还是给以轻蔑的微笑、辛辣的嘲讽

我坚信人们对于我们的脊骨
那无数次的探索、迷途、失败和成功
一定会给予热情、客观、公正的评定
是的，我焦急地等待着他们的评定

朋友，坚定地相信未来吧
相信不屈不挠的努力
相信战胜死亡的年轻
相信未来、热爱生命

  食指在当代中国诗歌发展中，有着很特殊的位置。恩格斯在《共产党宣言》的意大利文版序言里，称赞欧洲文艺复兴时期的大诗人但丁，他说过这样一句话：但丁，是中世纪的最后一位诗人，同时又是新时代的最初一位诗人。但丁对欧洲中世纪的旧时代来说，他的诗歌代表了一个终结，而对资本主义的新时代来说，他又是崭新的开始。当然，中国的食指不是意大利的但丁，我丝毫也没有比附的意思。我只是引用这个比喻来说明，在中国新诗发展过程中、不同的历史阶段的转型中，食指起到了某种承上启下的作用。

中国新诗百年,其间出现过几个历史阶段。从"抗战"到"文革"是其中一个阶段。这期间,影响最大的革命抒情诗人是艾青。在艾青为代表的诗歌潮流中涌现了一大批优秀的诗人,如绿原、曾卓、邹荻帆、贺敬之、郭小川、牛汉等等,形成了一个诗歌传统,是那个时代的诗歌主潮。且不说这个诗歌主潮在几十年的发展过程中由兴盛到衰落的复杂过程,我只是想说,这个诗歌传统到了"文革"期间,主要的代表性诗人都已经纷纷倒下,但其传统的余风还在艰难传承。那时候是谁来继承这个传统呢?食指就是其中代表之一。食指的早期诗歌创作接受了贺敬之、柯岩、何其芳等诗人的影响。在20世纪50年代成长起来的这一代诗人,青少年时期几乎都会着迷一样追捧贺敬之、郭小川等诗人的作品。记得在上世纪70年代末,郭小川去世后发表的遗作《团泊洼的秋天》,在央视晚会上被朗诵,激动了多少青年人的心!食指在少年时期有机会认识这些诗人,直接受过他们的教诲。可以说他是在社会主义革命诗歌传统中成长起来,走上诗人的道路。

但是食指又不是简单地继承这个传统,而是把这个传统加以改造了。具体到食指个人的坎坷命运,他是在"文革"这样一个令人窒息的时代承接这个传统的。那个时候,社会主义革命诗歌传统同样受到摧残,那些代表性诗人也都在受难中,无一幸免。这就不能不在接受者食指的心灵里烙下极其深刻的绝望的阴影。正是时代烙下的阴影,让食指不自觉地把这样一个高端意识形态的诗歌范式,从高高天空拉到了地面,融化到民间大地。一个高度理想主义精神引导的诗歌传统,被转移到了民间,用来真切地表达一个个人(小人物)日常生活中的遭际。于是,食指写出了《相信未来》,写出了他一系列广为流传的诗歌。食指的诗歌里有很多属于他个人的声音。

《相信未来》,未来是谁?谁能够代表中国的未来?这首诗里没有明确的指向,你读着"相、信、未、来"——从这四个字里,似乎有一种来自贺敬之、郭小川的诗歌旋律,一种恢弘的革命乐观主义的人生观(似乎未来总是比现在更好);但是你仔细读,设身处地地读这首诗,你就会感受到,这首诗里弥漫了个人的绝望情绪,以及个人在绝望中的无奈。

食指还是中学生的时候,才十六七岁,就因为他读过一些西方经典文艺作品,学校里认为他有"资产阶级思想",对他进行轮番批斗。这对一个中学生纯洁的心灵造成了毁灭性的打击。年轻人容易绝望,食指甚至跑到北京复兴桥上想投河自杀。他的这个绝望,从整个中华民族所经受的苦难来说,只是很小的挫折,微不足道,但是对一个敏感的孩子,就是灭顶之灾。《相信未来》展示了这样一种痛苦:一个孩子般天真的诗人,面对巨大的绝望不知所措,他只有一个方法,把自己交给未来——"我"到底是好人还是坏人?是对的还是错的?"我"到底有没有价值?这一切,现在都说不清楚,只能把自己交给未来,让未来的人们来评价。于是诗人写出了这样的诗句:"我坚信人们对于我们的脊骨/那无数次的探索、迷途、失败和成功/一定会给予热情、客观、公正的评定/是的,我焦急地等待着他们的评定。"

请注意两个词:一个是"脊骨",那是从后面来看诗人的后背(脊梁骨),也就是说,诗人是先驱者,已经走到前面去了,后来的人们远远地望着诗人的背影,评判他,议论他,那就是一个未来时态;然而诗人又说,我焦急地等待着他们的评定。"焦急"这个词,表达了诗人在写诗时刻(也就是他受到迫害、感到绝望的时刻)对于未来人们将会怎样评定他,充满了期待。这又是现在未来时态,是一种很少被运用的时态。

这首诗一共七节,前三节是一个段落,后四节是一个段落。在前面三小节里,诗人反反复复地告诫自己:我要相信未来。但是他对自我的告诫,其实很脆弱,是没有把握、稍纵即逝的。我们来看第一、第二两个小节的诗歌意象。第一个意象是"炉台",就是灶台,里面有火,烧饭用的。在诗歌里炉台可以转喻为希望,因为它能给人们带来温暖,所以,"我的炉台"也就是"我的希望"。但是在这首诗里,"我的炉台"是被查封的,没有火,只有灰烬和余烟。希望的反面就是绝望,炉台的反面就是灰烬。年轻的诗人在铺平的灰烬上用雪花写下四个字:"相信未来"。我们可以想象:雪花落在灰烬上,冷热的反差如此之大,雪花很快就被融化。也就是说,诗人虽然从心底里喊出"相信未来",其实他内心毫无把握。接下来就能理解,第二节"深秋的露水"、"别人的情怀"、"凝霜的枯藤"等诗歌意象,都是短暂、不稳定和生命枯竭的象征,用这些意象来烘托和营造"相信未来"的气氛,只能是凄凉的。当时诗人的心情确实是够凄凉的。

  据诗人自己说,这首诗原创第三小节还有另外几句,但后来诗人觉得那几句诗的情绪有点高昂,与整首诗的格调不统一,被删掉了,于是直接联系到现在的第三小节,在读解上会有些困难。现在的第三小节非常好,你们听:"我要用手指那涌向天边的排浪/我要用手掌那托起太阳的大海"。诗人用夸张的比喻,把自己的手指比作了涌向天边的排浪,把他的手掌比作了托住太阳的大海。然后他说"摇曳着曙光那温暖漂亮的笔杆",曙光就是早上的阳光,一束阳光射下来那就是他写诗的笔——在这里,曙光的诗歌意象可以想象,二十岁不到的诗人正是早上八九点钟的太阳。那么大的手拿着曙光干什么?是要"用孩子的笔体写下:相信未来"。这个比喻,让人联想起"五四"时期的诗人郭沫若创作的新诗《女神》《凤凰涅槃》,诗人把自我夸大成像太阳一样,用他生命的洪荒之力喊出:相信未来。从表面上看,这个小节的诗歌意象与前面两节好像不一样,甚至相反。

  但是,诗人究竟为什么要用这么大的力量来喊"相信未来"?

他为什么不相信现在？为什么不相信过去？因为过去和现在都不属于他，没有让他可以相信的地方。所以，他只能把自己交给了一个谁也不知道的"未来"。他用这么一个夸大的形象，就像过去艾青写的一首著名的诗《太阳》，诗里面有一句是"太阳向我滚来"。当时食指才二十岁，他想象自己的手像大海一样，这种写法是超现实主义的。这样一个非常奇特的诗歌意象，构成了这首诗的特别之处。你觉得诗人是在夸大自己吗？不是。为什么？因为诗人个人又是非常渺小，而且也非常绝望，如果他真的那么伟大，像大海一样，那么他的手一挥，世界就湮灭了。可是这样的奇迹并没有发生，他依然还是很绝望。于是后面第四小节就出现了那样的句子——"不管人们对于我们腐烂的皮肉／那些迷途的惆怅、失败的苦痛／是寄予感动的热泪、深切的同情／还是给以轻蔑的微笑、辛辣的嘲讽"。

第四小节与前面引用过的第五小节是一个对照："腐烂的皮肉"与"我们的脊骨"。人的身体皮肉都会腐烂、速朽，所以，它是与惆怅、苦痛联系在一起的，对于这一切，诗人是不在乎的，他不在乎未来人们怎么来看待他的皮肉。但是"脊骨"则不一样，包含了一种朗朗风骨的精神追求。"脊骨"的诗歌意象来自俄罗斯作家屠格涅夫的散文诗《门槛》：当一个年轻的女革命者怀着自我牺牲的理想勇敢走进黑暗大门时，她根本顾不得以后的人们怎么来评价她，她完全不在乎后人说她是一个圣人，还是一个傻瓜。但是，年轻的诗人食指却是在乎的，所以，他就把这样一个意象用到了这首诗里，他相信未来会有人理解他的。于是他最后吟唱："朋友，坚定地相信未来吧／相信不屈不挠的努力／相信战胜死亡的年轻／相信未来、热爱生命"。

这个诗人的自我形象，在诗歌文本里既很巨大，又很渺小；既对未来抱有期待，又很绝望。这样一个复杂的诗人意象，就这么伫立在我们的面前。我觉得，《相信未来》这首诗不是在告示天下：我们要相信未来，未来一定是美好的。这首诗给我们的意义也许是一种凄凉的宣告：我今天已经不能为自己做什么辩护了，但是我相信未来的人们会对我有一个公正的理解和评价。这就是在曾经荒诞的历史背景下，在迫害、歧视的高压之下，年轻的诗人庄严地把自己交给了未来。

我们从这里也看到了中国新诗风格的转变，"相信未来"这样一个革命乐观主义的人生格言，在具体意象的演变下，慢慢地完成了转换。而这个转换又直接开启了"文革"后诗歌的先河，塑造了那个时代的人们——尤其是青年人——从现实绝望到相信未来的转换。

2019 年 5 月 18 日录音

论周朴园的三个女人
——讲曹禺的剧本《雷雨》

一、那个女人没有名字

《雷雨》的故事很复杂。戏剧叙事时间与故事时间是不一样的。这个戏一共四幕,发生时间只有一天:早晨、下午、当天晚上十点以及午夜两点。整个戏剧叙事的时间没有超过二十四小时。但是在这一天中发生的故事,却是三十年前的一场家庭悲剧延伸下来的,所以,故事的时间整整跨越了三十年。

我们首先要讨论的是,《雷雨》所描写的这个家庭惨剧究竟发生在哪一年呢?作家并没有明确提供故事的时间。不过在第二幕,周朴园与鲁妈邂逅,两人有一场对话,提供了一条时间线索:

> 周朴园:你站一站,你——你贵姓?
> 鲁 妈:我姓鲁。
> 周朴园:姓鲁,你口音不像北方人。
> 鲁 妈:对了,我不是,我是江苏的。
> 周朴园:你好像有点无锡口音。
> 鲁 妈:我自小就在无锡长大的。
> 周朴园:(沉思)无锡,嗯,无锡,(忽而)你在无锡是什么时候?
> 鲁 妈:光绪二十年,离现在有三十多年了。
> 周朴园:嗯,三十年前你在无锡?
> 鲁 妈:是的,三十多年前呢,那时候我记得我们还没有

用洋火呢。

  周朴园：(沉思)三十多年前,是的,很远啦。我想想,我大概是二十多岁的时候,那时候我还在无锡呢。

  鲁　妈：老爷是那个地方的人？

  周朴园：嗯,(沉吟)无锡是个好地方。

  鲁　妈：哦,好地方。

  周朴园：你三十年前在无锡么？

  鲁　妈：是,老爷。

  周朴园：三十年前,在无锡,有一件很出名的事情——

  这是《雷雨》关键性的一场对话,里面包含了很多信息。鲁妈提到了一个时间线索：光绪二十年,也就是1894年,甲午战争那一年。那么,那一年周家究竟发生了什么事？这也就是周朴园要讲的"三十年前有一件很出名的事情"。原来是周家少爷周朴园爱上了老妈子的女儿梅侍萍,两人同居,还相继生了两个儿子,因为那一年的除夕(准确地算,光绪二十年的除夕应该是1895年2月5日),周朴园为了娶一个有钱家的女人为妻,把梅侍萍赶出了周家。那一天风雪交加,梅侍萍抱着出生才三天的小儿子投河自尽。但她并没死,母子俩被一个好心人搭救,长期流浪在外面,那就是现在的鲁妈和鲁大海。我们从两人的对话情景也可以感受到,鲁妈已经认出了站在她面前的就是周朴园,而周朴园还没有认出鲁妈就是当年的梅侍萍,只是鲁妈的举止和口音,已经唤起了他深层的记忆。

  请注意：这两位暮年的恋人陷入深层次记忆时,他们都在强调"三十年前"发生了那场悲剧。在剧本里,还有很多对话,都一再出现这样的说法。如周朴园说："三十年的工夫,你还是找到这儿来了。"

  鲁妈也有一段长长的控诉：

  我没有委屈,我有的是恨,是悔,是三十年一天一天我自己受的苦。你大概已经忘了你做的事了!三十年前,过年三十的晚上,我生下你的第二个儿子才三天,你为了赶紧娶那位有钱有门第的小姐,你们逼着我冒着大雪出去,要我离开你们周家的门。

  好像都是说,那一场悲剧是发生在三十年前。但其实,周朴园和梅侍萍在记忆里都存在一个时间错误:这个悲剧不是发生在三十年前,而是发生在二十七年前。因为剧本已经提供了信息:鲁大海出场的时候,年纪是二十七岁。鲁大海出生才三天就发生了梅侍萍投河自尽的悲剧。这个悲剧不可能发生在三十年前,只能是在二十七年前。那么,为什么两个当事人一再在回忆中提到"三十年前"呢?为了这个问题,我又一次仔细去读了剧本,我想了解,这个"三十年前"的记忆,究竟包含了什么样的真实信息?后来我查到了,周朴园在第一幕要求底下人把旧家具搬到客厅去,要按照三十年前的老样子来布置,他说:

  这屋子排的样子,我愿意总是三十年前的老样子,这叫我的眼看看舒服一点。

  周朴园的这句话透出了一个很重要的信息:原来在周朴园的记忆深处,"三十年前"不是一个悲剧的凄惨的记忆,而是一个幸福的记忆:三十年前的客厅布置,让他眼睛看出去都感到舒服。因为周朴园这句话,我突然想到了:"三十年前",恰恰是周朴园与梅侍萍相爱的时候。同样,梅侍萍在说到三十年前时,也含有同样的信息:

  是的,三十多年前呢,那时候我记得我们还没有用洋火呢。

  这完全是一种与"三十年前"联系在一起的家庭生活的温馨

第四辑　文学课堂

回忆。我们不妨可以推测，周朴园与梅侍萍的爱情生活维持了三年以上——从三十年前到二十七年前。因为二十七年前是一个悲惨的时刻，是他们分手的时刻。按照弗洛伊德精神分析的说法，凡是你感到痛苦的、拒绝记忆的东西，你总是力图去遗忘。所以，在他们俩脑子里出现的记忆，都是"三十年前"的爱情生活，而不是"二十七年前"的分手的日子。

我们可以算一下，他们从相爱到同居，差不多一年多时间生下了周萍，又过了一年多生下鲁大海，前后差不多就是三年的时间。或许比"三十年"更长一些，也就是鲁妈在前面对话里一再提到的"三十多年前"的意思。剧本标明鲁妈出场是四十七岁，那么二十七年前她被赶出周家的时候是二十岁；他与周朴园相爱的时间，正好是十七岁到二十岁，这是人生最美好的阶段，她跟一个有钱的少爷相恋相爱，两个人同居了三年，生了两个孩子。我不相信这两人之间是什么阶级压迫的关系，更不是什么有钱少爷诱惑丫鬟的关系。他们不是在偷偷摸摸地男欢女爱，而是在周家同居生育，他们有自己的居室，有自己的家庭布置，我们在舞台上看到的客厅的布置和老家具，就是当年梅侍萍在周家生活的真实场景。梅侍萍被赶走以后，周朴园保持了梅侍萍当年的所有家具、所有摆设，甚至梅侍萍留下的照片。在晚清时候女主人能够拍照，并且堂而皇之放在柜子上，这能是一个普通丫鬟的待遇吗？连梅侍萍当年生孩子不敢吹风要关窗这个习惯都被保存下来了。剧中繁漪好几次说房间里闷热，叫人去打开窗户，可是仆人就说，"老爷说过不叫开"，为什么？因为以前的太太是怕开窗的啊。我们可以想象，梅侍萍在周朴园身边的时候，她被宠爱到什么样的程度。所以，我认为周朴园把梅侍萍赶走以前，他们之间是有很深的爱情，周朴园对梅侍萍是有着很深的爱。

由于周朴园和梅侍萍之间有着这样强烈的爱情，所以，梅侍萍的被迫离家、投河自尽的悲剧发生，才会使周朴园有一种刻骨铭心的痛苦。这种痛苦伴随了他的下半辈子。以后的周朴园再也不会爱女人了,幸福从此远离了他。曾经沧海难为水,周朴园巨大的心灵创伤是不能磨灭的,他不能无碍地融入到后来两个女人的爱情生活中去。正因为这样,才导致了他与一个我们不知道名字的女人,以及后来蘩漪的夫妻生活都变得索然无味,导致了后面两任妻子的悲剧。

这个背景讲清楚了,我们才能够正式讨论那个没有名字的女人。在剧本里,这个女人只有两个特征:有钱,有门第,再也没有其他介绍了。其实我觉得这个女人是《雷雨》里最委屈的女人,一个完全被忽略的人。我们假定周朴园与梅侍萍之间有很深的爱,是被一种外在的力量硬拆散的,那么,后面的故事都能讲得通了。其实周朴园是很不愿意娶一个与他同等门第的有钱小姐为妻子,所以这个小姐一进门就处于尴尬境地:她进门以前,丈夫已经与老妈子的女儿生了两个孩子,而且同居三年;当她非常陌生地进入周家时,丈夫还沉浸在失去情人和儿子的痛苦之中,她没有享受到夫妻恩爱的家庭生活。虽然因为她的到来害了梅侍萍和鲁大海,但这个责任是不能由她来承担的,再说了,她的命运比梅侍萍更悲惨,更无价值,她默默无闻地进来,又默默无闻地——我想总归死去了,不会是离婚或者出走吧。我们再来算:蘩漪与周朴园生的儿子周冲出场时是十七岁,离二十七年前发生悲剧正好十年,也就是说,蘩漪是在悲剧发生后的第九年(或者会更早些)嫁入周家的。这样算下来,那个有钱有门第的小姐在周家最多待了七八年。我们假定她死后,周朴园没有马上娶蘩漪,而是过了几年再娶的,那么,她在这个家庭里的生命历程就更短暂,也许只有三五年,就像一个影子,一点生命痕迹都没有留下,周朴园、周萍、佣人的记忆里都没有这个人的信息,我在《雷雨》的几个版本里找来找去,找不到这个女人到底是怎么死的或者有怎么样的结局。

周朴园始终保留梅侍萍当年用过的家具，直到三十年以后，他还是顽固地保持着当年与梅侍萍同居的生活方式，这就说明了前面的一任妻子在周家生活得更加委屈，也更加痛苦。这样，我们完全可以体会，《雷雨》里的这个没有名字的女人，就好像英国小说《简·爱》中那个阁楼里的疯女人一样，是一个空白，而这个空白正表达了旧时代的中国妇女最悲惨的命运。

二、鲁妈：人生没有迈不过去的门槛

那么，我们要继续追问：到底是谁导致了这个悲剧呢？这里的故事真相，作家也没有讲清楚。因为在晚清时代，如果仅仅是周朴园要娶一个有钱有门第的小姐，似乎也没有必要把梅侍萍赶走。封建大家庭实行多妻制度，有钱的男人先把丫鬟收房为妾，然后再娶正房妻子是很平常的事情。何况梅侍萍已经为周家生了两个儿子，传宗接代，按理说在这个家庭里不应该没有她的安身之处。但只有一种情况例外：有钱的大少爷不可能娶一个老妈子的女儿为明媒正娶的妻子，因为门不当户不对，所以周家的家长必须按照门第，按照封建社会的婚姻惯例，为少爷娶进一个门户相当的女人做他的正式的太太。只有到了这个时候，那个老妈子的女儿的命运就悲惨了。

设想一下，如果梅侍萍顺从规矩，乖乖做周朴园的一个小妾，那悲剧也许不会发生。只有当梅侍萍不甘心屈服于做妾的命运，不愿意与别的女人分享自己的男人，甚至想升格做正房的妻子——只有这种情况，才是封建家庭所不允许的；也只有在这种情况下，周家的家长才可能使出毒招，把她连孩子一起赶走。也许，在光绪二十年以前的三年里，梅侍萍与周家家长在这个问题上发生过剧烈冲突，进行了不屈服的斗争，她最后是失败了，被赶出了周家大门。

我们再听一遍鲁妈的控诉：

> 我没有委屈,我有的是恨,是悔,是三十年一天一天我自己受的苦。你大概已经忘了你做的事了！三十年前,过年三十的晚上,我生下你的第二个儿子才三天,你为了赶紧娶那位有钱有门第的小姐,你们逼着我冒着大雪出去,要我离开你们周家的门。

鲁妈的这段话里,除了时间记忆"三十年前"应该是"二十七年前"外,其他内容基本上是属实的,周朴园没有给予辩护。但是我们仔细听一下：鲁妈主要的控诉对象,起先是周朴园,但讲到后来,控诉对象发生了变化,由单数的"你",变成了复数的"你们"。也就是说,当年逼梅侍萍离开周家的不是周朴园一个人,而是"你们"所代表的周家全体,主要就是周家的封建家长。

那么,作为少爷的周朴园有没有责任？当然有,至少他是屈服了家长的安排。周朴园当时大约二十七八岁,真正掌握自己命运的可能性不大。也许周朴园当时并没有意识到梅侍萍的刚烈性格和自我期待,他毕竟是封建家庭制度培养出来的传统的中国男人。只有当悲剧发生了,他才意识到这一点,才痛悔莫及。以后他在家里一直追加着梅侍萍的尊严,公开摆着她的照片,给了梅侍萍一个迟到的"太太"名分。我们不能简单地说这是虚伪,而是一种内心的忏悔。因为倒退二十七年,在这个罪恶形成的过程中,不仅梅侍萍是牺牲者,周朴园也是牺牲者。

接下来我们要进一步讨论鲁妈这个形象。在《雷雨》里,鲁妈是悲剧的关键人物,周家隐藏了二十七年的罪恶秘密,是随着鲁妈的到来才被一步步揭露出来。鲁妈就像万里晴空的一个小黑点,远远地飘过来,看上去像一小朵乌云,渐渐地,终于乌云遮蔽整个天空,带来了可怕的电闪雷鸣。

在《雷雨》中，鲁妈的艺术形象有三个问题值得探讨。

第一个问题刚才我们已经讨论过了，当年的梅侍萍没有因为自己与周家少爷的门第不同就自贱自轻；也没有因为她爱周朴园，因为已经有了两个孩子，有了自己的家，就迁就封建家庭所做出的荒谬安排。梅侍萍不能接受在周家做小妾的命运安排，她对待爱情的态度是不完全，宁可无，为了维护爱情的纯洁性，她选择离开，甚至选择自尽。为之，她付出了沉重的代价。

第二个问题：既然鲁妈的性格如此清高和刚烈，为什么她后来会嫁给鲁贵？《雷雨》中四凤出场时是十八岁，也就是说，鲁妈与鲁贵的同居生活差不多近二十年。在这漫长的岁月里，梅侍萍是怎样转换为鲁妈的？这样一个在大户人家的环境里长大、曾经得到过周家少爷宠爱的梅侍萍，也算是一个感情上曾经沧海难为水的女人，她为什么能够忍受鲁贵这样一个伧俗之夫？鲁贵当然也不是坏人，却是一个奴才。鲁妈与鲁贵在性格上几乎是两条道上跑的车，无法交集在一起。人格的忍辱负重、无爱的日常生活，尤其是与面目可憎的男人同床共眠，这都是一个女人最深刻的屈辱和痛苦。如果以梅侍萍原来所持有的"不完全，宁可无"的爱情观为标准，那几乎是一种生不如死的精神折磨。

我们从舞台上可以看到，鲁妈一出现，就是一个饱经风霜的女性形象。她已经从一个对爱情人生有着超越时代的认知的勇敢女性，转换为一个历尽苦难，又敢于直面人生的成熟女性。鲁妈离开周家以后，嫁给鲁贵前还有一次失败的婚姻，具体情况我们不得而知，但是我们从她自己说的"为了自己的孩子嫁过两次"这句话，大致可以了解到，随着苦难磨炼以及女性精神的成熟，在鲁妈的精神上逐渐滋长了一种比爱情更加强大的元素，那就是母性。她曾经为了完整、纯粹的爱情而不惜放弃不完整、不纯粹的周家，而现在，她为了孩子，为了母亲的责任，她又不得不把自己嫁给了更加糟糕的鲁家。平心而论,鲁贵的形象虽然不佳,但还算得上一个负责的父亲。我们不仅看到鲁大海、四凤一双子女都被抚养长大,鲁贵还利用他的人脉关系,安排了鲁大海和四凤的工作,让子女能够成为自食其力的劳动者。我们是否也可以假定,鲁妈是为了儿子鲁大海的长大成人,才忍受巨大的精神痛苦,嫁给不遂人意的鲁贵,也竭尽所能维护了这个不如意的贫贱家庭。为了子女,她忍受这一切。于是这道生命体验的险关,又被她勇敢地闯过去了。

接下来,我们讨论第三个问题:命运对鲁妈的打击实在是太残酷了,她最早意识到周家隐藏着一个巨大危险:她的儿子周萍和她的女儿四凤之间似乎有了暧昧关系。只有鲁妈意识到问题的严重性。在第三幕,鲁妈逼着女儿四凤对着雷雨发誓:"永远不见周家的人!"这是非常重要的一段对话:

鲁　妈:(忽然疑心地)孩子,你还有什么事瞒着我。
四　凤:妈,没有什么。
鲁　妈:好孩子,你记住妈刚才说的话么?
四　凤:记得住!
鲁　妈:凤儿,我要你永远不见周家的人!
四　凤:好,妈!
鲁　妈:不,要起誓。
四　凤:哦,这何必呢?
鲁　妈:不,你要说。
四　凤:妈,不,妈,我——我说不了。
鲁　妈:你愿意让妈伤心么?你忘记妈三年前为着你的病几乎死么?现在你——(回头泣)
四　凤:妈,我说,我说……
鲁　妈:你就这样跪下说。

四　凤：妈,我答应您,以后我永远不见周家的人。

鲁　妈：孩子,天上在打着雷,你要是以后忘了妈的话,见了周家的人呢?

四　凤：(畏怯地)妈,我不会的,我不会的。

鲁　妈：孩子,你要说,假如你忘了妈的话——

四　凤：(不顾一切地)那——那天上的雷劈了我!哦,我的妈啊!(哭出声来)

鲁　妈：(抱着女儿大哭)可怜的孩子!妈不好,妈造的孽,妈对不起你,是妈对不起你。

(以上引文中有些舞台提示语被删,特此说明。)

这场戏写得非常惨烈,把《雷雨》紧张、残忍的主题表现得淋漓尽致。但是,鲁妈的逼迫、四凤的毒誓,还是阻挡不了悲剧进一步推进。这回轮到鲁妈遭受打击了,她是唯一知道这两个相爱的年轻人是亲兄妹的人,他们是不能结婚的。第四幕,矛盾冲突又回到了周家客厅,四凤这时候没有办法了,她已经怀孕,一定要跟周萍走,周萍也豁出去了,决定带着四凤离家出走。鲁妈面对这样的情况也不得不同意,她说:

你们这次走,最好越走越远,不要回头。今天离开,你们无论生死,永远也不许见我。

这就是说,鲁妈明明知道他们是兄妹结婚也不管了,因为她明白,如果四凤知道真相是无法活下去的,所以保护女儿的生命要紧。她毕竟是他们的母亲,她抛弃一切伦理障碍,企图阻止这个惨剧的发生,她决定让他们一走了之。

亲兄妹结婚违反人类生命遗传规律。在科学知识不发达的时代,近亲繁殖导致的人类退化现象,被视为老天的惩罚。乱伦违反天规,是一种禁忌,四凤怀孕生育才是真正的乱伦行为。在第四幕,鲁妈一段独白非常感人:

啊，天知道谁犯了罪，谁造的这种孽！——他们都是可怜的孩子，不知道自己做的是什么。天哪，如果要罚，也罚在我一个人身上；我一个人有罪，我先走错了一步。（伤心地）如今我明白了，我明白了，事情已经做了的，不必再怨这不公平的天，人犯了一次罪过，第二次也就自然地跟着来——（摸着四凤的头）他们是我的干净孩子，他们应当好好地活着，享着福。冤孽是在我心里头，苦也应当我一个人尝。他们快活，谁晓得就是罪过？他们年青，他们自己并没有成心做了什么错。（立起，望着天）今天晚上，是我让他们一块儿走，这罪过我知道，可是罪过我现在替他们犯了，所有的罪孽都是我一个人惹的，我的儿女们都是好孩子，心地干净的。那么，天，真有了什么，也就让我一个人担待吧。

我们换一个角度来读《雷雨》，鲁妈就是剧中最悲壮的人物。这段独白能够产生惊天地泣鬼神的艺术效果。因为只有她与代表命运的"天意"最接近，她最早知道悲剧真相。她企图以她个人的能力来阻止悲剧的发生，但是每一步都是失败的，她战胜不了命运。作为一个失败的英雄，她的性格却表现出惊人的力量。这种力量无视所有天地人间的清规戒律，一切都是从伟大的爱出发，冲破一切天理的束缚和人间的网罗。鲁妈是个平凡的人，但是在她每做出一个决定的时候，就有一种不顾一切的大无畏精神。这样一种性格，正是体现了"五四"精神传统中最为辉煌的核心力量。虽然鲁妈最后还是在残忍的命运打击下精神崩溃，但她虽败犹荣。

在漫长的人生道路上，谁又能够完全避免突然降临的命运打击呢？万一遇到了残酷的命运打击，我们就想想鲁妈吧，人生，没有迈不过去的门槛。

三、蘩漪与恶魔性因素

蘩漪是《雷雨》中最有性格的角色。她出场的时候,已经是一个被变态情欲所控制的不幸女人。周朴园与梅侍萍的婚姻失败,造成了周朴园的感情创伤,这个男人的身体里情欲是被压抑的。蘩漪与周朴园结婚不久,生了儿子周冲,舞台上的周冲十七岁,由此推测,蘩漪嫁到周家的时间,最短是十八年。《雷雨》舞台提示周朴园五十五岁,蘩漪三十五岁,如果去掉十八年,当年就是一个三十七岁的男人与一个十七岁的女孩结婚。周朴园已经是一个感情上遍体鳞伤的中年人,虽然周家发生的悲剧已经过去了八九年,单纯的蘩漪仍然进不了周朴园浑浊的感情世界。我们已经分析过,周朴园第二任妻子几乎是一个空白的影子,而蘩漪延续了那种没有爱情的夫妻生活。如果我们用弗洛伊德的理论来解释,周朴园把他的力比多热情转移到社会事业,他很快就成为一个企业家、成功人士、社会中坚,他在各方面都做得非常克制、非常完善。但是在这个克制和完善的背后,是他心里藏着的一部罪恶历史——他曾经背叛了自己的爱情,或者说,他是自己对自己实行一种可怕的惩罚:他失去了爱的能力。

本来,蘩漪很可能重复那个没有名字的小姐的命运:既得不到丈夫的爱,也没有任何地位,她会像一朵枯萎的花,无声无息地死去。可是偏不!蘩漪的命运在这个家庭里出现了转机:第一,她生了一个天使一样的儿子周冲;第二,她的身边出现了周萍。周萍是周朴园与梅侍萍所生,二十七年前,周朴园娶新太太的时候,周家把梅侍萍和鲁大海赶出家门,把周萍也送到无锡乡下去生活,直到三年前,周萍已经长成一个二十四岁的小伙子,才被接回到天津的周家。我们暂且把舞台上的故事时间定为 1921 年的夏天,因为鲁大海出生于 1895 年 2 月 3 日(出生第三天就是除夕),按照中国传统计算年龄的方法,二十七岁,也就是1921年。那么周萍是三年前回到周家,也就是在1919年。① 周萍身上携带着"五四"新文化运动的清新气息。由于他的出现,根本上改变了蘩漪的命运,就像蘩漪所说:

> 我已预备好棺材,安安静静地等死,一个人偏把我救活了……

这个人,就是周萍。周萍是"五四"新文化运动的产儿。他走进周朴园的家,作为长子,他是要继承周家的事业。但是周萍与周朴园为代表的专制家庭有着先天仇恨,如果说周家有反封建的因子,周萍就是一个反叛者。所以,他会对蘩漪会说出他恨父亲,愿意父亲去死,就是犯了灭伦的罪他也干。这里说的是灭伦而不是乱伦,乱伦在一般使用中是指亲属之间不正当的性关系;而灭伦,是指违反伦常,谋杀尊亲。我们分析这句话的意思就是要强调,周萍不是因为爱上了蘩漪(乱伦)才愿意父亲去死,而是反过来理解:周萍的无意识里,隐隐约约先有了仇恨父亲,甚至想谋杀父亲的因子。表面上的原因,当然是同情蘩漪的遭遇,事实上,没有一个人会因为父亲怀念生母、对后母不好而仇恨父亲的,一定是另有原因。所以说,周萍只是扮演了一个弑父娶母的复仇角色。他先有了对周朴园的仇恨,才有与蘩漪的通奸。这种通奸行为里很少有爱的因素,只是潜意识里的尚不自觉的仇恨。他与蘩漪都因为仇恨周朴园,才阴错阳差走到一起,陷入了一种人不人、鬼不鬼的不伦之恋。

照我看来,周萍不爱蘩漪,这才是蘩漪最大的悲剧。蘩漪已经是把自己整个身心都给了周萍,把自己未来生活的所有希望都

---

① 按照中国的算法,1919年就算第一年,第二年即1920年,第三年就是1921年。也是我们通常说的第三个年头。

寄托在周萍身上。应该说，蘩漪爱上周萍，也只有在"五四"的时代风气下才能得到合理的解释。因为"五四"时代是中国两千年封建专制帝国及其意识形态大崩溃的时代，是一个人性欲望自由爆发的时代，是个性解放、个性至上的伟大时代。我们今天用什么样的语词来赞美"五四"都不会过分，因为它让我们看到了人性最有魅力的一面。在《雷雨》的故事里，是周萍把"五四"新文化的阳光带进周家，这道阳光吸引了蘩漪，唤醒了蘩漪，让她看到精神自由的希望。所以，她发疯一样爱上了其实并不爱她的周萍。

如果用我们今天的眼光看，一个女人既然得不到丈夫的爱，她对丈夫也充满仇恨，那么她完全可以选择离开丈夫。蘩漪一旦与周朴园离婚，她与周萍之间也就不存在所谓的乱伦关系，也谈不上有什么罪。但是回到民国初期，虽然在多妻制的封建大家庭里，年轻后母与少爷之间发生暧昧关系不是偶然现象，从封建伦理角度来看，当然是犯了乱伦之罪。正因为周萍其实并不爱蘩漪，他才会在蘩漪烈火一样的爱情面前退缩了，他面对封建伦常的压力感到了害怕；另一方面，周萍的退缩还反映了"五四"新文化的影响在他身上开始退化，我们前面说过，他作为周家的长子，是要来继承周家的事业。继承者和反叛者这两种身份在周萍身上发生强烈冲突，很显然，在舞台上出现的周萍形象，是继承者的周萍已经战胜了反叛者的周萍，他出场就是一个懦弱、自私的逃兵形象。但是在他的身上，并不是完全没有"五四"新文化的痕迹，他还是有摆脱困境、努力向上的勇气，这就体现在他大胆爱上了年轻、活泼的小丫鬟四凤。他当然不知道四凤是他的同母异父的妹妹，他想要拯救自己，找到一个贫民出身的淳朴的女孩子。他们真心相爱。周萍不顾一切要离开蘩漪，离开这个家庭，当他获知四凤已经怀孕了，他也毫不犹豫要带着四凤一起出走。

但是，周萍的这一抉择对蘩漪的打击非常致命。蘩漪作为一个女人的不幸遭遇，是很值得我们同情的。她早先嫁给了并不爱

她的周朴园,现在又爱上了同样不爱她,而且要抛弃她的周萍,所以她愤怒地对周萍说:

一个女子,不能受两代的欺侮。

繁漪是用"欺侮"这个词来形容周家两代人对她的伤害和侮辱。她的一生就这样被牺牲了。我们特别要注意:周朴园和周萍是代表了两种不同的文化力量,周朴园代表了封建专制的旧文化,而周萍是代表了新文化,周萍要走出家庭,爱上四凤,包括大胆说出他不爱繁漪的心里话,都表现出"五四"一代文化精神上的大无畏。繁漪的可怜,就在于她不仅受到旧婚姻、旧道德的伤害,也受到周萍为代表的新文化的伤害,新文化把她唤醒了,但又很快地把她抛弃了。这个悲剧,曾经是鲁迅在《伤逝》里所描写过的。鲁迅一针见血地说过,人生最痛苦的是梦醒了无路可走。这就是《雷雨》的复杂之处,也是繁漪的绝望所在。

如果繁漪不是这样来拯救自己,那么她就像那个没有名字的小姐一样,最终是一个空白。如果她要拯救自己,以她一个孤单女子要与整个男性为核心权力的新旧文化对抗,那是必败无疑。就在她走投无路之际,她的性格里滋生出一种可怕的力量,我姑且把它称为恶魔性因素。恶魔性因素在西方文学传统中是一个经典艺术元素,其内涵比较复杂,我们简单地介绍,它是以恶的力量来反抗既定秩序,在反抗过程中,它会把一切既定的社会伦理道德秩序全部破坏,最后同归于尽。《雷雨》那个时代,繁漪对周萍的爱当然有其合理性,但也被视为乱伦之罪,她是通过罪的方式使自己获得了生命的意义。但也正因为如此,这种爱很难持久下去,它得不到法律的承认,得不到道德的允许,也得不到社会舆论的同情理解,所有外部环境都不保护它,只是靠内在的热情支撑。在这种情况下,只要周萍一退缩,她就完全孤立,无路可走。

这种情况下,她只能靠一种恶魔般的力量紧紧缠住周萍,使他不能离开自己。

这个恶魔性因素就产生了。

我们看到舞台上的繁漪一出场就很有心计,虽然有点精神恍惚,但不妨碍她绰绰有余地对付四凤、鲁妈那一批弱势群体。她先把鲁妈千里迢迢找来谈话,为的是赶走四凤;接着又跟踪周萍到鲁家,在雷雨中反锁了窗户,让周萍与四凤的私情公开暴露;再接着她不顾羞耻把儿子周冲也牵扯进来,企图挑起周冲与周萍的冲突;最后,她实在拉不住周萍,又把毫不知情的周朴园扯进来,导致了东窗事发。就在这个巨大冲动当中,她把女人的羞耻、母亲的矜持、妻子的体面等等——所有笼罩在家庭中的温情脉脉的面纱统统撕得粉碎,结果伤害了几个无辜的孩子:四凤爱周萍是无辜的;周萍想摆脱困境获得新生,也是无可非议;周冲更无辜,一个充满美好理想的孩子,最后都陷进死亡的泥坑。这样,这个家庭就有祸了,像有一个魔鬼躲在繁漪的身体里指挥着这一切,把这个旧世界搅得天翻地覆。

为什么说是魔鬼躲在繁漪的身体里,而不是繁漪本人就是恶魔性因素呢?因为从《雷雨》的故事本身来讲,复仇并不是繁漪的本能和愿望。繁漪没有想过要毁灭家庭,而恰恰相反,她只是要拉住周萍,继续维持原来那种不人不鬼的家庭生活,她丝毫没有想到要伤害自己的儿子,也没有想要对四凤、鲁妈有所报复。当周朴园终于公布鲁妈是周萍的亲生母亲这个秘密时,繁漪呆住了,她对周萍说:

萍,我,我万想不到是——是这样……

她已经知道后果了,周萍与四凤亲兄妹有了乱伦的关系。这个时候,她从被迷魂似的歇斯底里状态中一下子清醒过来,意识到已经闯下大祸。她说"我万没想到"这句话,就把她性格里善良的一面表达出来。

所以说，恶魔性不是蘩漪的本能，也不是她自己所能够掌控的，反过来，恶魔性因素掌控了蘩漪，使她失去理智，在不顾一切的感情冲动中产生了毁灭世界的能量。蘩漪这个艺术形象之所以令人动容，就是因为她所产生的美学效应，不是要令人同情，而是要让人感到震撼，甚至感到人性的恐怖。她就是为了得到自己的幸福，像魔鬼一样，一步一步逼着周萍就范，把周萍、四凤、鲁妈等人都逼到绝路上，统统毁灭。我们在蘩漪身上看到了作家对人性的严厉拷问，也是对人性恶的追问：这种恶是哪里来的？是怎么形成的？这些思考远远比一般的同情、怜悯要深刻得多。

本讲内容共分三次，第一部分于2019年1月23日录音，第二部分、第三部分于2019年2月20日录音

扶桑：她像土地那样卑贱与丰饶
——讲严歌苓的长篇小说《扶桑》

在海外华人文学中，早期华工在旧金山淘金的传说，是一个有魅力的题材。第一代中国移民参与美国西部开发的历史，仿佛是一部民族迁徙的史诗，也是一段充满传奇性与血泪史的神话。为什么要称它是"神话"？因为在白人历史书写者的种族偏见下，华裔族群早期历史并没有得到真实呈现，真相永远被遮蔽在傲慢与偏见的雾障之中。现在我们只能通过艺术的虚构来呈现它，那就是一段传奇、一个神话。

严歌苓在1989年年底出国，第二年在美国芝加哥哥伦比亚艺术学院攻读文学写作的艺术硕士学位，《扶桑》就是严歌苓申请学位的代表作。正因为有这样一个背景，严歌苓创作这部小说是当作学位论文来写的，她从图书馆里搜索、借阅了一百六十多本有关旧金山早期华人移民的历史文献，但读到后来她终究发现，那些白人书写的历史充满了种族偏见。于是她一方面从大量文献中钩沉细节，还原真实；另一方面又通过艺术虚构创造了扶桑这个东方名妓。她写出了扶桑的谜一样的东方性格，以此向白人历史书写者们抗议：你们无法真正认识扶桑，就像你们无法真正认识东方的文化一样。

小说中的扶桑，作为东方名妓的艺术形象、中国传统文化对女性压迫的象征，以及西方人眼中的"他者"，三位一体，紧密纠缠在一起。《扶桑》的叙事有点复杂。首先是有一个叙事人，这个叙事人与作家本人有很多相叠之处：她也是第五代移民，嫁了白人丈夫，自己正被异国婚姻所困扰，同时她还在书写"扶桑"的故事。

有了这个叙事者存在,扶桑就有了多重的意义:一方面是叙事人根据西方历史文献塑造出来的一个西方人眼中的东方名妓;另一方面,叙事人通过对这个形象的阐释,表达了叙事人对移民、女性、跨国婚姻等一系列问题的不无偏激的看法,构成了一个被多重阐释的扶桑形象。

扶桑本来是西方强势话语营造出来的形象。在扶桑身上,所有被追捧、惊艳、猎奇、窥探的,都来自东方社会的畸形文化元素,譬如三寸金莲(畸形的生理形态)、妓女营生(畸形的生活形态)、麻木顺从(畸形的精神形态),等等。严歌苓没有另起炉灶塑造一个全新的女性形象,也没有对这个传统女性形象给以深入批判,而是顺着西方话语,让叙事人讲述了一个西方人所熟悉的东方名妓的传记故事;然后又通过叙事人的阐释描写,赋予这个艺术形象饱满鲜活的生命形态。而这种生命形态,是西方人不可能了解的。

可以说,不死、顽强的生命形态,是解读扶桑的关键词。

根据小说提供的信息,扶桑出生于湖南山区茶农家庭,摇篮时期就定了亲。她丈夫才八岁便跟随长辈出海,当了海外劳工。扶桑没有见过自己的丈夫,十四岁被嫁到广东海边,按照当时的习俗,与大公鸡拜堂成婚。过门后便承担起操持家务、侍候公婆的责任。二十岁被人贩子骗到美国旧金山,卖给唐人街青楼当妓女。在小说里,叙事人揭露了被贩卖的妓女的悲惨命运,她写道:

> 我找遍这一百六十本书,你是惟一活到相当寿数的。其他风尘女子在十八岁开始脱发,十九岁落齿,二十岁已两眼混沌,颜色败尽,即使活着也像死了一样给忽略和忘却,渐渐沉寂如尘土。

也就是说,一般被贩卖到美国去的妓女年纪都非常小,二十岁已经受尽折磨,离死期也就不远了。在小说的另外一处,叙事人还写道,那年在贩卖人口的场所中逃生的妓女几乎在两年里都死了,有的死于病,有的死于恩仇,也有的死于莫名其妙。然而,唯独扶桑是个例外,她不仅没有死,而且在苦难中活到了"相当寿数"。小说结尾时,叙事人根据史书记载披露:"近九十岁的她穿一身素色带暗花的旗袍……她显然是漂洋而来的三千中国妓女中活得最长的一个。"这真是一个神话,也是一种象征,象征了扶桑的生命力异常顽强。无论是被多次转卖的妓女生活,无论是肺结核杆菌的侵蚀,无论是被白人暴徒拖到大街上轮奸,所有的侮辱和摧残都没能伤害到扶桑的生命力。

那么,为什么别的妓女不到二十岁就夭折了,扶桑却能够长寿地活着?小说提供的信息还是有理由的。第一,扶桑被贩卖到美国时已经二十岁了,年龄比较大,身体发育都已经完成,是一个健康、成熟的女性;而大多数被贩卖到美国的,都是雏妓,身体就像一朵还没有开放的花苞,很快就被摧残枯萎了。第二,小说里介绍说,扶桑"口慢脑筋慢,娶过去当条牲口待,她也不会大吭气"。这可以理解为扶桑在精神上有点麻木,对苦难的折磨不是非常敏感。扶桑具有健壮的肉体和麻木的精神,这正是旧中国的族群文化象征。小说提供的故事时间是19世纪60年代,扶桑二十岁。那么,扶桑应该是出生于19世纪40年代。1840年鸦片战争以后,中国被迫进入现代世界格局,扶桑所象征的旧中国的传统文化被迫展示在西方强势文化面前,暴露了所有的隐秘与缺陷。这也就是"三千年未有之变局"下,中国旧文化所面临的前所未有的考验。

于是,我们不能把扶桑仅仅理解为一个东方妓女的艺术典型。她具有某种共名特征:这样一组黄皮肤妓女与白人嫖客之间的组合关系,可以引申为男权社会不平等的两性关系,可以引申为东方弱势文化与西方强势文化之间的被殖民关系。在一系列不平等的关系之间,黄皮肤的妓女、男权下的女性、殖民强权下的弱势文化,面临同样的被误解和被侮辱。扶桑的意义跨越了她自身扮演的角色。然而,扶桑的意义仅仅是这样的话,那么她仍然没有超越"五四"启蒙话语所规定的内涵。严歌苓通过书中叙事人的阐释,不断提醒读者的是:扶桑虽然是一个被侮辱与被损害者,但真正的扶桑并不是你们西方人想象的那样衰弱困乏,不堪一击,扶桑的内在生命力是足够强大的。

小说里有一个描写片段,写德国孩子克里斯站在青楼窗外,用眼睛看房间里的扶桑正在接受一个嫖客的性事。作家这样写道:

(扶桑的)身体在接受一个男人。那身体细腻;一层微汗使它细腻得不可思议。那身体没有抵触,没有他预期的抗拒,有的全是迎合,像沙滩迎合海潮。没有动,静止的,却是全面的迎合。……

克里斯万万没想到会是这样。她的肌肤是海滩上最细的流沙,那样随波逐流。某一时刻它是无形的,化在海潮里。

他以为该有挣扎,该有痛苦的痕迹。但他看到的却是和谐。……

她的肉体是这和谐的基础,她主宰支配着伸缩,进退。

正是这美丽使两股眼泪顺克里斯的鼻腔上涌。

你以为海以它的汹涌在主宰流沙,那是错的。沙是本体,它盛着无论多无垠、多暴虐的海。尽管它无形,它被淹没。

也许我们每个人看到这样一个场景,也会像克里斯那样,想象妓女是如何受辱,如何痛苦,如何挣扎;而作家描写的扶桑恰恰相反:此时此刻的妓女扶桑,非但没有表现出痛苦和挣扎,反而是迎合,用肉体造了性爱的和谐。但这又是真实的:妓女和嫖客的性交行为一定是以寻欢作乐为基础的。作家用海潮与沙滩的比喻升华了两者关系：沙滩看上去是软弱的，顺从的，任海潮汹涌地扑上去，被海潮吞没，可是当海潮退下去的时候，沙滩还是沙滩。海潮不管怎么气势汹汹，它总是要败退下去，最后真正的强者，竟是看上去那样不堪一击却是岿然不动的沙滩。所以，扶桑才是真正的强者；对男性而言，女性是真正的强者；对殖民强权而言，弱势文化所以能够在强权下顽强生存，它也是真正的强者。

作家要指出的是，扶桑虽然卑贱，虽然苦难重重，但她不需要西方人来拯救。德国小男孩克里斯在十二岁的时候与其他小白人一起逛窑子，第一次遇见扶桑就被深深迷惑。于是扶桑成为克里斯心中的女神。为此他非常憎恨唐人街污秽的生活环境，也非常憎恨那些贩卖人口、开设妓院以及嫖妓的华人，他懵懂地投入了反对华人的种族暴力，一心要拯救他心中的女神。有一次，他联络了美国的宗教组织拯救会，把濒临死亡的扶桑送进医院治疗，确实挽救了扶桑的生命。但是，当他在医院里看着身穿白麻布病人服装的扶桑时，他内心的激情随之消失。终于有一天，扶桑又重新穿上那件被丢在垃圾箱里的红衫子，一个原本的妓女扶桑的魅力又重新回到自己的身上。这才是克里斯所熟悉、认同的扶桑。于是叙事人这么写道：

> 他（克里斯）将不会料到，那些男人不存在，你便也不存在了，你的美貌、温存正如残酷、罪恶相辅而生，对映生辉。没有苦难，你黯淡得如任何一个普通女人。

这里的"你"指的就是扶桑。这句话可以这么理解：扶桑作为一个东方名妓，她身上的所有畸形的魅力，都是西方白人（包括克里斯那样的好心人）眼里的东方文化的模型。东方文化模型与西方文化模型是被区别的，这种区别，就如同小说里所描写的又脏又破的红衫子与看上去很清洁却没有活泼生命力的白麻布袍子的区别。如果扶桑如同"任何一个普通女人"，指的是如同任何一个普通的西方女人,那么,她作为东方名妓的全部魅力顿时都会消失。西方人克里斯对她就毫无兴趣。

严歌苓非常尖锐地指出:扶桑作为东方名妓的畸形魅力,正是在西方强势文化环境的营造下形成的,她符合了西方人对东方文化的期待和塑造。她只能按照这样的方式生活,她也不需要被西方人来拯救,她如果被"拯救"成与西方人一模一样,那么她"被生存"的功能和意义也就不存在了。所以,作家还是让扶桑穿上红衣衫,走出拯救会,回到了藏污纳垢的唐人街。

好,讲到这里,我们就进入了一个陷阱。有的读者就会责问:那么,扶桑就只能是一个西方人眼中的妓女,一个耻辱的象征。难道中国人不能改变自己的命运吗?这是一个很尖锐的问题。严歌苓所创造的扶桑包含了许多新的、尖锐的元素,提供了新的思考东西方文化关系的空间。扶桑的故事发生在19世纪60年代,在两千多年封建专制体制下挣扎到现代社会边缘的东方文化,已经到了应该涅槃的时候,当然需要自我更新,需要自我批判甚至自我斗争,当然需要学习一切现代文明的元素。但是,中国人的发展、自信与进步,不需要西方人像救世主那样来拯救。世界上任何一个民族都有自己的生存境遇和文化传统,都有自己的社会发展规律,它只能从自身的文化土壤中来发展自己,改变自己。扶桑的形象,看上去是由西方人眼中的东方畸形文化元素所构成,但是它真正内含的文化精神,却是与东方文化坚韧不拔、以柔克刚、包容万象的生命大气象分不开的,就像沙滩与海潮的运动关系。关于这一点,在"五四"以来的启蒙文化视野里是被遮蔽的,而严歌苓看到了这一点。

小说还有一个片段,进一步写克里斯心中的扶桑。那是克里斯几年后从英国留学回来,十七岁的他,在远洋轮上思念着扶桑:

在那艘远洋轮上,十七岁的克里斯突然懂了那一切。他看着阴暗早晨的海,几乎叹出声来:多么好的女人,诚心诚意得像脚下一抔土,任你踏,任你在上面打滚,任你耕耘它,犁翻它,在它上面播种收获。(她的)好,在于她的低贱;任何自视高贵的女人身上的女性都干涸了。带着干涸死去的女性,她们对男人有的就剩下了伎俩;所有的诱惑都是人为的,非自然的。从这个时候起,女人便是陷阱,女人成了最功利的东西。克里斯在自己的社会中看到足够的女性早已干涸的女性,这个海洋上的清晨他想,扶桑是个真正的、最原本的女性。

那泥土般真诚的女性。

在这个片段,作家通过克里斯的思想来赞美扶桑,提出了一个新的美学概念:土地般的女性。这是一个从"大地-母亲"(地母)的意象中升华出来的新的概念。

虽然小说里也曾经写到,克里斯对扶桑的眷恋隐含了一种对母亲的依恋,但这只是一种表面的解说。扶桑是一个妓女,她的生命活力更多的还是体现在男欢女爱的层面上,对男人而言,扶桑就是一个纯粹的"女人-女性"的意象。母亲的意象隐含了生育、繁殖、传宗接代,而扶桑更多的是向男性展示女性自身的魅力。她既是一个被侮辱与被损害的对象,又是一个充满血肉与活力的生命体。这样一种辩证关系,用象征手法来表述,那就是"土地般的女性"。

扶桑要证明的,不是弱者需要同情,也不是受侮辱者需要有尊严。扶桑要证明的是弱者自有其力量之所在,就如大地的沉默与藏污纳垢。我以前写过这样的观点:正如我们面对一片茫茫的沼泽大地,污泥浊水泛滥其上,群兽便溺滋润其中,枯枝败叶腐烂其下,春花秋草层层积压,腐烂了又新生,生长了再腐烂,昏昏默默,生生不息。扶桑就恰如大地土壤,任人践踏,任物埋藏,它是真正的包藏万物,有容乃大。土地有能力藏污纳垢,有能力把污垢转化为生命的正能量而孕育万物。扶桑就像是这样一片充满生命力的土地,就是这样一种卑贱而丰饶的文化,一种以弱势生存的生命哲学。

扶桑也是几千年封建专制制度下中国农民文化的象征。在统治者无休止的残酷压榨与剥夺下,中国的农民阶级承受着无法想象的苦难,但是他们依然顽强地生存下来,依然生生不息,传宗接代,用他们卑微的生命支撑起整个中华民族几千年的历史传承,创造了世界一流的文化。他们靠的是什么?是所谓的阶级斗争吗?是所谓的尊严与自由吗?都不是的,他们靠的就是他们低贱而顽强的生命力、他们牛马不如的劳动、他们饥寒交迫的挣扎。他们无言,就像泥土般的沉默,就像扶桑。扶桑在整部小说里没有说过几句话,面对所有的迫害、侮辱和受难,她都是痴痴一笑。这一笑,宣告了她的生命在结结实实地灿烂怒放。

扶桑像土地一般的卑贱,又像土地一般的丰饶。这是严歌苓对中国现代文学史的独特贡献。在"五四"启蒙文化主导下,新文学创作有对传统女性的深刻同情,也有对传统女性的屈从与麻木的批判,但是很少能写出封建传统压迫下的女性也有自身的强大的生命魅力。只有一个现代作家,尝试着写过这一类沉默、坚韧的受难女性形象,他就是许地山。严歌苓继承了许地山的传统,除了扶桑以外,她相继创造出少女小渔、寡妇葡萄、小姨多鹤、护士万红、冯婉喻等一系列的女性形象,不断丰富和拓展这个艺术形象的内涵,创造了一个新的女性的艺术典型。

2019 年 3 月 18 日录音

冯婉喻：等待的力量
——讲严歌苓的长篇小说《陆犯焉识》

《陆犯焉识》是严歌苓创作的重要里程碑，也是新世纪中国当代文学的扛鼎之作。这部小说史诗般地描述了中国20世纪的沉重历史，以及中国知识分子在大历史叙事中的坎坷命运，即使在它问世已经整整八年的今天，评论界对它的重要内涵仍然难以置喙。张艺谋导演的电影《归来》选取了小说的后半部分，陆焉识从监狱里被特赦回家，但是他的妻子（巩俐主演的冯婉喻）已经失去了正常记忆，她无法辨认自己所等待的丈夫。于是，丈夫只能默默地陪伴妻子，一起等待着自己的真正归来。

要讲"等待"的主题，那么，我们暂且把主人公陆焉识放在一边，着重分析女主人公冯婉喻。在小说里，男女主人公的名字构成了一个对应关系："焉识"相对"婉喻"。"焉识"的意思是"怎么知道"，或者"怎么认识"，是一个问题的提出；而"婉喻"则是答案："委婉的讽喻"。"婉喻"是修辞。"陆焉识"三个字作为倒置结构，暗示了中国当代一段历史中知识分子的命运，而这段命运的真实情况太残酷，只能借用"婉喻"的言说修辞，作为含蓄的表达。

这个含蓄的表达形式，就是通过女主人公无限期的"等待"来完成的。古今中外文学名著中，凡表现女性对丈夫忠贞不渝，"等待"就是主要形态。中国民间传说里到处都有望夫石、望夫台的故事，牛郎织女被分隔在银河两岸，一年一度也是"等待"着鹊桥相会。在西方荷马史诗里，奥德修斯在海上漂泊十年，历尽艰辛回到家里，妻子佩涅洛佩利用织布的方式，巧妙拖延了其他贵族们的求婚,一心一意等待丈夫归来。所以,"等待"就成了人类神话中的永恒主题。在《陆犯焉识》的文本里,冯婉喻一生就是在等待中度过的。冯婉喻的姑妈冯仪芳是陆焉识的继母,年轻守寡,为了维持其在陆家的地位,冯仪芳精心策划,把自己的侄女冯婉喻撮合嫁给了陆家大少爷陆焉识。所以,这场婚姻从一开始就带有阴谋的意味,这就导致陆焉识起初有点排斥冯婉喻。婉喻的小名用上海话叫"阿妮头",老二的意思。一般来说,老二是平庸的代名词,既没有做老大的精明强干、有责任心,也没有做老小的风流倜傥、备受宠爱。阿妮头婉喻不靓眼,不招摇,也不聪敏,平平凡凡的一个上海弄堂里的妹妹头。为了躲避这场不如意的婚姻,陆焉识一而再,再而三地离家出走:先是出国深造,后是抗战奔赴大后方,每一段人生历程里都有红颜知己相伴。因此,冯婉喻的等待并非是从她的后半生才开始的。按照小说提供的时间线索来排列,陆、冯婚姻是从1928年开始,但没有同房陆焉识就远走高飞,直到1933年才回国,真正建立家庭。1937年抗战爆发,陆焉识又一次出走,单身赴重庆,真是聚少离多,直到战争结束才回上海。接着再一次分离要到八年以后,那是1954年的镇反运动,陆焉识被捕入狱,先是判了死刑,后经过婉喻的奔走送礼、忍辱牺牲肉体,被改判无期徒刑,经过在上海和江西两个地方服刑以后,1958年10月初,陆焉识被发配大西北劳改。从此冯婉喻进入了更加漫长的等待阶段……

如果我们把冯婉喻的一生等待分作三个阶段。第一次等待是从1928年开始的,冯婉喻以处女之身等待浪子丈夫在国外过完了风流放荡的留学生生活,回家完婚——这是我们从"五四"时期的小说里经常看到的爱情悲剧故事;第二次等待是从1937年抗战开始的,那时冯婉喻已经有三个孩子加一个难缠的老姑妈,她留在沦陷区上海,等待大后方与"临时夫人"共避战乱的丈夫回归,这又是一个"一江春水向东流"的故事;然而到了第三次等待，情况就严峻起来：丈夫成为被判无期徒刑的劳改犯，冯婉喻只有在第三次等待中扮演了一个"囚犯的女人"，一个牺牲者的角色。只有这个角色呈现的文学形象才具有神圣意味，于是她有了一种巨大的精神召唤力量，冥冥中唤回了浪子陆焉识游魂般的爱情。

如果从深层次的情感来讨论冯婉喻一生的等待，那么她前两次的等待似乎更加绝望，危机重重，因为在"五四"自由而有点荒唐的时代氛围下，青春作祟，陆焉识随时都有可能放弃继母包办的妻子而另娶红颜，只有他被捕入狱，流放劳改，一切希望都被断绝了，仿佛进入了地狱，也只有在这种别无选择的境遇下，他对冯婉喻的真爱意识才被一点点唤起。所以，冯婉喻在这个时候的等待，倒是没有什么感情危机可言。那么，只有在这样一种比较单纯的环境下，我们可以直面探讨冯婉喻的等待的意义：她为什么要等待这么一个不归的丈夫？

面对这个问题，大多数人思考的前提是：陆焉识究竟爱不爱冯婉喻？爱情似乎应该是对等的，如果冯婉喻等待着一个根本就不爱她的丈夫，那么，她的等待还有什么意义？但是作家的思考前提恰恰相反，她的问题是：冯婉喻究竟爱不爱陆焉识？这样一来，爱情就成了主观选择的重要参照。如果我们按照原来的思路：既然陆焉识不爱冯婉喻，那么陆焉识被判刑劳改时，冯婉喻应该选择离开陆焉识，他们之间的婚姻关系瓦解也是合情合理。这里不存在这样一种伦理：丈夫受难的时候，妻子必须要跟着受难。但是，我们这样的思考似乎忽略了另一个存在：如果冯婉喻的等待只是取决于丈夫爱不爱她，那么，冯婉喻的爱情主体就变得无关紧要了。

假如冯婉喻深深爱着陆焉识呢？——讨论这个问题，先要排除陆焉识爱不爱冯婉喻的假设前提，就是说，不管陆焉识爱不爱冯婉喻，冯婉喻都是深深爱着陆焉识，爱情本来就不是对等交换，而是一种内心的绝对指令,是主观上不可遏制的激情以及相对持久的生命力量。那么我们来读一下,小说里冯婉喻是怎么爱着陆焉识的——那段情节是在陆焉识冒死从大西北逃亡出来,为了与妻子见上一面,小说的场面是陆焉识已经悄悄地靠近了冯婉喻,他隐蔽在一旁不敢相认,而冯婉喻从嗅觉上本能地感觉到丈夫就在近处。小说这样写道:

> 远远地,她也能嗅到焉识的气味,那被囚犯浑浊气味压住的陆焉识特有的男子气味。婉喻有时惊异地想到:一个人到了连另一个人的体臭都认得出、都着迷的程度,那就爱得无以复加了,爱得成了畜,成了兽。她十七岁第一次见到焉识时,就感到了那股好闻的男性气味。焉识送她出门,她和恩娘走在前,焉识走在一步之外。恩娘手里的折扇掉在了地上,焉识替恩娘捡起。那一刹那,他高大的身躯几乎突然凑近,那股健康男孩的气味"呼"地一下扑面而来。十七岁的婉喻脸红了,为自己内心那只小母兽的发情而脸红。

这是严歌苓特有的描写手法。冯婉喻对陆焉识的爱的感觉里,已经完全排除了世俗意义的功利是非,完全排除了文化意义的思想感情,就是纯粹从生理出发的体味,或者说是一种生命基因的呼唤和亲近。《牡丹亭》里杜丽娘梦中见到一个异性就生出爱心,以致殉身,我们可以看作是一个神话,但从生命深层意义来考虑,就是一种生命基因的呼唤。我们爱上一个人的话,有时就会发现,这个人似曾相识,从来就生在自己的身体里,彼此肉身就如同一人。在这里作家故意用了极端的词来形容这种爱情状态:成了畜生,成了野兽。她是为了要排除许许多多附加在人类文明之上的关于爱情的定义和阐释,才把它还原到赤裸裸的生命意义上,呈现爱的原始状态,就是牢不可破的生命基因的力量。为什么有的男女在婚姻状态下一生到老都会同床异梦、情为路人,有的爱人之间彼此只需看上几眼,就会一辈子纠缠在心里摆脱不开?这就是有没有爱的见证。

爱是一种神秘而伟大的生命自觉,当一个人能够自觉到这种天赐的能力,意识到自己的生命基因发出了爱的呼唤,那他的心灵里一定会感受到极大欣悦。这时候的生命状态,爱是唯一的、至高的、既不需要证明也不需要回报,是一片澄净的精神天地。深爱中的冯婉喻正在独享这一片精神天地。由此我们就可以理解,冯婉喻为什么不离不弃地等待陆焉识,无论是丈夫的不忠还是丈夫的受难,都不能妨碍她从生命基因出发对他的不渝的爱和等待。在张艺谋导演的电影《归来》里,冯婉喻的等待最终获得了期待中的回报。陆焉识从劳改农场不顾性命地逃亡,为的就是回到冯婉喻的身边。这种不计后果的逃犯行为,以及被特赦后对失忆的妻子无微不至的照顾,都表明了陆焉识对冯婉喻的爱。这也是电影《归来》的主题。但是我们从小说《陆犯焉识》的主题来看,冯婉喻"等待"的意义,远远超过了陆焉识"归来"的回报。就如沈从文在《边城》中的最后一句话,翠翠等待着爱人的归来:"这个人也许永远不回来了,也许'明天'回来!""等待"的结果,总是有两种可能性:要么归来,要么永远不归来。然而在《陆犯焉识》的小说文本中,婉喻的"等待"却出现了第三种结果,即对于"归来"自身的超越。

小说的第二十章节,作家花费了一个章节来写1965年7月,也就是陆焉识逃亡后重新自首回到劳改农场,他通过组织主动办了与冯婉喻离婚的手续;经过家庭成员的讨论,婉喻最终也同意在离婚协议书上签字。作家称做这个离婚的建议是劳改犯陆焉识目睹了家庭成员的生活状况后,对妻子和子女们作出的最后一点贡献,事实上,此举也确实保护了家人在紧接而来的"文革"灾难中免受更大迫害。但是从婉喻的心路历程而言,为什么她在获知丈夫越狱逃亡以后同意离婚?这值得我们作进一步分析。我们从冯婉喻三次等待的小说铺陈中可以了解,陆焉识对冯婉喻的爱情并不是一次性完成的。婉喻前两次等待(尤其是第一次)的时代背景中,我们可以发现,与"五四"时期的新文学有一脉相承的渊源。陆焉识与其说不爱婉喻,还不如说,"自我"刚刚觉醒的知识分子陆焉识陷入了一种眼花缭乱的大自由当中,他的爱情观还处于蒙昧状态,并没有感受到真正的爱情是对所爱对象的生命奉献,而不是自我的攫取。在陆焉识的前两段风流韵事中,他基本上持一种寻欢作乐的人生态度,也无视别人对他付出的爱。唯有到了监狱里,尤其是在大西北劳改农场里从事非人苦役时,才逐步意识到自己自私的一生毫无价值。婉喻的家信一步步唤起了他对家人的思念,唤起了他心中把爱作为生命奉献的精神需要。他的逃亡就是要冒着生命危险,回到婉喻身边,当面向她表达这一份后知后觉的爱。而他这种真爱欲望,深深爱着陆焉识的冯婉喻马上就感受到了。这是心灵相通的恋人间才会有的心灵感应:她的等待终于有了回应。

　　对于冯婉喻来说,陆焉识越狱逃亡的行为本身超越了对婚姻责任的承诺以及最终归来的大团圆结局。她感受到了陆焉识对她的等待的回应,她便坦然地在离婚协议书上签下了自己的名字:婚姻形式此刻变得微不足道了。还有什么比所爱的人用生命行为来表达对你的爱的回应更为珍贵呢?所以,这以后的婉喻平静如水,微波不起,她的精神世界沉浸在陆焉识对她的爱的回应之中,由此进入了一个真正的大喜悦、大自由的境界之中。1976年陆焉识获得特赦回家时,冯婉喻患上了失忆症,与真正的大团圆失之交臂。但这个结局只在世俗层面上是个悲剧,而精神层面上,冯婉喻的等待早就有了最好的结局:婚姻存在与否,丈夫归来与否,都被这场越狱事件所解构,婉喻早在

1965年就进入了自由与超越的精神境界。这就可以理解,为什么婉喻在失忆症以后能够接受并不认识的陆焉识对她的陪伴和照顾,却不能认同她面前的男人就是朝思暮想的陆焉识。他们的晚年,轮到陆焉识履行爱的使命,做出真正奉献了。也正是这样两个生命的爱的融汇中,婉喻越来越模糊的意识里,逐渐、逐渐地把眼前的男人和精神上的陆焉识慢慢重叠在一起了,于是,她进入了真正的大自由。小说最后是这样描写两个八十岁的老人一起返回人类的伊甸园:

> 我祖母跟我祖父复婚之后的第二周,一天下午,卧室天窗的竹帘被拉开,进来一缕阳光。婉喻站在这缕阳光里,成千上万的尘粒如同飞蛾扑光,如同追求卵子的精子那样活泼踊跃。婉喻撩着撩着,缩回手,三两把就把自己的衣服脱下来。眨眼间已经是天体一具。我祖父十八岁第一次见到她的时候,听说她在学校修的是体操,差点喷笑。现在他信了,婉喻少女时代练的那点体操居然还在身上,四肢仍然浑圆柔韧,腰和胯尚保持着不错的弧度。她那两个天生就小的乳房此刻就有了它们的优越性,不像性感的丰满乳房那样随着岁数受到地心引力的作用而下垂变形;它们青春不骄傲,现在也不自卑,基本保持了原先的分量和形状,只是乳头耷拉了下来。婉喻的失忆症进入了晚期,她肉体的记忆也失去了,一贯含胸的姿态被忘了,动作行走洒脱自若。焉识看着她赤身露体地在屋里行走,身体一派天真。……现在婉喻从羞耻的概念中获释,因此很大方地展臂伸腿。年轻的婉喻给过焉识热辣辣的目光,那些目光宛如别人的,原来那些目光就发源于这个婉喻。一次又一次,当年轻含蓄的婉喻不期然向他送来那种风情目光时,他暗自期望她是个野女人,但只是他一个人的野女人。现在她真的是野了,为他一个人野了。

焉识悲哀地笑着,眼里渐渐聚起眼泪。1963年他逃出草地时,一个念头反复鞭策他:快回到婉喻身边,否则就要玩不动了。他走上前,抱住滑溜溜的婉喻。玩不动也这么好。

……

2019 年 4 月 21 日录音

爱的缺失比钱的缺失更可怕
——讲张爱玲的中篇小说《金锁记》

《金锁记》是文学史上的名篇,曾经获得评论界极高的荣誉。小说发表不久,傅雷化名"迅雨"发表评论,盛赞《金锁记》是张爱玲"目前为止的最完满之作,颇有《猎人日记》中某些故事的风味。至少也该列为我们文坛最美的收获之一"。文学史家夏志清教授更加直截了当地评价说:"在我看来,这是中国从古以来最伟大的中篇小说。"也许这些评价都有些过分,但《金锁记》是张爱玲所有作品中最令人感到心灵震颤的一部,大约是毫无疑义。

但是对《金锁记》也有不同的理解。我先讲一个故事:十多年前,《金锁记》曾经被改编成话剧搬上舞台,当时编演都希望一位著名表演艺术家来主演曹七巧,这位艺术家是我的朋友,没想到她认真读了剧本以后却婉言谢绝了。为此我特意问她为什么不愿意演这个角色,她沉吟了一下,告诉我说:"我读了剧本,无法找到角色性格的内在'种子'。一个做母亲的人,怎么会对自己的儿女有如此扭曲的毒恶?"这位朋友在舞台与银幕上扮演过各类母亲的艺术形象,可是在她眼里,像曹七巧这样的母亲实在太匪夷所思。

——本讲就从这里开始讲起:曹七巧与她的子女究竟是怎样一种关系?

《金锁记》创作于1943年,在故事的叙事时间上,大致分三个时间片段。小说一开始就说:"三十年前的上海,一个有月亮的晚上……"接着又说,那两年正忙着换朝代,当指辛亥革命。那么,小说第一个片段是指1912年前后,曹七巧嫁到姜家才五年,已经生了一双儿女。接着一个片段就是十年以后,曹七巧丈夫和婆婆先后去世,于是有了大闹分家会的场面,时间应是1922年前后,儿子长白不满十四岁。然后故事慢慢地延续。再到下一个时间节点,就是女儿长安已年近三十岁了。曹七巧破坏姜长安与童世舫婚姻的时间,应该是1940年前后。这样再留出一年时间,儿子长白的妾绢姑娘自杀,再过一两年时间,就轮到曹七巧带着仇恨死了——那正好是1943年。于是,小说结尾说:"三十年前的月亮早已沉了下去,三十年前的人也死了,然而三十年前的故事还没完——完不了。"这就是小说《金锁记》完整的时间概念。

据张爱玲的弟弟张子静回忆,《金锁记》故事自有其本。故事来源于李鸿章家族中的某房家庭故事,人物都有原型的。但是发生在前两个时间节点的故事,1912年,张爱玲还没有出生,1922年,张爱玲才两岁,都不可能是第一手材料,多半是张爱玲听旁人叙说再加上她的特殊写作才能,所以,这两个场面——曹七巧出场、叔嫂调情以及曹七巧大闹分家会的场面,主要来自她的艺术想象,这些场面都是小说中的精彩场面,也是最有匠心的场面,看得出张爱玲刻意模仿古典小说的许多表现手法。然而,故事发展到姜家分家以后的岁月,才是张爱玲走进现实版《金锁记》日常生活的阶段。小说后半部的意境变得开阔,笔法近于写实,场面也走出了大家庭模式,集中表现曹七巧与子女长白、长安之间的纠葛。如果说,小说前两个时间段的曹七巧显得可笑可怜,那么到了后半部分——从曹七巧折磨媳妇芝寿、破坏长安婚姻两个故事中,表现出这个人物性格中令人恐怖的一面。

现在我们可以来讨论曹七巧与她的儿女的关系了。首先我们要分辨清楚:是什么样的动力造成了她与子女之间的畸形关系?大约张爱玲的本意是强调曹七巧因为正常情欲得不到满足,转而把财富视为命根子,为此她一生被套在黄金枷锁里面,牺牲了自己本来可以享受欢乐的天伦,成为一个丑陋、刻毒、乖戾、害人又害己的被异化的人,这就是恶魔般的怪异人格。这是张爱玲为这篇小说取名"金锁记"的原因。张爱玲太看重金钱的力量了。她是这样来写晚年的曹七巧:

> 三十年来她戴着黄金的枷。她用那沉重的枷角劈杀了几个人,没死的也送了半条命。她知道她儿子女儿恨毒了她,她婆家的人恨她,她娘家的人恨她。

这似乎是盖棺定论了。再早些年,曹七巧的丈夫还没死的时候,作家也写到黄金枷锁的比喻:"这些年了,她戴着黄金的枷锁,可是连金子的边都啃不到,这以后就不同了。"我们从这两处关于黄金枷锁的描写中可以体会:"金锁"是在曹七巧三十五年前嫁入姜家豪门时就开始被戴上了。在前十五年中,她忍受委屈,压抑情欲,苦心照料病人,并不能真正享受(支配)这个家庭的财产;但是在后二十年中,丈夫死了,家产也分了,她掌控了一大笔财产,足以过着衣食无忧的寄生生活,但是她还是不幸福,不仅不幸福,而且陷入了半疯状态的迫害症里,她与娘家、婆家的亲戚都断绝关系,对子女苛刻狠毒,都是为了把财富紧紧抓在手里,唯恐旁人谋取她的财产——这就是张爱玲对于《金锁记》原型的亲戚故事的解读。一般研究者也自然沿着张爱玲的思路理解曹七巧。夏志清就是这样分析的:"小说的主角曹七巧——打个比喻——是把自己锁在黄金的枷锁里的女人,不给自己快乐,也不给她子女快乐。"

但是我觉得,《金锁记》的阐释如果仅仅停留在"金锁"的隐喻上,那么,这部小说的后半部分的意义远远没有被发掘出来。"金锁"的隐喻在前半部分表现得很充分,因为曹七巧在丈夫的残废身体上得不到情欲的满足,唯一能够安慰她、约束她的就是对豪门家族拥有的财产的向往。可是,"金锁"仍然无法解释,小说的后半部分曹七巧为什么有了钱财还对自己的子女如此刻毒,为什么要破坏儿女们应有的幸福权利?这就是我们要追问的:在"金锁"以外,还有什么更为可怕的力量推动了曹七巧向自己的子女疯狂报复?曹七巧不是西方文学经典里的守财奴的形象,不是夏洛克、葛朗台、阿巴贡等等守财奴,曹七巧的故事是一个中国故事,她的性格就是中国封建大家庭文化中锻铸而成的一种怪异的典型。更加隐秘地隐藏在她的身体内部发力、制约了她的种种怪诞行为的,不是对财产的欲望(因为这点在她的后半生已经得到满足),而是一个无法填补的巨大空洞似的欲望:性的欲望。这一点傅雷在评论《金锁记》时已经注意到了,他尖锐地指出:"爱情在一个人身上不得满足,便需要三四个人的幸福与生命来抵债。可怕的报复!"

  曹七巧本来是一个市井之女,家里是开麻油店的,她在做姑娘的时候,与猪肉铺的卖肉老板打情骂俏,油腻腻的猪肉给她带来虽然粗俗却又温厚的情欲。请注意:作家把曹七巧的情欲与猪肉连结在一起,直截了当地表现出她的情欲就是一种肉的欲望,物质的、身体的性爱欲望,可就是这么一个充满肉体欲望的女人被嫁入豪门,去陪伴一个虽然有钱却没有好身体的男人。她男人从小患软骨病,虽然不影响生育,但是肌肉萎缩的身体,与曹七巧向往的强壮的男性肉体大相径庭,显然不能满足曹七巧的身体欲望。这样就能够解释曹七巧为什么嫁入姜家后连续生有一双子女,依然不能满足她的身体欲望。小说开始部分就描写在老太太的起坐间里,曹七巧与小叔子姜季泽的调情。姜季泽是个纨绔子弟,一来生得风流倜傥,身体结实,二来是在外吃喝嫖赌无所不为,没有道德底线。这两个条件都符合曹七巧的感情意愿,所以她主动出击,挑逗三叔。这一场面,作家是这样写道:

  七巧直挺挺的站了起来,两手扶着桌子,垂着眼皮,脸庞的下半部抖得像嘴里含着滚烫的蜡烛油似的,用尖细的声音逼出两句话道:"你去挨着你二哥坐坐!你去挨着你二哥坐坐!"她试着在季泽身边坐下,只搭着他的椅子的一角,她将手贴在他腿上,道:"你碰过他的肉没有?是软的、重的,就像人的脚有时发了麻,摸上去那感觉……"季泽脸上也变了色,然而他仍旧轻佻笑了一声,俯下腰,伸手去捏她的脚道:"倒要瞧瞧你的脚现在麻不麻!"七巧道:"天哪,你没挨着他的肉,你不知道没病的身体是多好的……多好的……"

  这一段描写很像《水浒传》里的潘金莲与西门庆的调情场面,但是在张爱玲笔下,强烈体现了曹七巧对男性健康身体的生理需要,她的语言近似于梦呓,直接地、无羞耻地倾诉出来。傅雷在分析曹七巧时用了"爱情"这个词,其实不是很恰切,在曹七巧的感受里,"爱情"不包括精神性的愉悦追求,甚至也不是生儿育女的繁衍本能,她需要的就是生理上的男欢女爱,需要男人直接给她的身体带来热烈刺激。可惜的是,这种一般市井女人轻而易举能够得到的肉体享乐,恰恰在这座用黄金堆砌起来的大宅门里无法满足。

  曹七巧身体里这种隐秘的饥渴得不到满足,又是二爷正房太太的身份把她钉在继承财产的位置上,使她也不敢轻易出轨,姜季泽虽然荒唐,毕竟还有道德底线,不敢在叔嫂关系上乱了伦理大纲。在这种极度压抑的环境下,曹七巧对姜季泽的感情由怨恨发展到报复,才会在财产分配上斤斤计较,欲置死地而后快。在大闹分家会上,表面上表现出来的是曹七巧对季泽的所有财产锱铢必较,冷酷无情,似乎物质欲望压倒了一切,其实追求财产的背后恰恰是情欲的报复。

  再接下来就是分家后姜季泽重访曹七巧,企图再续旧情,而

曹七巧也不是没有过对新生活的向往,下面一段描写,被所有的评论家都津津乐道地作过分析:

> 七巧低着头,沐浴在光辉里,细细的音乐,细细的喜悦……这些年了,她跟他捉迷藏似的,只是近不得身,原来还有今天!可不是,这半辈子已经完了——花一般的年纪已经过去了。人生就是这样的错综复杂,不讲理。当初她为什么嫁到姜家来?为了钱么?不是的,为了要遇见季泽,为了命中注定她要和季泽相爱。她微微抬起脸来,季泽立在她跟前,两手合在她扇子上,面颊贴在她扇子上。他也老了十年了,然而人究竟还是那个人呵!他难道是哄她么?他想她的钱——她卖掉她的一生换来的几个钱?仅仅这一转念便使她暴怒起来。就算她错怪了他,他为她吃的苦抵得过她为他吃的苦么?好容易她死了心了,他又来撩拨她。她恨他。他还在看着她。他的眼睛——虽然隔了十年,人还是那个人呵!就算他是骗她的,迟一点儿发现不好么?即使明知是骗人的,他太会演戏了,也跟真的差不多罢?

这是一种血淋淋的灵魂自白。在曹七巧的欲望世界里,物质欲望与身体欲望展开了紧张搏斗,身体欲望一度也上升到了感情欲望,她竟然也用了"相爱"这个词,幻想自己踏进姜家豪门不是为了钱而是为了爱,虽然她想到钱的时候也暴怒过,犹豫过,但终究妥协了,甚至为了这个男人她愿意做出钱财上的牺牲。但是,很不幸,在曹七巧进一步不动声色的试探中,她终于发现姜季泽完全是在欺骗她的感情,而且是蓄谋已久的欺骗!难道还有比热恋中准备牺牲一切去爱的女人突然发现这个男人始终在欺骗她更加可怕的事情吗?曹七巧愤怒的爆发以及赶走季泽,不是为了捍卫财产,而是为了被欺骗的感情。失去了爱的痛苦远远超过了对财产的占有欲,是姜季泽的欺骗才使曹七巧全面崩溃,从此她失去了与现实社会环境接触的可能性,对什么人也不再信任,此时此刻,她穷得只剩下钱了。

爱的缺失比钱的缺失更可怕。爱情、性欲、男欢女爱,那是生命的元素,是与人的生命本质联系在一起的,爱的缺失会导致生命元素的缺失,生命就不完整、不健康,没有爱的生命就是残废的生命、枯槁的生命;然而钱和物质只是在一小部分的意义上与生命发生关系,大部分是人生的元素,它只能决定人的日子过得好不好,缺失钱的人生也许不是好的人生,但并不影响生命本质的高尚与饱满,更不能决定人在精神上的追求和导向。所以,曹七巧面对的不仅仅是金锁的桎梏,更残酷的是她即使想打碎金锁,仍然得不到真正的爱与异性的健康肉身。在这种地方特别能显现出张爱玲创作的现实主义力量,她不给生活留一点暖色,因为她本人也不怎么相信人间确有真爱。

所以在小说的后半部分,曹七巧并不是死死守住黄金的枷锁专与子女过不去,而是她无可奈何地被锁在黄金的枷里,忍受着欲火的煎熬——终于把她熬得形同厉鬼,转过身来害周围一切被她逮着的人。不幸的是,由于她把自己封闭在黄金的枷锁里,她周围的人只有自己的子女。张爱玲在这个人物身上完全抽去了作为母亲的元素,把她变作人不人、鬼不鬼的恶魔典型。

曹七巧与儿子长白是什么关系呢?小说这样写道:

> 她眯缝着眼望着他,这些年来她的生命里只有这一个男人,只有他,她不怕他想她的钱——横竖钱都是他的。可是,因为他是她的儿子,他这一个人还抵不了半个……现在,就连这半个人她也保留不住——他娶了亲。他是个瘦小白皙的年轻人,背有点驼,戴着金丝眼镜,有着工细的五官,时常茫然地微笑着,张着嘴,嘴里闪闪发着光的不知道是太多的

唾沫水还是他的金牙。他敞着衣领,露出里面的珠羔里子和白小褂。七巧把一只脚搁在他肩膀上,不住的轻轻踢着他的脖子,低声道:"我把你这不孝的奴才!打几时起变得这么不孝了?"

张爱玲的特点就是写作不避鄙俗,这样令人难堪的场面她都敢如实写出来,我们读了这个片段,面对这样的母子关系,能不感到恶心吗?接下来她就描写这对母子双双蜷缩在鸦片榻上的卑琐场面:

> 久已过了午夜了。长安早去睡了,长白打着烟泡,也前仰后合起来。七巧斟了杯浓茶给他,两人吃着蜜饯糖果,讨论着东邻西舍的隐私。七巧忽然含笑问道:"白哥儿你说,你媳妇儿好不好?"长白笑道:"这有什么可说的?"七巧道:"没有可批评的,想必是好的了?"长白笑着不做声。七巧道:"好,也有个怎么个好呀!"长白道:"谁说她好来着?"七巧道:"她不好?哪一点不好?说给娘听。"长白起初只是含糊对答,禁不起七巧再三盘问,只得吐露一二。旁边递茶递水的老妈子们都背过脸去笑得格格的,丫头们都掩着嘴忍着笑回避出去了。七巧又是咬牙,又是笑,又是喃喃咒骂,卸下烟斗来狠命磕里面的灰,敲得托托一片响。长白说溜了嘴,止不住要说下去,足足说了一夜。

第二天,长白说的那些媳妇的隐私都变成了七巧在牌桌上的闲话,这种难堪的侮辱间接导致了儿媳妇芝寿的死亡。当然不能说世界上不存在这样一种变态的母子关系,但在这种关系中的曹七巧已经丧失了母性,堕落成一个被性饥渴折磨得没脸没皮的女人。

如果说曹七巧与儿子长白之间的畸形的母子关系,还是来源于封建大家庭里的种种龌龊生活真实,那么,曹七巧对女儿长安的态度就更加过分,更加刻毒。曹七巧用尽手段来破坏长安的婚姻,当然不是因为舍不得陪嫁,更不是舍不得女儿出嫁,曹七巧心里对儿女的(哪怕丝毫的)爱早就荡然无存了。我们从曹七巧几次诅咒长安的刻毒话语中,可以体会她的情绪复杂混乱,既是一个没落的老女人对时代潮流(男女自由交际)的抗拒,也有对姜家豪门的极度怨恨与快意复仇。但这都不是最根本的理由,如果从生命形态而言,就是一个极度性饥渴的老女人不愿意看到自己眼前的儿女有正常婚姻生活。她无法理性地掌控自己被折磨得死去活来的情欲:一听到儿子与媳妇的隐私,就莫名兴奋,丑态百出;一听到女儿私下恋爱,心里就窜起无名之火,不择手段地进行破坏。从外人看来,曹七巧就是一个半疯状态的性变态者,但从内心来分析,正如张爱玲在小说的结尾时描写的一段话:

> 她摸索着腕上的翠玉镯子,徐徐将那镯子顺着骨瘦如柴的手臂往上推,一直推到腋下。她自己也不能相信她年青的时候有过滚圆的胳膊。就连出了嫁之后几年,镯子里也只塞得进一条洋绉手帕。十八九岁做姑娘的时候,高高挽起了大镶大滚的蓝夏布衫袖,露出一双雪白的手腕,上街买菜去。喜欢她的有肉店里的朝禄,她哥哥的结拜弟兄丁玉根,张少泉,还有沈裁缝的儿子。喜欢她,也许只是喜欢跟她开开玩笑,然而如果她挑中了他们之中的一个,往后日子久了,生了孩子,男人多少对她有点真心。七巧挪了挪头底下的荷叶边小洋枕,凑上脸去揉擦了一下,那一面的一滴眼泪她就懒怠去揩拭,由它挂在腮上,渐渐自己干了。

这个从"滚圆的胳膊"到"骨瘦如柴的手臂"的比喻,夏志清教授赞扬为"读者读到这里,不免有毛发悚然之感"。依我的理解,这个比喻依然在通过曹七巧的身体变化暗示情欲对人的生命的摧残,由此才会引申出曹七巧弥留之际对她人生道路的反省,以及对人生另一种可能性的向往。张爱玲对这个麻油店女人作践挖苦够了以后,也隐隐约约地流露出一丝同情来。

曹七巧是现代文学史上的艺术典型之一,是个独一无二的人物。在曹七巧与她的儿女之间的敌对关系中,她失落了作为母亲最本质的元素——母性,正因为这种人性的缺失,使曹七巧性格变得黑暗愚昧,没有一丝暖意和亮点。我的朋友不愿演出这个角色是有理由的,作为一个演员,在她还没有找到"这一个"角色性格的内在种子的时候,放弃也是对艺术的严肃态度。她还对我说:"其实母亲的元素,本来是多少可以在曹七巧的自我折磨中起到一点挽救作用,可惜张爱玲不了解这一点,再坏的人,做了母亲对子女也是有爱的。"

于是我想起了张爱玲的《小团圆》,即使对她自己的母亲,她也是充满了偏见。

2019 年 9 月 9 日录音

第五辑　语文别解

本 辑 小 记

第五辑收入我与博士后王利娟合作完成的七篇初中语文课文的解读文章，具体合作方式我在《初中语文现代文选讲》后记里已经说过，不赘。这七篇均收录上海教育出版社出版的《初中语文现代文选讲》，由我主编。该书代前言原是我在广西青年评论家进修班上的一次讲演，刊于《南方文坛》2016年第2期。这次编《选讲》，我做了较大篇幅的增删，并改题为"与中学语文教师谈文本细读"，现连同该书后记一并收录。

附录《略谈语文课的文学性》，是我在清理电脑时无意发现的，是2017年在宝山行知中学参加上海市语文教研室举办的观摩论坛上的发言稿。观摩讲课的内容是小学、中学语文课文，其中有《白洋潮》《看不见的爱》《唐诗过后是宋词》等。我其实没有语文教学的实践经验，只是有感而发地说了一些感受。这份发言稿大约是记者根据录音整理的，没有公开发表。我读了几遍，觉得一些想法对语文教师可能会有所启发，便也收在这一辑里。

2020年1月28日

与中学语文教师谈文本细读(代前言)

对中文系毕业的学生来说,文本细读应该是一门读书的技术,而且是很重要的技术。它是可以通过训练来掌握的。大学毕业以后,你无论是在中学里当一名语文教师,还是在文化机构里担任文学编辑,从事文学评论,都离不开文本细读。

文本细读与一般的文学批评不同。文本细读是一种方法。一般来说,文学批评离不开文本解读,这是广义的文本分析。我这里说的文本细读是指一种特殊的分析文本的方法——评论家把作家创作的作品看作是一个独立、封闭的文本,可以像医学上做解剖实验那样,对文本进行深度拆解和分析,阐释其内部隐含的意义。

文本是作家创造的。作家对自己作品所含意蕴拥有更多的发言权,但是作家不是作品的最高权威评判者。作品一旦诞生,就离开了作家,拥有独立的社会意义,而且在读者阅读中不断产生新的意义。作为一种方法论的文本细读,不是研究作家如何创作,也不是考察文学作品在社会上传播的意义。文本细读就是解读文本,把文本当作一个自足的观念世界,发现其中隐含的意义。

文学作品是一种语言文字构成的艺术。人类在生活实践中逐渐创造了语言文字作为交流工具,这是人类文明的一个飞跃性的进步。人类使用语言是为了把思想感情和生活内容表达得更加清晰。文学艺术是人类感情世界的表达。在人类的各种表达中,感情表达最模糊,最不能达意,所以,需要文学艺术采用象征、比喻等修辞手法来完善。当然,这类手法的功能也是相对有效的。一部话剧最精彩的艺术手段就是人物对话,对话是用声音表达感情,不同的声音,可能表达不同的感情内涵,由此产生的意义也不同。文学作品也一样,它是用语言文字构筑的多层次的感情世界,不仅有表层的感情意义,还有深层的意义和潜在意义。语言文字可以激发读者不同的艺术感受和联想。我所说的文本细读,旨在挖掘语言文字构筑的文本所隐含的多元意义。

文艺批评家的实践离不开文本。现代文学史上有许多文艺批评家,如李健吾、唐湜、常风……解读文学作品,他们的文章题目直接就是他们所评述的作品题目,不像现在的评论文章,标题都用得很大,一个正标题不够还要加副标题。那时候,李健吾评论巴金的《爱情的三部曲》,就直接用"爱情的三部曲"为标题,可见文本的重要性。批评家似乎是隐身的,隐藏在他所批评的文本后面,把作家的作品重新讲述一遍,但是在讲述过程中,批评家就把自己的阅读感想、人生经验、欣赏点评等都包含在其中了,都通过讲述作品呈现出来。这就是文本细读。

文本细读不是读后感,也不是印象批评,需要有一种专业训练,这是我们从事文学批评的人都应该掌握的技能。印象批评是主观的,可以用"我认为……"来开头,对作品可以下判断,认为这个作品好还是不好。文本细读的态度是客观的。它以文本为对象,像解剖麻雀一样,看看它的器官内脏构造是怎么回事,有什么毛病?客观地讨论作品的内部构造,主观印象尽量排除。

文本细读的第一个前提,就是要相信文本的真实性。从理论上说,任何一部文学作品都可能有一种写得最好、尽善尽美的"标本",尽管在实际操作层面是达不到的。但你要相信它。文本细读就是建立在对艺术真实的信任之上的。文本细读的最大障碍,就是你认为一切创作既然都是作者虚构的,那就没有必要讨论其真实性。文本细读的前提就是你要相信这个文本像"真"的一样，要相信文本背后应该有一个绝对完美的作品，那个绝对的完美形式就是艺术的真实。《雷雨》文本背后应该有一个尽善尽美、绝对真实的《雷雨》，《红楼梦》文本背后也有一个尽善尽美、绝对真实的《红楼梦》。但这个"真实"不是我们通常说的"生活真实"，更不是要在现实生活中寻找原型，而是我们经常在文艺理论领域讨论的艺术真实。

什么是艺术真实？当然有各种各样的理解。我的理解是，艺术文本后面有一个真实的"象"，代表了文本应该达到的完美无缺的境界。这个想象中的"象"，是一种特殊意义的真实，也就是艺术真实。譬如说人物雕塑，我们一般评判这个雕塑作品好不好，好像是依据雕塑作品像不像生活中的真实人物。其实这是错误的理解。雕塑材料是泥土、木头、金属，怎么可能与肉身的人一模一样呢？不可能的。当我们仿佛是被雕塑艺术所吸引，脱口说"真像"时，标准已经不是真实生活中的那个原型人物，而是人们想象中的那个人物应该具备的状态，这是一种特别传神的精神状态。这个状态在你心目中也许是模糊的，与现实生活中的人物是不一样的，但是我们会认为，这个状态更接近现实生活中的人所应该有的状态。作为雕塑艺术家来说，他相信有一种状态能够完美无缺地呈现这个人物的全部真实，这就是艺术真实。但是这种"真实"是无法寻找的，也找不到，相片上留不住，朝夕相处的人也未必都能够准确描述出来。所以，雕塑艺术家在创作某个人物形象的时候，最困难的就是要找到这种说不清楚的"真实"。优秀艺术家有能力创造这种神态，让认识或不认识原型人物的欣赏者，都能够从雕塑艺术中感受到强烈的"真实"，认同创作中的形象才是真实的。

我们解读文学作品也是这样。应该相信，作品背后有一个绝对真实的"象"，一个完美的作品标本。《红楼梦》的文本背后，有一个完美的《红楼梦》。为什么几百年来那么多人都在讨论《红楼梦》？他们的精神世界里都有一个"象"，相信《红楼梦》是有一个完美标准的，只是作家曹雪芹没有达到这个标准，但是文本里留下了很多信息。有时候我们常常把作家的创作能力与文本的绝对美等同起来，比如总是认为，曹雪芹是完美的，而续书者没有达到曹雪芹的创作意图。其实曹雪芹的生活感受深刻、文笔优美等都不假，但是他也同样没有能力达到《红楼梦》应该有的那个最完美的绝对"真实"。他反复修改十年，呕心沥血，最后还是没有完成。所以，后续者不是没有达到曹雪芹的创作水平，而是没有达到艺术真实所要求的那个标准。曹雪芹接近了艺术真实，但也没有达到。我们就是要相信"艺术真实"是存在的，它用艺术的方法映射出一个尽善尽美的真实，但这样的艺术真实在实际操作层面上又是无法达到的。所有的作家都力图把它写出来，但还是写不出来。这是艺术创作的悖论。如果是一个真正优秀的作家，他不会说，我这个作品已经尽善尽美了。越是好作家越是会觉得自己怎么努力也总是存在差距，只能尽量去接近这种完美的境界。据说托尔斯泰创作《复活》，曾经用了很多方法来叙述故事，从理论上推理，肯定会存在着一个最完美的《复活》的标准文本。托尔斯泰创作时写了二十遍故事的开头，那么是否第二十遍就是最完美的叙述了呢？当然不能这么说。所以，当一个作家、艺术家相信艺术背后有一个绝对完美的艺术真实，那作家就会对艺术创造采取极其认真的态度，而不是把创作看作是随心所欲的产物。

有时候批评家在讨论某个作品，会明显感到文本里有漏洞或者有败笔。这个判断，不应该由批评家的个人喜恶来决定，而是要从文本结构中自然推理出来。为什么我们会对《红楼梦》后四十回续书不满意呢？就是因为批评家依据文本分析所获得的艺术逻辑，觉得后面的故事结局不应该是这样的。历史学家讨论的是生活真实、物质真实，文学批评家讨论的是艺术真实、精神真实。文学追求的真实境界要比历史追求的真实高很多。如果我们没有艺术真实作为标准,那我们的批评就没有意义。我们做文本分析时,我们讨论的文本内涵可能会超过作家主观上提供的内容。有人说这是"过度阐释",我不这样认为。关键还是看批评家能否准确把握住作品的内涵,批评家对作品把握的深度如果超过了作家,他的解读与阐释就会提供很多作家意识不到的,或者,作家朦朦胧胧希望表达却又没有表达好的内涵。所以,批评家和作家应该共同来创造艺术的文本世界。文艺批评家可以通过文本解读,把文学作品的内涵和意义提升到作家所没有达到的境界。

接下来还有一个问题:艺术真实究竟是先验的,还是在实践中产生的?这个问题我们可以从两个方面去理解。我们从先验角度看,它似乎回避不了先验论的陷阱,因为艺术实践永远是相对接近完美,不是最终完成绝对美。但是如果从实践的角度看,美的认知虽然是主观的,却又是在艺术实践中形成的。譬如说,作家如果不创作这个作品,那么这个作品绝对完美的文本是不会存在的。可是作家一旦创作这个作品了,就会在艺术实践中逐渐地形成它的文本形态,同时也有了这个文本的最完美境界的存在可能。应该说,艺术真实是作家在艺术创作实践中逐渐形成的一种对艺术自我期待的观念形态。可是当作品完成后,千百万读者、观众都带着自己的艺术期待去接受这个作品,读者在接受过程中的艺术期待、与作家创作中形成并且寄植于文本追求中的艺术期待就成为一种合力,构成存在于意念世界中的艺术文本。它虽然极不稳定,也是充满歧义难以把握的,但它仍然具有客观性,并不以单个人的主观倾向而转移。这也是我们讨论艺术真实的基础。

文本细读的第二个前提,就是要处理好平时学习的文艺理论和现场发挥的文本解读之间的关系。在我上大学时,文艺理论课的老师都是很注重文本的,细读文本是学习文学评论的基本功。老师们挂在嘴边的,总是讲某某评论家研究《红楼梦》,先要读五遍《红楼梦》;某某学者评论某作家的一部作品,先要把这位作家的全部作品都读完,才能够整体上准确把握研究对象。但是现在学院的训练方法不一样。20世纪90年代,文学批评的重镇从作协系统转移到学院系统,大量的高校建立了中国现当代文学学科的研究生(主要是博士生)学位点,要求研究生撰写学位论文。这时候变化就出现了。学术论文要求写作者讨论问题必须有理论依据,必须有学术创新点,必须写清楚理论概念发展的来龙去脉,等等。学术论文的要求并不等于文艺批评的要求,但是我们往往把这两者混为一谈,经过学术训练后的学生未必会写文学批评。我们如果要谈当下文学创作中的某些现象,本来是应该从创作实际出发,发现问题,解剖问题,批评家可以抓住某些创作作为典型例子进行解读。但如果是写一篇博士论文,先要讨论这个现象在学术史上有什么意义,国外有没有类似的情况,西方学者用什么理论来解读这类现象。文章开头一万字,先是讨论这些概念定义,然后才涉及具体创作现象。这种思维模式的训练,培养学者也许是对的,但是培养一个批评家似乎没有必要,批评不需要这么做。当所有的概念都已经定义好了,再来规范作品,文本的复杂性和丰富性就会被忽略。论文讨论的已经不是创作现象,而是在讨论有关这个现象的理论、概念、术语、阐述,等等。20世纪中国文学研究领域最普遍的现象就是大量西方术语、概念名词传入中国,被视为时髦,然后很多学者就开始传播这些概念名词,似乎抓住了新的概念、新的名词,就可以解决一切问题,传播这些概念名词的人也就成为学术明星。现在文艺理论领域还是这样。其实,如果一个批评家掌握了一些时尚的理论概念而不顾创作实际情况,甚至歪曲创作文本内涵,那么,理论就不再与创作实际发生联系,不能够解释创作的实际问题,反过来却将创作中异常丰富、千变万化的内涵规划到理论教条中去,用中国作家的创作证明西方理论的放之四海而皆准。这样就本末颠倒了。

研究方法的不一样,常常给学习者带来困惑。他们常常会问:细读文本是不是不需要理论指导?当然不是这样。我们面对文本靠什么解读?解读的途径在哪里?这本身就是需要有深厚的理论功底。但是说到具体的阐释,那就不仅需要阐释理论本身,还要把批评家所掌握的理论体系的思想、方法和立场都转换为阅读文本、分析文本的路径和视角,也就是用什么途径进入文学作品、理解文学作品。理论只是帮助批评家理解生活、理解自我和理解文学的路径。

我以前读过巴赫金解析拉伯雷的民间狂欢理论,真是醍醐灌顶。我那时恰好关注作家赵本夫作品中的"亚文化"因素,他在作品里描写了原始生命力,我很有兴趣,但苦于说不出道理。读到巴赫金的民间狂欢理论时,我逐步理解了"民间"这个概念。巴赫金认为,普通农民大众的生命力的宣泄,最能体现他们的力量所在。这个观点改变了我的研究思路,后来我解读贾平凹、余华、莫言等作家的作品,都采用了民间的视角。我不是说我学了巴赫金的民间狂欢理论就获得了一件法宝,可以去图解任何文学作品,而是反过来,民间狂欢理论让我看到了很多别人看不到的审美因素,让我对审美或审丑的理解深化了,对作品的阅读也就不一样了。

理论对于一个文学评论工作者来说是重要的,重要是体现在理论对评论家的人生观、文学观有指导意义。我本人是在20世纪70年代成长起来的,我青年时期读得最多的理论是马克思主义理论,学习国际共运史和西方哲学史。那个时候我还年轻,真是如饥似渴。恢复高考制度以后,我考上复旦大学中文系,大二时开始研究作家巴金,又读了不少安那其主义等西方政治理论著作,也是国际共运史的一部分。我青年时期学习的这些理论与历史,对我有直接的影响,影响到我今天看世界、国家、社会的立场观点。这些政治理论对我来说是很有吸引力的。尽管在我的文章里,我从来不会照搬马克思等人的语录、理论、思想,但是我的观点、立场、方法就是从这里来的。

有些理论著作,你读过但很快忘记了,那就说明它对你没什么意义;有些理论观点你读过就记住了,就说明你对这个理论是有感觉的。如果一种理论观点被你吸收,就会自然而然地渗透到你的理论思维中,融会贯通,成为你看问题的立场方法,这种理论才会是真正属于你自己的理论。所以,文本细读需要理论。但理论不是彰显的,而是深潜的,是你自己在研究、评论文学作品的过程当中,慢慢会使用到这些理论学养。这是我想说的,文本细读的第二个前提,就是要学好理论。

以上两个前提,虽然谈的是文艺批评与文本细读的关系,但对于语文教师解读课文文本也同样适用。接下来我们具体谈一下,如何解读语文教材的课文。这就涉及文本细读的第三个前提,也是最重要的前提:直面文本,阅读文学作品不能预先设置框架。这个前提与我们中学的语文教育可能有点冲突。语文教学是有教学大纲规定的,但语文课的特殊性,在于它不仅仅是知识传播,还包含了艺术审美,一旦涉及对"美"的理解和感受,情况就比较复杂了。统编教材所选的一部分语文课文来自中国现当代文学作品,文学作品的功能与语文课文的功能是不一样的。编选者根据文学文本做了节选,或者对原文本加以修改,以求更加符合教学要求。这样,语文教师的教学实践就同时面对了两种文本:文学作品的前文本和改编为语文课文的后文本。前文本是原汁原味的文本,后文本是编选者加工过的文本。如果教师仅仅满足于讲解相关语法修辞知识和写作技巧,那么只要关注后文本就可以胜任。但如果要讨论作品内容的完整意义和审美特征,那就非联系前文本不可。如果是长篇作品,还应该读完原著,否则教师很难完全把握作品的内涵。我举一个例子,《天下第一楼》是一个三幕话剧,课文节选了其中第三幕的部分内容,这是表现福聚德饭庄由盛到衰的转折,描写了人物之间激烈的戏剧冲突。从全剧的内容上说,第一幕写福聚德饭庄入不敷出,两个少爷都无心经营,老掌柜临终时把店铺交给了外姓人卢孟实经营。第二幕写三年以后,经过卢孟实的精心打理,福聚德饭庄经营得蒸蒸日上。卢孟实与他的红颜知己玉雏儿密谋,把唐家两个少爷支开,自己当上了福聚德的大掌柜。第三幕是八年以后,福聚德由盛转衰,唐家两个少爷、大厨罗大头、社会上的黑暗势力(克五爷和侦缉队)都与卢孟实作对,店铺里的小伙计又惹些是非,卢孟实陷于四面楚歌,也伤害到了玉雏儿,最后他心力交瘁,黯然离开福聚德。卢孟实是个民国时代的商人,他有精明强干的一面,也有贪婪的野心、不可一世的骄横,导致他的失败是有多方面原因的。课文只是节选了人物冲突激烈的一部分,突出卢孟实遭受打击的故事,既删去了他企图谋取唐家财产的内容,也删去了玉雏儿的故事,所以,我们从课文的后文本看不出这个人物多重性格的立体感。语文课文主要面对的是中学生,编选者可能觉得不需给以太复杂的内涵,我同意这样的改编原则;但是作为教师,一定要完整阅读作品的前文本,力求把握好剧中主要人物的性格发展变化,把握好人物命运与时代的关系,把握好文本的丰富性和复杂性。

我们阅读课文和作品原文,读的都是正文,为了更好地了解文本,我们还可以有选择地阅读辅助性的文本,譬如作家本人的创作谈。像《台阶》这样的课文,认真阅读作家的创作谈有助于对作品的理解。这篇小说写作于20世纪80年代,当时弥漫在思想领域的是新启蒙的思潮,注重反思和批判农民身上的局限性。所以,当小说写到父亲造屋成功,非但没有成就感反而"若有所失"的情节,很多研究者会用批判的眼光来讨论父亲造屋是不是一种目光短浅的行为,试图在父亲身上寻找农民的"局限"。但是如果我们读过作家李森祥的创作谈《站在父亲的肩膀上》就会理解,作家塑造的父亲形象与他自己父亲的形象是完全相反的。作家与自己的父亲关系不好,自小缺少父爱。他是按照自己的理想来塑造这个父亲——为了建造一间能够为子女遮挡风雨的大屋(高台阶),父亲耗尽了自己所有的生命能量。这样的父亲,怎么可能是作家要"反思"、"批判"的对象呢?所以我的答案是,让父亲在造了有高台阶的房屋以后"若有所失"的,只能是他的健康原因——生命的衰老,从而引申出生命运动的新陈代谢的规律。

文本细读,突出一个"读"字。什么叫"细读"?就是要仔细地读,反复地读,从字词句篇中发现文本的缝隙。什么叫文本的缝隙?作家在创作过程中运用字词句来表达自己内心的某种情绪,由于创作过程中的作家主体情绪处于饱满激烈的运动中,创作情绪将会呈现出不稳定状态,时而高亢时而低沉、瞬间的停顿、片刻的犹疑、有意的疏忽、明显的跳跃等等创作心理现象,都会通过文字、语气、结构等元素透露出来。这就需要我们文本细读时要有敏感的发现能力,一旦发现文本缝隙,就抓住不放,深入分析下去,真正进入文本的深层结构。这时候你也许就会感受到,你眼前的文本就像一幅新的长卷,向你展示的是一个崭新的画面,你也会真正体会到文本细读的其乐无穷。

文本细读,是一种阅读文学作品的方法,需要我们在大量的阅读实践中有意识地去探索和发现文本的奥秘,这对于我们进一步窥探和把握文本背后的艺术真实,提高文学阅读和文学评论的审美能力,更好地讲解课文,都有很大的帮助。诚恳希望广大语文教师与我一起努力,一起探寻,去发现文学之美,并且享用和传播文学之美。

2019 年 8 月 24 日修订旧稿完毕

《土地的誓言》：
誓言的仪式与战斗的渴望

　　《土地的誓言》是端木蕻良为纪念"九一八事变"十周年而创作的一篇抒情散文，发表于1941年9月18日的香港《华商报》。作为一位东北流亡作家，写下这篇散文的目的性是非常明确的。当时作家身陷于被英国强行租借的香港，也是太平洋战争一触即发的历史时刻。考虑到港英当局对于抗日敏感文字的审查与限制，这篇洋溢着爱国主义、对侵略者同仇敌忾的战斗檄文，竟不涉及一字有关抗日的内容，作家只能把沉痛寄予思乡的文字里。作家热情似火，每一个字每一个词都像火苗一样往上蹿，通篇文章浓烟滚滚。这样一种浓得化不开的抒情风格，非常独特。

　　《土地的誓言》写作风格卓然不群，尤其是它的文体非常特别。有论者指出，这篇作品文体上接近古代的"赋"。对于古文中的"赋"文体，中学生并不陌生，杜牧的《阿房宫赋》、欧阳修的《秋声赋》等都是经典篇目。那么，《土地的誓言》是否可以看作一篇"土地赋"呢？不能。《土地的誓言》不是"赋"而是"誓"，这是两种不同的文体。"赋"作为一种文体，离不开对"物"的铺陈描述。如刘勰《文心雕龙》所言赋"体物写志"；陆机《文赋》也说赋"体物而浏亮"。而"誓"的出现要比"赋"早得多。中国最早的一部历史文献汇编《尚书》，所录内容，凡现今能得到地下文物确证的，主要是从殷商到周的历代文献，其文体包括典、谟、训、诰、命、誓等。其中"典"是重要历史事件的记载；"谟"是君臣谋略的记录；"训"是重臣对君王的引导；"诰"是帝王对臣子训诫勉励的文告；"命"即君王的命令;"誓"是君王、统帅训诫士众的言辞,是战争时期发布的宣言。《尚书》收录了多篇"誓",如《秦誓》为秦穆公崤之战失败后下的罪己诏,《牧誓》是周武王牧野誓师的伐纣宣言,等等。"誓"在后世渐渐演变为一种盟约和诺言,现在依然流传,如总统就任宣誓、入党宣誓、婚姻誓言等等。作为一种特殊文体,誓与赋的特点不同:其一,誓的言辞必须以第一人称为主体,宣誓是一种神圣庄严的仪式,不能由别人来代替,所以,"誓"的描写对象也不可能是以"物"为特征的客体。其二,"誓"的对象一般是双重的,除了在场听者外,还有一个比宣誓者更高级别的不在场听者,或者说"最高听者",往往由神、君王、祖先、天地等神圣者来担任。我们日常生活中会说:"我对天起誓!"天就是不在场听者。《雷雨》里鲁妈逼四凤对着雷雨起誓:以后永远不见周家的人。鲁妈是在场听者,雷雨代表的"天"就是不在场听者,也是"最高听者"。因此,"誓"的文体品格含有神圣性,这一特点,"赋"是不具备的。其三,"赋"虽然也有抒情性,但只是对物的歌颂或者赞美,作者是通过对物的描绘来寄予自己的感情;而"誓"的感情因素要浓烈得多,一般情况下,起誓者的主体感情是完全敞开的、直截了当的。从文学性来说,"誓"文体比较简洁直白,不如"赋"文体那样辞藻华丽,委婉铺张。

《土地的誓言》就是现代文学中一篇难得的"誓"文体的优秀作品。

《土地的誓言》开篇第一句:"对于广大的关东原野,我心里怀着挚痛的热爱。"这句话已经点明作者的誓言对象,是关东原野,是辽阔宽广、一望无垠、延展于蓝天白云之下可以信马由缰的东北大地。作者用了一个词:挚痛。关东原野像一种具有神性的力量,紧紧抓住作者的心,只要一被抽动,作者就会感受到剧烈疼痛。这样一种疼痛,被叫作"热爱"。我们从这第一句话就可以体会，这篇文章不是纯客观的对"物"（关东原野）的描绘和赞美，而是强烈倾诉作者发自生命痛感的爱。这样就很自然地把读者带到作者的抒情场域之中，读者不由自主地追随作者展开思绪："我想起……；我想起……；我想起……"，同时，"参天碧绿的白桦林"、"奔流似的马群"、"蒙古狗深夜的嗥鸣"、"红布似的高粱"、"金黄的豆粒"、"黑玉的眼睛"、"斑斓的山雕"、"带着赤色的足金"、"狐仙姑深夜的谰语"、"原野上怪诞的狂风"等等片段意象并置在极短的篇幅中，点画出这片土地上独特的生命状态和生存状态。意象的并置产生了如同蒙太奇的生动效果，读者像看电影一样，一个接一个的镜头如万花筒般展现在眼前，目不暇接。但是，我们要注意到，这里展示的所有关东原野的镜头，都不是纯客观世界的展示，而是通过作者的三个以"我想起"起首的排比句引出来的一组组印象。读者感受到的关东原野的诸种镜头，是通过作者的印象而获得的。这篇散文的叙述语言，强烈地表现出作者的主体性。这正是"誓"文体的主要特征。

我们进一步来分析这三组排比句究竟讲的是什么。文章的排比句式是：

我想起那参天碧绿的白桦林……
我想起红布似的高粱……
我想起幽远的车铃……

这是并置的三个句子，中间是不能加入其他主语成分的。但是在第一句里，增添了两个主语成分。课文里的这句话是：

我想起那参天碧绿的白桦林，标直漂亮的白桦树在原野上呻吟；我看见奔流似的马群，听见蒙古狗深夜的嗥鸣和皮鞭滚落在山涧里的脆响；……

我们对照了原文，发现这句话在选入教材时有改动，原文是：

我想起那参天碧绿的白桦林,标直漂亮的在原野里呻吟,我看见奔流似的马群,蒙古狗深夜的嗥鸣和皮鞭滚落在山涧里的脆响,……

原文没有分号,三个排比句一逗到底,按现在的语文要求来看是不规范的。编选者加了分号,把三个"我想起"起首的排比句区分开来,这是更符合语言文字规范的,但是将第一句"呻吟"后面的逗号改为分号则不太合适,这里的"我看见",并不是作者真的看见了马群,而是出现在脑子里的主体印象,是因为想到了马群而仿佛出现在眼前的意思,所以"我看见"只是"我想起"的一部分内容,不宜与"我想起"并置使用。后面也不必加上"听见"。"想"是全息性的大脑运动,譬如我们想着一顿丰盛的酒席,仿佛眼前出现了佳肴,同时也感受到了酒菜的香味和美味,但这一切都不是通过眼睛、鼻子和舌头来完成的,而是通过大脑想象来完成的。作者所描绘的马在奔腾、犬在嗥鸣以及皮鞭甩响的回声,都是一种精神幻象。如果把"我想起"、"我看见"、"(我)听见"作为三个并置的主语成分,就违反了当时作者描写的场景规定。

如果我们认真体会这三个排比句所展示的关东原野的风物场景,也许能够隐隐约约地感受到,这三个"我想起"的内容,在历史时间上是依次递进的,它可能隐含了关外少数民族悠远历史:第一个"我想起"所概括的是游牧时代波澜壮阔的先民文化;第二个"我想起"概括了农耕时代充满生机和创造力的劳动文化;第三个"我想起"则更接近现代日常生活场景,马车运输、产品交换、小狐仙作祟等等村落文化。三个"想起"连接了三个时代、一部史诗,说明作者的誓言,绝不是随意的、凌乱的思乡行为,而是一个负载了一个民族历史的庄严仪式。在誓言发生之前,起誓者追溯了自己民族的历史文化发展历程。顺便在这里举一个有意思的细节:作者在这一系列贯通古今的历史想象中,似乎故意遮蔽了一个重要的角色,就是具体的"人"。其实在三个"想起"的场景中,人始终没有缺席——第一次把皮鞭甩得脆响的是谁?当然是牧民;第二次写到"红玉的脸庞"和"黑玉的眼睛",是高粱地里的劳动者;第三次出现的跑在大道上的马车,也暗示了赶马车的人的存在——但作者在陈述他的幻象时故意没有突出人的地位,而是把民族史诗中的人类作为关东原野上所有生命中的一个种类,人类被隐没在各类动物、植物等群体之中,强调了各类生命族群的集体生存方式,他们共同创造了关东原野美丽丰饶的文化资源。

《土地的誓言》是一篇白话文的誓言,与古代历史文献中的誓不同。端木蕻良在这篇创作中借用了古文献中的誓文体,在形式上有独特的创新。文章很短,由两个自然段组成。第一个自然段写誓言的仪式,第二自然段写誓言的内容。两段文字衔接得非常紧密,热烈、急促的语气几乎是一气呵成。有的学者把它看成是一种对偶结构,犹如一副长联。如果仅从语言形式的角度着眼,这样分析自然也是可以的。但是从这篇文章的文体角度来分析,我们就不能把这两个自然段看作是对偶关系,它们是递进关系。

第一自然段非常有层次地描写了作者作为一个起誓者进入誓言仪式的全过程。第一句就明确誓言对象,即:向谁起誓?是关东原野,包括原野上的一切生命,尤其是人类的民族先祖。这个誓言仪式里,"关东原野"被拟人化和神圣化,成了有意志的神灵,会对起誓者发出指令。从第二句话到第四句,作者进一步强化了这种"挚痛"的生命现象:作者的听觉里不断感受到"原野"对他的召唤,这里的"无时无刻不"不是指一切时间,而是指他进入这场誓言仪式之前,一再地、反复地听到"原野"对他的召唤。这种声音在他的身体里起了生理反应,他热血沸腾,热情泛滥。"泛滥"一词多含贬义,指某种无法理性控制的精神状态。但作者这里指的是自己身体的某种强烈情绪,暗示了这篇誓言不是理性的产物,而是热情的产物,是起誓者在激情澎湃下发出的梦呓般的狂热誓言。第五句是一个长句,前半部分通过三个"当……"的排比,描述了仪式开始前的一系列动作:起誓者把自己的身体躺在地上(以接地气),眼睛望着星空,手里紧紧抓一把土,开始追寻儿时的记忆。这个仪式很有意思:它是在夜里进行的,起誓者身体贴着土地,手里抓着泥土,象征了身体与土地的完全结合,同时还要遥望天上星空,这样就使天、地、人三者贯通起来,浑然一体。然后再通过童年记忆来寻找生命的集体无意识——就引出了"我想起……"、"我想起……"、"我想起……"那一系列波澜壮阔的民族史诗般的幻象。第五句描述的是一个完整的过程,描述了起誓者进入誓言仪式的所有外部动作和内心活动。紧接着作者用一个省略号结束了幻象演示,又回到听觉的感应:

> 这时我听到故乡在召唤我,故乡有一种声音在召唤着我。她低低地呼唤着我的名字,声音是那样的急切,使我不得不回去……

这场仪式,从起誓者听到声音开始,经过了一系列的身体感受与幻象演示,最终又回到听觉,同时也从穿越时空的"记忆"转入"现场":"……在召唤我"、"……在召唤着我","在"的重复使用,产生了鲜明的"即听感",比遥远的记忆更加触动读者的神经,瞬间缩短了阅读距离。从文本表面看,故乡的召唤与前面原野的召唤似有重复,这种重复增强了散文的旋律,也是仪式的一个程序。其实,这两种召唤的功能是不一样的。原野的召唤从外部对起誓者发生作用,使他热血沸腾,引导他进入誓言仪式,进入童年记忆的一系列幻象;而现在故乡的召唤是把他从沉湎于记忆的幻象中唤醒,所以他说:

> 我总是被这种声音所缠绕,不管我走到哪里,即使我睡

得很沉,或者在睡梦中突然惊醒的时候,我都会突然想到是我应该回去的时候了。

作者用"总是"的一般时态来提升前文用"这时"表达的即时时态,表明这样的誓言并不是一次性的,故乡的召唤时时刻刻(就是前面分析过的"无时无刻不……"句式)在发生作用,这里几次提到"睡得很沉"、"在睡梦中",似乎作者也在反省自己已经离开故乡流亡在外整整十年,总还是有懈怠或者浑浑噩噩的时候,而故乡的召唤声及时地惊醒了他,让他振奋。我们读这几句作者的倾诉,会联想到鲁迅在《过客》里描写的那个一直向前走去的过客,不管前头是花还是坟,他也是耳边一直听见有声音在呼唤,鼓励他前去。如果我们再回到前文用"这时……"表达的在场感和即时性,那么"总是"的一般时态也包含了"这时"的即时时态。其实这句话还是在写起誓者从童年记忆的种种幻象中惊醒过来。他明确了"无时无刻不听见"的原野对他的召唤,正是来自故乡的声音,这是一片沦陷的故乡,需要他回去战斗流血。原野是抽象的、宏大的,是整个民族生存的家园;而故乡是具体的、亲切的,是作者的童年生活场所。他明确了他的誓言是对故乡发出的,那就是"我必须回去"。从"她召唤我回去"到"我不得不回去"再到"我必须回去",起誓者在誓言仪式上完成了一次精神的飞跃。他强调说,这种召唤的"声"已经与他的"心"紧紧连接在一起了:"这种声音已经和我的心取得了永远的沟通。"这篇文章擅长用复合长句,擅长抒情,但是这一句短句用得干脆利落,被有力地凸显出来。

第一自然段的最后部分写得雄壮瑰丽,是为了进一步阐明"声"与"心"如何"取得了永远的沟通",他"必须回去"的真正理由是什么。作者写道:"当我记起故乡的时候,我便能看见那大地的深层,在翻滚着一种红熟的浆液,这声音便是从那里来的。"正是在作者带领读者探寻声源的过程中,我们仿佛看到作者剖开自己的胸膛,给我们看他的心跳。在现代作家中,除了鲁迅,能将"心""声"如此紧密融合在一起的文字并不多见。本段开始时作者写过一个动作:"我有时把手放在胸膛上,知道我的心是跳跃的。"这里又一次写了这个动作:"我常常把手放在大地上,我会感到她在跳跃,和我的心的跳跃是一样的。"这个反复出现的动作,似乎也与誓言仪式有关。通过这样一个动作,起誓者身体里的心跳与大地的脉搏紧密连接在一起,他身体里奔流的血浆与大地深层的岩浆也融汇在一起。于是,起誓者的生命形态将发生变化,他将熔化为故乡土地的一部分,为着受难的土地必须回去战斗,献出自己的一切。

第一自然段虽然有点长,叙述上也有点复杂,但极有层次感。端木蕻良是满族人,誓言仪式可能与北方少数民族的风俗文化有点关系。我们读后感受到,作者是极其严肃认真地对待这个誓言的。一开始他对誓言的具体内容还是比较模糊的,从听到"原野"的召唤(其实是一种幻觉),到热血沸腾的生理反应,再到三个步骤将自己与天地融合、贯通,接着就通过童年记忆产生民族史诗的幻象,然后醒悟过来,他听到的是来自故乡的召唤,也就是缠绕在自己内心深处对故乡的思念。最后他通过一个象征性的动作,表达了自己的生命与故乡的生命是紧紧融为一体的。正如有的研究者指出的,这篇誓言写出了"作者之心"与"大地之心"两种生命现象的共鸣,是中国传统文化中"天人合一"境界的追求。

这样,起誓者完成了誓言仪式,进入正式起誓的阶段。

第二自然段就比较容易理解。首句就是誓言的第一句,作者直接写出了自己与土地的生命联系:"土地是我的母亲,我的每一寸皮肤,都有着土粒;我的手掌一接近土地,心就变得平静。我是土地的族系,……"直接回应了第一段仪式过程中反复听到的召唤,诉说了他必须回到故乡去的理由。他的理由也是通过童年生活场景的回忆来抒写对故乡的感情,同时描写了故乡土地上人们的生存状态,如果是不了解写作背景的读者,一直读到"禾稻的香气是强烈的,碾着新谷的场院辘辘地响着,多么美丽,多么丰饶……"也许会觉得这篇作品与现代文学史上许多怀乡之作没有什么区别,只是一篇美文而已。但是,当"战斗"的字眼突然出现,优美的抒情气息陡然转化为悲痛的深沉情愫——

>土地,原野,我的家乡,你必须被解放!你必须站立!

这句话在全文中颇为关键。前面作者一直使用第三人称"她"来称呼他的誓言对象,如"没有人能够忘记她。我必须为她而战斗到底",接下来却突然转为第二人称,连用两个"你",两个"必须",掷地有声,触动人心。特别引人注目的是"站立"一词,土地何以站立?如果想到与"站立"相对立的姿态和动作——倒下、躺下、倒塌,我们才恍然大悟,这片土地,作者心心念念的故土,正处于"站立"的相反状态:"沦陷"。意识到这一点,也许我们会突然理解,这篇作品的"思乡"情愫远远不同于一般由于求学、工作或者其他生活原因而"走异路"的人们,因其涉及更宏大的历史事件、更惨痛的历史记忆,涉及"国耻家仇"。由此,我们会注意到第三个"必须"中所承载的痛苦与沉重:

>我必须看见一个更美丽的故乡出现在我的面前——或者我的坟前,而我将用我的泪水,洗去她一切的污秽和耻辱。

前面两个短句:"你必须被解放!你必须站立!"连用两个"你必须",而最后又变换人称,以"我必须"领起长句,收束全篇,掷地有声。

至此,我们再看这篇作品的题目《土地的誓言》,当然不是指"土地"发出的"誓言",而是"我"面向土地发出的誓言。在这个誓言中,"土地",原野,故乡始终是不在场听者,也是最高听者。"誓言"这个词,最基本的理解是发誓、约定,按照这种理解,我们注意到文末出现两个"答应"的句子:"我永不能忘记,因为我答应过她,我要回到她的身边,我答应过我一定会回去。"然而,"誓言"还有另外一个使用情境,那就是"誓师"场景。刘白羽在《火光在前》中曾这样写过:"这战前的铁石誓言是十分激动人心的。"也许我们还会想到《国风·邶风·击鼓》。理解到这一层,我们就会明白"我必定为她而战斗到底"、"为了她,我愿付出一切"所包含的悲壮的决心与意志。在这个长句子中,破折号的使用引出了短语"或者我的坟前",与"我的面前"相对应,短短的一个破折号,隔开的是"生"与"死",如此简短,更凸显出斩钉截铁的气势。

2019 年 7 月 20 日合作完稿

《台阶》:在高一级与低一级之间

中国当代文学史上,农民"造屋"不是一个新鲜题材,高晓声在 1979 年发表的《李顺大造屋》就是其中代表。时隔九年,李森祥在《台阶》里再次塑造了一个造屋的农民形象,他的典型意义在哪里呢?《台阶》里"父亲"的造屋故事显然与李顺大造屋不同,李顺大造屋的浮沉遭遇与国家农村政策有关,通过李顺大造屋的故事表现了 20 世纪中叶国家农村政策与农民生活的关系,展现了李顺大为实现造屋梦想随着农村经济政策变化而面临的各种处境。而《台阶》里的父亲固然也贫穷,难以造屋,但他造屋的目的不仅是为了御寒居住,还有别的原因。他要造的是"一栋有高台阶的新屋"。一个"新"字,一个"高"字,都值得细细推敲:父亲要造"新屋",说明他并非无屋可居,而是在追求更好的屋子,定语短语"有高台阶"中的"高"及"台阶"也同样富有意味。

细读原文,可知作品的主人公"父亲"原来住在一所有三级青石板台阶的屋子里。他总是嫌自家屋子的"台阶"太低,所以不惜常年辛苦劳作,万分艰难地积蓄材料与钱财,耗费大半辈子的精力与时光,最终建成了一座有九级台阶的新屋。真是又"新"又"高",圆满地实现了父亲一生的梦想。但是等到新屋建成后,父亲却流露出"若有所失"的模样。那么,父亲"失去"了什么呢?

在小说的最后两段,作者意味深长地写道:

> 好久之后,父亲又像问自己又像是问我:这人怎么了?
> 怎么了呢,父亲老了。

这就是所谓卒章显志。作者在最后把答案托底交代了。一个再强大的人,也抗不过生命的生老病死规律。这正是这篇小说特别的地方。它没有像《李顺大造屋》那样通过农民造屋的经历针砭社会时弊,也没有对农民进行启蒙的文化批判。作品的主题既单纯,也很感人,就是写一个农民艰苦奋斗的一生,写出了劳动人民内心世界的丰富内涵,写出了岁月无情和生命运动新陈代谢的规律。这是一篇文学性较强的作品。

"这人怎么了?"父亲对自己感受到的身体变化提出了疑问。小说在这段话前面描写了一个细节:"我就陪父亲在门槛上休息一会儿,他那颗很倔的头颅埋在膝盖里半晌都没动,那极短的发,似刚收割过的庄稼茬,高低不齐,灰白而失去了生机。"这里描写的是一个病中老人的衰弱症状,从他头发的变化中可以看出来。作家曾经这样描写强壮的父亲在劳动中的头发:"那时已经是深秋,露水很大,雾也很大,父亲浮在雾里。父亲头发上像是飘了一层细雨,每一根细发都艰难地挑着一颗乃至数颗小水珠,随着父亲踏黄泥的节奏一起一伏。晃破了便滚到额头上,额头上一会儿就滚满了黄豆大的露珠。"劳动是艰苦的,也是令人振奋的,因为是为自己造屋,实现自己梦寐已久的人生理想,那时候父亲的劳动充满欢快。"艰难"显示了抗拒困难的力量,每一根细细的头发上都挑着一颗乃至数颗的小水珠,满头都跳动着亮晶晶的露珠。随着劳动的节奏,小珠变成大珠,从额头上滚下来。这是何等充盈、活跃的生命力!可是时过不久,当新屋造起来以后,老人突然变得呆滞了,头发也变得灰白而失去生机。这个对照的意味是不言而喻的:老人病了。而且不是一般的小病小痛,而是生命力的一种衰退。

这是生理上的疾病,不是精神上的疾病。这篇作品,从一开始就突出了父亲有一副强健的身体,力大无穷,能挑重担。作家

通过父亲造屋事件,写出了一个生命从强健到衰弱的过程,从中刻画出农民的艰辛一生。小说从开始就写了父亲的一段传奇:

> 我们家的台阶有三级,用三块青石板铺成。那石板多年前由父亲从山上背下来,每块大约有三百来斤重。那个石匠笑着为父亲托在肩膀上,说是能一口气背到家,不收石料钱。结果父亲一下子背了三趟,还没觉得花了太大的力气。只是那一来一去的许多山路,磨破了他一双麻筋草鞋,父亲感到太可惜。

父亲从山里连着背回来三趟三百来斤重的青石板,竟然还说"没觉得花了太大的力气",但是一双麻筋草鞋已经磨破了,"父亲感到太可惜"。也就是说,作为农民的父亲看来,花这么大的力气没有什么了不起,甚至不及一双麻筋草鞋值得珍惜。父亲一直为这件事骄傲,并且多次炫耀,这才与第二次造屋时他抬青石板闪了腰,形成强烈对比。

父亲的第一次造屋,应该是结婚之前造新屋,假定年龄是二十岁左右。这个年纪的小伙子正是血气方刚的时候,从大山里连背三次青石板回家造屋完全是可信的。身强力壮意味着拥有丰沛劳动力,然而作品的尾声处,他却连一担水都无法轻松挑起。作家特意描写了一个道具——扁担,写到那根"很老的毛竹扁担"两次发出沉重的"惨叫"。这是借物写人,毛竹扁担的"惨叫"就像是从"父亲"的身体里发出的警告:体力不行了。从小说提供的具体细节来看,父亲那个时候还不算老。我们假定父亲第一次造屋是结婚造屋,二十岁左右,婚后不久"我"就出生了。从小说描写的场景来看,这个家庭是"父亲"、"母亲"和"我"组成的三口之家。小说里的时间概念是通过"我"的模糊叙事来完成的。譬如写"我"童年时躺在青石板上啃石板,几年以后,又开始学步,从石阶上往下跳;直到父亲第二次造屋,"我"才意识到自己"已经是大人了",开始承包起家里的挑水活。从这些信息来看,"我"的年龄不会超过十八岁,依然还是一个大小孩。由此可以推算出父亲大约也只是四十岁左右的模样。按现在一般的说法,他还是一个身强力壮的中年人。问题就出在这里。如果父亲已经六十多岁了,那么他的衰老是正常的生理变化,而现在我们面对的父亲很可能才四十岁左右,就已经挑不动一担水了。从这里我们可以感受到,父亲要凭自己的能力来建造新屋,必须通过极其繁重、艰辛的体力劳动,几乎要耗费一辈子的生命能量,身体也会受到极度的摧残。这才会发生小说所描写的,等"高台阶的新屋"造起来了,父亲的身体也随之垮掉了。《台阶》的悲剧性由此得到了充分体现。

读李森祥《台阶》这部作品,让人很自然会联想到罗中立的油画《父亲》。某种意义上说,油画中的那个父亲,是《台阶》所描绘的父亲的凝固塑像;而小说所描绘的父亲,是罗中立画中那个父亲的动态故事。两者交相辉映。油画中老农民的形象,脸上布满了刀刻般的皱纹,凝聚了千百年苦难中农民的精神传统。画面前方那只犁耙般的粗糙的手,黝黑的指甲垢,以及那只破旧的海碗,都深刻表现出劳动者的辛劳以及艰难的生存条件。油画里"父亲"那粗糙的脸和手,与小说里用文字描写的"父亲"那嵌满沙粒和泥土、永远洗不干净的脚板,牛皮似的背脊上布满结痂的痱子等细节一样,都是画家或作家对终年劳累、身体饱受伤残的农民父辈发自肺腑的感恩、感叹与感动。父辈的苦难就像黄金般的土地,谦卑,低下,昏昏默默,平凡而伟大,孕育出生命万物。在这个意义上,作为子辈的我们,尽管有理由不去努力改变形成父辈苦难的落后生活环境,但丝毫没有理由去挑剔父辈们在当时落后的生存环境下对生活理想的追求和向往。

这里涉及对于小说中父亲对"台阶"的认知。小说既然以"台阶"命名,很显然含有对台阶的文化内涵的反思。小说开篇第一句:"父亲总觉得我们家的台阶低。"既然是"总觉得",就说明小小的"台阶"在父亲心中占据着重大的位置。因为这个地方有一种习俗:"台阶高,屋主人的地位就相应高。乡邻们在一起常常戏称:'你们家的台阶高!'言外之意,就是你们家有地位啊。"然而,"父亲老实厚道低眉顺眼累了一辈子,没人说过他有地位,父亲也从没觉得自己有地位。但他日夜盼着,准备着要造一栋有高台阶的新屋"。作为老实巴交的一位普通农民,父亲没有什么地位,这一点,父亲自己以及周围的村人都没有异议。那么"高台阶"暗示了什么样的高地位呢?一是权势者,有政治地位;二是有钱者,有经济地位。这些有权势、有财势的人家,住宅可能会选择建在地势比较高的地方,因此也就拥有"高台阶"。当然,"高台阶"并没有民俗规定必须是有财有势的人家才能建造,即便像没有什么地位的父亲那样,只要他愿意,也是可以建造的,旁人也没有因此嘲笑他不自量力。穷人建造有"高台阶"的住宅,只可能带来一种"地位",既不是政治地位,也不是经济地位,而是心理上的文化地位。就像住在城里的人家,住高层大楼的,自我感觉总是比住矮小的棚户要好一些。类似地,住在乡间的"高台阶"住宅里,主人站在高高的台阶上往下看,居高临下地与邻人说话,也好像会有一种被人尊重、被人仰视的感觉,其实这只是心理上的一种满足。所以,父亲想借建造"高台阶"来提高社会地位的行为,不能理解成他是想获得权势或者财富,而只是生活在社会底层的农民希望得到别人的尊重,至少在文化心理上获得一种被尊重的满足。因此,就在决心建造"高台阶"新屋的这一选择中,不仅仅体现了作为普通农民的父亲对物质生活的更高要求,也隐含了父亲的精神追求和文化诉求。

对于中国乡村里身居底层的农民来说,这是一种带有普遍性的心理渴望。尽管在自然环境下的劳作中,他们能够获得一份价值的自我确认——譬如父亲能够一口气三次从大山里背回青石板,让他有一种引以为豪的荣誉感;但是一旦回到现实社会的人际关系中,世世代代居于社会底层的历史文化积淀就会让农民感到不自信,他们渴望得到尊重,又不知道如何才能得到社会的普遍尊重。这样就使他们对"高台阶"的住宅,有了虚幻的向往。小说里有一段绝妙的描写:

> 父亲坐在绿荫里,能看见别人家高高的台阶,那里栽着几棵柳树,柳树枝老是摇来摇去,却摇不散父亲那专注的目光。这时,一片片旱烟雾在父亲头上飘来飘去。

这段话写得真好,不仅传神地写出了农民对于造屋的执念,同时又通过柳树枝的摇荡和旱烟雾的飘拂,暗示了这种人生理想的虚幻性。事实证明,"父亲"建造的有九级台阶的新屋,恰恰在文化心理上没有达到他的预期目标,"高台阶"没有增加他的自尊和满足感,他反而"若有所失"起来。作家的高明就在于他没有把要表达的内容直接说出来,而是通过一系列模糊的文学意象和文学细节来表现。我们一起来欣赏下面一段描写:

> 而父亲自己却熬不住,当天就坐在台阶上抽烟。他坐在最高的一级上。……正好那会儿有人从门口走过,见到父亲就打招呼说,晌午饭吃过了吗?父亲回答没吃过。其实他是吃过了,父亲不知怎么就回答错了。第二次他再坐台阶上时就比上次低了一级,他总觉得坐太高了和人打招呼有些不自在。然而,低了一级他还是不自在,便一级级地往下挪,挪到最低一级,他又觉得太低了,干脆就坐到门槛上去。……

读者一定不会忘记小说里还写到另外一个场景:

> 父亲的个子高,他觉得坐在台阶上很舒服。父亲把屁股坐在最高的一级上,两只脚板就搁在最低的一级。

这是只有三级台阶的旧住宅。台阶是从大山里背回来的青石板，不仅坚硬，原材料还来自大自然，含天地之精华，宽敞阴凉。父亲作为一家之主，在一天的劳动结束后坐在台阶上歇息，这是何等的自在惬意。这是劳动者与自然物的天作之合，一切都是和谐美好的。然而在新建的九级台阶完工后，父亲坐在最高一级台阶上，固然满足了从高处与别人交往的自尊心理，但是当旁人从低处向他发出问候的时候，父亲却突然感到不自在了。中国民俗里，"晌午饭吃过了吗"只是一句普通的问候语，问候者并非要探究对方到底有没有吃过饭，只是"你好"、"晌午好"的意思。可是，作为被问者的父亲却突然变得慌乱起来，因为他未曾有过居高临下接受旁人问候的经验，一时竟不知道如何准确回答。相比之下，他回答"没吃过"要比"吃过了"的语态更加谦卑。我们不妨想象一下，站在高高的台阶上回答对方："啊，吃过啦！"语态显得有些自满傲然；如说："啊，还没呢。"就显得不那么踌躇满志。小说里作为孩子的叙事人"我"不懂父亲的心理，所以"我"不明白为什么父亲会答错。而父亲之所以答错，实际上是出于本能的厚道和谦卑。长期生活在社会底层的父亲，其实是难以适应身居"高台阶"与人交往的这种状态的。他"总觉得坐太高了和人打招呼有些不自在"，于是一级一级往下坐，最后坐到了最低的一级，又"觉得太低了"。于是他就这样在"高台阶"和"低台阶"之间找不到自己的位置了。李森祥有点像赵树理、高晓声等写农民的"圣手"，有时候会怀着深厚感情，对农民做出一点点善意的调侃和揶揄。如高晓声在《陈奂生上城》里写陈奂生住进五块钱一夜的招待所，就是一例。《台阶》里这个细节也有类似的幽默。从父亲向往有"高台阶"的住宅，到为建造"高台阶"而苦苦奋斗，再到建成了"高台阶"后反而不知所措，作家完整地刻画了农民艰苦劳动的一生和对美好、体面、自尊的社会生活的向往，及其善良、卑微的人性体现。

回到本文前面的问题，父亲"若有所失"的究竟是什么？许多学者都在探讨"父亲"建造了"高台阶"后,是否失落了进一步的生活目标,或者说,父亲对自己的物质追求满足以后,是否对精神追求感到了"幻灭",等等。反思的重点都落在了对"父亲"的农民性特征的分析。其实,读这篇《台阶》最好能配合阅读作家写的《站在父亲的肩膀上——〈台阶〉创作谈》一文。这是一篇信息量很大的文章,文字真诚、感人,直接为我们理解这篇小说提供了一把钥匙。作家在这篇创作谈里非常坦率地介绍了他与亲生父亲之间的关系:"我父亲曾是一个约四百多人口的大队党支部书记,死于1984年,享年50岁。我离开父亲时刚过十八岁,十八年里,我父亲未曾对我温暖地笑过三次,但我遭他暴打却有无数次。"因此,他们父子俩关系一度很紧张。作家的眼里,这个与他生命有密切关联的人,竟然使他感到最缺乏的是"对父亲人性美好这一层面的真实体验"。因而,《台阶》里的"父亲",非但不是以作家的亲生父亲为原型,而且是相对立的,是作家虚构出来的。正如作家所说的:

> 每个人都有一个稳固的父亲形象,可我心中终极的父亲形象究竟在哪里呢?我必须寻找……此父亲可以没有任何地位,但他有些狡黠,能辛勤劳动,他最为可贵的本事就是能默默地积蓄一辈子的力量来做成一两件事,比如造一间可供一家人容身的房子……这样的一个父亲不仅是我能够接受的,而且还可以为他不经意间散发出来的点点滴滴的人性光彩而感动。因为有了这样的寻找,那一瞬间我以为找到了心目中的父亲,终于塑造出了《台阶》中的父亲。

这就是《台阶》里的"父亲"形象给人的启示。这是作家按照他的理想所勾勒出的父亲形象。既然是一个具有理想性的"父亲",作家怎么会在这个形象里寄予反思呢?显然是不会的。所以,这篇课文的理解,不应该从"反思"的角度去理解,而是要从生命的意义上去理解"父亲"这个艺术形象的意义。

什么是生命的意义？父亲对儿子来说，是生命的授予者；儿子对父亲来说，是生命的传承者。但父子之间的生命关系还不仅是授予和传承关系，还有进一步基因遗传关系，所以，作家虽然不喜欢自己的亲生父亲，但还是从父亲身上继承了许多性格特征。这是一个人无法摆脱的。尽管作家在创作谈里承认《台阶》里塑造的"父亲"形象与他的亲生父亲没有直接的联系，但是他亲生父亲五十岁便离开人世的生命，还是在他的创作里留下了深深的烙印。作家的亲生父亲死于1984年，离他创作《台阶》只有三四年的时间，不会在他的感情深处没有丝毫影响，小说里"父亲"的生命力过早衰退，就难免留下了他亲生父亲的影子。

《台阶》着重塑造了"父亲"这个形象，但是讲述父亲故事的叙事人，却是由儿子"我"来担任的。从生命的意义上来理解这篇小说，主人公就不仅仅是"父亲"，应该还有一个叙事人"我"，是父子俩共同完成了这个故事。父亲的故事线索是生命从强壮到衰落，儿子的故事线索则是生命从诞生到成长。两条线索交织在一起，核心就是建造高台阶新屋。小说里有一个细节，儿子的童年记忆里，有一次他从下往上跳，想一下子跃过三级石阶，直接跳到门槛上，但是他失败了，还摔了一大跤。这时，父亲在旁边拍拍儿子的后脑勺，对他说："这样是会吃苦头的！"这个细节不但写出了儿子活泼向上的生命活力，也写出了父亲向儿子传授自己的生活经验——欲速则不达，反衬出父亲人到中年，生命力开始衰微。通读整篇小说，父亲的生命线索始终是在与儿子的生命线索对照中展开来的。在建造新屋的超强度劳动中，父亲身体的虚亏逐渐暴露出来。在许多人一起抬青石板的过程里，本来可以独自连续三次从山里背回青石板的父亲竟然闪了腰，于是在儿子的眼里，父亲开始"老了"。还有一个细节就是放鞭炮，鞭炮的火爆声响，象征了人生的开花，然而父亲竟然不敢放鞭炮，由儿子去点燃这一声霹雳辉煌。再到后面,父亲连一担水也不能挑了,开始进入精神略有些恍惚的不自信的晚年;儿子这时候顺理成章地负担起家里的挑水活。在父亲眼里,儿子确实长大了。正因为有生命的新陈代谢规律在起作用,小说的结尾意味深长——父子俩并排坐在门槛上,引出了前面分析过的那两段话:

这人怎么了?

怎么了呢,父亲老了。

从儿子开始懂得"父亲老了"的这一思想变化里,同时也就意味着,儿子长大成人了。

这是生命的规律,也是人生的规律。

2019 年 7 月 24 日合作完稿

《白杨礼赞》的经典意义在哪里？

虽然历经多次语文教育改革，茅盾的散文《白杨礼赞》依然被收在语文课本中。统编语文教材八年级上册第四单元安排的两篇教读课文之中，一篇是朱自清的散文名篇《背影》，一篇就是《白杨礼赞》。多年来，许多语文教师对这篇作品的思想意义、艺术手法等做过详细分析，但即便如此，作为一篇现代文学史上的经典散文，今天读者对它的解读，依然有新的空间。

哈罗德·布鲁姆（Harold Bloom）在《西方正典》（The Western Canon）的"序言与开篇"中谈到，"一部文学作品能够赢得经典地位的原创性标志是某种陌生性"[①]，也就是"一种无法同化的原创性"[②]。简单地说，艺术原创的标志，就是让欣赏者面对艺术作品的时候，心底里首先涌动的是一种强烈的陌生感——不是似曾相识，而是石破天惊，五雷轰顶，是前所未有的新奇和震撼。我们品味一幅大师的画作，欣赏一支天才的乐曲，朗读一首名家的古诗，都会产生这样的强烈的艺术感受。而且艺术作品仅仅对同时代的欣赏者产生心灵冲击还不够，如果它能够在以后一代又一代的欣赏者中间，连续不断地产生"陌生性"，或者说，每一代新的欣赏者都可能对它产生与前一代欣赏者不一样的艺术感受，每一个时代的欣赏者对此都有自己的陌生性而不是被前一代同化，那么，这种陌生性就构成了艺术作品的原创性的基本标志。于是，经典

---

① 哈罗德·布鲁姆《西方正典》，江宁康译，译林出版社，2005年，第3页。
② 哈罗德·布鲁姆《西方正典》，江宁康译，第2页。

就产生了。

那么,《白杨礼赞》这篇短短的一千三百字不到的白话散文,究竟是如何体现它的原创的陌生化,从而达到文学史上的经典性?

中国古典文学有悠久的"咏物"传统,千姿百态、秉性各异的植物特别是"树",常常成为创作主体"托物寄意"的对象。"白杨"入诗以来,其文学意象多是以"悲伤"、"苍凉"的起兴出现,总是伴有"萧萧"的肃杀之声,令人不快。《白杨礼赞》写于抗日战争的相持时期,本来"萧萧白杨"依然可以沿用古意,渲染侵略战火下的悲凉苦难,然而茅盾的创作却能别开生面,老谱翻出新曲。这篇散文,正面描绘了斗志昂扬的白杨树,塑造出前所未有的、"普通"但"不平凡"的白杨树的艺术形象。整篇作品基调高昂激越,情感热烈,以象征的艺术手法,以树喻人,进而再升华为一种超越具体时空的精神意志。

《白杨礼赞》的第一自然段(仅仅是一句话:"白杨树实在是不平凡的,我赞美白杨树!")在审美层次上就给读者以原创的陌生感;这是一篇现代白话文,第一句话就传递了热烈的气氛,与传统古典诗词营造的"白杨诗"的悲凉氛围划清了界限。

接下来请看第二自然段。作者从汽车奔驰在黄土高原上的感受写起——迎面扑入眼帘的,就像天地间铺展开来的、黄绿两种颜色错综相同的一片大地毯:黄色是自然伟力造成的黄土高原,绿色是人类通过劳动创造的麦田。这里标出的时间,大致在1940年5月中旬。(陕北地区气候干寒,5月下旬一般进入麦子成熟时期,麦的颜色就不再是绿油油的,所以这篇散文描写的是茅盾5月26日到达延安之前路途中的见闻。)那时茅盾刚刚从新疆军阀盛世才的魔爪下脱险,正在奔赴黄土高原上的延安途中。作者充满对新生活的向往,北方民众的抗日威力也刺激他对一系列生活场景的思考。第二自然段是由三组对比构成的：黄与绿的色彩对比；高原与平地的空间对比；雄壮与单调的情感对比。看上去是平实地记录旅途观感，其实对比既是文学叙事的修辞手法，也是思维方式，一连三组对比，暗示作者紧张的思维活动。

我们一组一组来分析。

黄和绿的色彩对比：人类在亘古不变的黄土高原上开垦出绿色庄稼，这是自然伟力与人类劳动的对比，突出了两者之间最根本的力量所在：人的力量——人的崛起，直接地说就是中国农民的崛起。中国北方的黄土高原，是中华民族之根本所系。在这块土地上世世代代生活、劳动的农民，是中华民族的血脉，也是在千百年封建统治下，在被压迫、被奴役中繁衍生息、奋斗不止的中国脊梁。在封建专制制度的精神奴役下，他们像一头沉睡的雄狮，他们身上的力量与精神的觉悟都被紧紧地封锁在专制的铁屋子里，处在麻木昏睡中。"五四"一代知识分子最先发现了这个统治者赖以长治久安、剥削掠夺的秘密所在，于是以鲁迅为代表的新文学作家大声呐喊，呼唤人们觉醒起来，打破铁屋子，争取人的解放。整个民族的解放，首先有赖于沉默的大多数民众的觉醒。我们在第二组对比里看到了高原和平地的对比：在浩浩瀚瀚的黄土高原上行驶，很容易被人们误以为是在平地之上，只有在"宛如并肩"的远山的参照下，才能发现它是一个高原，海拔两千米左右。这一组对比反映出中国农民的地位：他们苦难重重，千百年来被封建统治者踩在脚底下，卑贱而沉默，但他们是中华民族真正的脊梁，是民族精神的高原。这样我们就不难理解第三组对比：雄壮与单调，既是写观赏者审美心理的反馈，也是"五四"以来知识分子（启蒙者）对于中国农民的一种基本认知。第二自然段通过三组对比，表面上是作者如实描写他驰骋于黄土高原上的所见所感，而在文字背后，却深刻蕴含着一个知识分子（启蒙者）在抗战的特定背景下，对中国农民的特征以及对其认知的反思。

茅盾是"五四"新文学的中坚作家。他早期完全认同以鲁迅为代表的新文学创作者对农民（如阿 Q、闰土等）精神状态的描写，他的笔底下，也曾生动塑造了老通宝这个老一代农民的艺术形象。但随着抗战爆发，中国社会结构发生了根本性的颠覆与变化，中国农民被时代推上了血肉横飞的战场。他们穿上军装，保家卫国，成为反侵略战争的真正主力。当然不是所有的农民，而是在农民中有一部分真正的英雄在成长。他们不仅在战争中消灭敌人，为国捐躯，更重要的是他们自身的精神世界也被唤醒了，有了独立的人格和努力向上的精神诉求。于是作家对农民的认知也发生了变化，在第三自然段，他顺理成章地唤出了散文的主人公：

然而刹那间，要是你猛抬眼看见了前面远远有一排——不，或者只是三五株，一株，傲然地耸立，像哨兵似的树木的话，那你的恹恹欲睡的情绪又将如何？我那时是惊奇地叫了一声的！

白杨树出场不凡，有一种让人惊喜的效果。这篇散文的叙述方式很特别，作者使用的是第二人称，也就是作者对着一个"你"在介绍黄土高原的见闻。那么，这个听者"你"是谁呢？《白杨礼赞》发表在 1941 年重庆出版的《文艺阵地》上，刊物的主要读者群不是在延安保家卫国的抗日军民，也不是那些发国难财的达官贵人，《文艺阵地》的大多数读者，是与作者身份相同、有着"五四"新文化背景的知识分子，尤其是文艺工作者。所以当作者用亲密口吻讲述黄土高原见闻时，他既是在向读者介绍黄土高原，也是面对自我的深刻反思，前面一直是泛泛的叙述，但到了第三自然段的最后一句——"我那时是惊奇地叫了一声的!"这个"我"的突然出场，才让整篇散文有了在场感。这个在场惊叫的"我"，与散文开篇就赞美白杨的"我"有了呼应，被贯通起来了。这一声惊奇的

"叫",不仅给读者带来了戏剧效果,更重要是表达了作者本人恍然大悟下的觉醒,意味着他想明白了一件事,就是他的延安之行一路上看到的农民军队(主要是八路军)中的种种新气象和新的精神状态,与他原来作为一个启蒙者对传统农民的旧精神面貌的认识是不一样的,两者之间原有的隔膜一下子被捅破了。从黄土到麦浪,从脚底下的卑贱到远山并肩的崇高,再从看似雄壮,但又是沉默而单调的认知,他终于获得了一个新的意象——不是沉默的黄土地,而是从黄土地里生长出来的另一种新的生命品种——白杨树。

因此,作者笔下的白杨树,不是树林似的一大片扑面而来,而是只有一排,三五株,甚至孤单单的一株。读者一定要注意,茅盾笔下黄土高原上的白杨树是自然生态下的白杨树,不是我们在北方公路边上看见的那种成排成排人工种植的白杨树。它不茂盛,反而有些孤单,所以才"傲然地耸立"在广袤的黄土地上,特别显眼。这样的文学意象被作家敏感地采撷过来。我们再来关注一组对比:黄土地、麦浪与白杨树的对比,就可以发现,在这篇散文里,作者是用"黄土地"—"麦浪"—"白杨树"三个文学意象,创造了对中国农民的三级象征:原生态的沉默的大多数农民、劳动创造财富的人民大众以及精神觉悟了的抗战军民。麦浪对比黄土地是少数,白杨树对比麦浪又是少数。白杨树是来自于黄土地,吸收了黄土地的精华而往上长,耸立在天地之间,似乎又是黄土地的某种异化。三级象征,一级比一级更高。

第五自然段是接着第三自然段白杨树的"出场"而设置的"亮相",着重描绘了白杨树的外形风貌。作者用"那是力争上游的一种树,笔直的干,笔直的枝"来概括白杨树最突出的特征:"笔直向上"。围绕这一特点,作者具体地从"干"、"丫枝"、"叶子"、"皮"等层面细致地铺陈描绘,并延伸到白杨树对抗严酷的自然环境"北方风雪"的战斗姿态,极其简洁地勾勒了一幅木炭版画般的"高原白杨图"。在阅读中,如果我们跳过第六自然段(仅一句话),第五自然段的内容与第七自然段的前半部分(从"它没有婆娑的姿态"到"它是树中的伟丈夫")可以连起来理解:由写实的具象描绘到逐渐抽象的意象。从文本角度看,到这里为止,作者还没有讨论白杨树的象征意义,只是在描写和颂扬白杨树"笔直向上"的形体,但这种描写和颂扬是有态度的,饱含了作家主体"托物言志"的感情导向。茅盾对象征的使用是建立在把握"物"真实特点的基础上,而且倾注了自己的情感体验,赋予了"物"崭新的"文学属性"。

第七自然段的后半部分正好回应了前文中我们已经讨论过的三级象征的文学意象,在"黄土地"—"麦浪"—"白杨树"三个文学意象之中,暗含了中国农民在抗战中锤炼成钢的成长经历,而在这一段里,作者一连用了四个反问句,分析了白杨树所象征的三个层次的对象:

> 当你在积雪初融的高原上走过,看见平坦的大地上傲然挺立这么一株或一排白杨树,难道你就觉得它只是树?难道你就不想到它的朴质,严肃,坚强不屈,至少也象征了北方的农民?难道你竟一点也不联想到,在敌后的广大土地上,到处有坚强不屈,就像这白杨树一样傲然挺立的守卫他们家乡的哨兵?难道你又不更远一点想到,这样枝枝叶叶靠紧团结,力求上进的白杨树,宛然象征了今天在华北平原纵横决荡,用血写出新中国历史的那种精神和意志?

这四个"难道"开头的反问句式,从另一个维度来象征农民的成长:坚强不屈的北方农民—守卫家乡的战士—谱写新中国历史的民族精神。这是白杨树的象征,如果联系到前面所分析的黄土地和麦浪的象征,就把中国农民的成长史和精神史完整地联系在一起,构成了特殊的中国农民的艺术形象。这也是我们从《白杨礼赞》这篇散文中感受到的与众不同的深刻性和陌生感。《白杨礼赞》是一篇篇幅短小的散文,白杨树也是北方极为普通、不名贵的一种植物,可是在茅盾的笔底下,一反传统诗词里白杨树意象的萧瑟悲凉氛围,转而营造出热烈歌颂的白杨意象;再反新文学创作中对传统农民形象的批判意识,转而通过白杨树的象征来讴歌抗战中成长起来的新型农民;其三,作者运用黄土地与白杨树的对比,更进一步强调了战争中精神觉悟了的农民战士,他们来自普通的农民阶层,但又不是传统意义上的农民,因为他们成长了,成为新中国历史的谱写者。

经过这一系列激情澎湃、热情洋溢的铺陈抒写之后,在散文最后的部分(第八、九自然段),作者的情绪自然地归于平淡。平淡绝非肤浅,而是沉淀之后的深度凝练。作者在语言上也无须再使用跌宕起伏、以感叹号结尾的复合句,而是道出了那么简单的一个陈述句:"白杨不是平凡的树。"此处将"白杨树"的两个语素分开,其实是作者第一次真正地"点题"——标题中作者使用的是简称"白杨",仿佛是在称呼一个熟悉而且亲昵的朋友的名字,至此,读者对作者抒写的对象也产生了一种由"陌生"到"熟悉"的共鸣。也正是在第八自然段,作者不忌讳重复,再次强调白杨树丰富的象征含义。在最后一段中,作者又一次采用对比手法,强化白杨树的美好品格,在此基础上,作者"高声赞美白杨树",既是对开篇的呼应,更是一种升华。

最后我们来分析散文的叙述结构。在《白杨礼赞》中,"不平凡"、"赞美"、"白杨树"三个词组的搭配构成了散文中的关键句子,一共出现了五次:

  白杨树实在是不平凡的,我赞美白杨树!(第一自然段)
  那就是白杨树,西北极普通的一种树,然而实在是不平凡的一种树!(第四自然段)

> 这就是白杨树,西北极普通的一种树,然而绝不是平凡的树!(第六自然段)
>
> 白杨不是平凡的树……我赞美白杨树……(第八自然段)
>
> 我要高声赞美白杨树!(第九自然段的最后一句)

重复性的抒情是《白杨礼赞》的主要叙述特点。在这五个关键句子中,前三个句子独立构成自然段落(即第一、四、六自然段),后两个句子分别插入第八段的段首、段中和第九段的末尾一句,尤其是最后一句,与第一自然段正好形成首尾呼应。由于这篇散文的整体篇幅不长,这五个句子穿插其中,不仅起到了统领段落的作用,并且句式回转反复,一唱三叹,形成特别紧凑的旋律感,就像是一首歌,念起来让人产生回肠荡气的感觉。而且,这个关键句子的五次出现仍然是参差不齐,富有变化。如第四自然段和第六自然段,句式几乎一样,但作者使用了代词"那"与"这"形成对照。从代词的变化,可以看出一个由远及近的过程,这种转变体现了作者观察视角的变化——前面注重白杨树的外部形态,后面贴近白杨树的内在特点,同时从心理感觉上仿佛更加亲近于白杨树以及白杨树所象征的人、所象征的精神与意志。散文里白杨树的画面本来是静止不动的,但如果这几个段落连起来读,白杨树就仿佛"动"起来了。在茅盾笔下,黄土高原无边无垠,辽阔宽广,耸立在黄土地上的白杨树具有人格力量,它由远及近,逐渐清晰地展现在读者的面前。

2019 年 6 月 9 日合作完稿

《壶口瀑布》:"瞬间"的"力"与"美"

梁衡的《壶口瀑布》,散文之眼在最后一句:"这伟大只在冲过壶口的一刹那才闪现出来被我们看见。"这一句的关键在一个词:"一刹那"。作者写的不是常态中的黄河,而是黄河在一个瞬间的变态。对于每一个中国读者来说,黄河不只是一条自然意义上的河流,她被称作中华民族的母亲河,从来都是吟咏者无数,折腰者无数。作为黄河重要景观之一的"壶口瀑布"亦是如此。值得注意的是,壶口作为黄河的一个特殊景点,它凸显出的是黄河的丰富性格中令人陌生的一面。《壶口瀑布》正是抓住了黄河在其他地域不曾显露的性格特征反复渲染描写,状物、写景、抒情、哲理……次第展开,成为一篇脍炙人口的现代游记。

作为一篇现代游记,作者以"游踪"为基本线索结构全文框架,在状物、写景的基础上生发情感,揭示哲理。但它不同于古代游记的一般写法,以抒情为主,写景次之,显现出人在天地宇宙中的生命感悟与人生感叹,像苏轼的《前赤壁赋》、柳宗元的《永州八记》等。在这篇现代游记里,"人"是从景象中被分离出来的。黄河作为庞然大物的客体存在,独立地展示其自然风貌,而并不附丽于作者主体心境。作者刻画水势河道与地理环境,无论用拟人手法形容黄河水势,还是用写实方法描摹各种场景,始终做到物我两清,即黄河不依赖人的主体而呈现万态,人的主体也没有寄物抒情,感叹人生。在文章结尾,作者借用人对环境压迫的抗争本能,借用"水则载舟,水则覆舟"的古训以及"水滴石穿"的比喻,形容黄河"博大宽厚,柔中有刚;挟而不服,压而不弯;不平则呼,遇强则抗;死地必生,勇往直前"的伟大性格,仍然是贴着黄河说黄河,没有滥用感情,也没有任意地自由发挥,自由联想。这样的散文,实在是比较难写的,然而《壶口瀑布》却为我们树立起一道高标。

在这篇散文里,作者有意强调了自己与黄河的感情距离。文章开篇第一句,作者就告诉读者,他曾两次到过壶口观瀑。接下来第二自然段就写自己第一次在雨季观瀑时,非但没有找到"想象中的飞瀑",而且除了"扑面而来的水汽,震耳欲聋的涛声,什么也看不见,什么也听不见,只有一个可怕的警觉:仿佛突然就要出现一个洪峰将我们吞没"。于是,只是"急慌慌地扫了几眼,我便匆匆逃离,到了岸上回望那团白烟,心还在不住地跳……"应该说,这是一场煞风景的观瀑活动。作者为什么要把这种狼狈状况写出来呢?难道仅仅是为了反衬第二次枯季观瀑的成功吗?在这一段落里,作者虽然也模糊写到壶口瀑布的气势,但侧重点不在这里,而是强调主体与庞大客体之间的疏离。作者用"逃离"、"心跳"、"急慌慌"等表达来形容这样一种距离。不是"物我两忘",更不是"情景交融",而是写出了"物"对"人"的威慑,以及"人"对"物"的逃离,抽象些说,是"物""我"的二元对立。

作者这种"二元"的态度和立场贯穿全文。作者对壶口瀑布的描写是理性、知性、冷静客观的。他没有随着黄河的磅礴气势而激情澎湃,放声歌唱,也没有汪洋恣肆地泛滥抒情,而是始终在主体与描写对象之间保持了一段距离。如果我们掌握了作者的这一写作特点,那么,文本第四自然段,作者突然插入一段议论可能引起的疑问就迎刃而解了:

> 我突然陷入沉思,眼前这个小小的壶口,怎么一下子集纳了海、河、瀑、泉、雾所有水的形态,兼容了喜、怒、哀、怨、愁——人的各种感情。造物者难道是要在这壶口中浓缩一

个世界吗?

很显然,这段插入语写的是作者的主体印象,与通篇文章对壶口瀑布的客观描写相对比,呈现出两种形态。如果说"海、河、瀑、泉、雾所有水的形态"还可以理解为作者面对眼前的瀑布奇观而出现"海"的幻觉,那么"喜、怒、哀、怨、愁"又该怎么理解呢?这些人类感情元素并不是文本描摹的壶口观瀑时的自然感情状态,而是作者面对飞瀑壮观油然而生的五味杂陈。作者没有进一步去解释这些感情的因果和内容,只是内心活动的一个瞬间的展示。也许作者从壶口飞瀑联想到了许多与黄河本身无关的内容,由此产生复杂的感情,但是作者并不想把复杂的私人情感与浩瀚雄丽的大自然混同起来,也不想用客观景象来附会、图解主体感情,所以他用"我突然陷入沉思"这个表达(尤其是"突然"一词加强了表达效果),来隔断文本所连贯的意思,使得这段插入语变成独立部分,与前面大段描写的壶口瀑布景色做了分割,成为两个既有关联又各自独立的部分。这样一种"物""我"之间的二元对立,是这篇散文非常重要的特点。

正因为有了"物""我"的二元对立,作者的主体世界就暂时在文本里被回避了,着重描摹的是壶口瀑布的客观地理环境和水势情况。第三自然段的整个段落都是在介绍壶口的地理风貌特征。前半部分是客观地描写作者的所见所闻。也许不是每一个读者都知道"壶口瀑布"究竟是什么意思,作者就很具体地告诉读者:

> 我一直走到河心,原来河心还有一条河,是突然凹下去的一条深沟,当地人叫"龙槽",槽头入水处深不可测,这便是"壶口"。

接下来,追随作者的视线,我们一起"向上游看去",看见:

> 这龙漕顶着宽宽的河面,正好形成一个"丁"字。河水从

五百米宽的河道上排排涌来,其势如千军万马,互相挤着、撞着,推推搡搡,前呼后拥,排排黄浪霎时碎成堆堆白雪。

这样就完整地回答了"壶口瀑布是怎么形成的"这一问题。整篇文章就好像是一张导游图。作者担任导游,读者可以跟随着作者的语气和言说,身临其境似的"看见"大名鼎鼎的黄河壶口瀑布。其中,"五百米"、"丁"字形、"千军万马"以及"挤"、"撞"、"推推搡搡"等词语的使用都十分形象生动,给人以强烈的真实感。但作者仿佛觉得这样描写还不够过瘾。紧接着,他继续使用"拟人"手法,把汹涌水势的构成原理又写了一遍:

当河水正这般畅畅快快地驰骋着时,突然脚下出现一条四十多米宽的深沟,它们还来不及想一下,便一齐跌了进去,更闹,更挤,更急。

与前面的客观陈述句相比,这里拟人的描写更为生动传神,出现了一种卡通式的夸张效果,历来为人称道。其实这句话描写的内容与前面客观陈述句所讲的是同一个景象,但叙事的手法不同,因而尽管是对所写内容的重复强调,但却能妙笔生花,并不让人觉得这是在重复描写,由此可以感受到语言运用变幻莫测的魅力。

我们如果将第一、三两个句子对读,就会发现作者重复使用了一个副词"突然",在这里都是修饰从一个空间到另一个空间所产生的跳跃性审美效果。第三句的"突然"是对第一句的"突然"的重复使用,使两个句子彼此有了照应,它们是在描写同一个景象。另外,在我们前面分析过的第二自然段和第四自然段里,作者也相应地使用了两个副词"突然",即"仿佛突然就要出现一个洪峰将我们吞没"、"我突然陷入沉思",那是表示在短促的时间里产生另外一种特别心境,表示的是主体心理的突然性变化。正如前面我们分析的,这个副词使整个文章的"文气"发生中断,从一个意思转到了另外一个意思。如第二自然段里,本来要写作者正想去寻找"想象中的飞瀑","突然"一个念头使他退却了,匆匆逃离了。第四自然段里,本来在写着壶口瀑布的景象,"突然"作者"陷入了沉思",由客体的描摹转移到主体的生发。其审美效果是显而易见的。

第四自然段直接描写了壶口瀑布各个环节的水势景象。首句承上启下:"黄河在这里由宽而窄,由高到低,只见那平坦如席的大水像是被一个无形的大洞吸着,顿然拢成一束……"代词"这里"显然指的还是上文的"壶口",似乎又一遍重复了壶口水势的形成。如果说,上文提到的第三自然段的前一句话对壶口的描述是客观陈述,带有知识性的普及,第三句则是形象的、夸张的、浪漫的。那么,当作者第三次重复描写壶口水势,他又是用写实的风景描写,大开大阖,有弛有张,呈现出丰富的延伸性效果,由此写出了壶口瀑布的多重景象:首句为"大河"(黄河)的形态,接下来"先跌"、"再跌"、"三跌"、"四跌"的连续句写的是"瀑"的形态,再接下来写水势向四边漫溢,变幻成"泉"、"溪"、"潭"、"流"等多种多样的形态……行文铺陈至此,再以"七色彩虹"、"交响乐"、"写意画"等瑰丽意象来形容"湿漉漉的水雾"中大自然的跌宕起伏。也正是在这里,作者开始由描写陈述"突然"转入沉思:

> 我突然陷入沉思,眼前这个小小的壶口,怎么一下子集纳了海、河、瀑、泉、雾所有水的形态,兼容了喜、怒、哀、怨、愁——人的各种感情。

我们前面已经分析过,作者在这里虽然是面对"这个小小的壶口"有感而发,但他并不是触景生情,以景喻情,而是从客观世界生发出一个更加广阔、更加丰富的主体世界。首先是在对眼前水势形态的描绘中,出现了现实中并不存在的"海"的意象;其次是作者所阐发的人类的感情世界——喜怒哀怨愁,这在眼前的磅礴景象中很难找到对应。这也就是告诉我们,作者联想的内容很遥远、很丰富,超出了狭小的壶口瀑布所限范围。作者给我们提示了一个与客体世界相对应的另外一个主体世界。这个世界,他并没有在散文里充分展开,只是淡淡地提了一句:"造物者难道是要在这壶口中浓缩一个世界吗?"这里的"世界",显然不是客观的自然世界,而是作者的主体感情世界。

作者在第五自然段转移了视角,开始写壶口瀑布的石头。严格地说,他写的不是一般的石头,而是在黄河水不停冲刷下的变形的石头。在一般人的常识里,水是柔软的,易随物而变形,通常人们用"水性杨花"来形容人的意志不坚定;而石头向来被解释为坚硬不变的象征物,所谓"坚如磐石"。但是在这里,作者反其意而言之,他通过黄河水势鬼斧神工般改变了石头形态的生动例子,有力证明了以柔克刚、水滴石穿的道理。

最后一个段落里,作者也提到了人的比喻,但他不是以水喻人,或者阐发出歌颂民族性格的大道理,而是相反,他以人的例子来喻水:"正像一个人,经了许多磨难便有了自己的个性;黄河被两岸的山、地下的石逼得忽上忽下、忽左忽右时,也就铸成了自己伟大的性格。"接下来就是最为关键的一句话:

这伟大只在冲过壶口的一刹那才闪现出来被我们看见。

这一意味深长的点题之句,其意义当然不仅仅是再现了"壶口瀑布"的秘密在于巨大水量在一刹那间冲过壶口所释放的势能与爆发力。在这句话里,我们似乎看见了,作者伫立于壶口瀑布的岸边,望着翻滚的黄河水,本来是浩浩荡荡、平平稳稳地从远方奔腾而来,突然在这个狭隘的天然关口中跌落千丈,卷起千堆雪,白浪滔天、万雷轰鸣的景象,展示出黄河的另外一种面对生死一线的狰狞面目,由此联想到:正如人在环境压迫下会有以命相搏的壮举一样,中华民族的母亲河黄河,在千百年来哺育中华文明的伟大历程里,忍辱负重、低眉慈悲是她的主要形象,然而在偶然一瞬间,她也会展现出怒目金刚的巨大威慑力。

2019年8月2日合作完稿

《孤独之旅》：在自然的教养中丰富心灵世界

《孤独之旅》选自曹文轩的长篇小说《草房子》第八章的第四、五两节，入选课文时经过作者本人的修订和删改，并新拟了标题。对于这样的篇目，同学要学好课文，最好能够利用课外时间阅读《草房子》，获得完整的印象；教师要分析这篇课文，更是要阅读全书，否则，很难准确把握课文的内涵。《草房子》是一部童年记忆小说，作者运用孩子的视角，描绘了20世纪五六十年代苏北农村的文化生活场景（小学校），同时也描写了几个孩子不同的成长经历。杜小康是其中一个重要人物，他的故事占有两章的篇幅，章节标题是"红门（一）"、"红门（二）"，"红门"也就是大宅门，是富贵人家的象征。杜小康是个乡村里的"富二代"。他仗着父亲开铺子做生意有钱，对待同学大方、热情，助人为乐，但也有点炫耀和虚荣。本来，杜小康可以就这样平平安安地读书、升学、成长，过着衣食无忧的富裕生活，但忽然有一天情况变了，杜小康的父亲杜雍和在运货途中遇到事故，船翻人伤，倾家荡产，一下子陷入了命运低谷。杜小康无法再去上学，他不得不离开心爱的学习生活，陪着父亲去远方放养鸭子。

《孤独之旅》就是从这里写起。

与成人相比，少年儿童的生理和心理都处于相对不稳定的成长时期。顺境中的孩子尚且如此，更不用说遭逢逆境的孩子。作者为这篇课文拟下"孤独之旅"的标题，就是要突出"孤独"两个字。作者强调的不是杜小康放鸭过程中在体魄或者劳动技能上得到锻炼,而强调他是如何克服与战胜内心的"孤独",获得成长。这正是作者对他一贯倡导的理念——"儿童文学是为儿童的精神打底子的文学"的实践。

如果你读过《草房子》,就知道杜小康在外出放鸭之前,已经尝到了一次"孤独"的滋味。他失学之后,以前在同学中间"鹤立鸡群"的地位也随之失去,再也没有小朋友与他一起玩游戏,也没有人稀罕他拥有的自行车了。他喜欢读书,却只能靠偷同学的教科书来读。这种种滋味,是杜小康被抛出集体以后初步尝到的孤独,也是他还在家里过着稳定生活而体会到的孤独,就如课文里说的,这是"关在红门里面产生的那点儿孤独"。这点孤独与他后来在放鸭时经受的孤独相比,"简直就算不得是孤独了"。但是这种小孤独,正如一般的小朋友在学校里与同学发生矛盾了,脱离集体生活了,或者遭遇到某些小挫折了……总之,是你一人独处的时候经常可以体会到的那种孤独。

然而,杜小康在放鸭时感受到的孤独就完全不一样了。

什么叫"孤独"?从字源上说,幼年丧父或父母双亡的人称作"孤",老而无子的人称作"独","孤独"两个字放在一起,形容一个人从血缘上失去了依靠,生命链被中断,这是从内心深处感受到的孤单寂寞,但要比一般意义上的"孤单"、"寂寞"都要深刻。从课文内容来看,杜小康外出放鸭,并没有独自一人,他是陪伴父亲一起去放鸭。父子在一起,怎么会孤独呢?有大自然的芦荡、水鸟、萤火虫,还有亲切的鸭子,那么多有生命的动物、植物陪伴着一个孩子,他怎么会感到孤独呢?作者是一位儿童文学作家,他深深了解少年儿童的精神成长规律。在这篇课文里他要解决的,是孩子精神上的"断奶",也就是杜小康从依赖金钱物质来建立人与人之间的和谐关系,转变成依靠劳动建构人与自然的和谐关系。"孤独"在这篇课文里不是用来说明离群索居的寂寞状态,而是指精神上发生的变化。

为什么这样理解？我们还是要读一下《草房子》。在家道中落以前,杜小康是一个爱面子又有优越感的孩子。他出生在乡村"首富"的家庭——其实他父亲只是在村里开了一家铺子,买卖做得并不大,但与贫穷农民家庭相比,算是有钱的。杜小康在同学中间可以用钱或者物来收买人心,解决别人不能解决的困难。他的乐于助人,是建立在家底比别人殷实的基础上。有一回孩子们从麦田回学校需要过河,桥坏了,大家等着船来接送,可是那个船老大有脾气,不愿过来接送孩子。就在大家一筹莫展的时候,杜小康出场了,他大声喊着那个船老大:"毛鸭——你听着——我是杜小康——你立即把船放过来——你还记得我们家墙上那块黑板吗——还记得那上面写着什么吗……"于是船老大很快就把船开过来了。有一个孩子补充说:"毛鸭欠着杜小康家好几笔账呢!"这个故事对于理解杜小康这个人物很重要。毛鸭(船老大)欠了杜小康家的账,所以,杜小康一喊话,毛鸭只好乖乖过来了。毛鸭是成年人,杜小康是个孩子,毛鸭欠的是杜小康家铺子的钱,杜小康也没有把这层意思直接说出来,可是杜小康对穷人毛鸭的态度,完全是颐指气使,一副富人的派头。杜小康为大家做了好事,大家也很拥戴他,但拥戴他的理由,不是杜小康的学习成绩好,或者其他方面的优点,只是因为他家里有钱。在这里,作者写出了杜小康的精神世界。这是一种世界观,就是认为有钱就能解决一切,有钱就能够带来尊严和价值。

有这种世界观的人,往往把金钱看得高于一切,把赚钱看成是人生最重要的行为。杜小康的爸爸杜雍和就是这样一个人。《草房子》第八章第三节,作者这样解释这场孤独之旅的来由:"当杜雍和终于能行走时,他由祖上继承来的那种对财富的不可遏止的欲望,使他将自己的儿子也卷入了一场梦想。"这个梦想,就是通过放养鸭子来重新振兴家业,恢复做人的尊严。杜雍和把儿子杜小康过早拖进这个筑梦计划,有意要培养孩子发家致富的能力。但杜小康才十三四岁,他显然没有这个精神准备。他昨天还享用着家里财产给他带来的优越和虚荣,一夜之间,突然什么都没有了,还要他远离家乡村落,远离熟悉的学校和同学,被抛入茫茫湖泊、丛丛芦苇里去放养鸭子,他不能不感到恐慌——能够保护他的金钱、物资都不存在了,世界上已经没有什么东西可以依赖了。在这个意义上,他强烈地感到了孤独。

所以,杜小康的孤独是与失去了金钱的恐慌联系在一起的。课文的第一自然段为独立段落,交代故事背景。接下来的正文由两部分组成,对应《草房子》里第八章第四、第五两个小节。在第一部分里,主题词是"恐慌",第二部分才写到"孤独"。杜家父子之所以感到恐慌,正是由于家里破产、失去了物质基础引起的。所以,恐慌也成为孤独的一部分。

我们先来分析第一部分,主题是描写杜小康在驶向放鸭目的地途中产生的恐慌心理,以及他如何渐渐消除这种恐慌。

杜家父子为什么要把五百只小鸭子驱赶到芦苇荡去呢?原因很简单,因为芦苇荡水草丰美,那里有鸭子成长所需要的一切自然条件,在那样天然的状态中成长起来的鸭子往往比圈养的鸭子更肥硕,更健康。对于长期在农村劳动的少年来说,养鸭本身是不会令他们感到孤独,也不会引起恐慌的。杜小康的恐慌,来自他对这次远行放鸭一点思想准备都没有。他因为失学不得不离开学校集体生活,这是杜小康第一次体会到孤独。现在又要远离家乡,到一个荒野的湖泊芦荡里去放鸭,出于对芦苇荡的陌生,出于对未来生活的渺茫,他内心才充满了恐慌。所以,他出发不久就想打退堂鼓了,居然对父亲说:"我不去放鸭了,我要上岸回家……"后来船越走越远,他知道已经不可能再回家乡了,这时候,占据他心灵的又全部是"前方":"还要走多远?前方是什么样子?"其实杜小康对未知的前方还是有点期待和兴奋,课文里用了"撩逗"一词来形容"前方"对这个少年的吸引。但是他之前失去的东西太多,孤独感一直笼罩在他的心间,所以作者这样描写杜小康:"他盘腿坐在船头上,望着一片白茫茫的水。"这既是如实写景,也暗示了杜小康沮丧、茫然和孤独的精神世界。

  课文第一部分可以分两层意思。第一层意思写杜小康在驶向放鸭目的地途中产生的恐慌心理;第二层意思是写他到达目的地以后,恐慌心理渐渐消除的过程。作者对湖泊景色的描写十分传神,情景交融。如写杜小康站在船上向家乡眺望,看过去的树林朦朦胧胧,水天一色。这里作者用了一个词:树烟。这让人联想到古诗里有关烟树的意象,如孟浩然《夜归鹿门山歌》中的名句:"鹿门月照开烟树,忽到庞公栖隐处。"以烟饰树,并不是指真的烟,而是把水汽雾气或者朦胧夜色比作了烟,写烟雾缭绕中的树,是客观风景;然而课文里用的词是树烟,以树饰烟,是树构成的烟。这是杜小康在船上望家乡,泪眼婆娑地望过去,远远的树成了朦胧模糊一片,仿佛烟雾一般,这是主观的景象。又如写船终于到达芦苇荡,乍一望过去,无边无际的芦苇真把杜小康吓着了。作者写道:"芦荡如万重大山围住了小船。杜小康有一种永远逃不走了的感觉。"用"万重大山"来形容芦荡之茂密、凝重和威严,其实也是人物内心沉重和惊慌的反射。所有的环境描写,都是围绕着人物的心理而展开的。

  杜小康的孤独之旅有一个重要的伙伴,那就是鸭群。这是以群体形象出现的另一种生命形态。在第一部分里,鸭群是作为人类(杜氏父子)以外的生命存在,起着安抚、镇定人类恐慌的作用。课文第二自然段,写杜小康内心充满恐慌,准备打退堂鼓。第三自然段写杜雍和内心也同样恐慌,他沉着脸,绝不回头看一眼,拼命撑着船朝前去,唯恐自己一动摇就会取消远行。第四自然段,就在杜氏父子内心都非常纠结和焦虑的时候,鸭群出场了,作者这样展开描写：

> 鸭群在船前形成一个倒置的扇面形，奋力向前推进，同时，造成了一个扇面形水流。每只鸭子本身，又有着自己用身体分开的小扇面形水流。他们在大扇面形水流之中，织成了似乎很有规律性的花纹。无论是小扇面形水流，还是大扇面形水流，都很急促有力。船首是一片均匀的、永恒的水声。

有过饲养经验的人都知道，鸭是一种爱吵闹的禽类，一群鸭在一起，总是嘎嘎乱叫，草根习性十足。而这篇课文里出现的鸭却显得安静而且高贵：平静的湖面上，五百只鸭破浪而行，在水面上划出了扇面形水流，每一只鸭向前游，也划出了一道道小的扇面形水流。所谓扇面形，类似于倒置的三角形，具有稳定感。再配以"均匀"、"永恒"等形容词，就会产生一种庄严的仪式感。第六自然段只有一句话："前行是纯粹的。"这句话呼应了第四段的鸭游图：安详、奋力、纯粹的鸭子前行与焦躁、犹豫、不安的杜氏父子形成了鲜明对照。读到第十五自然段，又是一段有关鸭群的描写：

> 鸭们十分乖巧。也正是在夜幕下的大水上，它们才忽然觉得自己已成了无家的漂游者了。它们将主人的船团团围住，唯恐自己与这条唯一能使它们感到还有依托的小船分开。它们把嘴插在翅膀里，一副睡觉绝不让主人操心的样子。有时，它们会将头从翅膀里拔出，看一眼船上的主人。知道一老一小都还在船上，才又将头重新放回翅膀里。

这个场景让人感到温馨，鸭子被拟人化了：当夜幕降临的时候，小船停泊在湖中央，炊烟徐徐上升，添加了游人内心的寂寞。鸭群也围船而居，静静休憩，偶尔伸出头来，看一眼船上的主人，又放心睡去……这是一幅多么安详、美好的鸭憩图。五百只小鸭浮在水面上静静睡觉,像孩子一样依偎在主人的周围,似乎在抚慰主人不安的灵魂。请注意这里出现一个词:依托。我们在前面多次提到,杜小康的孤独来自生命价值的依赖——钱的失去。依托与依赖义近。于是我们可以联想,这一段描写似乎是在写鸭子的心理活动,即从鸭子对主人的依偎姿态里揣摩鸭子的心理,但何尝不是利用鸭子心理来影射杜小康的心理呢?当小船进入渺渺茫茫的大湖深处,周围环境都是陌生的,杜小康无依无靠,感到恐慌。鸭子把船以及船上的主人看作是唯一的依托,那么在杜小康的心里,又何尝不是把鸭子看作是他与大自然之间的联系,也是重要的生命依托呢?陌生会产生恐慌,鸭子们安静地环绕在身边,自然是起到了消除恐慌、安定情绪的作用。

　　课文第一部分讲的是杜小康如何战胜恐慌心理。在这一过程中,鸭群以另外一种生命形态出现在人类的身边,起到了决定性作用。在这个场景里,鸭群的安睡与人类的不安又一次形成鲜明对照。课文第十自然段有一句很形象的话:"鸭们不管。"不管什么?鸭们不管人类的情绪,鸭子有自己的自然生命形态。

　　第一部分的第二层意思(从"他们终于到达了目的地"开始),鸭们暂时淡出了,转而扑到读者眼前的是无边无涯的绿色芦苇,让杜小康感到了出门以来第一回真正的害怕。这种害怕依然是因为环境的陌生所致,于是,接下来几个自然段落都在描写芦苇丛里的大自然气息。大自然的气息生机勃勃,这些景物都是在帮助杜小康尽快熟悉他将要开始的新生活。杜小康不时地用劲儿去嗅空气里不知名香草的气息,细数那一片把水面照亮的几百只萤火虫。他正在打开自己的各种感官,充分地享受大自然赐给人类的健康的营养。这也许是最好的感觉训练,虽然他还没能完全克服内心的恐慌。到达芦苇荡的第二天,小康与父亲一起搭建了自己居住还让鸭子居住的窝棚住地。这部分的最后一句话,含有浓浓的民间故事的意味:

从此,他们将以这里为家,在这一带放鸭,直到来年春天。

接下来我们分析课文的第二部分。这一部分可以分三层意思:第一层意思(从"日子一天一天地过去了"开始)的主题是难以克服的孤独;第二层意思(从"杜小康注定了要在这里接受磨难"开始)的主题是战胜磨难;第三层意思(从"鸭们也长大了"开始)的主题是成熟。杜小康通过在芦荡里放鸭过程中遭遇艰难历险,终于克服了内心的孤独感,真正地长大成人,成熟了。

关于内心的孤独,我们在前面已经有过分析,孤独来自生命链的中断。对于杜雍和来说,财富是他的认知中一切价值之本,财富丧失了,一切价值就都不存在了。所以,只要鸭子还没有为他换来财富,他永远是焦虑的,也永远是孤独的。杜小康只是他带来放鸭的帮手,而不是能给他心灵带来慰藉的对象。然而杜小康年纪还小,尚不理解父亲对发财致富的迫切渴望。他也在逐渐接受父亲的世界观,感到人生的无所依托,害怕贫穷会给他带来厄难。他也害怕芦苇荡里"天当被、地当床"的艰苦生活,他的一肚子苦水无法宣泄倾吐,只能在梦里找到他的妈妈,哇哇哭醒。儿子的软弱与父亲攫取财富的疯狂之间有着很大的距离,杜小康无法从父亲身上获得战胜孤独的力量,他们父子俩的心灵无法沟通。杜雍和对此番远行能否成功也毫无把握,他与儿子一样,也处在恐慌与孤独状态。不过他是成年人,面对沮丧的儿子总还比较克制,时时予以安慰,但是他的在场,并没有能够减少杜小康心里的恐慌和孤独。这里强调了孤独的第二个原因:人与人之间缺少沟通和交流,必然会带来孤独。

我们注意下面一段:

后来,父子俩都在心里清楚了这一点:他们已根本不可能回避孤独了。这样反而好了。时间一久,再面对天空的一片浮云,再面对这浩浩荡荡的芦苇,再面对这一缕炊烟,就不会再忽然地恐慌起来。

我们前面说过,恐慌感是与环境的陌生有关,时间久了,对环境熟悉了,浮云、芦苇、炊烟所带来的思乡、寂寞、陌生感都会平息下来,恐慌的感觉就少了。但是,作为世界观的孤独感,依然深深地折磨着他们父子俩。在鸭子还没有换来财富之前,杜雍和的孤独感是不会消失的。或者还有另外一种可能,那就是世界观悄悄发生了变化,不再把财富看作是生命价值的唯一依赖。杜小康也许就是走上了这样一条消除孤独的道路。

接下来一段继续写鸭群:"鸭子在这里长得飞快……"我们前面已经分析了鸭群的生命形态与杜小康的生命形态互相照应的关系,这句话也可以指代为:杜小康在放鸭劳动的过程中"长得飞快"。

课文里写了两种生命形态——杜氏父子为代表的人类生命形态,在强烈物欲的煎熬下焦虑恐慌,被深刻的孤独感所折磨,而在大自然中放养的鸭群却以安详、自在的生命形态观照着人类的挣扎。鸭本来是人赚钱的工具,是此番远行的主角。杜氏父子对鸭群精心照料,百般呵护,可是鸭群又反过来让杜氏父子吃足了苦头,经受磨难的考验。课文里,鸭扮演了一种特殊的身份。在第一部分里,人与鸭的关系是互相扶助的,而在第二部分里,人与鸭的关系又是对立的——鸭在雷暴雨中散失,导致杜氏父子历尽磨难。然而就是在这一场磨难中,杜小康的成熟被凸显出来了。

面对突如其来的雷暴雨,杜氏父子的精神状态完全不一样了:杜雍和看到鸭子在风雨中消失,他大叫一声"我的鸭子",几乎要晕倒在地上;而杜小康却"忘记了父亲,朝一股鸭子追去"。在前面的内容里,杜小康对父亲还是有依恋的,当他内心恐慌时,"紧紧地挨着父亲,迟迟不能入睡"。但现在这个关键时刻,他竟顾不得几乎要晕倒的父亲,第一时间就冲出去,紧紧追赶鸭子了。

这个细节值得我们分析:杜小康面对雷暴雨袭击,没有先照顾父亲,而是一个念头冲向鸭子、追赶鸭子的行为,可以作两种解释。第一,杜雍和对儿子灌输的世界观生效了,杜小康被教育成一个把财富看得比什么都重要的人,所以第一时间他必须去抢救财产,不顾一切,这样,杜小康以后也可能像杜雍和一样,成为一个继承家族血脉的遗传——对财富有着不可遏止的欲望的人;第二,杜小康在放鸭这一劳动行为中渐渐培养起了一种新的世界观,劳动本身成为一种价值和做人的尊严标准,劳动者与劳动对象之间建立起新的生命链接,这样的话,战胜暴风雨、抢救鸭子的行为就是一种对劳动价值的维护。不再是财富决定一切,而是劳动决定着一切,劳动创造财富,但劳动本身的价值大于财富。杜小康身上发生的是第二种变化。他的世界观开始变了,他"忘记了父亲"是一个隐含着象征意义的隐喻,他与父亲原来所持的财富决定一切的世界观决裂了。所以,我们在接下来几个段落里看到,无论是在风雨里追赶鸭子,还是在芦苇丛里迷路,杜小康都没有先前的恐慌和孤独的表现。最后他在极度疲惫中躺下了:

> 杜小康突然感觉累极了,就将一些芦苇踩倒,躺了下来。
>
> 那十几只受了惊的鸭,居然一步不离地挨着主人蹲了下来。
>
> 杜小康闻到了一股鸭身上的羽绒气味。他把头歪过去,几乎把脸埋进了一只鸭的蓬松的羽毛里。他哭了起来,但并不是悲哀。他说不明白自己为什么想哭。
>
> 雨后天晴,天空比任何一个夜晚都要明亮。杜小康长这么大,还从未见过蓝成这样的天空,而月亮又是那么的明亮。

这段描写中,最神奇的还是鸭子,仿佛它们故意与杜小康开了一个玩笑,来考验杜小康的劳动毅力(我们把杜小康在风雨里追鸭子的行为看作是整个放鸭过程的一部分,因此它既是劳动的一部分,也是追逐财富的一部分)。现在好了,小康通过了考验,鸭子们又出来安抚他,温暖他。由此也引申出另一个意义,当小康把脸埋进鸭的羽毛里,人与鸭的两种生命形态正式融合在一起了。小康从生命的互相吸引中体会到感情沟通的重要,他的生命不再是自私的,而是互助的,为了人,为了爱,也为了一切生命。在这样一种劳动带来的生命欢欣中,他哭了,这是生命觉悟了的哭,是幸福的哭,而不是悲哀,也不是恐慌和孤独。他已经在大自然的劳动中战胜了孤独,他的精神境界也获得了提升,所以:"天空比任何一个夜晚都要明亮。"

  杜小康顺手抠了几根白嫩的芦苇根,在嘴里嚼着,望着异乡的天空,心中不免又想起母亲,想起许多油麻地的孩子。但他没有哭,他觉得自己突然地长大了,坚强了。

  芦根是甜的,异乡的天空是明亮的。杜小康又一次想起家里的母亲和家乡的同学,与他在出发时不想离开家乡的恐慌心理做了呼应,于是他突然意识到自己"长大了"。"突然"是强调"一瞬间"的感觉,就在这"一瞬间"里,饱含了他从离开油麻地出发放鸭到现在经受的所有考验的结果,意味着他战胜了孤独,"自我"真正地觉醒了。

  我们读过《草房子》这本书就会知道,杜氏父子这次放养鸭子的致富计划最终还是失败了。杜雍和的筑梦计划全军覆没,但杜小康却真正地成熟了,他无畏无惧地挑起了家庭经济的担子。所以,杜小康在这次失败的"孤独之旅"中,认识到了劳动的价值,形成了新的世界观,战胜了孤独,丰富了生命意义。课文最后选择"鸭子生蛋"的故事为结尾,隐含了这样的积极意义。

2019 年 6 月 15 日合作完稿

《蒲柳人家》:"自由"是民间文化最核心的要义

《蒲柳人家》是当代作家刘绍棠于1980年初创作的一部中篇小说。整部作品总共有十二章节,以六岁小男孩何满子为线索人物,以童养媳望日莲与青梅竹马的青年学生周檎之间的爱情与婚姻为主体事件,先后刻画了何满子、一丈青大娘、何大学问、望日莲、周檎、吉老秤等十来个性格鲜明、形象活泼的乡间人物。小说一发表就获得广泛的赞誉,并荣获首届全国优秀中篇小说奖。这部作品在艺术表现手法的多个方面都可圈可点,许多论者对其独特的创作风格赞誉有加,例如,它继承了中国古典小说和说唱艺术的传统方法,富有传奇色彩,人物形象鲜明生动,节奏感强,张弛有度,语言活泼,生动描绘了京东运河乡土社会的人情风俗等,后来这部小说被称作当代新乡土小说的代表作。

既然称之为"新乡土小说",就意味着它与传统的"乡土文学"不一样,两者在创作风格和思想内涵上有很大的不同。乡土文学是"五四"新文学传统的一部分,是从中国走上现代化历程后逐渐形成的一种创作流派。鲁迅在《〈中国新文学大系〉小说二集序》中阐释过"乡土文学"的特点。他指出,乡土小说的写作者都是离开了乡村,寄居在城市里生活,所以乡土文学也有"侨寓文学"的意味,即作者是从客居地远远地回望故乡,"隐现着乡愁,很难有异域情调来开拓读者的心胸,或者炫耀他的眼界"。什么意思呢?因为作者大多是来自乡间农村,或者偏僻的边远地区。他们来到北京这样的都城,遭遇了现代社会的种种现象(包括进步现象和困境),再反顾乡间社会,更加能体会到农村宗法社会中旧恶势力的顽固、愚昧和落后的可怕,所以他们没有心情来讲究、欣赏、炫耀农村文化中美好的一面,而是自觉地站在启蒙文化的一边,从"为人生"的文学理念出发,强调对旧文化的批判,对落后的民族习俗的改造。这个传统是以鲁迅的《故乡》《风波》等作品为代表的,凝聚了一大批新文学的作家,如王鲁彦、许钦文、许杰、王任叔、蹇先艾等以及后起的萧红。这是中国现代乡土文学的主流。在中国现代文学史上,除了"为人生"的乡土文学主流外,还有田园抒情小说的流派,比较多地继承了中国古典文学的艺术特点,着重描写家乡的自然景象、异域情调和田园牧歌般的乡间生活,其代表是冯文炳(废名)和沈从文。抗战爆发后,文学领域又涌现出一批综合了前面两个流派特点而形成的新的乡土文学作家,他们既不回避中国农村新旧势力的斗争和对落后习俗的批判,又传承了农村生活中的健康因素和劳动人民的美好情愫,赵树理、孙犁都是其中的代表性作家。尤其是孙犁对农村女性美好情怀的描写,在20世纪50年代产生很大影响,吸引了一批新一代的青年作家。刘绍棠就是在学习、师承孙犁"荷花淀派"的艺术风格下成长起来的。

那么,刘绍棠的创作从中国现代文学的乡土文学传统中分化出来,自立门户,提倡新乡土小说,有什么"新"的特点呢?我们仅以《蒲柳人家》为例,大致可以了解到以下几个方面。其一,《蒲柳人家》有意偏离"五四"新文学"为人生"的现实主义文学传统,强调了小说的传奇性、通俗性和民间性。"五四"新文学的创作传统(包括现实主义的创作手法)主要来自于西方文学的营养汁液,尤其是受到俄罗斯文学深沉、厚重的批判性的影响。然而在刘绍棠的《蒲柳人家》里,主要突出的是来自中国古典小说的传奇性特征,整部小说讲了一个农村青年追求自由恋爱、自主婚姻,得到了老一辈乡亲的支持与帮助,他们团结在一起与农村的恶势力(有钱有势的董太师、利欲熏心的花鞋杜四等)做斗争,最后取得胜利的故事。这样的故事很难说表现了真实的农村生活,它只是说书人在茶余饭后讲述的一个精彩的民间故事。人物形象主要借鉴了古代小说中的侠义形象,作为主线的望日莲与周檎的婚恋故事也有点旧小说里才子佳人的味道,既热闹又通俗,也不失民间正义感。其二,刘绍棠在《蒲柳人家》里有意放弃对农村落后、鄙俗的旧道德的批判和反思,强调的是农村老一辈乡亲的仗义、豪侠、爽朗、乐于助人等民间道德传统,高度褒扬了农民的革命自觉性和积极性。"五四"一代知识分子是站在现代性的高度向人民大众(主要是农民)进行启蒙,在唤起农民潜在革命诉求的同时,也指出和批判了农民自身由于小农经济生产方式造成的局限性;而刘绍棠的创作立场完全是认同农民,自觉站在农民的立场上,来表现他们的喜怒哀乐等各种情绪,所以他笔下的父老乡亲形象总是特别亲切生动,往往能大放异彩。正如刘绍棠在创作谈《〈蒲柳人家〉二三事》里所说的:"我的所有小说,却有一个共同的总主题,那就是讴歌劳动人民的美德和恩情。"如果说,农民身上的"美德"是客观存在,有赖于作家主体的发现,那么,"恩情"则是属于作家的认知范畴,取决于作家的自觉追求。其三,"五四"新文学的乡土文学主流,无论是批判农村封建宗法制度和旧道德文化的启蒙主义,还是宣传农村阶级斗争的左翼文学,创作主体都带有鲜明的主题意识,到了20世纪50年代的农村题材创作,更是明确地以图解农村政策(如合作化运动)为目的;而刘绍棠的《蒲柳人家》,显然不是一部主题先行的小说。刘绍棠自己说过:"他们问我,《蒲柳人家》的主题思想是什么?我答不上来。"为什么?因为"我写每一篇小说,一向都不是先有主题,也从来不想确定什么具体的主题,……主题先行,或在确定的具体主题支配下写作,往往流于图解概念,而不从生活出发;削生活之'足'适概念之'履',必然矫揉造作"。由此可以看到,刘绍棠对主题先行的创作方法很不赞同,他强调作家必须熟悉生活本身,了解生活中的人物,一切都从生活出发。所以,他的小说里自然会洋溢着清香的泥土气味,洋溢着生活中实实在在的欢乐和勇气。对于《蒲柳人家》这部新乡土小说的开山之作,刘绍棠还进一步透露:"我的小说中的人物,绝大多数都是以我的乡亲父老兄弟姐妹们为生活原型。《蒲柳人家》中,何满子的性格和'业迹',大半取自童年时代的我。"

接下来我们分析作为课文的《蒲柳人家》。前面已经说过,《蒲柳人家》共有十二章节,选入课文的是第一、二两章,故事的两位重要角色(周檎和望日莲)都还没有正式出场,但已经有了隐约的介绍。小说的叙事视角处处借助六岁的儿童何满子。他作为第一个角色出场,紧接着出场的就是满子的奶奶和爷爷。两个章节三个人物,栩栩如生地描绘出一个鲜活生动、丰富完整的乡土世界,像一幅还散发墨香的水墨画,活泼泼地呈现在读者眼前。小说又通过奶奶托望日莲为何满子做一条大红兜肚,间接引出了望日莲姑姑;再通过爷爷为满子延聘家庭教师失败,带出了洋学生周檎。这样,小说的重要人物都出场了。小说的时代背景以及整篇小说的美学追求,也都已经和盘托出。

先说时代背景。小说开篇就点明时间:1936年农历七月。小说第五章又提到,那一天是七夕,为周檎和望日莲的私下约会提供了特别的氛围。还有更重要的大时代背景,就是日军侵华的战火已经由东北蔓延到华北,中国处于全面抗战的前夕。小说借爷爷何大学问之口,介绍了恶劣的时代环境:"日本鬼子把咱们中国大卸八块啦!先在东三省立了个小宣统的满洲国,又在口外立了个德王的蒙疆政府,往后没有殷汝耕的公文护照,不许出口一步。"小说文本里插入这么一段背景介绍,多少有些生硬的感觉,后面还有一段从何满子视角对殷汝耕伪政府的议论更似没有必要。其实不作这么具体的介绍,只保留一段何大学问贩马被扣的遭遇，读者大致也能了解这个背景。作家这么处理，当然是为了增强小说的政治色彩，同时也是为了衬托何大学问的见多识广以及周檎的爱国热情。

再说人物性格的塑造。我们通读课文可以感受到，这两章的内容本身并不十分复杂，能够给我们留下深刻印象的，还是一个个鲜活生动的人物形象。奶奶是这样出场的：

> 何满子的奶奶，人人都管她叫一丈青大娘；大高个儿，一双大脚，青铜肤色，嗓门也亮堂，骂起人来，方圆二三十里，敢说找不出能够招架几个回合的敌手。一丈青大娘骂人，就像雨打芭蕉，长短句，四六体，鼓点似的骂一天，一气呵成，也不倒嗓子。她也能打架，动起手来，别看五六十岁了，三五个大小伙子不够她打一锅的。

接着作家连带着写了一段一丈青大娘独战纤夫的传奇故事，颇为精彩。只看那：

> 一丈青大娘勃然大怒，老大一个耳刮子抡圆了扇过去；那个年轻的纤夫就像风吹乍蓬，转了三转，拧了三圈儿，满脸开花，口鼻出血，一头栽倒在滚烫的白沙滩上，紧一口慢一口捯气，高一声低一声呻吟。

这段描写明显借鉴了《水浒传》里鲁提辖拳打镇关西的段子，写得惟妙惟肖。再接着：

> 几个纤夫见他们的伙伴挨了打，呼哨而上；只听咔吧一声，一丈青大娘折断了一棵茶碗口粗细的河柳，带着呼呼风声挥舞起来，把这几个纤夫扫下河去，就像正月十五煮元宵，纷纷落水。一丈青大娘不依不饶，站在河边大骂不住声，还不许那几个纤夫爬上岸来。

这段描写又让人想起鲁智深在东京大相国寺菜园子里倒拔

垂柳、教训几个泼皮的精彩片段。可以说,古典小说的艺术精华已经在某种程度上被作家完全融化到自己的创作风格里去了。中国传统道德对女性的约束极多,可是在《蒲柳人家》里,作家大胆塑造了一个敢打敢骂敢管闲事的民间巾帼英雄,把一些粗野行为也视为美德来点赞。"一丈青"的性格如火如荼地展现出来。当然,作家并不是一味渲染一丈青大娘的粗野,也写到了她对神明的敬畏,对孙子何满子的溺爱,更重要的是写出了她的劳动美德:

> 一丈青大娘有一双长满老茧的大手,种地、撑船、打鱼都是行家。她还会扎针、拔罐子、接生、接骨、看红伤。这个小村大人小孩有个头痛脑热,都来找她妙手回春;全村三十岁以下的人,都是她那一双粗大的手给接来了人间。

与上文所引的前三段描写着重表现的热烈泼辣不同,这一段的一丈青大娘不仅是劳动能手,而且有点地方保护神的色彩。在农村民间社会里,妇女光靠凶悍蛮力并不能带来乡里人们对她的尊敬,唯有劳动技能和生活能力高强,才会获得好声誉。

另一个主要人物是何满子的爷爷何大学问,也是一个"文武双全"的民间豪杰。作家不仅描写了他的身怀绝技和仗义疏财,而且更加夸张了他对文化的尊重和对知识的追求,这都是因为他好面子、学斯文所致。于是,小说里有这样一段趣味盎然的描写:

> 人们看见,在长城内外崇山峻岭的古驿道上,这位身穿长衫的何大学问,骑一匹光背儿马,左肩挂一只书囊,右肩扛一杆一丈八尺的大鞭,那形象是既威风凛凛又滑稽可笑。

虽然作家一再说到,他对乡亲父老的描写,都是讴歌农民的美德与恩情,但是他的描写和讴歌都不是从概念出发的,也不是盲目地赞美。因为他对所描写的农民对象太熟悉了,即使是在描写和讴歌他们,也总是描摹其多元、复杂的人物性格。在何大学问的形象里,作家的语言中夹杂着揶揄反讽。何大学问看重的是传统的文化道德,偶尔会有一些酸腐气,如他外出贩马,见到破败的文庙都要烧香磕头。结果是:

> 他这一作揖,一烧香,只吓得麻雀满天飞叫,野兔望影而逃。

这样的酸腐形象,让我们联想到赵树理笔下的"二孔明"(《小二黑结婚》里的重要人物)。但是何大学问要比软弱糊涂的"二孔明"强悍精明得多,他不仅自己学习文化,还把儿子送到城里书铺当学徒,最后儿子当上了书铺老板的乘龙快婿;现在他又在操心孙子何满子的学业,想方设法延聘良师任家教,这才引出了洋学堂里读书的周檎出场。

何大学问还有一个很重要的特点:仗义疏财。对于物质财富,他看得非常轻,完全没有积累财富的自觉意识。作者特意用了一个自然段来凸显他这个性格:

> 他这个人,不知道钱是好的,伙友们有谁家揭不开锅,沿路上遇见老、弱、病、残,伸手就掏荷包,抓多少就给多少,也不点数儿;所以出一趟口外挣来的脚钱,到不了家就花个净光。

于是,何大学问没有积蓄,一生都在贫穷中过苦日子。不过,对此一丈青大娘倒没有特别责怪。这对夫妇也是气味相投,在日常生活中保持着同样的朴素观念:钱财并不是那么重要。让他们挂怀忧心的,更多的倒是人间社会的不平等现象:坏人、恶人对善良的、软弱的人的欺凌和加害。他们夫妇不惜付出人力财力,一次次救助隔壁杜家童养媳望日莲,还通过认"干女儿"这种富有民间色彩的仪式使他们的救助行为合法化。在这个过程中,"义"得到了"情"的升华,望日莲与一丈青大娘、何大学问从普通的"邻里乡亲"变成了由"亲情"紧密联结的"家人"。"干女儿"是一种口头称呼,在民间有更为正式的称谓叫作"义女"。这个"义"字,体现了民间伦理道德的核心要素。

下面我们还将讨论刘绍棠为什么能够写出这么鲜活生动的人物形象。这也涉及刘绍棠新乡土小说的美学追求。

作家刘绍棠是以赤子般的童心来抒写自己的童年时代和农村生活的。鲁迅在《故乡》里曾经用两副笔墨描写了农民闰土的形象,一个是活泼有趣、带着梦幻的少年闰土,另一个是饱经风霜、沉默的中年闰土。少年闰土那么富有光彩,就是因为鲁迅利用了自己的童年记忆来写人物,作家鲁迅自己先返回到童年的记忆世界,用孩子般的心来描绘他记忆中的少年朋友,所以少年闰土才会那么虎虎有力。一旦作家回到现实世界,用现实主义的笔法去刻画中年闰土,人物身上的光彩就顿时褪尽,还原了沉默的民族灵魂。而刘绍棠在这篇小说里,从头到尾都运用了何满子的童年视角,何满子间接地成为小说的叙事人。换句话说,刘绍棠运用童年记忆塑造了何满子的童年故事,何满子也就成了刘绍棠童年的替身。为了让读者明白两者的关系,刘绍棠在《蒲柳人家》的最后结尾部分特意加了一句看似不着边际的话,说望日莲生了个女儿,二十三年后,"跟由于写文章而遭遇坎坷的何满子结了婚",明确地暗示何满子就是刘绍棠的童年化身,《蒲柳人家》故事也就是刘绍棠的童年记忆。

那么,刘绍棠童年记忆里的农村世界是个什么样的世界?第一章第一段这么写:

> 七月天,中伏大晌午,热得像天上下火。被爷爷拴在葡萄架的立柱上,系的是拴贼扣儿。

这两句开篇不凡,引人入胜。前一句中,三个短语的字数分别是三、五、七,富有节奏感,念起来朗朗爽口,形象地交代了气候环境的炎热。紧接着第二句写了六岁小顽童被爷爷用系贼扣拴在了葡萄架上。何满子为什么被绳索系扣?一开始没有交代,读者联系上下文的意思,自然可能理解为天热太阳毒,爷爷奶奶不让孩子出去奔跑。待读完课文才明白,不是满子太顽皮,也不是太阳晒得太毒辣,而是爷爷何大学问从口外回来心情不佳。因为他被汉奸军队抓到牢里去受了苦,与他同行的贩马老板被逼死在牢里。爷爷沮丧回家,满子心疼爷爷,想进屋去哄哄爷爷,"谁想爷爷竟把满腔怒火发泄到他身上,不但将他拴在葡萄架的立柱上,系的是拴贼扣儿,而且还硬逼他在石板上写一百个字"。这句话又回到了开篇第一个自然段落,解开了何满子被拴之谜。接着就是课文结尾:"现在,只有一个人能搭救何满子;但是,何满子望眼欲穿,这颗救命星却迟迟不从东边闪现出来。"这个人是小说的主线之一望日莲,小说第三章节就引出了望日莲的故事。

前面已经讲过,《蒲柳人家》是一篇吸取了民间故事营养的小说,这样的作品里,处处都有民间的寓意在。何满子被系扣在葡萄架下,也就是失去了自由。而"自由"是民间文化最核心的要义,一切民间的文化艺术(包括民歌、舞蹈、传说、戏曲等等)的核心就是歌颂无拘无束、自由奔放的生命个性。农村的孩子最初受到的人文教育,不是读书识字,而是自由自在地在广袤的土地上奔跑,让生命不受任何束缚地感受自由、腾越、欢欣。《蒲柳人家》里,何满子就是为"自由自在"而设定的人物,课文里不断出现这样的描写:"何满子整天在运河滩上野跑","长到四五岁,就像野鸟不入笼,一天不着家,整日在河滩野跑"……"野跑"是农村孩子一项重要的娱乐活动,也是人文因素成长的自然条件。何满子喜欢在野地里、在河滩上奔跑,无拘无束,他不要大红兜肚遮身,也不要长命锁勒在脖子上,何满子是大自然赐予的自由的孩子。现在他被系扣在葡萄架下,是因为天有不测风云,日本鬼子要进入华北大地了。

燕赵多慷慨悲歌之士。正因为这样一种风雨欲来的大环境,小说深情描写了京东运河边上农民们的日常生活。望日莲和周檎追求婚恋自由;何大学问等前辈们仗义疏财,伸出援助之手,惩恶扬善,也是为了维护民间正义和自由。课文所选的第一、二两章,虽然还没有讲述故事的核心部分,但一丈青大娘怒打运河纤夫,何大学问口外响鞭,都是作为民间世界自由自在生活征象的表现。我们阅读这篇小说会感到气韵特别畅通,语言特别活泼,人物形象特别生动,其实这些都与讴歌和褒扬民间的核心要义"自由"有关。

这篇小说题为《蒲柳人家》。"蒲柳"这个词的含义也值得推敲。据南朝宋刘义庆《世说新语·言语》:"蒲柳之姿,望秋而落;松柏之质,经霜弥茂。"在这里"蒲柳"是和"松柏"相对来写;唐李白诗《姑熟十咏·慈姥竹》:"不学蒲柳凋,贞心常自保。"是将"蒲柳"与"慈姥竹"相比,都似带有贬义,喻其不足坚贞之意。宋文天祥诗《偶成》:"人生世间一蒲柳,岂堪日炙复雨淋。"将"人"比"蒲柳",表现出对人生飘零的悲悯之意。课文编选者保留了小说原来的题目,并注释:"蒲柳,指水杨,一种入秋就凋零的树木。这里以蒲柳人家代指普通贫苦农家。"这个注释来自《晋书·顾悦之传》:"蒲柳常质,望秋先零。"其意仍是指蒲柳早凋,自谓身体衰弱。但在小说中的"蒲柳"不是衰弱的意思,刘绍棠在这篇小说里运用"蒲柳"一词还是有所创新的。在小说文本里,"蒲柳"一词只出现过一次,是何大学问要把家里的二亩地作为陪嫁送给干女儿望日莲,望日莲几番推辞,认为这二亩地应留给何满子。于是有了下面一段话:

> 何大学问扬声高笑,说:"寒门出将相,草莽出豪杰,蒲柳人家出英才。我看那小子注定是个大命人,不稀罕这二

亩地。"

在何大学问的话语里,"蒲柳人家"指的是与富贵人家相对的、普通的农村人家。这里将"寒门"、"草莽"和"蒲柳人家"相提并论,其实"草莽寒门"可以连着用,与门阀世家相对立,指的是非庙堂、无功名、社会地位比较低的家族出身。这样就可以理解,"蒲柳人家"就是指无权无势的"寒门"或者"草莽",是民间世界的普通家庭。这也是与抗日救亡首先要依靠民众的觉悟奋起的时代主题有关。

"民间"是中国当代文学中一个非常重要的美学概念,刘绍棠的新乡土小说较早地尝试用民间文化来营造小说的叙事内涵。当时除了京东运河系列小说以外,还有冯骥才创作的天津卫民俗文化系列、汪曾祺创作的苏北民间文化系列、林斤澜创作的温州矮凳桥系列等等出现,丰富滋润了当代小说的发展和嬗变,也对20世纪80年代文学寻根思潮的诞生产生影响。

在选入课文的第一、二两章里,还有两个看似并不重要的人物:何满子的父亲何长安和母亲。这两个人物是游离于京东运河边上的民间草莽世界的。尤其是何满子的母亲,被描写的篇幅非常少,而且是间接地被介绍:

> 何满子的母亲不能算是小姐出身,她家那个小书铺一年也只能赚个温饱;可是,她到底是文墨小康之家出身,虽没上过学,却也熏陶得一身书香,识文断字。她又长得好看,身子单薄,言谈举止非常斯文,在一丈青大娘的眼里,就是一朵中看而无用的纸花,心里不喜爱。

相比对何满子、一丈青大娘、何大学问外貌性格的详细刻画,作者对何满子母亲的描绘非常简单,连她名字也没有出现。作家特意选择从何满子奶奶一丈青的视角(而不是何满子的儿童视

角)来写她。在这段话中,何满子的母亲更多地是作为让婆婆"左右为难"的"儿媳妇"的身份出现的:

> 何满子是一丈青大娘的心尖子,肺叶子,眼珠子,命根子。这样一来,一丈青大娘可就跟儿媳妇发生了尖锐的矛盾。

婆媳之间矛盾的焦点是儿媳妇(何满子的母亲)要回到城里居住,可是一丈青大娘坚决不让儿媳妇把孙子带走,"孩子是娘身上的掉下来的肉,何满子的母亲哭得死去活来"。最后的结果,还是请来摆渡船的柳罐斗,钉掌铺的吉老秤,老木匠郑端午,开小店的花鞋杜四,"说和三天三夜,婆媳俩才算讲定,何满子上学之前,留在奶奶身边;该上学了,再接到城里跟父母团聚"。

现在我们总算明白了,婆媳的矛盾,或者说祖父母一辈与父母一辈这两代人的矛盾,表面上是围绕何满子的抚养权而产生,其实还存在着一个农村社会面临现代性冲击而出现的城乡对立的背景,这个背景刺激着农村新一代年轻人未来的走向。前面说过,乡土文学最早是一种"侨寓文学",其作者都是从农村来到城市,经受了现代性的冲击,再反顾乡土社会,更加深切地看到农村的衰败、保守和落后。他们千方百计要离开农村,走上连他们自己也不甚明白的未来道路。这就是鲁迅在《故乡》最后所说的"其实地上本没有路,走的人多了,也便成了路"的意思。这一点,何大学问是意识到了,这也就是他在夜深人静睡不着觉的时候,感受到阵阵悲凉的原因。他先是把儿子何长安送到城里书铺当学徒,更希望孙子何满子能够离开农村走向更加广阔的中国社会。所以他常常扪心自问:"难道孙儿到头来也要落得个赶马或是学徒的命运吗?"请注意,"赶马"是何大学问的命运,"学徒"是儿子何长安的命运。他更希望,孙子能够超过祖辈和父辈,过上真正的现代人的生活,这就要孙儿成为一个"真正大学问"。何大学问毕竟不是普通的农民,他赶马走关外,见过大世面,了解外面世界的变化和发展,他不会安心厮守在家里的八亩薄地上。在这一点上,一丈青大娘就与丈夫意见不同,一丈青大娘不喜欢城里的姑娘,更希望儿子能娶一个"农家或船家姑娘做妻子,能帮她干活儿,也能支撑门户"。她希望孙子也不要离开农村,在她身边长大。这才是一丈青大娘与儿媳妇的真正的矛盾所在。在这个矛盾冲突中,大娘是孤独的,何大学问、儿子也站在她的对立面。

然而,在一丈青大娘的身边,还有一个真心同情她、理解她的人,那就是作家刘绍棠。

在整部小说中,何满子的父亲与母亲都是比较模糊的角色,然而,他们的出现使作品获得了特别的审美张力,他们仿佛是作为真正的"蒲柳人家"的"对照组"而存在的。在《蒲柳人家》中,何长安是一个变化中的人物。他来自蒲柳人家,经历学徒生活后逐渐发生了蜕变(或者说是"异化")。城市的文化与商业文明以及作家对城市乡村的态度,似乎都通过这个儒雅的商人体现了出来。在小说故事发生的1936年,中国的城市化进程还在缓慢发展中,城市与乡村的差别还不是非常惊人,但是通过何长安这个形象的介入,可以隐约地发现"城"与"乡"、"商"与"农"的差异,何满子的父母所代表的城市文明世界,与蒲柳人家所代表的民间乡土世界之间的隔阂,也隐藏着某种危机。商业文明重视物质,重视交易,功利性非常强,在近代资本主义的催化下发展势不可当,而农业文明从根本上讲是一种自给自足的生产方式,与其相伴随的重义轻利的传统道德观,也就是所谓"仗义疏财"的豪侠文化。如果联系现实,我们会发现,在《蒲柳人家》中隐伏着的危机一直在潜滋暗长。因此,我们今天重新阅读《蒲柳人家》,确实是别有意味在心头。

2019年8月10日合作完稿

《天下第一楼》：
卢孟实为什么会失败？

由于偶然的机缘，剧作家何冀平对闻名中外的北京全聚德烤鸭店发生了兴趣，通过搜集材料、深入生活，她创作了剧本《天下第一楼》。这部剧本于1987年9月完成，次年6月由北京人民艺术剧院在北京首演，好评如潮。剧作故事时间跨越十一年，共分三幕，时间分别设定在1917年张勋复辟期间、1920年北洋政府执政、1928年国民党建立的南京国民政府统治初期。通过创立于清代同治年间的烤鸭店"福聚德"的命运起伏——从入不敷出、摇摇欲坠到东山再起、名噪京师而又衰退败落，展示出20世纪上半叶动荡飘摇的中国社会以及当时的风俗图景，刻画了立体鲜明的人物群像。

《天下第一楼》讲叙的不是全聚德烤鸭店的历史，而是虚构了"福聚德"、"全赢德"两家烤鸭店此起彼伏的盛衰记。剧本第一幕，写"福聚德"入不敷出，摇摇欲坠，而街对门的"全赢德"新开张，明目张胆地唱对台戏，抢夺食客；"福聚德"老掌柜唐德源年老体衰，回天无力，两个儿子都不争气，唐德源临终之前只能将"福德聚"托付给外姓人卢孟实，请他来挽狂澜于既倒。第二幕是三年以后，"福聚德"在卢孟实的精心打理下，盖起了气派非凡的新楼，而老掌柜的两个儿子依然醉心于戏园和武术，无心经营；卢孟实重整店规、改良菜式，使得"福聚德"的经营慢慢走上正轨，并在情人玉雏儿的相助下，逐渐开始施展自己的抱负。第三幕已经是八年以后，"福聚德"达到了它的鼎盛时期，名噪京师；而街对面的

"全赢德"面临衰败倒闭,将被"福聚德"兼并接盘。但是失去了竞争对手的"福聚德"自身内部也矛盾重重,危机四伏,迅速走向了由盛到衰的转折。

课文节选的是《天下第一楼》第三幕的部分内容,集中表现"福聚德"烤鸭店由盛转衰的关键一刻。在话剧艺术中,"矛盾冲突"是最重要的叙事线索之一,即从矛盾冲突中表现人物性格的辩证发展。《天下第一楼》的故事发生在鱼龙混杂的京城闹市,出场人物繁多,大小冲突此起彼伏,却能够有条不紊地展开冲突。课文篇幅虽短,却集中展示了卢孟实、王子西、罗大头、唐茂盛、唐茂昌、克五、常贵等人物的性格特质以及几组重要的矛盾冲突。这些冲突看似头绪繁多,其实都围绕着一个线索,即卢孟实经营的"福聚德"被一种内外合力一步步推向失败的过程。

《天下第一楼》的矛盾冲突与主题思想都较为明确。在教学中,关键要了解作家是如何通过组织矛盾冲突来刻画人物性格的。这个剧本有许多非戏剧自身的因素起了作用,如参考了北京某著名烤鸭店的历史、运用了北京观众最喜爱的老北京语言、展示了民国年间老北京的社会习俗等,这些都是为剧本加分的因素。再加上北京人艺演出的经典剧目里,永远绕不开老舍的《茶馆》,这部戏以烤鸭店对应茶馆,表演社会人生百态,连选择三个历史时期来表现百年老店的兴衰,都是借重了《茶馆》崇高的艺术声誉。某种意义上说,《天下第一楼》是一部向《茶馆》致敬的戏,再现了《茶馆》的许多艺术要素。当然,《天下第一楼》的成功也在于它自身的艺术元素发挥了积极作用。与《茶馆》相比,它的戏剧结构更为紧凑,集中刻画了卢孟实临危受命、中兴"福聚德"直至失败出走的全过程,塑造了一个失败英雄的典型性格和悲剧命运。尤其是第三幕,启幕时"福聚德"烤鸭店还处在鼎盛时期,但随着剧情的一步步展开,人物的矛盾冲突一层层深化,最后发生墙倒众人推、卢孟实黯然退场的惨剧,既出乎人们的意料,又让人觉得这符合事件发展的逻辑规律。剧本的困难处和精彩处全在这里。所以,我们要吃透这篇课文的精神,关键还在于紧紧抓住卢孟实这个典型人物的典型性格。

卢孟实的失败具有双重性。先从外部的原因来说,"福聚德"是一家传统家族制度下的店铺,而不是现代管理制度下的股份制企业,尽管卢孟实对"福聚德"的发展呕心沥血,劳苦功高,但他仍然是一个高级的打工者,一个为资本家敛财的工具。所以,卢孟实的事业稍一发展,就遭到唐家两个少爷的猜忌和掣肘,他们把他视为外人加以排斥。以卢孟实的精明强干和工于心计,唐家那两个不务正业的少爷本不该是他的对手,但是第三幕出场时,卢孟实已经完全被自己的成功所迷醉,站在舞台上颐指气使,忘乎所以,对潜在的敌人缺乏足够警惕,对应该团结的对象又欠足够诚意,终于激化了各种人事矛盾,最后被唐家兄弟的釜底抽薪、克五爷与侦缉队的敲诈勒索、罗大头的流言伤人以及忠实助手王子西的退缩等各方力量组成的反对派击垮,就像是"横插一杠子,想得挺好,一下子全完"。正如剧中人物修鼎新所说:"架不住,一个人干,八个人拆。"我们再从内部的原因来说,卢孟实也有他的软肋和心结,那就是他出身低微,父亲也是一家店铺的伙计,受了老板的人格侮辱郁郁去世,卢孟实怀着为"五子行"鸣不平的心态参与了"福聚德"的管理事业,他希望通过自己的努力,成为一个出人头地的体面人。他的人生信条是"不论写书的司马迁,画画的唐伯虎,还是打马蹄掌的铁匠刘,只要有一绝,就是人里头的尖子"。但问题在于,卢孟实只是希望"五子行"出身的人能够自尊自强、出人头地,而对于"五子行"本身所处的卑贱地位的不合理性缺乏自觉反思。他的意识深处,也受了旧社会传统观念的影响,对"五子行"也是择优而取,并不是从人生而平等的新观念来看待和抗议社会不平等现象。所以,卢孟实一旦在事业上出人头地,他也会用富人眼光来看不起"五子行",这样,他就无法正视自己的卑贱出身。他内心深处始终存在一个"五子行"的地狱,这正是他在矛盾冲突中遭到失败的内在根源。说到底,卢孟实失败的真正原因不在他的能力不足,也不在社会黑暗势力的过于强大,而在于他自己内心深处如地狱般黑暗的复杂情绪的发作,使得他的内在意志被击垮进而被摧毁。

课文为《天下第一楼》第三幕节选内容,就非常集中地表现了戏剧在矛盾冲突中塑造人物性格的艺术特点,把所有的矛盾冲突都集中在卢孟实一人身上,表现出人物性格由强悍到脆弱的辩证变化。人物性格在舞台上不是凝固不变的,而时时刻刻都在变化之中。舞台环境也是围绕着人物塑造而展开。大幕拉开时,舞台上洋溢着热气腾腾的年初六店铺开张的喜庆气象:"掌案的把砧板剁得当当响,掌勺的啪啪啪地敲着炒勺,账房把算盘拨拉得噼啪响,百年老炉中的炉火像浇上了油,烧得呼呼窜火苗子,这就是旧时买卖家讲究的'响案板',以求新年里买卖兴隆。"一派盛兴景象烘托了卢孟实的事业成功。但是这种场面也让人联想起《红楼梦》里秦可卿所说的"真是烈火烹油,鲜花着锦"的盛世镜像。可惜这也不过是瞬间繁华,片刻欢乐。短短的一幕戏中,繁花落尽,盛筵已散,水中月镜中花全部都演完了。

卢孟实在第三幕的上场,俨然以"福聚德"的主人自居。作家是这样描写的:

> 他人到中年,衣着华贵,面容丰满,一脸威严。身后跟着修鼎新。
>
> 卢孟实向店里扫了一眼,坐在当年老掌柜的那把太师椅上。
>
> 卢孟实把手一伸。

  小伙计马上把一个蓝花白地的细瓷小碗送到他手上。
  卢孟实　（呷了一口）欠火。
  修鼎新　鸭汤欠火，告诉二灶添硬柴加大火。

  可以看到，卢孟实在第三幕的出场，不仅与第一幕的谦恭神态截然不同，与第一幕老掌柜唐德源的虚与周旋、精通为商之道的谨慎态度也不一样，他的眉宇间有一种不把任何人放在眼里的骄横神情。功高震主，他这种行为已经在"福聚德"的家族传承体制里犯了大忌。紧接着他在与克五爷和罗大头的两次冲突中，进一步表现出不可一世的傲慢态度。本来像克五爷这样的癞皮狗似的小人，他来敲诈无非是想骗点口福，只要卢孟实稍微有拉拢之意即可大事化小；而罗大头尽管仗着手艺和资格，倚老卖老，口无遮拦，但是对"福聚德"并无二心，卢孟实略施恩宠也可摆平，可是他非但不让步，反而想顺势解雇罗大头，这无异于火上加油。表面上看，卢孟实是目中无人和傲慢轻敌，从内心原因上看，卢孟实从出身卑贱的伙计上升为大掌柜，有一种"小人得志"的心态。他对于境况比他差的人，骨子里看不起，鄙视那些落难的失败者，这才使矛盾进一步激化，给他自己带来莫大伤害。

  卢孟实与克、罗的两次冲突之间，又夹缠了他对店里两个伙计（一个是不知名的"小伙计"，另一个是成顺）的赏罚，看上去是展示恩威并重的管理手段，实质上体现了卢孟实对"五子行"被歧视的社会地位的抗争。"五子行"是一个具有旧时代色彩的词，课文编选者对此的解释是："旧时对厨子、戏子、堂子、门子、老妈子的蔑称。从事这些行当的人主要是服侍他人，社会地位低下。"所以，卢孟实给成顺送上喜幛子钱时，特意嘱咐他办喜事时候要"披红挂绿，骑马坐轿子，怎么红火怎么办。让那些不开眼的看看，福聚德的伙计也是体面的"。不过，与这个细节连接在一起的，前面还有一段卢孟实几乎是咬牙切齿说出来的台词：

有人在东家那儿告我,在老家买地置房子,不错,有这事儿。做饭庄子的就不能置产业？就都得吃喝嫖赌走下流？我还想买济南府,买前门楼子哪！

从正面来理解,卢孟实的这些话都表现了胸有大志的人格理想,但是从反面也透露出他内心深处急欲摆脱卑贱出身的阴影,这已经成了一个极其沉重的心结。正因为其心结之重,他才会被罗大头的流言中伤所击垮,在处理与罗大头的冲突时他已经失去了一贯的理智。

让卢孟实丧失理智的另一场冲突,课文没有选进去。原剧本里除了与克五爷、小伙计和成顺、罗大头、唐茂盛构成的四次冲突外,还有一次冲突,就是侦缉队上门闹事,玉雏儿亲自下厨解围,而卢孟实不明真相打骂玉雏儿。这时候的卢孟实接连受到克五爷的挑衅、罗大头的刺激、唐家兄弟的阴损,已经心力交瘁,再看到侦缉队以轻薄态度戏弄玉雏儿,不由得气急败坏,他把满腔怨气、憋闷都撒向玉雏儿,竟破口大骂:"你下来,下来,婊子!"接着是"一掌向玉雏儿打去"。这是压垮骆驼的最后一根稻草,卢孟实深受刺激而倒下。如果说唐家兄弟、克五爷、侦缉队都是从外部来打击卢孟实,他犹可抵御,然而罗大头从心理上给以致命一击,触痛了卢孟实自己低贱出身的心结,玉雏儿的妓女身份加重刺痛了他的自尊：卢孟实苦苦挣扎了这好些年,挽救了"福聚德"的店运,却终究还是没能掩盖自己的低贱出身——命运还是不由自己说了算啊！玉雏儿是卢孟实的相好,也是真正的贤内助。但她既不是他明媒正娶的妻子,也不能为他传宗接代,反而被人轻薄而视之。在舞台上,玉雏儿这一风尘女子形象,与卢孟实的形象交相辉映。他们都出身卑微,却同样不甘沦落。他们的情感建立在惺惺相惜的基础上,但是经历过种种阴差阳错,终于分道扬镳,这也酿成了卢孟实这个人物所承载的二重性悲剧。

所有的悲剧性冲突都指向了卢孟实失败的真正原因，这个原因在于他内心深处的黑暗地狱，而不在外部矛盾的加害。这种自卑带来的自傲、自尊和过于敏感，使卢孟实在经营事业的根本上缺乏自信，这也就是卢孟实最后退场时送上的对联上联——"好一座危楼，谁是主人谁是客"所表述的虚无主义的心态。我们不妨退一步设想：假如卢孟实真的兢兢业业辅助"福聚德"，谨慎处理自己买房置地的事务，别人就无法用流言挑起唐家兄弟的猜忌；假如卢孟实能够小心处理克五爷、侦缉队的敲诈勒索，也许就能消弭"闻香队"的陷害，唐家兄弟也就无机可乘；假如卢孟实对"五子行"的人员罗大头、小伙计（包括玉雏儿）等多加体恤，施以恩惠，也不至于弄得孤家寡人而黯然收场。事实上，即使在那个人与人之间存在严重不平等的时代，五子行出身的人也并非完全没有出路可走。剧本在刚刚开篇时介绍的"福聚德"的创始人、一个操着山东荣成口音的唐姓后生，就是：

> 在正阳桥头，御用辇路的石板道旁，用两块石头支一条案板，摆了一个卖生鸡鸭的小摊儿。他为人和气，买卖公平，生意慢慢做起来，直至用一枚一枚辛苦钱在肉市买下一间小铺面房，立下了百年基业。

"福聚德"创始人的发家史本身就应该是卢孟实的榜样，但是卢孟实没有做好。我们不妨对照第一幕中的老掌柜唐德源，他出场以后很低调地摆平了与钱师爷、罗大头等人的矛盾，所谓世事洞明皆学问，人情练达即文章。这是传统社会的为商之道，而卢孟实恰恰缺少的就是这一点。卢孟实的发家不是靠自身的勤奋努力，而是利用了唐家资本的力量，所以他在"福聚德"的地位应该与王子西没有太大差别。他本身不是资本家，也不是合伙人。他只是因为主持"福聚德"的成功，便误以为自己真的成了"福聚德"的大掌柜，可以独行独断。唐家两位少爷一个迷于戏园，一个醉心武术，都无心经营祖业，这本来是给卢孟实奉送了施展才干的平台。但在第二幕，我们看到了卢孟实与玉雏儿商量谋取"福聚德"的产业，如下一段对话便是证据：

    卢孟实　（突然又沮丧起来）我这么上劲儿干什么，有那俩"搅屎棍"，什么也干不成。
    玉雏儿　真是属风筝的，一会高，一会低。
    卢孟实　线儿在人家手里攥着，高低由不得我。
    玉雏儿　要是我就把线儿铰了！
    卢孟实　铰了？
    玉雏儿　不当大掌柜的，一辈子还是听人家使唤。
    卢孟实　你说——
    玉雏儿　你真的没想过？
    卢孟实　老掌柜临终托付我，我这不是抢人家的祖业？！
    玉雏儿　怎么提得上抢？干好了，给天下人留下一个福聚德，也是你卢孟实一世的功德。
    卢孟实　（不由钦佩玉雏不同一般的见识）你往下说！
    玉雏儿　大少爷喜欢戏，就让他撒开了唱去。
  ……

这段对话发生在第二幕，没有选入课文。但是我们要了解这个背景。也就是说，卢孟实已经背弃了老掌柜的信任和嘱托，在把"福聚德"推向鼎盛时期的同时，却暗暗企图谋取唐家的产业。他背地里买房置地，很难说是合法合理的。我们看这个戏往往会对卢孟实的个人失败抱有同情，有一种"狡兔死走狗烹"的悲情。其实任何恩怨皆有因果，卢孟实的事业最终失败，与这种传统为商之道的沦丧、资本发展带有血腥味的肮脏都有关系，未必都是唐家兄弟的过错。当然，唐家兄弟也风闻了卢孟实私自买房置地的传言，他们企图收回"福聚德"的经营权利。在这个关键时刻，卢孟实的引荐人、一向忠实于他的助手王子西流露出极其微妙的态度。他似乎态度很暧昧,一般旁人可能会觉得他胆小怕事,其实他是有态度的,而且与原来的立场发生了偏离:他忠于卢孟实,但是更加忠于老唐家。所以说,卢孟实的失败,有其必然的逻辑。

最后讨论一点题外的内容。

紧接着课文节选的部分内容后面,原剧本里有一段修鼎新关于饮食文化的议论,历来为论者所津津乐道。课文在面向中学语文教学、篇幅有限的情况下,删掉这段议论是有一定道理的。这篇课文主要的教学目的是讲解剧本如何组织矛盾冲突的编剧技巧知识,而不是在学生中普及中国古代的饮食文化。但是从剧本的叙事结构上说,作家在第三幕展示了一系列金鼓齐鸣般的矛盾冲突之后,让修鼎新出场,风轻云淡地讲述饮食文化,当然是有其重要意义的,不可忽略。修鼎新是个美食家,他先是解释了自己名字:"鼎者,器之名也,供烹调之用。革去故而鼎取新,明烹饪者,有成新之用。"然后又引申到饮食文化之妙:"你手里的炒勺,就是鼎;面前放着酸甜苦辣五味作料,你把它们调和在一起,做成一种从未有过的美味佳肴,你就有生成之恩,和合之妙,鼎新之功。"再接着他特别提到了卢孟实:"掌柜的也是个掌勺的,你我就是他的'作料',……福聚德是他的炒勺,我看他到底能做出个什么菜来,什么也做不出来……"讲到这里戛然而止,关键就是一句"什么也做不出来",暗示了卢孟实经营"福聚德"全盘皆输的失败结局。

作家也是一个高明的厨子,她以剧本《天下第一楼》为炒勺,指挥卢孟实做了一道让"福聚德"名噪京师的菜。我们不妨对照中国传统文化的说法,来看第三幕的几场矛盾冲突与卢孟实"掌勺"的关系。

中国饮食文化的核心概念是"五味",即辛、酸、咸、苦、甘,对应的是传统文化的"五行":金、木、水、火、土。《尚书·洪范》记录周武王灭了商王朝之后,向旧臣箕子请教治国方法,箕子的传授中包含很多中国哲学思想,第一条就是"五行"。具体描述道:

> 一曰水,二曰火,三曰木,四曰金,五曰土。水曰润下,火曰炎上,木曰曲直,金曰从革,土爱稼穑。润下作咸,炎上作苦,曲直作酸,从革作辛,稼穑作甘。

课文里所描写的围绕卢孟实展开的第一次冲突,是卢孟实与克五爷的冲突。这场冲突包含了世态炎凉的意味,克五爷也有值得同情的一面。克五爷是参与张勋复辟帝制才被抄家,社会地位一落千丈,堕落到在侦缉队当一条"闻香"的狗。卢孟实只是一个商人,还没有到支持共和、反对复辟的思想高度,但是就卢孟实对克五爷深恶痛绝的态度而言,卢、克冲突主"辛"。"从革作辛"在这里的意思,就是顺从革命,顺从社会改革;具体到剧情来说,就是顺从共和,反对复辟。卢孟实与克五爷的冲突在这幕戏里非常尖锐,"金曰从革",金也暗指刀兵之争,你死我活,最后卢孟实的事业就葬送在克五爷及其引来的侦缉队手里。

第二次冲突,表现为卢孟实对小伙计和成顺赏罚分明,该罚的重罚,该奖的重奖。"五子行"在旧社会贱如泥土,一方面遭人践踏,而另一方面又能滋养庄稼,所以"稼穑作甘"。卢孟实对"五子行"的感情主"甘"。甘味有黏合作用,卢孟实如能团结"五子行"的人才,当是一股可贵的力量。可惜卢孟实虽然认识到"五子行"的绝技可用,但对"五子行"本身的低贱地位也是鄙视的。他对小伙计、罗大头、玉雏儿都有伤害,使得结果还是出了偏差。

第三次冲突,是卢孟实与罗大头的冲突。罗大头本来也是属于"五子行",但因为居功自傲,卢孟实缺乏调和能力,激化了矛盾,使得"甘味"转入"苦味"。罗大头的性格火爆狭隘,"炎上作苦",不仅出口伤人,还引来克五爷的报复,间接搞垮了卢孟实。

所以，卢、罗冲突主"苦"。苦在五味中属于边缘之味，但并非不重要，当菜肴重口味过于油腻，苦味能够补救，带来清涩效用。原剧本到最后，卢孟实还是醒悟过来，牺牲自己，保护了罗大头，卢、罗前嫌冰释，从苦味又返回到"作甘"的状态。

第四场冲突，是卢孟实与唐茂盛的冲突。卢、唐冲突不在正面，而在深层次，犹如水在"润下"。水势是往下走的，唐家兄弟用的是釜底抽薪的方法，先是抽走了资金和人才，后又借侦缉队之力，就势剥夺了卢孟实执掌"福聚德"的权力，正应了"润下"之法。所以，卢、唐冲突主"咸"。咸是五味中最重要也是最普遍的一味，任何菜都少不了咸味，但一旦咸味过头就变作苦，难以下咽，就坏事了。这也暗示了唐家兄弟与"福聚德"的关系。

还有一次冲突就是课文里所没有入选的卢孟实与玉雏儿的冲突。这一场触及内伤的冲突，可谓主"酸"。"木曰曲直"，"曲直作酸"，像树木一样曲曲直直，偏于委曲。酸是五味杂陈中最为复杂的一种滋味。这里根据中学语文的教学要求，卢孟实、玉雏儿的冲突不必讲解，但从了解全剧的情节而言，又是不可或缺的。

由此我们就了解了作家是如何调动五味文化、五行文化及其与《天下第一楼》创作的关系。

卢孟实最终失败了，就应了修鼎新的那句话：他什么也做不出来。

剧作家何冀平在创作谈中说："突然间，我感悟到一点什么：盘中五味原来来自人生五味！我从堂、柜、厨中走出来，从为'五子行'不平的义愤，升华为对人生的感叹，人物出现了新的意蕴，'福聚德'的兴衰故事里流淌出一股潜流。作品风格也随之明朗了，我要按着调和五味，熔于一炉的方法，做一味酸、甜、苦、辣、咸俱全的'中国菜'。"

2019年8月13日合作完稿

《初中语文现代文选讲》后记

这本小册子是上海教育出版社编辑约稿的。大概的背景是这样：2017年秋季开始，国家正式推广使用三科统编教材；2018年秋季开始，上海初中学段起始年级开始使用统编语文教材。统编语文教材在编写立意、编写理念、选编内容、编排形式等方面与原来使用的教材有很大变化。选题针对中学教师讲课中的困难，选中学语文新教材中的部分篇目，请有关专家做文本解读，计划出一个系列，其中涉及中国现当代文学的课文中的部分篇目，由我来主持解读工作。

这个选题的旨要，是从比较全面的角度，为初中学段的语文教师加深课文理解提供更开阔的思路，搭建起文本与教师之间的桥梁。

以上是出版社对我提出的编写要求。这个选题原来并不在我的写作计划中，我之所以愿意接受，确实有一点自身的原因。去年我在北京参加鲁迅文学奖的颁奖仪式，遇到一位中学教师，他以前读过我的作品，主动跑来看我。我们在聊天中谈到了中学语文教育，他诚恳地对我说："陈老师，很希望你能够为中学教师多写点文章。"他看我有点茫然的样子，又补充了一句："就像你以前写的解读《小狗包弟》这样的文章。"《小狗包弟》是巴金先生《随想录》里的一篇散文，我确实写过一篇解读它的文章，刊登在《语文学习》上，那是十多年前的事了。一篇很不起眼的短文，连我自己也忘了，但是这位教师却记得它，还希望我能够继续写下去。我这才明白过来，他的"很希望",是要我为中学教师写一点解读语文课文的文章。我过去为大学生写过一本教材《中国现当代文学名篇十五讲》,里面有一点文本细读的心得,但是我没有想过要为中学教师或者中学生写这类文章。念此不由得私自惭愧。所以当编辑来找我谈这个选题,我没有犹豫就答应了。

我对中学语文教育的关注,还是上世纪90年代的事。当时有一股风气,认为人文教育的缺失,是从中学教育开始的,于是有不少朋友不约而同地转向中学教育领域。他们与一批怀有理想的中学教师结合起来,从语文课的改革着手,试图对中学生灌注人文教育,从根子上培养人文精神。我在那个时候也是一个无药可救的理想主义者,对这项工作也曾付出很多时间和精力,策划丛书、编写课文、推广中学人文教育等等,做过不少尝试,但实践的结果大多都是失败的。新世纪以后,我主动把工作转移到大学中文系的课程改革,开设经典细读课程,推广大学的人文教育。我当时就说过,我在大学里所做的这些努力,本该是在中学教育领域做的,但因为种种原因没能实现,只能退一步,把人文教育延迟到大学里来做,就算作是亡羊补牢。

上海教育出版社的约稿,又重新勾起我对中学语文教育的向往。我要做的工作很简单,只是对统编语文教材的一部分课文做些注疏和解读,这属于文本细读的范围。对此我有些自己的研究心得,而且一向认为:对于高校中文系学生来说,文本细读是一门技术,它是可以通过训练来掌握的。中文系学生在大学毕业后,无论是到中学去担任语文教师,还是在其他文化机构担任文学编辑,从事文学评论,都应该掌握文本细读的方法。为了使读者了解文本细读的理论与方法,我特意改写了一篇旧文章,把它作为与中学语文教师交流文本细读的开场白,放在书的前面。

当然,文本细读不能代替语文教学。教学有自己的规律和要求。所以,我在这里也要特别提醒读者:这本小册子仅仅是我和我的同事们对中学语文课文做一点自己的解读,希望给读者提供一个新的分析视角,使读者更加全面地了解课文文本内涵。如果有中学生阅读本书的时候,发现本书分析课文的观点与教师授课或教学用书所阐发的观点略有不同,那么,在考试时候还是应该按照学校教师所规定的要求去解题。但也必须知道,优秀文学作品的内涵总是深刻而且复杂多义,不会只有一种解读方式,更不可能只有一种正确的解读答案。希望中学生在阅读本书的过程中,学会独立思考,长大成为一个特立独行的大写的人。

编写本书的工作得到了我的团队的支持,他们是郜元宝教授、宋炳辉教授、段怀清教授和金理副教授。他们都是我在近二三十年的工作中长期合作的伙伴。去年秋天开始,我连续主持两项与教学有关的工作,一项是为喜马拉雅音频课平台开设"文学与人生"课程,另一项就是编写这本解读中学语文课文的书稿。这两项工作都离不开年轻朋友的通力合作,尤其是郜元宝教授在这中间挑起了重担,为我减轻许多工作压力。宋炳辉教授曾是我主编的全国自学考试指定教材2012年版的中国现当代文学作品选的合作者,他帮我处理过很多编写教材过程中的琐事。现在有了他们的支持,我才放心地接下了这项工作,并且有了完成的信心。

在具体写作过程中,还要感谢我担任联系导师的博士后王利娟。她与我合作完成了我所承担的七篇课文的解读工作。我们的合作方式是:王利娟先写下每一篇课文解读的初稿,由我来修改,并且注入了我自己对课文文本的理解。我们两人的阅读角度、阅读兴奋点以及知识装备都是不同的,分析的侧重点也不同,可以作为互补,一起来完善这些解读。成稿的过程是一个不断讨论的过程,我还把其中几篇解读文章拿到研究生课堂上,供同学们一起来讨论如何解读文本。——这样的合作方法,三十多年前我与李辉合作撰写《巴金论稿》、二十年前集体编写《中国当代文学史教程》时都使用过,一直鼓舞着我与我的合作者为学术而共同探索和实践。

2019 年 8 月 18 日写于海上鱼焦了斋

【附录】 略谈语文课的文学性

我对语文教学是外行。今天论坛提出了语文教学的核心概念是提高语文素质,从过去强调语文知识点扩大到语言知识、语言积累、语言能力以及语言的文化内涵,这是一个高水平的提升。但是我还是想利用这个论坛讲讲另一个话题,就是语言的审美性、模糊性,这些特点都可以归结为文学性的问题。

语文教学与文学有什么关系呢?一部文学作品被选入语文教材,它就不完全是文学作品,而是一篇课文。课文有课文的特点,有一些很好的文学作品,它并不适合选入课文;然而一旦被选入课文的作品,就把它当作课文来讲,而不是当一个文学作品来读。那么,怎么来理解课文的文学性?

我是这么想的,语文课文,除了应用文以外,一般都是具有文学性的。语文是和写作主体的思想感情、审美感受联系在一起的,没有办法完全抽离出来。语言即思维,这也是刚刚步根海老师提出的一个非常重要的观点:语言是思维而不是工具。举个例子来说,今天上午观摩会上,一位老师分析《看不见的爱》那篇课文。今天是准备好讲语言的素养,所以她一上台就没有介绍作者生平等背景,全部是围绕语言问题来讨论。我也注意到了,那位老师讲得非常好,讨论了两个概念,一个"怔住",一个"沉默"。这两个是语言概念,也是一种思维形态。老师讨论"怔住"时,就问同学们:接下来后面人物对话有什么特点啊?然后小朋友就说"有省略号"啊……这些都是事先准备好的。这个我觉得很重要,为什么很重要?省略号在概念上是表示语气断断续续,欲言又止。其实它在这里的作用,就是表示一种"怔住"。怔住就是思维中断,表现在语言上就是省略号。接下来一个词是"沉默"。"沉默"用今天的网络语言来说,就是"无语",就是说不出来,不知道怎么去说。这个时候人物的思维活动就退场了,但是客体世界没有因此而停止,周围的东西都是活的。盲孩子还在不停地打弹弓,风不停地在吹,虫不停地在鸣叫。人的主体思想退场了,客观的世界复活了。思维是作者的思维,语言是作者的语言,看不见的爱超越了语言和逻辑思维。这就是文学性。文学性与语言是不能分的。文学是靠语言来表达的。语文课文的特点就在于,透过语言的力量,把人的一种生命能量散发出来。这样的散发,既提升了人的思维能力,也提高了人的语言能力。

接下来我讲第二个问题。语言有一种再生能力,需要我们读者通过联想、通过感受去理解作品。如果缺了读者的主体理解,这个教材就是一篇很简单的文章。但如果孩子由此联想到了爱,联想到母爱的力量,这个作品就好看了,就让人家去爱它。我觉得语文教材一定要让孩子感受到美,感受到美,他才会去爱,他才会爱我们的语言,爱我们的语文课。如果你不让学生感受到美,他是爱不起来的。

《唐诗过后是宋词》是高中生读的课文。高中学生要锻炼思维能力。这篇文章是可以训练人的思维能力,它讲的不是文学史知识,也不是语文知识。作者的观点有点奇特。为什么?第一,有一个观点,说我们爱古典诗歌超过了爱流行歌;第二,持这种观点的人,骨子里还有一点贵族气,看不起那些流行的文化。所以文章里面举的那些例子,总是说"我的朋友怎么说"……这些"朋友"里有我们自己,我们都是其中一分子。可是作者有一点好,他尊重了自己的感觉。其实他还是觉得流行歌曲很好听。比如,我们有些人,听到邓丽君、罗大佑的歌,觉得很好听。可是呢,我们在公开场合是不说的。公开场合我们就会说李白伟大,杜甫伟大,不会说邓丽君伟大,那不可能的。然而课文作者愿意迈出一步,说流行歌也有好的。不仅有好的,而且用了"唐诗以后是宋词"这样一句很大的话。这句话如果有人质疑:难道流行歌曲是宋词吗?邓丽君就是李商隐吗?罗大佑就是苏东坡吗?怎么可能啊?但他用这个标题本身就是在赞美流行歌,肯定流行歌了。你看,把流行歌比作宋词了,还了得?对不对?他的意思就是,反对也罢,不喜欢也罢,宋词已经成为唐诗以后的重要艺术形式。他不是说了嘛,柳词也都是妓女唱的。跟我们现在夜总会的歌手唱的意思差不多的。可是我们没有把柳永从文学史上开除啊。这篇课文的主题就是这样的,只是作者没有直接说出来,他写作的过程中,个人的爱好与立场之间,感性和理性之间,冲突非常强烈。所以他一直犹犹豫豫,想说又不明说。他一会儿正气凛然地批评流行歌,一会儿又倒过来了,说流行歌还是可以听的,对不对?这句话终于说出来了,又马上绕回来说,流行歌的有些歌词要改改,否则大家会听腻的。所以作者的思维是辩证的。这个辩证的思维形态就是:进两步,退一步;退一步,又进两步,这样一步步往前推。他的目的还是说:唐诗过后是宋词,这是对流行歌的肯定。但是他最终还是不放心,强调他肯定的流行歌,不是现在的流行歌,是未来诗人创作的流行歌。让未来的苏东坡来写,未来的陆游来写,未来的李清照来写,那么好了,未来的宋词就出现了,是不是这个意思?这里你可以看出他的思维形态,一直在掩盖自己的真实想法。感情倾向与理性判断不一样。绕来绕去是一种辩证思维的方法。老师讲这篇课文,不是讨论它的结论,关键在修辞。各种各样的修辞手段:夸张的、比喻的,用这些修辞遮蔽真实的想法,但这个真实想法最终还是讲出来了,题目就说出来了。

我觉得像这一类文章,是应该到高中才读。如果这样的课文拿去高考的话,就比较麻烦了。高考要很准确。但是这又是一个很有趣的思路。文学的趣味就是要绕来绕去,绕来绕去就把文学性体现出来了。什么是文学性？在课堂上是很难讲清楚的。我很佩服我们老师把这篇文章选进教材,能够在观摩会上大胆选这样有挑战性的课文作为教材,上公开课。这将大大提高学生的思维能力。如果都是很简单的白水青菜,学生将永远停留在低水平的思维形态上。所以,我说这样的课文是能够很好提升学生思维能力的课文。

第三,我说一下语言的抽象性。语言不是你可以拿在手里赏玩,可以闻到,可以看到,也不像食物可以引起味觉、嗅觉等感官功能。但是它包容的东西最多。音乐是诉诸听觉,绘画是诉诸视觉,舞蹈是通过肢体运动,都是可以操作的。语言是没办法通过感官来把握。像一篇小说,就这么几个字,印在白的纸上,就是白纸黑字。但就这么几行字,你就可以想象出一个复杂的故事,唤起复杂的情绪。这就是语言的抽象性。我们幼儿教育一定是先教儿歌啊,绘画、动作啊,等到教语文课了,要用文字来表达了,那就进入了抽象思维的阶段。抽象性教育要和具体事物结合,尤其是小学语文教学。当然,我们长大了,就具有抽象思维能力,看到文字写某一样物体,这个物体的形象就栩栩如生地反映在脑子里。但孩子没有这种形象来帮助思维,我建议我们的语文教学要加入一些辅助手段,或者用形象的图案,用多媒体,来帮助学生理解。举个例子,《白洋潮》是讲作者偶然发现这个地方可以观潮。以前人家都说这里没有潮的,可就是他去的那天偶然遇到了潮水,他非常兴奋。但是我们的孩子不见得都去海宁观过潮,不见得都理解潮的概念。观潮的那种气象万千,那种磅礴气势,究竟是怎么回事？孩子们不一定理解。但我看现在教学都用PPT,只要利用多媒体播放一下海宁观潮的短片,让学生看看,他们马上就理解了,潮水是如何拍到岸上,怎么打到地面上,怎么碰到山壁产生轰动的声音。光凭孩子经验很难产生这个想象。所以,像这样的课文讲解,我建议多做一点PPT。包括老师刚刚讲的罗大佑,现在学生都不知道罗大佑是谁,老师放一放歌曲,学生马上就知道罗大佑了。现在不像过去,过去只能靠一个简单的想象。现在有许多有质感的东西,可以帮助把语文课上得更好。其实这里有很多文学性、艺术性的元素在起作用。

        2017年3月27日,根据录音整理

第六辑　邺架故事

本 辑 小 记

第六辑收录八篇长短文章，一篇访谈，均与我担任学校图书馆馆长有关，也是我从2014年开始进入一个新的领域的学习心得。我以前对图书馆学一无所知，现在图书馆又处于一个转型过程，旧传承与新知识夹杂在一起向我袭来，我只得边学习边摸索，慢慢地熟悉起来。本辑文章所涉及的面向颇广，有关于图书馆转型的宏观思考，也有具体部门工作的设想，如古籍保护、学科评估、泛在知识环境建设、特藏展览等等，都在我的思考范围之内。好比是狗学耕地，这里留下的都是歪歪斜斜的脚步痕迹，不怕献丑，一并保留于此。

其中《高校图书馆传统功能外延的三个拓展方向》是承北京大学图书馆邀请，在其120年馆庆大会上所做的主题报告；《试论高校图书馆特藏建设的意义》是为天津南开大学图书馆百年馆庆学术报告会做的主题报告。此外，其他各篇都是为各类专著、图书、展览所作的序言，我确实是在学习与实践中慢慢展开图书馆工作的。

附录《我与图书馆是很有些缘分的》是我刚担任复旦大学图书馆馆长时接受《复旦人》杂志安排的采访。采访人是中文系的研究生傅艺曼，本文是她根据现场录音整理的。

2020年2月5日

《复旦大学图书馆百年纪事（1918—2018）》[①]序言

"吾校向无图书馆,有之自戊午年始。"戊午年,即1918年。那一年秋天,部分学生发起成立戊午阅书社,每人捐洋两元购置书籍,自己管理,由此开始了复旦大学图书馆的雏形阶段。此举大约是得到过学校当局的认可与鼓励。1920年春天,学校当局在修订大学章程时明确规定:"学生每年应缴阅书费两元。"同时宣告:"本校备有各种书籍数千卷,西文书籍数百卷。俟经济稍裕,尚拟多增西书以供研究。"我是这样想的:从1918年秋到1920年春,短短的一年半时间里,仅靠学生每人捐两元,要购置数千卷中文、数百卷西文图书是不大可能的,何况,从章程的表述可以感到:学校当局对于图书的购置似乎更加偏重于西文图书,而对中文图书的稀缺并无太多忧虑,也就是说,当局考虑的是锦上添花,不是雪中送炭,他们对于学校储存的中文图书还是有一定自信的。——我这么来分析以上两条信息,是出于对本馆"有之自戊午年始"的说法持一定的疑惑。很可能在复旦公学的历史上,已经有过不那么正规、完备的图书资料机构(如阅览室),但未被历史所详细记载。复旦大学作为中国最早实行民间办学的现代私立大学,毕竟是筚路蓝缕,遭遇多艰,不像朝廷办学或者洋人办学,一开张就有优厚的条件,但也并非就真的没有图书资料以助

[①] 《复旦大学图书馆百年纪事(1918—2018)》,钱京娅、史卫华主编,复旦大学出版社2018年出版。

教学。1917年复旦公学更名大学，始创本科教学，这个时候才意识到需要有一个正规的图书馆。民间办学经费有限，学生自筹经费，在学校筹划建立图书馆的过程中推进了一步，于是有了戊午阅书社的组织机构，为建设正规的校图书馆打下了基础。在以后的几年里，本馆建设确实有了实质性的发展：1922年正式迁入奕柱堂，1923年沪上大佬聂云台捐赠《四部丛刊》，1924年图书馆学专家杜定友首任图书馆主任，对本馆早期建设作全面规划……大约到这个时候，本馆才走上了比较正规的发展道路。

从1918年算起，本馆已经有了百年的历史。在这庆典的日子里，我们应该回顾一下历史，看看自己的脚印，这么多年是怎么走过来的。在这百年史中，有两个时间节点不能被忽视，这也是与复旦大学的发展历史紧紧联系在一起的。一个是1952年院系调整。据本《纪事》1952年间条记载："在全国高校院系调整中，调入书刊251 473册（其中震旦大学98 991册、沪江大学72 267册、暨南大学13 157册、华东教育部6 443册、大夏大学4 560册、安徽大学3 344册、同济大学1 634册、浙江大学13 940册、东吴大学811册、光华大学689册……）"这一年始，复旦大学名师云集，实力倍增，图书馆也随之有了较大的起色。另一个时间节点就是2000年复旦大学与上海医科大学的合并。《纪事》2000年4月条记载两校合并时上医大清点资产，"图书馆纸本馆藏书刊实点数为333 904册，订有中文印刷型期刊844种，外文印刷型期刊近600种"。"藏书特色为基础医学、临床医学、药学、预防医学、法医学、护理学等领域的中英文书刊及部分人文科学书刊。"新组建的复旦大学图书馆，是两个学校图书馆的强强组合。所以，我们今天回顾本馆的百年史，不单单传递的是复旦大学一脉香火，也理所当然地包含了上海医科大学的历史血脉。

作为一个研究型图书馆，收藏是否丰富，不仅仅靠资金购买所有，还有许多非金钱因素所能够获得的藏品。这就需要有心人的捐赠,捐赠是图书馆不断丰富内涵的重要渠道。在本馆的资源建设史上,曾经得到过许多名流、藏书家们的眷顾,或者是出于因缘,或者是迫于时势,但最根本的原因还是出于对复旦大学名校名馆的信任与藏书事业的责任心。有些高贵的名字我们是要牢牢记住的。当我读《纪事》所载1930年9月13日条:"孙心磐报告:一、洪深允将价值巨万之家藏书籍完全捐赠本校……"1956年夏条:"藏书家金山高吹万将其旧藏吹万楼《诗经》类图书700余种出让给复旦大学图书馆……"1973年6月条:"王欣夫教授家属捐赠王氏蛾术轩古籍4 180册(其中可列入善本的3 258册,普通书刊922册)……"同月:"乐嗣炳同意将344册古籍(含明代刻本、史书与清代文集)赠与图书馆……"1986年7月条:"已故教授赵景深之夫人李希同根据赵先生生前愿望,将他珍藏的二万七千余册书籍全部捐赠给校图书馆及校古籍研究所,并由校图书馆负责收藏。"……一直读到2016年陈毅家属将元帅生前藏书以及相关重要文献资料赠与本馆,开启了本馆红色经典收藏的特藏计划时,我感觉,这一条条记载的每个字都是金光闪闪,仿佛都是用黄金般的心构筑起来的。我们需要有更多的高贵的灵魂来关注这个文化积累事业,图书馆不仅要收藏各类图书资料,还需要打破传统思路的条条框框,收藏各种非正式出版物,各种与当代社会生活密切相关的文献资料。我们已经进入了大数据、互联网时代,各种第一手原始文档资料做成的数据库和电子读物,可能比正式出版的图书资料更具有收藏价值,也更具有学术的含金量。目前,本馆正在筹划建设的"当代中国生活资料馆"、"当代诗歌收藏中心"、"中华文明数据中心"等机构,都是图书馆转型过程中的一块块资源建设的基石。

　　本馆的百年历史发展进程中,最主要的动力还在于一代代为本馆的图书事业做出了巨大贡献的普通职工。本《纪事》上编第二篇1936年3月17日条记载:图书馆管理员杨锡恩回家路上遇劫匪枪击身亡,"院长颜福庆因其工作勤勉,特发起捐款,以资助杨锡恩家属,数月内捐款金额已超过2 000元"。1946年9月16日条记载:怡康轮在长江上烧毁沉没,医学院大批图书资料仪器被毁,随船的"朱席儒也被烧伤,一名工役下落不明"。这里都记载了普通职员工友为图书馆做出的牺牲。因为限于体例和资料,《纪事》无法将所有员工的日常业绩都一一呈现,但是我们要记住,在《纪事》所铺展的每一步发展的"事迹"背后,都凝聚了"人"的努力与生命代价。

本《纪事》的编写,采取了实录的方式,几乎每一条纪事都是有材料有出处,做到言必有据。对于本馆的历史道路,也采取实事求是的态度,好处说好,不好之处也绝不讳言,有好几处采纳了读者意见来做自我批评。这是编史者所应有的态度。还有一个特点是,本《纪事》在叙事上非常简练,几乎把所有的关注点都集中在图书馆的具体事务上,绝不旁骛,连带了大的历史背景也一律做淡化处理,读者只能在图书馆本身的历史陈述中略略意识到时代所发生的各种变化。不问世界发生了什么,不谈社会上发生了什么,甚至也不记载学校里发生了什么,笔墨都集中在图书馆这一小小的场域,从记载里折射出四周发生的大宇宙之轰然变化。百年沧桑,是世界的沧桑,而一所小小的高校图书馆,却在历史的公转中悠然自转,渺小而丰富。

今天的高校研究型图书馆,早就突破了原先仅仅围绕图书的存放借阅而展开的单向性服务功能,高校研究型图书馆的功能将是围绕学术研究(科研)而展开的多向性、复合型、高层次的服务活动。多向性决定了图书馆将配合学校的学科建设、教师的科研活动以及知识的传播而展开的多项服务功能,本馆由此确定了图书馆常态服务以外,积极推行情报评估(服务于学校与学科)、数据库建设(服务于读者与科研)、古籍保护(服务于文化传承与社会)的"三驾马车"方向;复合型决定了图书馆的功能不仅仅是单一的图书借还收藏,也包含了教学培养人才、科研活动、校园文化建设,甚至结合文化产业实行社会服务等综合性的服务功能,由此本馆相继设立了图书情报专业硕士学位点、古籍保护博士点以及国家级古籍修复技艺传习所等培养高层次人才,积极推进纸张工艺和古籍保护的科学研究,以及数据库的开发和建设;高层次的目标是高校研究型图书馆的奋斗目标,也是与一般公共图书馆、行业图书馆的主要区别,它不是为一般社会层面的读者而设置,也不是为一般知识普及层面的求知欲望服务,它就是要站在学科的前沿,迅速传递世界科学技术的进步信息,保护和传承传统文化的精华部分,提供给读者以先进思想、科学知识和全球视野,同时在文化知识的传播中也不断提升自身的亮度和力度。所有这一切,正是我所理解的转型中的研究型图书馆的发展目标。从这本《纪事》中读者可以看到,我们图书馆正在朝着这个目标大踏步地前进。

本《纪事》的编写计划,是我在三年前为准备本馆的百年大庆而提议的,得到了当时的分党委书记严峰的积极支持,由是,馆里组成了钱京娅、史卫华为领导的编写小组。小组几经寒暑,通力合作,从大量的文献资料、访问谈话中钩沉史料,编撰成册,期间京娅发挥了重要的作用。为此,我谨向京娅、卫华以及整个团队的所有编写人员,所有为本《纪事》提供过资料和回忆的人员,所有为复旦大学图书馆做出过贡献的教职员工,致以真诚的感谢和敬意。

2018年1月27日写于窗外飘来鹅毛大雪之时
初刊《文汇读书周报》2018年10月15日

高校图书馆传统功能外延的
三个拓展方向

我于2014年4月担任复旦大学图书馆馆长。年底，在馆领导班子共同讨论的基础上，我们确定了图书馆发展的三个方向，同事们戏称"三驾马车"，即是指在保持图书馆对读者优质服务的前提下，功能外延方面重点发展三个方向：一是推进古籍保护；二是加紧数据库建设；三是加强科技情报、学科评估工作。这三个方向，没有离开图书馆的传统功能，只是扩大了知识发布的面向，把知识服务的主要对象从个人从事学习科研的师生范围，进一步扩大到高校学科建设的总体要求，使图书馆能够更深地揳入学校学科建设工作，从而更高效率地发挥高校图书馆的功能，提高图书馆在高校工作中的意义。

从国家对教育科研的需要出发，推进高校师生科研活动，是高校图书馆与一般公共图书馆在功能上的重要区别。高校图书馆不是为了满足读者的一般阅读需要，更不仅仅是为了满足读者在日常生活中求知解惑的需要，在网络文化越来越普及的当今时代，所有可以在网络上很快得到解决的知识信息，对高校图书馆的功能而言，已经失去了服务的必要性。高校图书馆每天接待的，都是本校或者邻校的教师、学生（包括本科生和研究生、外国留学生以及来进修的青年），他们抱着崇高的求知目标来到图书馆，需要得到帮助的，是为了满足他们精神领域的追求，是为了更多地掌握他们正在学习中的科学知识，或者就是为了科研活动而承担各种各样的阅读任务。这是高校图书馆服务对象中占多数的情况。所以,高校图书馆与高校师生的关系,主要是围绕学科建设提供文献资源和发布知识信息,满足这一类读者从事学习、科研的需要。对于这部分的读者需要,满足度越大,工作效率越高,图书馆的存在意义就越大;如果图书馆的文献储备量与知识信息发布功能都大于或高于读者需要,那么就能够起到引领科研的作用。这是理想状态的高校图书馆。

但是问题远没有那么简单。高校的学科建设与教师、学生个人的科研不完全是一回事。个人的学习、科研是根据研究者个人的专业兴趣而设定,而学科建设是学校根据国家对科研工作的总体布局和需要进行的有组织协调、有明确任务、有经费支撑以及以团队带动教学、培养人才的一个完整的系统工程,也是高校科研工作的主要支撑。高校学科建设不应该排斥研究者的个性化创造发明,而是在协同创新的大主题下有若干分工,互相协调,发挥所长,以求达到整体上的高峰水平。学科建设做得好的高校,必将是把教师、学生的个人兴趣与学校的科研任务有机整合起来,达到无缝衔接,既充分地发挥教师、学生个人的学习、科研积极性,同时又引导研究者在科学实践中形成团队意识,攻克国家急需的科研项目。这需要学校领导层面对于学科建设的全局调控和布局。因此,高校图书馆仅从文献资源的知识储备角度看,需要分出三类服务对象:教师、学生出于个人兴趣的学习科研工作,作为学校学科支撑的团队攻关项目以及学校层面的学科布局与建设。

不同高校的学科实力分布是不同的,重点学科在资金投入与人力资源上拥有绝对优势,同时,高校图书馆也拥有不同的馆藏和文献资源,两者之间的关系是充满动态的供求关系,不是简单划一的单向供求。原则上说,图书馆是被动地为学科配备一流的文献资源和提供前沿的知识信息(尽管这项工作本身仍然充满主动性),但是图书馆主体能够高瞻远瞩,及时搜集、发布前沿学科的知识信息,或者充分利用好馆藏中的特色收藏,也有可能引导学科建设和培养有关专业的专家。高校图书馆应该以这种良性互动关系为推手,更加有效地为学科建设服务。

我校图书馆在2014年年底制定了"三驾马车"的发展方向,正是从以上的总体认识出发,利用本馆的优势所在,紧密结合本校教师科研优势,朝着这三个方向来扩大图书馆的功能,从而提高图书馆为科研服务的能力和效率。本文尽量避免讨论本馆具体工作的特殊性,从高校图书馆与高校科研的一般关系上讨论图书馆外延的突破与发展。

一、高校图书馆服务功能的多元化——以古籍保护为例

我最近阅读张计龙教授的《泛在知识环境下图书馆知识发现技术及应用研究》[①],对于我正在思考的高校图书馆发展思路有很大启发。"泛在知识环境"是美国国家自然科学基金的一份关于数字图书馆发展趋势研究报告中提出的一个概念,它直接改变了传统图书馆单向的线性知识发布与交流的方式,强调利用网络设施、电脑软件、信息系统、馆藏资源、数据库以及人力管理等图书馆的综合环境元素,为知识信息的发布、交流、消费、享用提供新的服务模型。"泛在知识环境"是对数字图书馆所能够达到的传播知识能力的一种探索性的描绘。充分认识并且在实践中探索泛在知识环境下图书馆多元传播知识的可能性,正是高校图书馆的努力目标之一。

依我的理解,泛在知识环境是对应真正意义上的数字图书馆

---

① 张计龙《泛在知识环境下图书馆知识发现技术及应用研究》,复旦大学出版社2018年出版。

而提出的一种状态,也就是当物理性空间被虚拟性空间取代以后的"知识环境"中,知识与用户之间构成的新的关系。这一点,应该承认我们国内高校图书馆还远未达到理想的水平。但是这样一个概念的存在与探讨,对于我们建设现代高校数字图书馆极有启发性。我以复旦大学图书馆建立古籍保护研究院为例,来讨论"泛在知识环境"对我们工作的意义。

创建中华古籍保护研究院是我到任后促成的第一项发展性规划。最初是响应文化部、国家古籍保护中心要求高校落实古籍保护人才培养计划,在落实这项工作的过程中,原来图书馆古籍部保存古籍、向专家提供文献资料这样一项功能形态被大大拓展了。首先,古籍保护专业硕士学位点确立,每年有十多名学生进入这个场域,成为新一类知识接受者;古籍保护的相关专业技术、工匠手艺等传授到学生们的手里,并且通过他们的作业和学习成果,再面向校园里更多的师生做公开展示,古籍版本、修补技艺、碑拓、木刻、书画、篆刻等作品的定期展示,吸引更多的学生成立课外兴趣小组(如学生社团古籍保护学社、家谱学社等),参与到古籍保护工作。如果空间宽敞的话,3D打印、木活字印刷、人工造纸、线装书本等古籍文化再造活动都可以通过学生自己动手来完成。知识传播的渠道、形态、面向都发生变化,传播与接受的形态也相应发生变化。其次,知识结构也发生变化。传统的古籍保护主要是通过古籍修复、善本再造等来体现,而古籍保护研究院成立以后,图书馆充分发挥了复旦综合性大学的学科优势,利用杨玉良院士团队的研究人员所具有的多学科知识背景,建立起化学、高分子、生物学、植物学等与古籍保护关系密切的综合性交叉学科,把研究对象从书本修复扩大到传统写印材料——纸张、墨的研究开发和保护。图书馆的综合性知识信息走到了学科建设的前面,原来各自发展的文理学科之间搭建起新的广阔的学科平台。其三,古籍保护的根本措施还在于古籍再造工程以及通过电子网络系统推送古籍上线,即使是珍贵的海内孤本也无须秘藏,尽可能利用数字化在网络上服务于最广大的读者。只有把古籍由少数人收藏玩赏的珍品转换为真正学术平台上的文献资源,吸引尽可能多的学者来关心、利用这些资源,才能使古籍在学术研究领域发挥真正作用。因此,古籍的电子化、数字化是古籍保护研究的重要工作目标,也是我们努力的方向。

应该说,古籍保护研究工作本身并不能取代中国古典学专家的学术研究,图书馆提供古籍资源为学者专家的学术研究服务这一根本属性也没有变,但是图书馆提供知识的资源品相、宣传普及、人才培养、服务形态、使用质量等等,各个面向都发生了变化,促成传统单向型的知识输出功能向着服务、教学、科研等多项综合功能的转化。

从表层上看,古籍保护研究工作是充分享用了文理综合院校的学科优势,但在深层次上反映了高校图书馆在泛在知识环境下的创新成果。高校图书馆以高校学科建设为依托,享用高校学科的知识资源是理所当然的,问题在于如何做到这一点。图书馆只是为各学科之间交流搭建发展平台,使各个学科在平台上既有奉献又能够得到自身的发展,复旦大学的文博学科本身就有研究纸张的专家和专业,但这个专业被纳入古籍保护平台以后,发挥出更大的作用。化学、材料学与古籍保护结合后,发展出"古籍保护化学"、"古籍保护材料学"等分支学科,并成为古籍保护学的重要支撑。可以说,搭建古籍保护的学术平台,就是为了消除图书馆与院系之间的隔离,形成双赢的知识交流的创新模式。再者,泛在知识环境的创新更是要打破馆藏资源的自我封闭和图书馆在管理模式上人为设置的隔离障碍,"泛在"的意义所指就是无所不在,只有实现真正意义的虚拟空间,才能真正做到"无所不在"的境界。这里还包括高校图书馆与高校图书馆之间的隔离、高校图书馆和公共图书馆之间的隔离,等等,都是需要解决的问题。我之所以取古籍保护工作作为泛在知识环境创新的例子，是因为古籍自身的价值提高了它作为收藏品的功能和价值，对建立现代知识传播模型有较大的难度。但随着泛在知识环境的观念得以充分展开，并转化为现代图书馆管理运行的普及形态以后，这些问题有可能会最终得以解决。

二、新知识的发现——特藏与数据库建设联盟的意义

当前高校图书馆的发展趋势，是从传统图书馆向未来的数字图书馆转型。在这个转型过程中，意识到泛在知识环境下要达到"图书馆的文献储备量和知识信息发布功能都大于或高于读者需要"的真正含义，并非是简单做到馆藏资源数量上的"大"，在海量信息面前，图书馆对知识信息的梳理分析与挖掘发现，尤其对有价值的知识发现，对读者个性化的研究发挥引领作用，才是最需要的工作。就如传统学术著作出版必须编制好的索引一样，索引不是为一般读者准备的，而是为研究者准备的，不同的索引会引导研究者关注不同的研究方向。这就为高校图书馆在未来的数字图书馆建设方面提出了更高的要求。

我对于图书馆学缺乏研究，对于未来的数字图书馆的理解也局限于字面，以前一度还以为数字图书馆仅仅是指由阅读纸质图书向使用数据库的转型，其实远非那么简单。我在学习的过程中逐渐理解，今天的数字图书馆是当前高校图书馆逐步在完善中的主要形态，而数据图书馆，才是未来的数字图书馆高效利用数据技术为读者（用户）做广泛服务的理想状态。就目前情况而言，研究者利用网络信息寻找数据资料和发现前沿学科走向，不再依靠传统纸质图书作为中介，有些理工科学者可以昂然地说，他们不走进图书馆也同样可以做研究。但这种现象只是说明高校图书

馆的物理空间使用分配确实在发生变化,相应就有了泛在知识环境的概念应运而生,即使你在自己的书房或者实验室里通过网络使用数据库从事研究,仍然需要图书馆进行数据资源的建设、采购、管理、制作、服务等一系列工作。这当然仅仅是图书馆服务项目的一部分,但是如何利用现代数据技术更加完善图书馆服务的人性化、智能化,乃至泛在化地为读者(用户)服务,让读者最大可能地享受阅读使用信息资源的方便、迅速以及个性化,都是未来的数字图书馆的努力方向。所以,现时期我们就要开始重视数据图书馆的建设和研究,利用数据技术(DT)更广泛地收集、管理、共享研究数据,并促使数据库建设工作上升为高校图书馆的最重要的工作。

目前而言,数据库采购以及与国际数据库商家之间的权限冲突等存在一系列的问题,尤其是很多数据库的所有权都不在买家手中,其实隐藏了知识信息被商家垄断的危险。现在国外文科期刊纸质文献的购买和保存,已经有教育部 CASHL 项目通过国内七个高校中心馆协同落实,有了初步的保障。国内重要文献数据库建设,现在有遍地开花之势,极需要作进一步规范、整合与协调。——但这些问题都涉及方方面面的利益,并非本文所要解决的课题,暂且不论。本文从复旦大学图书馆特色文献资源建设实际出发,谈谈高校图书馆特藏与数据库建设的联盟建立的可能性。

何谓特藏？本文不仅仅是指高校图书馆可能拥有的绝版古籍或者国宝级的藏品,本文所指的是,高校可能拥有的学科特色资料,如特色学科的精品课程、名师的课堂实录、专家的专题讲演、教师在科研过程中积累的特色文献资源、教师个人搜集的书画珍品、藏书家的捐赠、学者专业研究的手稿资料以及私人文献(日记、书信、回忆录等),所有这些林林总总的文献资料,图书馆都有责任给以高度重视,进行搜集和征求,并且尽可能地给以保存；如有重要价值的，应该及时制作数字化文档，在法律许可情况下通过网络提供给读者做无偿阅读和研究。我仅以名师讲课实录为例，每个高校可能都会拥有一批特色学科的名师专家，他们为学生讲授知识的范围是极为有限的，如果这些名师讲课实况能够被有计划、有组织地安排录制，成为图书馆的特色收藏，如果几个或者更多的高校图书馆能够协同制作这样的名师课程，其产品会是非常有特色的传承学科的文献资料。名师讲课实录，属于高校可遇不可求的珍贵文献资料，不应该像现在那样，处于无序状态的被录制和被传播，一些网商总是安排人员混迹于高校讲堂，不断窃取名人讲课资源在网上赚钱，而高校教务部门和信息部门则麻木不仁，对此完全放任自流。还有一种情况是教师的个人科研中所收集的专业资料，如教师个人研究某个冷僻领域，搜集了大量的专业文献资料，但是当他个人研究课题完成以后，这些文献资料可能就无人问津。像这样一类文献资料（包括图片、录音、笔记、实物等），图书馆都应该主动加以收藏和整理，并且制作成数据库，方便同一专业领域的研究者继续使用。

复旦大学图书馆近几年除了陆续制作馆藏图书如古籍善本、民国丛书、地方志等特色数据库外，同时还有意推动特色捐赠品、教师个人科研成果类的数据库建设。如社会学系张乐天教授花了几十年时间从社会上搜集大量的当代中国社会生活文献资料（包括人民公社、国有企业等单位的完整历史文献、个人家庭书信的成规模的收藏等），在今天已成为研究当代中国社会生活的重要材料。图书馆为此特地设立"当代中国社会生活资料馆"的专门机构，配备人员对这批重要文献进行整理、遴选和数字化。这项工作也引起许多国外高校图书馆尤其是东亚馆领导人的兴趣。在国外，著名高校图书馆的东亚馆多少都有关于当代中国社会生活某些方面的专题收藏，如果世界各个东亚馆之间能够建立起当代中国社会生活资源共享联盟，把相对分散的资料通过数字资源平台建设,聚合成为可供研究的馆藏,我们将能够制作出具有研究价值的内容丰富的各类专题数据库,对于学者研究当代中国社会生活具有特别重要的意义,我们亦将能够对当代中国社会生活领域的研究产生实际意义的推动作用。高校图书馆的特色专题数据库建设将成为泛在知识环境下新的知识发现,特色数据库建设量逐渐增多,将会改变目前图书馆行业受制于数据库供应商控制的严重局面。这是高校图书馆的特藏与学科建设之间良性促进发展的途径之一。

数据库建设需要大量资金投入,需要学校学科建设经费的配套使用与持续性的投入,并非图书馆单独可以完成。但是高校图书馆朝着数字图书馆转型是势在必行的发展趋向,图书馆的转型越成功,越有特色,对高校的学科建设、学科支持就越大。前沿文献资料的先行建设,不但有可能引导高校学科建设朝着良性方向发展,而且能够培养出一批坚实的专家团队,将成为高校赖以支撑的重点学科或者特色学科。这样一层关系,是需要高校学科建设的相关负责干部具备一定的学科前瞻性和特色资源建设的高度自觉性。

三、图书馆对高校学科建设的高层参与:学科情报和评估的意义

在图书馆工作系统里,科技情报与学科评估工作是相对独立的系统;但对于高校学科建设而言,高校图书馆科技情报和学科评估工作的重要性将越来越被突出。尤其是学科情报与评估研究,可以直接影响到学校领导层面对学科建设的工作思路、决策以及相应的经费分配和学科布局。泛在知识环境的重要特征就是打破了传统图书馆运行的图书与读者的单向关系,转换为知识与用户的一对新型的供求关系,以主动的知识产品去引导用户享

受更加合理的知识服务。图书馆的学科情报和评估工作与高校学科建设的决策机构之间,就构成了这样一种对应性的关系。

在985高校里,综合性大学拥有数量众多的学科。其中一流学科、重点学科为数不少,结构复杂,需要投入的经费项目也相对复杂。如果要求准确掌握高校各个学科建设所需要的基本经费及其重点投入项目情况,不仅需要有全校各个学科发展情况的全部数据,还需要每个学科在国内外同类高校同类学科中的横向排名情况,以及在人力资源、经费资源、科学产出、学术成果、社会效益等多方面的数据调查,才能够做出准确、科学、符合实际状况的经费预算决策,来决定重点支持哪一类学科的优先发展,决定给以某学科中的哪一类项目的重点资助。而作为学校高层科学决策依据的,就是来自于学科情报的数据信息和精准分析(评估)。这是高校学科建设工作流程中极其重要的环节。作为科学的高校学科建设工作流程,合理的情况下应该是:(1)图书馆提供完备准确的学科情报数据和评估分析报告;(2)学校发展规划处、财务处、科研处、人事处等相关责任部门根据图书馆提供的学科情报数据和评估分析报告来决定学科经费方案;(3)经费使用单位(院系和学科平台)根据学科经费方案与实际科研需要进行协商和调整;(4)校领导总体平衡经费分配。尤其是在当前财务结算制度改革的情况下,如果缺少了第一个环节,后面几个环节的决策都缺少了科学依据和精准评估,很容易陷于盲目、机械、随意和脱离实际的状况,往往会造成损不足而奉有余的局面,甚至是财力上的浪费。

从目前高校学科建设的实际状况来看,学校领导层面对于学科情报数据与评估分析报告的重要性严重认识不足。目前大多数高校的学科建设经费分配流程是:(1)由经费使用单位(院系和学科平台)自己申报项目经费;(2)学校各部处单位从自身权限出发来认定经费分配方案;(3)学校领导总体平衡经费分配。

因为缺少了精准的学科情报数据和科学评估报告,经费申报单位总是希望尽可能多地获得经费,而审批部门也无法用科学依据来支撑自己的分配决策,结果往往是依靠校领导个人的权力因素介入解决一些难点。因此,很难说整个分配方案能够真正科学有效地支撑学科建设。

再回到图书馆自身的工作状况来看,学科情报与评估工作在得不到学校领导的充分认可的情况下,自身也有一个不断提高情报与评估的精准度和前沿性的问题,有待于在实践中进一步探索解决。泛在知识环境下的图书馆情报工作,不仅仅是为了图书馆自身建设而提供知识发现,更重要的是着眼于整个学校的学科情报与信息,评估的是学校总体的学科布局、经费分配、教师的学术档案、科研团队的各项指标等等,要从实际出发,针对各个学科的不同特点(如文理医工各学科之间、人文学科与社会科学之间的差异等)来制定符合实际状况的学科评估标准。如果能够符合实际状况地制定出一系列的评估模型,运用于学科建设的实际工作,这对于学校学科建设进入良性循环是一个有力的基础性的推动。

图书馆的情报数据与评估模型在高校实际工作中还将产生一系列的连锁效应,具有广泛性的运用价值。如学校人事部门的师资考核和人才引进依据、教务部门的教师教学效果反馈、研究生院的硕士博士学位论文考核等,都需要有科学数据作为支撑。这也许是一场高校行政管理系统的科技革命,有待于我们在实践中摸索、积累经验,开拓出高校图书馆未来发展的新领域。

结语:"三驾马车"的新使命

复旦大学图书馆建立中华古籍保护研究院、人文社会科学数据研究所以及学科情报评估中心都只有三年左右的时间,许多规划还刚刚展开,有些部门做得风生水起,有些部门还处于起步摸索的阶段,因为有了明确的目标,经过同仁们的努力开拓,已经使图书馆传统功能的外延有了明显的拓展。这三个方向,既没有离开图书馆服务精神的大方针,又在服务对象、服务层面、服务内容和形式上都有了很大的变化。本文主要是总结这三个拓展方向与高校学科建设的关系,其实,这三个方向都具有前瞻性,在实践中都慢慢走出了图书馆四道墙的范围,与学校、与社会、与行业都发生了广泛联系,新型的知识发现和知识产品都有待于进一步与外界结合,实现真正的社会化、产业化。这样,泛在知识环境下的高校图书馆才能真正完成,而高校图书馆在自我完善中与时俱进,也能够真正做到自我更新,自我发展,从而确立新型图书馆的主体性。

2018年8月13日于复旦大学图书馆
初刊《大学图书馆学报》2018年第5期

试论高校图书馆特藏建设的意义

特藏是高校图书馆资源的重要组成部分，又是图书馆对外发散知识信息的一个亮点，所以它被置于图书馆内涵建设与外延发展的交叉点上，既是图书馆内涵的个性化标记，也是校园文化的标志性高地。就目前国家对教育的投入而言，全国高校都有一定的经费来保证图书馆资源建设，高校图书馆围绕学科建设配置图书文献资料，包括数据库和其他电子资源，其拥有的资源数量可能因经费充足与否而有所不同，但购买资源的基本内容相差无几，馆藏同质化现象越来越严重。图书馆除了古籍善本在传统积累上有所建树以外，一般来说无特色可言。而特藏却能够弥补这一根本性缺陷，使现代图书馆在精神取向上获得较大的提升。

为什么要在精神取向上确定图书馆特藏的属性和意义？因为在图书馆的藏品中，一旦被列入特色馆藏，就不是一般意义上的图书资料，而是象征了某些精神内涵。这种精神含义与图书自身的精神品相、图书馆的精神内涵以及校园文化的精神建设，都有着密切关联。以往图书馆片面强调图书作为传播知识的工具性价值，却没有意识到，图书本身除了工具性的功能以外，它自身还有生命性的一面。什么叫图书的生命性？就是指书的作者写作时形成的一系列生命能量被倾注在文字里，读者在阅读中产生的生命能量被融化到图书里，以及藏书者为爱书、寻书、护书所耗费的生命能量。所以，图书馆（尤其是高校图书馆）不能仅仅着眼于图书的使用价值与工具性功能，更应该在此基础上，关注到图书的精神价值与生命性的特征。

之所以要强调这一点,是因为现代图书馆所理解的特藏与传统意义上的特藏有着根本性的区别。传统意义上的特藏总是与古籍善本联系在一起,除了保存、传播文化知识外,图书价值的认定主要是依据版本年代,书的收藏价值往往是根据图书的经济价值来衡量的。这一标准,现代图书馆特藏依然会遵循,但仅仅这样还不够,我们必须把特藏的价值标准从单一的经济价值取向转化为多元的精神价值取向,强调图书藏品的创作者、接受者、收藏者的精神劳动价值与生命价值,这样才能够充分拓展现代图书馆特藏的内涵,把特藏工作放在图书馆资源建设的核心位置上来理解和推动。

一、特藏在图书馆内涵建设中的意义

既然现代特藏具有精神性价值取向,那么,图书馆的图书藏品一旦被列入特藏,就应该从精神性的层面来理解它和使用它,使特藏在图书馆的精神建设领域产生多面向的作用。

首先是特藏与图书精神品相的关系。一般来说,图书馆采购、订阅图书文献和电子数据库,仅仅是为了传播知识,满足师生、科研工作者阅读使用的需要。但如果是一本被作者签名的图书,意义可能就不一样,因为它已经被注入了作者特别的生命信息;如果书的扉页上有作者给另一位受赠人的题签,就意味着这本书曾经被人收藏,这本书的背后就有了另外一些故事,这些故事都属于文化精神层面,超出了书本内容所涵盖的知识信息。所以,同样一种图书,有的是从书店采购来的,有的是由某人捐赠获得的,从传播知识的功能上说,两者没有什么不同;但从图书的生命性而言,一本从文化名人那里获得的图书,对读者来说,精神感受会明显不一样。如果图书被进一步注入了作者、收藏者、阅读者的精神劳动价值(诸如眉批、题跋、注释、符号、印章等),就不仅在学术价值上有所提升,收藏价值也会得到提升,对读者精神感受的影响是不言而喻的。

我这么说,并非是有意忽略图书传播知识的功能。图书在图书馆的首要功能当然是流通与阅读,不是说,尊重图书的生命性,就要把特藏当作神明供奉,更不是当作镇馆之宝束之高阁,秘不示人。特藏图书与普通图书都应该在流通中供人阅读和使用,充分发挥传播知识的普遍功能,但是有一部分图书文献之所以被称为"特藏",还是因为这部分图书文献与一般流通的图书不一样,拥有特别珍贵的价值,具有不可复制、不可取代的特点。这就需要我们在保存、收藏以及宣传过程中,给以充分的重视,使图书文献发挥出多方面的作用。

有一个现成的例子。复旦大学著名教授、也是复旦大学图书馆的原馆长贾植芳先生,他去世后,他的家属把六千多种藏书连同先生生前工作的书房用具,都捐赠给甘肃张掖市的河西学院。贾植芳先生的藏书是在上世纪80年代以后逐渐购买的,并无版本价值,作为著名的"七月派"作家和1955年胡风冤案的重要骨干分子,他的藏书比较齐全的是"七月派"作家的作品和大量的作家签名本。但是河西学院的校领导高瞻远瞩之处,不是看重这些藏书本身的价值,而是看重贾植芳先生作为当代知识分子杰出代表的表率意义。贾植芳先生一生四次坐牢,受尽磨难,但是在晚年依然热情洋溢地投入写作与工作,他创建了复旦大学比较文学学科,培养大批青年优秀人才,他在文艺创作、理论翻译、非虚构写作等领域都做出了杰出的建树。这样一位铁骨铮铮的老人的晚年藏书,虽然每一本都很平常,但又都是联系着许许多多并不平常的故事。河西学院图书馆围绕这批捐赠品,特别设立了"贾植芳藏书陈列馆"、"贾植芳研究中心"、"贾植芳讲堂",多次举办贾植芳学术研讨会,推出多种学术研究成果。因为贾植芳先生生前的人脉所致,他的学生、朋友闻之都愿意到河西学院瞻仰先生的遗物藏书,他们去了河西学院,主动开设大量学术讲座,影响力覆盖河西走廊。河西学院图书馆的"贾植芳藏书陈列馆"现在已经成为"河西学院学生思想品格和人生理念教育的殿堂和鲜活教材"①。

河西学院设立"贾植芳藏书陈列馆"的事实,不仅说明了特藏与图书精神品相之间的深刻关系,而且在图书馆精神内涵的培养以及校园文化建设等方面,也树立了积极作为的榜样。

从另一个方面看,高校图书馆的传统功能目前正在受到挑战。由于数字时代造成知识泛在化,海量数据库的广泛使用逐渐取代纸质图书的阅读,学生即使不走进图书馆,也有可能从网络媒体获取做研究所需的知识信息,传统图书馆以图书资料收藏作为传播知识主要形式的状况将会改变,高校图书馆吸引学生走进图书馆的空间、吸收新知识的方式方法也需要朝着多元方向去探索。而特色馆藏与定期策展将会成为其中一条新的渠道,与传统图书馆通过图书文献传播知识、组织学术讲座开展普及教育等形式构成三足鼎立的发布模式,吸引更多学生走进图书馆,分享知识的力量。

高校图书馆的精神内涵建设与校园文化建设也是分不开的。一般来说,高校图书馆的特藏是与学校资源紧密联系在一起的。外来的重要捐赠以及购买特别珍贵的藏品,都要有可遇而不可求的机缘,唯有学校自身资源才是图书馆特藏的可靠保障。我在另一篇文章里曾经对何为高校特藏有过一个概述:在我看来,高校可能拥有的学科特色资料——诸如学校特色学科的精品课程、名师的课堂实录、名家的文化专题讲演、教师在科研中积累的特色文献、教师个人搜集的书画珍品和特色藏书的捐赠、学者研究的

---

① 参阅薛栋《精神寓典籍,大爱传河西——贾植芳先生藏书捐赠河西学院记》,收《史料与阐释》总第4期,复旦大学出版社2016年出版。

手稿资料以及私人文献(日记、书信、回忆录、影像资料等),所有这些林林总总的文献资料,图书馆都有责任给以高度重视,进行搜集和征求,并且尽可能地给以保存、加工和展示。只有充分重视了自己学校的资源,并且有意识地把物质性的藏品转化为精神性教育资源,才能赋予图书文献以生命性,才能给教师专家的学术研究和精神劳动以极大的尊重,才能使高校图书馆成为一个有生命的图书馆,才能让学生从这里感受到来自先辈的精神传统和召唤,由此而感到自豪。

二、特藏在高校学科建设中的意义

高校图书馆与公共图书馆的最大区别,就是高校图书馆的服务对象相对集中,服务目标也相应集中。高校师生和科研人员使用图书馆的目的也非常清晰,因此,高校图书馆的服务效应处于随时可以被检验的压力之下。换句话说,高校图书馆如果不能及时解决师生们因为教学科研的必需用书,那就是图书馆的失责;如果高校图书馆不能直接为学校创建一流的科研队伍服务,也是高校图书馆的失责。从最根本的要求上说,高校图书馆的基础服务水平是与学校学科建设紧密联系在一起的。如果图书馆没有足够经费支撑学科资源建设,不能及时把世界最新科学成果和学术信息传送给教师和研究者,那么也就是这个学校的领导层面出现了问题,严重失责,学科建设就很难达到真正一流的水平。所以,高校图书馆建设应该是学校的教学科研水平评估的重要指标之一。

如果我们从这样一个高度来理解高校图书馆与学校建设的关系,那么,图书馆特藏的意义,除了表现在图书馆精神内涵的提升外,还表现在它是否紧密服务于学科建设,为学科建设提供一流的资源。但在这里可能会产生一个问题:一般来说,图书馆资源建设为学科服务是一种常态的工作,为什么要与特藏建设的目标联系在一起呢?刚才我们针对高校图书馆与公共图书馆的区别,提到了高校图书馆的服务目标相对集中,不可能像公共图书馆那样为社会上各行各业广泛的读者服务,而只能相对集中地为教师、学生、科研工作者的教学科研提供服务。特藏作为图书馆资源建设的重点,它具有双重功能,一是为图书馆精神内涵与校园文化建设服务的功能,它的服务对象是全体师生员工,甚至更为广泛的读者;但是它还有另外一层为学校学科建设,特别是为尖端学科、稀有学科、特色学科服务的功能,而这些学科在学校的学科系统中可能不涉及大多数师生的利益分配,属于少数科研工作者的工作范围,但是从国家文化建设的长远目标来看,又是十分重要的学科。这些尖端的、稀有的、特色的学科不可能每个学校都具备研究条件,也许从学校的角度而言,这些学科的资源建设投入费用大,科研产出的回报率并不高;从图书馆的角度而言,这些学科的资源建设无法与其他学科互相兼容,如果没有足够的资源经费支撑,学科就无法进一步发展,更无法达到国际一流水平。像这类学科设置与否,需要学校领导层面做综合的论证才能决定,一旦设置了学科,图书馆资源建设就不能按照常态工作的思路去分配,只能以特事特办的方式跟进,而这部分资源建设的费用、采购以及收藏使用,理想的形式就是列入特藏建设部分。复旦大学图书馆遇到过这样的事例:因为历史学院引进了一位埃及学的专家,但我们图书馆原来并不具备这个领域的藏书,后经过这位专家的介绍,我们获知美国一家书商有批世界顶级的埃及学图书资料,经过学校层面反复论证,决定由图书馆购买这批价格不菲的图书文献,可以说,我们是为一位专家配备了一个小型特藏图书馆。也可以理解为高校图书馆的特藏功能之一,就是对一部分特色学科资源的特别投入与保存收藏,以便对该学科的利用提供最直接、最方便的途径。

高校图书馆的资源建设部分，特藏建设的费用与常态的采购费用应该有所区别。既然称为特藏，就不能用常态的工作思路和分配形式来限制它，应该按照学科建设的实际情况安排资金采购和使用。特殊的学科、特殊的专家，就需要有特殊形态的服务，这是高校图书馆特藏建设的服务信念。

除了对于特色学科的支撑外，特藏对于基础学科的发展也是有意义的，但是需要图书馆在获取藏品过程中，做真正懂行的引导者。图书馆完全有可能因为特色馆藏而提供院系课堂和教科书都不具备的相关学科知识。我举一个复旦大学图书馆特藏的例子。近年来我们图书馆相继接受两笔捐赠，一笔是1970年代末《今天》杂志的参与人鄂复明先生捐赠的当年《今天》杂志的大量原始文献和读者来信的电子资料，这些读者来信多至三千多封；还有一笔是当年"伤痕文学"的代表作家卢新华捐赠的他写作《伤痕》的八种手稿以及《伤痕》公开发表后收到的上千封读者来信。这两笔捐赠品都不是公开出版物，而是历史文献资料，尤其是数以千计的读者来信。写信人有的在当时是文艺爱好者，也有的与文艺毫无关系，他们只是用倾诉的方式向作家、诗人、刊物的编者讲叙了他们在"文革"中的身世遭遇，对文艺领域的思想解放运动表示了极大的支持。我本人的专业是中国现当代文学，我们讲授文学史和研究文学史，从来都是从文学思潮讲到作家作品，各种版本的文学史著作也都是这么论述的。可是当我面对这么大量的读者来信，不能不为之动容。由此感悟到，要研究上世纪70年代末思想解放运动和新时期文艺思潮，仅仅依赖公开出版的文学史和文艺作品远远不够。当时是一个全民参与的群众性运动，新时期文艺思潮的崛起，与千百万广大人民群众的自发参与分不开，是群众广泛自发的政治诉求酝酿了声势浩大的社会思潮，再进而激发和鼓励了文艺工作者的创作热情，由此推动文艺思潮的掀起。以《今天》为代表的"朦胧诗"运动和以《伤痕》为代表的"伤痕文学"是新时期文学奠基性的两大思潮,而这数千封读者来信有力地证明了这个历史事实。它以丰富的内容改写甚至重写文学史的发生和起源。这是在教科书和课堂里都无法掌握到的知识,现在通过图书馆的捐赠、特藏与展示活动,对中文学科的专业学习和研究都会发生重要影响,从而来推进学术研究的深入发展。这两笔捐赠都是由偶然因素促成,并不是有意为之的,当这些来自民间的重要文献资料被置放在一起,加以特殊的专业标引、数字化、专题发布等形式,以及专家的正确引导,就会对学科建设发挥重要的作用。

特藏的工作出发点和主要服务目标是为学校的学科建设服务,这是没有疑义的。但是学科发展本身又是一种国家的文化战略,根本上是为了提升国家的文化实力,推动国家民族的文化科学发展,因此,落实在具体高校里的学科群落,仍然需要与国家以至世界的文化格局保持良性的协作关系。在这个意义上说,高校图书馆的资源建设特别是新特藏的建设,既是为本校的科研服务,又有超越本校格局,面向整个学术界的责任。有些高校,可能因为历史因缘或者地理位置,有获得特藏资料的机缘,但是本校的教学科研力量并不具备利用这批特藏的条件。作为特藏来说,首先应该发挥的是图书馆精神内涵与校园文化建设的功能,其次可以在更广泛的层面上为学科建设服务,吸引外校、国内外的研究力量来利用和研究这批特藏资料,而图书馆也可以通过积极发挥这批特藏的作用,把自身建设成某个学科的文献资料中心。

三、新特藏对传统特藏传承的意义

第三个问题我想谈谈高校图书馆今天面临的特藏工作与传统特藏的传承关系,及其推陈出新的意义。在这个角度上,我特意使用了一个概念"新特藏",用以厘清与传统图书馆特藏的区别。

"特藏"这一概念在国外图书馆界提出已经有较长时间,国内业界也经常使用。特藏的界定通常因馆藏条件而异,并没有统一的认识[①]。在中国传统的图书典籍收藏中,特藏的主要对象是古籍善本,后来又加入了民国时期的书籍文献。很多图书馆的管理建制中,古籍部与特藏部常常合在一起。如果特藏工作仅仅围绕了古籍善本为中心,当然在今天弘扬中华文化传统的主旋律下还是有很多事情需要做,但是古籍的受众面毕竟很小,它主要还是为一小部分专家师生服务,很难让它产生更大面向的服务效应。所以我的建议是:古籍收藏量比较丰富的高校图书馆,把"古籍"与"特藏"区分开来,古籍作为特藏的"重中之重",需要有专门建制来从事古籍保藏、修复、数字化、发布以及服务等工作;而那些脱离了古籍善本的特藏品,才是我所指的"新特藏",也就是与现代图书馆精神内涵建设、现代学科建设紧密联系在一起,不是仅以版本为价值导向的现代藏品。之所以要做这样的概念区分,是因为在古籍所拥有的昂贵价值主导下,现代图书文献的捐赠就会变得无甚价值,更会导致人们忽略现代藏品的精神价值。

新特藏首先是对传统特藏工作的传承和弘扬,复旦大学图书馆是在推进古籍保护、传统写印技术的开发以及传统纸张的研究基础上,开展新特藏工作的,新特藏的藏品同样面对了藏品的修复技术、保存条件、数字化标引以及展览等方面的工作,这与古籍文献的保护、收藏和发布完全相同。但是在藏品的征集方面,新特藏较之传统藏品,更加注重精神价值和教育价值导向,同时在藏品的多样性上,可能与传统特藏偏重图书文献的认知有所不

---

① Elizabeth Yakel, Christian Dupont, "What's So Special about Special Collections?" Or, Assessing the Value Special Collections Bring to Academic Libraries, in: *Evidence Based Library and Information Practice*, 2013, 8(2), pp.9-21.

同。譬如河西学院图书馆的"贾植芳藏书陈列馆",不仅收藏了图书资料,还收藏了贾植芳先生生前工作的书桌和书架等器物,复原了先生当年的工作环境,树立了贾植芳先生的铜像。这样就给参观者更加立体、更加具有生命信息的感受。在新特藏的概念里,"图书"不一定仅仅指纸质文本,就像古代的"书",也可能包括了甲骨、铜器、竹简、丝绢、金石拓片等种类;在现代图书的概念里,网络、电子文本、数据库甚至新媒体手机等等,也都可以成为人们阅读的"书"。所以,新特藏的藏品应该是围绕传播知识这一核心概念,非纸质文献诸如缩微资料、影音资料、原生数字资料、非文献类实物等,以及非图书文献者,诸如来自民间的私人档案、手稿、账册、印章、图片等,都有可能成为藏品。

新特藏与传统特藏的另一个区别在于发布形式。传统特藏由于古籍版本价值及其保护修复的困难,一般来说是以"藏"为主,或者以少数专家的接触、使用为主要形式,很难长期置于对外的社会性服务,其知名度和声誉都是依靠耳听、口碑相传。而新特藏没有这类顾忌,如果社会文化环境良好的话,新特藏能够直接服务于社会,包括普及教育和学科建设。物理空间的展览、虚拟空间的上线等发布形式,都是通过"眼见为实"的形态与读者直接见面,在知识泛在化越来越普及的图书馆运作中,它也将越来越发挥传播的主动性、引导性和影响力。在互联网和大数据时代,新特藏相对传统特藏而言,可能并无神秘性,因为精神性价值是通过广泛传播来发生影响和产生效应的,而不是依靠束之高阁、秘不示人来获取价值。这一观念的改变,对于我们推进新特藏工作的开展,具有极为重要的意义。

前面已经说到,在高校的资源建设内容同质化的趋势下,特藏往往成为图书馆内涵的个性化标记,但是,一家图书馆有可能获得某些独特收藏,但是永远不可能穷尽学科的所有资料,更不能垄断传播知识的权利。因此,建立高校之间的特藏资源共享联盟,将是提高特藏的学术能量,更大面向地推动学术研究和学科建设的必经之路。这个课题虽然目前还处于探索的阶段,但是在互联网时代,高校图书馆特藏与学科建设的完整关系地图上,这将是一个地标性的高端目标。复旦大学图书馆在积极从事特藏建设,尤其是在当代中国社会生活资料大型数据库的建设过程中,我们也积极探索并推进各高校之间资源共享的特藏联盟,希望能够获得兄弟院校图书馆的理解与支持,在实践中摸索经验,取长补短,互相协同,努力让高校特藏发挥出更加有效也更加积极的作用。

2019年9月25日于复旦大学图书馆
初刊《杭州师范大学学报》2020年第1期

人文学科需有新的评价标准

2014年我在图书馆上任不久,学校就给图书馆布置了两项工作,一项是参与学校智库建设,另一项是关于现有人文学科评价体系的调查研究。我与当时的馆党委书记严峰做了分工,严书记参与前一个项目,我参与后一个项目。其实我也只是挂了个名,具体工作由副馆长王乐带领她的工作团队在进行。我们初步拟了一个人文学科专家的名单,以复旦文史哲外四个院系的教授为主要访谈对象,再逐步扩大到全国高校。此外,我带领一个工作小组去台湾访问中研院史语所和文哲所、台湾大学文学院和外文系。除了个别采访外,还在几个高校召开座谈会,尽量听取学术界对人文学科评价体系的不同意见。这项工作只是做了一个初步的调查,本来还要进一步讨论具体改革的设想和方案,但后来都没有做下去。

原因是当时负责文科的副校长调离复旦大学,去北京工作了。他原先的许多工作设想没能具体落实下来,项目最终也没有完全结项。但是这次调查规模较大,八十多位专家学者发表了自己的看法,反映出人文学者对现有人文学科评价标准的普遍意见。我们所采访的学者,都是人文学科领域成就卓著的专家,他们自身已经摆脱了评价体系的束缚,可以自由地从事学术研究,他们的学术成果也是获得现有评价体系认可和鼓励的。因此,由他们来对现有评价体系做出反思,我认为是比较客观的,纯粹是为了良知而发声。

所谓"人文学科评价体系"是近三十年来逐渐形成的。上世纪80年代还没有这么强势的评价标准。再往前,优秀人文学者主要是靠前辈举荐、业界口碑以及代表作而成就其在学术界地位的,也可以说,这是一种传统的评价体系,关涉到学术传承、社会影响以及在学术上的贡献。前辈举荐的方法现在虽然已经废弃不用,但是作为一种高校人才评审制度的潜规则,有时候还是会产生一点影响。高校院系学术委员会的设置,也多少含有前辈举荐的功能。其次是业界口碑,主要是指外校同行对某些学术著作、某些学者人品的集体性评价,这是指一般舆论,非特指个别专家的看法,现在高校评审制度中的匿名评审、校外专家意见等程序,也起到一点业界口碑的功能。其三,代表作,在我看来,这是至今为止人文学科评价体系中最合理、也最接近人文学科本质特征的评审依据。为什么?原因也很简单,人文学科的学术成果,最能体现学者个人的学术能力和治学风格,所谓代表作,是指学者本人所有学术研究中最能够反映自己学术水平的成果,它也是最接近学术本体的,没有其他非学术因素掺杂其间。虽然代表作制度自身有许多不确定因素,以致难以操作,但是较之其他评审标准和方法,它最接近人文学科的本质特征,这是无可否认的。复旦大学在十年前曾经推行过代表作制度,对人文学科的发展、对青年教师的鼓励、对外来英才的吸引,确实起到了极大推动作用,一度声名鹊起于学林。可惜后来没有能够坚持下去,这是令人遗憾的。

传统的人文学科评价体系虽然也有各种不尽如人意的地方,但从总体上说,是推动人文学科朝着有利于真正的学术研究方向发展的。我们采访的人文学者,大部分是在这样一种评估体系里得到鼓励,顺利走上学术道路的。在这个前提下,当时也确有一些可量化的元素作为参考标准,譬如在上世纪八九十年代,中文学科的学者如果在《文学评论》《文学遗产》等权威刊物上发表论文、获得国家五年规划的科研项目资助,也能得到学校的鼓励。

但这只是选拔优秀人才的参考标准之一,绝非是每个学者必备的考核标准,更不是学术道路上的投名状。

上世纪90年代后半期,教育理念开始发生变化。一种新的教育理念迅速成为高校科研管理的主导思想,即把教育与产业挂上了钩,把科研成果与科研产出挂上了钩,把科学研究与社会需求挂上了钩。这样的一种理念在管理理工科或者社会科学的教育科研时也许有其合理的一面,但是对人文学科的正常发展却构成了伤害。新世纪以来,新的教育理念下形成了新的评价体系,一切都朝着极度量化的标准靠拢,人文学科无法幸免。原来传统的评价体系过分强调了人文性因素,现在的评价体系里人文性因素又荡然无存,一切都转化为冷冰冰的量化标准。但是,任何缺乏人性化的管理制度都容易导致人的异化,缺乏人文性的科研管理制度,除了导致人的异化,还会导致学术的异化。因为这些急功近利的评价标准的存在,很多青年学者不得不放弃本来很有价值也很有兴趣的学术研究课题,不得不隐藏个性,随波逐流,人云亦云,本末倒置,很难再坚持人文学科最需要也是最宝贵的学术个性。我并非危言耸听,现在这一类量化标准不仅直接威胁到青年教师的职称评审,甚至影响到青年教师能否被聘任,这样一来,学术、教学、人品师德以及社会影响都被摆到了次要位置上,一切都围绕着量化标准,只讲形式不讲内容,把学术质量的把关都交给了刊物、项目、评奖等外在制度,然而这些制度本身也是人在操作,在腐败成风的今日社会风气下,人文学者与人文学术要想不被异化也很难。

平心而论,现有的人文学科评价体系并非一无可取,至少它为全国人文学科教师树立了高标。但首先,高标只是证明少数优秀学者的标志之一,而不必是、也不可能是对所有人文学科从业者的要求,就像体育运动竞赛中的某些高标,是优秀运动员的标准,不是考核每个运动员是否称职的标准。其次,人文学科的总体成就是由每个学者的独立的学术成果综合构成的,每个学者学有专攻:有的顺从社会潮流,必为显学;有的钻研冷僻学问,一时不为世俗认识,但从长远学术发展而言,可能具有更重要的意义;也有的学术本身就是绝学,不为世俗所用,但为了学术薪火不灭,需要有学者去传承。所有这一切,都不是形式主义的划一的量化标准能够涵盖的。以中国之大之强,以旧邦维新使命之重之繁,宇宙之大,苍蝇之微,都应该进入学术研究的视野。如果全国学者只围绕着几个国家课题团团转,既无忧天下之忧的襟怀,也无佝偻者承蜩之技,那才是人文学科衰败的征象。所以,问题不在于标准对不对,也不在于量化可行不可行,而在于这类评价体系不符合人文学科的发展规律。现在把这种不切实际的评价标准推广到所有高校科研管理机制中去考核每一个人文学科教师,我认为弊大于利,人文学科的未来前景堪忧。

我们所采访的人文学者也没有决然否定目前的评价体系,但是都提出了可以改进的要求与建议。关于这些内容,除了本书项目组在《写在前面》中有综合性的介绍外,他们还将围绕学者们的建议做进一步的研究分析,利用大数据来推进人文学科评估标准的改革,最终会拿出接近于人文学科自身规律特点的评价方案。现在这本人文学者访谈录,只是我们工作的阶段性成果,我们希望把学者们的宝贵的声音发表出来,进一步引起学界对人文学科评价体系的思考与关注,以期提出更多的建议,参与和支持我们的工作。

以上观点,是我个人对人文学科评价体系的一点看法,不是对书中接受访谈的学者们观点的归纳总结,也不代表项目组集体讨论的学术观点。特此说明。

2020 年 2 月 5 日于鱼焦了斋

《2018 复旦·木版水印版画艺术展作品集》[①]前言

2018年秋,复旦大学图书馆喜庆百年诞辰,举办了一系列的活动。其中就有倪建明先生策划的木版水印版画艺术展。我查看了相关资料,馆庆公众号上有新闻报道:

复旦大学"2018 复旦·木版水印版画艺术展"正式开幕

2018年10月16日上午10点,"2018 复旦·木版水印版画艺术展"开幕式于蔡冠深人文馆一楼颖琴厅举行,原复旦大学校长、复旦大学中华古籍保护研究院院长杨玉良院士,上海美术家协会版画艺术委员会副主任、上海大学上海美术学院教授徐龙宝,南京艺术学院教授、博士生导师杨春华等多位版画家出席,中华古籍保护研究院常务副院长杨光辉主持开幕仪式。展览展出韩晓月《梦鲸人》、陈小凤《宫》、贤华凤《茶系列》等版画作品50余幅。此次展览由复旦大学图书馆、中华古籍保护研究院主办,策展人为复旦大学中华古籍保护研究院特聘专家、中国著名版画家倪建明先生。此次展览从征集到的百余件作品中精选了五十幅不同区域、不同形式、不同材质或工具所创作的水印版画,同时也向公众展示复旦大学中华古籍保护研究院专业硕士结合木活字印刷的原创作品。

展览将持续至2018年11月4日。

[①] 《2018 复旦·木版水印版画艺术展作品集》,倪建明编,复旦大学出版社2019年出版。

这则报道写得很清楚,已经把展览的信息准确地呈现给读者。接下来引起我回想的是,我身为馆长,那天在干什么?怎么就没有去参加开幕仪式?于是我查了一下自己的工作日志:10月16日,上午去上海师范大学参加"中国文学与20世纪同行"的主题报告会,下午赶回学校,到豪生酒店参加复旦大学图书馆古籍善本新书发布会,中途约见来访学生,晚上赶写第二天馆庆大会的主题报告。原来是这样。那几天因为馆庆活动头绪多,本人事情也多,竟没有参加画展的开幕式,忙来忙去也没有顾上去看画展,直到展品下架了,杨光辉馆长约我去挑选几幅作品留馆收藏,我这才在工作房里匆匆看了一下。画展上陈列的作品与堆放在仓库的作品虽然相同,但观赏的感觉还是不太一样。所以,我对参展的版画艺术家们,尤其是策展人倪建明先生,抱有深深歉意。

现在这批作品正式结集出版,倪先生嘱我写几句话作为序言,我觉得义不容辞。关于版画艺术,我是外行,也说不出什么道理。这里仅就版画与图书馆收藏的因缘,谈一点粗浅的想法,权作前言。

木刻版画在中国古代文化发展史上有着悠久来历和显著地位,其发展过程中熔铸了中国古代科技(造纸术、印刷术等)与民间习俗(纸马年画、通俗插图等)的文化内涵,尤其在人物画的创作方面积累了宝贵的艺术经验。复旦大学图书馆藏有各类古代版画艺术册籍,弥足珍贵。20世纪以来,西方版画艺术随着世界左翼文化发展而得以传播,中经鲁迅为代表的进步作家艺术家的努力推荐,在中国落地生根,延绵滋生于今。我曾听前辈人士说,抗战爆发,木刻艺术也随之在民间兴盛,因为工具简单,作画方便,成为青年艺术家宣传抗战、普及民众的有力武器,由此得以发展。木刻版画、街头诗传单、游行朗诵等等,都是抗战时期最重要的艺术形式。到了延安鲁迅艺术学院阶段,版画艺术更加成熟地发挥了"团结人民、教育人民、打击敌人、消灭敌人"的影响作用，由此在炮火中培养了中国第一代优秀的版画艺术家。

复旦有幸，2018年春天，正式接受了当年支援中国抗战的美国飞行员韩伦中校家属捐赠的一批延安版画原件，这批作品成为复旦大学图书馆收藏现代版画的第一批藏品。从抗战到今天，中国现代版画差不多经历九十多个春秋，艺术观念、艺术手法、艺术传承等方面都出现了极大的变化。以复旦馆庆展出的木版水印版画作品为例，我觉得最吸引我的，就是大部分作品都散发出强烈的现代意识、对抽象生命的高度敏感和自觉，以及丰富多样的表现手法。其表达的情感意识，无论是撕裂的痛还是诡异的梦，无论是民间自然神的喜感还是春天自然物的生机；其采用的艺术表现手法，无论是高度逼真的现实主义，还是吸收了传统民间艺术，抑或是变形夸张的现代主义，都能产生摄人心魄的艺术力量。从抗战时期的延安版画，到当代版画艺术的精神追求，我们也许可以看到一条健康的民族生命复兴的轨迹。

复旦大学图书馆是一所高校图书馆。它的服务宗旨，与一般公共图书馆、博物馆以及拍卖行都不完全一样，它所追求的收藏理想，就是要更好地为高等教育和科研服务，为校园文化建设服务。因此，希望有更多的具有前沿性的艺术作品进入校园，滋润青年学生的精神世界。我很高兴看到这一批优秀的木版水印版画作品入藏复旦大学校园，陪伴着我们一代代新鲜活泼的青年生命，一起成长。

2019年4月14日于复旦大学图书馆

《复旦大学藏王朝宾书法作品集》[①]序

中州书家王朝宾先生,于2017年5月在上海图书馆首次举办"魂兮汉唐"个人书法作品展,声誉海上。同年7月,被复旦大学中华古籍保护研究院聘为专家,从事书艺研讨与传授。11月,复旦大学图书馆医科馆新馆落成,朝宾先生特书丈二长卷"龟虽寿"隶书作品以贺,古雅蕴藉,字字如莲,余甚爱之。后陆续惠赐墨宝数十幅,集篆、隶、草、楷、行书等,诸体皆备,融会贯通,百技争妍,足以使本馆蓬荜生辉,增添光彩。是为本馆有幸,读者有福。

图书馆之有特藏,犹如人之有绝技。尤其在高校图书馆,乃人文精英荟萃之地,学有专攻,性有别趣。既有,学者长年孜孜某专题研究,广搜海内外文献,一旦研究课题完成,资料闲置,与家人无传承,与外行无足道,唯有秘阁保存,寄藏心血,静待知音,启迪来者,成就进一步的学术薪火。再者,文人一生风流雅行,书画篆刻摄影文稿,为家传学问,为私人趣味,日积月累,蔚然大观,名利不足其珍,市货难以副实,世上烟云难留片刻,时令花木不测暑寒,唯有设专库收藏,定期布展宣传,服务社会,以泽来世,共享大美。古人常说"三不朽",谓立德、立功、立言。捐献者以一己之学问创造,奉献于社会,造福于读者,流芳于百世,化独乐为众乐。

[①] 《复旦大学藏王朝宾书法作品集》,由复旦大学图书馆与复旦大学古籍保护研究院影印,2019年。

此谓之立德。图书馆与高校依傍,有专家学者,有后生英俊,有学术梯队,有专业保护,接受社会馈赠,化私人收藏为天下公器,抉微探幽,推动学科发展。此谓之立功。凡有文献资料,书画瑰宝,能够收藏于高校图书馆,与学术研究相伴,以学术价值为重,鉴赏有鸿儒,来往皆名流,既非庸客自扰,更无铜臭熏天,知己悦己,得其所哉。此谓之立言。余常谓:捐献是一项神圣事业。其集立德、立功、立言三不朽于一体,岂非伟哉壮哉?

朝宾先生常年隐居中原,不求闻达。其书家学渊源,其人高风亮节,其学转益多师,其风古朴苍简。本馆为彰显朝宾先生之书法捐献功德,弘扬艺术服务社会精神,美化风俗,美化校园,决定出资编辑《复旦大学藏王朝宾书法作品集》,作为百年馆庆之纪念,并且特此向这位砚田耕耘、翰墨寄身的老书法家致以敬意。

2018 年 9 月 12 日于复旦大学图书馆

《新时期文学第一潮》①展览前言

1978年8月11日,上海《文汇报》发表复旦大学中文系77级学生卢新华创作的短篇小说《伤痕》,一石激起千层浪,引起强烈的社会反响。《伤痕》尖锐揭露"文革"不仅对中国的经济造成巨大损失,更为严重的是,在一代青年的精神上烙下了无法抚平的伤痕。此论既出,响应者蜂起,成为一时的创作风气。伤痕文学思潮在中国大地汹涌蔓延,掀起了新时期文学的第一波创作高潮。

1978年5月11日,北京《光明日报》发表评论员文章《实践是检验真理的唯一标准》,引发政治思想领域的一场大辩论。紧接着,11月15日,中共北京市委正式宣布为"四·五天安门事件"平反。16日,新华社正式报道,中共中央为1957年被错划的"右派分子"平反。再紧接着,12月18—22日,中共十一届三中全会召开,解放思想、实事求是、团结一致向前看的政治路线得以确立,"改革开放"的现代化大幕正式开启。

从上述两个时间表,我们可以看到,文艺领域的"伤痕文学"与政治思想领域的"改革开放"达到了何等契合的呼应。虽然《伤痕》最初是一篇班级壁报文章,但是它敏锐地回答了中国应该往哪个方向走的大是大非问题,说出了广大读者的心里话,在当代

---

① 《新时期文学第一潮——〈伤痕〉手稿、图片、绘画、资料展》是复旦大学图书馆举办的大型展览,为纪念改革开放四十周年,陈列了卢新华捐赠的《伤痕》手稿、当时的印刷品、出版物、读者来信等,以及李斌创作的连环画《伤痕》全部画稿。2018年10月10日开始,策展三十天。同时还举办了座谈会与讲座。

文学史上产生了不可被取代的影响。卢新华当时是复旦中文系大一学生,《伤痕》最早是"发表"在第四学生宿舍底楼的壁报上,伤痕文学思潮是从复旦校园里产生,进而影响全国。这是复旦大学在思想解放运动中对中国当代文学的独特贡献。

今年12月,是中共十一届三中全会召开四十周年,改革开放道路四十周年,思想解放运动四十周年,也是《伤痕》与伤痕文学四十周年。在此之际,《伤痕》作者卢新华把有关《伤痕》的全部手稿、版本资料以及围绕《伤痕》的上千封读者来信,都捐赠给母校图书馆收藏。这是复旦大学图书馆一笔宝贵财富,我们将会尽快做成完整版的《伤痕》资料文献数据库,以供读者阅读与研究。为此,我们特设专题展览,纪念中国改革开放的伟大历程。也希望今天的读者能够重返历史现场,抚今追昔,感受中国今天所取得的伟大进步来之不易。

2018年9月24日于复旦大学图书馆

《泛在知识环境下图书馆知识
发现技术及应用研究》[①]序

"泛在知识环境"是美国国家自然科学基金的一份关于数字图书馆发展趋势研究报告中提出的一个概念,它直接改变了传统图书馆单向的、线性的知识发布与交流的方式,强调利用网络设施、电脑软件、信息系统、馆藏资源、数据库以及人力管理等图书馆的综合环境元素,为知识信息的发布、交流、消费、享用提供新的服务模型,特别是从海量信息资源中挖掘出有价值的知识,应用于图书馆的创新服务。泛在知识环境是对数字图书馆所能够达到的传播知识能力的一种探索性的描绘。在实践中如何探索泛在知识环境下图书馆知识发现技术及应用,正是高校图书馆的发展目标之一。

张计龙教授的团队正是针对目前高校图书馆亟待解决的问题,进行了有益的探索。尤其是在泛在知识环境下图书馆知识服务所需的各类支撑数据的获取,并基于采集到的动态数据和静态数据,综合多种数据挖掘技术和方法,多角度、多途径、全方位地构建知识服务的立体网络,探索采访决策和学科服务的新道路等方面,做了大量的工作。本书是在张计龙教授主持的国家社科基金项目《泛在知识环境下图书馆知识发现技术及应用研究》和教育部CALIS预研项目《基于用户信息行为分析的图书馆知识与

[①]《泛在知识环境下图书馆知识发现技术及应用研究》,张计龙著,复旦大学出版社2018年出版。

服务创新研究》的已有成果基础上进一步的拓展、综合和提升,它最大的特点就是具有实践性。这种从工作实践出发,发现问题,研究问题,解决问题,攻克难关,再返回到工作实践中去加以检验的做法,我是非常赞成的。

譬如说,团队立足于复旦大学图书馆目前所处的知识环境,采用定制开发的电子资源使用统计平台采集数据,利用前期已经取得的研究成果,从网络底层统一获取动态数据,结合从电子资源数据库获取的各类静态数据,运用知识发现和智能信息技术,解决了图书馆异构系统和异构数据库问题,在方法论上有所突破。还有,他们将资源的静态数据和资源利用的动态数据结合起来研究,与以前只注意静态数据研究相比,既拓展了数据源,对知识发现的认识也更加全面。再者,他们通过知识发现技术,从海量数据中挖掘知识,综合应用各类分析方法,应用于馆藏建设,以便根据用户的动态需求进行学科服务,在一定程度上解决了图书馆面临的采访压力和学科服务深化的难题。这些在工作实践中获得的成果,可能对其他高校图书馆来说,也有推广的价值。

特别要提一下的是,本书中采访经费比例预测模型开发的采访决策辅助支持系统,已经应用于复旦大学图书馆,经过了实践的检验。此外,本书中采用的数据采集产品,获取和分析用户的深度信息行为、支持电子资源采访决策及学科服务,也已经在国内多家高校图书馆中试用。在中国图书馆2013年年会、中国高等教育学会高校图书馆分会2014年学术年会等均有相关主题报告,引起业界较大关注。在学科服务方面,本书中设计的学科交叉、学科热点和趋势分析对于相关学科老师的课题研究也有一定的参考价值,复旦大学图书馆正准备试点提供相关学科服务。

对于本书所论述的具体专业技术,我是外行,所以,阅读这本书的过程,也是学习的过程。如何在泛在知识环境下建设高校图书馆,是一个崭新的、也是复杂的问题,但我们任何一位图书馆从业人员都无法回避、绕不过去这个问题。我满怀兴趣地阅读这本著作。我非常明白：抓住这一机遇，迎接新的挑战，需要我们投入更大的精力，在学习实践中进行持续的推动。为此，我特别愿意为这本书的出版写几句鼓励的话，与张计龙教授和他的研究团队共勉。

2018 年 8 月 8 日于复旦大学图书馆

【附录】 我与图书馆是很有些缘分的

1. 我的第一份工作就是从图书馆开始的

1970年我初中毕业,没有去上山下乡,也没有找到工作,按现在的说法,我是"社会闲散人员"。当时我虚岁十七岁,正处于人生的青春期,那个年龄的人总有很多想要宣泄的感情与内心骚动。但在当时,我仿佛看不到个人的前途在哪里,心理上也有无形压力,感到非常孤独。我的大部分同学朋友都上山下乡去了,有的到安徽,有的到江西,有的到黑龙江。其中有一位朋友就是后来成为复旦新闻学院副院长的张国良教授,他和我是中学的同班同学,也是邻居。他当时去了江西的进贤军垦农场,他的哥哥张忠民也和我同班,去了淮北五河县插队。我们几个要好的朋友一起编了一个刊物,起了个很革命的名字,叫作《朝阳花》。参与刊物编写的都是我们去各地务农的同班同学,他们在当地创作了一些散文和诗歌——这些作品在今天看来仍然不免充斥着各类政治套话,但里面仍有一些很真诚的诉求:我们还是想表达自己内心迫切的感受。我当时就自告奋勇地担任这个刊物的编辑,各地的同学把稿子寄到我这里,我呢,就用复印纸誊写稿件,装订成一份一份刊物。当时编小报比较复杂的方法是刻蜡纸,另一种简单的方式就是直接用复印纸手写。就这样,我们编出了这本名叫《朝阳花》的刊物。不过,只编了两期,到第三期就编不下去了,因为当时有一个参加写稿的同学把这件事告诉了她的爸爸妈妈。她父母亲就着急了,说你们这样做是会出问题的,将来有可能被打成反革命集团。"文革"时期这种事情是时常发生的,在家长的干预之下,这件事情最终不了了之。

这次的文学实验失败之后,我的情绪似乎更加发泄不掉。那个时候我的家从杨浦区搬到了卢湾区,我经常去卢湾区图书馆看书。那时候的图书馆,其实是没有什么书可以开放的,大多数的图书都不能开架阅览。即使可以借阅的书,虽然已经是很革命了,封面上却还要加贴一张单子,说是"供批判使用"。但有几类书是可以看的,一类就是鲁迅的书。我就在那时开始读鲁迅。当时我读的是1958年版的《鲁迅全集》,是连正文注释一并通读。读过一遍以后,我开始对注释产生了进一步的兴趣。鲁迅的很多杂文,都不是孤立于社会的,那些文字与当时的社会现实有着紧张的互动关系,反映了丰富的时代信息,涉及大量具体生动的人与事——我依靠那些注释,渐渐了解了文学史的信息。通读《鲁迅全集》给予我的第一个帮助,就是从"五四"到1930年代的社会、文学史都在我眼前铺展开来,在我的知识结构里面,第一个知识空间逐渐完整了起来。我开始对这一段历史怀有特别兴趣。

这是其一。另一方面,我还喜欢阅读文学作品,通读了大量的文学作品。我几乎每天都会去卢湾区图书馆。我从家里走到那里大概需要二十分钟,经常是中午回来吃饭,吃完饭又去了。有时候早上做完家务——我当时没有工作,家中还有外祖父、外祖母需要照顾——下午就会一个人去图书馆。在这段时光里,我逐渐和图书馆的一些管理人员熟悉了起来。他们起先总是批评我的,觉得我无所事事在图书馆里混日子,不务正业。我有一次借阅一本马雅可夫斯基选集,一个姓朱的管理员当场就批评我说,读这种书属于"思想倾向不好"。但我看到里面都是一些《列宁》《向左进行曲》之类看起来很"革命"的东西,怎么会"思想倾向不好"呢?我实在搞不清楚。但是就在那段懵懂的岁月里,我开始逐步进入了与书有关的第二个知识空间:书评。我开始参与图书馆的书评工作,学习写一些评论文章。所以我做文学评论还是起步很早的。正因为要做这些与文学有关的批评工作,就要学习相关的批评理论。那时,图书馆政宣组就把"文革"前的"文学基本原理"之类的教科书打印出来——当然肯定是把他们认为"有问题"的内容删掉了——给我们看。在这个过程中,我学到了很多东西。后来,上面开始发起"批林批孔"运动了。为了"批判"的需要,一些与历史有关的东西,从前禁止阅读的,那时候都可以看了,我又有了机会阅读各类古籍。我的知识结构就是这样一点点形成起来并慢慢扩大的。可以说,如果没有在卢湾区图书馆的这一段读书经历,我后来不可能考上复旦大学。

有意思的是,1974年前后,图书馆与现在一样,也开始组织讲座。当时卢湾区图书馆邀请复旦大学与华东师范大学的老师来讲公开课,刘大杰、章培恒先生都来讲过课,我曾经听过章培恒先生的讲座,讲《红楼梦》,那时的讲座免不了有些"文革"特定思维。老师们带了工农兵学员开门办学,顺便给我们做辅导讲座。1976年以后,社会就比较开放了,华东师范大学有一批研究外国文学的老师来为我们讲过雨果、巴尔扎克、托尔斯泰等人的作品。

1972年以后,我就开始在卢湾区图书馆参加各种活动,到1974年,我被分配到当时所在的淮海街道图书馆工作,业务上受到卢湾区图书馆指导,于是顺理成章地就被借调过去,参与刊物编辑、组织讲座等日常事务。那时候我二十岁左右,已经可以在一个电影院的讲座现场公开演讲一两个小时了。

我步入社会的第一个人生阶段,是从卢湾区图书馆起始的。

2. 图书馆岁月对我一生都有很大影响

当时在卢湾区图书馆工作的很多老人,都很有学问,我从那些前辈那里学到了很多学问知识。《暗淡岁月》的主题是"我与杨浦"的故事,我接下来还想写"我与卢湾"的故事。卢湾区图书馆是我成长的摇篮。当时我在一位姓黄的老先生的指点下初涉古典文学,他指导我读刘禹锡的诗,一首首讲解,还讲唐朝的政治斗争史(那时候称为"儒法斗争"),对我的帮助极大;还有一位阮老先生,曾担任过上海图书馆副馆长,"文革"中受冲击,转到卢湾区图书馆工作,这位老先生学问极好,给我讲解图书馆的历史,讲学问的形成,使我实实在在地有所收获。在十六岁以前的小学、初中岁月里,我个人的一些零星的知识积累,更多来自家庭教育,而到了这个时候,图书馆为我提供了一个静下心来系统地读书学习的空间。前面提到过,我和我的同龄人有着不一样的经历,那时候他们都上山下乡了,而我没有去。他们离开学校之后,几乎没有办法再继续学习,虽然也会有一些自学能力很强的同学,还有通读过《资本论》的,但那毕竟是少数,大多数人都把青春荒废掉了。我和我的同龄人就这样逐渐走上不同的道路。

所以就我的人生经历来说,与图书馆有关的那些记忆都是很有趣、很珍贵的。我从来没有想过,有一天我会担任复旦大学图书馆的馆长。现在回想起来,觉得自己的人生仿佛走回到了原点,似乎也是给了我一个向图书馆致敬的机会。

3. 复旦大学图书馆的历史与今天

2018年我们要举行百年馆庆。我们已经安排了一部分馆员进行复旦图书馆百年馆史的编写工作。根据校史记载,当年复旦校董聂云台捐赠《四部丛刊》一部,约2 100册,奠定复旦大学图书馆的基础。聂云台是上海著名实业家。还有一种说法是1918年戊午年,戊午级学生每人捐赠两元筹建戊午阅书社,就是现在图书馆的雏形。总之,1918年开始了复旦大学图书馆的历程,它从一开始就少不了师生、校友的捐助,是依靠民间集资的力量,推动了图书馆建设。

今天图书馆的规模、藏书都有了很大的发展。复旦大学图书馆馆藏古籍40余万册,其中善本书7000余种(约6万册),内有宋元明刻本1000余种,抄本、稿本近2000种,清刻孤本、稀见本、精本、批校本3000余种。这批善本古籍皆属国家三级以上文物。自2008年国家古籍珍贵名录申报评审工作开展以来,已有57种珍贵古籍入选,其中按照珍贵古籍定级标准,国家一级文物19种,国家二级文物38种。这里还不包括大量的民国书刊等珍贵图书。葛剑雄教授担任馆长后,学校以每年百分之十的配额增长用于图书资源建设,2013年达到五千万元资金。葛馆长坚持单本购书,复旦图书馆购书量每年新增12万种,居全国高校图书馆之最。今年学校财政紧缩,购书资金被大幅度削减,但我相信这是暂时的,希望学校今后还是能够一如既往地不断增加图书资源的经费。

4. 复旦大学图书馆的发展与未来设想

我们进复旦大学读书的那几年,上世纪1970年代末,那时学校图书馆条件很差。硬件设备差,图书也经常借不到。我那时候研究巴金,需要读大量的民国时期的期刊书籍,主要是利用上海图书馆徐家汇藏书楼,那里有很丰富的藏书,工作人员中有一位对现代文学很有研究的学者,叫张伟,我们年龄也差不多,他对我有过很大的帮助。我与我的同学李辉为了读那些民国时期的报刊书籍,经常要从五角场到徐家汇,倒换55路和26路公交车,花一个多小时才能到那里去找书看书。图书借阅极不方便。那时没有电脑、照相机,进入书库很久,好不容易找到一本书,还要一笔一笔慢慢抄写。如果说,卢湾区图书馆是我学术起步的摇篮,上图徐家汇藏书楼则是我当年的学术宝库。

再说我们复旦大学图书馆。从我的学生时代到现在,感受到复旦图书馆工作人员的服务逐渐变得专业,相关制度与设备的进步、完善程度非常显著。我们那个时候,图书馆阅览室的座位很难抢到，寝室里每天需要有一个同学负责为全寝室的人"抢位子"。大家为这个同学带馒头当晚餐，而这个同学则要抱着好几个书包"冲"进阅览室。这种记忆印象深刻。我始终觉得，图书馆的环境改善与空间拓展还是很有必要的，我们现在复旦图书馆文科馆的空间实在太小太旧了，与复旦这样名校的地位很不符合。我想我们的校友返回母校如参观图书馆，肯定会有这样的印象。

我的理想是，将来在复旦大学图书馆新馆中增加一大批专门为学生与研究者准备的单人工作室，图书馆可以常年提供给他们进行阅读与研究，他们从图书馆借阅的图书可以暂存在工作室里，待研究完成之后，再一起归还。这种做法在国外是很常见的。我过去在日本早稻田大学做访问学者，就在图书馆有一间这样的工作室，它为研究者提供了很多便利。每个房间里都有一个小茶几，喝水、煮咖啡的设备齐全，还有一个书架、一部馆内电话，研究者可以在里面进行连续的阅读与写作，工作可以持续一整天而不被打扰。我希望将来也能够为复旦的读书人提供这样一个理想的阅读与研究的空间。

现在图书馆新馆的建造工作还在筹备中，等到项目真正启动之后，我们会在图书馆的官方网站上进行相关信息的公开与发布，同时也会来号召大家参与到图书馆的建设工作中去，为图书馆新馆的建设献计献策，鼓励同学们来共同探讨怎样把我们的图书馆建设得更加完善。

5. 印象深刻的图书馆经历

我个人很喜欢上海图书馆，那也是我开始专业研究的一个重要起点。起初研究巴金的那三五年岁月，我差不多都是在徐家汇藏书楼度过的，在南京路上的原图书馆大楼我也经常去借阅民国时期的图书。1983年，我跟随贾植芳先生编《外来思潮、流派、理论在中国现代文学史上的影响》大型资料集，去北京图书馆查阅资料,那时候国图还在皇城根,设备比较落后,当时只有两台看缩印胶卷的仪器,其中一台还比较模糊,镜头难以辨认。为了能用上那唯一的一台正常设备,我每天早上六点钟不到就要去图书馆门口排队,在那里一坐就是一整天,豆浆油饼拿了一堆放在身边。当时我和贾植芳先生的另一位学生孙乃修一起翻阅了十几种从晚清到民国期间的报纸。现在回想起来,当时的图书馆管理员也确实是很辛苦的。有时候我们旧报纸看过三叠,发现没有可用的史料,又要交给管理员拿回去换一叠新的。报纸老旧沉重,积了很多灰尘,来回搬运的工作量很大。总的来说,我觉得北京图书馆工作人员的服务态度非常好,我至今仍有着很美好的一段记忆。

6. 对于图书馆专业人才的期许和培养计划

复旦大学图书馆还有一大批尚待整理的西文文献,我希望在自己的这一任上,想办法把它们整理出来,直接为读者服务。1952年院系调整的时候,复旦馆藏了一大批法国传教士留下的西文文献,非常珍贵。我的导师贾植芳先生在图书馆馆长任上就想整理,可没有机会完成,因为这要求文献的整理者具备高水准的语言能力和专业能力。长期以来,大家似乎对图书馆专业人才培养不是很重视,总觉得图书馆只要有人借一借书、发一发书牌就可以了,其实大学图书馆应当是一个科研单位,虽然它的主要功能是提供服务,但到底是高层次的服务还是低层次的服务,两者之间存在着极大的差别。就高层次的服务来说,图书馆其实类似当年的商务印书馆,需要一大批专业人才,包括语言人才、研究人才,参与到图书馆的日常工作中,只有这样,才能使图书馆的科研服务能力达到一个比较高的标准。

7. 图书馆的新兴技术与数据库建设规划

有几件事在发生显著的变化。这些年来,整个文化环境与学术环境的改变非常迅速。一方面,数据库在迅猛发展,这在很大程度上改变了我们以往读书的方式与视野,年轻一代或许已经开始较少阅读纸质书,而选择阅读网络读物或电子文库了。就复旦图书馆的情况来看,我们的西文文献数据库是较为丰富的,中文文献数据库的收藏,相对来说有一定的选择性。

但是另一方面,我认为图书馆还需要有新的开拓。最近我们刚刚促成一件事,国家古籍保护中心已经批准复旦大学图书馆成立古籍修复保护人才培训基地,学校还成立了中华古籍保护研究院。复旦大学有将近 40 万册珍贵的古籍馆藏,在全国高校系统的图书馆里排名比较靠前。我们专门设立了古籍保护专业硕士点,每年培养十位古籍保护的专业人才,因此图书馆也将成为重要的教学单位。

另外,我们接下来还准备建设大型的数据库。复旦大学在古籍文献编纂、研究、保护领域一向有学术优势,像《中国历史地图集》《中国古籍总目》等都是享誉全国的重要学术成果。我们计划今后将逐步把这些既有的成果整合起来,做成一个大型数据库。总而言之,我希望今后的复旦图书馆能够在更高的层次上,为科技发展、为学术研究提供专业服务。

8. 当代人在不同的生命阶段,读书状态各有差异

在当下,读书状态最不好的,是四五十岁的中年人。中年人因为平时工作太忙了,生活压力也大,有时候就会把读书这件事荒废掉。我觉得人在年轻的时候,一定要多读书。回想自己在二十岁左右的读书岁月,真是一点压力都没有,什么书都可以读。但是即便如此,我到现在仍后悔,没有在年轻的时候多学几门外语。我在少年时期,包括后来的大学时光,以及刚刚留校的那几年,有着比较好的读书状态;但是到四五十岁以后,人就开始忙起来了,作为职业的读者,我的阅读开始变得有目的、有计划。人年轻的时候,读书不需要有中心、有目的,阅读的广度和深度完全可以不受限的,而且读了忘记也是没有关系的,到了年纪上去,真的开始使用这些知识的时候,你会发现年轻时候的读书岁月对你的影响,那些对你有用的东西,你都已经记住了。但是人到中年以后,就不可能有那么多的时间、那么好的机会自由读书了,这个时候的读书难免会带有目的性、功利性。

抓紧时间读书对于年轻人来说,是尤其重要的一件事情。但是年轻人的缺点恰恰是不大会支配时间,因为缺乏判断力;另一方面,年轻人还缺乏足够的阅读经验以及必要的人生经验,在阅读过程中产生的感受可能也不太深。到中年的时候,人应当有一个必要的"反刍"过程,年轻时觉得对自己有用的、曾经触动过自己的东西,到中年以后还可以去重读。我觉得人在一生中应该选择几本书,就如同选择了几位好朋友。好书对人的滋养是终生的,最好的朋友也往往是终生的朋友。挚友之间经常会见见面、聊聊天,而人与书之间也是这样,好的书可以常放在身边翻阅,未必要一口气读完,可以在日常生活中,经常有机会"见见面",这就像做老朋友一样,我心里面有什么纠结,读书可以让人释怀。这样我觉得一个人如果能够学会用读书来解闷,来消遣,来平息自己心灵上的各种问题,那么他一定是一个能够把握自己命运的人。

我年轻的时候很喜欢莎士比亚,在那段青春期骚动的岁月里,凡是心里苦闷的时候,我就会阅读朱生豪翻译的《莎士比亚全集》;后来,鲁迅作品成为我人生的挚友;现在则是巴金的《随想录》。其实,选择哪些书或许不是最重要的,重要的是这种长达一生的陪伴。我在这里谈到的情况并非是指职业的读书人,而是普通人一生应当有的读书状态。

人到老年,则又是另一种情况。如果是一个不以写作为业的人,在晚年的时候,应当去读一些稍微短小的、更加具有耐读性的经典之作,这些文字应当和人性贴得更近,能够陶冶心性,完善自身的修养。

9. 数字时代新媒介对于传统阅读方式的冲击

数字时代新媒介对于传统阅读方式的冲击,我并不觉得是很严重的问题,受到冲击的是纸质书(尤其是纸质媒介),不是阅读本身。阅读电子书与网络文字,同样也是重要的阅读方式。虽然我现在仍然无法想象一个人会在电脑前读完一整本《浮士德》或《战争与和平》,可是我相信,数字时代只不过是带来了阅读方式和阅读工具的改变;虽然这种方式或许会影响到书的写作内容,给我们带来一些暂时性的问题,但是我认为,随着科技的进步,这些问题也会在不远的将来被我们一一克服的。比如说电子阅读器,一个电子阅读器能够放多少本书?而打开阅读器和打开一本书,这种阅读行为的实质,其实是差别不大的。

我们不能仅仅从网络上混杂的信息,就作判断说现在的低俗读物都是由新的阅读形式导致的。以前没有网络的时代,低俗读物也是大量存在的,也会有我们今天认为是"乱七八糟"的阅读内容存在。说到底,接触到什么价值层次的读物,关键还是要看自己的倾向与选择,你愿意去读什么,你就会接触到什么。在古代,纸张发明了,或许也会有人认为那是文化的一种堕落,因为纸是很容易毁坏的,而刻在竹简与石头上面的文字,则会留存很久很久。甚至我们可以说,刻在石头上面的文字,因为介质的原因,显得十分有力而精练,而后起的毛笔字,或许相比之下就显得草率而鲁莽。肯定当时也有人会认为那是一种文化的堕落,只是当时的人们没有把这种议论记录保留下来。我觉得,我们现在用电子阅读设备代替纸质读物,未必像很多人所说的,是一种文化的堕落。换个角度来讲,我们现在因为大量使用纸张,造成了自然环境的极大破坏,寻找到新的替代性介质,未必不是一件好事。虽然阅读纸质书已经成为一种延续已久的习惯,但是习惯未必不可以改变。我是持有这样一种乐观的态度的。

10. 图书馆与出版社、书店之间的角色差异

从最简单的一点来说,出版社、书店负责生产与流通,而图书馆负责买书与藏书,这看似微不足道的角色分歧,造成了图书馆的个性。从文化积累的角度来看,我认为一个图书馆比较看重的是远的目标,相对来说,出版社和书店更看重流通与市场。对图书馆来说,看起来很畅销但是在文化意义上转瞬即逝的书,我们并不需要;那些对于文化传承有着重要意义的书,或许并不受市场青睐,我们却会非常看重。所以图书馆的功能与使命,决定了它不一定和图书市场保持一致,但它在传承文化与推动、保护良好出版物的生产和流通方面,会起到重要的作用。

2014 年 6 月 26 日根据录音整理稿修订完成
初刊《复旦人》2014 年 19/20 期合刊

编　后　记

　　书名《碌碌集》是早已经想好的。"碌碌"二字,一是忙忙碌碌,二是碌碌无为,两种意思都符合我当下的处境。这五年来,我的工作岗位转到图书馆,在这上面不知不觉投入了更多的时间和精力。收入本书的文章里,第六辑"邺架故事"是有关图书馆建设的。这些文章,对我来说都是新的课题,也显示我慢慢进入新的知识领域的艰难过程。当然,我主持图书馆的工作范围不止这些文章,它只是说明了我这几年来对原专业的轻慢,许多拟定的写作计划都没能按时完成。另一个影响我写作的原因,是从前一年开始插入了两件我计划以外的工作,一件是主持喜马拉雅音频平台的文学大师课,另一件是为上海教育出版社主编《初中语文现代文选讲》,虽然是团队的集体项目,但也着实耗去我不少时间。本来就忙,现在是忙中加忙,忙中添乱,自己心理上或许还觉得颇有热情和力量可以做更多的事情,但身体已经出现信号。——对了,第三个原因就是健康,去年年初血压居高不下,一段时间还住进了医院,再就是我珍爱的人健康出现状况,弄得心绪不定。就这样惶惶然然到了旧历年底,猪年即将过去,午夜里又仿佛听到吱吱的小鼠磨牙声了。

　　本书收录近年写的长短文章,连同序跋和每一辑的小记,共计六十六篇,谐音碌碌,也是我生命六六虚度的一点纪念。内分六辑,其中第四辑"文学课堂"与第五辑"语文别解"分别是喜马拉雅的文学大师课讲稿和《初中语文现代文选讲》的部分文稿。需要说明的是,后一种文稿是我与博士后王利娟合作完成的。这两辑内容相对比较通俗,写作对象不同,但是普及学术思想,参与语文建设,从来都是我的理想的工作状态,与我一贯的学术追求相一致。

其他三辑"文史杂论"、"艺文随谈"和"激情回忆"内容范围不出文艺评论和纪念性散文两种,乏善可陈,但这也是我的被消耗的生命痕迹。这种感觉,在最近为避疫情而自我隔离的状态下尤其强烈,竟产生了一种时不我待的迫切感。读着自己所写的一篇篇文章,曾经的敲打键盘、灯下夜读、苦思冥想、焦躁不安的生活细节都在记忆中一一浮现,写作或使人亢奋或使人沮丧的状态,似乎在我的脑海里再现一遍,麻木了的心灵终以借助昔日的文字,又通向了远方的生命场域。

猪年年初,算是六六初度,曾写过一首用仄声韵的六六自述,诉说自己的心声:

> 六六何时辞碌碌,清茶浊酒红烧肉。
> 银杯邀月影成三,玉露侍星思不独。
> 老马有鞭道旁儿,亥猪无虑梦中谷。
> 万缘放下吾心宽,默默昏昏也是福。

转眼一年过去,我发现这一年来很少写诗,心田被忙碌打理成一片荒芜,只能抄录这首旧诗,为自己做个纪念。

2020年2月5日疫情下自我隔离第十天,修改定稿

图书在版编目(CIP)数据

碌碌集/陈思和著. —上海：复旦大学出版社,2020.9
ISBN 978-7-309-15094-0

Ⅰ.①碌… Ⅱ.①陈… Ⅲ.①文艺评论-中国-当代-文集 Ⅳ.①I206.7-53

中国版本图书馆 CIP 数据核字(2020)第 096505 号

碌碌集
陈思和 著

出 品 人 严　峰
责任编辑 宋文涛
装帧设计 马晓霞

复旦大学出版社有限公司出版发行
上海市国权路 579 号　邮编：200433
网址：fupnet@fudanpress.com　http：//www.fudanpress.com
门市零售：86-21-65102580　团体订购：86-21-65104505
外埠邮购：86-21-65642846　出版部电话：86-21-65642845
浙江新华数码印务有限公司

开本 890×1240　1/32　印张 16.25　字数 393 千
2020 年 9 月第 1 版第 1 次印刷

ISBN 978-7-309-15094-0/I · 1231
定价：68.00 元

如有印装质量问题,请向复旦大学出版社有限公司出版部调换。
版权所有　　侵权必究